Melissa Caruso est titulaire d'une licence en création littéraire de l'Université de Brown. Elle aime le thé, l'aventure et les grands espaces ; on l'a déjà vue pratiquer le duel à l'épée en robe de bal. Salué par la critique, le premier volume de la série a été nommé au Gemmell Morningstar Award. Melissa Caruso vit dans le Massachusetts avec sa famille, trois chats et un labrador.

De la même autrice :

Les Faucons de Raverra :
1. *La Sorcière captive*
2. *L'Héritière rebelle*
3. *L'Empire libéré*

Ce livre est également disponible au format numérique

www.castelmore.fr

Melissa Caruso

L'Héritière rebelle

Les Faucons de Raverra – 2

Traduit de l'anglais (États-Unis) par Vincent Basset

BIGBANG

Big Bang est une collection des éditions Castelmore

Titre original : *The Defiant Heir*

Cartes :
D'après les cartes originales de Tim Paul

ISBN : 978-2-36231-716-3

Castelmore
60-62, rue d'Hauteville – 75010 Paris
E-mail : info@castelmore.fr
Site Internet : www.castelmore.fr

À Jesse,
Pour m'avoir toujours encouragée à réaliser mon rêve
Et pour m'avoir soutenue
tout au long de l'écriture de ce livre.

Océan Boréal
Une carte actuelle et détaillée d'Eruvia
Tira
Elowan
Urshul
Kosenia
Asral
Atruin
Roskoth
Vilskafar
Markova
Sevaeth
Let
VASKANDAR
lac de l'Aire
Kazerath
Kar
Alevar
Mont Chenu
Ordun
Gened
Morgrain
Hautegarde
Durantain
Pics Sorciers
Ardence
CALLAMORNE
LOREICE
Trevelle
fleuve Arden
Palova
EMPIRE SÉRÉNISSIME
Raverra
Mer Paisible
Idrante
Valisia
Calsida
Celantis
Mer Ostanienne
OSTA
Océan Austral
Océan du Ponant
Océan Impérial
N
O
E
S

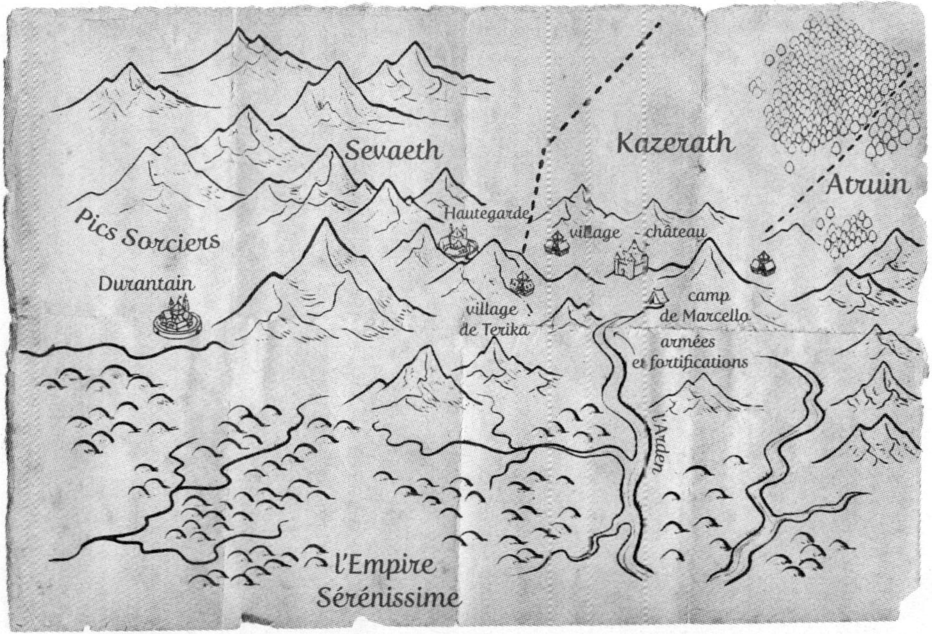
Sevaeth
Kazerath
Atruin
Pics Sorciers
Durantain
Hautegarde
village
château
camp
de Marcello
village
de Terika
armées
et fortifications
l'Arden
l'Empire
Sérénissime

Chapitre premier

Il était vraiment regrettable de mettre le feu à un coin de verdure aussi charmant.

L'îlot n'était qu'un simple affleurement de roche et de sable, un récif sans nom, dont la plage en forme de croissant était jonchée de déchets de la Cité Sérénissime charriés par le courant. Mais des buissons fleuris bordaient l'étroite bande de sable sur laquelle nous nous tenions et un improbable bosquet de jeunes arbres envahi de broussailles se dressait au centre de la petite île. Une brise salée soufflait de la lagune et faisait soupirer les frondaisons, encore épargnées par les teintes jaunes de l'automne.

L'endroit paraissait bien trop propice au déclenchement d'un incendie. Mais de toute façon, avec le malefeu, la présence ou non de combustible ne changeait guère les choses.

J'analysai notre positionnement et m'écartai de trois pas sur la plage. Tant qu'à faire, je pris soin de me mettre contre le vent. Il ne s'agissait que d'un simple exercice, mais qui pouvait tous nous tuer s'il tournait mal.

Sous ses épaisses boucles brunes agitées par la brise, Zaira m'adressa un regard agacé.

— C'est bon, oui ? Vous avez fini de vous tortiller ? On n'est pas là pour danser le menuet.

J'estimai l'espace qui nous séparait. Un mètre, environ. Ce n'était pas suffisant pour avoir le temps de me mettre à l'abri si jamais elle perdait le contrôle. Mais si cela se produisait effectivement, je n'aurais pas plus été en sécurité à dix mètres de distance.

J'acquiesçai et sentis mon pouls s'accélérer.

— Je suis prête.

— Je vous promets de ne pas vous réduire en cendres, me rassura Zaira. Pas cette fois, du moins.

— J'ai toute confiance en vous.

Je me gardai d'ajouter : *quand vous êtes vous-même*. Il était impossible de se fier à celle qu'elle devenait une fois que le feu s'emparait d'elle.

Zaira se tourna vers Marcello, qui se tenait à cinq bons mètres de distance sur l'étroite bande de sable gris, avec en toile de fond la forteresse des Mues qui se dressait derrière lui, de l'autre côté des eaux paisibles de la lagune. Les boucles noires de ses cheveux retombaient sur le col de son uniforme écarlate et or et il affichait un air détendu, mais sa main négligemment glissée dans son ceinturon effleurait la crosse de son pistolet.

Non qu'une arme puisse être d'une quelconque utilité dans la circonstance ; moi seule pouvais arrêter le feu de Zaira en prononçant le mot de commande qui scellerait son pouvoir. Mais justement, pour cet exercice, je devais m'en abstenir : le but était que Zaira s'entraîne à maîtriser son feu. Ce qui signifiait que si je commettais la moindre erreur de jugement, si j'attendais une seconde de trop pour intervenir, des gens risquaient de mourir.

J'en regrettai l'époque de l'université, quand les conséquences d'un échec à un examen se réduisaient à subir les remontrances de mon professeur.

— Vous êtes prêt ? lui lança Zaira.

Marcello hocha la tête.

Zaira tendit la main vers moi, paume ouverte, comme si elle attendait que je lui donne quelque chose. Le jet doré scintilla à son poignet menu.

Ma bouche devint aussi sèche qu'un vent de sable.

— Êtes-vous certaine de vouloir faire ça ?

— Non, je suis venue ici pour un pique-nique. Évidemment que je veux le faire ! Libérez-moi.

J'inspirai l'air marin chargé d'embruns et l'expirai en prononçant le mot le plus effrayant que je connaissais.

— *Exsolvo.*

Zaira serra le poing. Quand elle rouvrit la main, une flamme bleu pâle jaillit de ses doigts.

Ce n'était pour l'instant qu'une petite chose, mais qui possédait la beauté fatale d'un poignard à la lame étincelante, et qui ondulait dans l'air avec voracité. *Le malefeu.*

La flammèche sinueuse s'inclina dans ma direction, contre le sens du vent, et je reculai d'un pas.

— Restez où vous êtes, dame Amalia. Vous devez vous y habituer, afin qu'en situation de péril, le malefeu ne soit pas pour vous une source de surprise et de distraction, m'intima Balos de sa voix grave et ferme.

Il se tenait à une dizaine de mètres de nous sur la plage, à l'opposé de Marcello, en compagnie de son Faucon Jerith, qui était également son époux.

— Difficile de ne pas être distraite par une chose qui ne demande qu'à vous tuer, marmonnai-je.

— Ça n'a rien de personnel, dit Zaira avec un petit sourire narquois, mais ses yeux plissés trahissaient ses efforts pour garder son feu sous contrôle. Il veut tuer tout le monde.

Elle aussi avait peur, je le sentais.

— À présent, mets le feu à quelque chose, lui lança Jerith.

Curieusement, sa voix évoquait plus celle d'un enfant défiant un camarade de faire une bêtise que celle d'un sorcier aguerri instruisant une novice.

Zaira fouetta le poignet en direction d'un petit buisson aux feuilles rondes vernissées. Une étincelle bondit de sa main et vola dans les airs pour atterrir au milieu du feuillage.

Des flammes bleu-blanc jaillirent au cœur du buisson et grimpèrent avidement à l'assaut de ses branches, noircissant le bois et réduisant ses feuilles en cendres.

— Contiens-le, dit Jerith. (Le cercle argenté de la marque des mages brilla dans ses yeux alors qu'il observait le visage de Zaira.) Ne le laisse pas se répandre.

— Je sais ce que je fais, rétorqua Zaira, les tempes baignées de sueur.

— Oh, vraiment ? Et ça, c'est quoi, alors ? se gaussa Jerith avec un signe du menton en direction du feu.

Il ne restait plus du buisson que quelques brandons calcinés, et pourtant les flammes bleues s'élevaient toujours plus haut, avides d'atteindre les branches d'un arbre. De minces lignes de feu se tortillaient au sol et exploraient les alentours en suivant le trajet souterrain des racines du buisson.

L'une d'elles glissa le long de la plage en direction de Marcello, aussi fine et vive qu'un serpent. Le souvenir de silhouettes se tordant d'agonie dans un brasier bleuté et de l'odeur de la chair humaine brûlée s'imposa à moi. Je retins mon souffle pour résister à l'envie impérieuse de prononcer le mot qui scellerait de nouveau le pouvoir de Zaira.

Je devais lui faire confiance et croire qu'elle était capable de le maîtriser. C'était là le but de cet exercice, pour ce qui me concernait.

Zaira tendit la main vers la ligne de feu qui filait sur la plage en faisant le geste de la ramener à elle, mais les flammes bondirent plus vivement encore. Un léger éclat bleuté s'alluma dans les yeux de Zaira. Marcello se recula précipitamment, mais le feu était plus rapide ; il l'atteindrait d'ici quelques secondes. J'ouvris la bouche pour crier le mot capable de le sauver de ce péril.

— Zaira ! aboya sèchement Jerith.

La sorcière trancha l'air de sa main. Le malefeu vacilla et disparut, laissant au sol une trace noire et fumante.

— Vous voyez ? Aucun problème, dit-elle en ramenant en arrière sa crinière de boucles brunes. Parfaitement sous contrôle.

Mais avant qu'elle ne fourre ses mains dans les poches de sa jupe, je pus remarquer qu'elles tremblaient légèrement.

— *Revincio*, murmurai-je pour sceller de nouveau son pouvoir, les jambes flageolantes de soulagement.

Jerith secoua la tête, et le diamant à son oreille scintilla.

— Il sera bien plus difficile de garder le contrôle face à une compagnie de mousquetaires du Vaskandar ou à la chimère d'un Haut Ensorceleur fonçant sur toi avec ses griffes venimeuses.

Je me dandinai d'une jambe sur l'autre, mal à l'aise.

— Nous ne sommes pas en guerre avec le Vaskandar.

Jerith s'esclaffa.

— Oh, inutile de jouer à ça avec moi, ma dame. Je ne cherche pas à vous faire trahir les secrets du Conseil. Toute personne ayant entendu parler des mouvements de troupes au Vaskandar sait qu'il se mijote une invasion, et ce n'est que bon sens de penser que nous nous préparons à leur rendre la monnaie de leur pièce. (Il pointa le doigt vers Zaira.) Et cela implique que tu améliores la maîtrise de ton feu, de sorte que dame Amalia puisse te libérer sans craindre d'être dévorée par les flammes en même temps que l'ennemi.

Un éclair de colère brilla dans les yeux de Zaira.

— Et comme ça, l'Empire pourra m'utiliser pour sa guerre.

— Et comme ça, tu ne tueras personne que tu n'es pas censée tuer, la reprit Jerith avec un sourire amer. L'Empire voudra de toute façon t'utiliser pour sa guerre, que tu contrôles parfaitement tes pouvoirs ou pas.

Balos glissa un bras musclé sur les frêles épaules du sorcier d'orage, et je me demandai si Jerith parlait d'expérience.

Marcello se rapprocha de nous, le front barré d'un pli soucieux. Je ne pus m'empêcher d'apprécier la manière flatteuse dont le pourpoint de son uniforme mettait en valeur sa silhouette, malgré tous mes efforts de ces dernières semaines pour me rappeler à moi-même qu'il ne se passait rien entre nous et qu'il ne pouvait rien se passer, du moins pas pour l'instant. Je n'étais pas prête à renoncer au pouvoir politique que me conférait le fait de rester disponible à d'autres prétendants.

— C'était mieux, dit Marcello.

Zaira coula un regard vers les débris calcinés à l'autre bout de la plage, vestiges de la séance d'entraînement de la semaine précédente. Cette fois-là, j'avais été contrainte d'intervenir pour sceller son pouvoir.

— Y'a intérêt. Vous pensez vraiment que je vous supporterais tous autant que vous êtes, si ça ne servait à rien ?

— Nous devrions réessayer, suggéra Marcello. En prolongeant la durée, cette fois.

J'observai les broussailles qui entouraient la souche noircie de l'arbuste que Zaira avait fait brûler, et les frondaisons qui les surplombaient.

— Peut-être pourrions-nous choisir un endroit où le malefeu ne se répandra pas aussi facilement ?

Le regard de Marcello croisa le mien un instant. Ses yeux se plissèrent d'amusement.

— Judicieuse idée. Je dois avouer que mon cœur s'est quelque peu emballé tout à l'heure, sur la fin.

Je lui rendis son sourire, mais un émoi inconfortable m'étreignit la poitrine. Ces dernières semaines depuis notre retour d'Ardence, il s'était toujours montré amical et courtois, et d'un parfait professionnalisme ; c'était comme si nous n'avions jamais échangé ce baiser désespéré, dans ce moment que j'avais cru être un adieu définitif. Mais quand il me souriait ainsi, j'avais parfois l'impression d'y discerner la trace fugace d'une douleur secrète.

Il détourna les yeux et observa la plage.

— Pourquoi pas là-bas ? proposa-t-il en désignant un affleurement de rochers incrustés de bernacles qui s'enfonçait dans la mer en une mince pointe, à l'extrémité du croissant que dessinait la petite île.

Le malefeu était capable de brûler sur la roche – et même sur l'eau –, mais au moins un coup de vent hasardeux ne risquait-il pas d'embraser les branches d'un arbre.

Zaira haussa les épaules avec indifférence, et nous partîmes donc dans cette direction. Mes bottes de ville glissaient péniblement dans le sable meuble de la plage et Zaira marchait quant à elle d'un pas tranquille et nonchalant, si bien que nous ne tardâmes pas à nous faire distancer par les autres.

Je profitai de l'occasion qui m'était offerte pour oser lui poser la question qui me taraudait depuis un moment.

— Jerith a raison, dis-je à mi-voix. Il ne s'agit pas d'un quelconque subterfuge, cette fois. Le Vaskandar se prépare vraiment à la guerre. Et vous savez ce que le Conseil vous demandera de faire.

— Oui, j'ai entendu. Des mousquetaires et des chimères. (Elle tira doucement sur le jet à son poignet, comme pour vérifier qu'il tenait toujours bon.) Honnêtement, ça devrait être plus facile que de faire cramer un vieux buisson. Plus le feu doit rester petit, plus c'est dur de le maîtriser.

— Êtes-vous…, hésitai-je, cherchant comment formuler ma question. Quel est votre sentiment à cet égard ?

— Pourquoi donc tout le monde s'intéresse à ce que je ressens ? Par les tétons des Grâces, d'abord Terika, et maintenant vous…

— Peut-être parce que nous nous inquiétons pour vous.

Zaira renifla dédaigneusement.

— Ça doit être chouette d'avoir le luxe de perdre son temps avec des trucs qui servent à rien. Aux Suifs, on apprend que les bons sentiments n'ont pas plus de valeur que la pisse des ivrognes un lendemain de cuite.

Avec Zaira, il fallait savoir quand il valait la peine de discuter, et quand cela ne servirait à rien.

— Je n'ai pas envie que vous vous retrouviez forcée à utiliser votre feu pour tuer.

— Et c'est quoi, l'autre option ? Rôtir des brochettes sur le marché ? À quoi le malefeu pourrait servir d'autre ? (Elle secoua la tête.) Vous avez entendu Jerith. Pour l'Empire, je ne suis qu'un instrument de mort, rien de plus. Ce qui n'est pas entièrement faux. Si je reste chez les Faucons, je vais me retrouver à tracer un chemin de feu et de cendres à travers le Vaskandar. Vos scrupules et vos bonnes intentions n'y changeront rien.

Ce « si je reste » frôlait la trahison. La loi impériale ne laissait aucun choix aux mages marqués et compensait la contrainte de leur enrôlement forcé dans le corps des Faucons par l'octroi de solides émoluments et de conditions de vie très confortables. Mais je ne doutais pas un instant que Zaira serait capable de s'enfuir s'il lui en prenait l'envie ; d'ailleurs, seule la certitude de pouvoir disparaître quand il lui plairait l'avait réconciliée avec l'idée de rester. Du moins, pour le moment.

— Si seulement je pouvais faire passer ma loi de réforme du statut des Faucons avant que la guerre éclate, dis-je en donnant un coup de pied rageur dans un galet qui glissa sur le sable. De cette manière, chaque mage pourrait choisir s'il souhaite devenir soldat ou pas. Mais ma mère reste persuadée que je ne parviendrai jamais à obtenir le soutien nécessaire à l'Assemblée alors même que les armées vaskandriennes se massent à nos frontières.

Zaira me glissa un regard en coin.

— Encore cette histoire ? Cette loi ne verra jamais le jour.

— Quand la menace du Vaskandar sera passée, elle aura sa chance, m'entêtai-je. Je peux déjà compter sur le soutien d'une dizaine de membres de l'Assemblée. Il me faut juste plus de temps.

— Une dizaine. Sur un millier de membres. Désolée, mais je n'ai pas l'intention d'attendre comme une gentille petite fille que vous nous libériez. (Zaira s'immobilisa soudain, les mains sur les hanches.) Dites, vous ne croyez quand même pas que c'est parce que j'ai espoir dans votre stupide loi que je reste ?

— Non, évidemment, soupirai-je.

— Je ne reste que pour une seule raison, énonça-t-elle en levant l'index : pour apprendre à maîtriser mon pouvoir afin de ne mettre personne en danger. Et pour me cacher. Parce que maintenant que le monde sait que j'existe, il n'y a aucun endroit où je puisse fuir en espérant qu'on m'y laisse en paix.

Je ne sus pas quoi répondre ; elle avait entièrement raison.

— Ils pourraient peut-être gober votre loi pour les façonniers et les alchimistes, poursuivit-elle. Les gens ne mouillent pas leurs chausses quand on parle de potions ou d'objets artificés ; mais quand il s'agit de malefeu... Non, ils craignent trop les sorciers. (Elle secoua la tête.) Aucune personne saine d'esprit ne souhaite que quelqu'un capable de détruire une ville sur un coup de tête se balade en toute liberté. Tout Eruvia veut me savoir enfermée aux Mues, ou mieux encore, morte et enterrée.

— Moi, je ne vous veux ni prisonnière ni morte, protestai-je.

— Vraiment ? releva Zaira d'un air sceptique. Et si je décidais de tenter ma chance et de m'enfuir pour me cacher, que feriez-vous donc ?

Il s'agissait d'une question délicate qui m'avait fréquemment préoccupée au cours de ces dernières semaines, notamment parce qu'il était difficile d'imaginer que Zaira se contenterait longtemps de rester cloîtrée aux Mues.

— Je m'efforcerais de trouver un moyen pour vous de le faire légalement. Et de convaincre le doge et le Conseil de vous laisser en paix.

— Ils ne l'accepteraient jamais, et vous le savez parfaitement.

— Eh bien, dans ce cas, j'userais de toute mon influence pour empêcher l'Empire de vous traquer, et pour garantir votre sécurité.

Mon pouls s'accéléra ; cette déclaration frisait la rébellion. En tant que Fauconnière, mon devoir m'imposerait au contraire d'aider à la retrouver.

Mais j'étais plus qu'une simple Fauconnière.

— La sécurité ? ricana Zaira. Ça n'existe pas pour moi. Je suis une poudrière ambulante.

— Je ne contesterai pas le bien-fondé de cette remarque. Mais enfin, si vous vous enfuyez, où irez-vous ? Et que ferez-vous ?

Zaira donna un coup de pied dans le sable d'un air renfrogné.

— Je n'en sais rien, dit-elle après un instant de silence. Si je le savais, j'aurais déjà filé. Mais c'est ça la première étape : apprendre à contrôler mon feu. Je pourrai m'occuper de réfléchir à la suite après.

— Donc vous ne comptez rester chez les Faucons que le temps nécessaire ?

J'avais la gorge étrangement nouée. Bien sûr, je souhaitais que Zaira soit libre, et ma vie redeviendrait certes plus paisible sans elle. Mais ce serait une paix bien solitaire.

— Ça dépend, dit Zaira en baissant la voix. Après le foutoir à Ardence, je me suis fait une promesse. Si le doge m'ordonne de brûler des gens qui ne le méritent pas, alors je m'enfuirai. C'est la ligne que je refuse de franchir.

— Je comprends, acquiesçai-je. Mais s'il vous somme d'attaquer le Vaskandar, que ferez-vous ?

— Si le Vaskandar nous envahit, les choses seront différentes, dit-elle avec un geste négligent, comme si l'idée d'une guerre entre l'Empire et son plus puissant voisin n'était rien d'autre qu'un insecte agaçant qu'on chasse d'un revers de main. Aux Suifs, j'ai entendu les histoires sur la guerre de Trois Ans que racontaient les vieux. Des grands-pères étranglés dans leur lit par des ronces, des enfants donnés en pâture à des ours, ce genre de choses. Les Hauts Ensorceleurs ne connaissent pas la pitié. Si jamais ils franchissent nos frontières, je leur montrerai qu'ils ne sont pas les seuls démons des Neuf Enfers.

Devant nous, Marcello était déjà monté sur les rochers. Il s'immobilisa brusquement, comme si le vent lui avait claqué une porte au nez.

— Il y a quelque chose dans l'eau, dit-il d'une voix blanche.

Jerith et Balos grimpèrent pour le rejoindre et regarder de l'autre côté de la barre rocheuse. Balos plaqua une main sur sa bouche et Jerith laissa échapper un juron.

Zaira et moi échangeâmes un regard, puis nous nous mîmes à courir vers eux.

Zaira arriva la première au sommet des rochers dans une grande envolée de jupes.

Elle baissa les yeux vers la mer et hocha la tête d'un air entendu, comme si ce qu'elle voyait confirmait ses soupçons.

— Un cadavre, dit-elle.

Je me hissai péniblement auprès des autres et vis enfin ce qui monopolisait leur attention.

Il était ballotté contre les rochers, pris dans le flot de la marée montante, et l'eau sombre clapotait contre la laine écarlate de son vêtement. J'aperçus une masse de cheveux noirs qui flottaient comme un bouquet d'algues et l'éclat d'un passement doré sur la veste de cet uniforme bien trop familier. Je dus alors détourner les yeux, les mains crispées sur mon estomac, le cœur au bord des lèvres.

— Grâce de la Miséricorde, murmurai-je.

— C'est un des nôtres, énonça Marcello d'une voix lugubre. C'est un Fauconnier.

Je laissai Marcello, Zaira et Balos hisser le corps hors de l'eau, incapable de leur prêter main-forte. Quand Zaira me lança que je n'étais qu'une petite chochotte, je me contentai de hocher la tête, les lèvres closes, en continuant à détourner le regard.

Au moins parvins-je à garder mon repas. Jerith, qui s'était précipité dans le bosquet, revint à mes côtés en s'essuyant la bouche, le pas mal assuré, encore plus blanc que d'habitude.

— Oh, le pauvre diable, gémit-il.

— Qui est-ce ? lui demandai-je avec un coup d'œil nerveux vers les autres, qui étaient penchés sur le cadavre. L'avez-vous reconnu ?

— Non. Les poissons l'ont défiguré. Mais son nom devrait se trouver sur son uniforme. (Jerith se laissa glisser au sol et appuya son front contre ses genoux.) Je n'ai pas de problème avec les morts. J'en ai déjà vu des dizaines. Des plaies sanglantes, des brûlures horribles, ça ne me fait rien. Mais un corps resté des jours dans l'eau, c'est la première fois.

J'acquiesçai d'un vigoureux hochement de tête. Les Grâces en soient remerciées, la brise qui soufflait sur mon visage chassait au loin les odeurs de putréfaction.

Les autres se relevèrent après avoir examiné le corps. Balos demeura debout devant le défunt, la tête inclinée. Marcello passa devant nous, blême et hagard, pour aller plonger ses mains dans l'eau claire et salée de la lagune. La douleur qui crispait son beau visage me transperça le cœur, et je m'avançai vers lui.

Zaira nous rejoignit en s'essuyant les mains sur ses jupes.

— Eh bien, dit-elle, un beau hareng bouffi que voilà. Il a passé au moins une semaine dans la flotte.

Jerith releva la tête avec un juron.

— Une semaine ? Verdi !

Marcello se redressa.

— Je sais, c'est trop long. Son Faucon doit être mort, lui aussi.

— Oh, par les Enfers !

Je n'avais pas songé à ça. Quand un Fauconnier mourait, son Faucon disposait de quelques jours pour obtenir un nouveau jet, sinon le ravissant bracelet doré à son poignet, si inoffensif d'aspect, instillerait dans ses veines une magie délétère qui le tuerait à petit feu.

Ce qui n'était jamais censé se produire. Selon Marcello, il ne s'agissait que d'une mesure préventive, afin de décourager des criminels ou des puissances étrangères d'assassiner les Fauconniers pour s'emparer des Faucons. Je suspectais quant à moi que le doge préférait vraiment voir périr un Faucon plutôt que de le laisser tomber aux mains de l'ennemi.

— Qui était-ce ? demanda Jerith d'une voix tendue.

— Anthon. Il était devenu Fauconnier un an après moi. (Marcello leva les yeux vers la forteresse des Mues, qui se dressait à l'autre bout de la lagune.) Il avait Namira pour Faucon, une façonnière originaire d'Osta. Ils étaient partis rendre visite à la famille de Namira. Mais ils n'ont jamais dû rejoindre leur navire.

— Que s'est-il passé ? demandai-je en glissant un regard vers l'endroit où se tenait Balos, immobile et solennel, au-dessus du corps à l'uniforme écarlate que me dissimulaient les rochers. Il s'est noyé ?

— On lui a tranché la gorge, répondit Marcello. Il a été assassiné.

Chapitre 2

Au grand dîner que donnait dame Aurica, un voile lugubre planait sur notre table. Marcello parlait peu et les serviteurs débarrassèrent son assiette à peine touchée pour les deux premiers plats d'un banquet qui en comptait quatorze. Zaira, à l'inverse, attaquait sa nourriture avec encore plus d'entrain qu'à l'ordinaire. Istrella, la sœur de Marcello, était penchée sur un petit tas de délicates pièces d'Artifice qu'elle avait apportées dans son sac à main en soie, et torsadait un bout de fil, le front plissé par la concentration. Une vieille douairière à la table voisine lui jeta un regard réprobateur, les lèvres pincées en une moue contrariée, mais fidèle à elle-même, Istrella ne le remarqua pas.

Quant à moi, je n'avais pas non plus le cœur à la conversation. Je ne connaissais qu'à peine le Fauconnier assassiné et son Faucon présumé mort, juste de quoi mettre un visage sur leur nom. Anthon se laissait pousser la barbe, et il la grattait machinalement quand il parlait. Namira avait le même âge que ma mère ; ses cheveux aux courtes boucles se parsemaient de gris et elle avait le regard vif et aiguisé. Malgré tout, cela me semblait inconvenant d'assister à une fête un jour seulement après la découverte du corps.

Les serviteurs déposèrent devant nous un plat en argent qui accueillait un généreux assortiment de noix, artistiquement empilées au milieu d'un décor de fleurs et de feuillage. Zaira cueillit une noix et l'ouvrit ; le craquement sec de la coquille me fit sursauter, et je décidai que je ne pouvais plus supporter ce silence.

— Ont-ils une idée sur l'identité du meurtrier ? demandai-je à Marcello.

Il releva la tête. Les ombres sous ses yeux suggéraient qu'il n'avait pas beaucoup dormi. Je détestais voir son visage aux traits élégants marqué à ce point par la tension et la fatigue. J'aurais aimé avancer la main pour lisser les plis inquiets qui lui barraient le front.

— Non, répondit-il. Cette histoire n'a aucun sens. Namira était une façonnière. Elle concevait des charmes de protection et enseignait aux nouveaux Faucons. Je ne vois aucune raison qui explique que quelqu'un ait voulu sa mort, ou celle de ce pauvre Anthon.

Zaira se rembrunit.

— J'aimerais bien mettre la main sur l'ordure qui a fait ça. Namira était chouette.

Un craquement sec ponctua sa phrase, et elle fourra une autre noix dans sa bouche.

— Ma mère soupçonne le Vaskandar, dis-je en coulant un regard vers son ambassadeur, à trois tables de nous, qui trinquait avec deux riches négociants. Ses seigneurs continuent à masser des troupes à la frontière alors même que nous sommes entrés dans l'automne. Il est clair qu'ils préparent quelque chose.

Marcello fronça les sourcils.

— J'ai du mal à comprendre en quoi le meurtre d'une seule façonnière et de son Fauconnier pourrait leur conférer un quelconque avantage si jamais la guerre éclate.

— Namira était une façonnière hautement qualifiée, spécialisée dans les artifices runiques, dis-je. Peut-être travaillait-elle sur un projet qui inquiétait le Vaskandar, comme une nouvelle arme ou un piège de bataille ?

Nous pourrions examiner ses notes, et voir si nous trouvons des indices ?

— Vous avez toujours de brillantes idées, Amalia, me complimenta Marcello avec un sourire mélancolique. C'est une des choses que j'aime chez vous.

Le mot me frappa comme la foudre en dépit du ton désinvolte de sa voix. *J'aime.*

Il n'avait plus utilisé ce mot depuis cet instant à Ardence, alors que j'étais en train de mourir empoisonnée et que nous nous étions fait nos adieux avec peu d'espoir de nous revoir jamais. « *Je crois que je vous aime.* » Je m'étais efforcée d'oublier sa déclaration ; après tout, il l'avait prononcée dans des circonstances désespérées. Et j'aurais été bien sotte de ressasser la question de savoir s'il m'aimait, ou si je l'aimais, alors que j'avais pris la décision politique de rester libre de tout engagement de cet ordre, du moins pour le moment.

Sotte, je l'avais été, bien évidemment. Ces dernières semaines depuis notre retour d'Ardence, il ne s'était pas passé un jour sans que j'y repense.

— Namira travaillait à l'adaptation de ces remarquables spirales runiques que l'on trouve sur les fresques des vieilles tombes ostaniennes, intervint Istrella sans lever les yeux de son ouvrage. Elle devait mener des recherches supplémentaires à Osta. Je l'enviais beaucoup ; je rêve de voir un jour les filigranes d'Artifice de leur palais royal.

— Nous pourrions y aller ensemble, suggérai-je, et Istrella m'adressa un sourire ravi.

— J'aurais dû savoir qu'ils manquaient à l'appel, dit Marcello d'une voix si basse que moi seule pus l'entendre. Ils auraient dû arriver à Osta il y a plusieurs jours déjà. Mais puisque Namira était en permission, ils n'avaient aucune obligation de signaler par un rapport qu'ils étaient arrivés à bon port.

Il secoua la tête, les lèvres serrées en une expression sévère.

Mon intonation se fit plus caressante qu'il n'était sans doute raisonnable.

— Vous n'avez aucun reproche à vous faire, voyons.

— Qui a dit que je me faisais des reproches ? protesta-t-il avec un sourire guère convaincant.

— Toute personne qui vous connaît un tant soit peu.

— La sécurité des Faucons est de ma responsabilité, dit-il en se frottant le front. D'autant plus depuis ma promotion.

— Votre promotion ! Mais vous ne m'avez pas dit que vous aviez été promu !

Certes, j'avais remarqué les galons supplémentaires sur son col, ainsi que les jolis boutons en forme de tête de faucon de son pourpoint, mais j'avais simplement supposé qu'il s'agissait d'un nouvel uniforme de cérémonie.

Il ne m'avait rien dit. La prise de conscience me tenailla le cœur. Sans doute avait-il été trop occupé, tout simplement ; mais peut-être souhaitait-il garder ses distances.

Istrella releva les yeux du fil qu'elle tressait, un sourire radieux sur le visage.

— Oui, c'est le capitaine Verdi, maintenant. L'officier le plus gradé des Mues après le colonel Vasante. Il peut approuver le financement de mes projets sans en référer à qui que ce soit ! J'en suis tout excitée ; lui au moins ne me pose pas une tonne de questions quant aux précautions à prendre et aux risques encourus.

Marcello écarquilla les yeux, soudain inquiet.

— Il faudra peut-être que j'y veille à l'avenir.

— Toutes mes félicitations, dis-je en levant mon verre à son intention, déterminée à ne laisser paraître aucune déception dans mon sourire. Je sais que cela récompense de longs efforts.

Marcello tira sur son col aux galons dorés d'un air embarrassé.

— Je vous remercie. Toutefois, cela n'a pas tardé à se révéler différent de ce à quoi je m'attendais.

— Vraiment ? À quel propos ? Plus de travail ? Plus de politique ?

— Plus de culpabilité, répondit-il en grimaçant. Le colonel Vasante a estimé que notre gestion de la situation à Ardence avait démontré que j'étais prêt à assumer de plus grandes responsabilités. Mais j'ai bien peur d'avoir déjà déçu ses espérances. Avec le Vaskandar qui se prépare à la guerre, j'aurais dû assigner des gardes supplémentaires à tous les Faucons en voyage à l'extérieur des Mues.

Zaira grommela.

— Vous pouvez vous marteler les bijoux de famille tant que vous voulez, mais c'est plutôt à son Huileuse Excellence que j'aurais des reproches à faire, dit-elle avec un signe de tête en direction de l'ambassadeur du Vaskandar qui s'était levé pour saluer une compatriote. Il n'arrête pas de s'isoler dans un petit salon pour parler en privé à certains invités.

— Ah bon ?

Je tendis le cou pour l'observer.

J'aurais dû le surveiller moi aussi, au lieu de laisser des souvenirs de mort et de cadavre putréfié me distraire.

C'était un homme entre deux âges, dont le physique conservait la trace de la vigueur passée. Une barbe blonde fournie venait contrebalancer le début de calvitie qui s'apercevait au sommet de son crâne chaque fois qu'il s'inclinait. Sa tenue même semblait le résultat d'un compromis : une veste de brocart de style raverrain, mais d'un vert forêt typiquement vaskandrien. Je fouillai ma mémoire à la recherche de son nom ; je l'avais rencontré lors de ma dernière visite à l'ambassade, à l'occasion de cette pénible réception donnée par le prince Ruven : il s'agissait de l'ambassadeur Varnir.

Zaira avait raison. Varnir désigna une porte sur le côté de la salle de réception de dame Aurica et s'y dirigea en compagnie de son interlocutrice, une grande femme gracieuse vêtue d'un long manteau en cuir orné de broderies vaskandriennes aux motifs anguleux.

— Je donnerais cher pour entendre leur conversation, dis-je.

Istrella releva de nouveau la tête. Marcello l'avait obligée à laisser ses lunettes artificées aux Mues, et la marque des mages qui cerclait ses pupilles conférait à ses yeux un éclat doré et fiévreux.

— Oh ! Vraiment ? Voyons voir si je peux vous bricoler quelque chose.

Elle sortit de ses affaires une petite paire de pinces et commença à enrouler un fil autour de sa cuillère à dessert en chantonnant pour elle-même. Marcello et moi échangeâmes un regard affectueux : vous pouviez faire confiance à Istrella pour trouver dans l'Artifice une solution à n'importe quel problème. Elle glissa quelques perles sur le filigrane, puis récupéra une épingle dans la masse désordonnée de ses cheveux et en plongea la pointe dans une fiole d'encre qu'elle tira de son sac. En quelques instants, elle avait dessiné un cercle simple, assorti de quelques runes, sur le dos de la cuillère.

— Serait-ce un cercle d'amplification ? demandai-je, impressionnée.

Certains endroits discrets de mon palais familial étaient équipés de cercles d'amplification qui permettaient d'écouter les conversations dans les pièces voisines, mais je n'avais encore jamais vu quelqu'un en tracer un avec la rapidité désinvolte d'un dessinateur de foire.

— Tout à fait, acquiesça Istrella avec un grand sourire. Je vous ai fabriqué un instrument d'écoute ! (Elle me tendit la cuillère avec l'air de prodigalité d'une vieille tante offrant un bonbon à sa nièce préférée.) Il est un peu fragile, mais il devrait fonctionner parfaitement tant qu'il durera.

— Istrella, vous êtes un vrai miracle.

Zaira repoussa sa chaise en souriant.

— Très bien. Allons voir quel secret peut bien détourner un diplomate d'un dîner gratuit.

Zaira me conduisit à un couloir attenant à la petite salle dans laquelle notre proie s'était éclipsée. Elle scruta le corridor avec attention ; à en croire les odeurs, il reliait la salle de réception aux cuisines, et n'avait pour toute décoration que deux plantes en pot et un miroir terni dans un cadre en argent ouvragé.

— Parfait, dit-elle. (Elle se campa devant le miroir et commença à triturer sa coiffure, en tirant sur les torsades élégantes et les épingles ornées de pierreries que ma femme de chambre avait passé plus d'une demi-heure à arranger.) Vous, appuyez-vous contre le mur comme si vous étiez fatiguée de m'attendre, et voyons voir ce que cette jeune folledingue est capable de faire avec une simple cuillère.

Je posai l'invention d'Istrella contre le mur, et aussitôt des voix faibles en jaillirent.

— *Vous comprenez, ma situation ici est des plus délicates…*

Cela ressemblait à la voix de l'ambassadeur.

— Vous m'attendez et vous vous ennuyez, me rappela sèchement Zaira sans quitter le miroir des yeux.

— Oh ! Oui, bien sûr.

Je m'accoudai au mur, la main sur la joue afin de tenir la cuillère contre mon oreille.

— Je veux toutes les informations que vous pourrez obtenir sur ces personnes. Leurs déplacements, leurs relations, leurs agissements.

Ce devait être la femme. Sa voix était froide et atone, sans accent ni inflexion, à la simplicité efficace d'une lame de couteau.

— Je vois. (J'entendis un froissement de papier, puis l'ambassadeur resta un instant silencieux, avant de soupirer.) Je suis navré, mais je crains de ne pouvoir vous aider en la circonstance. Je suis un diplomate, pas un espion.

— Vous servez les Hauts Ensorceleurs.

Même à travers la cuillère, je perçus la menace dans son intonation.

— Oui, bien sûr, acquiesça l'ambassadeur d'une voix conciliante. Mais, pardonnez-moi de le dire, vous n'êtes pas une Haute Ensorceleuse. Et je ne tiens pas à risquer de susciter davantage l'ire des Raverrains. Ma position…

Sa voix mourut. Je me décalai pour plaquer mon oreille contre la cuillère en ignorant le regard réprobateur que me lança Zaira alors qu'elle faisait semblant de vérifier le maquillage de ses lèvres.

— La Dame des Ronces l'ordonne, rétorqua la Vaskandrienne. Elle n'admettra aucun refus. Vous risquez davantage que votre poste.

La Dame des Ronces. Ce nom m'évoqua quelque chose, sans que je parvienne à dire précisément quoi.

Un long soupir vibra à travers l'instrument d'Istrella.

— Très bien, très bien. Je verrai ce que je peux faire. Mais je vous supplie de faire preuve de discrétion, pour notre salut à tous les deux. (Je distinguai de nouveau le bruit du papier qu'il tenait en main.) Un instant. Certaines des personnes sur cette liste se trouvent ici ce soir.

— Je sais, dit la femme. Évitez de vous poser trop de questions.

— Pourquoi ce nom est-il entouré d'un cercle ?

Le silence s'étira. Je retins mon souffle et tendis l'oreille, avide de connaître sa réponse.

— Cela ne concerne que ma maîtresse et moi, répondit-elle finalement.

L'ambassadeur marmonna quelque chose que je ne pus comprendre, avant de poursuivre à haute voix :

— C'est la raison de votre présence, n'est-ce pas ? Je vous interdis de tenter quelque chose durant ce dîner ! Nous serions arrêtés tous les deux !

— Vous n'avez pas d'ordres à me donner.

— Vous risqueriez de mettre à mal tous les accords auxquels je travaille pour le compte d'autres Hauts Ensorceleurs ! (J'entendis le bruit d'une feuille de papier qu'on déchire.) Vous prenez peut-être vos instructions de la Dame des Ronces, mais je sers les dix-sept Hauts Ensorceleurs du Vaskandar ! Si vous déboulez au beau milieu de mes négociations et provoquez un incident majeur, j'aurai à répondre de la situation au reste d'entre eux… Où croyez-vous aller ? Je vous parle !

Zaira souffla d'un air contrarié.

— Je vous l'ai dit, je n'en ai que pour une minute !

Surprise, je sursautai, perdant le contact de la cuillère avec le mur. Un serviteur passa dans le couloir en provenance des cuisines, les bras chargés d'un plateau de bols de bisque de fruits de mer fumante.

— Par les Grâces, vous êtes désespérante, maugréa Zaira. La prochaine fois, je pourrais aussi bien vous prévenir d'un coup de pied si c'est pour que vous sursautiez comme ça.

— Désolée.

— Vous avez appris ce que vous vouliez ? Je ne vais pas pouvoir continuer ce petit jeu bien longtemps.

Elle adressa un hochement de tête approbateur à son reflet dans le miroir.

Mon regard se porta derrière elle, vers la salle de réception, et je vis l'ambassadeur revenir à sa table, le visage empourpré par la colère. Aucun signe de la femme.

— Il faudrait que nous essayions de nous introduire dans cette pièce, si nous le pouvons, dis-je. Ils ont parlé d'une liste de noms, et d'après ce que j'ai entendu, il est possible qu'il l'ait déchirée et jetée. Si nous pouvions en récupérer les morceaux, il y aurait certainement quelque chose à en tirer.

— Ça ne devrait pas poser de problème. Suivez-moi, me dit-elle en m'invitant du geste à revenir dans la salle de réception.

Zaira ne me conduisit pas directement à la porte du salon attenant, mais à une table qui se trouvait non loin, sur laquelle trônait le livre d'or où les invités pouvaient écrire un message à l'intention de leur hôtesse. Elle se pencha au-dessus du livre en feignant de s'y intéresser. J'avais suffisamment appris de nos aventures à Ardence pour entrer dans son jeu et éviter soigneusement de lorgner vers la porte, malgré tout le désir que j'en avais.

— Il y a trop de gens qui regardent, murmura Zaira. Attendez ici et écrivez dans le livre pour avoir l'air occupée. Je vais attirer leur attention ailleurs.

Je m'exécutai tandis qu'elle s'éloignait, non sans m'inquiéter de ce qu'elle allait inventer comme diversion. Dame Aurica faisait partie des soutiens à mon projet de réforme des Faucons, et la dernière chose que je souhaitais était de provoquer un incident fâcheux durant son dîner.

Je m'emparai de la plume à pointe d'argent posée à côté du livre, la trempai dans l'encrier et rédigeai un message de remerciement à dame Aurica pour cette soirée, ainsi que pour son engagement à œuvrer à un avenir meilleur pour les Faucons de l'Empire. Les autres invités pourraient lire mon petit mot, alors autant en profiter pour promouvoir mon projet de loi.

— Ah, dame Amalia, dit une voix douce juste derrière moi. Je vois que vous poursuivez toujours votre noble rêve de désentraver les Faucons.

Je sursautai et maculai la page d'une fine traînée de gouttes d'encre. Je n'avais pas remarqué que quelqu'un s'était glissé dans mon dos. Je me retournai et manquai de laisser tomber la plume en découvrant son identité.

Il s'agissait du seigneur Caulin, un petit homme fluet aux cheveux gris, qui conseillait le doge en matière juridique. C'était là du moins ses attributions officielles ; compte tenu du siège que ma mère occupait au Conseil des Neuf, je savais que le seigneur Caulin tenait en réalité la fonction officieuse et hautement secrète de chancelier du Silence, responsable des assassins impériaux et des relations avec la pègre de Raverra. Il avait la réputation d'être discret, efficace, et parfaitement impitoyable dans l'exercice de son office. Il ressemblait à un petit bonhomme timide et quelconque sur lequel votre regard glissait sans s'attarder, mais je savais qu'il ne fallait pas le sous-estimer. C'était un homme dangereux.

Et qui pouvait également se montrer très utile. À n'en point douter, il possédait plus que moi les compétences nécessaires pour démasquer les intentions de l'ambassadeur et de sa compatriote. Mais un souvenir me revint soudain en mémoire : ma mère, secouant la tête après que la marquise de Palova eut proposé de solliciter l'aide de Caulin pour l'obtention de certaines informations. « L'homme est des plus compétents, avait-elle dit, mais dès qu'il est impliqué dans une affaire, les cadavres ont tendance à s'empiler. »

Peut-être ferais-je mieux de m'abstenir de lui expliquer pourquoi je rôdais près de cette porte.

— Oui, bien sûr, dis-je. Les mages marqués méritent de jouir de la même liberté de choix que n'importe quel citoyen de l'Empire.

— Oh, certainement, certainement, opina le seigneur Caulin avec un petit rire, comme si j'avais fait un trait d'humour. Mais, dites-moi, dame Amalia, pensez-vous vraiment que l'Assemblée vote des lois dans le but d'offrir aux gens ce qu'ils *méritent* ?

— Il est de notre devoir de gouverner pour le plus grand bien de Raverra et de l'Empire, déclarai-je fermement en m'empêchant de chercher Zaira du regard.

Le seigneur Caulin inclina le buste vers moi avec déférence.

— Précisément. Et les mages marqués sont de puissants instruments, indispensables pour garantir le bien commun. N'êtes-vous pas de cet avis ?

— Les gens ne sont pas des instruments, seigneur Caulin.

Il haussa ses fins sourcils.

— Quelle charmante affirmation. Ah, l'idéalisme de la jeunesse. (Il secoua la tête.) Vous comprendrez, un jour ; après tout, vous êtes appelée à succéder à votre mère.

Il me traitait comme une enfant. Quelques mois plus tôt, je l'aurais sans doute mérité. Mais j'en avais accompli suffisamment à Ardence pour ne pas avoir à supporter sa condescendance.

Je haussai le menton.

— La compassion n'a rien à voir avec la naïveté.

— Si vous le dites, ma dame, concéda le seigneur Caulin en s'inclinant profondément. J'espère que la réalité ne se montrera pas trop cruelle en vous détrompant sur ce point. Je vous souhaite une bonne soirée.

Je le regardai s'éclipser d'un air contrarié. Son manteau et ses chausses de velours noir tranchaient par leur simplicité au milieu des brocarts colorés des autres invités. Mais alors même que j'essayais de le suivre des yeux à travers la salle, je ne tardai pas à le perdre.

Puis un vacarme soudain attira mon attention. Je me tournai pour voir un jeune serviteur, les joues en feu, se pencher pour ramasser son plateau au milieu d'un étalage de morceaux de faïence brisée.

Zaira me tira par le bras.

— Ce n'était pas destiné à vous distraire *vous*. Venez !

J'eus à peine le temps de reposer la plume sur son présentoir qu'elle me poussait à travers la porte entrebâillée et la refermait doucement derrière nous.

La pièce paraissait parfaitement adaptée au genre d'aparté auquel s'adonnait l'ambassadeur, ou peut-être même à des rencontres plus intimes encore. Quelques chaises autour d'une table dorée formaient un cercle propice à la conversation. Des luminaires luisaient paisiblement dans des niches murales, et une lampe à huile posée sur la table apportait un éclairage plus chaleureux et plus mouvant.

Je chassai de mon esprit le trouble que l'avertissement subtil du seigneur Caulin y avait jeté. Nous n'avions sans doute que peu de temps avant que l'ambassadeur remarque que nous étions entrées dans ce salon, et je préférais aussi éviter de devoir m'expliquer auprès de Caulin.

— Cherchez une feuille de papier, pressai-je Zaira, qui s'accroupit aussitôt sur le tapis pour regarder sous les chaises.

Mon regard s'attarda sur la petite cheminée au manteau sculpté. Un feu avait été préparé dans l'âtre, mais pas encore allumé.

Je savais ce que j'aurais fait d'un document incriminant et je m'approchai donc de la cheminée. Ainsi que je l'avais supposé, une boule de papier froissé avait été jetée dans l'âtre.

Je la récupérai et dépliai les deux moitiés d'une liste sur la table, tandis que Zaira venait regarder par-dessus mon épaule.

Une vingtaine de noms s'alignaient dans une écriture anguleuse. Une ligne à main levée encerclait le troisième nom.

Istrella Verdi.

— Oh, par les Enfers, soufflai-je.

Je sortis précipitamment du petit salon, la liste serrée dans mon poing, pour découvrir que ma pire crainte s'était concrétisée : la chaise d'Istrella était vide, et son matériel d'Artifice encore répandu sur la table à sa place. Marcello était assis seul et plongeait sa cuillère dans sa bisque de fruits de mer sans grand enthousiasme. Mon estomac tressauta comme si je venais de trébucher au bord d'un canal.

— Où est Istrella ?

— Aux toilettes des dames. Pourquoi ? demanda-t-il en se levant. Y a-t-il…

Zaira et moi ne lui laissâmes pas le temps de formuler sa question. Nous traversâmes en courant la salle bondée dans une envolée des jupons de Zaira, qui vinrent frôler les invités surpris. Vêtue d'une veste de brocart et de chausses – la soirée n'avait pas de caractère officiel qui m'aurait imposé le port d'une robe –, j'eus moins de mal à me glisser entre les tables et, pour une fois, devançai Zaira.

Un petit salon servait d'antichambre aux commodités. J'ouvris à toute volée la porte peinte d'une bordure ornementale désuète à motifs végétaux et pénétrai dans une pièce aux grandes fenêtres, dont la brise vespérale faisait gonfler les voilages en soufflant le parfum âcre du canal. Mon cœur se glaça en un instant.

Istrella gisait au sol, telle une fleur fraîchement coupée.

La femme vaskandrienne à la voix froide était agenouillée auprès d'elle, une dague à la main.

Chapitre 3

La Vaskandrienne se releva et dégaina une seconde dague.

— Dame Amalia Cornaro. (Ses yeux brillaient comme ceux d'un chat se préparant à bondir sur sa proie.) Vous ne pouviez pas mieux tomber.

Mon cœur s'emballa et je portai la main à mon médaillon ardent, mais Zaira fit irruption dans la pièce juste à ce moment-là.

La femme jura et se rua vers la fenêtre dans un tournoiement de manteau noir et de tresse blonde.

Je ne cherchai pas à l'en empêcher et me jetai auprès d'Istrella pour poser la main sur sa gorge. La façonnière était chaude et vivante ; le sang battait dans ses veines et elle respirait. Le soulagement déferla en moi en une vague étourdissante.

Zaira courut jusqu'à la fenêtre, la dague au poing. Elle écarta les rideaux et se pencha dans l'air nocturne.

— Que les démons t'emportent, espèce de sale lâche !

Un batelier sur le canal lui renvoya une réplique injurieuse.

— La voyez-vous ? demandai-je, le souffle court. Dois-je vous libérer ?

— Non, répondit Zaira en crachant de frustration sur le tapis de dame Aurica. Elle a filé.

Marcello apparut à la porte, le pistolet en main, et émit un cri étranglé en voyant sa sœur au sol.

— Elle va bien, le rassurai-je aussitôt. Elle a été victime d'une potion soporifique, c'est tout.

Je me gardai d'ajouter que j'avais entendu dire qu'il s'agissait d'une pratique courante chez les assassins pour éviter que les cris de leur cible ne donnent l'alerte.

Il s'agenouilla et souleva la tête d'Istrella du sol.

— J'aurais dû l'accompagner.

— Aux toilettes des dames ? (Je lui posai une main sur l'épaule ; ses muscles étaient tendus à se rompre.) Tout va bien. Elle n'a rien.

Mais une minute de plus et il en aurait été tout autrement. Elle se serait retrouvée aussi morte que ce pauvre Anthon qui avait passé une semaine dans l'eau. Un frisson me parcourut l'échine.

Je me doutais que Marcello songeait à la même chose. Je ne l'avais jamais vu aussi pâle. Il secoua doucement l'épaule de sa sœur.

— Allez, Istrella, réveille-toi, murmura-t-il. Je suis désolé.

Une fine traînée de salive coula de la bouche molle d'Istrella, mais elle ne reprit pas connaissance.

Je m'accroupis auprès de lui, puis hésitai. Quel était le comportement approprié pour réconforter un ami dans le désarroi, quand vous aviez embrassé cet ami, mais refusé de lui permettre de vous courtiser ? Avant cela, l'espace entre nous était chargé de possibilités interdites ; à présent, toute tentative de franchir ces quelques centimètres s'empêtrait dans un écheveau de complications.

Je me décidai finalement à lui tapoter l'épaule.

— Elle se réveillera bientôt. Elle n'a rien. Vous veillez bien sur elle.

Il hocha la tête, les lèvres étrécies en une ligne déterminée.

— Savez-vous qui a fait ça ?

— Le Vaskandar. Et il y a plus.

Je dépliai la liste que j'avais gardée serrée dans mon poing et la posai sur la coiffeuse. Les traits de plume efficaces égrenaient une série de noms, dont certains m'étaient des plus familiers.

Jerith Antelles. Terika. Istrella Verdi…

Je m'éclaircis la voix.

— Vous y êtes aussi, Zaira.

Elle quitta la fenêtre pour nous rejoindre.

— Quoi ? Où ça ?

Je pointai le doigt sur une ligne. Zaira ne savait toujours pas lire, mais Terika avait commencé à lui apprendre, et elle était déjà capable de reconnaître son nom.

Elle fronça les sourcils.

— C'est bien le nom de Terika, un peu plus haut ?

— Euh, oui.

Elle jura à mi-voix.

— Je ne laisse personne menacer Terika. Je les ferai brûler jusqu'à ce que leurs dents fondent. Qui d'autre ?

— Les Faucons de premier plan. Tous les sorciers sont sur cette liste, ainsi que le maître façonnier. Marcello, vous devriez vous assurer que tous ces gens sont sains et saufs et que nul ne manque à l'appel.

— Aussitôt que nous aurons regagné la sécurité des Mues, promit-il d'une voix sombre.

Je parcourus la liste des yeux, reconnaissant le nom d'un Faucon après l'autre, jusqu'à arriver au dernier nom, qui me plongea dans une stupeur ébahie.

Amalia Cornaro.

— Qu'y a-t-il ? me demanda Zaira, qui avait dû remarquer mon trouble.

— Je vous le dirai plus tard.

Je m'efforçai d'adopter un ton aussi léger que possible en dépit de l'angoisse qui me glaçait le sang, et je coulai un regard éloquent vers Marcello. Je ne voulais pas qu'il ait à s'inquiéter de cela pour le moment. Zaira grommela son assentiment.

Je repliai la liste et la rangeai dans ma poche.

— Comment va Istrella ? demandai-je à Marcello. Des signes de réveil ?

— Elle a à peine remué les paupières, répondit-il sans la quitter des yeux. Elle est encore profondément endormie. L'alchimiste qui a fabriqué cette potion doit être puissant.

— Restez auprès d'elle, dans ce cas, dis-je en lissant ma veste et en vérifiant le médaillon ardent qui pendait à mon cou. Je dois avoir une petite conversation avec l'ambassadeur du Vaskandar.

Zaira et moi sortîmes d'un pas décidé, passâmes entre les tables des convives, qui se tordaient le cou pour essayer de voir à quoi rimait toute cette agitation, et allâmes droit vers celle de l'ambassadeur. Il s'interrompit au beau milieu d'une anecdote en nous voyant fondre sur lui, et les sourires s'effacèrent des visages à sa table, tandis que ses compagnons écartaient légèrement leur chaise de la sienne.

L'ambassadeur se fendit d'un sourire hésitant et se leva à demi.

— Dame Amalia Cornaro. Quel plaisir de vous revoir.

Je lui adressai un regard glacial.

— Ambassadeur, nous devons parler.

Son visage se figea en un masque neutre, puis ses épaules s'affaissèrent et il laissa échapper un long soupir.

— Fort bien. Venez, dame Amalia ; j'aime autant que nous ayons cette conversation en privé.

Je refermai moi-même la porte du petit salon, afin de m'assurer qu'il n'y apposerait pas discrètement un sceau d'Artifice. L'ambassadeur Varnir nous invita à nous asseoir en s'inclinant profondément.

— Je vous en prie, mes dames. Prenez donc un siège.

Je posai les poings sur les hanches.

— Je crois que je préfère rester debout. Que signifie cette agression à l'égard d'Istrella Verdi ?

— J'ignore de quoi vous parlez.

— N'essayez pas de nous entourlouper, rétorqua Zaira. Nous savons que vous avez parlé avec cette chienne aux yeux de glace ici même, juste avant qu'elle s'en prenne à Istrella.

Il grimaça.

— Ah, certes. Quelle terrible chose. Elle a échoué, j'espère ?

— Dans le cas contraire, vous seriez déjà en train de brûler, gronda Zaira.

— Bien sûr, je comprends, dit-il en déglutissant péniblement. Je crois savoir que dame Aurica garde une bouteille ici. Vous n'avez pas d'objection à ce que… Souhaitez-vous un verre, vous aussi ?

Il se tourna vers une armoire décorative et farfouilla à l'intérieur pour en sortir une bouteille et trois verres. Le sommet de son crâne chauve luisait de sueur.

— Ambassadeur Varnir, m'irritai-je, vous cherchez à gagner du temps.

— Évidemment, dame Amalia. Comme le ferait n'importe quel gentilhomme réfléchissant à l'option la meilleure pour garder sa tête sur ses épaules. (Il se servit un verre de vin rouge, but une longue gorgée, puis le remplit de nouveau.) Je n'ai approuvé aucune action à l'encontre de votre amie. En vérité, je m'y suis même vigoureusement opposé. Mais vous devez comprendre que je n'ai aucune autorité sur un agent envoyé en mission par un Haut Ensorceleur.

— Vous admettez donc que le Vaskandar s'est abaissé à ourdir l'assassinat des Faucons ?

— Le Vaskandar ? Oh, non, pas le moins du monde.

D'une main tremblante, il me tendit un verre de vin. Je l'acceptai et le pressai contre un certain anneau à mon doigt, entouré d'un filigrane et gravé de runes d'Artifice. L'anneau demeura froid, et la pierre qui l'ornait resta terne. Aucune alchimie n'était à l'œuvre dans ce breuvage, mais cela ne me prémunissait pas contre la présence d'un poison ordinaire.

— Ne me mentez pas, dis-je sèchement. Je sais que cette tueuse a été envoyée par la Dame des Ronces.

— Ah. (Varnir épongea la sueur à son front.) Voilà une accusation bien téméraire ! Que je me garderai bien moi-même de confirmer ou d'infirmer. Toutefois, si vous estimez que les actes d'un Haut Ensorceleur en particulier concernent le Vaskandar en tant que nation, je crains que vous ne soyez victime d'une erreur d'appréciation courante quant aux réalités de mon pays.

— Je sais parfaitement que chaque Haut Ensorceleur règne en maître absolu sur son domaine, rétorquai-je froidement. Je n'ai nul besoin que vous me rappeliez en quoi consiste l'organisation politique du Vaskandar.

— Dans ce cas, vous comprenez sans doute que chaque action que vous imputez à notre nation – de cette attaque malheureuse contre votre amie, aux accords commerciaux en vigueur, en passant par le rassemblement de troupes à votre frontière – est en réalité le fait d'un Haut Ensorceleur ou d'un autre. Ou parfois d'une coterie réunissant plusieurs d'entre eux. Mais vous ne pouvez pas faire porter le crédit ou le blâme de ces différentes choses sur le Vaskandar tout entier ni, de fait, sur son ambassadeur. Du moins je l'espère.

Il ricana nerveusement.

— Un instant. Même les mouvements de troupes à la frontière, avez-vous dit. Êtes-vous en train de suggérer qu'il s'agit des menées d'un seul Haut Ensorceleur, et que le Vaskandar n'aurait pas l'intention d'entrer en guerre avec l'Empire ?

— Oh, ma dame, je ne saurais rien affirmer à ce sujet.

Zaira remonta ses manches garnies de dentelle.

— Dites le mot, que je le réduise en cendres.

Varnir écarquilla les yeux et leva vivement les mains en renversant un peu de vin de son verre.

— Non, je vous en prie ! Je n'essaie pas de me jouer de vous ! Je ne peux rien en dire pour la simple raison que le Conclave ne s'est pas encore réuni.

J'échangeai un regard avec Zaira.

— Le Conclave ? Vous voulez parler du conseil qui dirige le Vaskandar ?

— Non, non, dit Varnir en repoussant l'idée des deux mains. Vous autres Raverrains voulez toujours y voir l'équivalent de votre Conseil des Neuf, mais le Vaskandar ne possède aucune institution gouvernante de ce genre. Personne n'a autorité sur les Hauts Ensorceleurs ; ils détiennent le pouvoir suprême sur leurs domaines respectifs. Mais quand ils ont besoin de régler des querelles ou de s'assembler pour faire cause commune – dans le cas d'une guerre avec l'Empire, par exemple –, les Hauts Ensorceleurs décrètent la tenue d'un Conclave. Rien ne sera décidé avant que le Conclave se réunisse, dans un mois à compter d'aujourd'hui.

Je reposai mon verre de peur de le briser, tant ma main était crispée.

— Et ce Conclave pourrait donc décider de ne pas nous envahir ?

— Oh, non, non, non. (Varnir émit un petit rire poli, comme si je venais de faire une plaisanterie sans intérêt.) Le nombre des Hauts Ensorceleurs déterminés à déclencher la guerre est suffisant pour rendre la chose inévitable, j'en ai peur, ainsi que j'ai pris soin de l'expliquer à votre doge. D'autres m'ont demandé d'assurer Raverra de leurs intentions pacifiques, mais chaque Haut Ensorceleur contrôle sa propre armée. Ceux qui désirent la guerre n'ont pas besoin du soutien du reste des seigneurs du Vaskandar.

L'ambassadeur nous adressa un sourire indulgent avant de poursuivre :

— Les Raverrains se bercent de l'illusion que le Vaskandar ne représente pas une menace sérieuse pour l'Empire, mais vous n'avez jamais eu à affronter les dix-sept Hauts Ensorceleurs réunis. Vous savez, ce que vous appelez la guerre de Trois Ans, ce conflit qui s'est déroulé voici cinquante ans ? Eh bien, il n'a impliqué que trois Hauts Ensorceleurs, qui ont attaqué l'Empire sans le soutien des quatorze autres.

Un frisson glacé me remonta l'échine. Raverra avait remporté une victoire incontestable lors de la guerre de Trois Ans, mais il avait fallu des décennies aux territoires frontaliers pour se remettre des ravages du conflit.

— Et combien de vos seigneurs sont-ils décidés à partir en guerre aujourd'hui ?

L'ambassadeur Varnir haussa les sourcils.

— Les Hauts Ensorceleurs ne m'invitent pas à assister à leurs discussions, ma dame. Ils se contentent de me faire part de leur volonté à titre individuel, et je m'efforce de satisfaire leurs exigences et de mener leurs négociations en essayant de ne susciter le courroux d'aucun d'eux.

— Un boulot plus merdique que de gratter les chiures de mouche, observa Zaira. Mais n'espérez pas notre compassion. Une de vos compatriotes vient juste de tenter de tuer notre amie.

— C'est terrible, mais je suis innocent de ce crime.

— Oui, j'ai pu constater combien vous avez été choqué, rétorqua Zaira. Vous en avez ruiné la blague que vous racontiez à vos amis, et vous avez à peine touché votre bisque. Vous en avez même oublié de nous avertir.

— Je ne le pouvais pas, dit-il en passant la langue sur ses lèvres desséchées. Certains de mes maîtres sont plus raisonnables que d'autres. Mais la Dame des Ronces m'aurait fait ramener de force dans son domaine pour m'empaler sur un roncier si j'avais osé interférer dans ses plans.

Je me rappelai soudain où j'avais entendu le nom de la Dame des Ronces. Dans mon enfance, mes cousins paternels du Callamorne, un État client de l'Empire Sérénissime et frontalier du domaine de cette Haute Ensorceleuse, m'avaient effrayée et empêchée de dormir par leurs récits horribles sur ce qui arrivait aux enfants qui s'égaraient dans ses forêts. Je m'étais caché la tête sous les couvertures en tâchant de me convaincre que la Dame des Ronces n'existait pas. Mais apparemment, l'ambassadeur Varnir prenait ses ordres de cette créature qui avait peuplé mes cauchemars de petite fille.

— Quoi qu'il en soit, je vous suggère à présent d'interférer au moins indirectement, en répondant à nos questions, si vous voulez éviter d'être renvoyé au Vaskandar en disgrâce. (Je m'efforçai d'adopter le ton qu'aurait la voix de la raison, et remplis de nouveau son verre de vin.) Pourquoi la Dame des Ronces souhaiterait-elle la mort d'une façonnière de quatorze ans ?

Istrella était particulièrement talentueuse et comptait au nombre des quelques façonniers capables de fabriquer les armes les plus puissantes de l'Empire ; le maître façonnier l'avait d'ailleurs intégrée au cercle très restreint de ses apprentis. De plus, son frère venait d'être nommé commandant en second des Faucons. Mais le Vaskandar ne pouvait pas savoir tout cela.

L'ambassadeur Varnir accepta le verre avec reconnaissance.

— Je l'ignore, répondit-il. Les Hauts Ensorceleurs ne partagent pas leurs réflexions avec moi, ma dame. Je suis ce que vous appelez un vivomancien, mais je ne porte pas la marque des mages ; de ce fait, ils me jugent inférieur à eux. De plus, il m'est apparu qu'un manque de curiosité quant aux affaires des Hauts Ensorceleurs était une qualité tout à fait nécessaire pour un homme dans ma position.

— Vous avez de la chance que votre position ne soit pas au fond d'une geôle, le menaça Zaira.

— Mes dames, je vous en prie. Je n'ai pas le pouvoir d'empêcher la Dame des Ronces de mettre ses plans à exécution, plaida-t-il en écartant les mains dans un geste d'impuissance. Je vous ai donné toutes les informations dont je dispose. C'est bien la monnaie la plus en faveur à Raverra, n'est-ce pas ? Cela ne suffit-il pas à m'acheter une certaine considération ?

— Cela suffit à ce que je vous permette de partir d'ici libre et en vie. (Ce qui avait autant à voir avec mon désir de retourner auprès de Marcello et d'Istrella qu'avec une quelconque gratitude à son égard, mais cela importait peu.) Pour le reste, il reviendra à ma mère d'en décider.

L'ambassadeur blêmit.

— La Contessa, murmura-t-il en portant son verre à ses lèvres d'une main tremblante. Je crois que je ferais aussi bien de finir cette bouteille.

— L'ambassadeur Varnir est un homme qui a beaucoup à perdre, me déclara ma mère le soir suivant, devant un plat de polenta crémeuse au poisson spalière. Ce qui le rend à la fois très désireux de coopérer avec nous et tout à fait terrifié à cette idée.

Auparavant, il était rare que je dîne en compagnie de ma mère. Elle restait souvent fort tard au palais impérial et ne rentrait à la maison qu'après minuit, pour trouver le repas préparé par notre cuisinier qui l'attendait, froid sous sa cloche argentée, sur la table de la salle à manger. Ou bien elle soupait avec quelques-uns des plus puissants personnages de l'Empire Sérénissime, et prenait des décisions vitales entre deux bouchées d'un risotto au crabe ou d'un faisan rôti, farci aux champignons et aux herbes. Mais après l'incident d'Ardence le mois précédent, j'avais pris plus à cœur mon rôle d'héritière, et depuis que j'assumais davantage de responsabilités, la Contessa avait fait du moment du dîner notre réunion quasi quotidienne d'échange d'informations et de stratégie, ce qui impliquait parfois que je doive manger à des heures peu conventionnelles ou que j'aille la rejoindre au palais impérial pour le souper.

— Vous a-t-il livré des informations utiles ?

Je m'efforçai de poser ma question d'une voix neutre, comme si je me moquais de découvrir ce que ma mère pensait de la façon dont j'avais géré la situation avec l'ambassadeur.

— Quelques-unes, répondit-elle avant de boire une gorgée de vin. Je serais curieuse de savoir pourquoi tu as choisi de ne pas avertir le seigneur Caulin que tu avais identifié en cette femme un assassin envoyé par le Vaskandar.

Il aurait été trop optimiste d'espérer qu'elle se contente de me dire : « Oui, tu as bien agi. »

— Je ne voulais pas révéler ses véritables fonctions à Marcello et Zaira. Cela n'aurait eu aucun sens de prévenir le conseiller juridique du doge. (À dire vrai, je n'avais pensé à cette justification qu'après coup, mais je me gardai bien de le préciser.) De plus, ajoutai-je avec plus d'honnêteté, je me suis rappelé ce que vous m'aviez dit, quant au fait que les gens avaient tendance à tomber comme des mouches dès que le seigneur Caulin s'impliquait dans une affaire.

— C'est vrai. (Ma mère reposa son verre et me considéra par-dessus la table du dîner.) Et dans ce cas précis, je ne te blâme pas de l'avoir laissé en dehors de cette affaire. Mais tu ne pourras pas toujours éviter d'avoir du sang sur les mains, Amalia. Pas quand tu siégeras au Conseil des Neuf.

— Je le sais bien. (Je baissai les yeux sur mon assiette afin de lui dissimuler ma réaction instinctive de répulsion.) Mais je préfère m'en abstenir tant que cela n'est pas absolument nécessaire.

— Hmm. Quoi qu'il en soit, l'ambassadeur Varnir a tout de même accepté d'organiser plusieurs rencontres la semaine prochaine, durant la Fête de la Beauté, avec certains Vaskandriens influents qu'il serait possible d'inciter à prendre position contre la guerre. (Elle soupira.) Je m'en chargerai personnellement. Nous n'avons guère de renseignements sur la situation au Vaskandar.

J'avalai une bouchée de polenta.

— Comment est-ce possible ? Nous commerçons pourtant avec eux, non ?

— Oui, et je peux te dire qu'un bon tiers des marchands raverrains au Vaskandar sont des espions, répondit la Contessa. Mais les Hauts Ensorceleurs ne fraient pas avec ceux qui ne possèdent aucun talent magique et ne sont pour eux que des serfs tout juste bons à trimer dans leurs champs. Nos gens ne parviennent pas à approcher des cercles de pouvoir.

— Ne pouvez-vous utiliser des Vaskandriens dans ce cas ? Soudoyer des domestiques, faire chanter des nobles ou des conseillers, ce genre de choses ?

— Tu apprends vite. (Ma mère leva son verre en un toast appréciateur, et je me concentrai sur mon plat pour masquer un sentiment de fierté irrationnel.) Mais peu de poissons dans la mare du Vaskandar sont prêts à mordre à ce genre d'appât. Ils sont tous terrifiés par les Hauts Ensorceleurs. Leur pouvoir est absolu, et il se manifeste souvent de manière capricieuse et cruelle.

Le souvenir de Ruven utilisant sa vivomancie pour transpercer de sa dague le poignet de son garde aussi facilement qu'une motte de beurre, tandis que l'homme paralysé hurlait en silence, me revint en mémoire et je frissonnai. Je comprenais parfaitement pourquoi les serviteurs vaskandriens ne se risquaient pas à susciter l'ire de leurs maîtres à la si puissante magie.

Je plantai ma fourchette dans un morceau de poisson d'un air songeur.

— Ce Conclave dont Varnir a annoncé la tenue prochaine…

— J'essaie d'introduire un espion dans un Conclave depuis avant le temps de ta naissance, dit ma mère en passant le bout de son index sur le bord de son verre. Ce qu'ils décideront au cours de leur assemblée pourra déterminer si la guerre prochaine durera trois semaines ou trois décennies, et si y mourront une centaine d'hommes ou une centaine de milliers. Nous devons user de tous les contacts que nous possédons au Vaskandar pour influencer l'issue du Conclave.

Sa voix avait légèrement accentué le mot « tous ». Je reposai ma fourchette.

— Vous ne pensez certainement pas au prince Ruven ?

Ma mère haussa un sourcil.

— Il t'a pourtant invitée à lui rendre visite.

— Lors de notre dernière conversation, nous nous sommes mutuellement menacés de mort, lui rappelai-je.

— Quoi qu'il en soit, il semble te tenir en haute estime, dit-elle avec un petit sourire. Et je ne suis pas en train de suggérer que tu passes chez lui à l'improviste à l'heure du thé. Mais votre lien est un atout dans ta main ; que tu décides de le jouer ou non, tu te dois de le prendre en compte dans ta stratégie.

— Je comprends.

Je n'avais nulle envie de revoir Ruven, avec son sourire cruel et sa magie qui lui permettait d'un simple contact sur votre peau de faire fondre vos os ou cesser votre cœur de battre. Mais aux yeux de ma mère, ce n'était pas une excuse.

Si le bien de l'Empire exigeait de moi de danser avec lui au gala d'anniversaire du doge, elle attendrait de moi que je trouve une toilette qui reste élégante malgré des manches longues, et que je m'exerce au menuet en vue de l'événement.

— D'autant plus, poursuivit ma mère en plissant les yeux, que le prince Ruven et son père, le Seigneur Loup, semblent être les principaux alliés de la Dame des Ronces.

Je manquai de recracher ma gorgée de vin sur la table.

— Que dites-vous ?

— Le Seigneur Loup et la Dame des Ronces gouvernent des domaines voisins. Leurs rapports étaient tendus à l'époque où j'ai rencontré ton père. (Elle mentionnait l'épisode célèbre de leur relation et de leur mariage comme si elle parlait d'avoir été courtisée par un fermier plutôt qu'un prince, et que leur mariage n'avait été qu'une étape de leur vie privée et non un événement historique qui avait entraîné la nation du Callamorne à intégrer l'Empire Sérénissime au statut d'État vassal.) Mais au cours de ces dernières années, grâce aux efforts de ton vieil ami Ruven, les deux Hauts Ensorceleurs semblent s'être mis à collaborer étroitement.

Je plantai ma fourchette dans ma polenta avec plus de force que nécessaire.

— Si ce serpent est impliqué dans ce rapprochement, nous ferions bien d'en découvrir rapidement les tenants et les aboutissants.

Lorsque nos chemins s'étaient croisés, le mois précédent, il avait évoqué à plusieurs reprises le fait qu'il n'était pas prêt – pas encore – à faire la guerre à l'Empire. Peut-être le serait-il après le Conclave ?

— Assurément, opina ma mère. Il te faut donc te montrer prudente dans tes rapports avec lui. Surtout quand ton nom se retrouve sur la liste d'une tueuse envoyée par celle qui demeure sa plus proche alliée.

Je profitai de l'occasion pour poser une question qui me taraudait.

— Mère, toutes les autres personnes sur cette liste sont des Faucons. Aucun autre Fauconnier, ni de cibles politiques ou militaires. Seulement une vingtaine de mages marqués, et moi. Je ne comprends pas. Pourquoi mon nom se trouve-t-il sur cette liste ?

La pendule sur la cheminée égrena trois secondes, quatre, puis cinq, sans que ma mère réponde. Le vieil Anzo entra pour débarrasser nos assiettes et apporter le plat principal, de tendres médaillons de bœuf agrémentés d'une sauce au bleu et aux aigrelles, un plat auquel ma mère avait pris goût à l'époque de son séjour au Callamorne. Nos assiettes restèrent devant nous, luisantes et fumantes, sans que nous les touchâmes, tandis que ma mère continuait à me fixer d'un air pensif et concentré.

— Mère ?

— Je l'ignore, me répondit-elle doucement. Et je n'aime pas ça du tout.

Chapitre 4

Le grand bal célébrant la Fête de la Beauté se tenait la semaine suivante au palais impérial, et ce n'était pas la vulgaire menace d'assassins vaskandriens qui pouvait empêcher une Cornaro d'assister à l'un des principaux événements mondains de la saison, quand bien même la Cornaro en question aurait préféré se blottir dans la bibliothèque pour poursuivre ses recherches sur l'histoire et la politique du Vaskandar. Ma mère avait tout de même fait doubler le nombre de gardes stationnés aux portes du palais ainsi que dans les salles de bal, et par mesure de sécurité on s'abstint d'annoncer officiellement par la voix des hérauts l'arrivée au palais de chaque invité.

Ce qui aurait dû me permettre d'éviter d'attirer l'attention et de pouvoir m'isoler tranquillement dans un coin, sauf que je brillais de mille feux.

Ma robe d'un bleu nuit profond scintillait d'une centaine de minuscules étoiles : des cristaux luminaires miniatures brodés sur l'étoffe et enchantés pour luire toute la soirée. D'autres encore cascadaient dans les boucles de ma chevelure. Et au cas où quelqu'un aurait pu ne pas me remarquer en raison d'une vue particulièrement déficiente, Rica, ma femme de chambre, m'avait affublée d'une petite conque symphonique en forme de pendentif, si bien que j'étais environnée en permanence d'une douce musique partout où j'allais.

Il s'agissait d'une toilette d'une telle extravagance qu'elle en frôlait le ridicule, mais c'était le grand bal impérial ; les tailleurs et les couturiers travaillaient toute l'année pour l'occasion afin de donner naissance aux tenues les plus extraordinairement créatives, de même que les artistes – musiciens, poètes et autres – rivalisaient pour composer les œuvres les plus fantasques dans le but d'attirer des mécènes, de gagner des prix, et d'honorer la Grâce de la Beauté au dernier jour des festivités qui lui rendaient hommage.

Et, comparé à d'autres, mon accoutrement pouvait presque paraître sobre. Une dame portait dans ses cheveux tressés une cage pleine de passereaux vivants, ce qui me semblait une très mauvaise idée à différents points de vue. Une autre arborait une robe à crinoline si vaste qu'on aurait pu asseoir huit personnes autour de l'immense cercle dessiné par sa jupe. J'aperçus des braguettes véritablement inqualifiables, rembourrées jusqu'à atteindre une taille agressive et agrémentées de clochettes et de rubans, ainsi qu'un gentilhomme dont la fraise aurait été assez vaste pour servir de plat à un sanglier rôti.

— Amalia, dit la voix de Marcello derrière moi. Vous êtes…

Je me détournai du spectacle étonnant qu'offraient les invités, pour le découvrir qui me regardait avec une expression perplexe. Il était simplement vêtu de son nouvel uniforme de cérémonie, avec une rapière et un pistolet à silex à la ceinture, mais il avait plus fière allure que n'importe lequel de ces seigneurs à perruque arc-en-ciel et gilet brodé de pierreries.

Ridicule ? proposai-je en portant la main à ma coiffure parsemée de cristaux lumineux. Grotesque ?

— Fabuleuse.

Je me réjouis que Zaira se soit éclipsée parmi les invités et ne soit pas là pour se moquer de moi. Je sentis mes joues rosir.

— Vous faites seulement preuve de politesse, mais je vous remercie.

— Si je voulais faire preuve de politesse, je n'aurais rien dit et vous aurais laissée à vos affaires. (Un sourire désabusé flotta sur ses lèvres.) Ce que je devrais probablement faire, si je savais ce qui est bon pour moi.

— Bien sûr que non ! Vous êtes mon ami. Vous pouvez toujours venir me parler.

Ma voix avait adopté un ton faux et haut perché que je détestai aussitôt. Marcello était la seule personne avec qui je ne devrais jamais avoir à faire semblant. Mais voilà que je me retrouvais incapable de savoir quoi répondre à un simple compliment, tout ça parce que j'avais décidé, pour des raisons qui perdaient toute force dès qu'il esquissait ce sourire mélancolique qui était le sien, de refuser d'entretenir avec lui une relation galante.

— Tout est compliqué, à présent. (Une ombre obscurcit un instant son regard.) Je m'efforce de respecter les règles, mais je ne sais plus vraiment ce qu'elles sont exactement.

— Je suis sûre qu'il existe un livre d'étiquette qui traite spécifiquement de cette situation. (Je baissai la voix presque jusqu'au murmure, retrouvant mon intonation habituelle alors que je cessais d'essayer de prétendre que rien n'avait changé entre nous.) Mais je n'ai jamais lu ce genre de livre. Je peux vous dire comment réparer une lampe-courrière, ou ce que la reine Belianne de Loreice déclara lorsqu'elle ordonna l'exécution de son troisième époux durant la guerre du Mouchoir, mais pas...

Je laissai ma phrase en suspens.

Mais pas comment éviter de blesser un ami. Pas comment ne pas embrasser un ami. Pas comment éviter de blesser un ami en refusant de l'embrasser.

— Et qu'a-t-elle déclaré ? demanda Marcello d'une voix plus légère. Quelle justification a-t-elle donnée à son troisième époux ?

Je grimaçai.

— Que cela n'avait rien de personnel, qu'il ne lui était plus d'aucune utilité, tout simplement.

Marcello sourcilla.

— Bon, ce n'était sans doute pas le meilleur exemple. (Mes joues me brûlaient comme si les flammes de Zaira les léchaient.) Et je m'empresse de vous assurer que cette histoire n'a rien à voir avec les circonstances présentes. C'est tout le contraire, même.

Les fossettes de Marcello se creusèrent alors qu'il s'efforçait de ne pas rire.

— Que voulez-vous dire ? Que c'était personnel ? Ou que je vous serais encore d'une quelconque utilité ?

— J'aurais dû rester chez moi ce soir, maugréai-je. Cela ne fait pas un quart d'heure que je suis là, et j'ai déjà tout fait de travers.

— Puis-je vous suggérer une façon de remettre tout en bon ordre ?

Marcello m'offrit sa main avec un signe de tête en direction de la piste de danse.

Toute cette folle débauche de soie et ces rires frivoles qui résonnaient dans la salle de bal s'évanouirent. Ses yeux verts chaleureux, la ligne pure de sa mâchoire, son parfum de cuir et de poudre noire envahirent le champ de mes perceptions, bien plus réels et plus concrets que les extravagances vestimentaires qui tourbillonnaient tout autour de nous.

— Une dame peut bien danser avec un homme qui n'est pas son soupirant, n'est-ce pas ? ajouta-t-il.

Un espoir incertain illumina son visage, tel un soleil voilé par un banc de nuages.

Mon cœur se mit à battre aussi fort qu'un chaperon tambourinant sur la porte d'un placard à balais. La moitié des membres de la cour de Raverra se pressaient dans la salle autour de nous, se saluaient les uns les autres, se servaient du vin et des crostinis sur les plateaux que leur tendaient des domestiques. Personne ne semblait nous observer, mais je ne doutais pas que notre proximité prolongée avait déjà attiré quelques regards discrets.

— Vous savez que rien ne me ferait plus plaisir, murmurai-je. Mais, Marcello…

— Juste une danse. Après que vous aurez accompli votre devoir en dansant avec la moitié des princes célibataires d'Eruvia. Pour célébrer ma promotion, afin qu'il en sorte au moins quelque chose de bon.

Une danse ne devrait certainement pas poser de problème, surtout si elle n'était qu'une parmi tant d'autres.

— Entendu. À condition que je parvienne à survivre aux premières danses sans me rompre une cheville.

Il sourit en réponse et s'inclina.

— La sécurité du palais semble en ordre, ma dame, dit-il d'une voix plus forte. Zaira et vous n'avez rien à craindre ici ce soir.

— Poursuivez donc, capitaine, répondis-je avec un hochement de tête sérieux.

Je le regardai s'éloigner à travers la foule jusqu'à ce qu'une barricade de plumes, de brocarts et de pierreries le masque à ma vue.

Il était temps de me mettre au travail. Comme ma mère me l'avait rappelé durant notre trajet en barque jusqu'au palais, pour une Cornaro ce genre de mondanités n'était pas une distraction, mais plutôt une occasion d'avancer ses pions. Je m'emparai d'un verre de vin, le tins devant moi à la manière d'une arme et plongeai parmi les invités, bien déterminée à gagner quelques soutiens supplémentaires à ma loi de réforme des Faucons.

Une fois encore, il m'apparut rapidement que je n'étais décidément pas ma mère.

J'ignorais comment procéder. Je souriais aux gens, les complimentais pour l'excentricité de leurs costumes, hochais poliment la tête en réponse à leurs saluts, mais je ne savais pas guider la conversation vers un sujet utile à mes intentions. Et puis, par les Neuf Enfers, derrière tout ce maquillage et ces coiffures élaborées, je parvenais à peine à reconnaître les invités.

— Dame Amalia ? m'interpella une voix bourrue.

Je me retournai pour découvrir un colonel à la retraite de ma connaissance, vêtu d'un pourpoint de velours gris taillé pour ressembler à une de ces armures de plaques de l'ancien temps.

— Bonsoir, le saluai-je vaguement, en constatant avec une petite bouffée de panique que je ne me souvenais plus de son nom.

— Je voulais vous informer que j'avais entendu parler de votre projet de loi sur les Faucons. (Il hocha la tête avec raideur.) Cela fait des années que je leur dis qu'il faut cesser les conscriptions forcées. C'est une très mauvaise idée.

— Vous le pensez vraiment ? dis-je en m'efforçant de ne pas paraître trop surprise.

— Oui, bien sûr. (Il souffla de contrariété sous sa volumineuse moustache gris acier.) Au combat, la dernière chose dont vous avez besoin, c'est de vous demander si les mages qui tiennent votre flanc ne risquent pas de céder et de prendre leurs jambes à leur cou parce qu'ils n'ont jamais demandé à être là. Vous œuvrez dans la bonne direction, et vous pourrez compter sur mon vote.

Il trinqua avec moi, vida son verre d'un trait, et s'éloigna en direction de la table de buffet la plus proche.

L'espoir rendit mon cœur aussi léger qu'une plume. Si le soutien à une réforme du statut des Faucons s'étendait aux cercles militaires, cela augmenterait grandement mes chances de voir mon projet aboutir.

Je remarquai soudain quelque chose de bien moins réjouissant : un essaim de coureurs de dot se préparant à fondre sur moi, attirés par l'éclat de l'or célibataire des Cornaro. Il était temps de changer d'air.

Je décidai de passer d'une salle à l'autre – le grand bal n'occupait pas moins de sept salles du palais – en marchant à pas vifs afin de décourager les velléités de mes courtisans. Une musique différente m'accueillit dans chaque lieu, allant de menuets guillerets destinés à la danse, aux doux accords d'une sonate jouée par un trio à cordes. Dans une des salles, deux poètes juchés sur une petite estrade s'affrontaient dans un duel d'épigrammes, et s'assaillaient à coups de bons mots aussi tranchants que des épées. Je ralentis un peu le pas alors que le public éclatait de rire à la fin d'un couplet, mais je n'osai pas m'arrêter pour les écouter.

Les murs disparaissaient sous les tableaux peints pour l'occasion et des statues ornaient les tables ainsi que les moindres recoins. Le nom des artistes était indiqué sur de petites cartes à côté des œuvres, afin que de riches amis des arts puissent offrir leur protection à ceux qui avaient l'heur de leur plaire.

Des tables de buffet s'alignaient contre les murs, et je goûtai à un plat ou l'autre en passant. Toutes les recettes étaient nouvelles elles aussi, mises au point dans une compétition farouche entre les meilleures cuisines de Raverra, toujours dans ce même but d'honorer la Grâce de la Beauté qui avait fait don des arts à l'humanité.

Je ne pus me résoudre à continuer de traverser au pas de course un endroit rempli de tant de merveilles. Une étrange sculpture, si l'on pouvait la qualifier de telle, capta mon attention, et je m'arrêtai pour la regarder de plus près. Un plat en bois présentait un empilement d'os ou de brindilles de verre coloré. S'agissait-il vraiment d'une œuvre d'art ? Ou d'un dessert, peut-être ?

— C'est un jeu, dit une voix de ténor un peu traînante et désinvolte, mais rehaussée d'une légère teinte rauque.

Surprise, je relevai la tête vers un jeune homme de l'autre côté de la petite table, qui contemplait d'un air concentré la curieuse création.

Il portait une cape noire assortie d'une pèlerine de plumes, au-dessus d'une tunique gris pâle en cuir souple. Des broderies noires et argentées de style vaskandrien, tout en angles asymétriques, ornaient l'ourlet et les manches de sa tunique. Au premier regard, je crus qu'il avait agrémenté sa tenue d'une sorte de couvre-chef emplumé, avant de comprendre qu'il s'agissait de sa propre chevelure volumineuse, d'un blond pâle presque blanc, aux pointes teintées en noir. Je devais reconnaître que son style monochrome était des plus saisissants, bien que très éloigné des canons de la mode raverraine.

— Il s'agit d'empiler les pièces chacun son tour, je crois.

Il plaça délicatement un tortillon fourchu couleur émeraude au-dessus d'une autre baguette rouge vif.

Je me sentais autant intriguée par ce jeu que par cet homme, mais il était vaskandrien. Je jetai un regard à la ronde et vis plusieurs gardes non loin, dont au moins un nous observait, et la salle était de toute façon remplie de témoins. Bien. Je ne risquais pas grand-chose à jouer avec lui.

— Comme cela, vous voulez dire ?

Je pris une pièce bleue à quatre pointes et la posai au sommet des deux autres.

Il m'adressa un hochement de tête satisfait.

— C'est ça. Il s'agit d'un jeu d'équilibre. Si vous collaborez, vous pouvez bâtir une structure plus haute que si vous utilisez vos pièces pour mettre l'autre joueur en difficulté.

Je relevai vivement les yeux vers lui, mais il resta absorbé dans la contemplation des morceaux de verre coloré. Il choisit une pièce d'un noir luisant qui ressemblait à une petite branche de corail et la plaça en haut de l'empilement.

— Qu'en pensez-vous, dame Amalia Cornaro ?

Mon pouls s'accéléra.

— Je préfère certes bâtir plutôt que détruire. Et je suis toujours en faveur de la coopération.

Que la Grâce de la Sagesse me vienne en aide. Ma mère était rompue à ce genre de danse, mais pas moi. À n'en point douter, il parlait du Vaskandar ; et s'il assistait au bal impérial, cela signifiait qu'il était d'un rang suffisamment élevé pour que l'on puisse négocier avec lui. Je ne pouvais pas gâcher cette chance.

— À Raverra, nous voyons les adversaires s'aligner face à nous, de l'autre côté du plateau de jeu, dis-je. Nous serions ravis d'accueillir de nouveaux joueurs dans notre équipe.

— Hmm. Ce n'est pas trop mon genre de jouer dans l'équipe de quelqu'un d'autre. Par ailleurs, l'équilibre est trop précaire. Il est nécessaire de garder un certain niveau de tension.

Nous avions continué à bâtir notre tour, qui avait pris une inclinaison légère, mais bien visible, vers la gauche. Il déposa un nouvel élément au sommet qui la ramena vers la droite, mais à un angle trop aigu. J'hésitai, tous les muscles de mon abdomen contractés sous mon corset, incertaine de pouvoir ajouter une pièce sans provoquer l'effondrement de toute la structure.

— Il est toujours possible de collaborer avec un joueur qui ne fait pas véritablement partie de son équipe, dis-je finalement en posant d'une main tremblante une pièce en haut de la tour.

L'élément que j'avais choisi était couronné d'une bosse ronde, interdisant toute possibilité d'élever davantage notre édifice et y mettant ainsi la touche finale.

Il rit en admirant notre construction avec une joie manifeste.

— Oh, bien joué, dame Amalia. Oui, je crois que nous pourrions collaborer.

— Vous me voyez ravie de l'entendre.

— Toutefois, dit-il en levant l'index, je ne suis pas prêt à agir ouvertement contre nos adversaires communs.

— Cela me convient parfaitement. Nous autres Raverrains préférons agir dans la discrétion.

— Étant donné la position des pièces sur l'échiquier, je pense que la simple suspicion que nous ayons pu former une alliance devrait inciter certains de nos adversaires à réfléchir à deux fois avant d'agir. (Il se tapota le menton.) Mais comment suggérer la possibilité d'une alliance sans réellement la formaliser ?

— Et pourquoi ne pas la formaliser ?

Il haussa un sourcil blond pâle.

— Parce que, ma dame, nous devrions tous rester méfiants, afin d'éviter de tomber dans un piège.

Un cercle jaune vif brilla autour de ses pupilles. La marque des mages.

Ma langue devint de plomb, mais je la forçai à bouger.

— Judicieuse remarque.

— Un geste symbolique, peut-être, suggéra-t-il d'un air pensif. Nous accordons une grande importance aux symboles.

Je repensai à la bague de mariage de ma mère, ornée d'un diamant et d'un saphir pour représenter l'alliance que son union avait scellée entre l'Empire Sérénissime et le Callamorne.

Comme un mariage.

— Peut-être quelque chose de moins engageant que cela.

— Évidemment. (Un petit rire nerveux jaillit de ma gorge malgré moi.) Ce qui le précède, alors. Une cour galante.

Il sourit, le regard luisant d'un éclat malicieux.

— Dois-je considérer cela comme une proposition ? Mais nous nous connaissons à peine !

Je reculai légèrement de la table, sur le point de repousser négligemment l'idée en la prenant à mon tour sur le ton de la plaisanterie.

Mais ma mère avait insisté sur le fait que nous devions nouer des alliances au Vaskandar par tous les moyens possibles.

Je levai fièrement le menton.

— Vous le pouvez. À la condition que cela nous gagne un allié dans le jeu.

Pris au dépourvu, il cligna plusieurs fois des yeux, puis me considéra pensivement.

— Très bien, dit-il finalement.

— Que dois-je comprendre ?

— Mais, que j'accepte votre offre. (Il haussa les épaules, et les plumes de sa cape bruissèrent doucement.) Je serai donc votre prétendant. La Dame des Ronces en deviendra folle de rage, ce qui représentera déjà en soi une satisfaction.

J'eus l'impression que le monde autour de moi se mettait à pencher, plus encore que la tour que nous avions bâtie ensemble. Dans la salle voisine, le duel des poètes s'acheva dans un tonnerre d'applaudissements.

— Ah, dis-je simplement, la bouche soudain trop sèche pour parler.

Il inclina la tête de côté.

— Connaissez-vous au moins mon nom ?

— Je crains de ne pas avoir eu ce plaisir, réussis-je à répondre.

— Je m'appelle Kathe, se présenta le Vaskandrien avec une révérence sobre et élégante. Je porte le titre de Seigneur Freux.

La Grâce de l'Amour devait s'étrangler de rire. Mon nouveau soupirant était un Haut Ensorceleur.

Chapitre 5

Les lèvres de Kathe s'ourlèrent d'un sourire narquois.

— Je n'ai jamais eu le plaisir de courtiser une Raverraine. Maintenant que la chose est établie, quelle est la suite des événements ?

Moi, je n'avais encore jamais eu de prétendant, mais je n'allais certainement pas lui faire cet aveu. Je levai la main dans un geste vague, heureuse qu'il ne puisse voir combien mes jambes tremblaient sous mes jupes.

— À un bal, il est de coutume de danser.

— Ah. (Il considéra l'idée un instant.) J'ai bien peur de ne connaître aucune danse raverraine. Mais je suppose que vous pourriez m'apprendre ?

Je ris d'un air affligé.

— Je ne suis pas moi-même une très bonne danseuse. Pas assez douée en tout cas pour prétendre enseigner cet art à qui que ce soit. J'ai toujours trouvé cela un peu futile, et n'ai jamais retenu la moitié des pas.

— Hmm. Peut-être devrions-nous oublier la danse, dans ce cas.

L'humour dans sa voix apaisa quelque peu mon inquiétude. L'on croyait communément que tous les Hauts Ensorceleurs étaient fous, et pour la plupart des monstres de cruauté ; mais un homme capable de rire de lui-même ne pouvait être entièrement mauvais.

— Comment faites-vous au Vaskandar ?

Il se tapota le menton.

— Eh bien, lorsque l'on commence à fréquenter une dame, il est de coutume de faire une longue promenade avec elle, afin d'apprendre à mieux se connaître.

— Je suis parfaitement en mesure de discuter tout en marchant, dis-je.

— Je vois que vous êtes des plus accomplies. (Il me tendit la main en souriant.) Vous plairait-il ?

J'hésitai, et la peau de ma main se mit à me picoter alors que je me remémorais combien il aurait été dangereux d'accepter une telle offre du prince Ruven. Mais celui-ci était un ensorceleur de chair, dont les pouvoirs affectaient principalement les êtres humains ; la probabilité pour que Kathe possède lui aussi cette rare et malsaine spécialité était des plus ténues.

Je pris sa main avec autant de réticence que j'aurais eue à toucher une araignée. Elle était fine, mais étonnamment rugueuse, du moins comparée aux mains à la peau douce de nourrisson des courtisans raverrains. Cette main avait vécu au grand air, elle avait entrepris et bâti des choses. Ou les avait brisées.

Il passa mon bras sous le sien. Les plumes de sa cape vinrent frôler mon épaule dénudée. Même à travers le tissu de sa manche, je pouvais sentir le bourdonnement sourd d'énergie qui émanait de lui, associé à la magie ou à quelque puissante tension intérieure, et cela me rappela la sensation que j'éprouvais auprès de Zaira.

Nous abandonnâmes notre improbable édifice de verre coloré pour flâner à travers le bal. Je tentai sans grand succès de forcer mes muscles à se détendre et mon cœur à se calmer. Les autres invités s'écartaient devant nous ; les plumes des chapeaux frôlaient le sol et les immenses jupes s'inclinaient profondément alors que tous cédaient la place à la présence combinée d'un Haut Ensorceleur et d'une Cornaro. La mer de robes extravagantes et de vestes multicolores se refermait derrière nous dans un brouhaha de murmures, cependant que la rumeur s'échangeait à l'abri des éventails frémissants et des mains discrètement levées pour se propager parmi la foule des invités à la vitesse d'un feu de prairie.

Je sais, avais-je envie de leur crier. *Je suis tout aussi surprise que vous.*

— De quoi pourrions-nous parler ? demandai-je. De guerre et de diplomatie ? De théorie magique ? De la braguette scandaleuse de ce vieux gentilhomme ?

Kathe glissa un regard vers l'homme en question puis leva la main pour masquer une petite toux.

— Oui, c'est effectivement un accessoire… ambitieux. Mais non, j'ai une meilleure idée. Jouons donc à un autre jeu. Chacun de nous devra dire à son tour deux choses le concernant, une vraie et une fausse. L'autre devra deviner ce qui relève du mensonge, et ce qui est la vérité.

Il était sans doute trop optimiste de ma part d'espérer qu'il apprécierait discuter théorie de la magie.

— Je crois que mes cousins du Callamorne y jouaient, quand nous étions enfants, dis-je.

En général, cela se terminait en bagarre.

— C'est un vieux jeu vaskandrien.

Kathe s'arrêta à côté d'une large colonne de marbre aux veinures caramel, la première d'une rangée qui soutenait les hauteurs vertigineuses du plafond du hall principal.

C'était ici le cœur battant des festivités. La moitié des membres de l'Assemblée se pressaient au centre de l'immense salle et dansaient vêtus de costumes aux thèmes variés, allant de la corbeille de fruits (le corsage de la robe semblait décoré de véritables grains de raisin) à une évocation du phénix (avec une longue traîne écarlate ornée de rubans dorés). La troupe de musiciens se dépensait sans compter et jouait avec passion pour garder les danseurs sur la piste ; je ne doutais pas que ses efforts lui vaudraient de trouver ce soir un généreux mécène.

De petites tables entourées de chaises s'alignaient le long des murs, occupées par les danseurs fatigués ou par ceux qui préféraient rester assis à converser, et des dizaines de domestiques s'activaient en un ballet incessant pour proposer mets et boissons variés aux invités. L'endroit que Kathe avait choisi était sans doute le plus tranquille que l'on pouvait trouver en ces lieux : suffisamment éloigné du centre et de la piste de danse, mais pas assez proche des tables pour risquer d'être interrompus par une connaissance qui, avec les meilleures intentions du monde, serait venue nous saluer.

Il s'adossa à la colonne – il était plutôt grand et élancé – et les plumes de sa cape bouffèrent autour de ses épaules.

— Je commence.

— Soit.

Je me rapprochai un peu afin de mieux l'entendre au milieu du brouhaha. Après tout, ce n'était pas tous les jours que s'offrait à vous l'occasion d'apprendre certains détails de la vie personnelle d'un Haut Ensorceleur.

— Voyons voir… (Une idée illumina son visage.) Je n'ai pas de frères. J'aime mes frères.

— La première affirmation doit être le mensonge, et la seconde, la vérité, dis-je aussitôt. Vous avez bien des frères, et vous les aimez. Ce serait logique : vous ne pouvez pas ne pas aimer des frères qui n'existent pas.

Kathe émit un petit claquement de langue réprobateur.

— C'est tout le contraire. Je n'éprouve aucune affection pour mes frères *défunts*. À vous.

Je le dévisageai avec étonnement, et il me rendit mon regard de ses yeux troublants cerclés de jaune, le visage impassible, un sourire moqueur au coin des lèvres. Sous la marque des mages, ses iris étaient gris, d'un gris presque assez pâle pour se fondre dans le blanc de ses yeux.

Était-il à ce point un monstre qu'il n'avait aucune affection pour les frères qu'il avait perdus ? Ou étaient-ce eux les monstres, et il se réjouissait donc d'en être débarrassé ? Pour ce que j'en savais, chez les Hauts Ensorceleurs, frères et sœurs s'assassinaient dès le berceau pour s'assurer d'hériter du domaine de leurs parents.

— Je suppose que vous ne me donnerez pas plus d'explication ? demandai-je.

— Cela dépend. Souhaitez-vous expliquer en détail toutes *vos* réponses ?

— Sans doute pas, bredouillai-je. Bien, à mon tour. Je… (Malédiction, je devais réfléchir à quelque chose d'intelligent.) Je n'ai jamais rencontré le père de mon père. Je n'ai jamais vu le père de mon père.

Kathe fronça les sourcils.

— À moins que vous ne soyez plus âgée que vous n'en avez l'air, votre première affirmation doit être la vérité. Et il se trouve que je sais que votre grand-père paternel est mort alors que votre père n'était encore qu'un enfant. Mais dans ce cas, comment avez-vous pu le voir ?

Un picotement remonta le long de ma colonne vertébrale. Il n'était pas totalement incongru qu'il sache des choses sur mon grand-père, lequel était devenu roi du Callamorne en épousant ma grand-mère. Mais Kathe avait répondu trop vite, sans prendre le temps de fouiller dans ses souvenirs pour arriver à cette conclusion en remontant le fil des lignages royaux et des mariages politiques, ce qui laissait supposer qu'il avait déjà cette information en tête, avant même que nous nous rencontrions.

Ce jeu était bien moins effrayant quand j'y jouais avec mes cousins.

— J'ai vu son portrait, expliquai-je. Chaque fois que je rendais visite à ma grand-mère.

— Évidemment, opina Kathe. Vous possédez tant d'œuvres d'art dans l'Empire. Je vous avoue que c'est une chose que je vous envie. Bien, à mon tour.

Il tendit la main et s'empara d'un petit gâteau sur le plateau d'un domestique qui passait à proximité, sans même tourner la tête. Le serveur, qui ne l'avait pas vu, sursauta de surprise et se hâta de disparaître dans la foule avec un air paniqué. Apparemment, la nouvelle de la présence d'un Haut Ensorceleur avait circulé parmi la domesticité.

Si Kathe le remarqua, il ne sembla pas s'en formaliser.

— Voyons voir… Voici : je ne suis pas rancunier. Je prends soin de mes gens.

Il fourra le gâteau dans sa bouche et, les yeux pétillants, attendit ma réponse.

Cette fois, je pris le temps de réfléchir. L'opinion commune à Raverra était que les Hauts Ensorceleurs ne se souciaient de personne et maltraitaient leurs sujets. Ce qui était certainement vrai pour Ruven, le seul autre prince vaskandrien que je connaissais. Kathe me paraissait trop impulsif pour ruminer une longue rancune, mais la manière dont il avait parlé de la Dame des Ronces laissait entendre qu'il y avait de l'animosité entre eux, et son regard possédait une intensité qui démentait la légèreté de sa voix et la désinvolture de son attitude.

— Je crois que vous êtes rancunier, dis-je.

Il s'esclaffa.

— Tous les freux le sont. Bien joué. À vous.

Je m'efforçai de me concentrer malgré les rires, le brouhaha des conversations et la musique. La femme aux passereaux dans les cheveux passa devant nous avec sa coiffure gazouillante ; j'aperçus sur la piste Zaira qui dansait une gavotte avec un jeune baron.

Ce jeu avait de l'importance. Je devais continuer à susciter l'intérêt de Kathe, au risque de perdre son alliance. Mais tout ce à quoi je pouvais penser était mièvre (*Concernant l'Artifice, je préfère les théories de Muscati à celles de Da Bardi ; j'aime le café*) ou trop aisé à élucider (*J'ai tué un homme à mains nues ; j'ai tué un homme d'un seul mot*). Et j'avais du mal à réfléchir alors qu'il m'observait, un petit sourire amusé au coin des lèvres.

Il y avait bien un détail intéressant me concernant qu'il ne pourrait pas deviner, mais c'était prendre le risque de lui révéler un secret. Il était peut-être mon allié pour le moment, mais je n'avais aucunement envie de lui faire connaître ma plus grande faille.

— Eh bien ? me pressa-t-il impatiemment.

Une chose était déjà claire : avec Kathe, si je jouais prudemment, je perdrais à coup sûr la partie.

— J'ai été empoisonnée ce soir, dis-je. Un poison court dans mes veines au moment où nous parlons.

Ses yeux s'agrandirent de surprise.

— Vous menez une vie trépidante, à ce que je vois.

— La Cité Sérénissime peut recevoir bien des qualificatifs, mais certainement pas celui d'être ennuyeuse. Alors, que concluez-vous ?

Il pencha la tête de côté, l'air songeur.

— Je dirais que vous avez été empoisonnée, mais que vous avez pris un remède. La seconde affirmation est le mensonge.

— Non.

Il afficha son étonnement.

— Non ?

— Vous vous êtes trompé. (J'humectai mes lèvres desséchées.) À vous.

Adossé nonchalamment à la colonne, Kathe se redressa, le front barré de plis pensifs, et me dévisagea comme si se tenait devant lui une créature étrange et inconnue, et qu'il se demandait si j'étais dangereuse ou comestible.

— Intrigant, dit-il. Je suppose que vous ne me donnerez pas d'explication ?

— Vous vous rappellerez sans doute que nous sommes convenus qu'il en serait ainsi ?

— Certes, certes. (Son visage s'éclaira d'un air malicieux.) C'est donc à mon tour.

Il se pencha vers moi, jusqu'à ce que ses lèvres frôlent mon oreille. Je sentis cette énergie sauvage qui émanait de lui et électrisait l'espace entre nous.

— J'ai connaissance d'un dangereux héritage que vous avez reçu sans même le savoir, chuchota-t-il. Je n'ai aucun dessein secret à vous courtiser.

Je me retrouvai soudain sans voix, comme frappée de mutisme, et me contentai de le regarder.

Il se redressa et croisa les mains derrière la tête, sous ses mèches aux pointes noires.

— Je sais, trop facile. Je peux voir à votre expression que vous avez déjà deviné, dit-il avec un soupir théâtral. Je crois que je dois vous concéder cette manche.

— Comment ?

L'exclamation outragée jaillit de ma bouche avant que je puisse la retenir. Comment avait-il le front de mettre fin à la partie maintenant, en me lançant une chose pareille et en me privant d'explication ?

Mais la raison tombait sous le sens : il était doué à ce jeu, maudit soit-il. Dorénavant, je brûlais à la fois de découvrir ce qu'il savait sur moi, et ce qu'il tramait en secret.

Je tentai de reprendre un visage indéchiffrable, mais je pouvais voir à l'irritant sourire qu'il affichait sa satisfaction de m'avoir bien eue.

— Seriez-vous prêt à admettre aussi facilement votre défaite ? dis-je.

— Je sais reconnaître un adversaire à ma mesure.

Par les Neuf Enfers. Il n'avait pas perdu, et il le savait très bien. Il avait baissé ses cartes pour exposer sa main gagnante, puis avait renoncé à terminer la partie.

— Je constate que vous pouvez vous montrer des plus exaspérants, seigneur Kathe.

Il s'inclina modestement.

— Je vous remercie, ma dame. Je m'y emploie au mieux de mes talents.

Quand il se redressa, son regard glissa derrière moi et son sourire s'élargit.

— Ah ! La Contessa Lissandra Cornaro.

Je me retournai vivement, le cœur saisit d'un spasme violent. Il s'agissait bien de ma mère, resplendissante dans une robe couleur ambre dont les broderies délicates reproduisaient une carte stylisée de l'Empire Sérénissime. Ses cheveux auburn cascadaient élégamment sur une épaule, retenus par un précieux peigne doré orné d'un minuscule globe en filigrane artificé. Son regard calculateur passa sur nous deux et elle s'inclina dans une brève, mais gracieuse révérence à l'intention de Kathe, ce qui était plus qu'elle ne concédait habituellement aux princes de sang royal.

— Seigneur Kathe, du domaine de Let. Raverra s'honore de l'événement rare de votre visite.

Kathe lui rendit son salut avec une certaine condescendance.

— Tout l'honneur est pour moi. Je vous remercie de m'avoir invité à cette soirée des plus divertissantes. J'ai bien failli décliner, mais je me félicite à présent d'avoir décidé de venir.

Je glissai un regard étonné à ma mère. C'était donc elle qui l'avait invité ? Bienveillantes Grâces, sans le vouloir, j'avais sauté à pieds joints au beau milieu d'une de ses intrigues. Je ne pouvais plus qu'espérer n'avoir pas commis trop de dégâts.

— J'ai entendu raconter que vous courtisiez ma fille ? dit ma mère avec un sourire dangereux.

Bien sûr, elle savait déjà. Que les Grâces me protègent. Je me mordis la lèvre pour m'empêcher de me répandre en excuses pour ne pas l'avoir consultée avant d'agir.

— C'est vrai, répondit Kathe en ouvrant les mains comme s'il s'étonnait qu'une telle chose ait pu se produire. Une décision impulsive, je l'admets, mais songez aux possibilités ! Avons-nous votre permission ?

La Contessa soutint son regard un long moment, sans se laisser troubler par le cercle jaune de sa marque des mages.

— Amalia est une Cornaro, dit-elle finalement. Elle prend ses propres décisions et n'a pas besoin de ma permission. Toutefois, je me réjouis que notre famille ait la chance de coopérer avec vous et, si vous me permettez de le dire, sachez que nous faisons de formidables alliés.

La dureté sous-jacente dans le ton de sa voix laissait clairement entendre le corollaire logique, à savoir que notre famille faisait également une formidable ennemie. Et je dois dire que voir ma mère menacer implicitement un Haut Ensorceleur pour moi me réchauffa le cœur.

Kathe rit doucement.

— Je suis impatient de découvrir ce que nos deux familles pourront accomplir ensemble. Et d'avoir cette discussion pour laquelle vous m'avez invité ici, Contessa. (Il pencha la tête de côté, à la manière de quelqu'un qui tend l'oreille.) Mais pour l'heure, je crois que je devrais aller présenter mes respects au doge, et je suis sûr que vous avez beaucoup de choses à vous dire. À tout à l'heure.

Il s'inclina et je lui répondis par une révérence. Il n'avait pas fait trois pas que ma mère me prenait par le bras d'un geste affectueux, mais je sentis sa main de fer dans ce gant de velours.

— J'avais invité le Seigneur Freux pour discuter de l'éventualité d'une alliance sur la base des informations de l'ambassadeur Varnir, mais il semblerait que tu m'aies prise de vitesse à la table des négociations. (Même réduite à un murmure pour n'être destinée qu'à mes seules oreilles, sa voix conservait ses riches intonations.) Quel accord as-tu conclu avec lui, Amalia ?

Enfers et damnation. De quoi étions-nous convenus ? J'essayai de me remémorer les détails de notre conversation, mais ce n'était qu'un mélange flou de pièces en verre en équilibre et d'efforts pour ne pas passer pour une idiote.

— Rien de bien précis, à part de nous fréquenter, uniquement pour symboliser notre alliance et semer le trouble chez nos ennemis.

Ma mère fronça ses élégants sourcils.

— Nous défendra-t-il si d'autres Hauts Ensorceleurs nous attaquent ? Nous autorisera-t-il à déplacer nos troupes à travers son domaine ? Est-il prêt à utiliser sa magie à notre profit ?

Elle savait toujours me donner l'impression que j'avais à nouveau cinq ans, que je venais d'interrompre une réunion du Conseil en quête de bonbons et que dans un instant le vieil Anzo allait apparaître pour me faire quitter la pièce.

— Je crains que notre conversation n'ait pas été à ce point approfondie. Je suis navrée, mère. L'occasion s'est présentée d'elle-même et j'ai agi de mon mieux pour la saisir, mais je ne suis pas aussi douée que vous pour ce genre de choses.

Elle soupira en se massant les tempes.

— Non, ce n'est rien. D'après ce que j'ai appris à son sujet, il n'y avait pas l'ombre d'une chance qu'il s'engage à quoi que ce soit. Je suis déjà surprise que tu aies obtenu autant de lui.

J'ignorais s'il s'agissait d'un compliment ou de l'expression du fait qu'elle n'attendait pas grand-chose de ma part, aussi me contentai-je d'un petit hochement de tête.

Elle jeta un coup d'œil à la ronde pour s'assurer que personne ne pouvait nous entendre.

— Méfie-toi de lui, murmura-t-elle. Il n'a pas la réputation de cruauté d'autres seigneurs du Vaskandar, mais il n'hésitera pas à te tuer et à abandonner ton corps dans un fossé si cela lui chante.

Je serrai le bras de ma mère.

— Était-ce une si mauvaise idée ? Ai-je commis une grave erreur ?

Ma mère hésita.

— Nous avons besoin de lui. Son domaine est frontalier de ceux de la Dame des Ronces et du père de Ruven ; s'ils doivent s'inquiéter du Seigneur Freux sur leurs arrières, ils ne pourront pas lancer toutes leurs forces contre nous. (Elle laissa une expiration quitter ses lèvres, chargée d'un espoir ou d'une crainte dont elle se refusa à me faire part.) Mais c'est un risque. Que je ne t'aurais jamais demandé de prendre. Si jamais tu éprouves le besoin de mettre fin à cette mascarade, que ce soit pour ta sécurité ou pour ton bonheur, n'hésite pas à le faire. Quant à savoir si c'est une erreur… l'avenir nous le dira.

J'acquiesçai, la gorge serrée par l'appréhension.

Ma mère effleura ma joue d'une main douce et parfumée.

— Prudence, Amalia. En politique, les Hauts Ensorceleurs ne jouent pas selon les mêmes règles que nous. Si tu perds cette partie, tu risques aussi d'y perdre la vie.

Chapitre 6

— Vous plaisantez ! s'exclama Zaira.

Je l'avais retrouvée qui sirotait son vin dans un coin de la salle, les joues rouges d'avoir tant dansé. Elle me dévisagea d'un air méfiant, les yeux plissés, puis posa son verre sur une table voisine.

— Je crains bien que non, dis-je.

— Mais les Hauts Ensorceleurs ont l'esprit encore plus tortueux qu'un nœud de vipères !

Je haussai les épaules, et le mouvement fit ondoyer les petites lumières dans mes cheveux.

— En temps de guerre, nous devons tous faire des sacrifices.

Zaira secoua la tête.

— Et tout ce qu'on attend de moi, c'est que je tue quelques milliers de personnes. Je crois que je préfère encore ma place à la vôtre.

— Voilà qui est très encourageant, merci beaucoup.

J'aurais aimé être aussi calme que je le prétendais. Une bulle de panique enflait lentement dans ma poitrine, à présent que j'avais eu un peu de temps pour pleinement prendre conscience de ce que j'avais fait.

Zaira glissa un regard vers l'endroit où se tenait Marcello, en conversation avec un des gardes en poste dans la salle de bal.

— Vous l'avez déjà annoncé au capitaine Beau Minois ?

La chaleur envahit mes oreilles.

— Il serait tout à fait inapproprié de me précipiter pour l'informer que je viens juste d'accepter que le Seigneur Freux me fasse la cour. De plus, Marcello et moi ne sommes pas… Enfin, nous sommes amis, rien de plus.

Zaira m'adressa un regard profondément sceptique.

— Oui, bon, admis-je en grimaçant, je retarde le moment de lui en parler.

— Il ne va pas aimer ça.

— Nous n'avons jamais été engagés dans ce genre de relation, donc cela ne le concerne pas, rétorquai-je. C'est précisément pour cette raison que nous ne pouvions pas nous fréquenter. Je lui ai déjà expliqué ; ce n'est pas ma faute s'il ne m'a pas écoutée.

Zaira me décocha un sourire entendu.

— Bien sûr, je ne vois pas comment il a pu se faire des idées, vu la manière que vous avez de lui jeter ces longs regards langoureux et de le suivre partout de vos grands yeux de vierge enamourée.

La chaleur s'étendit à mon visage entier.

— C'est vraiment ce que je fais ? Je ne devrais pas.

— Et pourtant, c'est le caaaaas, chantonna Zaira.

Juste à ce moment, Terika apparut au milieu de la foule, telle une bénédiction des Grâces venue me sauver de mon embarras.

Elle portait une toilette aux couleurs océanes, et une couronne de coquillages et de perles reposait sur sa chevelure de miel. Sa Fauconnière Lienne l'accompagnait. Malgré son uniforme, celle-ci avait davantage l'air d'une vieille tante bienveillante que d'un soldat ; de prime abord, il était difficile d'imaginer qu'il s'agissait d'une redoutable escrimeuse, parmi les meilleurs des Mues. Terika rit à un commentaire de Lienne, et ses yeux pétillèrent d'espièglerie.

Zaira la contempla comme si elle la voyait pour la première fois.

— Par les Enfers. Nous devrions l'amener plus souvent à ce genre de soirées.

— Cela peut s'arranger. (Je n'essayai même pas de réprimer mon sourire ; c'était justement la raison pour laquelle j'avais obtenu une invitation pour Terika.) Vous devriez l'inviter à danser.

Zaira me jeta un regard noir.

— Pourquoi ça ?

— Je croyais que vous vous fréquentiez, non ?

— Non, dit Zaira. Qu'est-ce qui vous fait penser ça ?

— Oh, je ne sais pas, dis-je en tapotant mon menton. Vous passez tout votre temps ensemble. Vous flirtez effrontément. Vous semblez beaucoup vous apprécier. Et à l'instant, vous la dévoriez des yeux comme si elle était la Grâce de l'Amour incarnée…

— On peut être l'amie d'une personne, la trouver belle et flirter un peu sans pour autant se « fréquenter ».

— Oui, je suppose. (Je pouvais difficilement dire le contraire, après ce que je venais jute d'affirmer au sujet de Marcello.) Mais, *pourquoi* ? Je suis à peu près certaine qu'elle ne demanderait pas mieux.

Zaira soupira.

— Parce que nous sommes des Faucons, espèce d'idiote.

Je lui adressai un regard d'incompréhension, et elle leva les mains d'un geste agacé.

— Parce que nous ne sommes plus maîtres de nos vies, de notre avenir. Parce que je préfère être damnée plutôt que de m'enchaîner aux Mues par un lien de ce genre. Et peut-être aussi parce que – vous l'avez sûrement remarqué – tous les gens auxquels je m'attache ont tendance à finir carbonisés.

— Plus maintenant, dis-je doucement.

Zaira tourna la main : les perles rouges entrelacées au filigrane doré de son jet scintillèrent d'un éclat sanglant.

— C'est vrai. Plus maintenant. Et c'est le seul bienfait de cette maudite chaîne que vous m'avez passée au poignet.

— Je ne peux prétendre que vous ayez tort à propos des difficultés que cela poserait, admis-je. Mais Terika tient à vous.

Zaira grommela.

— Vous parlez encore de sentiments. Vous connaissez mon opinion à leur sujet.

Je lui donnai un petit coup de coude.

— Elle est belle, intelligente, et drôle. Et elle vous supporte, ce qui est une qualité plus rare encore.

— Elle est trop bien pour moi, se renfrogna Zaira.

— Et elle est en train d'arriver derrière vous.

Zaira pivota sur elle-même, le dos raide, dans un tourbillon de jupons.

— Zaira ! l'appela joyeusement Terika. As-tu vu le pourpoint du marquis de Valisia ? Il lui laisse à nu toute la poitrine jusqu'au nombril, et je suis presque sûre qu'il s'est huilé le torse.

— Oh, je ne veux pas rater ça. Où est-il ? demanda-t-elle en scrutant la salle.

— La dernière fois que je l'ai aperçu, il dansait avec dame Brame.

Zaira s'éclaircit la voix.

— Si ça vaut à ce point le détour, on ferait mieux d'aller voir ça de plus près.

Terika éclata de rire.

— J'ai cru que tu ne te déciderais jamais. Allez, viens !

Elle attrapa la main de Zaira et la tira vers la piste de danse en souriant. Zaira tourna la tête pour me lancer un dernier regard, dont l'avertissement était aussi limpide que si elle me l'avait écrit : *« Si vous dites un seul mot, je vous carbonise. »*

Je leur adressai un petit au revoir de la main en riant et les observai un moment en souriant. Zaira ne connaissait aucune danse de cour, mais cela ne semblait pas l'embarrasser le moins du monde. Leurs jupes tournoyaient en un tourbillon hypnotique de couleurs, et chaque fois que leurs mains se joignaient, la posture rigide de Zaira se détendait visiblement.

Zaira passait son temps à lancer des commentaires grivois sur les gens que nous croisions dans la rue et flirtait sans retenue aux soirées ; mais avec Terika, elle devenait presque timide. J'acceptai un verre de vin que m'offrit un domestique de passage et le levai en un toast silencieux pour souhaiter bonne chance à Terika.

L'air autour de moi se fit doux et chaud, et je me rendis soudain compte que Marcello était apparu à mon côté.

— Elles sont bonnes l'une pour l'autre, dit-il avec un sourire, les yeux tournés vers les deux Faucons qui dansaient.

Il se tenait si près de moi que, dans un monde où la seule considération qui importait dans le choix de fréquenter ou non un homme aurait été mes sentiments à son égard, j'aurais pu passer mon bras autour de sa taille.

— C'est vrai, acquiesçai-je.

La sérénité de l'instant avait déjà disparu, remplacée par l'appréhension de ce que je devais lui révéler.

Il m'adressa un regard un peu triste.

— Je suppose que nous ne pouvons pas les rejoindre ? À moins que vous n'ayez déjà atteint le quota de danses réclamé par les impératifs de la politique ?

— Marcello, dis-je tout à trac. J'ai accepté de fréquenter un Haut Ensorceleur.

— Que dites-vous ?

Que la Grâce de l'Amour me pardonne.

— Il s'agit d'une manœuvre politique, bien sûr. Cela s'est décidé très vite. Je… je suis navrée.

Sur son visage, la stupéfaction fit place à la colère.

— Nous ne pouvons pas les laisser vous imposer une chose pareille. Qui a organisé cette aberration ?

— C'est moi.

Trop de gens nous entouraient, dans les froufrous des robes, les tintements des verres et les éclats de rire forcés qui montaient vers les fresques du plafond. Je baissai la voix, au point que je n'étais plus sûre qu'il puisse m'entendre entre le brouhaha de la foule et la douce musique carillonnante de mon pendentif.

— Marcello, c'est moi qui l'ai décidé pour aider à gagner la guerre, ou peut-être mieux encore : pour réussir à l'éviter. C'était *ma* décision.

Il me dévisagea avec l'air de n'y rien comprendre.

— Mais avec un Haut Ensorceleur ? Amalia, ce sont des tyrans malveillants et déments ! Pourquoi accepteriez-vous que l'un d'eux vous courtise ?

Cette conversation allait se révéler aussi difficile que je le redoutais. Je m'emparai de deux verres de vin sur le plateau d'un domestique, en fourrai un dans sa main, et l'entraînai par le coude vers le recoin le plus calme que je puisse trouver. Personne ne nous observa ostensiblement, mais je pouvais sentir des regards glisser sur nous, et je remis un peu de distance entre nous.

— C'est de cette façon que je peux me battre, lui expliquai-je d'une voix basse et pressante. C'est une arme de mon arsenal, avec laquelle je peux protéger Raverra et l'Empire Sérénissime. Je le fais pour sauver des vies, Marcello.

— Mais… qu'il vous fasse la cour… (Il avala une gorgée de vin et contempla son verre d'un air renfrogné.) Je me suis fait à l'idée que je pouvais avoir à tuer un ennemi pour défendre l'Empire. Mais d'une certaine façon, il me paraît pire encore d'avoir à envisager de l'embrasser.

— Ce n'est qu'une façade, un symbole d'alliance destiné aux Hauts Ensorceleurs qui se préparent à nous envahir. Je doute que cela aille jusqu'à un baiser.

Mais alors que les mots quittaient ma bouche, je me rendis compte que je n'aurais su dire s'ils exprimaient vraiment la vérité. Par les Grâces miséricordieuses, que ressentais-je à cette idée ? Accepter de fréquenter un Haut Ensorceleur était une chose, l'embrasser en était une autre. Encore que Kathe soit bel homme, à sa façon.

Je bus une longue gorgée de vin.

Marcello soupira.

— Qui vous fréquentez, et qui vous embrassez, ce sont des questions qui ne me regardent pas, j'imagine.

— Si, cela vous regarde au moins un peu, dis-je doucement. Ce n'est pas comme s'il n'y avait rien entre nous. Mais il ne s'agit que d'une situation temporaire, une chose nécessaire, et non un choix de cœur. Et cela ne change absolument rien à long terme. Je tenais à ce que vous le sachiez.

— Eh bien, me voilà informé. (Il se passa la main dans les cheveux, baissa les yeux sur son verre, puis le posa sur une table.) Mais cela ne vous contrarie pas, Amalia ? Même pas un peu ?

— Je me moque d'avoir à jouer cette mascarade galante. (Je soupirai et portai la main à ma joue puisque je ne pouvais toucher la sienne.) Mais je dois admettre que j'aimerais ne pas avoir à garder mes distances avec vous. J'aimerais…

Je laissai ma phrase en suspens. Je n'avais pas réellement envie d'être la simple fille d'un roturier et de pouvoir fréquenter qui je voulais. J'avais troqué ma liberté contre du pouvoir, un pouvoir que je comptais utiliser pour protéger les gens qui m'étaient chers. Espérer à la fois la liberté et le pouvoir aurait été inconséquent ; ce n'était pas sans raison que l'on disait que toute médaille avait son revers.

— J'aimerais être un prince ostanien, ou le neveu du doge, regretta Marcello. Je déteste ne pas être assez bien pour vous.

— Bien sûr que vous êtes assez bien pour moi. (Je serrai le poing pour m'empêcher de lui prendre la main. C'était son horrible père qui parlait par sa bouche et lui répétait qu'il n'était qu'un raté, et voilà que je ne faisais qu'empirer les choses.) Meilleur que n'importe quel stupide prince. Par les Grâces, Marcello, si je pouvais choisir mon prétendant sur la seule base du mérite personnel, nous serions déjà en train de danser. Cette histoire avec le Haut Ensorceleur n'est qu'un mouvement de pièce sur un damier, rien de plus.

— Dans ce cas, j'espère que ce sera un coup gagnant. (Il s'essaya à un sourire, qui ressembla davantage à une grimace.) Parce que je me sens un peu dans la position d'un pion sacrifié.

— Vous ne serez jamais sacrifié, dis-je en captant son regard. Il faut juste que nous vous fassions traverser le plateau de jeu pour vous faire couronner.

Son sourire se fit plus naturel, mais conserva une certaine raideur.

— Je ferais mieux de me remettre au travail. Après tout, je suis ici pour veiller à la sécurité de la fête.

Ce soir-là, nous ne dansâmes pas une seule fois.

Le lendemain matin au petit déjeuner, Ciardha, la femme redoutablement talentueuse qui servait d'assistante à ma mère, m'apporta un petit paquet de forme irrégulière.

— De la part de votre soupirant, ma dame.

Son visage demeura parfaitement neutre, ainsi qu'à son habitude, mais un éclat amusé dansait dans ses yeux noirs.

Elle le déposa à côté de mon petit pain à moitié entamé et de ma tasse de chocolat fumant. Il était enveloppé dans une feuille de journal – la gazette du jour, apparemment – ficelée d'un fil d'argent. Enfant, j'avais fabriqué des paquets-cadeaux de meilleure allure en puisant dans les chutes de la boîte à couture de ma femme de chambre.

Non sans une certaine nervosité, je défis le nœud et ouvris la feuille de journal. La page était titrée en lettres capitales : « UN HAUT ENSORCELEUR COURTISE L'HÉRITIÈRE LA PLUS EN VUE DE LA CITÉ SÉRÉNISSIME ». Charmant. Ils avaient dû travailler toute la nuit pour imprimer ça.

Je dépliai le papier froissé pour révéler un collier d'un genre particulier : il s'agissait d'un lacet de cuir orné de perles en bois sculptées et de griffes noires.

Je le soulevai d'un air incertain.

— Dire qu'il va falloir que je porte une chose pareille !

— Il serait politiquement maladroit de n'en rien faire, je le crains, ma dame.

— Il y a une carte.

Je reposai le collier grossier dans son papier, en m'efforçant de ne pas songer à ce que cela donnerait sur une robe de brocart et de dentelle, et ouvris le rectangle d'un fin vélin de couleur crème.

« Pour votre protection, si vous veniez un jour visiter mon pays », disait la carte.

— Quelle perspective merveilleusement réjouissante, commentai-je en reposant la carte.

J'examinai plus attentivement mon cadeau. Les Hauts Ensorceleurs, ainsi que la plupart des mages vaskandriens, étaient des vivomanciens, dont les pouvoirs leur permettaient de contrôler et de façonner les êtres vivants. Au Vaskandar, ils se donnaient le nom d'ensorceleurs du bois, pour ceux qui se spécialisaient dans les végétaux, ou d'ensorceleurs des bêtes, pour ceux qui se consacraient plutôt aux animaux, même si tous pouvaient affecter aussi bien l'une ou l'autre catégorie. En revanche, ils ne savaient pas instiller la magie dans des objets comme le faisaient les façonniers ni manifester les propriétés magiques latentes de différentes substances, à la manière des alchimistes. Je doutais donc que ce collier soit magique. Mais les griffes, elles, m'avaient bien l'air de véritables griffes.

« Nous accordons une grande importance aux symboles », avait-il dit. Je soupirai avec résignation et passai le collier autour de mon cou. Les griffes cliquetèrent sur ma poitrine.

— De quoi ai-je l'air ?

— Cela devrait notablement contribuer à votre réputation d'excentricité, ma dame.

— Formidable. (Une pensée inquiétante me saisit soudain.) Ne suis-je pas censée lui faire parvenir un présent en retour ?

— L'usage l'impose effectivement, ma dame, me confirma Ciardha. Il va vous falloir trouver quelque chose à lui donner pour votre sortie de cet après-midi.

Les implications de ses paroles dévalèrent sur moi comme une pluie de graviers.

— Comment ça, quelle sortie ? m'enquis-je faiblement.

— Eh bien, votre rendez-vous avec le seigneur Kathe. (Le visage de Ciardha garda son expression impassible, mais je sentis néanmoins qu'elle riait intérieurement.) La Contessa l'a pressé de formaliser les termes d'une alliance durant leur rencontre hier soir, après le bal, mais il a déclaré qu'il préférait discuter de ces choses avec vous, puisque à présent il était censé vous faire la cour. La Contessa a donc tout naturellement arrangé une sortie pour vous deux.

Je déglutis péniblement.

— Quel genre de sortie ?

Ciardha inclina la tête dans une courte révérence que je choisis d'interpréter comme un signe de sympathie.

— Un pique-nique, ma dame.

Chapitre 7

— Et donc, dans cinq heures, je dois pique-niquer avec un Haut Ensorceleur, finis-je, à bout de souffle. Et je n'ai encore jamais eu de rendez-vous galant. Et il faut que je lui trouve un cadeau. Aidez-moi ; je n'ai aucune idée de ce que je dois faire.

Zaira resta figée, le bras levé pour lancer la petite branche qu'elle avait arrachée à un arbuste ornemental, au milieu de la pelouse verdoyante de la cour des Mues. Son chien Vaurien sautilla devant elle, l'arrière-train agité d'un frémissement impatient.

— Et c'est à *moi* que vous venez demander conseil ? Vous me prenez pour qui, une vieille entremetteuse ?

Zaira lança le bâton et Vaurien bondit à sa poursuite, la langue pendante.

— Vous êtes la seule à qui je puisse m'adresser, dis-je en ouvrant les mains. Venasha est à Ardence avec Aleki, pour rendre visite à sa famille.

— S'il ne vous reste que moi, c'est que vous avez besoin de vous faire d'autres amis.

Sa remarque me blessa plus qu'elle n'aurait dû, et ma voix se durcit.

— J'aurais cru que vous au moins, vous étiez consciente de la difficulté à se faire des amis quand tout le monde attend toujours quelque chose de vous.

Zaira soupira et se tourna enfin vers moi.

— Oui, je le sais.

—Alors, aidez-moi ! Que dois-je faire ?

Vaurien attrapa le bâton dans sa gueule, le secoua avec vigueur, puis se vautra dans l'herbe pour le mâchouiller consciencieusement. Zaira haussa les épaules.

—Que je sois damnée si j'en sais quelque chose. Moi non plus, je n'ai jamais été dans cette situation.

—Vraiment ? laissai-je échapper, en me maudissant aussitôt pour l'intonation surprise de ma voix. (J'aperçus Terika qui approchait par l'allée du jardin, ses boucles châtain clair agitées par la brise et le visage rougi par l'air vif, et je décidai de modifier ce que je m'apprêtais à dire.) Vous paraissez toujours, heu, si confiante avec vos admirateurs aux soirées et aux bals, que j'étais persuadée que vous aviez déjà entretenu une relation amoureuse.

Zaira renifla dédaigneusement.

—Si vous ne savez pas faire la différence entre flirter avec quelqu'un et le fréquenter vraiment, je ne vais pas suffire à vous expliquer tout ce que vous ignorez.

Terika nous rejoignit et lança un regard amusé à Zaira.

—Oui, certaines personnes sont de véritables maîtres dans l'art du flirt, et des cas désespérés pour ce qui est d'entretenir une véritable relation amoureuse. Bonjour, Amalia.

—Oh, toi, ça va, rétorqua Zaira, mais le sourire qu'elle lui adressa était le plus naturel que je lui aie jamais vu accorder à quelqu'un, à l'exception de Vaurien.

—C'est simplement que j'ignore ce que l'on est censé faire à un pique-nique avec son prétendant, dis-je avec un geste vague.

Terika sourit.

—Cela dépend. Aurez-vous un chaperon ? Dans le cas contraire, eh bien, vous pourrez faire *toutes sortes* de choses.

—C'est un Haut Ensorceleur ! protestai-je d'une voix qui monta dans les aigus.

— Vous auriez mieux fait d'y réfléchir avant d'accepter ses avances, dit Zaira.

Terika se tapota les lèvres pensivement.

— Si vous souhaitez le garder à distance, vous pouvez toujours essayer de flirter avec lui.

— Cela ne risque-t-il pas de produire l'effet inverse ?

— Certaines personnes sont réputées pour utiliser le flirt comme une carapace, répondit Terika, sans regarder Zaira cette fois, mais sa voix prit un ton malicieux. En fait, certaines personnes sont étonnamment douées pour ne pas laisser les autres s'approcher d'elles.

Zaira leva les yeux au ciel d'un air excédé.

— Et certaines personnes jouent un peu trop avec le feu.

Terika posa une main sur mon épaule, avec un air de grand sérieux.

— Mais vous devez vous montrer prudente. Si vous semblez accueillir favorablement les avances d'une personne pour ensuite la tenir à distance, elle risque de ne pas comprendre et d'être blessée.

Zaira se renfrogna.

— Ou elle risque de passer son temps à vous turlupiner. Ça peut arriver aussi.

Je savais très bien que les remarques de Terika étaient destinées à Zaira, mais je ne pouvais m'empêcher, avec une pointe de culpabilité, de penser à Marcello.

— Que me conseillez-vous, alors ?

Terika me tapota le bras d'un air compatissant.

— Vous devez vous montrer compréhensive. Votre soupirant a peut-être vécu des drames et a besoin de temps pour apprendre à vous faire confiance. (Elle marqua une pause, incapable de retenir tout à fait un petit rire.) Un peu comme un chien errant.

— Comme un… Ah, vraiment ? (Zaira éclata de rire.) Je suis un chien errant, c'est ça ?

Elle se jeta sur Terika et lui donna un grand coup de langue sur la joue.

— Couchée, vilaine fille! (Terika essuya sa joue sur sa manche, puis se tourna de nouveau vers moi.) Lui avez-vous trouvé un cadeau?

— Non, gémis-je avec frustration. Et je ne vois pas ce que je pourrais offrir à un Haut Ensorceleur. Un seau rempli d'ossements? Une immonde plante carnivore?

— Peut-être un objet artificé? proposa Terika. Ils n'ont pas beaucoup de façonniers au Vaskandar.

— Excellente idée, opinai-je avec soulagement. Je vais demander à Istrella si elle a quelque chose qu'elle accepterait de me céder.

Tandis que je m'éloignais, j'entendis Zaira aboyer moqueusement après Terika alors que Vaurien revenait gambader joyeusement autour d'elles.

Je montai l'escalier de la tour où logeait Istrella, mais elle refusa de me recevoir et ne me parla qu'à travers sa porte entrebâillée, au motif qu'elle travaillait sur quelque chose « d'extrêmement volatile » et que la plus petite perturbation pourrait avoir des conséquences « catastrophiques ». Vu la fumée qui s'échappait par l'embrasure de la porte, je la crus sur parole.

— Auriez-vous une idée de quel type d'objet artificé pourrait faire un présent appréciable pour un Haut Ensorceleur? lui dis-je.

Istrella cilla derrière les lentilles colorées de ses lunettes cerclées de runes.

— Pourquoi voudrais-je offrir quelque chose à un Haut Ensorceleur? demanda-t-elle lentement, comme si elle réfléchissait à cette étonnante question tout en la formulant.

— Non, non, c'est moi qui dois offrir un présent à un Haut Ensorceleur.

— Oh ! D'accord. Dans ce cas…

Elle me referma la porte au nez. Je fixai du regard le panneau qui y était suspendu (« Frappez avant d'entrer, ou je ne saurais être tenue responsable des conséquences »), en me demandant si j'avais fait quelque chose qui l'avait offensée. Je l'entendis farfouiller de l'autre côté du battant, puis il y eut un bruit de chute d'objets en cascade, mais cela n'avait rien d'inhabituel avec Istrella.

La porte s'entrouvrit de nouveau et elle glissa son bras filiforme par l'embrasure pour me tendre quelque chose de brillant qui pendait dans sa main.

— Tenez, m'annonça-t-elle joyeusement. Un pendentif longue-vue. Je l'ai fabriqué pour passer le temps pendant que Marcello pérorait sur le fait que je devais sortir de ma tour plus souvent. Un grossissement fois dix, et terriblement chic, n'est-ce pas ? D'ailleurs, à ce propos, j'aime beaucoup votre collier.

— Ah, merci, dis-je en touchant les griffes froides qui ornaient mon décolleté.

Istrella agita le pendentif devant mon nez.

— Et maintenant, je ferais mieux de retourner à mon travail avant que tout prenne feu.

J'acceptai le cristal rond et lisse, entouré d'un filigrane d'or.

— Avez-vous besoin d'aide ?

— Oh, non, je crois que je suis au point, répondit-elle vaguement. Et dites à Marcello que je vous ai parlé, ce qui me fera au moins deux contacts avec le monde extérieur cette semaine. Comme ça, il cessera peut-être de me harceler et me laissera travailler en paix.

— Je lui dirai, promis-je en riant. À bientôt, Istrella.

Alors que je rangeais le pendentif dans la poche de mon manteau de brocart chocolat aux broderies dorées tout en redescendant l'escalier, l'idée me vint que j'avais le temps de rendre visite à Marcello. Une étrange appréhension remplaça le sentiment heureux et chaleureux qui naissait habituellement en moi quand je pensais à lui. *Oh, bonjour Marcello, j'ai deux heures à tuer avant de me rendre à un pique-nique possiblement romantique avec l'homme qui me fait la cour. Vous savez, celui qui n'est pas vous. Cela vous dirait-il de nous engager dans une de ces conversations affreusement embarrassantes dont nous avons le secret ?*

Je secouai la tête. Je ne pouvais pas me mettre à l'éviter à cause d'un sentiment de culpabilité déplacé. Il restait un ami cher, et la dernière chose que je souhaitais était que cette histoire dresse un mur entre nous.

Je retraversai la cour et me dirigeai vers la partie du jardin où j'avais laissé Zaira, dans l'espoir de pouvoir remercier Terika de son idée de présent et leur demander si elles savaient où se trouvait Marcello. Elles n'étaient plus sur la pelouse, mais l'arrière-train remuant de Vaurien dépassait d'une haie.

Je passai la tête derrière celle-ci, la main levée en un salut joyeux.

Terika et Zaira s'étreignaient, appuyées contre un arbre. Terika avait les yeux fermés et ne me remarqua donc pas, ce qui était aussi bien, car Zaira et elle échangeaient un baiser passionné. Les boucles de leurs cheveux s'entremêlaient, et la sorcière du feu avait la tête penchée en arrière, une main posée sur la nuque de Terika.

Zaira ne m'accorda même pas un regard, mais utilisa sa main libre pour me signifier par un geste à l'éloquence crue à quel point ma présence était malvenue. Je me reculai vivement de l'autre côté de la haie, les joues empourprées. Mais alors que je m'éloignais, un sourire s'épanouit sur mon visage. Apparemment, Terika avait fini par percer l'armure de Zaira.

J'arrivais au bout du jardin quand je vis Marcello qui se dirigeait vers moi, le visage blême, et presque sur le point de se mettre à courir. Voilà qui n'augurait rien de bon. Je me hâtai de le rejoindre.

— Amalia. Les Grâces soient louées, vous êtes saine et sauve. (Les mots jaillirent de Marcello avec urgence, poussés en avant par les mauvaises nouvelles qui demandaient à suivre.) Je suis resté aux lampes-courrières depuis que les rapports ont commencé à arriver, et j'ignorais donc si vous… si vous alliez bien.

— Dois-je comprendre qu'il y a eu des problèmes ? m'enquis-je d'une voix tendue.

Il acquiesça sombrement et sortit un papier de sa poche d'une main tremblante : une copie de la liste de la tueuse vaskandrienne. Il pointa un nom du doigt.

— Lamonte Clare. Un façonnier, âgé d'une vingtaine d'années. Il devait arriver hier dans sa famille en Loreice. Je l'avais autorisé à rendre visite à ses parents pour leur demander la permission d'épouser la jeune fille qu'il fréquentait.

La tension dans sa voix était palpable. *Oh, Marcello.*

— Et il n'y est pas ?

— Son Fauconnier et lui ont disparu en route, ainsi que les gardes que j'avais détachés pour les escorter ; leurs chevaux sont revenus la nuit dernière au relais de poste, sans personne en selle. Les soldats du relais mènent des recherches, mais pour l'heure ils n'ont découvert aucun corps.

Je tentai vainement de trouver quelque chose à dire pour lui apporter un peu de réconfort, mais il n'en avait pas terminé.

— Parona da Valisia. Une alchimiste. Brillante et méticuleuse dans son travail ; vous l'auriez appréciée. Elle était en poste au Callamorne, où elle fournissait des remèdes et des élixirs. L'auberge où elle séjournait avec son Fauconnier – ils étaient en mission – a brûlé avant l'aube ce matin. Les aubergistes et leurs six clients ont péri dans l'incendie.

— Par la Grâce de la Miséricorde, soufflai-je.

Son doigt glissa sur un autre nom, et il se mit à parler plus vite, en se forçant à aller au bout.

— Halim d'Osta, un vieil alchimiste. Il a été agressé aujourd'hui alors qu'il se trouvait au festival de la dentelle, à Palova. Son Fauconnier et ses gardes ont réussi à repousser les assassins, au prix de quelques blessés. Et Harrald Callo, un façonnier discret, qui adorait les cakes et les gâteaux. Il rendait visite à ses parents dans leur ferme près d'Ardence. Son Fauconnier et lui ont disparu cette nuit. Il semblerait que leurs cadavres aient été jetés dans le puits de la ferme. (Il replia la liste d'un geste sec.) Sans parler de l'attaque contre Istrella la semaine dernière, et du meurtre de Namira.

Je laissai échapper un sifflement sourd.

— Cela fait quatre attaques entre hier et aujourd'hui. Et six, en comptant les deux précédentes.

— Oui. (Marcello capta mon regard.) Partout dans l'Empire, les gens sur cette liste meurent les uns après les autres. Les gardes supplémentaires que je leur avais affectés n'ont pas suffi. Le Vaskandar a dressé une liste de Faucons essentiels à nos préparatifs militaires, et il consacre d'importants moyens à leur élimination.

Un sursaut d'énergie brute et sauvage parcourut mes veines, mélange de peur et de colère.

— Avez-vous averti les autres ?

Marcello hocha la tête.

— C'est pour ça que j'ai passé tant de temps sur les lampes-courrières. Et je dois me rendre à présent à une réunion des officiers. D'ailleurs, le colonel Vasante vous prie d'y assister, si vous le souhaitez.

Cela me parut étrange, mais je lui emboîtai le pas et nous nous dirigeâmes vers les quartiers du colonel. Si le problème n'avait pas été aussi grave, je me serais réjouie qu'il distraie mon esprit de la question gênante de savoir quelle distance je devais laisser entre nous.

— Cela n'a aucun sens, réfléchis-je. La mise en œuvre d'une telle opération a dû réclamer beaucoup de temps et d'efforts : placer leurs gens en position, coordonner l'action pour qu'ils attaquent au même moment, disposer d'une force suffisante pour éliminer les gardes supplémentaires. Et tout ça pour tuer une poignée de façonniers et d'alchimistes ? (Une pensée me saisit soudain.) Et si le but était de leur voler leurs jets ?

Marcello secoua la tête.

— Cela a déjà été tenté il y a deux siècles de ça, et les façonniers ont donc mis au point une parade. Une fois associé à un Faucon, un jet se détruit de lui-même s'il lui est ôté. La seule façon de s'emparer d'un jet reste d'en dérober un qui ne soit pas encore au poignet d'un mage.

— Dans ce cas, cela doit faire partie d'un plan de plus grande envergure dont nous ignorons les tenants et les aboutissants.

— Si la Dame des Ronces a ourdi un complot aussi ambitieux et aussi bien pensé, nous avons du souci à nous faire, confessa Marcello. Par le passé, un de nos avantages face au Vaskandar a toujours été la supériorité stratégique de Raverra ; les Hauts Ensorceleurs que nous avons affrontés avaient tendance à agir impulsivement et sans réelle coordination, au lieu d'opérer de concert et selon des plans solidement établis. Mais si nous nous trouvons désormais confrontés à de Hauts Ensorceleurs davantage portés à la réflexion et aux stratégies à long terme, les choses risquent de se compliquer pour nous.

Ruven. Cela ressemblait tout à fait à sa tournure d'esprit, sournoise et perverse. Un mois plus tôt, je l'avais empêché de dérober de dangereux livres de magie, mais j'aurais dû me douter qu'il tramait d'autres plans. Il n'était pas du genre à accepter de bonne grâce la défaite.

Nous étions arrivés à la porte du bureau du colonel Vasante, où elle réunissait ses officiers pour les réunions importantes. Marcello posa la main sur la poignée avec l'aisance de l'habitude.

— Je crois que les choses sont déjà compliquées, dis-je doucement.

Il ouvrit alors la porte, et je pus constater à quel point j'avais raison.

Des cartes, des livres et des armes anciennes s'alignaient sur les murs du bureau du colonel Vasante, et des draperies écarlates – la couleur des Fauconniers – encadraient les fenêtres. La plupart des officiers réunis autour de la table en acajou portaient eux aussi des uniformes rouge vif. Mais un homme assis à la gauche du colonel se distinguait notablement par son manteau de velours noir à la coupe impeccable, malgré ses épaules voûtées et son attitude réservée et déférente.

Le seigneur Caulin, le chancelier du Silence. Par les Enfers, que faisait-il ici ?

Le colonel Vasante nous fit signe d'entrer d'un petit geste de la main, l'air sombre. Mais alors que je croisais son regard, je pus constater que nous n'étions pas la cause de son irritation. En tant que commandant des Faucons, elle connaissait aussi bien que moi l'identité réelle du seigneur Caulin. Et elle ne semblait pas se réjouir qu'il assiste à cette réunion, sur laquelle sa présence pesait comme celle du démon de la Mort avec sa hache d'obsidienne.

— Ravie que vous ayez pu vous joindre à nous, dame Amalia.

Le ton était sec, donnant l'impression qu'elle était contrariée que nous soyons arrivés les derniers, mais l'intensité de son regard convoyait un autre message.

Ah. Elle m'avait donc conviée pour lui servir d'alliée : j'étais la seule autre personne aux Mues susceptible de comprendre les troublantes implications de la présence de Caulin.

— Je vous remercie de votre invitation, murmurai-je avant de prendre place à côté de Marcello.

Le seigneur Caulin m'adressa un signe de tête respectueux.

Le colonel Vasante ramena sa tresse grise derrière son épaule et balaya du regard les officiers rassemblés. La plupart se redressèrent sur leur siège ; Jerith, qui prenait toujours un malin plaisir à se distinguer, se laissa au contraire glisser contre le dossier de sa chaise.

— Vous savez tous pour quelle raison nous sommes réunis, déclara-t-elle. Le Vaskandar a lancé un assaut contre nos Faucons et s'attaque à une liste de cibles que nous avons interceptée la semaine dernière, grâce à dame Amalia. (Elle se tourna vers Marcello.) Verdi, avez-vous pu contacter toutes les personnes visées ?

— Oui, mon colonel. En dehors des pertes dont vous êtes déjà avertie, nous avons eu la confirmation, de vive voix ou par les lampes-courrières, que tous les autres vont bien.

Le seigneur Caulin intervint d'une voix soyeuse.

— Peut-être serait-il judicieux de garder tous les Faucons à l'abri dans nos forteresses le temps que nous nous soyons assurés de la fin de la menace actuelle.

Les mâchoires du colonel Vasante se crispèrent.

— Seigneur Caulin, je sais que le doge vous a confié l'enquête sur ces meurtres ; toutefois, je vous serais reconnaissante de me laisser m'occuper de la sécurité des Faucons.

— Bien entendu, acquiesça Caulin d'une voix douce. Sa Sérénité souhaite simplement veiller à ce que ces ressources des plus précieuses soient protégées comme il se doit.

Jerith grimaça et quelques autres officiers se raidirent. Certains d'entre eux étaient des Faucons, et je doutais qu'ils apprécient de s'entendre qualifier de « ressources ».

— Nous suivrons la procédure standard en cas de menace connue visant les Faucons, déclara le colonel Vasante à ses officiers, en ignorant la remarque de Caulin. Mais nous avons un autre souci. L'un d'entre vous a-t-il relevé un point commun entre les différentes attaques ?

— Toutes les victimes étaient en voyage, répondit aussitôt Marcello. Trois en permission, et une en mission.

— Mais les assassins savaient quand et où frapper, compris-je, et l'implication me glaça les os. Ils avaient déjà des gens en place. Ils savaient où se trouveraient ces Faucons avant qu'ils y arrivent.

Jerith fronça les sourcils. Il se pencha en avant, posa les coudes sur la table, et prononça les mots que je n'avais osé formuler, de peur de leur donner réalité.

— Donc vous êtes en train de dire que nous avons un traître dans nos rangs.

Chapitre 8

Un silence pesant se fit à la table, et les officiers échangèrent des regards inquiets. J'aurais aimé pouvoir réfuter la conclusion de Jerith, mais quelle que soit la manière dont je tournais les pièces, je ne voyais pas d'autre façon d'assembler le puzzle.

— Qui a accès aux registres consignant les autorisations de permission et les affectations à l'extérieur ? demandai-je.

— N'importe quel Faucon ou Fauconnier peut accéder à ces registres, répondit Marcello. Ils sont consultés en permanence, pour planifier un départ, vérifier qui est disponible pour une affectation ou un entraînement, ou juste pour voir qui sera présent la semaine suivante pour un dîner en ville. Ces registres ne sortent pas des Mues, mais ils ne sont pas secrets.

— Peut-être le devraient-ils, glissa le seigneur Caulin.

— Le point important, intervint le colonel Vasante sans même lui accorder un regard, est que quelqu'un à l'intérieur des Mues a fourni au Vaskandar des informations consignées dans ces registres. C'est soit un de nos scribes, mais cela m'étonnerait vu le soin apporté à leur recrutement, soit un Faucon ou un Fauconnier.

— C'est impossible, se récria Marcello.

— Et pourtant, rétorqua le colonel, c'est le cas.

— Je connais nos Faucons et nos Fauconniers. Ce sont tous de bonnes personnes, insista Marcello d'un air buté. Ils ne participeraient jamais à l'assassinat de leurs camarades.

Oh, Marcello. Je n'aurais su dire si j'avais envie de le secouer pour qu'il accepte les inévitables déceptions de la réalité, ou de l'en protéger afin qu'il conserve à jamais sa pureté d'âme.

— Je comprends parfaitement quel choc cela peut représenter pour vous. (Le seigneur Caulin croisa les mains sur la table, sa voix calme et conciliante.) Il est déplaisant d'imaginer la présence d'un traître dans nos rangs. Pour autant, cela ne peut pas être totalement une surprise ; certains Faucons ont exprimé des plus clairement leur mépris envers l'Empire Sérénissime.

Il termina sa phrase en posant son regard imperturbable sur Jerith. La moitié de la table tourna les yeux vers le sorcier d'orage.

Jerith haussa les épaules.

— Je suis connu pour composer des vers satiriques à l'occasion. Appelez ça du mépris si vous le souhaitez.

J'aurais payé une pleine bourse de ducats pour lire ces poèmes. Mais certains se rapportaient sans doute à ma mère ; j'ignorais si cela me donnait davantage envie de les lire ou pas.

— Ce qui n'est guère convenable pour un officier de l'Empire, releva le seigneur Caulin.

— Ce n'est pas pour rien que je n'ai pas atteint un grade plus élevé chez les Faucons. (Jerith dit cela en souriant, mais je sentis une certaine tension chez lui. Je m'attendais à ce que Balos intervienne pour prendre sa défense, avant de me souvenir que le mari de Jerith n'était pas officier, et par conséquent, qu'il n'assistait pas à cette réunion.) Si vous pensez que se moquer des vices de nos dirigeants relève d'un crime aussi grave que de livrer ses amis aux dagues du Vaskandar, c'est que vous avez une compréhension bien limitée de la nature humaine.

Le seigneur Caulin ne se départit pas de son sourire.

— Ce n'est pas moi qui ai personnellement dressé la liste des Faucons potentiellement séditieux ; elle m'a été remise. Je suis ici simplement en tant qu'envoyé du doge, pour transmettre ses recommandations quant à la manière de traiter les suspects dans cette grave affaire de trahison, le temps que nous appréhendions le coupable.

Je n'aimais pas ce que j'entendais, d'autant plus que le meurtre faisait partie des moyens préférés du seigneur Caulin pour régler les problèmes. Je serrai les lèvres pour m'empêcher de formuler l'objection qui me brûlait la langue.

Jerith plissa les yeux, et les autres officiers s'agitèrent inconfortablement sur leurs sièges. L'un d'eux posa une main sur l'épaule de Jerith, qui l'écarta d'un mouvement brusque.

— Quelles recommandations ? grinça le colonel.

Le seigneur Caulin déplia une liste de noms et la lissa sur la table. Deux colonnes d'une écriture fine et précise couvraient la page. Je remarquai le nom de Zaira dans les premiers de la liste.

— Il s'agit de toutes les nouvelles recrues de l'an passé, plus ceux parmi les Faucons qui ont exprimé leur, ah, rancœur envers l'Empire. Voilà une liste raisonnable de suspects par lesquels commencer, ne pensez-vous pas ?

— Non, commenta Jerith en croisant les bras.

Caulin l'ignora.

— Nous recommandons de simples précautions. Une enquête sur leurs faits et gestes au cours du dernier mois, et la mise en place d'une surveillance étroite jusqu'à ce que le traître soit démasqué. Leur courrier sera lu – les lettres envoyées et reçues – et bien sûr l'usage des lampes-courrières leur sera interdit. Et avec un confinement aux Mues…

Marcello se leva en repoussant sa chaise, dont les pieds grincèrent sur le sol.

— C'est hors de question !

— Voilà des manières bien cavalières, capitaine Verdi, releva Caulin d'un ton badin.

Le colonel Vasante posa un coude sur la table.

— Verdi est mon officier en second aux Mues, responsable du fonctionnement quotidien de la forteresse. Poursuivez, capitaine. Mais n'oubliez pas à qui vous vous adressez.

— Je vous remercie, mon colonel, dit Marcello en s'inclinant avec raideur. Donc, avec tout mon respect, seigneur Caulin, même en mettant de côté le fait qu'il s'agit de braves soldats qui n'ont rien à se reprocher, ces gens ont des missions à accomplir. Ils ne peuvent pas remplir leur devoir envers l'Empire en restant cantonnés aux Mues.

Caulin soupira d'un air compréhensif.

— Je vois bien la difficulté que cela représente, capitaine. Mais je ne suis qu'un messager. Mes ordres…

— D'ailleurs, l'interrompis-je en feignant la curiosité pour masquer la colère qui bouillonnait en moi, cela semble pour le moins étrange que le doge transmette ses ordres au commandant des Faucons par l'entremise de son conseiller juridique. N'est-ce pas d'habitude à la marquise de Palova de faire le lien entre le Conseil des Neuf et l'armée ?

Les yeux du colonel Vasante s'éclairèrent d'une lueur d'approbation, et elle se tourna vers Caulin en adoptant le même ton songeur.

— Oui, dame Amalia a raison, seigneur Caulin. Peut-être devrions-nous contacter cette chère marquise par les lampes-courrières afin qu'elle participe à notre conversation ?

— Je ne suis pas ici en tant qu'émissaire du Conseil des Neuf, protesta Caulin en levant les mains. Le doge m'a chargé de l'enquête sur ces meurtres et des mesures de sécurité à prendre en réponse à cette affaire.

— Ah, opinai-je, comme si cela clarifiait les choses. Votre présence à cette réunion est effectivement des plus légitimes. Cependant, les ordres du doge pour le colonel

Vasante continuent donc à transiter par la chaîne habituelle de commandement militaire, n'est-ce pas ?

Le seigneur Caulin m'adressa un sourire figé.

— Bien évidemment. Veuillez m'excuser ; je ne suis qu'un simple civil, ignorant du protocole militaire.

— Très bien, dit le colonel Vasante. Donc à moins que je n'en reçoive l'ordre de la marquise de Palova ou du doge lui-même, nous prendrons les mesures nécessaires pour protéger les Faucons et démasquer ce traître sans pour autant punir de bons soldats qui ont pu grogner une fois ou deux contre l'Empire alors qu'ils n'étaient pas en service.

Le sourire de Caulin se réduisit à une fine ligne. Il garda le silence durant le reste de la réunion, mais suivit les débats de son regard rusé et calculateur.

Un batelier me ramena à la maison par le Canal impérial, et nous longeâmes les hautes façades des palais, ornées de fresques dorées et de dentelle de pierre sculptée. Je fulminais en silence contre l'interférence du seigneur Caulin. Des nuages gris et tristes avaient envahi le ciel, ternissant toutes les couleurs, même les teintes vives des guirlandes de fleurs et des fanions festifs qui décoraient toujours les façades pour la Fête de la Beauté. Le temps que mon propre palais arrive en vue, dominant la dernière courbe du Canal impérial de ses rangées d'arches gracieuses surmontées par la flèche de la lampe-courrière qui pointait du toit, la pluie avait commencé à crépiter sur l'auvent de soie que mon batelier avait tiré au-dessus de ma tête.

De la pluie. Par les Grâces. J'avais presque oublié mon pique-nique avec le Seigneur Freux.

— Vous avez à Raverra une définition du pique-nique bien différente de la nôtre, fit remarquer Kathe en adressant un coup d'œil circulaire au jardin de verre.

Une lumière tamisée scintillait sur les courbes sensuelles des orchidées en verre soufflé, sur les gerbes colorées de marguerites aux tiges translucides, sur les massifs d'algues vert émeraude figées dans une ondulation imaginaire. La pluie crépitait sur la baie vitrée donnant sur le canal des Deux-Vierges et produisait une douce musique qui s'accordait harmonieusement avec la lumière grise et voilée du ciel chargé de nuages. À proprement parler, *La Verrerie* était une boutique, mais son solarium privé était un endroit apprécié pour mener en terrain neutre des conversations délicates, et l'or des Cornaro m'avait permis de m'assurer à l'impromptu de la jouissance de ce lieu.

Après que j'eus offert à Kathe le pendentif longue-vue, qui sembla lui faire grand plaisir, un serviteur installa notre pique-nique sur une table en fer forgé au milieu des fleurs de verre, disposant sur une belle nappe un assortiment de crostinis, de viandes froides, de fromages et de pâtisseries. La bouteille de vin blanc provenait des caves de ma mère. Le Seigneur Freux paraissait totalement déplacé au milieu de cette exubérance colorée de verre soufflé, avec sa tunique grise et ses cheveux aux pointes noires qui lui donnaient un air austère et monochrome. J'aurais aussi bien pu me croire assise en face d'une véritable corneille, ou d'un morceau de ce ciel uniformément gris.

— À dire vrai, nos pique-niques se tiennent d'habitude à l'extérieur, quand le temps se montre plus clément.

Je m'efforçai de lui adresser un sourire charmeur, mais ma nervosité le transforma en quelque chose qui se rapprochait davantage d'une grimace.

Kathe tourna les yeux vers le canal en contrebas, où un marchand richement vêtu chuchotait à l'oreille de son épouse, un doigt pointé vers nous, alors qu'ils passaient dans leur barque à la proue effilée.

— Il semblerait que nous suscitions bien des rumeurs. Ils se demandent sans doute de quoi nous pouvons bien discuter. (Il m'adressa un sourire.) Essayons donc de ne pas les décevoir.

Mes épaules se raidirent. Cette fois, j'étais déterminée à ne pas le laisser mener la conversation à sa guise.

— Je crois que nous pouvons nous dispenser des civilités, dis-je avec légèreté. C'est la substance des mots qui importe, pas la manière dont ils sont joliment servis.

— De quoi allons-nous parler, alors ? demanda-t-il en se frottant les mains. De la grandeur et du déclin des empires ? De vengeance et de trahison ? (Une pensée sembla lui venir soudainement.) Mais peut-être trouvez-vous cela insuffisamment romantique ? Je pourrais toujours vous adresser des compliments creux, j'imagine, ou vous susurrer quelque proposition inconvenante.

Voilà à présent qu'il essayait de me faire rougir.

— Le propos d'un tête-à-tête galant n'est-il pas d'apprendre à mieux se connaître ? (J'étalai un peu de confiture de figue sur une tranche de fromage pour m'occuper les mains et les empêcher de s'agiter nerveusement.) Pourquoi ne pas passer directement aux questions essentielles : qui êtes-vous, et que voulez-vous ?

Kathe posa la main sur sa poitrine en feignant une surprise choquée.

— Voyons, ma dame ! Nous ne pouvons pas nous livrer aussi aisément. Je croyais que la subtilité était une seconde nature chez les Raverrains.

— Ma mère vous dirait qu'à ce sujet je ne me montre pas toujours à la hauteur de notre réputation. Je trouve parfois qu'une approche directe a quelque chose de rafraîchissant.

Et puis cela valait le coup d'essayer. Je me voyais mal bavarder pendant une demi-heure de la pluie et du beau temps avec un Haut Ensorceleur.

— Il me vient une idée, sourit Kathe. Au lieu de vous parler de moi, je vais vous parler de vous. Vous m'arrêterez quand je me trompe, et ce sera alors à votre tour. Nous verrons qui de nous deux fait les meilleures suppositions.

Je haussai un sourcil.

— Obtenir de vous une réponse franche et directe semble aussi difficile que d'ôter un ruban des griffes d'un chat, dites-moi.

— Voyons voir, songea Kathe en s'adossant à son siège et en me regardant pensivement. Votre mère, la grande et terrible Contessa Lissandra Cornaro, a épousé votre père, le prince Embran Lochaver, dans le cadre d'un traité qui intégrait la nation du Callamorne à l'Empire Sérénissime. Vous rendiez visite à votre grand-mère la reine au moins une fois l'an, certainement pour des raisons politiques, mais c'était ennuyeux à mourir et vous passiez l'essentiel de votre temps à vous esquiver en compagnie de vos cousins.

— Avez-vous parlé à ma famille ? m'enquis-je.

Il était inconfortable de constater qu'il savait tant de choses à mon sujet.

— Non, mais j'ai déjà assisté à des réceptions à la cour du Callamorne. Voyons, je peux sûrement faire mieux. (Il se tapota le menton pensivement.) Votre père est décédé quand vous étiez encore une enfant, au cours d'une visite dans son pays natal. Et vous ignorez comment il est mort.

Je levai un doigt.

— Faux. Il a fait une chute de cheval et s'est brisé la nuque. Ma mère n'était pas du genre à m'épargner les détails dans le but de préserver ma sensibilité.

Kathe inclina gracieusement la tête.

— Dans ce cas, à votre tour.

D'après le sourire qui s'attardait sur ses lèvres, je pouvais dire qu'il avait obtenu quelque chose de cet échange. Il semblait nourrir un intérêt troublant pour ma famille callamornienne ; savait-il à son propos des choses que j'ignorais moi-même ?

Je devais faire tourner ce jeu à mon avantage. J'avançai ma chaise de quelques centimètres.

— Les frères – défunts, mais pas pleurés – dont vous avez fait mention hier… vous n'avez aucune affection pour eux parce que vous ne vous en souvenez pas.

Ce n'était qu'une supposition, mais si j'avais tort, cela m'apprendrait quelque chose d'essentiel sur son caractère.

Kathe hocha la tête.

— Ils sont morts avant ma naissance. Je ne sais presque rien d'eux. (Le ton de sa voix s'adoucit.) Je pense que j'aurais aimé avoir un frère. Au Vaskandar, les gens ont tendance à éviter les mages marqués, et la solitude me pèse, parfois.

Une pointe de sympathie inattendue me noua la gorge. Un souvenir remonta d'un recoin obscur de ma mémoire, vague et lointain : l'humiliation brûlante que j'avais ressentie quand, après avoir enfin trouvé le courage de demander à mes parents de m'acheter une petite sœur au marché, ma question les avait fait éclater de rire.

— Mais, poursuivit Kathe dans un soupir, il est sage pour un Haut Ensorceleur de n'avoir qu'un seul héritier.

J'aurais aimé lui demander pourquoi, mais c'était une réponse que je devais pouvoir trouver en effectuant quelques recherches, même s'il y avait peu de chances que des lectures puissent m'éclairer sur les intentions secrètes du Seigneur Freux. Je devais réussir à lui soutirer des informations pour le salut de l'Empire, non pour satisfaire ma curiosité.

Mais il était difficile de ne pas être intriguée par Kathe. Tout en lui, de la lueur malicieuse de ses yeux cerclés de jaune à ses cheveux blonds aux pointes teintées de noir, invitait les questions et promettait des réponses insatisfaisantes, qui ne feraient qu'accroître encore ma curiosité.

— Vous avez querelle avec la Dame des Ronces, dis-je. C'est en partie pour cela que vous souhaitez vous allier à l'Empire Sérénissime. Mais ce n'est pas l'unique raison.

— Poursuivez, m'encouragea Kathe, l'air attentif.

Je m'humectai les lèvres.

— Vous essayez de faire croire que vous avez accepté cette histoire de relation galante sur une foucade, mais cela fait en réalité partie de votre plan. Vous jouez un coup beaucoup plus important pour vous que vous ne le laissez paraître, et vous êtes prêt à donner plus que vous ne voulez bien l'admettre pour voir votre stratagème aboutir.

Kathe toucha le pendentif longue-vue suspendu à son cou.

— Vous êtes perspicace, ma dame. J'aurais dû savoir qu'il était vain d'espérer abuser une Cornaro. Continuez, je vous en prie.

Il était temps de prendre un risque. Je me penchai vers lui, et le bord de la table pressa contre les boutons de ma veste.

— En fait, vous êtes si désireux d'obtenir ma coopération que vous pourriez me donner des informations concernant les meurtres de Faucons par des agents du Vaskandar.

Kathe afficha un air de profond étonnement.

— J'ignorais que vos Faucons étaient victimes d'assassins. Vous m'en voyez navré.

Voilà qui était toujours bon à savoir, même si je ne pus m'empêcher de ressentir une pointe de déception.

— Dans ce cas, à votre tour.

— Vous êtes incertaine quant à cette cour de façade. (Kathe posa ses coudes sur la table, et puisque j'étais toujours penchée en avant, son mouvement amena son visage tout près du mien. Il baissa la voix sur le ton de la confidence.) Vous ne savez pas si vous pouvez vous fier à moi. Après tout, il court d'effrayantes rumeurs sur la folie des Hauts Ensorceleurs.

Les cercles jaunes de ses yeux scintillèrent. La distance entre nous était trop courte. Je sentais la vibration silencieuse de son pouvoir dans l'air autour de lui. Mais je ne reculai pas pour autant.

— Rien à redire pour l'instant, commentai-je simplement, ma voix réduite à un murmure.

— Mais vous avez besoin d'alliés pour Raverra. Vous avez besoin d'un moyen d'influer sur le Conclave, afin de vous assurer que le nombre de Hauts Ensorceleurs prêts à s'impliquer dans la guerre sera aussi minime que possible. (Une odeur fraîche et sauvage flottait autour de lui, pareille à celle que l'on perçoit après que la foudre a frappé.) Vous êtes prête à beaucoup donner pour une chance d'assister au Conclave en tant que mon invitée.

— Vous avez toute mon attention, dis-je en retenant mon souffle.

— Cette perspective pourrait même suffire à vous inciter à continuer à accepter que je vous courtise, malgré votre bien compréhensible manque d'attrait pour un drôle d'oiseau dans mon genre.

— Je me dois de vous arrêter là.

Je me redressai sur ma chaise, en faisant appel à toute ma volonté pour ne pas rougir.

Kathe sourcilla.

— Parce que vous ne comptez pas poursuivre nos petits rendez-vous galants ou parce que vous avez succombé à mon charme douteux ?

— Voilà une intéressante question. Quel dommage que nous autres Raverrains soyons si subtils que nous détestions apporter aussi facilement des réponses franches et directes.

Je repliai ma serviette sur mes genoux.

Kathe ouvrit la bouche, puis la referma. J'eus à peine une seconde de satisfaction à constater que je lui avais cloué le bec, avant qu'un changement de pression dans l'air ou la profondeur particulière du silence ne m'incite à lever la tête pour découvrir que Ciardha se tenait à côté de moi, mon plus beau manteau drapé sur son bras.

Mon cœur s'alourdit dans ma poitrine. Si ma mère l'avait envoyée pour interrompre ma rencontre avec Kathe, cela impliquait forcément de graves nouvelles.

— Ciardha ? Qu'y a-t-il ?

Elle inclina la tête en un court salut.

— Dame Amalia. Mes plus sincères excuses pour cette intrusion, mais le Conseil des Neuf requiert votre présence au palais impérial. La Contessa m'a envoyée pour vous y escorter sur-le-champ.

La Salle des Cartes du palais impérial avait accueilli un nombre incalculable de conseils de guerre. Des cartes détaillées de Raverra et de l'Empire Sérénissime étaient peintes sur les murs, et la mosaïque du pavement déployait l'ensemble du continent d'Eruvia sous les pieds du Conseil. Chaque fois que j'en franchissais le seuil, je sentais tout le poids de la longue histoire de l'Empire s'appesantir sur moi. J'avais déjà eu l'occasion de participer à des réunions stratégiques où le Conseil s'assemblait autour de la table en compagnie de généraux et d'amiraux. Mais cette rencontre organisée à la hâte et plus restreinte – seuls les membres du

Conseil des Neuf et le doge se penchaient sur la grande carte dépliée sur la table – convoyait un sentiment d'urgence.

Je m'arrêtai sur le seuil après que Ciardha m'eut ouvert la porte, retenue par l'impression que ma convocation devait être un malentendu. Je n'avais aucune légitimité à me trouver ici ; pourtant, Ciardha ne commettait jamais d'erreur.

— Il peut encore s'agir d'une ruse, disait la marquise de Palova. (Quelques mèches de cheveux blancs s'étaient échappées de son chignon et retombaient sur son visage, ce qui n'empêchait pas que tous l'écoutent avec attention : la marquise était un vétéran de la guerre de Trois Ans et l'une des meilleurs stratèges d'Eruvia.) Nous savons que le Vaskandar convoite la Loreice, après avoir échoué par deux fois à s'en emparer au cours du dernier siècle. Si nous concentrons trop nos troupes au Callamorne, de l'autre côté de l'Empire, nous ne serons pas en position de défendre les collines de Loreice s'ils les franchissent en force.

— Stationnons donc les troupes nécessaires pour tenir la frontière et gardons le gros de nos forces en réserve, pour intervenir en fonction des besoins. (Le doge releva la tête alors qu'il déplaçait une pierre colorée sur la carte. Ses yeux, profondément enfoncés dans leurs orbites, croisèrent les miens et s'illuminèrent d'une étincelle.) Ah, dame Amalia. Joignez-vous donc à nous.

Je m'approchai de la table et allai me placer au côté de ma mère, en foulant de mes bottes l'île d'Osta et la côte méridionale. Des dizaines de pions colorés étaient disséminés sur la carte, bleus pour les forces impériales, verts pour celles du Vaskandar. Ces dernières étaient beaucoup moins nombreuses, mais je suspectais que cela soit davantage dû à notre manque d'informations sur ce qui se passait de l'autre côté de la frontière qu'à la faiblesse des moyens dont disposait le Vaskandar.

— J'ai appris que vous nous aviez gagné une alliance avec le Seigneur Freux de Let, dit la marquise de Palova d'un ton approbateur. C'est la meilleure nouvelle de la journée.

Je portai machinalement la main aux griffes qui pendaient sur ma poitrine et acquiesçai d'un signe de tête.

— Je me réjouis d'avoir pu me rendre utile.

— Mais ce n'est pas pour cela que nous vous avons mandée. (Niro da Morante, doge de Raverra, n'était pas homme à perdre son temps en compliments. Il m'adressa un regard perçant et calculateur, comme s'il était en train d'estimer le poids d'une arme qu'il s'apprêtait à brandir.) Nous avons deux tâches à vous confier. La première est d'ordre diplomatique.

Je me dandinai inconfortablement. Il y avait trop de tension dans l'air. Ma mission à Ardence avait été d'ordre diplomatique elle aussi, et le sort de la cité tout entière en avait dépendu.

— Je suis toujours heureuse de servir l'Empire Sérénissime.

— Fort bien, opina ma mère. Il est donc temps pour vous de rendre visite à votre famille.

— J'imagine que vous parlez de ma grand-mère, dis-je en baissant les yeux sur les pions verts amassés le long de l'extrémité occidentale de la chaîne des Pics Sorciers, à la frontière du Vaskandar et du Callamorne.

La Contessa hocha la tête.

— Et ce, pour plusieurs raisons. La plus évidente étant la raison diplomatique : pour manifester notre engagement à défendre le Callamorne et à arrêter les armées du Vaskandar à la frontière.

— Je persiste à penser que nous devrions nous dispenser de la diplomatie et attaquer en premier leurs forces de l'autre côté de la frontière, pendant qu'ils tergiversent en attendant la réunion de leur Conclave, intervint le seigneur Errardi, un vieil aristocrate connu pour somnoler régulièrement durant les séances de l'Assemblée. Pourquoi leur laisser le temps d'achever je ne sais quels préparatifs machiavéliques, alors que nous pouvons les écraser par la supériorité du nombre avant qu'ils soient prêts à lancer leur invasion ?

— Parce que cela serait stupide, rétorqua la marquise de Palova. Sans parler du fait que la neige pourrait arriver et bloquer les cols à n'importe quel moment dans les six semaines à venir, isolant nos soldats de l'autre côté de la frontière, nous n'avons jamais remporté une seule bataille sur le sol du Vaskandar.

Cette dernière remarque capta mon attention.

— Jamais, vraiment ?

L'histoire militaire ne faisait pas partie de mes sujets de prédilection, mais alors que je me remémorais ce que je savais sur la guerre de Trois Ans, il m'apparut effectivement que toutes nos victoires décisives avaient eu lieu en défendant notre territoire, non en attaquant le Vaskandar.

— C'est ce qui rend les Hauts Ensorceleurs si dangereux. (La voix de la marquise prit une intonation grave et lugubre.) Sur leurs terres, la moindre chose vivante est soumise à leur volonté. Pendant la guerre de Trois Ans, nous avons essayé au début de mener des attaques de l'autre côté de la frontière. Mais cela revenait à charger au beau milieu de l'enfer du Carnage. J'ai vu une section entière de soldats se faire arracher les yeux par une nuée d'oiseaux, une forêt d'hommes empalés sur des branches – jusqu'à six par arbre – qui s'étendait aussi loin que le regard portait, et il n'y a pas pire mort que d'être dévoré vivant par une centaine de rats affamés. Et je pourrais continuer longtemps comme ça.

— Je vois, marmonna faiblement le vieux seigneur Errardi, dont le visage avait blêmi.

Je ressentis une certaine sympathie à son égard ; moi-même, j'avais l'estomac retourné par les scènes que la marquise avait évoquées.

— Et s'ils prennent un territoire et le conservent plus de quelques semaines, alors ces terres commencent à devenir réellement les *leurs*. (La marquise de Palova s'appuya des deux poings sur la table.) C'est pourquoi nous ne devons pas leur céder un pouce de terrain. Personne n'a jamais pu reconquérir des terres dont un Haut Ensorceleur s'était emparé.

— Vous comprenez donc pourquoi les Callamorniens sont inquiets, intervint la Contessa, ramenant mon esprit qui s'était égaré dans des visions cauchemardesques d'arbres festonnés de cadavres et de rivières de fourrure glissant sur des squelettes dépouillés du moindre lambeau de chair.

J'examinai la carte. Un grand nombre de pions verts s'amassaient à la frontière nord du Callamorne, plus que partout ailleurs.

— Je le serais également à leur place.

— Et cela ne fait que vingt ans que le Callamorne a intégré l'Empire Sérénissime, reprit ma mère d'un ton neutre, sans prendre la peine de rappeler qu'elle avait été à l'origine de ce ralliement à l'Empire par son mariage, même si je perçus une pointe de fierté dans sa voix. Quand il était encore indépendant, il subissait constamment les raids du Vaskandar, malgré la protection naturelle que lui offrent les montagnes. La défense contre leur voisin du Nord était une des raisons principales pour lesquelles les Callamorniens ont rejoint l'Empire. Nous devons leur donner la réassurance que nous pouvons les protéger – et que nous le ferons –, si nous voulons qu'ils demeurent des alliés loyaux et dévoués.

— Je dois pouvoir m'en charger.

Cela semblait judicieux. Et puis j'aimais ma grand-mère et mes cousins, même si la cour callamornienne manifestait un attachement au cérémonial un peu trop prononcé à mon goût.

Je regardai plus attentivement la carte. Les deux principautés qui bordaient le Callamorne, de l'autre côté des Pics Sorciers, étaient le Sevaeth et le Kazerath. Le père de Ruven gouvernait le Kazerath, et la Dame des Ronces, le Sevaeth. Des pions verts s'agglutinaient au niveau des principaux cols de montagne, ainsi que sur le flanc ouest du mont Chenu.

— Le mont Chenu, encore, murmurai-je, en me souvenant d'un autre rassemblement de forces sur cette même montagne, le mois dernier.

— Ce qui nous amène à l'autre raison, plus pressante encore, pour laquelle nous avons requis votre présence. (Le ton du doge s'était durci.) Je me suis laissé dire que vous aviez une certaine connaissance des recherches du prince Ruven sur les volcans.

Un frisson glacé me parcourut, et je cherchai à croiser le regard de ma mère, qui hocha la tête d'un air grave.

— Nous venons de recevoir un rapport des Pics Sorciers. Nos éclaireurs ont découvert un cercle d'Artifice nouvellement gravé au pied du mont Chenu, juste de notre côté de la frontière. Le façonnier de la garnison locale affirme qu'il n'a jamais rien vu de tel.

Non. J'agrippai le bord de la table. Je croyais pourtant que nous avions déjoué les manigances de Ruven et que nous l'avions empêché d'obtenir le pouvoir de déclencher une éruption volcanique. N'était-ce donc pas le cas ?

— Cela pourrait être l'œuvre de Ruven, dis-je lentement. S'il a pu étudier assez longtemps le livre qu'il a tenté de voler, pour être en mesure d'en reproduire le schéma d'Artifice.

— Pensez-vous qu'une telle magie ait une chance de fonctionner ? demanda la marquise de Palova en me fixant de ses yeux sombres et perçants.

— C'est possible. Je n'ai aucune certitude en la matière, répondis-je. Il s'agit d'une opération hautement expérimentale, combinant vivomancie et Artifice. (La vivomancie était une magie naturelle, brute, sauvage et personnelle, originaire des forêts impénétrables du Vaskandar ; l'Artifice était une science magique, développée par les érudits de l'antique Osta, à l'autre extrémité d'Eruvia, et qui œuvrait selon des règles et des constructions précises.) Il existe peu de recherches sur l'association de ces deux formes de magie très différentes. Mais la théorie exposée dans cet ouvrage paraissait assez solide. On pourrait comparer cela à la domestication du cours d'une rivière naturelle en la déviant dans un réseau de canaux d'irrigation.

Je perçus l'excitation croissante dans ma voix et me forçai à me taire avant de me lancer dans une dissertation qui n'intéresserait personne ici à part moi.

— Nous ne pouvons pas courir le risque que cela fonctionne effectivement, énonça la marquise d'une voix sombre. Une éruption annihilerait nos défenses dans certains cols de montagne d'importance vitale. Même une éruption modérée pourrait détruire des forteresses, des armes et des protections artificées, et tuer les milliers de soldats stationnés là-bas. Cela représenterait des pertes catastrophiques qui laisseraient la frontière sans défense face à leurs forces d'invasion.

— Sans même parler des victimes civiles, ajouta ma mère d'une voix tout aussi lugubre. Les bourgades et les villages le long de la frontière risqueraient d'être rayés de la carte. Les terres recouvertes de cendres sur plusieurs lieues, les rivières contaminées. D'innombrables maisons détruites, des gens tués, des familles forcées de fuir et mourant de faim. Une éruption de grande ampleur pourrait même menacer les villes voisines qui comptent plusieurs dizaines de milliers d'habitants, et notamment Ardence.

— Puis les forces du Vaskandar avanceraient dans le sillage du cataclysme, conclut la marquise de Palova, telle une armée de démons jaillissant du portail des Neuf Enfers. Nous n'aurions aucune chance de réussir à les repousser. Tout le nord de l'Empire tomberait, ce qui leur ouvrirait la voie, par le fleuve Arden, jusqu'à la Cité Sérénissime elle-même.

— Nous devons donc veiller à ce que cela n'arrive jamais, dis-je d'une voix anxieuse.

— Je veux que vous alliez examiner ce cercle durant votre visite au Callamorne, m'intima le doge. Vous avez étudié ce livre, vous êtes érudite dans le domaine de la théorie magique, et vous connaissez le prince Ruven. Vous représentez notre meilleure chance de réussir à comprendre la fonction de ce cercle. Je veux savoir, s'il s'agit réellement d'un enchantement destiné à contrôler le volcan, quel pourrait être son mode opératoire, quelle est l'urgence de la menace, et quel moyen nous avons de la contrer ; bref, tout ce que vous pourrez nous apprendre à son sujet.

J'acquiesçai, vaguement nauséeuse à l'idée qu'un homme aussi dénué de scrupules que le prince Ruven puisse avoir accès à ce genre de pouvoir.

— Puis-je prendre avec moi un façonnier, afin de m'aider à neutraliser la magie que nous trouverons à l'œuvre là-bas ?

— Naturellement, répondit le doge avec un geste d'assentiment. Nous devons de toute manière envoyer des façonniers à la frontière afin de renforcer nos défenses magiques. Prenez qui il vous plaira.

Le Conseil m'accordait plus de moyens et de considération que je ne m'y attendais. Lorsque j'avais fait face au Conseil des Neuf dans cette même salle le mois précédent, j'avais affronté des regards réprobateurs pour avoir eu l'impudence de prendre la parole ; que ce soit en raison de ce que j'avais accompli à Ardence, de mon implication croissante au côté de ma mère, ou de mon initiative audacieuse avec Kathe, le Conseil semblait désormais estimer qu'il valait la peine d'écouter ce que j'avais à dire.

Ma fierté se teinta toutefois d'un certain malaise. Si personne ne vous écoutait, personne ne se rappelait que vous aviez eu tort. Plus vous jouissiez d'un grand pouvoir, plus terribles étaient les conséquences de vos erreurs.

Le doge se pencha au-dessus de la table en me fixant de ses yeux luisants.

—Nous avons encore une autre raison de vous envoyer au Callamorne. Une raison d'ordre militaire. (Il tapota du doigt la capitale du Callamorne, au pied de la chaîne des Pics Sorciers, non loin de la frontière septentrionale de l'Empire Sérénissime.) Votre Faucon vous accompagnera. Vous resterez en réserve à Durantain jusqu'à ce que nous ayons une idée plus précise du lieu où le Vaskandar frappera en premier. Vous ferez alors mouvement pour défendre avec votre malefeu le col de montagne le plus menacé.

J'avais toujours su que ce jour viendrait. C'était un plan sensé, et la meilleure manière de nous utiliser à bon escient dans cette guerre. Mais je n'envisageais pas sans angoisse de libérer le feu de Zaira sur des centaines ou des milliers d'êtres humains, même s'il s'agissait de soldats ennemis.

—Très bien, dis-je en m'efforçant de paraître plus détachée et confiante que je ne l'étais en réalité.

—Cette mission risque d'être dangereuse. Les attaques qu'ont subies les Faucons ont eu lieu alors qu'ils étaient en voyage. (La voix du doge prit un ton sévère.) Nous ne pouvons nous permettre de vous perdre, ni votre Faucon. Une solide escorte militaire vous accompagnera. Nous ne devons laisser planer aucun risque quant à votre sécurité ou celle de votre sorcière. Suis-je bien clair ?

—Tout à fait.

Les joues me brûlaient. Une aventure à Ardence et voilà que ma réputation semblait être passée de rat de bibliothèque timoré à trompe-la-mort inconsciente.

Le doge m'adressa un lent signe de tête.

— Bien. Dans ce cas, je ne vois aucune raison de retarder votre départ. Vous vous mettrez en route dès demain. Et puissent les Neuf Grâces veiller sur vous.

Chapitre 9

Sitôt la réunion achevée, mon batelier me ramena aux Mues pour que je puisse annoncer en personne la nouvelle à Zaira. Je ne manquai pas de remarquer le surcroît d'activité sur les quais des Mues, où un ballet incessant de soldats chargeait des provisions sur plusieurs vaisseaux militaires arrimés auprès des petits cotres effilés qu'employaient habituellement les Fauconniers. L'Empire Sérénissime déployait ses Faucons pour la guerre. Une terreur sourde m'envahit alors que les ombres du crépuscule s'étendaient sur la lagune.

Je trouvai Zaira dans l'immense réfectoire, en train de terminer son repas. Vaurien était roulé en boule à ses pieds et je croisai Terika alors que je pénétrais dans la salle. Elle m'adressa un grand sourire triomphant et mon cœur se serra, écrasé par toutes ces terribles informations que je ne pouvais pas partager avec elle.

Zaira accepta notre nouvelle affectation avec un haussement d'épaules, en continuant à gratter Vaurien derrière les oreilles.

— Je ne suis pas mécontente de quitter un peu ce poulailler. Et je ne connais pas le Callamorne. Qui nous accompagnera?

Je sortis les notes que j'avais prises et les posai sur la table entre nous. Nous étions seules, mais un léger brouhaha montait vers le plafond voûté du réfectoire, où une cinquantaine de Faucons et de Fauconniers s'attardaient encore à d'autres tables devant les reliefs de leur repas.

— Eh bien, il nous faut un façonnier de talent pour m'aider à examiner ce cercle, donc j'avais pensé demander à Istrella.

Zaira me lança un regard entendu.

— Hmm. Et je suis sûre que le fait que ça obligera son frère, qui est aussi son Fauconnier, à l'accompagner n'a rien à voir avec ce choix.

La chaleur me monta au visage.

— En réalité, elle possède exactement le genre de tournure d'esprit qu'il faut pour inventer des solutions originales à des problèmes d'Artifice inattendus. (Sans mentionner le fait que j'appréhendais moins cette mission délicate avec la présence solide et sécurisante de Marcello à mes côtés.) Et je pensais aussi emmener Terika.

Zaira se raidit.

— Terika ! Pourquoi ça ?

— Elle est native du Callamorne et se réjouira sans doute de l'occasion de rendre visite à sa famille. Et nous voulons avoir avec nous une alchimiste compétente pour nous fournir en remèdes contre les venins, les poisons et les maladies que les Hauts Ensorceleurs pourraient employer contre l'Empire.

Le regard sceptique de Zaira réclamait la vérité, et j'ajoutai à mi-voix :

— Et elle sait préparer mon élixir. Ma mère souhaite que je sois accompagnée d'un alchimiste capable de le fabriquer, au cas où il arriverait malheur à mes réserves.

— Je ne peux pas lui reprocher, après ce qui s'est passé à Ardence. (Vaurien pressa la truffe contre sa main, et elle recommença à le gratter derrière les oreilles.) Cela ne vous inquiète pas d'emmener Istrella et Terika dans un pays qui risque une invasion ? Ce ne sont pas exactement de redoutables guerrières.

— Moi non plus, répondis-je en rangeant mes notes. J'y ai bien réfléchi, notamment en raison du fait que leurs noms font partie de la liste des cibles. Mais nous bénéficierons d'une escorte importante, et elles n'auront pas besoin de s'approcher de la frontière.

— Contrairement à nous. Si la guerre éclate, ils vont nous envoyer directement là où ça chauffera le plus.

— C'est tout à fait probable. (Mon estomac se retourna rien que d'y penser.) Si le Vaskandar attaque, vous aurez peut-être à libérer votre feu sur des centaines ou des milliers de soldats. Êtes-vous… (Je m'interrompis, incapable de trouver la bonne formulation.) … d'accord avec ça ?

Zaira m'adressa un regard surpris.

— Vous me demandez si je suis d'accord pour rôtir vivant des centaines de personnes ?

Je grimaçai.

— En fait, je voulais plutôt savoir comment vous vous sentiez.

— Parfaitement bien, comme toujours. Si quelque chose me défrise, je ne le fais pas, un point c'est tout.

Ce n'était au mieux qu'une demi-vérité, mais je m'en contentai pour l'instant.

— Je voulais juste… Eh bien, je ne crois pas que vous ayez déjà fait quelque chose de cet ordre par le passé.

Zaira renifla dédaigneusement.

— L'Empire l'aurait remarqué si j'avais cramé une armée entière. Donc, non, ça ne m'est jamais arrivé. Et non, je ne sais pas comment ce sera, et si après je gambaderai gaiement pour aller prendre le thé. Arrêtez un peu de me poser la question, ou je vous arrache la langue pour vous faire taire.

— Désolée, dis-je, sans pouvoir m'empêcher un geste réflexe de protection en levant une main devant ma bouche.

Vaurien sollicita de nouveau Zaira, et elle se baissa pour lui caresser les oreilles des deux mains, tandis qu'il fermait les yeux de ravissement.

— Si vous voulez tout savoir, dit-elle après un moment, sans relever la tête, en fait je ne suis pas mécontente d'avoir l'occasion d'utiliser pour une fois ce feu infernal qui couve en moi dans le but de protéger quelque chose. (Elle m'adressa un coup d'œil contrarié.) Alors, arrêtez un peu de me faire culpabiliser.

Je plaçai mon autre main sur ma bouche et hochai docilement la tête.

Le problème des livres raverrains sur le Vaskandar, songeai-je en soupesant *l'Avènement des Hauts Ensorceleurs* d'Imoden d'une main, et *Chronique de l'expansion du Vaskandar* de Lavier de l'autre, était qu'ils étaient écrits par des historiens raverrains. Je doutais que l'un ou l'autre auteur ait jamais mis les pieds au Vaskandar. La plupart de ces ouvrages avaient été publiés immédiatement après la guerre de Trois Ans et s'intéressaient presque exclusivement à l'histoire militaire. Ils retraçaient la naissance du Vaskandar, qui avait débuté sous la forme d'un agrégat de modestes territoires septentrionaux, puis s'était imposé par ses conquêtes aux clans des forêts et aux roitelets du Nord, en nommant à la tête de chaque contrée soumise un nouvel ensorceleur, jusqu'à se lancer dans des guerres contre l'Empire Sérénissime. Les maigres détails que ces récits apportaient sur le Vaskandar lui-même relevaient d'ouï-dire et du folklore, et contenaient leur lot de contradictions et d'omissions.

Je rangeai tout de même les deux livres dans ma malle. Avant que nous nous séparions à l'issue de notre pique-nique, Kathe m'avait informée qu'il passerait par le Callamorne pour retourner à Let. Peut-être aurions-nous l'occasion de nous croiser là-bas, et je voulais arriver à notre prochain tête-à-tête armée de meilleures connaissances.

Je parcourus du bout des doigts la rangée de livres sur mon étagère, appréciant la douceur chaleureuse des dos reliés de cuir de ces chers amis. J'ajoutai *Principes de vivomancie* ainsi que *Des origines de la magie* à ma malle, puis me retrouvai sans trop savoir comment allongée sur mon lit aux rideaux de soie, avec devant moi *l'Histoire d'Eruvia* d'Orsenne ouvert au chapitre sur la naissance du Vaskandar.

Un petit coup sec à ma porte, qui m'était familier, me fit sursauter et refermer brusquement mon livre. Le temps que je me redresse pour m'asseoir au bord du lit, ma mère était entrée dans ma chambre.

— As-tu terminé tes bagages, Amalia ? Ton bateau part dans une demi-heure pour passer prendre Zaira aux Mues. (Son regard glissa vers ma malle remplie de livres.) Je pose la question, mais je connais déjà la réponse.

— J'ai presque terminé, mère, mentis-je.

Elle sourcilla à peine.

— Je vais demander à Rica de s'occuper de tes vêtements. Mais veille à emporter suffisamment d'élixir, et assure-toi de ne pas ranger toute ta réserve au même endroit cette fois.

— Bien sûr, mère. (Je tirai une petite fiole de la poche intérieure de mon manteau afin de lui montrer que j'étais capable d'apprendre de mes expériences, surtout quand l'expérience en question m'avait fait frôler la mort.) J'en ai d'autres dans ma sacoche aussi, que je prendrai avec moi quand nous partirons en exploration, pour parer à toute éventualité.

— Bien. (Elle vint s'asseoir sur le lit à côté de moi, le visage grave.) Sois prudente sur la route. J'ai bon espoir que dans des délais aussi courts la nouvelle de ton départ pour le Callamorne n'ait pas le temps d'arriver aux oreilles de l'espion du Vaskandar aux Mues, mais seuls les imbéciles accordent leur confiance à de simples suppositions.

Je redressai le dos, alors que me revenait en tête la question que j'avais brûlé de lui poser toute la journée.

— En parlant d'imbéciles et du traître qui se trouve aux Mues, que manigance donc le seigneur Caulin ?

— C'est tout sauf un imbécile, répondit fermement ma mère. Tu peux penser ce que tu veux de lui, mais ne commets surtout pas l'erreur de le sous-estimer.

— Vous savez ce que je veux dire, insistai-je avec un geste agacé. Pourquoi le doge l'a-t-il envoyé se mêler des affaires des Faucons ?

Ma mère me regarda un long moment en silence, avant de me déclarer d'une voix douce :

— Pourquoi ? Principalement à cause de toi.

Je scrutai son visage en me demandant si elle plaisantait, mais il n'y avait aucune trace d'humour dans ses yeux noirs perçants.

— Que voulez-vous dire ?

— Je connais le doge mieux que personne. Et si Niro aime quelque chose, c'est d'avoir le contrôle. (Elle tourna la tête vers la fenêtre, où la lumière pure du matin faisait luire de teintes chaudes la façade du palais face au nôtre, de l'autre côté du canal.) Il sait très bien que les Faucons sont la pièce maîtresse de la puissance de l'Empire Sérénissime. Et que crois-tu qu'il pense de tes actions ?

— Vous voulez parler de ma réforme sur le statut des Faucons ?

— Pas seulement de ton projet de loi. Tu possèdes l'unique sorcière du feu de l'Empire. Tu entretiens des rapports étroits avec les principaux officiers des Mues.

— Je ne *possède* pas Zaira. Et je n'entretiens de rapports étroits avec personne, ajoutai-je en sentant la chaleur me monter au visage.

Ma mère n'accorda pas à mes protestations l'honneur d'une réponse.

— Et même si ta loi ne voit jamais le jour, c'est habilement joué pour te gagner la loyauté des Faucons.

— Ce n'est pas dans ce but que j'agis, enfin ! Je veux simplement qu'on leur offre le choix.

— Cela n'a pas d'importance. (Elle ramena les yeux sur moi.) Il ne peut pas se permettre de perdre les Faucons à ton profit. Et surtout pas dans les circonstances présentes, avec la menace du Vaskandar à nos frontières. Il réaffirme donc son autorité sur eux.

— Il utilise cette série de meurtres à des fins purement politiques ? m'insurgeai-je d'une voix outragée.

— Je ne doute pas que sa priorité soit de démasquer le traître et d'empêcher d'autres meurtres, dit la Contessa en balayant d'un geste mes objections morales. Mais, et c'est une chose pour laquelle nous nous ressemblons, Niro da Morante agit rarement pour une seule raison. Pourquoi ne pas arrêter l'espion *et* consolider son pouvoir politique en même temps ?

— Mais Caulin s'y prend de la mauvaise façon ! (Je tirai rageusement sur la dentelle de mes manches.) Il ne réussira pas à démasquer le traître en harcelant les Faucons.

— En toute franchise, je ne place pas non plus grand espoir dans l'enquête de Caulin. C'est lui qui incite le doge à raffermir son autorité sur les Faucons ; il n'aborde pas la question d'un esprit neutre. Tout cela pourrait faire partie de ses manigances pour s'assurer une place au Conseil.

— Il ambitionne de récupérer le siège du baron Leodra au Conseil des Neuf, c'est ça ?

Voilà qui expliquerait bien des choses.

— Et il a de bonnes chances de l'emporter, malheureusement, acquiesça ma mère. C'est un homme compétent et je respecte le travail qu'il accomplit pour l'Empire, mais il lui manque la vision d'ensemble nécessaire pour le gouverner. Il est trop concentré sur ses propres intrigues et ses manigances. Et il te considère comme une menace.

Je baissai les yeux sur mes mains qui trituraient toujours la dentelle de mes poignets, des mains fines et douces, qui ne savaient pas faire grand-chose.

— J'ai bien du mal à me sentir menaçante.

Ma mère haussa les sourcils.

— Il y a deux mois à peine, tout le monde à Raverra ne voyait en toi qu'un bon parti. Tu te cachais dans ce palais avec tes livres et tes projets d'Artifice, et tu te désintéressais de la politique au point de connaître à peine le nom du doge. Mais après ce que tu as accompli à Ardence en déjouant les manœuvres de dangereux comploteurs et en imposant ton candidat à la succession ducale, tu as forcément attiré l'attention. Et à présent que tu t'es décidée à t'engager en politique, ta première action est de promouvoir une loi qui a l'ambition de réécrire une des dispositions cardinales des Accords Sérénissimes et qui touche aux fondations mêmes de l'Empire.

— Je ne dirais pas que cette loi entend réécrire les Accords Sérénissimes ; les amender, tout au plus.

— En attendant, rares sont ceux qui auraient l'audace de proposer une telle mesure. Mais toi, tu le peux, parce que tu n'as que dix-huit ans. (La voix de ma mère se teinta de quelque chose qui pouvait être de l'admiration, ou plus certainement de l'amusement face à ma naïveté.) Si la loi n'est pas votée, ils mettront cela sur le compte de l'idéalisme de la jeunesse, et cela ne nuira pas durablement à ta carrière. (Ses lèvres s'ourlèrent en un sourire ironique.) Mais si elle passe, tout le monde considérera que tu es brillante et dangereuse. Il ne nous reste que peu de temps pour faire en sorte de ne pas les démentir.

— Je ne me sens ni brillante ni dangereuse, marmonnai-je.

— La Dame des Ronces estime pourtant que tu es dangereuse, rétorqua la Contessa d'une voix qui se durcit. Elle a inscrit ton nom sur cette liste.

Je pris la main de ma mère, mue par un enthousiasme soudain.

—Mère, j'ai réfléchi à tout cela, justement. (Une idée m'était venue la nuit dernière, alors que je cherchais le sommeil, l'esprit encombré de pensées de guerre et de rendez-vous galants, de volcans et de meurtres.) Je crois que tout cet intérêt que le Vaskandar manifeste à mon égard est lié au fait que du sang de Hauts Ensorceleurs coule dans la lignée royale callamornienne.

Ce n'était pas un secret : toujours en quête de bons partis de noble naissance pour épouser leurs fils et leurs filles, la moitié des familles royales d'Eruvia possédaient quelque part dans leur arbre généalogique un ancêtre issu des familles princières du Vaskandar ; plusieurs même, dans le cas des royaumes frontaliers comme le Callamorne. Le père de mon père était de sang royal vaskandrien, et suffisamment influent pour que son union avec ma grand-mère mette un terme à une invasion du Callamorne. Si sa lignée était importante politiquement, cela pouvait expliquer à la fois la présence de mon nom sur la liste de l'assassin, et les intentions secrètes de Kathe à mon égard.

—J'ai dans l'idée que tu as raison. (Ma mère replaça une mèche rebelle de mes cheveux derrière mon oreille, et scruta mon visage.) Les guerres et les mariages unissent depuis longtemps les destins du Vaskandar et du Callamorne. Tu fais partie de cette histoire, et cela te donnera pour cette mission un avantage diplomatique que je n'ai jamais eu. Mais cela t'expose aussi à des dangers que je n'ai jamais affrontés.

Je serrai mon livre contre ma poitrine.

—Avez-vous rencontré la famille de mon grand-père ?

—Non, et ton père non plus, à ce que je sache. Mais je crois que ton grand-père était le fils d'un Haut Ensorceleur. (La Contessa plissa le front.) Il a forcément laissé derrière lui, de l'autre côté des Pics Sorciers, des inimitiés et des alliances.

— Que le Vaskandar ramène aujourd'hui au Callamorne, soupirai-je. Je serai prudente, je vous le promets.

Un petit sourire en coin éclaira le visage de ma mère.

— Je ne suis pas certaine de te croire. Mais j'ai bon espoir que tu feras preuve d'intelligence, ce qui est bien mieux.

Elle me serra alors dans ses bras, m'entourant d'un cercle de chaleur et de parfum. Je fermai les yeux en souhaitant l'espace d'un instant redevenir une petite fille, et n'avoir rien de plus important à faire durant ce voyage que de dévaler les escaliers du château royal de Durantain en compagnie de mes cousins.

Durant les premiers jours de notre voyage en coche, nous traversâmes le cœur de l'Empire Sérénissime, aux champs vert et or qui s'étendaient à perte de vue, émaillés de villas aux toits de tuiles rouges, entourées de fleurs et de haies de cyprès. Tandis que nous approchions du Callamorne, la plaine se rida de douces ondulations. Les brumes matinales s'accumulaient au creux de vallées peu profondes et le sommet des collines s'embrasait le soir des dernières lueurs dorées du couchant.

À la fenêtre du carrosse, Terika dévorait le paysage des yeux, impatiente d'apercevoir à l'horizon, au-dessus des têtes des cavaliers de notre escorte, les premières collines sombres de sa terre natale.

— Attends de voir ça, lança-t-elle joyeusement à Zaira. Les collines du Callamorne sont bien plus grandes que ces petites bosses du centre de l'Empire, plus rocailleuses aussi, et couvertes de belles forêts. Bientôt la neige tombera, et alors les champs et les prairies se transformeront en une immense étendue blanche et scintillante jusqu'au pied des montagnes.

Lienne, la Fauconnière de Terika, réprima un frisson.

— Oui, et le froid nous congèlera le sang et nous glacera les pieds. Je préfère le soleil de Raverra et une coupe de vin chaud, merci beaucoup.

Zaira haussa les épaules.

— Je suis ici pour attendre que vienne l'heure de faire parler mon feu. Si ça te fait plaisir, je peux bien m'extasier devant des collines boueuses pour passer le temps.

— Si charmante, soupira Terika. C'est ce que j'aime chez toi.

Elle passa son bras sur les épaules de Zaira, qui lui lança un regard alarmé avant de se détendre et de se laisser aller contre elle. Lienne tourna la tête vers la fenêtre pour dissimuler un sourire.

Le carrosse avait tout d'une cible parfaite, avec à son bord quatre personnes inscrites sur la liste de l'assassin du Vaskandar, mais nous avions pris de grandes précautions et je n'étais pas vraiment inquiète. Zaira avait remis son corsage aux baleines artificées ainsi que les épingles à cheveux assorties, capables par leur magie de la prémunir aussi bien contre une dague qu'une balle de mousquet ; malheureusement, de tels objets puisaient leur pouvoir de protection dans la magie innée qui émanait d'elle, et aucun d'entre nous ne pouvait donc en bénéficier. Marcello chevauchait à côté du carrosse avec notre escorte de deux douzaines de soldats et surveillait d'un œil attentif chaque repli du terrain, chaque ligne d'arbres, chaque ferme. Aucune troupe d'attaquants suffisamment nombreuse pour représenter un danger ne pouvait raisonnablement échapper à sa vigilance, pour le cas – des plus improbables – où une telle bande serait parvenue à pénétrer aussi loin dans l'Empire Sérénissime.

Non, ce n'était pas la peur qui étouffait mon cœur alors que nous voyagions vers le nord, en direction du Callamorne ;

c'était le fardeau, plus pesant et plus lancinant, des espoirs qui reposaient sur mes épaules.

Si j'échouais à trouver le moyen de contrer le cercle d'Artifice de Ruven sur le mont Chenu – et s'il s'agissait bien d'un enchantement de contrôle du volcan –, des milliers de personnes risqueraient de mourir. Si le Vaskandar nous envahissait et que le doge envoyait Zaira à la frontière, des milliers d'hommes mourraient de même. Et il y avait aussi cette vieille culpabilité que je ressentais toujours quand je retournais au Callamorne, et qui s'insinuait déplaisamment au milieu de tout le reste, liée au fait qu'une nation entière – qui incluait ma propre famille – comptait sur moi pour la protéger et garantir sa place au sein de l'Empire, alors que je ne m'y rendais qu'une fois l'an et ne lui accordais que rarement mes pensées.

Les Callamorniens avaient dû espérer davantage quand ils avaient consenti à donner leur prince en mariage à ma mère et accepté de prêter allégeance à Raverra. Mais cette fois, j'avais mieux à leur offrir en venant leur réaffirmer que l'Empire tiendrait sa part du marché qui avait été scellé par ma naissance.

J'aurais préféré faire les quatre cents coups avec mes cousins comme avant, et n'avoir rien de plus compliqué à gérer en termes de diplomatie que d'entraîner Roland dans une discussion sur l'histoire du Callamorne pour le distraire pendant que Bree chipait des pommes dans le verger du château. Mais j'étais sortie de l'ombre pour prendre ma place au côté de ma mère, et il n'y avait pas de retour en arrière possible.

Istrella voyageait dans le carrosse avec nous et bricolait des modifications expérimentales sur la corne à poudre de son frère, qu'elle avait d'abord vidée et nettoyée sur mon insistance. La dernière chose dont nous avions besoin était d'une découverte inédite sur les interactions entre l'Artifice et la poudre noire alors que nous étions enfermées dans un carrosse avec une sorcière du feu. Je remarquai que Terika et Zaira semblaient partager une plus grande proximité physique depuis leur baiser; elles échangeaient constamment des regards et des gestes affectueux, et étaient littéralement collées l'une à l'autre sur la banquette.

Quand nous nous arrêtâmes dans une auberge au bord de la route pour la quatrième et dernière nuit avant d'entrer au Callamorne, je profitai d'un moment où nous étions seules à table avec Zaira dans la salle bondée pour me pencher vers elle et lui murmurer la question qui me brûlait les lèvres.

—Alors, Terika et vous êtes finalement ensemble?

Zaira me jeta un regard mauvais, puis tourna la tête vers l'escalier qui montait à nos chambres. Terika et les autres n'étaient pas encore descendus pour le dîner, mais ils ne tarderaient pas à nous rejoindre; je n'avais que quelques minutes pour l'asticoter autant que je l'oserais.

Zaira prit son gobelet, s'aperçut avec une moue contrariée que la serveuse ne l'avait pas encore rempli, et le reposa sur la table.

—Ce n'est pas vos oignons, mais disons que Terika est la seule personne que je connaisse qui soit plus têtue que moi. Ça se voit qu'elle a grandi dans une ferme où ils élevaient des chèvres; elle a bien retenu la leçon, entourée de vieilles biques.

—C'est donc un oui, résumai-je en m'adossant à ma chaise avec satisfaction. Et bravo à Terika. Vous avez le droit d'être heureuse, vous savez.

—Je ne sais pas à quoi elle pense, celle-là, dit Zaira en secouant la tête. Elle est aussi douce qu'une pêche d'été, et j'ai sur les mains assez de sang pour en remplir un plein seau. Et puis, quel avenir elle peut croire que nous aurons ensemble?

—Eh bien, si ma loi sur les Faucons est votée…

Zaira s'esclaffa.

— Très bien, soupirai-je, oublions ma loi. Mais hypothétiquement, si vous pouviez avoir la vie que vous voulez avec elle, de quoi auriez-vous envie ?

— J'ai l'air d'une cruche sans cervelle qui passe son temps à rêvasser d'une jolie ferme à la campagne et d'une tripotée de bambins ?

— J'ignore ce à quoi vous aspirez. C'est justement pour ça que je vous pose la question, contrai-je avec un haussement d'épaules. Si je pouvais mener la vie de mon choix, j'aimerais une riche bibliothèque, un cercle de bons amis, et… et quelqu'un avec qui partager tout ça. (Le sourire et les yeux verts de Marcello emplirent mon imagination, et à voir la lueur dans le regard de Zaira, elle savait à qui je pensais.) Et vous ?

— C'est une question dangereuse.

— Dangereuse ? Pourquoi ça ?

Zaira plissa les yeux.

— Si vous passez votre temps à ruminer sur tout ce que vous voulez et que vous ne pouvez pas avoir, ça vous rongera de l'intérieur, comme un parasite. Si quelque chose n'est pas à votre portée, y penser sans arrêt ne fera que vous flanquer le cafard.

— Voilà une philosophie de vie bien lugubre.

— Quand on grandit aux Suifs, tout ce dont on se préoccupe, c'est de rester en vie, un jour après l'autre. On ne pense pas à l'avenir, à part pour s'assurer d'en avoir un.

Je suivis du doigt les initiales gravées sur la table par un précédent voyageur.

— Moi non plus, je n'ai jamais rêvé à mon avenir, mais pour une raison exactement inverse. Le mien a déjà été tracé pour moi. Je n'ai pas le loisir de choisir qui je veux devenir, ou ce que je veux faire.

Même dans ce rêve d'une bibliothèque bien fournie et de Marcello à mes côtés, j'avais vaguement imaginé en toile de fond ma mère qui continuait à siéger au Conseil des Neuf et à intriguer. Dès qu'elle se retirerait de la vie politique, les derniers vestiges de liberté que je possédais disparaîtraient dans les profondeurs du palais impérial.

Zaira émit un grognement.

— C'est peut-être vous qui devriez vous enfuir.

Une serveuse arriva enfin avec un cruchon pour nous servir du vin, et j'accueillis avec reconnaissance ce sursis, pendant que je cherchais vainement une réponse. Les mots de Zaira avaient réveillé en moi une colère sourde et ancienne, qui remontait à la dernière fois où j'avais sérieusement envisagé de m'enfuir pour échapper à mon destin : le jour où j'avais décacheté la lettre de ma mère m'enjoignant de quitter l'université d'Ardence pour revenir à la maison, alors que j'avais enfin trouvé un endroit où je pouvais être moi-même, et non l'héritière des Cornaro.

Je levai mon verre pour noyer ce souvenir amer.

— Vous avez pris votre temps, grommela Zaira à l'adresse de la serveuse en s'emparant de son gobelet.

J'avais à peine trempé mes lèvres dans le vin qu'une chaleur douloureuse me transperça le doigt, et le cristal filigrané de ma bague se mit à luire d'un éclat doré.

De l'alchimie. Quelqu'un essayait de nous empoisonner. La peur fulgura en moi avec la violence de l'éclair.

Je reposai brusquement mon gobelet en éclaboussant de vin rouge la table.

— Zaira, ne buvez pas ! C'est empoisonné !

La sorcière du feu se figea, le verre à mi-chemin des lèvres.

La serveuse releva sa tête baissée, révélant son visage derrière un rideau de cheveux blonds. Une résolution froide et implacable se lisait sur des traits qui ne m'étaient pas inconnus : il s'agissait de l'assassin vaskandrien qui avait attaqué Istrella.

J'eus à peine le temps de reconnaître cette femme qu'elle poignarda Zaira au flanc avec la dague qu'elle tenait dissimulée sous son plateau.

Je lâchai un cri de panique et de désespoir, mais l'air autour de Zaira se mit à onduler comme l'eau d'une mare où l'on aurait jeté une pierre, et la lame de la tueuse ricocha sur le corset artificé.

Tout s'était passé en un éclair. J'avais bondi de ma chaise, mais j'étais trop lente et l'assassin trop rapide, et la panique qui me submergeait me rendait maladroite. Mais je me jetai tout de même sur la tueuse et la percutai douloureusement pour l'éloigner de Zaira avant qu'elle puisse frapper de nouveau.

À peine déstabilisée, la meurtrière retrouva aussitôt son équilibre et s'écarta hors de ma portée. Elle se mouvait avec une grâce parfaite, aussi efficace et mortelle qu'un héron en chasse. La terreur me serra la poitrine. Je connaissais mes limites, et je n'étais pas assez bonne pour pouvoir l'arrêter.

Zaira jura et dégaina sa dague. L'assassin jeta son plateau de côté. Il heurta le sol avec fracas en répandant des tessons de céramique. Dans la salle de l'auberge, les têtes se tournèrent, des voix s'exclamèrent et des pieds de chaise grincèrent alors que les convives inquiets se levaient brusquement.

Par les Enfers. Elle cachait un pistolet sous son plateau, qu'elle pointa sur Zaira. Le temps sembla ralentir, et toute la lumière de l'auberge se concentrer sur le fatal cylindre de bois et de métal du canon de son arme.

Puis la tueuse plissa les yeux et, semblant penser qu'elle avait mieux à faire que de mettre de nouveau à l'épreuve la protection magique de Zaira, tourna son arme vers moi.

Le canon de son pistolet me fixa tel l'œil glacé du démon de la Mort.

—*Exs…*

Je m'interrompis au milieu de mon cri paniqué. Des visages effrayés se pressaient derrière la tueuse vaskandrienne, et j'aperçus une femme serrer contre elle son enfant qui pleurait. Il y avait trop de monde dans l'auberge. Je ne pouvais pas libérer le feu de Zaira.

Un claquement assourdissant résonna dans la salle, suivi d'un nuage de fumée à l'odeur âcre de poudre.

Chapitre 10

Je me crispai, mais aucune douleur ne vint.

La tueuse recula en titubant et une tache sanglante s'épanouit sur son flanc. Elle déchargea son arme dans ma direction, les yeux déjà vitreux, et des cris éclatèrent en réaction à cette seconde détonation. La balle fracassa une lampe à huile suspendue au mur derrière moi. Tétanisée par la peur, il me fallut un long instant pour prendre conscience que le second tir m'avait ratée, et que le premier ne provenait pas de la Vaskandrienne.

Marcello dévala au bas de l'escalier, le pistolet encore fumant, suivi de Lienne qui avait dégainé sa rapière. Mon cœur bondit de soulagement en les voyant arriver, alors que je m'appuyais à la table, une main serrée sur mon médaillon ardent. Par la Grâce de la Miséricorde, je l'avais échappé belle.

— Veuillez évacuer la salle, intima Marcello d'une voix forte et pleine d'autorité.

Les clients de l'auberge se dépêchèrent d'obtempérer dans un brouhaha stupéfait où se mêlaient des pleurs et des jurons. L'aubergiste s'empressa auprès d'eux et les guida vers le jardin en marmonnant des excuses et des mots de réconfort. J'admirai sa capacité à ramener un semblant d'ordre dans ce chaos.

La tueuse tomba à genoux, une main plaquée sur sa blessure au flanc. Elle tenait sa dague de l'autre main, mais d'une manière molle et mal assurée. Lienne s'approcha et lui arracha son arme de la pointe de sa rapière, avant d'en poser la lame sur son cou. Marcello rechargea son pistolet tout en scrutant la salle à la recherche d'une autre menace avec une maîtrise de geste infiniment rassurante.

Zaira laissa échapper un soupir tremblant.

— J'aurais dû la repérer. Bon sang, je me ramollis.

— Souhaitez-vous interroger cette vermine, dame Amalia ? demanda Lienne.

Elle avait raison. J'étais à la tête de cette mission, et je n'avais pas le luxe de m'affaler sur une chaise et de vider la moitié d'une bouteille de vin en laissant d'autres s'occuper de cette affaire, même si c'était tout ce que je désirais.

Mon pouls battait toujours à un rythme effréné, presque douloureux. Je m'avançai sur des jambes flageolantes, mais la meurtrière était trop occupée à cracher du sang sur le parquet ciré pour le remarquer.

— Que manigance la Dame des Ronces ? demandai-je. Pourquoi fait-elle assassiner des Faucons ?

Les lèvres blêmes et tachées de sang de la tueuse remuèrent faiblement.

— Je n'arrive pas à croire que je vous ai manquée, murmura-t-elle. (Elle toussa, et d'autres gouttes de sang éclaboussèrent le plancher. Elle prit une inspiration rauque et sifflante.) Mais cela n'a pas d'importance, Amalia Lochaver Cornaro. Vous courez déjà vers votre mort.

— Réponds à la question, aboya Lienne.

Mais la tueuse ne pouvait plus répondre, quand bien même l'aurait-elle voulu. Elle vacilla et s'effondra, le souffle réduit à un gargouillis, tandis que s'agrandissait encore la tache de sang sur sa tunique.

Marcello poussa un juron.

— Je la connais.

Je hochai la tête.

— Oui, c'est elle qui a attaqué Istrella, au dîner de dame Aurica.

— Non. Cela remonte à plusieurs années.

Marcello se mordit la lèvre et se détourna, les épaules voûtées.

— Que devons-nous…, commençai-je, sans finir ma phrase.

Je ne parvenais pas à regarder la tueuse ; même si elle avait essayé de m'assassiner, son sang restait aussi rouge que celui de n'importe quel être humain, et le bruit de ses efforts pour respirer suscitait en moi de la compassion. Nous avions tous besoin d'air, et nous connaissions tous la douleur.

— Elle ne parlera pas, et elle ne survivra pas non plus à sa blessure, dit Lienne d'une voix sombre. Capitaine ?

— Allez-y, répondit Marcello.

Je me détournai tandis que Lienne mettait promptement fin à ses souffrances.

Pendant que des soldats de notre escorte emportaient le cadavre, j'allai trouver l'aubergiste pour lui offrir mes excuses accompagnées d'une poignée de ducats, et lui enjoignis de servir à ses clients le meilleur vin de sa cave, en lui précisant que je paierais pour le séjour de tous. L'éclat de l'or se refléta dans les yeux de l'homme – cela représentait sans doute plus que ce que son auberge rapportait en un mois – et il se hâta de s'occuper de ses hôtes avec un empressement renouvelé.

Un autre aubergiste qui parlera en bons termes des Cornaro aux voyageurs qui feront étape chez lui. Le mois précédent encore, je n'aurais pas eu ce genre de pensée, mais cela faisait partie des choses que ma mère m'enseignait. La générosité engendrait la bienveillance ; la générosité *et* la bienveillance incitaient les gens à vous livrer des informations ; et les informations étaient le sang qui irriguait la politique de l'Empire Sérénissime.

Et par-delà ces considérations, je me sentais coupable d'avoir gâché la soirée de tout le monde.

Je revins dans la salle commune. Le cadavre avait disparu et Terika examinait les gobelets de vin empoisonné en compagnie de Zaira et de Lienne, tandis que Marcello s'était isolé à une table dans un coin de la pièce. Je me dirigeai vers lui, mais Terika me fit signe de la rejoindre.

— Il y a de la Fourbe noire dans ce vin, annonça-t-elle d'une voix grave. Zaira et vous seriez mortes dans l'heure si vous en aviez bu.

Je trouvai curieusement réconfortant d'être la cible d'armes aussi ordinaires que des pistolets ou des poisons. Je préférais largement ça à affronter les pouvoirs de la vivomancie.

— Il faudra que je remercie encore ma mère pour cet anneau, dis-je en passant le pouce sur la pierre de la bague, de nouveau froide au toucher.

— Seul un alchimiste avec la marque des mages est en mesure de fabriquer de la Fourbe noire, poursuivit Terika. Je doute que le Vaskandar possède des alchimistes assez puissants ; chez eux, les mages marqués sont généralement vivomanciens. Il est donc possible qu'il y ait quelque part un autre enfant que les Faucons n'ont pas retrouvé à temps et que l'on force à préparer des poisons. Retenu par quelqu'un assez dénué de scrupules pour les écouler au Vaskandar.

La colère et la détermination crispaient son visage rond et parsemé de taches de rousseur, d'habitude si gai et si souriant. Elle devait repenser à sa propre enfance, quand son père l'avait vendue à une guilde d'assassins qui l'avait contrainte à concocter des poisons, et peut-être même les Larmes du Démon qui couraient toujours dans mes veines.

— Nous le retrouverons, lui promit Lienne en passant un bras protecteur sur ses épaules. Nous t'avons sauvée, et nous sauverons celui-là aussi.

Marcello bondit sur ses pieds, les poings serrés.

—Je sais de qui il s'agit.

Nous nous tournâmes toutes vers lui.

—Vous savez qui est l'alchimiste ? demandai-je.

—Oui. Que la Grâce de la Miséricorde le protège. (Marcello se lissa les cheveux, comme pour repousser un souvenir douloureux.) Le garçon.

—Ah. J'en ai entendu parler, acquiesça Lienne.

—Expliquez-vous, le pressai-je.

Marcello se mit à faire les cent pas, incapable de tenir en place.

—Il y a quatre ans, alors que j'étais un tout jeune Fauconnier, j'ai découvert un garçon qui portait la marque des mages et que sa famille avait caché. Il s'appelait Emmand. Il avait dix ans, et c'était le fils unique d'une famille de la petite noblesse. Ses parents avaient raconté à tout le monde que leur fils avait une santé délicate et qu'il devait garder la chambre. (Il secoua la tête.) J'étais en permission quand j'ai découvert son existence, et puisqu'il semblait alors en sécurité chez lui, je n'ai pas cru nécessaire de le ramener immédiatement aux Mues. Mais quand je revins le lendemain pour m'assurer que tout allait bien, Emmand avait disparu et ses parents avaient été tués.

—Comment pouvez-vous savoir que c'est lui qui a fait ce poison ? demanda Terika en faisant tourner le vin empoisonné dans le gobelet de Zaira. Ce pourrait être l'œuvre de n'importe qui.

—Je l'ai reconnue, elle, répondit Marcello avec un signe de tête en direction de la tache de sang sur le parquet. Aussitôt après avoir découvert qu'Emmand avait été enlevé, j'ai réuni la milice du village et nous avons suivi la trace des ravisseurs. Nous les avons rattrapés, mais ils étaient une dizaine, dont cette femme, et nous seulement six. Je n'ai jamais oublié son visage, parce que c'est la première personne à m'avoir tiré dessus.

Il se frotta la cuisse d'un air absent, et Lienne laissa échapper une exclamation. Sans y réfléchir, je fis un pas dans la direction de Marcello, la main levée vers lui, avant de me reprendre.

— J'ignorais que vous aviez été blessé.

— Je m'en suis bien remis. (Marcello poursuivit d'une voix âpre et tendue.) Mais j'étais trop gravement blessé pour pouvoir continuer la poursuite. J'ai tiré une dernière fois sur les ravisseurs qui s'éloignaient, mais Emmand a cru que c'était sur lui que j'avais fait feu et il se mit à hurler alors qu'ils l'emportaient au loin. C'est la dernière fois que je l'ai vu. Je n'ai jamais su s'il avait survécu, ou s'il avait été tué par ses kidnappeurs.

Je m'approchai de lui et posai une main sur son épaule, touchée par la douleur qui perçait dans sa voix.

— Vous avez fait tout ce que vous pouviez pour le sauver.

— Eh bien, aujourd'hui la Dame des Ronces ne donne plus dans le kidnapping, dit Terika d'une voix étrangement enjouée alors qu'elle jetait le vin empoisonné par la fenêtre. La Fourbe noire est toujours mortelle ; elle ne comptait pas vous voir survivre.

Lorsque nous nous dirigeâmes finalement vers nos chambres, je tirai Zaira à l'écart pour lui murmurer quelques mots d'excuse.

— Je suis désolée. J'aurais dû vous libérer dès que j'ai vu que vous étiez en danger.

Zaira jeta un regard vers la poignée de voyageurs qui revenaient timidement dans la salle commune, puis vers Terika, qui nous avait précédées dans l'escalier et arrivait sur le palier.

— Non. Il y avait trop de monde. J'aurais fait cramer cette morue en un clin d'œil, oui, mais aussi la moitié des pauvres diables autour d'elle. Vous avez eu la bonne réaction.

— Vraiment ?

— Que cela ne vous monte pas à la tête.

— Je veux apprendre à gérer ça comme il convient, dis-je. À vous libérer immédiatement quand vous voulez votre malefeu, avant même que vous ayez à le demander. Ainsi que le font Jerith et Balos.

Zaira plissa les yeux, aussi noirs que de l'obsidienne dans la lumière chiche de la cage d'escalier.

— Quand je le veux, ou quand vous pensez que j'en ai besoin ?

— Quand vous voulez en disposer, répondis-je sans hésitation. C'est votre feu.

— Et vous n'allez pas tergiverser et avoir vos vapeurs pendant une demi-heure comme les autres fois ?

— C'était différent, dis-je, alors que la honte m'enflammait les joues. J'étais effrayée.

Zaira ricana.

— Vous êtes toujours effrayée.

— Évidemment ! protestai-je, sur la défensive. N'importe quelle personne saine d'esprit aurait peur d'une sorcière du feu.

Le visage de Zaira se ferma aussi brutalement qu'une porte qui claque.

— Peur du malefeu, corrigeai-je aussitôt. Je parlais de votre malefeu, pas de vous.

— Je sais ce que vous vouliez dire, grommela-t-elle en se retournant pour suivre Terika.

Le lendemain matin, je ne sus dire si Zaira m'ignorait plus qu'à l'accoutumée. La culpabilité que je ressentais après ce que je lui avais dit dans l'escalier m'empêchait de chercher à croiser son regard ; entre ça et la gêne guindée de mes échanges avec Marcello alors que nous nous préparions à reprendre la route, j'attendais avec impatience de monter dans le carrosse pour me réfugier derrière les pages d'un livre.

Nous fîmes une étape au premier relais de poste que nous rencontrâmes afin que Marcello rapporte la tentative d'assassinat par les lampes-courrières. À la crispation de son visage quand il revint auprès de nous, la conversation n'avait rien eu de rassurant. La tour-relais de la lampe-courrière se dressait derrière lui, sa paire de miroirs dominant la cime des arbres pour capter le signal du relais précédent et le transmettre au suivant.

— Qu'y a-t-il ? demandai-je anxieusement en me hâtant à sa rencontre dans la cour du relais de poste, dont les soldats s'affairaient à atteler à notre carrosse des chevaux frais.

— Personne n'avait accès à la liste de nos étapes à l'exception du colonel Vasante et des gens qui voyagent en notre compagnie. Même les simples soldats de notre escorte ignorent les détails de notre parcours.

Je le dévisageai avec surprise, alors que l'inquiétude me nouait le ventre.

— En êtes-vous bien sûr ? Qu'en est-il des scribes des Mues ? Du Conseil des Neuf ? Du seigneur Caulin ?

— Il est certain que le Conseil pourrait avoir accès à ces informations, mais nous avons pris grand soin d'empêcher la divulgation de ces renseignements, cette fois-ci. (Des lignes graves marquaient le visage de Marcello, le faisant paraître plus vieux.) Pour autant que je sache, en dehors du colonel, il n'y a que vous, moi, Zaira, Istrella, Lienne, Terika, et l'officier à la tête de notre escorte qui sommes au fait des détails de ce voyage.

Je coulai un regard vers l'officier en question, le sergent Andra, une femme à l'esprit terre à terre et aux cheveux coupés ras, qui servait dans la garnison des Mues depuis vingt ans. Il n'était pas plus facile de l'imaginer sous les traits d'un agent du Vaskandar que nos autres compagnons.

— Quelqu'un a dû nous entendre parler de notre voyage. Quand j'y repense, Zaira et moi en avons discuté au réfectoire. N'importe qui aurait pu surprendre notre conversation.

— Durant cette conversation, avez-vous passé en revue les différentes étapes de notre trajet ? (Marcello secoua la tête.) On peut toujours envisager que quelqu'un ait mis par écrit les détails de ce voyage, et qu'un espion ait lu ses notes. Mais sinon, cela signifie que le traître se trouve parmi nous.

Le fardeau de cette éventualité, impossible à concevoir, s'appesantit sur nous.

— Nous aurions dû demander à Terika de fabriquer un sérum de vérité pour l'assassin, murmurai-je. La femme n'aurait sûrement pas survécu assez longtemps, mais nous aurions pu au moins essayer. Dommage que Lienne l'ait achevée.

Lienne. Je tournai les yeux vers elle. Elle parlait à un soldat du relais de poste avec des gestes empressés, et ses mains bougeaient plus vite encore que ses lèvres. Elle était en train de se faire un ami, à en croire le sourire sur le visage du jeune soldat qui l'écoutait. Il ne m'était jamais venu à l'idée que la Fauconnière de Terika puisse être une félonne ; elle paraissait si chaleureuse et aimable, et si protectrice envers Terika. Mais je ne la connaissais qu'à peine, et en achevant la tueuse, elle s'était assurée du silence de celle-ci.

— Le pire dans cette situation, dit Marcello d'une voix basse et troublée, est que je vais devoir à présent me méfier de gens à qui je fais confiance depuis toujours.

Je hochai la tête, tout en pensant : *Non. Le pire est que quelqu'un à qui vous faites confiance depuis toujours vous a déjà trahi.*

Les collines du Callamorne nous apparurent pour la première fois sous la forme d'une brume bleutée dans le lointain. On aurait pu les prendre pour des nuages d'orage bas, tapis aux confins de la terre. À mesure que nous nous rapprochâmes, le bleu se transforma en vert et en or : le vert sombre des bois de conifères et le doré automnal des champs et des prairies formaient un patchwork accueillant, le long des pentes douces qui s'élevaient à bonne hauteur contre le ciel nuageux.

Puis nous franchîmes une rivière sur un solide pont de bois, et voilà que nous avions pénétré au Callamorne. Les collines rocheuses se firent plus imposantes, et sur leurs flancs les frondaisons dessinèrent la voûte de nefs secrètes et ombreuses qui s'enfonçaient dans les profondeurs de la forêt.

Les habitations prirent aussitôt une apparence différente, avec leurs toits pentus pour évacuer la neige hivernale et leurs murs de rondins au lieu de plâtre badigeonné à la chaux. Les maisons se serraient sur la moindre parcelle de terrain à peu près plat, entourées d'une couronne de champs cultivés. La fumée de feux de bois s'élevait de leurs cheminées à pierres crues.

Je me délectai des senteurs qui éveillaient en moi des souvenirs en foule, quand je venais rendre visite à mes cousins pour la Fête de l'Abondance, à l'époque de la récolte d'automne, et que les longues tables dans la salle du château royal débordaient sous les mets d'un banquet plantureux comme les affectionnait le Callamorne. Des feuilles rouges et dorées et des grappes de raisin violettes décoraient les rares interstices entre les plats, et les parfums appétissants de viandes rôties et de pommes de terre flottaient dans le château au gré des courants d'air. Mes cousins et moi rampions sous les tables, dans ces longues cavernes que dessinaient les nappes blanches de toile fine. Roland prétendait qu'il était un mousquetaire de la reine, brave et fidèle, tandis que Bree jouait le monstre qui nous pourchassait à travers les tunnels. Moi je voulais être une façonnière, et je débordais d'idées de pièges magiques pour capturer la bête qui nous poursuivait.

« *Tu ne peux pas*, avait insisté Roland, avec cet air de supériorité d'un enfant de dix ans expliquant les choses de la vie à sa stupide petite cousine. *Tu es une princesse. Les princesses ne peuvent pas devenir façonnières.* »

« *Si elles peuvent*, avait rétorqué Bree avec chaleur. *Les princesses peuvent devenir ce qu'elles veulent.* »

Je ne me rappelais plus si cette dispute-là s'était terminée en bagarre, comme cela arrivait souvent à Bree et Roland au temps de notre enfance. Les Grâces soient louées, cela avait fini par leur passer ; j'avais toujours trouvé terriblement embarrassant d'assister à leurs querelles en attendant anxieusement qu'ils se mettent à rire et se rabibochent à nouveau.

Cette fois, je ne pourrais pas me cacher sous les tables. À la différence des Raverrains, les gens du Callamorne ne se satisfaisaient pas d'une diplomatie du secret, négociée derrière des portes closes. Ils préféraient les grandes démonstrations publiques et les discours enflammés.

Une petite niche en bois dédiée aux Grâces se dressait au flanc de chaque maison que nous croisâmes, et d'autres de ces modestes oratoires avec leurs statues toutes simples, leurs rubans aux couleurs fanées et leurs vestiges de chandelles fondues se succédaient le long de la route, toutes les lieues ou presque. Le Callamorne était une contrée bien plus dévote que Raverra. Je devais d'ailleurs me souvenir de surveiller ma langue. Je réfléchis à la meilleure façon de suggérer la même chose à Zaira, mais décidai qu'elle risquait plutôt de prendre ce genre d'avertissement pour un défi.

Zaira. Par les Grâces, je devais lui parler. Je ne pensais pas me faire des idées : elle m'ignorait délibérément. J'avais cru au début que je l'avais offensée, mais à bien y réfléchir, garder le silence était bien la seule chose qu'on ne pouvait attendre de Zaira si jamais elle se sentait insultée.

J'avais donc dû la blesser, ce qui était bien pire.

Et il était difficile de trouver un moment pour lui parler seule à seule. Je ne pouvais guère entamer ce genre de conversation délicate alors que nous étions entassées dans le carrosse avec trois autres personnes. Mais quand nous nous arrêtâmes pour abreuver les chevaux à un ruisseau et que je vis Terika et Lienne en pleine discussion, je saisis ma chance.

Zaira avait flâné un peu plus loin sur la berge et s'était assise dans l'herbe. Je la rejoignis alors qu'elle jetait des cailloux dans le courant et m'installai maladroitement à côté d'elle.

— Je suis désolée, dis-je.

Elle me glissa un regard méfiant.

— Vous dites ça tout le temps. Ça devient fatigant.

— Oui, eh bien, disons simplement que j'aurais aimé pouvoir retirer ce que je vous ai dit l'autre soir. (Je jetai à mon tour un petit caillou dans le ruisseau, qui disparut dans le courant sans un éclaboussement.) Quand j'ai dit que j'avais peur de vous.

Zaira grommela.

— Les excuses ne valent pas plus que la salive gâchée pour les dire si elles ne sont pas sincères.

— Mais je le pense vraiment, protestai-je.

Elle tourna vers moi un regard sceptique. La lumière du soleil se refléta dans le marron sombre de ses yeux et fit ressortir les cercles noirs de la marque des mages autour de ses pupilles.

— Ne jouez pas les menteuses. Je vous fiche la trouille, comme à tout le monde. (Elle jeta une autre pierre dans la rivière d'un air maussade.) Sauf Terika.

— Elle vous fait du bien, dis-je doucement.

— Elle ferait mieux d'avoir peur de moi. D'une façon ou d'une autre, je vais lui briser le cœur, si je ne la tue pas avant ça.

Zaira avait parlé d'un ton neutre, comme si nous étions en train de discuter de la pluie et du beau temps.

— Laissez donc aux bonnes choses une chance d'advenir.

Comme à son habitude, Zaira leva les yeux au ciel pour bien me signifier combien mes jugements sur la vie lui paraissaient naïfs.

— Vous avez étudié l'histoire. Dites-moi un peu, est-ce que vos livres parlent de sorciers du feu ?

— Bien sûr.

Les sorciers du feu laissaient généralement de grands trous fumants dans les pages de l'histoire.

— Et je parie que les sorciers du feu dont parlent ces livres vivent un bonheur sans nuages, entourés de leur famille et de leurs amis, n'est-ce pas ? dit Zaira d'une voix pleine de sarcasme.

Non, évidemment. Je baissai les yeux vers mes bottes boueuses.

— Néanmoins…

— C'est bon, disons que je ne vous en veux pas d'avoir peur, déclara-t-elle abruptement, et restons-en là.

— Mais je n'ai pas peur de vous, insistai-je. Pas de vous quand vous êtes vous-même. Mais c'est celle que vous devenez quand le malefeu s'empare de vous qui me…

Je laissai ma phrase en suspens.

— Terrifie ? proposa-t-elle.

— Eh bien, oui.

Zaira ne répondit pas. Je relevai la tête pour la découvrir qui soupesait une pierre dans sa main, les yeux fixés sur le ruisseau.

— Je ne la connais pas, dit-elle d'une petite voix étrange.

— Qui ça ? demandai-je sans trop comprendre.

— Je ne me souviens de rien, quand le feu s'empare de moi. Seulement des flammes, et de la joie. (Elle réprima un frisson.) Mais je crois que c'est moi.

Je la dévisageai d'un air interdit, sans trop savoir quoi dire.

— Que c'est vous, répétai-je finalement dans un murmure.

— Oui, de la même façon que je suis toujours moi quand je rêve. (Elle se tourna vers moi et je n'étais pas préparée à l'honnêteté totale que je lus dans ses yeux noirs et insondables.) Vous pouvez bien prétendre que ce malefeu qui vous flanque une trouille bleue n'a rien à voir avec moi, mais vous avez tort. Il est une part de moi. Cette fille en flammes, c'est moi, même si c'est aussi une étrangère. (Un sourire amer se dessina sur ses lèvres.) Comme un ivrogne qui a le vin mauvais et ne se souvient plus de rien au matin. Et avec le même mal de crâne au réveil.

— Vous ressemblez plutôt à la Grâce de la Victoire avec son épée embrasée, dans ces cas-là, dis-je d'une voix basse et voilée.

— Non, pas à une Grâce. À la démone de la Mort, vous voulez dire. (Zaira se releva et passa les mains sur ses jupes pour en ôter la poussière.) Et personne de sain d'esprit ne courtiserait la démone de la Mort. Terika doit être folle à lier.

— Oh, je ne sais pas, lançai-je légèrement. Si elle peut supporter les horreurs qui sortent chaque jour de votre bouche, le malefeu n'est pas grand-chose en comparaison.

Zaira éclata de rire, assez fort pour effrayer une paire de corneilles dans un arbre non loin. Elles croassèrent d'un ton courroucé, amplifiant encore le volume de son rire. Puis elle me prit par le coude et m'aida à me remettre sur mes pieds.

— Oh, ne vous inquiétez pas, elle aime ma bouche et ce que j'en fais, ricana-t-elle. (Je sentis mes joues devenir écarlates.) Allez, retournons au carrosse, avant que tout ce sang qui vous monte à la tête ne vous fasse tomber dans les pommes.

Les deux jours suivants, nous cheminâmes à travers les collines de plus en plus escarpées sous un ciel de plomb et un rideau de pluie. Les cavaliers de notre escorte, la capuche remontée et les épaules voûtées contre les éléments, étaient trempés jusqu'aux os. J'offris à Marcello de nous rejoindre dans la voiture, mais il refusa, alors même que l'eau dégouttait des mèches bouclées de ses cheveux.

— Je préfère rester dehors, ma dame, me dit-il à la fenêtre du carrosse, pour surveiller la route.

Les pensées de traîtres et de volcans m'empêchaient de m'absorber entièrement dans ma lecture tandis que la voiture grimpait les collines au rythme des cahots. Istrella semblait distraite elle aussi et relevait fréquemment la tête de ses travaux avec l'air de vouloir dire quelque chose, mais chaque fois elle poussait un soupir contrarié et se remettait à l'ouvrage.

Enfin, elle brandit devant elle l'objet qu'elle avait terminé. Cela ressemblait à un collier de gros morceaux bruts d'obsidienne.

— C'est pour vous. Un médaillon ardent, dit-elle en le tendant à Zaira avec un petit haussement d'épaules résigné face aux défauts qu'elle semblait trouver à son travail. Ainsi, vous pourrez vous en remettre à autre chose que votre malefeu en cas de besoin. Même si j'ai entendu dire que vous étiez plutôt douée pour poignarder les gens avec une dague.

Zaira accepta le collier d'un air perplexe.

—Euh, merci.

—Il me semble que vous avez utilisé une remarquable quantité de verre volcanique pour un simple médaillon ardent, demandai-je d'une voix qui se voulait détachée, et non inquiète. Y a-t-il une raison qui réclame une telle puissance ?

—C'est une bonne question, répondit Istrella en penchant pensivement la tête. Je suppose que l'on pourrait dire que j'y ai apporté quelques améliorations. À votre place, je ne l'ouvrirais qu'en cas de réelle nécessité.

—Je tâcherai de m'en souvenir, dit Zaira en examinant le collier dans ses mains à gestes prudents.

Je m'apprêtais à demander à Istrella de quelles améliorations elle parlait exactement, quand quelque chose attira mon regard par la fenêtre du carrosse : une silhouette solitaire se tenait au sommet d'un gros rocher au bord de l'à-pic que longeait la route. L'homme contemplait la vallée noyée dans la brume et les cimes des sapins auxquels s'accrochaient en lambeaux les nuages qui défilaient sur la toile de fond des collines sombres. Le vent faisait gonfler les plumes de son manteau et soulevait les pointes noires de ses cheveux, et une corneille était perchée sur son épaule.

—Arrêtez le carrosse, criai-je au cocher.

Zaira regarda par la fenêtre.

—Oh, c'est *lui*. Quoi, un rendez-vous galant par ce temps ?

Terika grimpa à moitié sur Zaira pour jeter un coup d'œil sur Kathe.

—Hmm, jolie vue, en tout cas.

Zaira rit et passa un bras autour de sa taille.

—Assez pour valoir le coup de salir un peu sa robe, hein ?

— Je vais voir ce qu'il veut, dis-je en ouvrant la portière avant même que le coche se soit complètement arrêté.

— Oh, oui, je m'en doute, ricana Zaira.

Je m'avançai sur la route boueuse vers le rocher sur lequel Kathe se tenait. Les hommes de notre escorte me suivirent des yeux, de même que leurs chevaux, aussi curieux que leurs cavaliers. Je sentis le regard sévère du sergent Andra dans mon dos, et surtout celui de Marcello, dégoulinant de pluie sur la selle de sa jument baie. L'oiseau sur l'épaule de Kathe lui picora gentiment le lobe de l'oreille puis s'envola dans un battement d'ailes à la grâce pesante pour aller se percher sur un arbre voisin.

Kathe se retourna vers moi. Les cercles jaunes de ses yeux ressortaient vivement, unique touche de couleur dans le paysage uniformément gris.

— Vous voilà enfin. Venez, il y a quelqu'un que je souhaite vous présenter.

Il sauta du rocher et sa cape se déploya autour de lui comme des ailes.

Je glissai un rapide coup d'œil par-dessus mon épaule vers la vingtaine de soldats qui nous observaient.

— Est-ce loin ? Et bonjour à vous aussi. Moi de même, je suis ravie de vous voir.

Kathe sourit.

— Suffisamment pour inquiéter vos gardes, mais j'ai bien peur que vous deviez venir seule.

Décidément, il savait dire ce qu'il fallait pour rassurer une dame.

— Et qui voulez-vous me présenter ?

— C'est une surprise, répondit-il en me tendant la main. Il ne s'agit pas d'un traquenard, je vous en donne ma parole.

Je baissai un regard réticent sur sa main aux longs doigts élégants. C'était une très mauvaise idée. Mes cousins du Callamorne me racontaient des histoires horribles et effrayantes sur des enfants attirés dans les bois par de Hauts Ensorceleurs sous le masque. Il ne leur était sans doute jamais venu à l'idée d'inventer une fable sur une héroïne assez stupide pour suivre un mage du Vaskandar sans même que celui-ci ait besoin d'user de ruse.

Kathe le savait. La lueur dans ses yeux me mettait au défi d'accepter.

Je poussai un soupir résigné.

— Si cela se termine avec mes os servant à faire des colliers pour les renards, je vais être très contrariée.

— N'ayez crainte. Les renards n'ont aucun goût pour les colifichets.

Je me tournai en saluant de la main d'un air détendu.

— Je n'en ai pas pour longtemps, criai-je aux autres. Pardon de vous faire attendre !

Même si une quinzaine de mètres nous séparaient, je vis le blanc des yeux de Marcello qui s'agrandissait sous le coup de l'inquiétude. Mais j'acceptai la main de Kathe, ressentis aussitôt le picotement du pouvoir sous mes doigts, pareil au frémissement dans l'air avant un éclair, et le laissai me conduire au bas d'une courte pente rocailleuse, jusqu'à un sentier qui s'enfonçait dans une forêt lugubre.

— Nous arrivons à la partie du conte où, traditionnellement, la jeune imprudente se fait dévorer par des loups, dis-je d'une voix enjouée, pour dissimuler l'emballement de mon cœur.

— Par des corbeaux, dans notre cas, me corrigea-t-il. Encore que je m'entende relativement bien avec les loups.

L'air sous les arbres était froid et humide, mais il embaumait encore d'un parfum léger de feu de cheminée en provenance des fermes alentour, me rappelant que nous étions au Callamorne, et non dans les terres sauvages du Vaskandar. Je forçai mes épaules à se détendre un peu.

— J'ai lu que les vivomanciens ont tendance à choisir un animal ou un végétal auquel ils s'identifient plus particulièrement, même si leurs pouvoirs agissent sur toutes les espèces. Est-ce de là que vient le titre des Hauts Ensorceleurs ?

— Tout à fait. Il est toujours plus facile de travailler avec votre animal favori ; c'est un peu comparable au fait de parler sa langue natale, même quand on en maîtrise parfaitement une dizaine d'autres.

— Et que faites-vous si un autre ensorceleur porte déjà le nom de votre animal de prédilection ?

Les dents de Kathe brillèrent dans la pénombre.

— J'imagine qu'il ne vous reste plus qu'à le tuer.

Je ne sus dire s'il plaisantait.

Une lumière chiche et grise filtrait à travers les branches, et nous avançâmes au milieu d'une forêt aux troncs noirs carbonisés qui m'évoquèrent des ossements calcinés, dressés contre le gris du ciel. Le sous-bois pentu était couvert d'une herbe verte et de jeunes arbustes pas plus hauts que le genou, qui poussaient déjà pour combler le vide laissé par un ancien feu de forêt.

Une femme nous attendait au milieu des troncs noircis. Elle portait une robe de velours vert et une cape à longue traîne, totalement déplacée dans ce paysage sylvestre, qui se déploya en un large demi-cercle derrière elle en glissant sur les broussailles et les brindilles cendreuses alors qu'elle pivotait face à nous. Ses cheveux, coiffés en trois tresses pâles, tombaient jusqu'au creux de ses genoux, et son front était ceint d'un cercle doré délicat, sculpté pour ressembler à une couronne de sarments de ronce entrelacés. La marque des mages brillait d'un vert venimeux dans ses yeux.

— Vous êtes en retard, lança-t-elle à Kathe d'une voix soyeuse, riche de sonorités et de force. (Son regard se posa sur moi et une moue se dessina sur ses lèvres.) Et qu'est-ce donc que cela ?

Piquée au vif, je me raidis, mais avant que je puisse rétorquer, Kathe me serra la main en un avertissement, puis la relâcha, pour saluer la dame d'une courte révérence.

— Veuillez me pardonner. Je ne pouvais pas laisser passer une telle occasion. Ma dame, permettez-moi de vous présenter dame Amalia Cornaro. Amalia, voici la Haute Ensorceleuse du Sevaeth, aussi appelée la Dame des Ronces.

Chapitre 11

J'étais aussi choquée que si Kathe m'avait frappée en plein visage avec une branche d'arbre. Abasourdie, je dévisageai la femme avec l'impression que l'air humide se changeait en givre dans mes poumons. Que faisait la redoutée Dame des Ronces, ennemie déclarée de l'Empire, ici au Callamorne, à une demi-journée de cheval à peine de la capitale ?

La Haute Ensorceleuse plissa les paupières, et ses yeux se réduisirent à deux fentes vert poison.

—Amalia *Lochaver* Cornaro ? Est-ce un présent que vous m'offrez, Seigneur Freux ?

Des dizaines de petites pousses tendres jaillirent du sol autour de l'ourlet de sa robe et s'élevèrent en vrilles gracieuses. Elles se couvrirent d'épines dans leur croissance et commencèrent à se répandre dans ma direction.

Kathe rit.

—Non point. Dame Amalia me fait l'honneur d'accepter ma cour. J'ai pensé que vous deviez vous rencontrer.

Il avait l'air tellement à l'aise que cela en devenait irritant. Pour autant, ce n'était pas sur lui que la Dame des Ronces dardait un regard meurtrier.

—Charmée, dis-je d'un ton cassant.

La Dame des Ronces ne donna même pas l'impression de m'avoir entendue.

— Vous courtisez une Lochaver ? Que signifie tout ceci ? Je suis venue de bonne foi pour discuter avec vous d'un accord, et vous osez parader avec mon ennemie au bras ?

— Je peux me retirer, si ma présence n'est pas la bienvenue, dis-je.

La curiosité et l'inquiétude se mélangeaient dans mon ventre en un élixir qui affolait mon pouls, mais mon envie de comprendre ce mystère n'était pas assez puissante pour m'inciter à rester ici à supporter ses insultes.

— Faites comme il vous plaira, me murmura Kathe, mais il pourrait s'avérer avantageux pour vous de rester, si vous savez tirer parti de la situation. (Puis il éleva la voix en se tournant de nouveau vers la Dame des Ronces.) Si vous y réfléchissez un instant, je suis sûr que vous trouverez plusieurs raisons pouvant expliquer que j'aie amené dame Amalia à cette rencontre. Mais aucune d'elles n'implique que vous vous montriez grossière envers mon invitée.

— Je peux certes penser à différents desseins qui vous animent, mais tous reviennent en fin de compte soit à une offre, soit à une insulte. (Les minces sarments épineux aux pieds de la Dame des Ronces se mirent à ramper vers moi.) Et je ne crois pas que vous auriez l'audace de m'insulter. Quant à me reprocher de me montrer grossière envers votre invitée, soyez donc rassuré : je l'éviscérerai en faisant preuve d'une parfaite politesse.

Mes jambes fourmillaient de l'envie de fuir, mais je ne bougeai pas. Je devais prendre le contrôle de cette conversation avant qu'il soit trop tard.

— Je vous accorde que nous sommes ennemies, dis-je en masquant ma peur sous un ton sévère. Mais vous êtes seule et en dehors de votre domaine, et un mot de ma part libérera un feu sorti tout droit de l'enfer de la Mort. Je suis venue ici pour une conversation civilisée, et non pour une confrontation violente. N'en serait-il pas de même pour vous ?

J'espérais qu'elle daignerait me répondre ; ma question n'avait rien de rhétorique.

— Vous osez me menacer, espèce de vermisseau sans le moindre pouvoir ? siffla la Dame du Sevaeth.

Ses ronces se dressèrent tels des cobras. Mon cœur tressauta de panique, mais je fis front, en espérant follement que Kathe interviendrait et ne se contenterait pas d'assister avec curiosité à ma mort tandis que je serais déchiquetée par une flore meurtrière.

Il nous regardait tour à tour avec un amusement manifeste, mais quand il s'adressa à la Dame des Ronces, sa voix claqua comme un fouet.

— Pensez-vous que c'est là la meilleure manière d'aider votre fille ?

Les vrilles épineuses se figèrent à quelques pas de moi.

— Que voulez-vous dire ?

L'air entre eux crépita de tension. Kathe l'accentua encore en souriant lentement.

— Pourquoi risquer de compromettre vos desseins, ici au Callamorne ? Par ailleurs, je pourrais difficilement ignorer un grief aussi significatif qu'une attaque contre la femme que je courtise, et vous savez ce que j'ai à vous offrir.

Deux cercles aussi brillants que du poison se posèrent sur moi, puis revinrent sur lui.

— Si vous êtes là pour négocier, allons-y.

— Ah, ah, protesta Kathe en agitant l'index. Je ne scellerai aucun accord avant le Conclave. Vous devrez patienter jusque-là si vous souhaitez ma coopération. En attendant, je sais que vous êtes venue ici pour voir la reine du Callamorne, et je doute qu'elle accepte de vous recevoir si vous assassinez sa petite-fille.

La Dame des Ronces le dévisagea un long moment. Je les observai tous deux attentivement, cherchant à percevoir ce qui passait entre eux durant cet échange silencieux.

Finalement, elle soupira et les ronces qu'elle avait envoyées vers moi retombèrent au sol et se flétrirent aussitôt.

— Très bien. Vous vous êtes fait comprendre. Nous pourrons finaliser notre accord au Conclave.

— Parfait, dit Kathe en se frottant les mains.

— Quant à vous, espèce de parvenue de Lochaver, me lança la Dame des Ronces avec un visage déformé par la haine. Je ne vous laisse la vie sauve que par respect pour le Seigneur Freux. La prochaine fois que vous jouerez les impudentes avec moi, je vous enverrai rejoindre votre père.

Elle tourna les talons dans un mouvement tourbillonnant de sa traîne de velours et s'éloigna entre deux arbres noirs et tordus. Des branches surgirent soudain sur les deux troncs et s'enchevêtrèrent derrière elle dans une série de craquements et de grincements, la masquant à notre vue aussi efficacement qu'une porte qu'elle aurait claquée.

Mon père. J'avais l'impression d'avoir avalé un morceau de charbon : dur et froid pour l'instant, mais capable un jour de s'embraser.

— Nous ferions mieux de filer sans traîner, me murmura Kathe. Je doute de pouvoir l'emporter si nous venions à nous affronter.

Alors que nous repartions dans la forêt, il m'offrit son bras, mais je refusai de le prendre.

— Vous avez sous-entendu que vous étiez disposé à me vendre à elle, l'accusai-je.

Il jeta un regard par-dessus son épaule, puis pressa le pas à travers le sous-bois. Quand les sapins nous enveloppèrent de nouveau de leur ombre humide et qu'il ne craignit plus d'être entendu, il dit à mi-voix :

— Vous êtes raverraine. Je suis sûr que vous comprenez la stratégie qui consiste à laisser croire à quelqu'un que vous pouvez lui donner ce qu'il veut.

— Comme vous l'avez fait avec moi, remarquai-je d'un ton mordant.

— Eh bien, oui, admit-il avec un sourire. Mais je vous ai déjà offert quelque chose de précieux.

— Quoi, des menaces de mort ?

Par les Grâces, ce qu'il pouvait se montrer agaçant !

— Mais la meilleure monnaie d'échange, voyons. Des informations. Dites-moi donc, qu'avez-vous appris aujourd'hui ? m'interrogea-t-il d'une voix pédante de vieux professeur, mais l'éclat fiévreux de ses yeux aux cercles jaunes en ruinait l'effet comique.

— J'ai appris de toujours vous demander où vous comptez m'emmener avant de vous suivre docilement !

— Voilà une précieuse leçon, opina-t-il. Quoi d'autre ?

— Que la Dame des Ronces est incroyablement grossière et irrespectueuse.

— Parce que vous ne possédez pas la marque des mages. (L'intonation de sa voix s'alourdit d'une émotion qu'il cherchait à enfouir.) Certains parmi mes pairs estiment que les gens sans capacités magiques leur sont inférieurs. En somme, qu'ils sont des biens, plutôt que des personnes. Et la Dame des Ronces est sur ce plan la pire de tous.

— Quelle femme délicieuse, raillai-je entre mes dents serrées. (Le chemin montait le versant pour rejoindre la route, et la colère me fit grimper la pente raide sans même me rendre compte de l'effort.) J'ai aussi appris qu'apparemment, elle souhaite tuer ma famille.

— Vous voyez ? dit-il en ouvrant les bras. J'aurais pu vous expliquer tout ça, bien sûr, mais je crois que l'expérience directe et personnelle reste le meilleur des enseignants.

— Pardonnez ma réticence à m'inscrire à des cours pratiques quand le sujet concerne de puissants mages qui désirent ma mort, maugréai-je.

— Quoi d'autre encore ? demanda joyeusement Kathe.

Oh, plusieurs choses. Ce que Kathe avait dit à propos de la fille de la Dame des Ronces, et comment cela l'avait aussitôt coupée dans son élan. Ou le fait qu'elle prévoyait de rendre visite à ma grand-mère, ce qui semblait de fort mauvais augure étant donné l'animosité qu'elle manifestait envers les Lochaver. Mais nous venions de sortir des bois et Marcello attendait près du carrosse entouré de nos gardes, aussi tendu qu'un chien en laisse. Je n'avais plus le temps que pour une seule question, et le morceau de charbon fumant dans mon ventre réclamait une réponse.

Je m'arrêtai pour faire face à Kathe.

— A-t-elle tué mon père ?

L'entrain malicieux déserta son visage, et ses yeux me fixèrent sombrement.

— Je n'en ai pas la certitude, répondit-il doucement, mais je le soupçonne, oui.

Un flot d'émotions brûlantes menaça de me submerger en une vague bouillonnante, mais je les repoussais au fond de moi. Pour le moment, il n'était rien que je puisse faire, et il restait toujours possible que Kathe se fourvoie.

Mais il me fallut quelques instants pour réussir à desserrer les mâchoires.

— Vous avez raison, dis-je, j'ai appris des choses intéressantes.

Il s'inclina devant moi, sans rien ou presque de la désinvolture moqueuse qu'il affichait habituellement.

— Je suis heureux d'avoir pu vous aider. Je ne doute pas d'avoir le plaisir de vous revoir bientôt, Amalia Cornaro.

Je hochai la tête avec raideur. Puis je me détournai, me composai un visage serein, et avançai entre les flaques de boue de la route pour rejoindre le carrosse.

Un tourbillon de pensées et d'émotions au sujet de mon père, de la famille Lochaver et de la Dame des Ronces s'agitait sous mon crâne comme une poignée de graviers secoués par les mouvements du carrosse. Rien ne s'était apaisé en moi quand, quelques heures plus tard, nous aperçûmes pour la première fois Durantain.

La capitale du Callamorne s'étendait sur le versant d'une colline, entre le château trapu qui la couronnait et le coude encaissé d'une vallée fluviale qui s'ouvrait à ses pieds, bordée par le flanc de la colline suivante. De loin, ses toits d'ardoises grises et ses maisons rectangulaires lui conféraient un air austère et donnaient l'impression que ses rues pouvaient à tout moment déverser un flot de rudes guerriers brandissant des armes de fortune, et il avait été un temps dans l'histoire callamornienne où un tel spectacle n'aurait pas été très éloigné de la réalité. Les seuls signes que l'endroit avait changé au cours des deux cents dernières années étaient les hauts poteaux du système de lampes-courrières disséminés sur la colline, destinés à renvoyer les signaux en provenance de la flèche qui gâchait désormais la symétrie des tours du château. Une autre flèche de transmission surmontait une grande bâtisse dans les hauteurs de la ville : le palais de l'Envoyé Sérénissime, résidence de l'ambassadeur de l'Empire auprès de la reine.

Durantain était la ville de mon père. En tant que prince du Callamorne, il avait grandi ici, dans le château au sommet de la colline. Je n'avais que de rares souvenirs de lui, mais l'impression confuse que j'en gardais était celle d'une présence apaisante, d'un homme plus enjoué et plus tendre que ma mère, toujours de bonne humeur. Il était étrange d'associer ce lieu gris et pluvieux avec mes souvenirs vagues et chaleureux d'un homme qui me tenait sur ses genoux pour me raconter l'histoire des Jours Sombres en prenant une grosse voix rauque pour incarner les démons, et une voix douce et chaude pour les Neuf Grâces qui enseignèrent à l'humanité comment les repousser.

Je ne voyais aucune raison qui aurait pu inciter un Haut Ensorceleur à l'assassiner. Un Raverrain, oui, pour atteindre ma mère, ou alors un patriote callamornien fanatique cherchant à briser le traité qui liait son pays à l'Empire. Mais la Dame des Ronces ? Mon père était un homme bon et discret, qui ne représentait une menace pour personne.

Lorsque nous arrivâmes sur l'esplanade qui précédait les portes du château, une cérémonie publique d'accueil nous attendait. Plusieurs rangées de gardes royaux s'alignaient au garde-à-vous, le mousquet sur l'épaule, rutilants dans leurs cuirasses lustrées. Une foule curieuse envahissait la place, les enfants juchés sur les épaules de leurs parents dans l'espoir d'apercevoir la famille royale. Les Callamorniens adoraient les Lochaver, en raison notamment des hauts faits accomplis par ma grand-mère au temps de sa jeunesse durant les luttes contre le Vaskandar.

Ma grand-mère et mes cousins sortirent du château pour nous accueillir. La reine s'avança, le port majestueux dans son pourpoint en cuir renforcé, davantage cuirasse que vêtement de cour, orné d'arabesques en acier luisant, les épaules couvertes d'un manteau garni de fourrure. Ses longs cheveux argentés retombaient sur son épaule en une natte épaisse, et une couronne qui se résumait à un simple cercle ceignait son front. Comme toujours et malgré son âge avancé, elle avait en tout l'apparence d'une guerrière prête à dégainer son épée – qui n'avait rien d'une arme d'apparat –, et à pourfendre les ennemis de son royaume.

Alors que je descendais du carrosse pour m'avancer à leur rencontre, Roland me salua d'un signe de tête sérieux, en faisant de son mieux pour se donner un air solennel et princier dans son pourpoint de velours bordeaux à la coupe militaire, orné sur le torse d'une bonne centaine de petits boutons. Bree, à l'opposé, frémissait d'excitation, prête à bondir dans l'action à tout instant, ce que, la connaissant, elle était capable de faire. Elle avait ramené ses cheveux en un chignon brouillon et portait sur l'épaule une ravissante demi-cape de brocart brun et cuivre, par-dessus une robe tunique de couleur crème aux manches et aux côtés fendus, qui devait lui laisser une grande liberté de mouvement.

— Amalia ! s'exclama Bree en courant vers moi pour me serrer chaleureusement dans ses bras. Je suis heureuse de te voir !

Roland me salua avec plus de solennité.

Ma grand-mère balaya de ses yeux gris perçants le groupe de mes compagnons de voyage et s'attarda sur Zaira, dont le jet scintilla dans la lumière du jour quand elle s'étira en descendant du carrosse, bâillant sans vergogne.

— Bienvenue chez toi, dit la reine d'une voix puissante qui roula sur la foule comme le tonnerre.

Des acclamations répondirent à sa déclaration et je ressentis la morsure de la culpabilité. Raverra était ma maison ; le Callamorne, avec sa sobriété grisâtre, était une terre étrangère pour moi.

Profitant des vivats de la foule, je murmurai à ma famille :

— La Dame des Ronces est au Callamorne et elle a l'intention de vous rendre visite dans je ne sais quel but, grand-mère.

La reine fronça les sourcils.

— Venez à l'intérieur, nous avons à parler.

— … Elle se trouve donc non loin de Durantain, et le Seigneur Freux a mentionné le fait qu'elle avait le projet de vous « rendre visite », conclus-je précipitamment, après avoir tout raconté à ma famille, depuis nos soupçons d'un traître dans nos rangs au service de la Dame des Ronces jusqu'à ma rencontre-surprise avec elle.

Nous formions un petit groupe dans la cour du château, pendant que des palefreniers se chargeaient de dételer les chevaux du carrosse et d'emmener les montures de notre escorte à l'écurie pour leur offrir un repos bien mérité.

Roland et ma grand-mère échangèrent un regard.

— Ce n'est pas aussi inhabituel que tu peux le penser. Nos relations avec le Vaskandar sont… compliquées. Et puisque leur pouvoir individuel les rend pratiquement invulnérables, quand un Haut Ensorceleur se met en tête qu'il a quelque chose à nous faire savoir, en général il franchit simplement les montagnes pour venir nous le dire en personne.

— Mais étant donné qu'elle se prépare à la guerre, je n'aime pas ça, déclara Roland, le front barré de plis soucieux. Les vivomanciens n'ont pas beaucoup d'options offensives dans une ville de pierre, mais il est toujours possible qu'elle ait amené en secret des forces avec elle.

— Je ferai doubler la garde et distribuer aux soldats des protections contre la vivomancie ; mieux vaut rester prudents, décréta ma grand-mère. Et j'ordonnerai qu'on ne la laisse pas entrer si elle se présente aux portes sans s'être annoncée.

Roland adressa un petit sourire à Zaira.

— Quoi qu'il en soit, j'imagine que même une Haute Ensorceleuse hésitera à passer à l'attaque avec une sorcière du feu sous notre toit.

Zaira le gratifia d'une révérence.

— Oui, je dissuade les attaques des mages tout-puissants. C'est un service offert gratuitement, en échange du gîte et du couvert.

Nous eûmes à peine le temps de nous installer dans nos chambres et de faire un brin de toilette avant le dîner, qui était toujours un événement public et solennel à la cour royale du Callamorne. L'ensemble du château se restaurait au même moment dans l'immense hall voûté, aux murs ornés de bannières et de tapisseries qui pendaient du plafond jusqu'au sol, sur la hauteur de trois étages de la salle.

L'attention méticuleuse que portaient les Callamorniens au rang et à la préséance me fit m'asseoir à la table royale auprès de ma famille. Zaira avait été placée à côté de moi, mais je n'aurais su dire si c'était parce qu'il s'agissait de mon Faucon, ou par considération pour sa capacité à détruire la ville entière si elle se sentait offensée. Marcello et les autres avaient été installés aux tables d'honneur disposées à angle droit de la nôtre, trop loin de moi pour que nous puissions converser.

Roland, en tant qu'héritier de la reine, siégeait à sa droite. Mais ma grand-mère était en pleine discussion stratégique sur la défense du royaume avec l'Envoyé Sérénissime, ce qui les laissait, Bree et lui, libres de pouvoir parler avec Zaira et moi.

— Alors, raconte-nous un peu ce qui t'est arrivé, me demanda Bree. Nous avons entendu les plus folles rumeurs. Que tu aurais assassiné le duc d'Ardence…

— La rumeur s'est répandue jusqu'ici ! m'exclamai-je, consternée. Je ne l'ai pas tué, voyons ! C'était un coup monté.

— … et que tu aurais chassé de l'Empire le prince Ruven du Vaskandar à l'aide du malefeu…

— J'aurais bien aimé, grommela Zaira. Mais non, elle l'en a seulement menacé.

— … et que tu aurais une relation galante avec le Seigneur Freux, termina Bree en éclatant de rire.

Je m'agitai sur mon siège.

— Ah, eh bien, quant à cette dernière chose…

Bree et Roland me dévisagèrent d'un air stupéfait.

— C'est la vérité, soupira Zaira. Chacun ses goûts bien sûr, mais peut-être que ce pauvre garçon n'avait pas tellement de choix au Vaskandar.

— Tu te moques de nous, déclara Roland d'une voix blanche de surprise – ou de désapprobation. Ce n'est pas possible !

— Cela risque-t-il de poser un problème ? lui demandai-je, soudain inquiète. Je n'ai pas songé aux ramifications politiques que cela pourrait avoir au Callamorne. Je sais qu'il règne ici une certaine, disons, animosité envers les mages.

Zaira haussa un sourcil.

— Ah bon, vraiment ?

— Seulement chez les imbéciles, s'irrita Bree. Chaque contrée en a son lot.

— C'est la raison pour laquelle notre père a dû renoncer à succéder à grand-mère, et ne vient jamais à Durantain, expliqua Roland à mi-voix, en glissant un regard vers les nobles assis aux autres tables d'honneur. Tout le monde acceptait grand-père pour roi parce qu'il était seulement le consort de grand-mère, mais ni nos sujets ni Raverra n'apprécieraient de voir un vivomancien gouverner le Callamorne.

Bree se renfrogna et planta son couteau dans la tranche de rôti devant elle.

— S'il se souciait un peu plus de sa famille, il ne laisserait pas de stupides considérations politiques l'exiler au fin fond du Callamorne. Il serait ici, avec nous, et si quelqu'un s'avisait de se montrer désobligeant envers lui, nous lui en ferions vite passer l'envie.

Roland se racla la gorge.

— Quoi qu'il en soit, je ne pense pas que cela posera de véritable problème, Amalia. Les gens se souviennent que le mariage de grand-mère a mis fin à la guerre. Ils comprendront.

— Et est-ce que les gens vont dire des choses qui me donneront envie de leur distribuer des beignes ? demanda Zaira d'un ton bourru.

— Oh, non, s'empressa de la rassurer Roland. Les préjugés des Callamorniens ne concernent que les vivomanciens, parce qu'ils ont beaucoup souffert à cause d'eux au cours des guerres. Mais tout le monde adore les sorciers.

— Ça, c'est nouveau, s'étonna Zaira.

— Les premiers sorciers d'orage connus ont gouverné le Callamorne, il y a un millier d'années, lui expliquai-je. Le pays était alors au sommet de sa puissance, avant l'avènement de l'Empire Sérénissime ou celui des Hauts Ensorceleurs. Les Reines d'Orage du Callamorne ont ravagé toutes les côtes d'Eruvia et ce sont elles qui ont provoqué la chute de l'antique Osta.

— Oui, j'ai peur qu'en dehors des Callamorniens, nul ne garde un très bon souvenir d'elles, admit Roland. Mais personne ne devrait vous tracasser. Avec ce que les Hauts Ensorceleurs nous préparent de l'autre côté de la frontière, tout le monde est ravi de compter une sorcière du feu dans nos rangs.

— Et que nous préparent-ils exactement ? dis-je en inclinant mon verre, comme si un changement d'angle pouvait magiquement transformer en vin la bière que l'on préférait boire au Callamorne. Je n'ai vu pour l'instant que des pions sur une carte.

— Des chimères, répondit-il sombrement. Des créatures monstrueuses façonnées par la magie des Hauts Ensorceleurs.

Bree ouvrit les mains avec une excitation manifeste.

— Imaginez des ours venimeux de la taille d'un cheval. Des loups avec une queue de rat et les piquants d'un porc-épic.

Des léopards à peau de lézard, avec les dents d'un requin. Des essaims de papillons aux ailes tranchantes et suceurs de sang.

— Tu n'as rien vu de tel ! protesta Roland.

— Ah bon, et que peux-tu bien savoir de ce que j'ai vu ou pas ? (Bree se tourna vers moi.) Il n'est jamais allé à la frontière. Il est hors de question de risquer la vie de l'héritier du trône, n'est-ce pas, à la différence de certains d'entre nous.

— C'est ça, vas-y, raconte encore comment tu t'attires toute la gloire pendant que je suis coincé à la cour, grogna Roland d'un ton acerbe. Quoi qu'il en soit, tu n'as rien vu de tout ça.

— Tu veux dire que les chimères ne ressemblent pas à ce genre de choses ? demandai-je à Roland d'une voix hésitante. Mes lectures me laissent entendre que ce que Bree décrit serait possible à réaliser par un vivomancien suffisamment puissant, mais je doute que quiconque puisse créer assez de chimères pour constituer une armée.

— Non, pas une armée entière de chimères, tu as raison. Mais des chimères seules, ou en petits groupes. Il n'en faut pas beaucoup pour semer le chaos, surtout si elles sont appuyées par des mousquetaires et des piquiers. Ils envoient les chimères pour briser la ligne ennemie, ou pour prendre les remparts d'une forteresse, avant de laisser leurs soldats finir le travail.

Bree se tourna vers Zaira avec une expression pompeuse.

— Vous feriez mieux d'écouter Roland. C'est lui l'Héritier Consacré, et il en sait des choses.

Et voilà, c'est parti pour les chamailleries. J'espérais juste qu'ils étaient désormais assez âgés pour ne pas en venir à se bagarrer comme des chiffonniers.

— Hmm, maugréa Roland en croisant les bras. Tu en saurais toi aussi des choses, si tu ne manquais pas les réunions militaires pour aller boire et bambocher toute la nuit dans les quartiers les plus sordides de la ville.

— Je dois te contredire sur un point, Roland, déclara Bree d'un air hautain. Ce sont les *meilleurs* quartiers de la ville.

Zaira s'esclaffa et tendit son verre pour trinquer avec Bree.

Après que les derniers gâteaux aux pommes eurent été débarrassés et que le grand hall se fut à moitié vidé, les convives encore présents s'égaillèrent au gré de leurs envies. Bree s'empara d'un pichet de bière et quitta la table d'honneur pour rejoindre les groupes qui occupaient les tables au fond de la salle, avec l'enthousiasme d'un chien sautant dans une mare aux canards. Zaira me laissa pour aller retrouver Terika, tandis que Roland et moi restions à nos places.

— Je n'arrive pas à croire qu'ils t'autorisent à aller de l'autre côté de la frontière, mais qu'ils me l'interdisent, maugréa Roland en avalant sa bière, alors qu'il regardait les gens au bas de l'estrade accueillir sa sœur avec une joie manifeste.

— Ils y sont obligés. Personne ne veut laisser l'héritier s'exposer au danger, dis-je d'une voix compatissante.

— Les choses sont censées se passer différemment au Callamorne. Un Lochaver est censé risquer sa vie pour ses sujets. (D'un geste de sa chope, il désigna notre grand-mère et baissa la voix.) Comme elle l'a fait à la bataille du Pont du Fer sanglant. On en a fait une chanson, tu le savais ?

— Oui, bien sûr.

Roland avait été le premier à me la chanter, avec passion et gravité, quand nous étions encore des enfants, avant que nous jouions à refaire la bataille. Il faisait la reine, et Bree et moi les envahisseurs vaskandriens qui chargeaient sur le pont.

— Je ne pourrai jamais prouver que je suis digne de mon peuple si grand-mère me garde en permanence à Durantain, bien à l'abri derrière les remparts.

La voix de Roland véhiculait l'ombre d'un doute que je ne connaissais que trop bien. Ce n'était pas tant ses sujets que lui-même qu'il devait convaincre de sa valeur.

— Il n'y a pas qu'au combat que l'on peut prouver sa valeur, dis-je. Dans le cas contraire, je ne serais qu'une bonne à rien.

Roland soupira.

— Mais le combat reste mon meilleur espoir. Je ne suis pas doué avec les gens, comme Bree peut l'être.

Au bas de l'estrade, Bree avait déjà rassemblé la moitié du hall autour d'elle, des Callamorniens du château aussi bien que des officiers raverrains, et la conversation battait son plein au milieu des éclats de rire et des chopes qui s'entrechoquaient. Tout le monde souriait et riait.

— Regarde-la, murmura Roland. Elle est capable d'entrer dans une pièce et de faire en sorte que tout le monde l'aime en moins de cinq minutes.

— Moi non plus, je ne possède pas ce talent, admis-je. Je m'estime chanceuse quand je quitte une réception en ayant réussi à ce qu'une ou deux personnes m'aient trouvé d'une agréable compagnie.

Roland me glissa un regard entendu.

— Tu es encore bien au-dessus de moi. Tout ce que j'arrive à faire pendant les soirées, c'est de rester dans un coin en m'efforçant de prendre un air princier.

— Nous devrions peut-être rejoindre ta sœur et nous mêler à ces gens, dis-je, non sans une certaine nervosité à cette idée.

Mais après tout, j'étais ici pour rassurer les Callamorniens.

Je vis l'anxiété passer dans le regard de Roland.

— Restons plutôt encore un moment ici. Nous avons tant à nous dire.

— Tu n'as quand même pas peur d'eux, n'est-ce pas ?

— Non ! Bien sûr que non. (Roland grimaça, et repoussa sa serviette sur la table.) Enfin, si.

— Tu as peur de tes propres sujets ?

— J'ai peur de *tous* les gens, avoua Roland. Si j'allais les rejoindre, je ne saurais pas comment me comporter. Je me sentirais guindé et stupide, et j'enchaînerais les maladresses.

— Je suis persuadée qu'ils ne verraient pas les choses ainsi.

— Mais moi, si. Et puis je me le reprocherais ensuite pendant des jours ou des mois, en me repassant encore et encore tout ce que j'ai fait de travers.

— Ah, je vois, acquiesçai-je sagement. Tu voudrais être un prince Lochaver admirable et digne d'éloges, et tu te désoles quand tu constates que tu n'es pas aussi parfait que tu le devrais. Fais donc comme moi : attends-toi à être une calamité. De cette façon, si par miracle tu parviens à ne pas te prendre les pieds dans le tapis, tu pourras considérer qu'il s'agit là d'un succès retentissant.

Roland éclata de rire.

— Je crois que tu tiens quelque chose.

Malgré tout, il ne quitta pas la table d'honneur pour se mêler à l'attroupement qui entourait sa sœur.

Je restai assise avec lui jusqu'à ce que la foule se clairsème et que Roland se retrouve engagé dans une conversation avec la reine et la poignée de conseillers encore présents. J'en profitai pour me lever enfin de table et flâner à travers le hall envahi par les ombres du soir, en direction de l'endroit où mes yeux avaient soigneusement évité de se poser au cours du dîner.

Je levai la tête vers le portrait de mon père. Deux chandelles brûlaient sur un petit autel au pied du tableau, de part et d'autre d'un lys fraîchement déposé. Je n'avais eu guère de difficultés à éviter de regarder de ce côté puisque j'étais assise face à une autre direction, mais une partie de mon esprit était restée focalisée sur ce portrait, avec l'impression qu'il me regardait. Il était inévitable que je finisse par me retrouver ici, devant lui, comme si mon père avait patiemment attendu que le banquet prenne fin pour que je puisse enfin venir le voir.

Ce portrait ne lui ressemblait pas vraiment. Sa pose me paraissait trop rigide, une main sur un rouleau de parchemin et l'autre sur la garde d'une épée, ce qui était en soi ridicule, car pour ce que j'en savais, mon père n'avait jamais combattu personne de toute sa vie. Son expression aussi était trop figée et distante. Le temps avait brouillé le souvenir que j'en avais comme de l'eau versée sur un dessin à l'encre, mais j'étais certaine que son visage ne restait jamais immobile : il me souriait tendrement, riait, clignait de l'œil à quelque espièglerie que nous nous apprêtions à faire, et que ma mère désapprouverait. Et il grimaçait quand elle nous prenait la main dans le sac, ce qui arrivait immanquablement. Cette image plate et inerte ne lui rendait pas justice ; ce n'était pas lui.

J'entendis le claquement de bottes sur le sol de pierre. Ma grand-mère, la reine Galanthe Lochaver, l'héroïne du Pont du Fer sanglant, bénie par la Grâce de la Victoire, s'avança vers moi, le visage aussi sévère que si elle partait une nouvelle fois affronter les Hauts Ensorceleurs sur le champ de bataille. Puis elle leva les yeux sur le portrait de son fils, et son expression s'adoucit.

— Il ne se passe pas un jour sans qu'il me manque, tu sais, me dit-elle.

Je fermai les yeux et me revis en train de courir en riant vers la porte close du salon où ma mère était en pleine réunion politique, tandis que mon père me rattrapait et me serrait dans ses bras bienveillants en me réprimandant gentiment. *« Nous ne devons pas déranger ta mère pour le moment. Allez, viens, allons à la bibliothèque pour lire un livre… »*

Je rouvris les yeux et vis ma grand-mère qui m'observait.

— J'aurais aimé me souvenir suffisamment de lui pour qu'il me manque chaque jour qui passe, dis-je.

Elle posa une main sur mon épaule dans un geste d'affection bourrue.

— Tu te souviens bien plus de lui que tu ne le penses, tu sais. Tu t'en souviens à la façon dont tu souris, à l'expression que tu as quand ta curiosité est éveillée par quelque chose, à la manière dont tu t'affales dans ton fauteuil quand tu crois que personne ne te regarde. Tu te souviens de lui par un millier de petites habitudes et expressions.

Que les Grâces me viennent en aide, je n'allais quand même pas me mettre à pleurer ! Je ravalai mes larmes.

— Je vous remercie.

Ma grand-mère détourna les yeux, pour me laisser le temps de me reprendre. Son regard se posa sur Roland, assis à la table d'honneur auprès de l'Envoyé Sérénissime, et son expression se fit soudain tendre et aimante. Elle soupira lourdement.

— J'ai surpris quelques bribes de ce que Roland te disait tout à l'heure. J'aimerais qu'il comprenne pourquoi je m'entête à le tenir à l'écart du danger.

— Il a tellement à cœur de vous prouver qu'il est digne de vous, dis-je doucement.

C'était un sentiment que je ne comprenais que trop bien.

— Bien sûr qu'il est digne de moi, se récria ma grand-mère d'une voix légèrement outrée, comme si j'avais prétendu le contraire. Mais je ne peux courir le risque de le perdre. C'est le seul héritier potentiel.

— Bree aussi est pleine de qualités, objectai-je. Je sais que ce n'est pas exactement l'image que l'on se fait d'une dame de haute noblesse, mais…

— Ce n'est pas le problème, m'interrompit la reine en tournant vers moi un visage empreint de gravité. Brisintain est une vivomancienne.

— Bree ? m'exclamai-je d'une voix trop forte. Je n'ai jamais…

Je n'achevai pas ma phrase, alors que me revenaient en tête quelques incidents de notre enfance. Un tour qu'elle m'avait montré dans le verger du château, où il suffisait de frapper un tronc à un endroit précis pour qu'une pomme bien mûre vous tombe directement dans la main ; évidemment, je n'avais jamais été capable d'obtenir moi-même ce résultat. Et cette fois où elle avait calmé un cheval paniqué en quelques secondes, simplement en murmurant son nom, ou la façon qu'avaient les insectes de ne jamais la piquer alors même qu'ils nous harcelaient durant les lourdes journées d'été.

— Elle ne porte pas la marque des mages, à la différence de son père, expliqua ma grand-mère, donc l'Empire n'exigerait peut-être pas qu'elle renonce au pouvoir, ainsi qu'il l'a fait pour Carrogan. Mais le peuple du Callamorne a combattu trop longtemps des vivomanciens qui cherchaient à s'emparer de leur pays pour accepter d'en voir une monter sur le trône. Nous sommes parvenus à cacher ses capacités durant tout ce temps. (Elle soupira.) J'ai peur que ton grand-père n'ait été un mage trop puissant ; la magie de son sang s'est transmise à ses descendants plus que je ne l'espérais.

Mon grand-père. Tout semblait ramener à cet homme que je n'avais jamais rencontré : la magie de Bree, l'inimitié de la Dame des Ronces, l'intérêt de Kathe et de Ruven à mon égard, et peut-être même la mort de mon père.

— Il descendait d'un Haut Ensorceleur, n'est-ce pas ?

La reine acquiesça.

— Il avait la Dame des Aigles pour mère.

Je me remémorai mes lectures récentes.

— C'est le titre que porte la Haute Ensorceleuse d'Atruin, la principauté au centre du Vaskandar.

— Exact, opina ma grand-mère en redressant le buste avec fierté. Et c'est l'une des plus puissantes souveraines du Vaskandar. Mon mariage avec Vandrin a mis un terme aux attaques à notre frontière. C'est sans doute pour cela que la Dame des Ronces manifeste tant d'hostilité à notre égard ; Vandrin et elle étaient alliés, jadis. Elle a dû considérer comme une trahison que le fils de la Dame des Aigles passe du côté du Callamorne. Pour autant, elle n'a pas osé s'en prendre à Vandrin, de peur de subir le courroux de sa mère.

— Mais aujourd'hui, elle s'apprête à lancer une nouvelle invasion. Avec le soutien du Seigneur Loup.

La reine pinça les lèvres d'un air contrarié et acquiesça.

— La Dame des Aigles affecte en toutes choses une position de neutralité et s'en tient à son domaine. Après la mort de Vandrin, les autres Hauts Ensorceleurs savaient qu'elle n'interférerait pas au profit de descendants moins proches d'elle, et que le Callamorne redevenait par conséquent une cible de choix. C'est pour cela que nous avions besoin de la protection de l'Empire Sérénissime. Et pour cette raison aussi que la Dame des Ronces peut s'en prendre à la lignée des Lochaver en toute impunité.

Je glissai un regard vers Bree, entourée d'une troupe amicale, puis vers Roland, qui était seul à présent, et contemplait sa chope d'un air maussade.

— Quoi qu'il en soit, vous devriez autoriser Roland à se rendre sur la frontière, dis-je à mi-voix. Peut-être pas à l'endroit le plus dangereux, si vous voulez éviter à tout prix de l'exposer au danger. Mais il me disait qu'un Lochaver était censé risquer sa vie pour ses sujets. Vous devriez le laisser jouer un rôle.

Ma grand-mère demeura pensive un long moment, et je craignis d'être allée trop loin. Puis elle passa la main sur son front.

—Je sais, murmura-t-elle.

—Qu'attendez-vous, dans ce cas ?

—Je ne peux pas tous vous protéger, j'en suis consciente. (La douleur que je lus dans ses yeux était ancienne, profonde, et poignante. Incapable de l'affronter, je détournai le regard. C'était l'ombre de mon père qui obscurcissait ses yeux gris, le vide qu'il avait laissé dans nos vies.) Mais peut-être, je dis bien peut-être, puis-je réussir à protéger l'un d'entre vous. (Elle me tapota l'épaule dans une démonstration maladroite d'affection.) Va prendre un peu de repos, à présent. La journée de demain risque d'être longue.

La reine n'avait pas exagéré. Avec un seul jour disponible pour m'exhiber en tant que symbole vivant de l'engagement de l'Empire Sérénissime envers le Callamorne avant que je poursuive mon voyage vers le mont Chenu, ma grand-mère m'avait préparé un programme chargé. Je rencontrai donc les nobles de la cour, fis des apparitions publiques dans la ville, qui rassemblèrent chaque fois de larges foules, visitai les temples des Grâces, et m'entretins avec tant de dignitaires que leurs noms et leurs visages se brouillèrent en un mélange indistinct. Terrifiée au début, je glissai rapidement dans une sorte d'hébétude.

Partout où j'allais, tandis que je saluais et souriais, et que je rabâchais le même discours bref en n'en changeant qu'une phrase ou deux, je croisais des choses qui me rappelaient mon père. Sa stèle commémorative dans le jardin du souvenir attenant au temple de l'Amour, que j'aperçus par-dessus la foule alors que je faisais une apparition publique sur l'esplanade du temple ; le Seigneur Maréchal me disant en soupirant à quel point je ressemblais à mon père ; ce groupe de barons auquel je fus présentée comme « la fille du prince Embran ». Et partout où je me rendais, je ne cessais de songer que mon père avait posé les yeux sur les mêmes scènes, marché dans les mêmes rues, en me demandant ce qu'il avait bien pu penser, espérer et désirer à mon âge.

Lorsque je regagnai enfin mes appartements pour un bref repos avant la réception officielle donnée en mon honneur le soir, je me sentais mélancolique.

Au moins, au Callamorne, une journée d'apparitions publiques n'exigeait pas le port d'un corset. J'ôtai mes bottes et m'allongeai sur le divan du salon, décoré de vieilles tapisseries aux couleurs fanées qui dépeignaient des légendes callamorniennes pleines de violence et de drame. J'hésitai à me détendre avec un livre ou à aller frapper à la porte d'à côté pour voir si Zaira était d'humeur à discuter. Mais vu la façon dont elle s'était plainte de devoir me suivre toute la journée à travers la ville et le ton sans appel avec lequel elle avait déclaré son intention de prendre un bain et de faire une sieste, j'en doutais fortement.

Quelques petits coups se firent entendre non à ma porte, mais contre les volets de la porte-fenêtre qui s'ouvrait sur le balcon surplombant les jardins.

Je me levai et dégainai ma dague, tous les sens aux aguets.

Rien. Peut-être s'agissait-il seulement d'une branche poussée par la brise, ou d'un oiseau ?

« Toc, toc. »

— Dame Amalia ?

Par toutes les Grâces ; c'était la voix de Kathe.

Chapitre 12

J'ouvris les volets d'un geste vif, la dague au poing, et découvris Kathe accroupi sur la balustrade en pierre de l'étroit balcon, sa cape de plumes pendant dans le vide derrière lui. La brise agita ses cheveux à pointes noires.

Il m'adressa un grand sourire.

— Ah, vous êtes là !

Je m'appuyai discrètement au chambranle de la porte-fenêtre, prise d'une légère faiblesse qui n'était pas exactement du soulagement.

— Oui, je suis là. C'est ici ma chambre, il est donc logique que je m'y trouve. Contrairement à vous.

— J'ai appris qu'il y avait une réception officielle en votre honneur ce soir, et j'ai évidemment décidé de faire une étape sur le chemin de retour à Let afin de vous saluer.

— Le contraire m'aurait étonnée. (Je regardai derrière lui vers les jardins du château. Des gardes patrouillaient les remparts de la puissante muraille extérieure, et mon balcon s'élevait à sept ou huit mètres du sol. Ma grand-mère n'aurait sans doute pas oublié de mentionner ce fait, si elle avait accueilli un Haut Ensorceleur chez elle.) Je vous aurais bien invité à entrer, mais je ne voudrais pas compromettre les protections magiques du château sans en avoir reçu la permission.

À la place, je le rejoignis donc sur le balcon pour me montrer affable, mais je regrettai presque aussitôt mon geste. Le balcon était exigu, ce qui nous contraignait à nous tenir très près l'un de l'autre. Mon pouls s'affola. *Je suis nerveuse, rien de plus*, me dis-je en moi-même.

— Voilà encore une chose qui nous manque au Vaskandar. Mais de toute façon, je n'ai nul besoin de protection quand je me trouve dans mon domaine. (Il bondit de la balustrade avec une grâce féline. Moins d'une coudée nous séparait désormais. Un sourire espiègle éclaira son visage.) Je me réjouis de constater que vous me faites encore suffisamment confiance pour accepter ce tête-à-tête. J'étais incertain, après la grossièreté dont la Dame des Ronces a fait preuve à votre endroit.

— Je suis une Cornaro. Notre confiance est toujours sujette à caution. Mais peut-être n'êtes-vous intéressé que par mon héritage Lochaver ?

— Ma dame, je puis vous assurer que les deux côtés de votre lignée me fascinent également. Mais c'est ce que nous pourrions réaliser ensemble qui m'intrigue le plus.

Je me tins à la balustrade pour ne pas vaciller. Je ne savais pas comment m'y prendre pour voir clair dans son jeu.

— Et qu'espérez-vous donc que nous puissions accomplir ?

— Oh, toute sorte de choses. Les possibilités sont aussi vastes que le ciel et aussi profondes que la mer. (Il inclina la tête de côté.) Je vous aurais bien invitée à venir visiter mon domaine, afin d'apprendre à mieux me connaître, mais pour vous y rendre il vous faudrait traverser le Kazerath ou le Sevaeth, et vous risqueriez fort d'y laisser la vie.

— Peut-être pourrions-nous nous retrouver ailleurs ? Au Conclave, par exemple ? proposai-je avec audace.

Il se mit à rire, ce qui fit bruire les plumes sur ses épaules.

— Le Conclave ! Droit au cœur pour tuer la bête, hein ? J'adorerais voir le remue-ménage que susciterait votre présence si je vous amenais avec moi. La Dame des Ronces en fracasserait les montagnes de rage.

— Est-ce une invitation ? le pressai-je. Vous avez laissé entendre que cela serait possible.

— Vous êtes par trop impatiente de vous jeter dans ce nid de chimères, dit-il en secouant la tête. Au Vaskandar, la politique ne s'embarrasse pas de vos petits jeux de pots-de-vin, de chantage et de poison. Et vous n'en connaissez même pas les règles.

— Je pourrais les apprendre.

Il prit ma main dans la sienne, d'un geste aussi vif qu'un serpent, et la panique fulgura dans ma poitrine. Mais il se contenta de la tourner entre ses doigts froids et gracieux pour l'examiner comme s'il s'agissait d'un bijou précieux.

— À Raverra, demanda-t-il pensivement, qu'est-ce que les gens attendent de vous en général ?

— De l'argent, répondis-je aussitôt. (Une part de moi voulait retirer ma main, tandis que l'autre espérait qu'il la garderait dans la sienne. Le contact de ses doigts déclenchait sur ma peau un étrange picotement, bien moins déplaisant que la magie malsaine du prince Ruven.) Et de l'influence. Un accès plus rapide à ma puissante mère, et à l'oreille du doge.

Il suivit de l'index la cicatrice au dos de mon poignet, un souvenir laissé par la dague d'un assassin quelques années auparavant.

— Et qu'est-ce que *moi* j'attends de vous ?

Je contemplai les cercles jaunes luisant autour de ses pupilles.

— Voilà une excellente question.

— Vous l'ignorez ? (Il relâcha ma main.) Vous ne pouvez pas espérer gagner la partie si vous ignorez pour quels enjeux joue votre adversaire. Que pensez-vous qu'un Haut Ensorceleur puisse vouloir ?

Que les Grâces me secourent. J'avais l'impression de perdre mes moyens face à lui ; avec ses yeux brillants, ses traits altiers et le pouvoir qui faisait vibrer l'air autour de lui, et tout ça dans une bien trop grande proximité sur ce maudit balcon… En outre, cela me compliquait la tâche de ne pas savoir si je souhaitais réellement qu'il s'éloigne de moi.

—Le pouvoir, dis-je en frottant ma main. Mais cela signifie sans doute quelque chose de différent pour vous que pour moi.

—Nous nous battons tous pour le même prix. (Il afficha un air pensif.) Connaissez-vous le secret du pouvoir d'un Haut Ensorceleur ? Ce qui nous rend supérieurs aux autres vivomanciens ?

—Dites-moi ? l'incitai-je en me penchant vers lui avec impatience.

Ses yeux scintillèrent.

—Non, ce sera à vous de me le dire. Et quand vous le pourrez, je vous emmenerai au Conclave.

Bien sûr, il n'allait pas répondre à une question qu'il avait lui-même posée. Il devait en faire un défi ; et dans le cas présent, un défi de théorie magique.

Bien. Il s'agissait justement de mon domaine de prédilection.

—Je vous rappellerai cette promesse, le prévins-je avec un sourire féroce.

—J'espère bien. Je suis impatient de voir ce que votre présence là-bas pourrait déclencher. (Il se rapprocha et se pencha jusqu'à ce que son souffle caresse mon oreille.) Je vais vous donner un indice.

Sa voix, réduite à un murmure, prit une intonation mélodieuse et hypnotique.

Un seigneur, solitaire
En os, dix flèches altières
Un royaume qui entoure
Les racines loin du jour

Le traversent dix ruisseaux
Un bois qui fait le beau
Toutes choses vivifiées
Une lame ensanglantée
Sur la pierre dix gouttes pleurent
Sur le trône un seigneur.

Un frisson léger me parcourut le corps.

— Est-ce une énigme ?

— Une comptine que le Seigneur If chantait à ses enfants. (Il se recula, les yeux fermés, le visage solennel.) Qui la chantèrent à leur tour à leurs enfants, et que ma mère me chanta.

Un petit rire nerveux s'échappa de mes lèvres.

— Il est difficile de vous imaginer avec une mère.

— Même les Hauts Ensorceleurs sont nés du ventre d'une mère, et même les Hauts Ensorceleurs peuvent mourir.

Des coups retentirent à la porte de mes appartements, bien plus timides que ceux de Kathe.

— Dame Amalia ? appela la voix d'une femme de chambre. Je viens pour vous aider à vous préparer pour le bal.

— Un moment, répondis-je en me tournant vers la porte.

Quand je pivotai de nouveau, Kathe avait disparu. Une brise balaya le balcon, dissipant toute trace invisible de lui, comme s'il n'avait été qu'une hallucination fiévreuse.

Les bals à Durantain prenaient un tour bien plus cérémonieux qu'à Raverra. Un héraut annonçait l'arrivée des invités par ordre de préséance, du rang le plus bas au plus élevé, et chacun devait se présenter avec son cavalier ou sa cavalière. Pendant que les hérauts introduisaient les membres de la petite noblesse, la famille royale et les invités d'honneur patientaient dans une antichambre privée, dotée de fauteuils confortables, d'un plateau de fruits et de bière glacée (encore de la bière, à mon grand regret), et s'efforçaient de décider au dernier moment qui accompagnerait qui.

— J'y vais avec Terika, annonça Zaira en passant un bras autour de la taille de son amie. Vous autres, vous n'avez qu'à tirer à la courte paille, c'est pas mes oignons.

Marcello se trouvait avec Istrella, et tous deux attendaient dans une autre antichambre d'être introduits dans la salle de bal après la petite noblesse. La présence de Zaira avait occasionné des discussions sans fin entre les hérauts de cour pour déterminer quel rang lui attribuer, puisqu'elle ne possédait aucun titre de noblesse, mais méritait tout de même une attention particulière en tant qu'unique sorcière du feu d'Eruvia. Ils avaient finalement décidé que sa relation étroite avec un membre de la famille royale ainsi que son statut d'honorable invitée de l'Empire Sérénissime lui vaudrait d'être introduite juste avant la famille royale, sans que cela risque d'offenser qui que ce soit, en dehors de quelques aristocrates guindés.

— Et moi je suis coincée avec *lui*, se plaignit Bree en donnant un coup de coude à Roland. Je voulais amener un jeune homme que j'ai rencontré dans une taverne la semaine dernière, mais grand-mère s'y est opposée.

Je tournai un regard incertain vers ma grand-mère.

— J'entre toujours seule, dit-elle. Par respect pour ton grand-père. Par contre, il va nous falloir te trouver quelqu'un, Amalia.

Je n'avais même pas songé qu'il me fallait un cavalier ; j'avais été trop occupée à me ronger les sangs à cause du discours que je devais prononcer. J'agitai les mains.

— Je peux me présenter seule, moi aussi. Cela ne fait rien.

— C'est une tradition, insista ma grand-mère d'un air sévère. Cela serait faire preuve d'irrespect envers mon hôte, qui est aussi ma petite-fille, que de te laisser entrer sans cavalier.

—Je vous assure, cela n'a pas d'importance pour moi.

La reine se tapota la bouche.

—Peut-être un des seigneurs des marches, ou un général. N'importe qui serait honoré de t'escorter. Nous n'aurons aucun mal à te trouver quelqu'un.

—Nul besoin!

Nous nous tournâmes tous vers celui qui venait de parler.

C'était Kathe. Évidemment. Il écarta un garde surpris et pénétra dans l'antichambre dans un tourbillon de sa cape à plumes, les yeux rieurs.

—Après tout, il est de notoriété publique que je courtise dame Amalia. Elle ne pourrait donc pas trouver de cavalier plus approprié.

Bree et Roland le dévisagèrent d'un air éberlué. Zaira le lorgna de manière éhontée; Terika et elle échangèrent un regard appréciateur, et je sentis la chaleur me monter au visage. *Par la Grâce de la Miséricorde, je vous en prie Zaira, aucun commentaire.*

Le regard de marbre de ma grand-mère ne vacilla pas.

—Le Seigneur Freux de Let. J'ignorais que vous nous feriez l'honneur de votre présence en cette occasion.

Kathe gratifia la reine d'une révérence, la forçant à lui rendre son salut en inclinant respectueusement le buste. Il aurait fallu un expert en protocole pour déterminer lequel des deux avait la préséance sur l'autre.

—Je suis heureux de vous l'entendre dire, Votre Majesté. Je me donne beaucoup de mal pour éviter d'être prévisible.

— Dame Amalia Lochaver Cornaro, princesse du Callamorne, héritière au Conseil des Neuf, et son cavalier, le Seigneur Freux, Haut Ensorceleur de Let.

La voix amplifiée par Artifice du héraut se brisa presque quand il proclama ce nom qu'il n'aurait jamais cru prononcer un jour. Toutes les têtes dans la salle se tournèrent vers nous alors que nous nous présentions à l'entrée garnie de tentures du grand hall, et le brouhaha des conversations des courtisans se réduisit à un silence stupéfait.

Étant la fille de la Contessa et en âge de me marier, j'étais habituée au poids des regards, mais avoir les yeux d'une centaine de personnes fixés sur moi restait une expérience nouvelle. J'éprouvai aussitôt une conscience aiguë et paralysante de la moindre partie de mon corps.

Le bras de Kathe trembla contre le mien alors qu'il réprimait son rire.

— Regardez leurs têtes. J'ai dû faire un détour pour venir, mais oh, cela en valait la peine.

La plupart des nobles et des dignitaires de l'assemblée portaient des tenues aux coupes et aux couleurs sobres en faveur au Callamorne : prune et bleu foncé, vert forêt et marron chocolat, ou encore gris charbon, en laine ou en velours de qualité, avec à peine quelques touches de dentelle. Certains, notamment parmi les plus jeunes, arboraient des soies brodées et des brocarts flamboyants à la mode de Raverra, dont les couleurs vives émergeaient dans la foule telles des fleurs perçant les plates-bandes ternes d'un jardin hivernal. Mais en cet instant, tous avaient en commun la même expression de surprise et de choc.

Personne ne les avait informés qu'un Haut Ensorceleur assisterait à la réception, et je comprenais aisément leur stupéfaction.

Je m'efforçai d'adopter une expression paisible, royale et confiante, comme si je savais évidemment ce que je faisais et que je maîtrisais parfaitement la situation. J'avais pour mission de rassurer tous ces gens sur le soutien indéfectible de l'Empire, et par toutes les Grâces, je refusais de laisser les manigances de Kathe m'en empêcher.

Je tins mes jupes d'une main alors que nous descendions dignement l'escalier qui conduisait au grand hall. Juste avant que nous franchissions la dernière marche, j'aperçus Marcello et Istrella dans la foule, et celle-ci me salua de la main avec enthousiasme, un grand sourire aux lèvres. Marcello m'adressa lui aussi un sourire, mais qui paraissait bien triste sur son visage aux traits tendus.

Bienveillantes Grâces. Je n'avais jamais eu l'intention de m'afficher au bras de Kathe devant lui sans qu'il en soit averti.

Puis la foule se referma sur le couple que nous formions. Les invités les plus proches de nous se remirent admirablement de leur surprise pour m'offrir aussitôt quelques mots de bienvenue, non sans adresser des regards inquiets à mon cavalier, avant de s'écarter pour nous laisser un peu d'espace. Les hérauts annoncèrent Bree et Roland, ce qui détourna suffisamment l'attention de nous pour que je puisse entraîner Kathe, qui riait toujours sous cape, vers un côté de la salle où l'assistance était plus clairsemée.

— Ce n'est pas drôle, lui murmurai-je. Je suis ici pour les rassurer.

— Eh bien, mais c'est parfait ! Vous allez les aider à ne pas me craindre. Ce sera une sorte de galop d'essai avant une confrontation avec de Hauts Ensorceleurs bien plus dangereux que moi.

Je n'aurais su dire s'il plaisantait ou non.

Tout autour de nous, les invités du bal tournaient et viraient, l'air hésitant, telles des abeilles dansant autour de quelque chose sans arriver à décider s'il s'agissait bien d'une fleur. J'étais l'invitée d'honneur et tout le monde souhaitait donc me parler, mais avec Kathe à mon bras, même les Callamorniens, qui avaient pourtant la réputation d'être des gens hardis, devaient rassembler leur courage avant de nous approcher. Et les yeux cerclés de jaune de Kathe et son sourire félin ne contribuaient pas à les mettre à l'aise.

C'était donc à moi de faire le premier pas. Je me fendis d'un sourire gracieux et tendis la main à la première personne que je reconnus.

— Dame Méroc ! Quel plaisir de vous revoir !

Dame Méroc m'adressa un sourire timide, et l'atmosphère autour de nous sembla se détendre un peu. Des courtisans s'approchèrent chacun à leur tour pour échanger quelques amabilités, auxquelles Kathe répondit la plupart du temps d'un simple hochement de tête. Je fis de mon mieux pour irradier d'assurance, et pour compenser sa présence perturbante, en prenant les devants quand je voyais que certains hésitaient à nous aborder.

Ma colère intérieure envers Kathe pour s'être invité sans prévenir se renforça quand je compris que sans la nécessité de contrer la nervosité et la peur que suscitait sa présence, jamais je n'aurais arpenté la salle aussi résolument ni avec un tel air d'assurance. Je me demandai s'il agissait ainsi de manière intentionnelle.

Finalement, entre deux échanges de salutations, Kathe laissa échapper un soupir.

— Tout cela est d'un ennui mortel. Comment arrivez-vous à le supporter ?

— C'est mon devoir. N'avez-vous pas de cour royale à Let ? m'étonnai-je.

— Rien qui ressemble à cela. J'ai bien ma Garde de Cœur, dont les membres sont mes conseillers, mes gardes et mes compagnons. Et j'ai également mes Seconds, qui gèrent pour moi différents aspects de mon domaine. Mais ils ne passent pas tout leur temps au château à échanger des ragots et à assister à des bals. Et nos rapports sont bien moins formels.

(Il leva les yeux vers le plafond lointain, décoré de bannières.) Je crois que mon château tout entier pourrait tenir dans cette salle. Pas tout à fait, mais pas loin.

— Cela semble…, hésitai-je en cherchant le mot juste.

— Provincial ?

— … reposant.

Kathe s'esclaffa.

— Oh, nous trouvons à nous occuper, rassurez-vous. Mes Seconds ne cessent de me dire d'arrêter de chercher à résoudre en personne chaque problème du domaine.

Un autre invité s'approcha de nous dans la foule ; je me tournai vers lui pour le saluer poliment et me retrouvai face à Marcello.

La détermination faisait saillir les muscles de sa mâchoire alors qu'il se présentait devant Kathe. Par les Enfers, je n'étais pas préparée à cela.

Chapitre 13

Les yeux de Marcello firent un aller-retour entre Kathe et moi, et il s'inclina.

— Dame Amalia. Seigneur Kathe.

— Ah, dis-je d'une voix haut perchée et tendue. Kathe, permettez-moi de vous présenter un bon ami à moi, le capitaine Marcello Verdi.

Marcello hocha la tête et croisa le regard de Kathe sans chercher à l'éviter.

— J'étais impatient de rencontrer le soupirant de mon amie.

— Je vois. (Le sourire de Kathe s'agrandit.) Je suppose que vous vous demandez quelles sont mes intentions à l'égard de dame Amalia ?

— Peut-être, répondit Marcello.

Mais ce fut vers moi, et non vers Kathe, qu'il tourna ses yeux où brillait une question.

Kathe plaça une main sur sa poitrine dans un geste théâtral.

— Seriez-vous inquiet pour l'honneur de cette dame ? Craignez-vous que j'essaie d'abuser d'elle ?

Je lui enfonçai mon coude dans les côtes. Il avait beau être un Haut Ensorceleur, il y avait des limites.

Mais Marcello se contenta de rire.

— Non, pas le moins du monde. Dame Amalia est parfaitement capable de préserver son honneur, et je doute fortement que quiconque au Vaskandar possède le talent nécessaire pour réussir à abuser une Cornaro.

Kathe se tourna vers moi pour m'adresser un signe de tête respectueux.

— En tout cas, pas plus qu'elle n'abuse de moi.

J'aurais aimé partager la confiance de Marcello en mes talents politiques. Mais son regard interrogateur me tranquillisa sur le fait qu'il n'avait aucunement l'intention de provoquer un esclandre ; il voulait simplement s'assurer que je n'avais pas besoin d'être secourue. Je lui adressai un petit hochement de tête accompagné d'un sourire fugitif.

— Quand deux parties tirent mutuellement avantage l'une de l'autre, je crois que l'on appelle cela une alliance, dis-je.

La posture rigide de Marcello se détendit légèrement.

— Vous considérez donc cela comme une manœuvre politique, seigneur Kathe ? Ce n'est qu'un jeu ?

Kathe haussa les épaules.

— Si une chose a des règles et des joueurs, et qu'elle est distrayante, alors cela en fait un jeu. J'aurais toutefois des réserves sur la manière dépréciatrice dont vous dites que « ce n'est qu'un jeu ». Les jeux sont souvent mortellement sérieux.

— Qu'il suffise de dire, intervins-je d'une voix ferme, que Kathe et moi connaissions parfaitement les règles de ce jeu au moment où nous avons pris place à la table.

Je captai le regard de Marcello et essayai de lui faire passer un message : *« Je vais bien. Je peux gérer cette situation. »*

Même si, en réalité, je n'étais pas du tout certaine de savoir comment m'y prendre avec Kathe. Mais ici, au Callamorne, il se trouvait en territoire étranger tandis que j'étais entourée d'amis, et j'avais au moins cet avantage.

— Et vous, capitaine ? demanda Kathe en tournant son regard brillant sur Marcello. Vous considérez-vous comme un joueur, ou un pion ?

— Seigneur Kathe, je suis un soldat. J'ai accepté de devenir un pion le jour où j'ai signé mon engagement. Et du moment que j'ai confiance en la personne qui joue la partie, je m'en satisfais volontiers.

— Et c'est le cas ?

Marcello croisa mon regard.

— Indubitablement.

Sa foi en moi me transperça le cœur d'une douleur délicieuse.

Je m'attendais à ce que Kathe réponde par une de ses pirouettes habituelles, mais à ma grande surprise, il prit un air sérieux.

— Dame Amalia, vous êtes grandement fortunée de recevoir une telle loyauté.

— J'en suis bien consciente, opinai-je, en espérant que Marcello comprendrait à quel point j'étais sincère.

Kathe leva soudain la tête à la manière d'un chien entendant un aboiement au loin, et il fronça légèrement les sourcils.

— Quelque chose ne va pas ? demandai-je.

Il se tourna vers moi. Son regard, qui semblait perdu dans le lointain, revint se focaliser sur mon visage, et il me sourit de toutes ses dents.

— Oui, effectivement, répondit-il en libérant mon bras. Toutes mes excuses, mais il me faut m'occuper de cela. Je serai vite de retour.

Il s'inclina, et Marcello et moi le regardâmes partir, sa cape emplumée agitée par le balancement de ses pas.

— Je me demande ce qui vient de se passer, marmonna-t-il.

— Je ne sais pas si je suis plus inquiète à la perspective que nous n'en sachions jamais rien, ou que nous finissions bientôt par le découvrir.

Ma réflexion fut récompensée par ce petit sourire en coin qu'il m'adressait dès que nous étions seuls. Si l'on pouvait vraiment dire cela alors que nous nous tenions au beau milieu d'une foule de nobles callamorniens, dont certains commençaient déjà à regarder dans ma direction avec espoir, à présent que Kathe était parti.

Marcello les remarqua lui aussi, et il grimaça.

— Y aurait-il un endroit plus privé où nous pourrions parler un instant ?

J'avais besoin de discuter avec tous ces gens, mais je me rendis compte avec un pincement au cœur que j'avais aussi retardé depuis trop longtemps le moment de parler à Marcello. J'observai la salle autour de moi.

— À moins d'essayer de se cacher derrière une bannière, il ne nous reste plus qu'à nous isoler dans un coin relativement tranquille. Nous ne pouvons pas déserter une réception donnée en mon honneur.

Il soupira.

— Très bien. Voyons ce que nous pouvons trouver.

— Où est Istrella ? lui demandai-je alors que nous traversions la foule à grand renfort de sourires et de saluts de tête.

— Avec Lienne, dit-il en désignant une rangée d'étroites fenêtres donnant sur les jardins, devant laquelle Istrella parlait avec animation et de grands gestes à Lienne qui l'écoutait en hochant la tête. Elle a trouvé les protections magiques du château bien médiocres et elle réfléchit à certaines améliorations qu'elle pourrait y apporter.

Lienne. Je n'avais pas encore fait part à Marcello de mes soupçons à son égard. Je ne détenais aucune preuve, en dehors du fait qu'elle avait achevé l'assassin à l'auberge, ce qu'elle avait d'ailleurs accompli sur l'ordre de Marcello. Mais Istrella et elle se trouvaient à la vue de tous dans le grand hall ; Istrella ne craignait rien pour le moment. Et je ne pouvais pas repousser davantage cette conversation.

Nous nous isolâmes un peu de la foule dans un coin du hall, derrière deux tables vides. Marcello détailla un long moment mon visage, comme s'il voulait en fixer les traits dans sa mémoire, et laissa échapper un soupir.

— Quoi ? demandai-je, troublée par ce long regard.

— Votre Seigneur Freux semble différent du prince Ruven, dit-il d'une voix soulagée.

— J'espère bien ! Je ne tiens pas à fréquenter un fou dangereux.

— Je comprends qu'il vous faille le faire. (Il se passa la main dans les cheveux, geste futile pour tenter de chasser son embarras.) Ça fait partie de vos devoirs, et c'est votre choix. Je voulais vous dire que je respecte cela, et que j'attendrai.

Mon cœur se serra douloureusement dans ma poitrine. J'avais presque espéré une dispute ; cela aurait été plus facile.

— J'ignore combien de temps cela durera, ou si je devrai accepter un autre prétendant politique après celui-là. Certains pourraient se moquer de savoir que j'ai un autre soupirant, mais je ne peux prendre le risque d'empêcher l'éventualité d'une alliance sur cette seule présomption.

Marcello hocha la tête.

— J'attendrai, répéta-t-il sombrement. Des mois ou des années, s'il le faut. Vous méritez que l'on attende pour vous, Amalia. Mais… Pouvez-vous me promettre une chose ?

Un nœud se forma dans mon ventre.

— Il est peu de promesses que je puis me permettre de faire en cette vie, Marcello.

Il se rapprocha de moi, et l'éclat du luminaire sur le mur au-dessus de nous se refléta dans ses yeux verts.

— Prenez le temps que vous voudrez, faites ce que vous avez à faire pour protéger l'Empire Sérénissime. Mais quand cela sera terminé, quand vous aurez dansé toutes vos danses et que la musique se sera tue, promettez-moi que nous pourrons être ensemble. Promettez-moi qu'il y a un avenir pour nous deux, et je l'attendrai, même s'il ne doit advenir que quand je serai un vieil homme.

L'espace d'un instant, une joie douce-amère m'étreignit le cœur, aussi brève et brillante qu'un éclair. Je ne l'avais pas perdu en acceptant de fréquenter Kathe. Il attendrait.

Ce serait si facile de promettre. C'était tout ce que je désirais : échapper à ce soupirant de façade et à ceux qui pourraient suivre sans me retrouver prise dans les rets d'un engagement véritable, et pouvoir enfin serrer Marcello dans mes bras sans me soucier des implications politiques de mon geste. Avoir simplement le droit de l'aimer, au lieu d'éviter soigneusement toute démonstration d'affection qui paraîtrait trop romantique, tout en m'efforçant de conserver la chaleur de son amitié. L'embrasser à nouveau, sans l'élan de désespoir né de la certitude d'une mort prochaine. Lui confier mes inquiétudes et écouter les siennes, et nous protéger mutuellement des cruels aléas de notre époque.

Mais ce serait lui mentir que de consentir cette promesse.

— Je ne peux pas, murmurai-je.

Il se raidit comme si je l'avais giflé.

— Je le voudrais bien, mais je ne peux pas. (Je serrai les poings pour m'empêcher de prendre ses mains dans les miennes.) J'ai l'intention d'utiliser mes relations galantes comme un instrument et une arme tant que je le pourrai – tant que je le devrai –, puis de suivre mon cœur une fois que je n'aurai plus à le faire. Mais j'ignore ce que le futur nous réserve, Marcello. Et si je devais me résoudre à un mariage politique ? Pour annexer un des royaumes insulaires, par exemple, ou pour m'assurer le soutien nécessaire à mon projet de réforme des Faucons, et épargner à des milliers d'enfants à venir une conscription forcée ? Pourriez-vous vraiment me dire de faire passer mon désir avant la liberté de ces enfants ?

— Non, bien sûr que non. Mais… (Il demeura silencieux un moment, à se frotter le front en détournant les yeux. Quand il ramena le regard sur moi, les ombres semblèrent s'être épaissies dans les plis de son visage.) Que me reste-t-il alors, Amalia ? Je ne sais quoi éprouver. Si vous me dites de renoncer à espérer, je vous obéirai. Si vous me demandez d'être seulement votre ami, je me ferai une raison. Mais ça… ne pas savoir si je dois espérer ou pas, j'ignore comment affronter cette incertitude.

L'idée que je pourrais le perdre me frappa avec la violence d'un coup de poing à l'estomac. Il disait qu'il était prêt à attendre, et je ne doutais pas de sa parole ; mais rien en ce monde ne durait éternellement. La marée changeait, le soleil se couchait, l'amour se fanait. Et un homme qui retenait sa respiration finissait toujours par la reprendre.

Et même s'il patientait pendant des années et des années, que se passerait-il ensuite ? Une image se forma dans mon esprit : le temple de l'Amour à Raverra, entièrement paré de fleurs pour un mariage royal, et moi devant l'autel, couronnée de roses. Marcello qui me regardait dans la pénombre au fond de la salle, ses yeux verts brisés par le chagrin, puis sortait par les portes du temple en projetant derrière lui une ombre démesurée.

Si je refusais de faire un choix, si je faisais durer cette situation pendant des années, cela nous détruirait.

— Vous avez raison, dis-je doucement. Je dois décider.

Étais-je prête à sacrifier mes chances de bonheur avec Marcello pour l'Empire Sérénissime ?

— Vous n'avez pas à me répondre maintenant, protesta-t-il précipitamment en levant les mains. Je vous demande seulement d'y réfléchir.

— Je comprends. (Je ramenai les pans de ma veste de velours contre moi, transie par la fraîcheur automnale qui s'insinuait dans le grand hall parcouru de courants d'air.) J'ai besoin d'un peu de temps, Marcello. Mais quoi qu'il en soit, je… (Je forçai les mots à franchir mes lèvres, pleinement consciente de ce qu'ils pouvaient signifier.) … je n'ai pas l'intention de vous faire attendre éternellement une réponse.

Le soulagement éclaira ses traits à la manière d'un lever de soleil et il me sourit. Comme si je n'avais pas énoncé une chose terrible, une chose capable de briser les rêves, et ouvert une porte qui pouvait conduire à la fin de tout ce qu'il y avait entre nous.

— C'est tout ce que je demande, dit-il en s'inclinant avec élégance.

Il me fallut un plein verre de bière avant de me sentir prête à reprendre mes devoirs. J'étais ici pour réassurer aux gens de l'élite callamornienne l'engagement de l'Empire Sérénissime à défendre leur pays, et à présent que Kathe et Marcello avaient fini de perturber ma soirée, je comptais bien faire ce pour quoi j'étais là.

Je circulai dans la salle et parlai à autant de personnes que je le pouvais. Oui, l'Empire était déterminé à protéger le Callamorne. Bien sûr que j'allais veiller à ce que Raverra tienne ses promesses, étant moi-même une Lochaver. Oui, Zaira libérerait son malefeu si le Vaskandar tentait de forcer le passage à un des cols de montagne. Oui, j'avais déjà vu le malefeu en action, et oui, il était aussi redoutable que le disaient les légendes. Eh bien, oui, j'avais accepté la cour d'un Haut Ensorceleur. Cela faisait partie d'un plan de plus grande ampleur. Tout irait bien.

Tandis que je m'adossais au mur de pierre froid, un verre à la main, pour profiter d'un bref répit avant de replonger dans le bain diplomatique, Roland vint me rejoindre. Il s'adossa à son tour au mur à côté de moi avec un long soupir, et porta son verre à ses lèvres.

— Alors, on apprivoise la foule ? lui demandai-je avec un petit sourire compatissant.

— Un peu, répondit-il. Mais certains d'entre nous doivent se donner plus de mal que d'autres.

Il glissa un regard entendu vers Bree, juchée sur un banc de l'autre côté du hall, et qui s'efforçait, avec un vrai sens du spectacle, de poser en équilibre sur sa tête une chope pleine de bière. Un groupe s'était rassemblé autour d'elle et l'acclamait en riant. J'aperçus Zaira au milieu de l'attroupement, un bras passé sur les épaules de Terika.

— Oui, nous avons tous l'exemple de quelqu'un qui s'en sort mieux que nous. Pour toi, c'est Bree.

— Elle fait tout ce qu'elle peut pour ruiner sa dignité royale, dit Roland d'une voix où perçait une pointe d'envie, mais cela n'a aucune importance. Elle s'en tire toujours sans anicroche, parce que ce n'est pas elle l'héritière du trône. Elle peut jouer les saltimbanques comme ce soir, les gens l'aiment quand même.

Pour ma part, je songeai à Zaira, qui attirait à chaque réception mondaine un large cercle d'admirateurs.

— Je ne crois pas qu'un sens des responsabilités grave et austère relève des traits de personnalité les plus charismatiques, hélas. Quant à Bree, elle joue sa partie à sa façon.

Bree se tenait à présent sur un pied, et la chope, toujours en équilibre sur sa tête, renversa un peu de bière sur ses cheveux, sous les applaudissements de son public. Les aristocrates les plus âgés et les plus conservateurs de la cour callamornienne restaient à l'écart du spectacle, mais secouaient la tête avec plus d'indulgence que de réelle désapprobation.

— Sais-tu quelle est sa Grâce protectrice ? me demanda Roland d'un ton sarcastique.

Au Callamorne, durant la cérémonie d'attribution d'un nom à un nouveau-né, les parents accomplissaient un rituel particulier. Le bébé dans les bras, ils faisaient le tour des autels des neuf Grâces dans l'attente d'un signe quelconque – un rire de l'enfant, le chant d'un oiseau, le soleil perçant à travers les nuages – qui désignait la Grâce destinée à devenir la protectrice de l'enfant pour le reste de son existence. Bree s'était beaucoup amusée à m'expliquer que durant le rituel, j'avais essayé d'attraper le cierge sur l'autel de la Grâce de la Sagesse, et qu'un acte aussi peu avisé n'aurait jamais dû être considéré comme un signe d'élection.

— Non, elle ne me l'a jamais dit. Je sais que c'est la Grâce du Courage pour toi, mais je ne connais pas celle de Bree.

Roland s'esclaffa.

— C'est parce que ça l'embarrasse, et à juste titre. Essaie donc de deviner.

Je passai en revue les différentes Grâces.

— La Grâce de l'Abondance ?

Bree pourrait être gênée de l'admettre, étant donné que le folklore callamornien prétendait que les élues de la Grâce de l'Abondance avaient de nombreux enfants, parmi d'autres atouts et avantages qu'il était de bon ton de ne pas évoquer en public.

— La Grâce de la Majesté, répondit Roland avec un geste solennel vers sa sœur. Regarde-la. Majestueuse jusqu'au bout des ongles.

La chope était tombée de la tête de Bree, qui se retrouva trempée de bière. Quelqu'un lui tendit une nouvelle chope.

— Oh, je vois. C'est une protectrice un peu étrange pour une sœur cadette, non ? C'est toi l'héritier.

— Les Grâces en soient louées. Tu imagines Bree en reine ? (Il secoua la tête, mais quand il poursuivit, je sentis l'admiration dans sa voix.) Je crois que nos Grâces protectrices ont été interverties. Bree est plus intrépide qu'un blaireau acculé.

La reine murmura un mot à l'une de ses suivantes, qui acquiesça et traversa la salle en direction de Bree d'un air déterminé.

Roland se redressa en grimaçant.

— Pour nous en tout cas, c'est l'heure de se remettre au travail. À moins que je ne me trompe, le moment des discours est arrivé.

Évidemment il y avait des discours, car c'était le Callamorne, et ceux-ci devaient se tenir avant le bal proprement dit. J'avais préparé quelque chose de bref ; les allocutions publiques ne faisaient pas partie de mes moments préférés de la vie politique, mais je me rassurai en me répétant qu'après avoir dû prendre la parole devant les Pairs d'Ardence persuadés que j'étais une meurtrière, il me serait bien plus facile d'affronter une assemblée de Callamorniens amicaux.

Les discours commencèrent par celui de ma grand-mère, qu'elle délivra d'une voix vibrante à un public captivé. Elle me souhaita officiellement la bienvenue et évoqua les liens puissants que son fils avait forgés entre son pays et l'Empire Sérénissime. C'était pour moi une nouveauté d'entendre dire que cette alliance résultait d'un coup politique de mon père plutôt que de ma mère, et je songeai avec regret que j'aurais aimé pouvoir demander à ce dernier sa propre version de l'histoire.

Le discours de la reine enfla jusqu'à sa conclusion, émouvante et vibrante.

— Nous faisons face aujourd'hui à une tempête que nous avons maintes fois affrontée par le passé. (Sa voix se réverbéra jusque dans les os de l'assistance, avec une force capable de dominer le vacarme d'un champ de bataille.) Vous connaissez cette légende qui raconte que quand les Pics Sorciers se teintent de rouge au coucher du soleil, c'est du sang de nos mères et de nos pères, et de tous nos aïeux qui ont donné leur vie pour empêcher les Hauts Ensorceleurs de franchir les montagnes. Et chaque fois, au prix de grands sacrifices, nous l'avons emporté, souvent de justesse. (Elle leva une main.) Mais cette fois, enfin, nous ne combattrons pas seuls.

Les acclamations enthousiastes mirent longtemps à s'éteindre. Roland prit ensuite la parole et délivra un discours fastidieux en lisant ses notes, les tempes perlées de sueur. Il reçut tout de même une salve d'applaudissements et sourit à la foule, mais quand il revint à côté de moi au fond de l'estrade royale, il me murmura :

— Je crois que je vais vomir.

En guise de discours, Bree entraîna la salle dans une exécution enthousiaste de « la Ballade du Pont du Fer sanglant », que ma grand-mère endura avec un stoïcisme admirable, même si ses mâchoires se contractaient chaque fois que la chanson se lançait dans des descriptions extravagantes de son héroïsme. Puis vint mon tour.

La politique raverraine relevait davantage des arrangements en coulisses que des discours publics, aussi n'étais-je guère rompue à l'exercice. Mais ma mère m'avait dit que les discours les plus courts étaient toujours les plus populaires. J'avais griffonné quelques lignes dans la journée, après que Roland m'avait informée que je ne couperais pas à la tradition des discours. Pourtant, après avoir assisté à sa lecture sans chaleur, je décidai plutôt de me laisser aller à improviser quelque chose qui viendrait du cœur. Ce n'était sans doute pas très raverrain, mais après tout, j'étais ici parce que j'étais à moitié callamornienne.

Je m'avançai sur le devant de l'estrade. Une mer de visages se leva vers moi et je lus dans leurs yeux l'impatience, l'inquiétude et l'espoir. Ils attendaient de voir ce que l'Empire avait à leur dire.

Je pris une grande inspiration et poussai ma voix des profondeurs de mon ventre.

— Vous me connaissez sous le nom d'Amalia Cornaro. Mais je me tiens devant vous aujourd'hui en tant que Lochaver.

Des cris enthousiastes s'élevèrent aussitôt de la foule. La popularité de ma grand-mère était telle que la simple mention du nom de Lochaver suffisait à réveiller le patriotisme des Callamorniens. Encouragée par leur réaction, je poursuivis.

— Il y a vingt ans, le Callamorne a honoré de sa confiance l'Empire Sérénissime en plaçant son avenir entre les mains de Raverra. Je suis ici aujourd'hui pour récompenser cette confiance. (Nouvelles acclamations. Une sensation d'exaltation s'empara de moi.) Les Faucons se dressent à vos côtés, avec leur ruse et leur fureur. (Les vivats redoublèrent.) La Flotte Sérénissime vogue avec vous, rapide et invincible. L'armée impériale fait front avec vous, de toute la puissance de ses canons et de ses mousquets. Et moi, je suis avec vous !

Les acclamations enflèrent en un rugissement assourdissant.

Je m'apprêtai à poursuivre quand ma grand-mère me prit le bras.

— Cela suffira, me murmura-t-elle. Laissons-les boire et danser, à présent.

Quand la clameur commença à retomber, ma grand-mère leva les mains pour réclamer le silence. Bree et Roland vinrent prendre place à ses côtés, et nous sourîmes ensemble à la foule, impatiente que la reine annonce la fin des formalités officielles et le début des véritables festivités.

Dans un angle reculé de la salle, j'aperçus Kathe qui était revenu. À voir la manière dont les gens s'écartaient de son chemin alors qu'il se frayait un passage à travers la foule, on aurait pu croire qu'un petit tourbillon d'air hivernal l'entourait où qu'il aille. Il croisa mon regard, le visage grave, et ses lèvres formèrent un avertissement silencieux : *« Prenez garde. »*

La reine prit une inspiration, mais avant qu'elle puisse parler, un héraut l'interrompit pour annoncer d'une voix légèrement tremblante :

— La Dame des Ronces, Haute Ensorceleuse du Sevaeth.

Chapitre 14

Toutes les têtes se tournèrent vers la Dame des Ronces qui se tenait au milieu de l'arche de l'entrée, en haut de l'escalier, un sourire froid aux lèvres. Elle portait une robe de velours émeraude, ornée de broderies noir et or au dessin anguleux, traditionnel du Vaskandar. Sa longue traîne s'étendit derrière elle en une cascade moirée quand elle descendit les marches. Ses yeux étaient fixés sur la reine, et la marque des mages y brillait avec une virulence venimeuse.

Marcello et Lienne réagirent pour se positionner devant leurs Faucons respectifs, la main sur leur arme, tandis que la garde royale resserrait les rangs autour de l'estrade. Un courant parcourut la foule, puissant comme le reflux de la marée retirant les eaux du rivage, et les dignitaires callamorniens, aux visages blêmes et aux regards froids, s'écartèrent devant la Dame des Ronces qui avançait vers nous. La force de sa présence la précédait et l'entourait telle une immense vague dont la pression avait quelque chose d'insoutenable. Dans le silence qui avait soudain envahi le hall, le claquement de ses bottes résonna âprement.

Du coin de l'œil, je vis Roland prendre la main de Bree. Un instinct primitif et animal me hurlait de fuir la malveillance intense qui se lisait dans les yeux de la Haute Ensorceleuse alors qu'elle arrivait au pied de l'estrade, mais je me forçai à ne pas bouger d'un pouce.

— Dame des Ronces, vous ne manquez pas d'audace pour vous présenter à nous sans prévenir et sans y avoir été invitée, alors même que vos armées campent à nos frontières, déclara ma grand-mère d'une voix froide et implacable.

L'estrade, la propre taille de ma grand-mère et la couronne posée sur ses tresses enroulées la faisaient largement dominer la Haute Ensorceleuse du Sevaeth, et l'éclat des lampes et des luminaires se reflétait sur les ornements métalliques de son corsage à l'allure martiale. Mais l'énergie de pure malveillance qui émanait de la Dame des Ronces la rendait d'une certaine manière plus réelle, plus tangible, plus tranchante et plus dangereuse, et j'eus soudain peur pour ma grand-mère.

La Dame des Ronces ouvrit les bras.

— Considérez avec gratitude ce jour de grande fortune, Galanthe Lochaver. (Sa voix possédait une douceur de soie, mais on y sentait un tel pouvoir et une telle menace que l'air sembla manquer dans la pièce.) Car je viens à vous animée d'une miséricorde dont je ne suis pas coutumière. Je viens à vous porteuse d'une offre de paix.

Sa prétendue miséricorde me laissa tout aussi sceptique que son offre de paix. Ma grand-mère devait éprouver les mêmes doutes, car elle plissa les yeux devant cette déclaration. Un murmure parcourut la foule, qui ne s'attendait certainement pas à cela.

— Si c'est la paix que vous souhaitez, énonça la reine d'une voix de fer, il vous suffit de renoncer à nous envahir.

La Dame des Ronces sourit.

— Mais un tel renoncement a forcément un prix. (Elle tendit une main ouverte, et son geste fit chatoyer le velours sombre de sa manche.) Je retirerai mes troupes de votre frontière et laisserai votre pays en paix. Même les raids occasionnels ou les incursions de chimères auxquels vous êtes accoutumés cesseront. En retour, vous devrez me céder le quart nord de votre territoire, le long de la frontière du Sevaeth.

Je tournai un regard ébahi vers Roland. L'ampleur de son arrogance, pour faire le voyage jusqu'au Callamorne avec une offre aussi insultante, me plongeait dans la stupéfaction. Roland secoua la tête, le visage crispé par la colère.

— C'est là votre offre ? s'enquit la reine, une main posée sur le pommeau de son épée, qui n'avait rien d'une arme d'apparat.

— Et je ne la ferai qu'une seule fois. (Le sourire de la Dame des Ronces s'agrandit et ses yeux brillèrent, comme si elle connaissait un secret ignoré de nous.) Rejetez-la à vos risques et périls, reine du Callamorne. Car si telle est votre décision, sachez que je m'emparerai de toute façon de votre pays, mais qu'avant cela je détruirai votre famille.

Les murmures de la foule prirent des accents courroucés, mais personne n'osa élever la voix ou faire un pas vers la Dame des Ronces, qui affichait une désinvolture insolente, dédaignant l'idée même de montrer la moindre déférence, alors qu'elle se tenait seule au beau milieu de la salle du trône de son ennemie.

Mon regard alla du sourire railleur et confiant de la Dame des Ronces au visage de marbre de ma grand-mère. Elle ne pouvait que rejeter cette offre. Je n'imaginais pas un instant qu'elle puisse considérer une proposition aussi insultante. Mais le silence s'étira, mettant mes nerfs à dure épreuve.

À côté de moi, Bree fixait sur la Dame des Ronces des yeux meurtriers, les poings levés à demi. Roland affichait un visage impassible, mais le bruit à peine perceptible d'un grincement de dents parvint à mes oreilles.

— Comment osez-vous, déclara la reine d'une voix à la douceur mortelle. Comment osez-vous vous présenter devant moi et menacer ma famille, dans mon propre château ?

— Dois-je comprendre que vous rejetez mon offre ? demanda la Dame des Ronces, avec l'air boudeur de celle qui commence à s'ennuyer.

— Votre offre n'est même pas digne que je crache dessus. (La reine s'avança d'un pas, jusqu'au bord de l'estrade.) Le Callamorne ne vous craint pas. Nous avons repoussé les assauts du Vaskandar durant des siècles, et par la force de nos bras et la volonté des Grâces, nous continuerons à le faire.

Des acclamations éparses se firent entendre, pendant que Bree marmonnait :

— Ça, c'est sûr.

— Êtes-vous bien certaine de votre réponse ?

La voix de la Dame des Ronces avait pris une intonation aussi froide et tranchante qu'une lame sur la gorge.

— Je n'ai rien d'autre à vous dire, rétorqua ma grand-mère.

— Qu'il en soit ainsi.

Sa main tendue retomba avec l'irréversibilité d'une hache de bourreau.

Tous les gardes dans la salle pointèrent leurs mousquets et leurs piques vers elle, mais elle tourna simplement les talons dans une envolée de velours vert et commença à s'éloigner d'un pas alerte qui fit danser ses trois tresses blondes.

Puis elle s'arrêta et leva une main, comme sous le coup d'une réflexion de dernière minute, ou comme si elle attendait qu'un valet l'aide à monter dans un carrosse.

— Il est malheureux que nous n'ayons pu régler cela pacifiquement, dit-elle de sa voix doucereuse. Mais enfin, je n'étais pas vraiment venue pour cela.

Quelques petits grains noirs s'échappèrent de ses doigts pour tomber sur le sol.

— Damnation, murmura ma grand-mère, alors que la couleur désertait son visage.

Des graines. Par l'enfer de la Calamité, c'étaient des graines.

La Dame des Ronces reprit sa marche. Derrière elle, des vrilles vert-noir jaillirent du sol en un écheveau de ronces qui se déroulèrent à une vitesse terrifiante. Les dalles se disjoignirent sous la force des racines du roncier qui s'ancraient dans le sol, et des sarments couverts d'épines s'avancèrent avidement vers l'estrade où nous nous trouvions.

Je me reculai précipitamment avec un petit cri en portant instinctivement la main à mon médaillon ardent. Les gardes bondirent en avant pour frapper de leurs piques le buisson qui continuait à croître à une vitesse impossible. Ma grand-mère tira son épée et trancha avec l'aisance de l'expérience les premiers sarments qui atteignirent l'estrade.

— Zaira ? l'appelai-je d'un ton interrogateur.

Elle secoua la tête avec contrariété.

— Avec ces branches qui s'agitent dans tous les sens, je risque d'embraser la salle entière et tous ceux qui s'y trouvent.

La peur et la colère m'emplirent d'une énergie désespérée qui réclamait d'agir, mais il n'était rien que je puisse faire. Mon médaillon ardent se révélait sans utilité contre un ennemi dépourvu d'yeux, et je n'étais pas assez compétente avec une arme pour aider à combattre l'enchevêtrement de ronces noires qui continuait d'enfler.

Bree et Roland s'étaient joints à la mêlée, et je vis plus loin dans la salle Lienne et Marcello qui avaient reculé dans un coin avec Terika et Istrella pour les protéger. Istrella avait le doigt pointé vers les sceaux runiques qui entouraient les fenêtres du hall et criait quelque chose à l'intention de son frère, occupé à repousser de sa rapière les branches qui fouettaient l'air dans leur direction. La majeure partie de la prolifération épineuse s'orienta vers l'estrade en s'élevant au-dessus et autour de nous en une déferlante noire d'un millier de griffes ligneuses. Cela formait une masse énorme, horriblement contre nature, et tout dans mon âme rationnelle de raverraine se rebella contre cette vision d'épouvante.

Une vrille serpentine s'arqua au-dessus de la tête des gardes pour fendre l'air vers moi dans le sifflement de ses épines aussi grandes que des dagues. Je me recroquevillai en levant les bras dans un geste dérisoire pour protéger mon visage.

Kathe bondit sur l'estrade avec la légèreté d'un oiseau et tendit une main à la rencontre du sarment qui se précipitait sur moi, d'un geste aussi désinvolte que s'il voulait prendre un pot de confiture sur une étagère.

Il ne fallut qu'un simple frôlement de ses doigts. La branche se dessécha aussitôt en bois mort qui tomba à mes pieds.

Le cœur martelant douloureusement ma poitrine, je fixai d'un air incrédule la ronce flétrie puis relevai les yeux vers Kathe. Il haussa les épaules dans un frémissement de plumes.

— J'étais revenu vous prévenir que la Dame des Ronces avait pénétré dans le château, mais je constate que vous le savez déjà.

Ses mots se firent entendre dans un silence inattendu, alors qu'encore un instant auparavant la salle retentissait de cris, de bruits confus et du choc des armes. Derrière lui, le gigantesque buisson de ronces s'était soudain figé. Puis il se mit à frémir et, dans un vacarme de branches cassées, s'effondra d'un seul coup, alors que ses sarments avaient déjà envahi la moitié du grand hall.

La foule demeura un instant paralysée par la stupeur, dans un silence uniquement brisé par des halètements essoufflés. Puis, après quelques hésitations, des gardes frappèrent le buisson de leurs piques, pour vérifier qu'il restait bien inerte.

— L'avez-vous détruit ? demandai-je à Kathe d'une voix un peu chevrotante.

Je me rendis compte que j'avais agrippé la manche de Zaira et la lâchai.

— La Dame des Ronces a renoncé à le maintenir en vie. Elle a obtenu ce qu'elle désirait, dit-il d'un ton qui n'augurait rien de bon.

— Quoi donc, pisser au pied du trône de la reine ? grommela Zaira.

— Non, répondit Kathe en coulant un regard vers ma grand-mère qui essuyait la lame de son épée dans un pan de draperie.

Bree et Roland se tenaient auprès d'elle, le visage fermé. Le capitaine des gardes voulut examiner une petite entaille sur la joue de la reine, mais elle chassa sa main d'un geste irrité.

— Cette coupure… elle n'est pas empoisonnée, au moins ? demandai-je d'une voix inquiète, en me repassant déjà en esprit les différents antidotes alchimiques que je connaissais.

Kathe secoua la tête.

— Elle avait besoin de goûter au sang des Lochaver, un peu comme on donne une odeur à sentir à une meute. Maintenant que c'est fait, elle pourra dresser la moindre chose vivante de son domaine contre votre grand-mère et ses descendants.

La reine, qui avait entendu, nous rejoignit à grandes enjambées, Bree et Roland dans son sillage. Pendant ce temps, les autres Faucons et Fauconniers s'étaient hâtés de se rapprocher de l'estrade. Lienne avait encore sa rapière dégainée, tandis qu'Istrella secouait la tête d'un air atterré.

— Acceptez nos remerciements pour votre intervention, Seigneur Freux, déclara ma grand-mère d'un ton brusque qui me laissa penser qu'il lui en coûtait d'exprimer sa gratitude à un Haut Ensorceleur. À quoi devons-nous nous attendre ?

— Oh, à toute sorte de problèmes, j'imagine. Disons que j'éviterais de m'approcher de la frontière du Sevaeth si j'étais un Lochaver. Tout ce qui vit là-bas, des guêpes aux loups, essaiera de vous tuer.

— Mais je dois y aller, m'exclamai-je.

Le cercle artificé que j'avais reçu mission d'examiner se trouvait sur la frontière du Kazerath, mais à proximité de son intersection avec le Sevaeth.

— La sécurité des voyageurs est garantie sur les routes par les accords entre Hauts Ensorceleurs, afin que nul ne puisse empêcher les principautés intérieures de commercer. Vous devriez encore pouvoir les emprunter sans risque, réfléchit Kathe à haute voix. Mais je doute que vous soyez prête à parier votre vie là-dessus. Donc, si vous venez en visite à Let, je vous conseillerais plutôt de vous résoudre à un long détour.

— Comment a-t-elle pénétré dans le château ? demanda ma grand-mère au capitaine de sa garde. Les sceaux de protection ont été spécifiquement modifiés pour la repousser. Quelqu'un l'aurait-il laissée simplement entrer par les portes principales ?

— Oh, à ce propos, intervint Istrella en agitant la main comme si elle voulait attirer l'attention de la reine depuis l'autre bout de la salle, alors qu'elle se trouvait au bord de l'estrade en compagnie de Marcello. J'étais justement en train de parler à Lienne des sceaux de protection, avant que tout tourne à la panique. Celui qui les a conçus a manifestement manqué la leçon où le maître façonnier expliquait comment remplir les vides dans leurs motifs à l'aide de dessins secondaires ou de runes de comblement.

Istrella affichait la même moue de dégoût que si le façonnier anonyme avait laissé traîner ses chaussettes sales sur un buisson du jardin.

Tout le monde la regarda avec différents degrés d'incompréhension, mais mon cœur se serra.

— Quelqu'un a trafiqué les sceaux de protection, traduisis-je pour les autres. Il a ajouté des runes ou altéré leurs motifs pour en modifier les effets.

La reine se tourna vers ses gardes.

— Vérifiez les sceaux runiques sur chaque porte et chaque fenêtre du château. Trouvez lesquels sont défectueux.

— Istrella, pourrais-tu les aider ? demanda Marcello.

— Cela vaudrait mieux, dit-elle, ses fins sourcils froncés par la détermination. Sinon, ils ne trouveront jamais. Viens avec moi.

Elle tira son frère par la main et s'éloigna tandis qu'un groupe de gardes lui emboîtait le pas. D'autres s'étaient déjà dispersés pour sécuriser les différentes portes du grand hall, et l'on pouvait entendre l'agitation qui régnait un peu partout dans le château.

Bree et Roland encadraient leur grand-mère dans une attitude protectrice. Bree donna un coup de pied dans les restes desséchés d'un sarment de ronce.

— Et maintenant, que faisons-nous ? demanda Roland en regardant l'énorme buisson touffu. Nous ne pouvons pas nous laisser intimider !

— Roland, dit ma grand-mère d'un ton sec de commandement. Prends la garde royale avec toi et assure-toi qu'aucune menace ne pèse sur le château.

Roland lui adressa un bref hochement de tête.

— Tout de suite, Votre Majesté !

— Brisintain. (La reine se tourna vers Bree.) Va rassurer les gens. Étouffe les rumeurs et veille à ce que la vérité soit connue de tous. Montre-leur que nous n'avons que du dédain pour cette attaque misérable.

— Je peux faire mieux que ça, répondit Bree avec un sourire farouche. Je vais leur donner l'envie de contre-attaquer.

— Bien. (Ma grand-mère se tourna vers moi et je retins mon souffle, attendant de savoir quelle tâche elle allait me confier. Mais elle se contenta de nous saluer, Kathe, Zaira et moi, d'un bref signe de tête.) Si vous voulez bien m'excuser. De nombreuses choses réclament mon attention.

Il s'ensuivit un moment d'intense agitation, alors que tous trois s'éloignaient pour prendre la tête de différents groupes de gens. Je les observai avec un étrange sentiment de solitude.

— Bien ! s'exclama Kathe en frappant dans ses mains. Il semble que vous ayez la situation sous contrôle. Je ferais mieux de rentrer à Let avant que ma Garde de Cœur n'assèche toute la bière de mes celliers.

— Un instant. (Je n'avais pas l'intention de le laisser s'en sortir aussi facilement. Il nous avait aidés et je lui en étais reconnaissante, mais il gardait derrière son sourire charmeur bien trop d'informations cruciales.) Vous saviez qu'elle allait venir, n'est-ce pas ?

— Bien sûr. Vous l'avez rencontrée vous-même sur la route, pas plus tard qu'hier.

Il recula d'un pas, comme s'il s'apprêtait à tourner les talons et à partir, mais je m'interposai pour l'empêcher de quitter l'estrade.

— Êtes-vous venu dans le but de l'arrêter ? demandai-je. Est-ce la raison pour laquelle vous vous êtes invité à ce bal ?

Kathe haussa les épaules.

— Qui peut dire pour quelle raison j'agis ?

— Mais vous ! (Je fis un pas vers lui, propulsée par ma frustration. Je relevai la tête pour le foudroyer du regard ; nous n'étions plus séparés que de la paume d'une main, et je sentais son souffle dans les boucles de mes cheveux.) Pourquoi la Dame des Ronces souhaite-t-elle la mort de ma famille ? Et en quoi tout cela concerne-t-il sa fille ?

— Excellente question. (Il soutint mon regard, et sa voix se fit douce et sérieuse.) Trouvez la réponse à l'énigme que je vous ai posée sur votre balcon, et vous aurez également la réponse à ces questions-là. Mais je vous dirai toutefois quelque chose de plus : la fille de la Dame des Ronces se meurt.

— Elle se meurt ? (Je pouvais presque discerner la vérité dans ses yeux cerclés de jaune.) Quelle en est la cause ?

— Celle-là même qui tue tout un chacun, tôt ou tard, dit Kathe avec un sourire.

— Seriez-vous incapable de répondre simplement à une question ?

Il éclata de rire.

— Cela ne serait pas drôle, voyons ! Mais vous touchez à des mystères profonds et des secrets anciens, aussi vieux que les montagnes et rouges de sang versé. Je ne doute pas que votre Empire dissimule pareillement certaines vérités que vous ne seriez pas prête à donner aussi facilement qu'on offre un mouchoir, même à un ami qui vous le demande gentiment. (Il s'inclina profondément.) À présent, si vous voulez bien m'excuser, j'aimerais aller m'assurer que la Dame des Ronces est réellement partie. Je doute qu'elle tente d'attaquer l'un de vous dans cette salle remplie de gardes, mais dans un couloir désert du château, ce serait une autre affaire.

Il prit ma main pour y déposer un baiser aussi doux qu'une plume, effleurant à peine ma peau de ses lèvres chaudes. Tous les nerfs de ma main crépitèrent comme des luminaires au crépuscule. Troublée, je parvins tout de même à le saluer d'une courte révérence.

Et voilà qu'il était parti. Ma main picotait encore du contact de ses lèvres, mon cœur battait follement, et mes pensées tourbillonnaient ainsi que les feuilles d'automne soulevées par le vent.

Chapitre 15

Ce même soir, alors que je me préparais à me mettre au lit, une lueur rouge tremblotante se répandit dans ma chambre à travers les rideaux. J'allai à la fenêtre et vis la cour en contrebas éclairée par la lumière rougeoyante d'un grand feu, mais une tour en saillie me dissimulait le brasier. Une odeur de fumée vint me chatouiller les narines, et des éclats de voix se faisaient entendre dans la cour, mais qui ne véhiculaient ni urgence ni inquiétude.

J'hésitai un instant, puis sortis de mes appartements pour rejoindre le balcon au bout du couloir, d'où j'espérais avoir une meilleure vue. Je traversai le corridor décoré de tapisseries à pas de velours, les pieds uniquement chaussés de mes bas, en passant entre les luminaires dans leurs appliques qui émettaient une douce lueur dorée. Au bout du couloir, la lumière tamisée était remplacée par l'éclat rougeoyant qui pénétrait par les portes du balcon, grandes ouvertes sur l'air froid de la nuit.

Une forme se tenait à la balustrade et regardait dans la cour. La lueur du brasier en contrebas la réduisait à une ombre profonde, mais j'aurais reconnu entre mille cette silhouette mince et cette crinière bouclée : Zaira.

Je m'avançai à côté d'elle pour observer la scène à nos pieds, qui semblait tout droit sortie d'une représentation des Neuf Enfers peinte par Movari. Des silhouettes se déplaçaient autour d'un immense feu dont la lumière mouvante faisait danser leurs ombres. Des écharpes leur couvraient le bas du visage, leur donnant une forme grotesque et inhumaine. Ces hommes jetaient dans le feu des brassées entières de ce qui ressemblait au premier abord à des ossements humains mêlés aux griffes et aux tentacules de quelque terrible monstre.

Mais l'odeur qui saturait l'air était celle de la fumée âcre du bois vert, pas de la chair calcinée. J'observai plus attentivement la masse enchevêtrée des tisons rougeoyants, et je compris qu'il ne s'agissait pas d'ossements, mais de branches. Ils étaient en train de brûler les restes de l'ignoble roncier.

— C'est un feu domestiqué, soupira Zaira. On dirait un chien bien dressé. Il ne reste rien du loup en lui.

Une étincelle orange se refléta dans ses yeux noirs, et je réprimai un frisson.

— Je ne suis pas bien sûre de l'efficacité de tout ça, avec un bois aussi vert. Vous pourriez sans nul doute faire ça bien plus vite.

— Ils s'amusent. Si tout n'est pas réduit en cendres au matin, je leur proposerai de leur montrer à quoi ressemble un véritable feu.

Nous restâmes silencieuses un moment, côte à côte, à contempler la danse incessante des flammes. Même si la brise emportait la majeure partie de la fumée dans la direction opposée, les yeux me piquaient tout de même. Zaira, quant à elle, ne semblait pas affectée.

— Vous gâchez toujours tout, me lança-t-elle finalement.

— Je vous demande pardon ?

— À cause de vous, je me mets à réfléchir à l'avenir, dit-elle en s'accoudant à la balustrade. Je sais pourtant qu'il ne faut pas, bon sang. Mais vous n'arrêtez pas de poser toutes ces questions à la noix, et je me retrouve à me triturer les méninges à la recherche de réponses, comme une idiote tenaillée par la faim qui sait qu'il n'y a rien d'autre que des crottes de souris dans le placard, mais qui ne peut pas s'empêcher de vérifier quand même.

— Il n'y a pas forcément que des crottes de souris, dis-je d'une voix aussi enjouée que possible, afin de ne pas révéler à quel point il me brisait le cœur de la voir penser que c'était là tout ce que la vie lui réservait.

— Ce serait si facile de fuir, murmura-t-elle. Tant que je ne perdrais pas mon feu, personne ne me retrouverait.

— Vous le pourriez, oui. (Je tentai de garder un ton neutre, pour masquer le vide que creusait en moi l'idée que Zaira puisse partir. Et tant pis pour ce que le seigneur Caulin ou le doge penseraient de cette conversation.) Si c'est vraiment ce que vous désirez.

— Je ne suis pas un de ces pauvres oiseaux dorlotés, qui a grandi aux Mues et qui revient toujours sur le gant pour la bonne viande qu'on lui donne. (Zaira secoua la tête.) Il n'est pas si difficile de se débarrasser de son Fauconnier quand on est en voyage à l'extérieur des Mues. La plupart des Faucons pourraient s'envoler au loin n'importe quand. Mais ils ne le feront jamais, et les fumiers qui tiennent leurs jets le savent parfaitement.

Le jet de Zaira refléta la lumière du feu dans la cour, et ses perles de cristal luisirent d'un éclat sanglant à son poignet.

— L'Empire compte là-dessus, admis-je d'une voix pesante. Il a appris depuis des siècles à faire des Mues un palais luxueux, et non une prison. Il doit pouvoir se fier à la magie des Faucons quand il la libère ; un Faucon récalcitrant perd son utilité. C'est pour cette raison que je pense pouvoir convaincre l'Assemblée de modifier la loi. Je le crois sincèrement. S'ils donnaient aux mages marqués le choix, je suis prête à parier que neuf sur dix choisiraient les Mues. Qui refuserait l'opulence, le confort et la sécurité ?

— Moi, répondit Zaira. C'est un nouvel enfer, celui de l'Ennui. Je ne pourrai jamais rester là-bas éternellement, et vous le savez.

En êtes-vous sincèrement convaincue ? aurais-je voulu lui demander. Que les Grâces me pardonnent, mais quelque part au fond de moi, j'imaginais un avenir où nous voyagerions ensemble dans tout Eruvia pour accomplir de grandes choses, où elle serait la seule amie qu'aucune nécessité politique ne pourrait m'enlever, puisque nous étions unies par la loi et la magie.

Mais ce n'était pas un avenir qu'elle était prête à m'offrir. Et ce n'était pas à moi de lui demander cela, et encore moins de le lui imposer. Quant à mon propre avenir, il se trouvait dans les salles du palais impérial, cloîtrée que je serais sous ses plafonds dorés en compagnie des vieilles âmes cyniques qui gouvernaient l'Empire Sérénissime. Tous les autres rêves que je pouvais caresser devaient céder face à la toute-puissance de ce destin-là.

— Je suppose que non, soupirai-je. Alors, où comptez-vous aller ?

Zaira se pencha sur la balustrade et posa le menton sur ses bras croisés, les yeux fixés sur le feu dans la cour. Une nouvelle brassée de ronces ensorcelées fut jetée dans les flammes et un nuage d'étincelles s'éleva en sifflant dans la noirceur veloutée de la nuit.

— Je n'en sais rien, répondit-elle. Quand j'étais aux Suifs, je ne pensais qu'à la façon de m'en sortir au jour le jour. Aujourd'hui je peux voir plus loin, réfléchir à tout un tas de futurs possibles, et ils sont tous merdiques.

— Et que comptez-vous faire pour y remédier ?

C'était la question que me posait ma mère, d'un ton implacable, chaque fois que je me plaignais de quelque chose.

— Arrêter de penser à l'avenir, bien sûr. (Zaira s'étira, et tourna le dos à la nuit et au feu.) Votre cousine Bree nous a invitées, Terika et moi, à aller boire un verre quand nous reviendrons de notre expédition pour examiner ce fichu cercle runique. Il faudra que vous veniez vous soûler avec moi, vous aussi. Vous êtes ma Fauconnière, après tout.

— Je préfère éviter d'abuser de la boisson, dis-je d'un ton alarmé. Et je ne suis pas certaine qu'il serait convenable que je visite certains des… euh, établissements préférés de Bree.

Zaira sourit d'un air canaille.

— Vous êtes une savante. Ce serait une expérience.

Elle me tapota l'épaule et rentra dans la douce lumière dorée du château.

Le lendemain matin, nous partîmes en direction des Pics Sorciers. Notre escorte raverraine au complet nous accompagnait, ainsi qu'une centaine de soldats callamorniens. Cette troupe diminuerait au fur et à mesure du voyage, car elle était destinée à renforcer les effectifs des forteresses le long du chemin, mais je me sentis un peu ridicule au début, à me retrouver entourée d'une petite armée, avec tout le bruit et l'agitation que pouvaient produire plus de cent cavaliers, dont les chevaux rejetaient dans l'air froid de l'automne des nuages de vapeur dignes du souffle d'un dragon. Mais ce sentiment se dissipa rapidement quand nous dépassâmes les colonnes d'infanterie et les files de chariots d'approvisionnement qui encombraient la route. Notre troupe n'avait rien d'un spectacle inhabituel dans un pays qui se préparait à la guerre.

Bree avait convaincu la reine de lui permettre de nous accompagner jusqu'à Hautegarde, la dernière forteresse avant la frontière. Quand Roland vint nous saluer au moment du départ, je surpris le regard envieux qu'il lança vers le groupe d'enfants du château agglutinés autour de Bree montée sur sa jument grise pommelée, qui lui offraient de petits bouquets de fleurs, les yeux brillants d'admiration.

— Demande à grand-mère d'y aller, la prochaine fois, le pressai-je. Bree ne nous accompagne que parce qu'elle a insisté auprès d'elle. Si tu ne lui demandes jamais, elle ne t'enverra nulle part.

Roland soupira.

— Quelque part, je me sens puéril de vouloir à ce point aller sur la frontière. Je sais que j'ai d'importants devoirs ici. Mais j'aimerais au moins voir de mes propres yeux ce à quoi nous sommes confrontés.

— Si tu lui présentes les choses de cette façon, je suis certaine qu'elle ne refusera pas. Surtout si tu ne demandes pas d'aller au combat ou de t'aventurer de l'autre côté de la frontière, mais juste de faire le tour des places fortes qui protègent le Callamorne.

— Oui, j'y penserai. (Une partie de la tension qui lui crispait le visage sembla s'apaiser.) Je te remercie, Amalia. Et que la Grâce de la Fortune vous accompagne dans votre voyage.

À présent, tandis que Bree et Marcello chevauchaient auprès du carrosse, qu'Istrella était plongée dans un nouveau projet d'Artifice et que les autres échangeaient des ragots trop grivois à mon goût, je me replongeai dans mes livres pour m'occuper d'une affaire que j'avais délaissée dans le chaos provoqué par la visite de la Dame des Ronces : le défi de Kathe. J'avais besoin de cette invitation au Conclave – l'Empire en avait besoin – et puis il s'agissait déjà en soi d'une fascinante interrogation : pourquoi la vivomancie des Hauts Ensorceleurs était-elle plus puissante que les autres ?

Normalement, un vivomancien devait toucher une chose pour utiliser son pouvoir sur elle, encore qu'avec les animaux un contact visuel suffisait parfois. Mais mes livres sur la guerre de Trois Ans rapportaient de nombreux cas où un Haut Ensorceleur avait contrôlé des plantes ou des animaux à plusieurs lieues de distance. Toutes les sources s'accordaient à dire que seuls les Hauts Ensorceleurs étaient capables de s'affranchir de la nécessité d'un contact, du moins quand il s'agissait des végétaux et des créatures de leur propre domaine, mais aucune n'avançait d'explication crédible à cela.

Je repensai à la comptine que Kathe m'avait fredonnée : « *En os, dix flèches altières/ Un royaume qui entoure…* » Mes ouvrages sur le Vaskandar faisaient mention des bornes qui marquaient la frontière entre les différents domaines des Hauts Ensorceleurs. Peut-être formaient-elles une sorte de cercle vivomantique qui amplifiait leurs pouvoirs en usant des mêmes principes de canalisation de l'énergie magique à l'œuvre dans l'Artifice ? Il faudrait que je jette un œil à l'une de ces bornes quand nous arriverions près de la frontière.

Nous grimpâmes les avant-monts des Pics Sorciers par une route en lacets qui serpentait au milieu d'une forêt aux conifères majestueux. Le vent charriait une odeur de neige depuis les montagnes qui se dressaient dans le lointain. Je portais ma veste de velours la plus chaude, qui était doublée de fourrure, et des gants de cuir souple, mais je frissonnais pourtant dans le carrosse, le nez gelé, jusqu'à ce que Bree me donne un châle de grosse laine dont j'enveloppai ma tête et mes épaules. Zaira se moqua de moi en disant que je ressemblais à une grand-mère, mais au moins avais-je chaud.

À mesure que nous gagnions en altitude, les arbres se firent plus modestes, et les résineux omniprésents laissèrent çà et là place à de larges prairies ouvertes qui ne tarderaient pas à se transformer en champs de neige. Nous commençâmes à entrapercevoir au loin la cime du mont Chenu. Il élevait au-dessus des autres montagnes son sommet couvert d'un glacier qui semblait flotter dans le ciel brumeux et lointain, tel un palais de nuages édifié par la Grâce de la Beauté. Il était difficile de croire que ce panorama serein, blanc et majestueux, pouvait recéler dans ses entrailles un feu cataclysmique, prêt à répandre la destruction et la mort sur nous tous.

Le deuxième jour, en fin de matinée, nous parvînmes à un carrefour où notre chemin se séparait temporairement de celui de Marcello et Istrella. Cette dernière devait faire étape à une forteresse frontalière qui protégeait un col ouvrant sur une importante vallée fluviale, afin de renforcer ses défenses magiques, ce qui semblait la plonger dans un état d'enthousiasme quelque peu déconcertant.

— J'ai eu une idée tout à fait charmante pour une catapulte, dit Istrella en serrant rêveusement une paire de pinces contre sa poitrine, alors que nous nous faisions nos adieux. (Ses lunettes artificées étaient déjà sur son nez, agrandissant ses yeux derrière leurs verres cerclés de runes.) Je pourrais concevoir une catapulte qui lancerait des seaux de brume magique dans la vallée, laquelle se répandrait de façon à gorger d'humidité les réserves de poudre à canon.

— On commencera par les protections ; pour les armes, on verra plus tard, suggéra Marcello d'un air inquiet. De plus, ta brume risquerait d'affecter aussi nos troupes.

Mais Istrella se contenta de soupirer de bonheur, les yeux dans le vague.

— Quoi qu'il en soit, bonne chance dans toutes vos entreprises, dis-je en riant.

— À vous aussi ! Et ne vous faites pas manger par les loups ! (Istrella se tourna vers Bree.) Et n'oubliez pas de réparer les sceaux de protection de votre château ! Demandez à un Faucon de la garnison de Durantain d'y jeter un coup d'œil. Il comprendra de quoi je vous ai parlé.

Je tirai Marcello un peu à l'écart du carrefour pour lui dire au revoir. Sur la crête derrière lui, des branches grises dépouillées de leurs feuilles écrivaient sur le ciel dans le langage des arbres. La brise qui soufflait sur l'herbe de la prairie sentait le gel et faisait danser quelques boucles noires devant les doux yeux verts de Marcello. Une corneille qui planait dans le vent passa au-dessus de nous avec un croassement.

Que pouvais-je lui dire ? Je n'avais pas de mots pour le territoire compliqué qui s'étendait entre nous ; je ne savais comment m'y aventurer, même pour formuler un simple au revoir. Les secondes s'égrenèrent, et je restai là, à le regarder comme une idiote.

Au début, Marcello afficha l'appréhension d'un élève à qui le professeur a demandé à parler après la classe. Puis ses épaules se détendirent, et sa bouche trembla d'un sourire contenu.

— Arrêtez de sourire ! m'irritai-je, mais je sentis les coins de ma bouche se relever à leur tour.

— Qu'y a-t-il de mal à se quitter sur un sourire ? demanda-t-il.

Sa main frémit et je crus un instant qu'il allait la lever vers mon visage, mais il la glissa finalement dans la poche de sa veste.

— Rien, j'imagine. Mais vous allez me manquer. Cela me manquera de parler avec vous de tous nos graves problèmes, et d'arriver ensemble à trouver des solutions intelligentes.

Son regard glissa vers le carrosse qui m'attendait, entouré de son escorte de cavaliers.

— Eh bien, nous avons encore quelques minutes. Cela suffira pour évoquer la menace d'une invasion, la présence d'un traître parmi nous, un volcan, et une Haute Ensorceleuse aux pulsions meurtrières. Alors, comment comptez-vous arranger tout ça cette fois-ci ?

— De la même manière que la dernière fois : en me reposant sur les prouesses de mes excellents amis.

— Il faudra que vous me les présentiez un jour. Ils ont l'air des plus capables, décidément. (Le sourire de Marcello disparut alors, et son visage redevint grave.) Je ne vais pas vous demander d'être prudente, car vous ne m'écouterez pas. Mais tenez. Prenez ceci.

Sous le coup d'une inspiration soudaine, il arracha un bouton doré de son uniforme et me le tendit. Le bouton était gravé d'un faucon en plein vol.

— Pourquoi abîmer votre uniforme ?

Le fil du bouton arraché traînait sur sa manche, et je résistai à l'envie de l'ôter.

— Je peux recoudre un autre bouton. Prenez celui-ci avec vous, et quand vous envisagerez de commettre quelque imprudence, je veux que vous serriez ce bouton et que vous vous demandiez ce que j'en penserais. (Un petit sourire en coin éclaira son visage.) Puis vous pourrez dire au bouton de se taire et n'en faire qu'à votre tête, mais au moins vous penserez un peu à moi.

J'acceptai le bouton en riant. Le métal irradiait encore la chaleur de sa paume.

— Nous nous retrouverons dans quelques jours à peine, vous savez, quand vous nous rejoindrez à Hautegarde. Je ne pars pas en expédition sur l'océan Boréal.

— Vous me manquerez quand même.

Vint alors ce moment où, si je n'étais pas l'héritière des Cornaro, nous aurions pu nous embrasser. Je sentis cet instant nous environner : un bref répit du vent comme une bénédiction des Grâces, le soleil qui faisait luire notre peau, un silence paisible qui nous enveloppait.

Il le sentit lui aussi. Une étincelle s'alluma dans ses yeux, et j'eus le sentiment que l'espace qui nous séparait n'avait plus aucune consistance. Une compréhension mutuelle nous unit, aussi vraie et douce qu'une étreinte.

— Je dois y aller, dis-je en rangeant son bouton dans une poche de ma sacoche, avec mes bouteilles d'élixir et mes outils d'Artifice, et tout ce que je voulais garder près de moi en cas de problème.

— Je sais. Nous nous reverrons bientôt.

Je m'éloignai, mais ce sentiment d'être reliée à Marcello perdura, comme si j'avais laissé une partie de moi-même avec lui, sur cette prairie froide et baignée de soleil.

À mesure que nous grimpions les montagnes en direction de Hautegarde, une place forte coupée du monde qui gardait un sentier permettant de traverser les Pics Sorciers et qui serait notre dernière halte avant d'aller examiner ce cercle d'Artifice suspect, notre progression devint lente et laborieuse. Je doutais que notre coche puisse franchir les lacets de la route, mais Bree m'assura qu'elle avait déjà vu des attelages monter jusqu'à Hautegarde sans encombre. Mais nous étions tellement secouées sur la piste cahoteuse que j'eus l'impression que mes os allaient se briser.

Terika, qui était d'humeur enjouée, passa une grande partie de l'après-midi à raconter à Zaira des histoires sur sa grand-mère, qui vivait dans un village sur la route de Hautegarde.

— J'ai hâte que tu la rencontres, se réjouit Terika avec un grand sourire, alors que cette perspective semblait mettre Zaira mal à l'aise. Baba aime les gens qui disent ce qu'ils pensent. Elle va t'adorer. Juste, ne la laisse pas se lancer dans l'histoire de cette fois où elle a assommé un mousquetaire vaskandrien avec un maillet.

Zaira se tourna vers moi.

— Je ne sais pas si Son Altesse pourra se permettre une étape dans son programme si chargé.

— J'en serais heureuse, au contraire.

Zaira me lança un regard noir qui disait : *« Mais qu'est-ce que je vous ai fait ? »*, auquel je répondis par mon plus beau sourire. Même si je n'avais pas l'intention de me mêler de leur relation, je n'avais pas non plus envie d'aider Zaira à fuir ce qui pouvait être la meilleure chose qui lui soit jamais arrivée.

Terika posa un doigt sur ses lèvres en adoptant une expression pensive qui dissimulait mal la malice sous-jacente.

— Ma baba sera sans doute troublée si je lui amène sans prévenir quelqu'un de la haute noblesse. Dame Amalia pourrait peut-être nous laisser aller la saluer toutes les deux ?

— Je ne veux pas rencontrer ta grand-mère, grommela Zaira.

— Pourquoi ça ?

La douceur dans la voix de Terika avait quelque chose de dangereusement tranchant.

— Parce que si tu fais toute une histoire pour nous présenter, elle risque de se mettre des idées stupides en tête et de croire que nous songeons à nous marier.

Terika sourit d'un air machiavélique.

— Tu préfères qu'elle croie que tu abuses de ma vertu de pucelle ?

— Je ne peux pas gagner avec toi, c'est ça ? pesta Zaira.

— Non, tu ne peux pas, répondit Terika en ébouriffant les cheveux de Zaira, qui supporta son geste d'un air faussement renfrogné.

Lienne croisa mon regard, les joues rebondies par l'amusement. Je lui souris à mon tour, avec une pointe de culpabilité d'avoir pensé qu'elle pouvait être une félonne. Comment le pourrait-elle, alors qu'elle rayonnait d'affection pour ces deux Faucons dont les noms se trouvaient sur la liste de la Dame des Ronces ?

— Oh, et en parlant de ne pas pouvoir échapper à son sort. (Zaira mit la main dans la poche de sa jupe et en sortit le médaillon ardent aux morceaux d'obsidienne qu'Istrella lui avait donné.) Puisqu'on file tout droit vers le danger, prends donc ça. Il te faut un moyen de te protéger.

Elle jeta d'un geste désinvolte le collier sur les genoux de Terika.

Celle-ci récupéra le collier d'un air joyeux et le passa à son cou.

— Merci beaucoup, Zaira. Il va falloir à mon tour que je t'offre quelque chose.

— Ce n'est pas un cadeau, c'est une arme, rétorqua Zaira avec une certaine exaspération.

— Les armes peuvent faire de très bons cadeaux, intervint Lienne en tapotant avec affection la poignée de sa rapière. Cette épée m'a été offerte par ma sœur. Elle sait comment me faire plaisir.

— Tout va bien, Zaira, dit Terika en posant la main sur son genou. Je sais que tu n'as pas une once de romantisme en toi. Je ne me fais pas d'idées, et ma grand-mère ne s'en fera pas non plus.

Le village était niché sur la rive d'un lac au creux d'une vallée suspendue, pittoresque avec ses toits en ardoise, ses étables peintes en rouge et son petit temple aux Grâces au centre du hameau. Un troupeau de chèvres était dispersé autour de la bourgade et broutait parmi les rochers couverts de lichen, sur l'arrière-plan des pics dont les versants disparaissaient sous d'épaisses forêts. Au printemps, quand les prairies s'illuminaient de fleurs des champs, le paysage devait être absolument idyllique.

Pourtant, Terika fronça les sourcils en observant les lieux à la fenêtre du carrosse.

— Il n'y a pas de fumée aux cheminées.

— On va devoir remettre la visite alors, dit Zaira. Pas de rencontre avec grand-maman pour moi.

Terika l'ignora et posa la main sur le carreau.

— Je ne vois pas non plus la vieille Arghad sous son porche. Et Lorran ne laisse jamais ses chèvres sans surveillance. Quelque chose ne va pas.

Elle baissa la vitre du carrosse, sortit le buste tandis que Lienne lui saisissait la ceinture pour veiller à ce qu'elle ne tombe pas, et cria au cocher d'aller plus vite. Intriguée, j'observai plus attentivement le village, qui semblait effectivement étrangement désert.

— Ils sont peut-être tous morts, et du coup je n'aurai pas à rencontrer sa vieille bique de grand-mère, me glissa Zaira à voix basse.

Mais Terika rentra la tête dans le compartiment juste à ce moment. Son visage devint pâle comme un linge, ce qui fit ressortir ses taches de rousseur.

— Qu'est-ce que tu as dit ? demanda-t-elle sèchement.

Zaira grimaça. Je pressai mon pied contre le sien pour l'inciter à s'excuser, mais elle croisa les bras d'un air buté.

— Tu m'as entendue.

Terika la dévisagea en pinçant les lèvres, puis se pencha de nouveau à la fenêtre pour crier :

— Cocher ! Arrêtez le carrosse ! Je descends.

— Ne fais pas l'idiote, lui lança Zaira.

Terika pivota vivement et pointa l'index contre la poitrine de Zaira. La marque des mages brilla farouchement dans ses yeux qui luisaient d'émotion, mais sa voix resta calme.

— Je tolère beaucoup de choses de ta part, mais je t'interdis d'insulter ma grand-mère.

Les roues de la voiture grincèrent et s'arrêtèrent. Terika passa devant Zaira et descendit du compartiment sans attendre que le cocher déploie le marchepied. Lienne adressa un regard de reproche à Zaira et suivit son Faucon dehors.

Quelques instants plus tard, elles étaient en selle, et le carrosse se remit en route. Il n'y avait plus que moi sur une des banquettes, Zaira sur celle d'en face, et le silence entre nous.

Je ne restai pas longtemps à ronger mon frein.

— Allez la retrouver pour vous excuser.

— Elle sait bien que c'est ma façon de parler et que ça ne signifie rien, rétorqua Zaira d'un ton revêche. Si ça la défrise tant, c'est son problème.

— Pourquoi êtes-vous aussi cruelle envers Terika ? Je pensais que c'était la seule personne que vous… (Je m'interrompis. Zaira contemplait le jet à son poignet, évitant mon regard.) Vous l'avez fait exprès, compris-je soudain. Vous essayez de l'éloigner de vous.

— Et alors ? aboya Zaira en relevant la tête, les yeux brillants de colère. Les choses entre nous ne peuvent se terminer que de deux façons. Je la ferai tuer, ou je lui briserai le cœur. Je préfère la deuxième solution et qu'on en finisse maintenant.

— Vous avez raison, votre histoire avec elle n'a que deux issues possibles, dis-je sèchement. Que vous trouviez le bonheur avec une fille merveilleuse, ou que vous agissiez sottement et que vous vous rendiez toutes les deux malheureuses sans le moindre motif valable.

— Croyez ce que vous voulez, s'obstina Zaira en se carrant dans la banquette, les bras croisés. Je vous l'ai dit, j'ai réfléchi à ce qui nous attend. Que pensez-vous qu'il arrivera à Terika quand les ennemis de Raverra comprendront qu'elle est le point faible de la sorcière du feu ? Ou quand cela parviendra aux oreilles de ce vieux salopard de doge, parce que, au final, cela revient au même ?

Elle n'avait pas tort. Mais tel était le prix du pouvoir dans la Cité Sérénissime.

— Nous la protégerons ! (Je levai les bras de frustration.) Depuis que je suis née, je suis le point faible de ma mère, et tout va bien !

Zaira me dévisagea d'un air incrédule.

— Cela fait à peine quelques mois que je vous connais, et vous avez déjà manqué d'être tuée ou kidnappée une bonne demi-douzaine de fois. D'ailleurs, vous n'êtes encore en vie que grâce à l'élixir que vous devez prendre tous les jours. Et vous trouvez que tout va *bien* ?

Avant que je puisse répondre, le carrosse s'immobilisa brusquement avec une secousse, et Zaira dut se retenir au bord de la fenêtre pour éviter de me tomber dessus, tandis que je me cognais le coude contre la banquette.

Nous échangeâmes un regard étonné, puis d'un même mouvement nous sortîmes la tête à l'une et l'autre fenêtre pour voir ce qui se passait. Mon cœur tressauta comme s'il était encore secoué par les cahots du carrosse.

La route traversait le village de Terika en une bande poudreuse le long de laquelle se serraient quelques maisons et une petite échoppe. Le reste des fermes étaient dispersées dans la vallée, leurs toits d'ardoises pareils à de grandes pierres grises couchées dans les pâturages. Un épais silence s'étendait sur le chemin, qui contrastait vivement avec le bruit qui émanait de notre troupe, fait des souffles et des piaffements de notre cinquantaine de chevaux, des cliquètements des harnais et du grincement des roues de la voiture.

Un froid glacial m'étreignit le ventre. Terika avait raison. Une troupe aussi importante que la nôtre arrivant dans un petit village aurait dû attirer l'attention de ses habitants. Des enfants devraient déjà courir à notre rencontre, et même le vieillard le moins curieux aurait au moins écarté le rideau de sa fenêtre pour jeter un coup d'œil au-dehors. Pourtant, ni mouvement ni bruit ne donnaient vie aux maisons de pierre.

À l'exception de la porte de la deuxième maison le long de la route, qui était grande ouverte et alla battre contre le mur une fois, puis une seconde fois, plus doucement, comme si quelqu'un venait juste de l'ouvrir.

L'instant s'étira plus longtemps qu'il n'en avait le droit. Lienne descendit la main vers la poignée de sa rapière et quelques soldats se saisirent nerveusement de leur mousquet en bandoulière.

Puis un homme sortit de la maison en titubant, avança de quelques pas hésitants vers nous, et s'effondra en avant dans la poussière du chemin.

Chapitre 16

Pendant une seconde figée, j'eus la pensée absurde que Zaira avait maudit le village par ses paroles, et que tout le monde était effectivement mort. Mais le dos de l'homme couché par terre se souleva et redescendit, animé par une respiration rauque et laborieuse.

Terika glissa hors de selle et se précipita auprès de lui. Lienne dégaina son pistolet et couvrit les arrières de son Faucon en scrutant chaque porte et chaque fenêtre, chaque tonneau et chaque rocher.

Bree s'adressa aux soldats callamorniens qui formaient la moitié de notre escorte :

— Ouvrez l'œil ! Braegan, prenez votre escouade et fouillez les maisons à la recherche d'autres villageois. Ne touchez à rien !

Je descendis du carrosse et me hâtai de rejoindre Terika, qui s'était agenouillée auprès de l'homme au sol. Il semblait avoir perdu connaissance ; sa peau était livide et moite. Terika souleva une de ses paupières, sentit son souffle, posa ses doigts légers sur ses poignets, sa gorge, son front.

— Est-il malade ? demandai-je, craignant soudain une épidémie.

Avant que Terika puisse répondre, des cris parvinrent des maisons où les soldats étaient entrés.

— Il y a une famille ici ! Ils sont en vie, mais ils ont l'air mal en point !

— J'ai trouvé un vieil homme ici... Euh, je crois qu'il est mort !

— Il y en a six ici ! Deux sont conscients, mais trop faibles pour bouger ! Ils réclament à boire !

Le poids de mon appréhension redoubla à chaque cri annonçant une découverte. L'instinct de fuir, de quitter cet endroit pour éviter la contagion, s'empara de moi, me hurlant de me sauver à toutes jambes.

Bree prit le commandement, chargea deux soldats formés aux rudiments de la médecine de guerre d'aller examiner les malades, en envoya d'autres fouiller les fermes isolées, et d'autres encore chercher de l'eau pour les villageois malades. Zaira était restée en arrière, une main pressée sur son nez et sa bouche, les yeux écarquillés par l'épouvante de quelqu'un qui avait déjà assisté à une épidémie de peste.

Mais je ne sentais pas l'odeur de la maladie. Il y avait dans l'air un parfum différent, d'une douceur incongrue. Quelque chose qui ressemblait... à la senteur des lilas.

— Terika ? demandai-je, d'une voix légèrement tremblante. Est-ce du poison ?

Terika se releva brusquement et cria :

— Que personne ne touche à l'eau !

Deux soldats occupés à remonter un seau du puits attenant à une des maisons se figèrent au milieu de leur geste. Puis ils relâchèrent la corde, qui siffla dans sa poulie avant le fracas du seau retombant dans l'eau.

— Un roncier mortifère, dit Terika d'une voix sombre. J'ai déjà vu ça. La Dame des Ronces l'envoie se répandre à travers les montagnes depuis le Sevaeth, et ses racines cherchent les sources d'eau potable pour y propager leur poison. Nous devons agir sans tarder, sinon tous les villageois vont mourir.

Zaira ôta la main de sa bouche et fit un pas vers Terika.

— Qu'est-ce que je peux...

Terika l'ignora et se tourna vers Bree.

— S'il vous plaît, demanda-t-elle, pourriez-vous envoyer quelqu'un voir chez ma grand-mère ? Elle vit dans la ferme en haut de cette colline, après le bosquet de sapins. J'ai besoin de savoir si elle va bien.

Bree hocha la tête et dépêcha immédiatement un soldat, avant de demander à Terika :

— J'ai déjà entendu parler du roncier mortifère. Existe-t-il un antidote ? Dites-nous ce que nous pouvons faire.

Terika ferma les yeux un instant en remuant les lèvres d'un air concentré.

C'était ici chez elle ; cette réalité s'insinua en moi avec la froideur déplaisante d'une eau boueuse. Avant qu'elle vienne vivre aux Mues, elle avait été élevée par sa grand-mère, et tous ces gens avaient été ses voisins, ses amis, sa famille, et elle était revenue régulièrement les voir. Et voilà qu'à présent elle devait se remémorer la composition d'un remède alchimique qu'elle avait sans doute apprise plusieurs années auparavant, et alors même que, pour autant que l'on sache, sa grand-mère était peut-être déjà morte.

Mais elle ne se répandit pas en pleurs et en cris, ni ne courut à la recherche des gens qu'elle aimait. Elle rouvrit les yeux et hocha la tête d'un air déterminé.

— Je peux confectionner l'antidote. J'ai presque tous les ingrédients nécessaires, et je sais où trouver ce qui me manque. Mais cela va prendre du temps de réunir ce qu'il faut et de le préparer.

Bree passa aussitôt à l'action en ordonnant aux soldats de ramener à Terika tout ce qu'elle leur demanderait. Une agitation efficace remplaça immédiatement la paralysie horrifiée qui nous avait tous frappés. Après une longue série d'ordres, Bree se tourna vers Zaira et moi.

— Pourriez-vous continuer pour rejoindre Hautegarde et les prévenir de ce qui s'est passé ici afin qu'ils nous envoient des secours ?

— Bien sûr, répondis-je.

Terika s'affairait déjà à descendre des sacs du carrosse en murmurant sa liste d'ingrédients. Un soldat vint l'aider à transporter ses affaires, tandis que Lienne intimait aux soldats raverrains de lui trouver une table solide, de l'eau pure, et des bougies.

Zaira fit mine d'avancer vers Terika, puis se détourna en grimaçant et remonta dans la voiture sans lui adresser un mot.

— Si vous n'avez pas l'intention de vous excuser, vous pourriez au moins lui dire au revoir, lui suggérai-je en grimpant à sa suite.

— Vous l'avez vue, non ? Elle est assez occupée pour le moment. (Zaira s'affala sur sa banquette.) Je reconnais que sur ce coup-là j'ai sauté des deux pieds dans un tas de fumier, mais je n'ai jamais fait les choses à moitié. Au moins maintenant, elle sait qu'elle sera mieux sans moi.

Puis le carrosse se mit en route, et il fut de toute façon trop tard pour dire quelque chose. Zaira observa par la fenêtre Terika qui entrait dans une maison, les bras chargés de fioles, suivie de soldats qui portaient son matériel d'alchimie.

— Ils sont entre de bonnes mains, murmurai-je.

— Ça, c'est sûr. Terika est la meilleure. (Zaira soupira, et posa les doigts sur la vitre d'un geste hésitant.) Je n'arrive pas à croire que tous ces gens sont vraiment en train de mourir. Sa vieille peau de grand-mère a intérêt à ne pas y rester.

Une nouvelle fois, le carrosse s'immobilisa de manière inattendue. J'échangeai un regard inquiet avec Zaira ; nous n'avions pas quitté le village depuis plus d'une heure, et n'étions même pas encore à mi-chemin de Hautegarde. Le sergent Andra tapa à la vitre de la portière et je me raidis. Si c'était elle la traîtresse, il pouvait s'agir d'un piège.

— Un messager callamornien, annonça-t-elle d'un ton sec.

Zaira et moi sortîmes du carrosse sans trop savoir à quoi nous attendre. Un vent vif et glacé balayait la crête sur laquelle nous progressions en direction de Hautegarde. Les versants boisés descendaient de part et d'autre en pente douce, et l'on pouvait apercevoir en contrebas les formes régulières des champs du village. Un sentier grimpait à flanc de montagne depuis le hameau et croisait notre route ; c'était sur ce petit chemin de terre qu'arrivait le messager en nous faisant de grands signes, une main plaquée sur le flanc, avec la démarche titubante d'un coureur qui est allé au-delà de ses forces.

Zaira poussa un juron.

— C'est un des gardes qui étaient restés avec Terika.

Nous avions divisé nos forces, les callamorniennes aussi bien que les raverraines, et laissé une vingtaine d'hommes pour protéger et aider Terika et Bree, tandis qu'une autre vingtaine nous escortait pour la fin du voyage jusqu'à Hautegarde, qui n'était plus qu'à quelques heures d'ici.

— Mais il n'est pas venu du village par la route, murmurai-je avec perplexité.

Les gardes de notre escorte se regroupèrent autour de nous et certains descendirent de cheval pour aller à la rencontre du messager. Celui-ci repoussa les mains qui se tendaient pour le soutenir et leva la tête pour crier d'une voix rauque :

— La princesse a besoin de renforts !

Les soldats callamorniens mirent aussitôt pied à terre et se saisirent de leurs armes et de leurs cornes à poudre.

— Qu'est-il arrivé ? demandai-je en me hâtant vers le messager, mais Zaira me passa devant avec brusquerie, manquant de me faire tomber.

— Terika va bien ?

Le soldat reprit péniblement son souffle. La sueur luisait à ses tempes malgré le froid. Un duvet fin surlignait sa lèvre supérieure ; il semblait à peine en âge de porter l'uniforme.

— La princesse Brisintain et l'alchimiste, Terika… (Il haleta, et un de ses camarades callamorniens lui fourra une gourde d'eau dans la main.) Elles ont pris une dizaine d'hommes pour aller chercher certains ingrédients en un lieu connu du Faucon. (Il désigna derrière lui une gorge qui s'ouvrait sur le versant est de la montagne que nous étions en train de gravir.) Là, juste le long de la frontière. Mais nous sommes tombés sur un raid de pillards vaskandriens. La princesse m'a donné l'ordre de vous intercepter pour vous demander de l'aide.

La honte faisait trembler la voix du garçon. Bree l'avait envoyé nous chercher pour l'épargner et il le savait.

Oh, par les Enfers. Bree. Elle était peut-être déjà morte, ainsi que Terika.

Le caporal Braegan et les soldats de son escouade s'étaient emparés de leurs mousquets.

— Les forces en présence ? demanda-t-il.

— Une dizaine de notre côté ; les autres sont restés au village, répondit le jeune homme d'une voix saccadée, les mains posées sur ses genoux tremblants, presque plié en deux. Les Vaskandriens doivent être… une vingtaine, dans ces eaux-là ?

Je balayai du regard les deux douzaines de soldats qui nous accompagnaient, en tentant de réfléchir calmement malgré l'angoisse qui m'étouffait. Hautegarde était juchée sur le versant ouest de la montagne, séparée du village et de la gorge qui le surplombait par la longue crête sur laquelle courait la route. Nous pouvions rejoindre Bree et Terika rapidement depuis l'endroit où nous nous trouvions. Plus loin, la route quittait la ligne de crête pour bifurquer à gauche à flanc de montagne. Aller chercher de l'aide à Hautegarde et revenir demanderait plusieurs heures. Nous étions leur seul espoir.

— Nous ne pouvons pas laisser dame Amalia et Zaira sans protection, décréta le sergent Andra d'un ton sans appel.

— Pas de souci, puisque je vais avec eux, rétorqua Zaira, avec dans le regard une lueur farouche qui défiait quiconque de la contredire. Ça devrait rétablir l'équilibre, et même un peu plus que ça.

— Assurément, opina Andra après un instant de réflexion. Dame Amalia ? Allons-nous porter secours à la princesse et à notre Faucon ? Il est probable que les Vaskandriens fuiront à la vue de renforts, s'ils sont encore là-bas.

Je n'hésitai pas une seconde.

— Bien sûr.

— Nous ne pourrons pas engager le carrosse sur ce sentier, par contre, dit Andra.

— Vous ne pourrez même pas prendre les chevaux, intervint le messager entre deux gorgées d'eau. Le chemin devient rapidement rocailleux. Il faut y aller à pied. Dépêchons-nous !

Je me tournai vers Andra. Si c'était elle le traître, je ne souhaitais pas l'avoir avec nous dans une situation aussi périlleuse.

— Amenez le carrosse à Hautegarde. Revenez avec des renforts, et un alchimiste pour assister Terika auprès des villageois.

Ou pour la remplacer au cas où elle aurait été blessée ou tuée, mais je ne voulais pas dire cela devant Zaira.

Le sergent Andra sembla sur le point de protester, mais elle se refréna et salua.

— À vos ordres, ma dame.

Je remontai dans le carrosse pour récupérer ma sacoche et glissai la main dedans alors que je rejoignais les autres, afin de m'assurer que mes fioles d'élixir de secours étaient bien là – de quoi tenir trois jours, un délai que ma mère et moi estimions suffisant pour trouver un alchimiste compétent dans n'importe quel recoin de l'Empire – quand mes doigts se refermèrent sur le métal froid du bouton de Marcello.

— Écoutez, murmurai-je. Deux douzaines de soldats nous accompagnent. Vous êtes rassuré ?

— À qui parlez-vous ? me demanda Zaira.

— À personne.

Même en pleine situation de crise, je n'avais aucune envie de risquer de subir ses railleries si elle découvrait que je parlais à un bouton.

Nous trottinâmes à la suite du jeune soldat sur le sentier étroit. Mon souffle formait de petits nuages de buée et je gardai les mains rentrées dans mes manches pour les protéger du froid ; je n'avais pas le temps de fouiller ma sacoche pour récupérer ma paire de gants de cuir.

La piste serpentait à flanc de montagne à travers des bosquets de conifères avant d'entamer l'ascension de la pente rocailleuse en direction de la gorge que nous avions aperçue depuis la crête. Mes bottes de ville glissaient sur les pierres et je m'écorchai plus d'une fois les mains en me rattrapant pour ne pas m'étaler de tout mon long. Zaira bondissait de rocher et rocher avec plus d'aisance, même si elle devait soulever sa jupe pour ne pas s'y prendre les pieds. La peur pour Bree et Terika me fouaillait les entrailles de ses griffes et me pressait d'accélérer le pas malgré mon inaptitude à ce genre d'exercice, mais j'accueillis tout de même avec un soupir de soulagement le moment où le sentier redevint plat.

Puis nous franchîmes un tournant et découvrîmes des cadavres en travers du chemin, gisant là où ils étaient tombés, parmi les racines et les cailloux.

— Grâce de la Miséricorde ! s'exclama Braegan. Surveillez les arbres !

Une partie des soldats pointèrent leurs mousquets vers les sous-bois de part et d'autre du sentier pour couvrir leurs camarades qui couraient examiner les corps.

Je hoquetai d'horreur en voyant qu'un des cadavres portait un uniforme écarlate.

Lienne.

Chapitre 17

— Où est Terika ?

La voix de Zaira avait des accents de fureur meurtrière. À voir l'expression de son visage, je fus soudain très soulagée qu'elle porte un jet à son poignet. Je pouvais presque deviner les flammes qui se contorsionnaient sous sa peau.

Nous nous rapprochâmes prudemment des corps, les canons des mousquets pointés dans toutes les directions. La plupart des cadavres arboraient le vert du Vaskandar, mais il y en avait également deux en uniforme bleu de Raverra, un en blanc du Callamorne et, bien sûr, Lienne. L'angoisse me saisit en la voyant ainsi, la main encore serrée sur la poignée de sa rapière ensanglantée, son pistolet tombé sur les pierres du chemin, non loin d'elle. Sa tresse s'était défaite et traînait au sol, poisseuse du sang qui avait jailli des blessures causées par les cinq ou six balles de mousquet qu'elle avait reçues dans le torse.

Le matin même, dans le carrosse, elle était si pleine de vie quand elle avait souri en regardant Zaira et Terika. Et voilà tout ce qu'il restait d'elle, une chose inerte et sanguinolente, abandonnée au milieu du sentier comme un vieux gant troué. J'avais eu des suspicions à son égard, mais elle était morte en défendant son Faucon. Que les Grâces accueillent son âme.

Un peu plus loin sur le chemin, hors de vue, un gémissement s'éleva.

Nous nous précipitâmes vers ce bruit, les mousquets épaulés, et passâmes devant d'autres cadavres de Vaskandriens.

L'appréhension de ce que nous allions découvrir alourdissait mes pas, me donnant l'impression d'avancer dans une boue froide et visqueuse.

La piste émergea bientôt de l'orée du bois pour rejoindre un col rocailleux entre deux pics imposants. Une rafale nous balaya le dos, emportant cheveux, capes et jupes en direction de la trouée rocheuse. L'autre extrémité de la gorge plongeait en un éboulis ancien aux lourds rochers rongés par le lichen, qui descendait à la rencontre de la lisière d'une forêt vénérable couvrant le flanc de la montagne de ses ombres vert sombre.

Une femme était couchée au milieu des rochers, son uniforme raverrain taché de sang, un mousquet posé en travers de son ventre. Elle était vivante, bien que trop faible pour lever son arme, mais ses yeux brillaient d'une lueur fiévreuse.

— Enfin vous voilà, hoqueta-t-elle. Vous avez mis le temps.

Le garçon qui nous avait guidés courut jusqu'à elle.

— Les Grâces soient louées, il y a quelqu'un de vivant ! Où est la princesse ? Que s'est-il passé ?

Zaira avança jusqu'à la femme blessée d'un pas qui résonnait de violence contenue.

— Parle, grogna-t-elle.

Les soldats qui nous accompagnaient montrèrent plus de cœur. Une Callamornienne d'une trentaine d'années, à la carrure imposante et aux cheveux châtains coiffés en natte, sortit de son sac des bandages ainsi que des baumes alchimiques pour s'occuper de ses blessures, tandis qu'un autre soldat lui offrait à boire.

La femme se désaltéra à petites gorgées reconnaissantes, tout en continuant à parler.

— Un groupe de Vaskandriens nous est tombé dessus. Ils ont repéré parmi nous l'uniforme de la Fauconnière et ont ciblé l'alchimiste.

— Où est-elle ? demanda Zaira.

— Je ne sais pas.

La blessée grimaça de douleur et prit une autre gorgée d'eau. Le soldat à la natte châtaine se mit à s'occuper de ses plaies.

— Ça se présente comment, Grita ? dit Braegan.

— Elle a de bonnes chances de s'en tirer, si vous me laissez faire mon boulot.

— Désolé.

Braegan s'écarta d'un pas pour lui ménager un peu d'espace, mais la blessée le retint par la manche.

— Hâtez-vous. Ils ne peuvent être bien loin. L'alchimiste a utilisé un objet artificé pour se protéger, mais l'effet a été trop puissant : il a assommé tout le monde autour, elle comprise. Je me trouvais à l'arrière-garde, et j'étais la seule d'entre nous suffisamment loin d'elle pour ne pas avoir été affectée.

Zaira blêmit. Il devait s'agir du médaillon ardent d'Istrella. Il aurait dû émettre une lumière aveuglante, pas plonger tous les soldats dans l'inconscience. Mon ventre se noua ; quelque chose avait mal tourné.

— Et la princesse Brisintain ? s'enquit Braegan.

— Ils se sont emparés de l'alchimiste, et ils étaient en train de se demander quoi faire de tous ces gens endormis quand j'ai abattu l'un d'eux. Ça les a incités à battre en retraite, mais ils ont riposté en partant, et voilà où j'en suis. (Elle ferma les yeux sous le coup de la douleur, puis les rouvrit.) Ensuite, les dormeurs ont commencé à reprendre connaissance. Quelques Vaskandriens d'abord, ceux les plus éloignés, mais j'ai fait semblant d'être morte et je les ai laissés filer. Puis la princesse et les autres se sont réveillés et se sont lancés à leur poursuite comme une meute de chiens enragés. Ils ont à peine dix minutes d'avance. Vous pourrez les rattraper si vous vous pressez.

Je la dévisageai avec des yeux écarquillés.

— Bree a foncé droit dans le Vaskandar ?

— Pour ramener l'alchimiste, oui. Elle pensait réussir à les rattraper juste après la frontière, avant qu'ils tombent sur des compatriotes, attendu qu'ils étaient blessés et transportaient une prisonnière.

Je me couvris le visage des mains. Par les Grâces, cela ressemblait tellement à Bree.

Des larmes me piquèrent les yeux, mais je les ravalai. *Plus tard.* Je ne pouvais pas m'effondrer. Quelqu'un devait reprendre le commandement et décider de ce que nous allions faire, et cette décision pouvait entraîner la mort de tous ceux qui se trouvaient ici, si jamais les choses tournaient mal.

Ce quelqu'un ne pouvait être que moi.

— Dame Amalia ? m'interpella un officier raverrain d'une voix hésitante.

Zaira se tenait au sommet de la passe, la chevelure agitée par le vent, et regardait la longue pente qui descendait jusqu'à se perdre sous les frondaisons des forêts du Vaskandar, avec l'air de vouloir réduire le pays entier en cendres.

Elle me jeta un regard par-dessus son épaule ; la colère donnait des lignes dures à son visage.

— Vous avez entendu ce qu'elle a dit. Nous pouvons les rattraper si nous partons à leur poursuite sans attendre. (Elle tapa du poing sur sa cuisse.) Mais si nous tergiversons, nous la perdrons. Regardez un peu en bas, et dites-moi si nous avons la moindre chance de la retrouver si nous laissons la piste se refroidir.

Je la rejoignis et embrassai du regard l'immensité de la forêt qui s'étendait au pied des montagnes. La minuscule ligne d'un sentier en lacets balafrait la pente sous l'éboulis et disparaissait dans les ombres profondes des bois.

J'étais l'héritière des Cornaro, la clef de voûte du traité qui liait le Callamorne à l'Empire Sérénissime, et la cheville ouvrière de notre alliance avec le Seigneur Freux de Let.

Et Zaira elle-même était encore plus vitale à la défense de l'Empire. Nous étions des pièces de trop grande valeur pour agir inconsidérément. Le doge m'avait ordonné de ne pas prendre de risques, et si ma mère avait été là, je ne doutais pas qu'elle m'aurait formellement interdit de traverser la frontière.

Mais Bree était une princesse du Callamorne. Elle aussi avait trop de valeur pour que l'on accepte de la perdre. De plus, les consignes militaires impériales imposaient de prendre toutes les mesures nécessaires pour éviter à tout prix la capture des Faucons. D'après ce que la blessée nous avait raconté, ils ne bénéficiaient que de quelques minutes d'avance. Nous n'aurions peut-être même pas à traverser la frontière.

— Nous devons envoyer des soldats à leur poursuite, dis-je. Aucun doute là-dessus. La seule question est de savoir si nous devons y aller nous aussi.

— À moins qu'un Haut Ensorceleur les attende juste de l'autre côté de la frontière, il n'y a rien dans les cinq lieues à la ronde qui puisse me résister. (Zaira montra du geste la forêt qui recouvrait la vallée en contrebas.) Si vous les envoyez seuls, ils risquent d'échouer et de mourir ; nous perdrons Bree et Terika, et vous et moi ne serons pas en sécurité à attendre ici sans personne pour nous protéger. Si je les accompagne, rien ne pourra nous arrêter.

À une certaine distance à l'est, une fois quitté le pied des montagnes, une zone défrichée de champs et une petite grappe de toits rompaient la monotonie de la forêt. Des volutes de fumée s'élevaient des cheminées du hameau. Un peu plus loin à l'est, un château juché sur une colline dressait ses tours noires au-dessus de la cime des arbres, mais il était trop distant pour représenter une menace. À l'ouest, de la fumée encore montait d'un camp de soldats vaskandriens dont on apercevait les alignements de tentes dans une vallée fluviale au pied d'un des principaux cols, mais il était éloigné de plusieurs lieues ; la partie des Pics Sorciers où nous nous trouvions était trop accidentée pour envisager d'y opérer des mouvements de troupes.

Kathe avait dit que les routes étaient protégées par traité et qu'elles devraient être sûres, même avec la sentence de mort prononcée par la Dame des Ronces contre le sang des Lochaver. Nous pourrions croiser sur la route des patrouilles, des commerçants ou des chasseurs, mais rien de pire que cela. Même si nous laissions quelqu'un derrière avec la femme blessée, nous disposions de vingt soldats frais à ajouter à la demi-douzaine qu'il restait à Bree.

Si nous nous aventurions brièvement dans la forêt, personne ne le saurait. Et Zaira avait raison : forts d'une sorcière du feu, rien ne pouvait nous arrêter.

Je glissai une main dans ma sacoche, et mes doigts se refermèrent sur le bouton de Marcello.

— Je n'arrive pas à croire que je sois en train d'y réfléchir vraiment, dis-je.

— Que les Enfers vous emportent, on n'a pas le temps de réfléchir !

Je hochai la tête et me tournai vers les soldats qui attendaient ma décision.

— Deux d'entre vous vont rester avec la blessée et chercher s'il y a d'autres rescapés. Le reste d'entre nous va s'aventurer de l'autre côté de la frontière sur une courte distance pour voir si nous pouvons sortir la princesse Brisintain et Terika de ce mauvais pas. Si les arbres se mettent à vouloir nous tuer ou que des animaux nous attaquent, ou si n'importe quoi d'autre nous laisse à penser qu'un Haut Ensorceleur sait que nous sommes là, nous rebrousserons chemin sans attendre. Et de toute façon, nous ferons demi-tour avant d'avoir atteint la vallée, si nous n'avons pas retrouvé les nôtres. C'est bien compris ? (Des saluts et des hochements de tête graves répondirent à mes ordres.) Alors, en route.

Je m'engageai dans l'éboulis en compagnie des soldats et y récoltai de nouvelles éraflures, déterminée cette fois à aller aussi vite que possible. Les Vaskandriens avaient eu sans doute bien des difficultés à descendre ce pierrier instable avec une prisonnière et des compagnons blessés ; si je devais me retrouver par terre et glisser sur chaque caillou jusqu'en bas, cela en vaudrait encore la peine, pour le temps que l'on gagnerait sur eux. Nous arrivâmes bientôt à l'endroit où la passe à travers la montagne s'élargissait, et où un sentier de terre partait de l'éboulis pour serpenter au bas d'une pente herbeuse et s'enfoncer dans le sous-bois.

Les arbres ici n'étaient pas les figuiers et les oliviers des jardins de Raverra, ni les cyprès majestueux de la campagne impériale, et ne ressemblaient pas non plus aux conifères élancés des collines du Callamorne. C'étaient des arbres anciens et sauvages, aux troncs plus larges que des portes, à l'écorce rugueuse marquée de crevasses assez profondes pour dissimuler une centaine de secrets. Ils étaient couverts de mousse, et leurs branches, aussi épaisses qu'un homme adulte, se déployaient au-dessus du sentier, noueuses et menaçantes, et filtraient la lumière du jour en projetant sur le sol des ombres glauques et mouvantes.

Ils avaient une *présence*. Une vigilance silencieuse et pesante émanait de la forêt, et alors que nous nous en approchions, je la sentis de manière tangible. Toutes les forêts étaient vivantes, mais celle-ci était consciente. Je réprimai un frisson.

Nous avions dévalé la pente de la montagne à corps perdu, mais nous nous arrêtâmes tous à l'orée de la forêt sans nous être concertés. L'air que la brise nous amenait semblait différent, plus froid, plus humide, et chargé de senteurs puissantes de feuilles mortes, de mousse, de résine et de bois en putréfaction, odeurs de vie et de mort entremêlées.

Zaira leva le poing.

— Très bien, écoutez-moi, espèces de vieilles souches pourries. Vous avez avalé mon amie, mais je vais vous enfoncer le bras dans la gorge et la tirer de là si violemment que vous allez en recracher vos baloches.

— Vous menacez les arbres ? lui demanda Braegan en chuchotant, comme s'il craignait qu'ils l'entendent.

— Un peu, oui ! C'est tout ce que méritent ces fumiers !

Sur ces mots, elle pénétra dans la forêt d'un pas décidé. Nous l'imitâmes, et les soldats se déployèrent rapidement autour d'elle.

En un instant, tout devint silencieux. Pas le silence creux d'une pièce déserte, mais un silence chargé d'un millier de bruits trop ténus pour être clairement perceptibles. Le silence d'un mouvement suspendu, prêt à recommencer à tout moment ; le silence d'une pause entre deux bouchées, ou d'une inspiration entre deux hurlements.

Le sentier s'élargissait en pénétrant dans la forêt, passant d'une étroite sente à la largeur d'un chemin carrossable. Cela se justifiait sans doute afin de permettre aux bûcherons d'utiliser des chariots pour transporter les grumes, mais j'avais dans l'idée qu'au Vaskandar, on prenait soin d'empêcher la végétation d'envahir les chemins pour d'autres raisons. Quand mes pas s'écartèrent une fois du milieu de la piste, une branche d'arbre craqua et sembla ployer vers moi ses rameaux.

— Quoi qu'il se passe, ne quittez pas la route, avertis-je les autres d'une voix nerveuse. Nous sommes à l'abri sur les chemins ; du moins, c'est ce qu'on m'a affirmé.

Braegan, qui avait dégainé son pistolet, opina du chef.

— C'est vrai. Après tout, des gens vivent ici et des marchands y circulent. J'ai entendu dire que si on reste sur les routes, ce n'est pas plus dangereux que de traverser une forêt du Callamorne.

Il n'avait cependant pas l'air très convaincu.

La piste descendait une pente raide et boisée en une série de lacets. Je fouillai les arbres des yeux entre deux lacets, dans l'espoir d'apercevoir Terika et ses ravisseurs, plus bas sur le chemin. Je crus déceler quelque chose, quand soudain un bruit de sous-bois piétiné monta jusqu'à nous, accompagné de jurons crachés par une voix familière.

— Bree ! m'exclamai-je en me mettant aussitôt à courir.

Zaira et les soldats accélérèrent à leur tour le pas.

Puis l'odeur m'envahit les narines, une puanteur de sang et d'excréments. Je me protégeai le nez et la bouche de ma manche, le cœur au bord des lèvres.

— Amalia ? cria Bree en réponse. Par les Grâces, que fais-tu ici ? Va-t'en !

Je pouvais à présent distinguer plusieurs silhouettes entre les arbres. Une seule bougeait, mais autour d'elle le sous-bois se soulevait et s'agitait à la manière d'une chose vivante, tandis que les arbres oscillaient et grinçaient.

— Votre Majesté ! appela Braegan. Tout va bien ?

— Ça va, répondit-elle d'une voix tendue. Mais si vous tenez à la vie, ne quittez pas le chemin.

Les soldats qui m'avaient dépassée s'arrêtèrent brusquement dans leur course et, une seconde plus tard, j'en découvris la raison.

Dans le sous-bois au bord de la route, un soldat se balançait doucement dans les airs, suspendu à une branche qui lui avait transpercé l'œil et ressortait par l'arrière de son crâne. Un autre était étendu dans une rigidité glacée sur un lit de ronces dont les sarments perforaient sa poitrine en plusieurs endroits. D'autres gisaient au pied d'arbres trapus, le cou manifestement brisé, ou démembrés par des racines et des tiges encore enroulées autour de leurs restes sanguinolents.

Les épines des ronces qui envahissaient cette portion de la forêt luisaient de l'éclat rouge du sang.

Mon estomac se souleva et tout autour de moi les soldats grommelèrent des jurons.

Bree était agenouillée au milieu de cette scène macabre, couverte d'éraflures. Les ronces se tendaient vers elle de toutes les directions, mais elle les tenait à distance de ses mains nues. Chaque branche qu'elle touchait se rompait avec un craquement de bois mort, et chaque sarment qui l'effleurait se rétractait aussitôt. Elle utilisait ses pouvoirs de vivomancienne !

— Bree !

Je me jetai vers elle sans réfléchir, frappée d'épouvante à la voir au milieu d'un pareil carnage, mais Zaira me rattrapa par le manteau alors que les branches qui surplombaient le chemin s'inclinaient déjà dans ma direction.

— Oh, non, ne vous approchez pas, à moins que vous ne vouliez finir éventrée.

— Votre Majesté ! appela Braegan, le pouce sur le chien de son pistolet, même si les armes à feu n'étaient d'aucune utilité contre ce genre d'ennemi. Que pouvons-nous faire pour vous aider ?

— Restez où vous êtes, et préparez-vous à me rattraper, ordonna Bree.

Elle se releva en titubant légèrement. Des ronces noires fouettèrent l'air et s'accrochèrent à elle en déchirant ses vêtements déjà en lambeaux, pour tenter de la ramener à terre.

Bree ferma les yeux et laissa échapper un rugissement furieux. Les sarments qui la ceinturaient devinrent soudain inertes et tombèrent mollement au sol comme des spaghettis trop cuits.

Quelques soldats hoquetèrent de surprise et l'un d'eux recula d'un pas. Le secret de Bree était éventé.

Ma cousine se jeta vers nous d'un bond maladroit. Des ronces voulurent la retenir, mais elles se flétrirent à son contact. Elle effectua une roulade au milieu des buissons et attrapa la main que lui tendait Braegan depuis le bord de la route, qui la ramena à lui dans une traînée de branches mortes.

Bree resta allongée sur la terre du chemin, le souffle court, le visage livide. Je m'agenouillai à côté d'elle en soupirant de soulagement de la voir en vie, l'estomac encore retourné par l'horrible spectacle des cadavres des soldats massacrés tout autour de nous et par la puanteur de mort qui imprégnait les lieux.

Grita s'accroupit pour examiner le pied de Bree, tordu dans une position peu naturelle. Le reste de son corps était couvert de plaies et d'éraflures, à la seule exception de son visage.

— Vite, hoqueta Bree. Ceux qui ont emmené Terika ne sont pas loin devant. Nous les avions en vue quand ce pauvre Alfrith a voulu jouer au plus malin et couper tout droit à travers bois pour les rattraper. Nous avons tous été piégés en tentant de lui porter secours.

— Vous ne pourrez pas marcher avec une cheville dans cet état, Votre Altesse, décréta Grita. Nous devons vous ramener au Callamorne.

Bree s'assit, agitée et confuse.

— Mais ils sont tout près ! Ils ne sont plus que cinq, dont trois blessés. On les rattrapera forcément avant qu'ils trouvent de l'aide si nous partons tout de suite et que nous restons sur le chemin !

— Pourrais-tu soigner ta cheville ? lui demandai-je en faisant de vagues gestes magiques.

Bree secoua la tête.

— Je ne suis pas une ensorceleuse de chair. Quand j'essaie d'utiliser mes pouvoirs sur un humain, y compris sur moi-même, ils m'échappent et ça me flanque la nausée. C'est un peu comme… comme de vouloir fourrer un savon mouillé dans la gueule d'un chien. Sauf que tu es également le chien dans cette histoire.

— Finissons-en avec vos jérémiades et allons sauver Terika, grogna Zaira.

— Partez à leur poursuite, nous pressa Bree. Je ne suis plus en état de me battre, mais je peux rapporter les ingrédients que nous avons ramassés à l'alchimiste de Hautegarde pour qu'il prépare le contrepoison.

— Nous allons te raccompagner au Callamorne. (J'en avais assez. Les cadavres dispersés parmi les arbres, dont le sang dégouttait encore, c'en était trop pour moi.) Je suis navrée, Zaira. Nous devons repartir d'ici.

— Espèce de lâche, cracha Zaira en me montrant les dents dans un rictus de colère.

— Nous ne sommes pas tous capables de faire flamber le décor en marchant allégrement au milieu des flammes, répliquai-je sèchement. Ce n'est pas vous qui courrez le plus de risques.

— Lienne est morte, bon sang ! Vous savez ce que cela signifie. Si Terika n'a pas de nouveau jet au poignet d'ici une semaine, elle y passera elle aussi. Si nous renonçons à la retrouver maintenant, nous ne la reverrons jamais. Nous la condamnons à mort.

— Allez la chercher, me pressa Bree alors que Grita et un soldat raverrain l'aidaient à se relever. Si vous restez sur la route, vous n'avez rien à craindre des arbres. Vous pouvez encore les rattraper !

Zaira se détourna et partit sur le chemin à longues enjambées, s'enfonçant plus avant au Vaskandar.

Une angoisse affreuse m'étreignit la gorge, et je me tournai vers Bree.

— Ton impulsivité a causé la mort d'une dizaine de braves soldats, dis-je sèchement. Tiens-tu vraiment à rallonger la liste ?

Bree tressaillit, puis son visage afficha une expression obstinée.

— Non. Mais je tiens à ce qu'ils ne soient pas morts en vain. (Elle éleva la voix.) Braegan, accompagnez Zaira et protégez-la. C'est un ordre.

Braegan salua, puis se tourna vers Grita.

— Évacuez la princesse d'ici, saine et sauve, peu importe ce qu'il en coûtera. Et ne cherchez pas à venir nous retrouver. C'est aussi un ordre.

— Oh, par les Grâces !

Grita sembla sur le point d'envoyer Bree et Braegan se faire voir ailleurs, mais au lieu de cela, elle commença à remonter le chemin en soutenant Bree, et en grommelant qu'elle était entourée d'imbéciles suicidaires.

— Que la moitié d'entre vous accompagne la princesse Brisintain, ordonnai-je à mes soldats raverrains. L'autre moitié, avec moi. Nous nous reverrons à Hautegarde, Bree !

Je me hâtai de rejoindre Zaira ; avec un remarquable sens du devoir, les soldats formèrent rapidement deux groupes, et neuf d'entre eux vinrent prendre position autour de moi.

Nous ne tardâmes pas à rattraper Zaira. Aussitôt que l'épouvantable bosquet de cadavres fut hors de vue derrière nous, je pressai le pas pour venir me planter devant elle. Elle s'arrêta et croisa les bras en me jetant un regard intense. Les soldats se déployèrent pour surveiller les bois alentour, leurs mousquets levés. Les arbres étendaient au-dessus de notre troupe leurs branches nues contre le bleu du ciel.

— Zaira, commençai-je en m'efforçant de parler d'une voix calme, ce qui était difficile avec ce tourbillon de peur, de chagrin et de colère qui s'agitait en moi. Faites preuve de bon sens. Nous avons une semaine devant nous.

Écoutez, nous pouvons envoyer des espions la sauver, ou même solliciter l'aide de Kathe…

— Non. À vous d'écouter. (Sa voix couvrit la mienne, aussi cinglante qu'un coup de fouet.) S'il y a une raison à ce feu terrible qui couve en moi, c'est bien celle-là. Que je puisse faire des choses qui seraient une folie pour n'importe qui d'autre. Par exemple, pénétrer au Vaskandar en défiant quiconque de m'en empêcher. (Elle tendit le bras vers la forêt.) C'est pour *ça* que je suis née. Pas pour détruire des villes ou massacrer des armées, mais pour sauver des gens quand ce serait normalement impossible. Pour remporter les batailles qui semblent perdues d'avance.

Une fureur inextinguible illuminait son visage de l'intérieur, telle une bougie brillant au milieu des ombres de la forêt. Il émanait d'elle la même grâce et la même force que quand elle libérait son malefeu, mais il n'y avait pas cette folie dans ses yeux, qui étaient emplis d'assurance.

— Allons-y, intervint Braegan. Ma dame, elle a raison, nous pouvons réussir.

— Zaira…, hésitai-je, sans savoir comment j'allais finir ma phrase.

— Vous avez entendu ? demanda soudain un soldat.

Un bruissement me parvint aux oreilles, qui grandit en intensité comme si la forêt prenait son souffle pour crier. Un picotement remonta ma nuque.

— Oh, par les Enfers, murmura Braegan. Ça nous arrive dessus.

Quelques oiseaux s'envolèrent précipitamment d'un massif de fougères dans la pente au-dessus de nous, et les soldats pointèrent leurs mousquets dans cette direction.

Elles dévalèrent la pente vers nous en grands bonds fluides et félins. Elles possédaient le corps mince et élancé d'une belette, mais de la taille d'un gros chien, avec trois yeux et des crocs acérés d'un pouce de longueur. Des rangées de piquants incurvés et argentés luisaient sur leur dos à la manière des écailles d'un poisson.

Des chimères. Trois chimères.

Chapitre 18

Les tirs claquèrent l'un après l'autre, dans une succession de coups de tonnerre. Une des chimères trébucha, touchée au poitrail ; un morceau de carapace épineuse s'arracha de la deuxième en laissant une traînée sanglante sur son dos. Mais les trois monstres poursuivirent leur charge. Avec force jurons, les soldats lâchèrent leurs mousquets, trop longs à recharger, pour dégainer pistolets et épées.

La panique explosa dans ma poitrine et chercha à sortir sous la forme d'un hurlement, que je parvins à transformer en un cri rauque.

— *Exsolvo !*

La chimère de tête prit appui sur un arbre mort et bondit sur nous, toutes griffes dehors, en ouvrant sa gueule hérissée de crocs. Soudain, des flammes bleues l'enveloppèrent.

Notre cercle défensif se dispersa pour éviter la créature, qui s'écrasa sur la route en se contorsionnant et en hurlant, et répandit autour d'elle des flammèches de malefeu dans les convulsions de son agonie. Je m'écartai d'un bond avec un petit cri paniqué et manquai de percuter Zaira.

— Espèce d'idiote, faites donc attention, me reprit vivement Zaira, en levant ses bras couverts d'un feu pâle et vorace.

Je me jetai de côté alors que deux lignes parallèles de flammes couraient sur le sol depuis Zaira pour frapper les deux chimères restantes au moment même où elles allaient se jeter sur nous.

L'espace d'un instant, seule une mince bande de flammèches bleutées grimpa sur leur abject pelage argenté, et les bêtes grognèrent de douleur en se mordillant le dos. Puis elles s'embrasèrent entièrement dans des hurlements inhumains, et un millier de fleurs de feu s'épanouirent sur tout leur corps en répandant une odeur insoutenable de poils et de chair brûlés.

— Écartez-vous des flammes ! cria Braegan, et nous reculâmes d'une dizaine de mètres sur le chemin.

Les chimères ne bougeaient déjà plus, mais le malefeu grandit en intensité, nourri par les vies qu'il avait dévorées.

Zaira se tourna vers moi les bras levés, les paumes couvertes de flammes ondulantes qui crépitaient aussi dans sa chevelure et se soulevaient au gré du vent. Elle avait les traits tendus par l'effort.

— Vite, scellez-le, m'intima-t-elle. Je le contrôle encore, mais ça va pas durer.

— *Revincio*, bredouillai-je en me reculant alors que le feu cherchait déjà à m'atteindre.

Toutes les flammes disparurent instantanément, à la fois sur Zaira et sur le chemin.

Elle vacilla, et je tendis la main pour la stabiliser. Elle repoussa mon aide et se redressa seule.

— Je vais bien. Ça n'a pas duré assez longtemps pour m'épuiser.

Ce qui était aussi bien, car mes genoux à moi tremblaient tant que je n'aurais sans doute pas pu la soutenir efficacement.

Telle était la limite du malefeu : tant qu'il continuait à dévorer des vies, il pouvait faire rage indéfiniment, mais dès qu'il s'arrêtait, le sorcier se retrouvait vidé de ses forces. Zaira avait grandement profité de son entraînement pour réussir à le contrôler ainsi et à ne pas perdre connaissance une fois son pouvoir à nouveau scellé.

Nous ne pouvions pas nous permettre de l'épuiser au point qu'elle s'évanouisse, pas plus que de risquer d'être ravagés par son feu. Mon cœur battait à tout rompre, mais je devais rester calme.

Braegan se tourna vers moi, le visage pâle, alors que les soldats se hâtaient de ramasser leurs mousquets et de les recharger.

— Votre Altesse ? Tout va bien ?

— Je vais bien, répondis-je, mais nous devrions…

Je ne terminai pas ma phrase. Six autres chimères se ruaient vers nous sur le chemin.

Les soldats déchargèrent leurs pistolets. L'odeur âcre de la poudre se mêla aux relents de viande calcinée, et une des chimères s'effondra avec un glapissement.

Je dégainai ma dague et reculai.

— Zaira ?

— Allez-y, répondit-elle en se retroussant les manches.

— *Exsol…*

Quelque chose me percuta le flanc, assez durement pour me couper le souffle, et je me retrouvai à rouler par terre avec une septième chimère.

Je réussis au dernier moment à interposer mon bras entre ses crocs et ma gorge. La douleur fulgura dans mon avant-bras, et trois yeux déments me fixèrent à quelques pouces à peine de mon visage. Ses griffes labourèrent mon manteau.

Je hurlai de terreur et la poignardai frénétiquement dans le cou. Ma dague ripa deux fois sur sa cuirasse épineuse, mais au troisième coup, un sang chaud éclaboussa ma main.

Puis nous roulâmes hors du sentier sur les broussailles et les racines noueuses des arbres, la bête encore agrippée à moi et qui se débattait furieusement. Ses crocs ensanglantés claquèrent dans le vide juste devant mon visage, ses griffes me déchirèrent le mollet et nous dégringolâmes ensemble dans la pente. J'enfonçai ma dague plus profondément dans son cou tandis que nous tombions, désespérant de réussir à la tuer, d'en finir avec elle.

Nous dévalâmes la pente jusqu'au lacet suivant et atterrîmes sur le chemin de terre, la chimère sous moi. Je plantai ma lame dans son troisième œil, mais son corps aux muscles durs et nerveux était déjà inerte. La bête était morte.

— *Exsolvo*, hoquetai-je en me relevant.

La douleur me transperça la jambe, mais je l'ignorai et levai les yeux vers le virage précédent de la route.

J'aperçus à travers les arbres un spectacle flou et chaotique – des cris, des hurlements de douleur, l'éclat des épées, les bondissements de dos écailleux –, mais impossible de distinguer ce qui se passait vraiment. Un torrent argenté cascada sur la pente dans ma direction, gueules béantes aux crocs acérés et triples yeux luisant dans la pénombre du sous-bois.

Quatre des six chimères restantes s'étaient précipitées à ma poursuite.

Grâce de la Miséricorde. La mort fonçait sur moi avec des corps hérissés de piquants et au fond des yeux l'éclat d'une haine inhumaine.

Je levai ma dague et me mis en garde ainsi que Ciardha me l'avait enseigné, certaine pourtant de ne pouvoir vaincre à moi seule quatre chimères. Mais une lumière vive et bleutée flamboya à travers les arbres, et une vague de malefeu dévala la colline à la poursuite des monstrueux molosses.

Les flammes les calcinèrent et jaillirent dans le ciel pour embraser les branches des arbres. Un feu affamé, presque blanc, glissa vers moi, dévorant tout sur son passage en une marée de chaleur et de lumière que précédait un vent torride, charriant l'odeur de la mort.

— *Revincio !* hurlai-je.

Le feu mourut aussitôt. Je clignai des yeux, éblouie. La clameur sur la route au-dessus de moi diminua.

— Zaira ! appelai-je d'une voix rauque et brisée. Ça va ?

— Dame Amalia ! répondit Braegan d'un ton paniqué. Les Grâces soient louées ! Nous arrivons !

Sans réfléchir, je fis un pas en direction de sa voix, ce qui me rapprocha du bord du chemin, et une branche se pencha vers moi, comme si une brusque rafale l'avait ployée. Je bondis en arrière, trop saturée de frayeur pour penser à crier. Ma jambe et mon bras me lançaient douloureusement, et quelques éraflures et ecchymoses révélèrent également leur présence, mais rien de tout cela ne m'importait, tant que je pouvais encore marcher pour fuir cette maudite forêt aussi vite que possible.

Je commençai à remonter la route en boitillant à la rencontre de Braegan et des autres. Les arbres remuaient autour de moi, agités par autre chose que le vent. Une ombre grise recouvrait les sous-bois et plus un seul rayon doré ne filtrait à travers les frondaisons ; les montagnes bloquaient à présent le soleil déclinant. Des nappes de fumée flottaient encore dans l'air, issues du malefeu et de la fusillade.

Ce n'était pas un endroit pour moi. Grâce de la Miséricorde, je ne désirais rien tant que de retourner dans l'Empire, où la nature avait la courtoisie banale de ne pas essayer de vous tuer à tout bout de champ.

Braegan apparut sur le chemin, l'épée à la main. Zaira s'appuyait sur lui, la tête basse, à peine consciente. Cinq soldats couvraient leurs arrières et avançaient en rechargeant leurs mousquets.

— Où sont les autres ? demandai-je en redoutant d'entendre la réponse.

Braegan se contenta de secouer la tête, le visage fermé.

Au loin, plus haut dans la montagne, un hurlement bestial retentit.

— Je connais ces créatures, dit Braegan d'une voix sinistre. On les appelle les limiers des ronces. Ce sont les chiens de chasse de la Dame du Sevaeth. Ils sont une vingtaine par meute, en général ; on va en récolter d'autres.

— D'autres ? (Je serrai mon médaillon ardent, et les griffes du collier de Kathe cliquetèrent.) Mais… et Bree ?

— Je pense qu'elle n'a rien à craindre, parce qu'on dirait bien qu'ils sont tous à nos trousses, dit Braegan.

Zaira releva la tête. Son visage était gris d'épuisement.

— Si je libère encore mon feu, je vais tomber dans les pommes. Ou tous vous tuer, au choix. Que les Grâces me pardonnent, mais je n'aurai pas la force de le dominer la prochaine fois.

Le hurlement retentit de nouveau, plus proche. D'autres cris inhumains se joignirent à lui en une explosion d'aboiements excités : les créatures venaient de retrouver la piste de leurs proies. Un froid glacial s'empara de moi.

— Ils nous bloquent tout repli vers la frontière. Et je parie qu'ils sont assez futés pour savoir que nous sommes forcés de rester sur le chemin.

Braegan me regarda d'un air sombre et pensif.

— Les limiers sont après vous, Votre Altesse.

Je hochai la tête.

— Oui. Je suis navrée.

Il échangea des regards avec les soldats survivants, et un Callamornien à la barbe fournie s'avança d'un pas.

— J'en suis, dit-il simplement.

— Comment ? demandai-je, mal à l'aise.

— Nous ne pourrons pas repousser les autres bêtes de la meute, dit Braegan. J'ai lu les rapports des éclaireurs concernant cette région. Nous ne sommes plus très loin d'un carrefour, au pied de la montagne. Vous devrez prendre la voie de droite, celle qui va vers le village. Cela vous oblige à vous enfoncer un peu plus dans le Vaskandar, mais cette route entre au Kazerath, le domaine du Seigneur Loup. Les limiers ne vous y suivront pas ; les chimères ne pénètrent pas dans le domaine d'un autre Haut Ensorceleur sans en avoir la permission. (Il rechargea son pistolet tout en parlant, avec des gestes assurés de soldat aguerri.) Une fois au Kazerath, vous devriez pouvoir trouver une autre piste de bûcherons qui remonte dans la montagne, dans les environs du village. Tout ce que vous avez à faire, c'est de garder une longueur d'avance sur les limiers jusqu'à ce que vous quittiez le domaine de la Dame des Ronces.

— Oh, non. Je sais ce que vous allez dire maintenant. (Zaira se carra les poings sur les hanches, et la colère sembla lui redonner un peu d'énergie.) Je déteste les sacrifices ; épargnez-nous les âneries du genre : « Nous allons vous faire gagner un peu de temps. » Vous venez avec nous.

— Il n'y a pas de temps à gagner, répondit-il en se tournant vers le haut de la route, où les aboiements se rapprochaient. Elles arrivent. Filez !

À travers l'enchevêtrement des branches et la pénombre qui tombait sur les bois, j'aperçus des mouvements sur le chemin au-dessus de nous.

Braegan leva son pistolet d'une main et serra la poignée de sa rapière de l'autre.

— Courez, nous pressa-t-il. Partez d'ici, et vous pourrez raconter chez nous qu'on est morts pour sauver une Lochaver.

— Ils vont en crever de jalousie, commenta le soldat barbu en riant. (En *riant*, le regard éclairé d'une joie farouche.) Et maintenant, partez !

Zaira jura et m'empoigna la main.

Nous prîmes la fuite.

Au début, je courus sans réfléchir, aiguillonnée par la peur. Les aboiements résonnaient derrière nous, toujours plus proches, et les branches griffues se tendaient vers moi depuis les sous-bois, incapables de m'atteindre tant que je restais bien au milieu du chemin. Je repoussai la douleur au rang de problème négligeable qui pouvait attendre, même si dans un coin de mon esprit j'étais consciente que mon bras et ma jambe me faisaient mal, qu'ils ne fonctionnaient plus tout à fait correctement et s'en plaignaient.

Après un certain temps, les détonations sourdes des mousquets retentirent derrière nous. Nous ralentîmes un peu, mais continuâmes à courir.

Je tendis l'oreille pour guetter le moindre son, malgré le sang qui battait follement à mes tympans et le claquement de nos pas. Je crus distinguer des cris lointains et les hurlements d'agonie des limiers des ronces, mais je ne pouvais en être certaine au milieu de la clameur de mon propre corps et des bruits fantômes que la terreur suscitait en moi.

Puis les aboiements reprirent, et l'angoisse me vrilla la poitrine.

— Que les Enfers les accueillent, haleta Zaira.

Je n'avais pas voulu ça. Je ne leur avais pas demandé de mourir pour moi.

Les ombres du crépuscule s'insinuèrent sous les arbres et s'épaissirent autour de nous, conférant au sous-bois une couleur grise et irréelle. Nous arrivâmes à l'endroit où la route bifurquait et nous prîmes à droite sans ralentir. Les aboiements résonnaient si fort à présent que l'on aurait dit que les limiers nous talonnaient.

Zaira jeta un regard par-dessus son épaule et jura.

— Je les vois.

La piste continuait en ligne droite ; elle passait au loin entre deux pierres levées, à peine distinguable des arbres environnants dans la lumière chiche du crépuscule. *Les bornes frontière.*

— Je crois que c'est la frontière, haletai-je.

— On n'y arrivera pas. (Zaira parlait sans difficulté, quand je peinais à aligner trois mots. Elle avait ralenti sa course pour rester à ma hauteur.) Si vous me libérez, je pourrais les brûler tous, mais je tomberai dans les vapes et vous devrez me porter.

Les piliers de pierre étaient si proches ! Mais un regard derrière moi me révéla des yeux à l'éclat surnaturel et des dos argentés qui se ruaient vers nous.

Je m'arrêtai et me tournai pour leur faire face. Zaira m'imita et leva les mains, prête à l'action.

— Fermez les yeux ! lui intimai-je.

J'ouvris mon médaillon ardent. Une déflagration de lumière aveuglante fit rougeoyer mes paupières, et les limiers gémirent de douleur et de surprise. Je me remis aussitôt à courir vers les pierres avec Zaira.

— Bien pensé ! me lança-t-elle.

Quelque chose se déchira dans ma jambe blessée, et la douleur s'accrut à chaque foulée. Mais je continuai à courir, plus vite que je ne l'avais jamais fait, jusqu'à ce que les pierres levées se dressent devant nous et que je me jette derrière la ligne invisible qu'elles traçaient.

La route se poursuivait à travers la forêt, sans changement notable, mais derrière nous, les limiers s'immobilisèrent comme s'ils venaient de rencontrer un mur.

Je m'arrêtai, à bout de souffle, et me pliai en deux en basculant mon poids sur ma jambe valide. De l'autre côté des pierres, les quatre limiers circulaient de long en large en grognant, la gueule écumante, leurs yeux mauvais braqués sur nous.

C'était forcément un cauchemar, il ne pouvait en être autrement. Mais l'air était vif et froid dans mes poumons, et les larmes qui perlaient à mes yeux étaient bien réelles, de même que la douleur de mon corps.

Je n'allais pas me réveiller dans mon lit. Rien ne pouvait défaire ce qui venait de se passer. Tous ces braves soldats étaient morts, et nous nous retrouvions toutes seules, en plein Vaskandar.

— Continuons, me pressa Zaira d'une voix essoufflée. Je doute que ces cailloux les retiennent bien longtemps.

Les bornes frontière. Une étincelle de curiosité s'alluma au milieu du bourbier de terreur et de culpabilité qui noyait mon esprit. Je brûlais de pouvoir les étudier, de déchiffrer les symboles gravés que j'apercevais dans le demi-jour. Mais avec les limiers qui rôdaient juste devant les pierres, je n'osai pas éprouver à ce point leur pouvoir de protection.

Trop de sacrifices avaient été consentis pour nous garder en vie. Je ne pouvais risquer tout cela à cause d'une comptine pour enfants.

Nous nous éloignâmes en marchant. Ma jambe me lançait à chaque pas et un voile semblait s'être étendu devant mes yeux avec la venue du soir. Je continuais à entendre les cris des soldats morts dans ma tête et à voir les ronces rougies de leur sang. Je trébuchai, puis trébuchai encore ; la troisième fois, je tombai à genoux.

— Grâce de la Miséricorde, ce que vous êtes empotée.

Zaira me prit par le bras pour me remettre debout. Par le mauvais bras. Je vacillai, avec un hoquet de douleur. Zaira me lâcha avec un juron.

— Vous êtes mouillée. Par les Enfers, c'est du sang ?

— Ce n'est rien, dis-je en me relevant laborieusement.

Zaira se figea.

— Ce n'est pas que votre sang, si ?

Je baissai les yeux. J'avais un bas blanc et l'autre rouge, réduit en lambeaux. La vue du sang rendit la blessure plus réelle, et soudain la douleur cessa de toquer poliment à ma porte pour l'enfoncer violemment. Je m'assis lourdement dans la poussière du chemin.

—Nous devrions mettre quelque chose dessus, dis-je.

Ma voix sortit de ma gorge d'un ton détaché et calme, mais une note paniquée et aiguë résonnait dans ma tête.

—Oui, ce n'est pas une mauvaise idée. (Zaira s'agenouilla à côté de moi et écarta les morceaux déchirés de mon bas.) Beurk. C'est pas joli à voir.

—Ça ne doit pas être si grave, puisque j'ai pu courir.

Pour autant, je n'osai pas regarder.

—J'ai vu pire, oui, dit Zaira d'une voix prudemment égale. Laissez-moi voir si je peux arrêter le saignement.

Elle nettoya la griffure en y versant de l'eau de sa gourde, et la plaie me brûla au point d'en avoir les larmes aux yeux, puis elle se servit de sa dague pour couper des bandages dans sa jupe. Je luttai pour ne pas m'abandonner à l'apitoiement et au désespoir, et me concentrai sur ce qu'il nous fallait faire à présent. Nous devions continuer notre route.

Pendant que Zaira bandait ma jambe, je récupérai dans ma sacoche la première de mes trois fioles d'élixir de secours – chacune m'offrait une journée de répit – et en bus la moitié. La dernière chose dont j'avais besoin était de subir les effets affaiblissants du poison en plus de ceux de la perte de sang.

Derrière toute la douleur, la peur et l'épuisement, une grande masse noire patientait, tel un océan se pressant contre une digue. Tant de gens étaient morts, et nous n'avions même pas sauvé Terika…

Je devais rester consciente de cela, parce qu'il était crucial que j'appréhende la réalité. Mais je ne pouvais pas m'autoriser à y penser, même de manière superficielle, tant que nous n'étions pas hors de danger. Alors cet océan patientait, douleur sourde qui se répandait lentement en moi, comme le poison que mon élixir maintenait en sommeil.

—Bon, on est dans la fiente de démon jusqu'au cou, hein ? dit Zaira en m'aidant à ôter mon manteau afin qu'elle puisse examiner mon bras à la lumière déclinante du soir.

Je frissonnai dans le froid glacial qui s'était installé sous les arbres avec la disparition du soleil.

Mon manteau m'avait partiellement protégé le bras, et la blessure – qui avait arrêté de saigner d'elle-même – était bien moins grave que celle de ma jambe, que notre course effrénée avait malmenée.

— Nous devons juste trouver un sentier qui remonte dans les montagnes avant que la nuit tombe, dis-je. Nous pouvons y arriver.

Les mains de Zaira se figèrent sur mon bras. Dans la pénombre grandissante, ses yeux étaient deux lacs obscurs.

— Sûrement pas.

La dureté de son ton transperça le brouillard cotonneux de mon cerveau. Je pris conscience de l'inquiétude qui tirait les traits de Zaira et des derniers feux du couchant qui rougissaient le ciel par-delà les branchages au-dessus de sa tête.

— Nous ne pourrons pas quitter cet endroit ce soir, dit-elle d'une voix sourde. Bientôt, il fera plus noir que dans le cul d'un démon. Tout ce sang que vous avez perdu vous brouille l'esprit si vous croyez que vous pourrez grimper la montagne sur un sentier inconnu, de nuit, et avec une jambe estropiée.

Elle avait raison. Je glissai un regard à la ronde vers les bois obscurs, comprenant soudain à quel point notre situation était désespérée. Les routes avaient beau être sans danger le jour, je doutais que la protection limitée qu'elles offraient perdure vraiment de nuit. Et si jamais le sentier retraversait la frontière pour entrer au Sevaeth, la forêt elle-même pourrait essayer de me tuer.

Mais la forêt ne haïssait pas Zaira, et ce n'était pas elle que les chimères traquaient. Elle était indemne et agile, et parfaitement capable de se protéger, surtout si elle n'avait pas à me transporter.

— Dans ce cas, allez-y sans moi, dis-je doucement.

— Ne soyez pas idiote.

— Je ne suis pas idiote. Au contraire, c'est du bon sens. (Je pressai une main tremblante sur ma tempe ; la tête me tournait, mais j'avais une idée claire de ce que nous devions faire.) Vous avez raison. Je n'arriverai jamais à franchir la montagne avec ma jambe. Un col assez facile à gravir pour moi le sera aussi pour des chevaux, ce qui veut dire qu'il grouillera de troupes vaskandriennes et sera gardé par un fortin. Mais vous, vous pourrez aisément grimper par une sente animale, et il n'y a aucune raison pour que nous mourions toutes les deux si l'une de nous peut s'en sortir.

— Non.

— Zaira…

— Fermez-la et écoutez-moi. (Zaira me secoua l'épaule de ses doigts durs et osseux.) J'ai survécu toutes ces années aux Suifs en évitant de m'attacher à qui que ce soit. Mais depuis que vous vous êtes mêlée de ma vie, voilà que je me retrouve avec quelques amis – quelques-uns, notez, pas des foules –, et par les Neuf Enfers, il est hors de question que je laisse deux d'entre eux mourir ce soir dans cette contrée maudite !

Je la dévisageai avec incrédulité. Elle me considérait comme son *amie*. Et bien sûr, elle avait attendu un moment pareil pour me dire cela.

Un flocon pâle dériva entre nous, puis un autre, qui vint déposer un petit baiser glacé sur le dos de ma main.

De la neige.

Je secouai la tête alors que d'autres flocons blancs dansaient silencieusement dans l'air du soir. Un froid glacial s'insinua en moi, engourdissant mes doigts, mes joues, et mon cœur serré.

— Il y a une autre raison qui exige que l'une de nous deux rentre cette nuit, dis-je, la voix lourde d'une vérité horrible à laquelle j'avais essayé de ne pas penser.

— Ah bon ? demanda Zaira d'un air suspicieux.

— Que croyez-vous qu'ils feront, quand Bree arrivera à Hautegarde et racontera qu'elle nous a laissées derrière elle, au Vaskandar ?

Zaira fronça les sourcils. Elle ne comprenait pas encore.

— Dans le meilleur scénario, repris-je, ils enverront un groupe de soldats à notre secours. Mais à présent que la forêt est éveillée et furieuse, ils se feront sûrement tous massacrer.

Zaira acquiesça doucement.

— Et dans le pire scénario ?

— Ils utilisent les lampes-courrières pour prévenir ma mère.

— Par les cornes du démon de la Mort, jura Zaira.

— Exactement.

Elle s'accroupit à côté de moi et resta immobile et silencieuse un long moment. Une pellicule de neige commença à s'accumuler sur les boucles de sa chevelure. Je remis mon manteau par-dessus mon bandage pour essayer d'arrêter de trembler, mais cela eut curieusement l'effet inverse.

Finalement, Zaira se releva, et l'ourlet découpé de sa robe oscilla juste au-dessous de ses genoux.

— On ne peut pas rester assises au milieu de la route toute la nuit. Venez.

— Zaira…

— Je ne veux plus entendre un mot sur la valeur que vous ou moi avons pour l'Empire. Nous ne sommes pas des pions dans un jeu, nous sommes des personnes. Oui, même vous. (Elle me tendit la main pour m'aider à me relever.) Allons jusqu'au village. Il est tout près de la frontière, ils doivent voir passer des marchands tout le temps. Vous pourrez toujours filer une pleine bourse d'or des Cornaro à un gamin pour qu'il porte un message à Hautegarde, si vous êtes à ce point inquiète de ce qu'ils risquent de faire.

J'étais trop éreintée et endolorie pour argumenter.

— Entendu.

Zaira me tira par la main pour me remettre sur mes pieds. Le jet à son poignet captura les dernières lueurs du soir, attirant mon attention. Elle suivit mon regard, se renfrogna, et le repoussa sous la manche de son manteau pour le dissimuler.

Nous claudiquâmes sur la route obscure qui continuait à s'enfoncer dans les forêts du Vaskandar.

Chapitre 19

Le temps que nous arrivions au village, j'avais passé un bras sur les épaules de Zaira qui me portait à moitié, et ma jambe s'était remise à saigner sous les bandages. Le sang poissait mon bas déchiré et j'étais transie au point de ne plus sentir le bout de mes doigts.

À peine plus d'une dizaine de maisons en bois entouraient le pré communal saupoudré de neige. Une large bande de champs couverts de chaume ceinturait le hameau éclairé de lanternes et le séparait des ténèbres enchevêtrées de la forêt. Une odeur de feu de bois chaleureuse et accueillante flottait dans l'air, et un chien aboya depuis l'intérieur d'une étable quand nous entrâmes en titubant dans le village.

Il n'y avait pas âme qui vive dehors, pas même un cheval ou une poule. Des rais de lumière filtraient à travers les interstices des volets fermés et faisaient scintiller les flocons immaculés qui dérivaient mollement dans l'air. Des lanternes étaient suspendues auprès de chaque porte tels des sceaux de protection, mais la place du village était déserte et paisible sous la neige qui tombait doucement, et donnait l'impression que nul ne vivait ici.

Il y avait pourtant une auberge, la plus grande bâtisse de la place. Une enseigne se balançait au-dessus de sa solide porte cloutée, éclairée elle aussi par des lanternes et précédée de poteaux pour attacher les chevaux aux heures où l'on ne craignait pas de les laisser dehors. L'enseigne était peinte d'un coq juché sur une pile de sacs et de caisses et annonçait : « Le Nid du Marchand ».

J'aspirai tant à sa chaleur et à sa lumière que j'eus le sentiment qu'il s'agissait forcément d'un piège.

Mais ce n'était qu'un village de Vaskandriens ordinaires, qui menaient simplement leur vie. Ils n'avaient aucune raison de s'attendre à voir débarquer dans leur auberge une noble raverraine et une sorcière. Pour autant, je lâchai Zaira pour me tenir seule avant que nous ouvrions la porte ; je ne voulais pas entrer dans l'auberge en donnant une impression de faiblesse qui pourrait nous désigner comme des proies faciles.

Un mur de chaleur et un parfum de feu de bois et de saucisse nous enveloppèrent dès que nous franchîmes le seuil en entraînant quelques flocons dans notre sillage. La lumière rougeoyante provenait pour l'essentiel d'une grande cheminée à pierres crues devant laquelle étaient installées quelques tables occupées par une poignée d'hommes et de femmes âgés, vêtus de fourrure et de cuir. Deux garçons d'une quinzaine d'années jouaient avec des dés en os, avachis sur une table dans le coin de la salle commune tandis qu'un homme mince et voûté aux cheveux gris, qui portait un tablier, déposait des verres devant eux.

Tous les regards de la salle se tournèrent vers nous, et le murmure des conversations se tut aussitôt. Deux marchands attablés devant des fourrures et des pots d'herbes médicinales qui faisaient face à des tissus et des potions interrompirent leur transaction pour nous observer. L'aubergiste se hâta à notre rencontre en s'essuyant les mains sur son tablier.

— Entrez, je vous en prie, et refermez donc la porte. (Il le fit lui-même tout en le disant pour repousser au-dehors le froid glacial et la nuit neigeuse.) J'imagine que vous n'êtes pas fâchées d'arriver !

Un accent appuyait ses voyelles et durcissait ses consonnes, mais il restait parfaitement compréhensible.

J'oscillai légèrement, trop épuisée et transie pour répondre.

— Nous voudrions une chambre et à dîner, dit Zaira.

— Bien sûr. Laissez-moi prendre vos… euh, vous n'avez pas de sacs ? (Il nous examina d'un air perplexe et son regard glissa sur ma sacoche pour découvrir ma jambe ensanglantée.) Ah, vous avez rencontré des problèmes sur la route, à ce que je vois. Rien d'étonnant, à une heure aussi tardive. Vous n'êtes pas les seules à qui c'est arrivé aujourd'hui. Asseyez-vous donc. Je vous apporte à dîner.

Je m'affalai à la table la plus proche. Zaira m'aida à allonger ma jambe sur une autre chaise puis prit place à côté de moi, dos au mur. Les autres clients de l'auberge continuaient à nous dévisager. Zaira leur rendit leur regard d'un air revêche et quelques-uns détournèrent les yeux ; au bout d'un moment, les conversations reprirent autour de nous.

— Soyez prête à me libérer en cas de besoin, me chuchota Zaira.

— Quoi, ici ?

— Si vous croyez que personne n'a jamais été assassiné dans une auberge, j'ai de mauvaises nouvelles pour vous, me souffla Zaira en tapotant impatiemment des doigts sur la table. Je n'aime pas la façon dont ces gamins dans le coin nous observent.

Les deux garçons glissaient de fréquents regards vers nous en murmurant, penchés l'un vers l'autre. Tout le monde dans la salle parlait à voix basse en dehors de l'aubergiste qui jacassait nerveusement, et il régnait dans l'air une tension palpable. Je n'aurais su dire si nous en étions la cause, ou si l'ambiance était déjà ainsi avant que nous arrivions.

— Nous devrions peut-être partir, dis-je.

— Et pour aller où ? Possible qu'ils essaient de nous tuer pendant notre sommeil, mais ça reste quand même notre meilleure chance de voir le jour se lever demain matin.

L'aubergiste revint avec deux assiettes de saucisses et de pommes de terre cuites dans la même poêle, et deux chopes de bière légère.

— À vos tenues, j'imagine que vous paierez en monnaie impériale, dit-il en déposant les assiettes devant nous. Pas de souci. La moitié de nos clients nous arrivent de l'autre côté de la frontière, même si les affaires se sont ralenties depuis que l'armée est arrivée et a enrôlé tous les jeunes en état de se battre pour la guerre du prince Ruven.

Il effectua un petit geste devant sa poitrine en fouettant l'air de ses doigts, apparemment pour conjurer le mauvais sort.

Je levai à mon tour la main à ma poitrine pour palper le collier de griffes de Kathe et la chaîne de mon médaillon. L'aubergiste cligna des yeux sous le coup de la surprise.

— Oh ! Je suis étonné que vous ayez rencontré des problèmes sur la route alors que vous portez le sauf-conduit du Seigneur Freux. Avez-vous quitté la chaussée ?

— Euh…

J'étais assez épuisée pour laisser échapper la vérité, mais trop éreintée heureusement pour trouver mes mots.

— Quelque chose dans le genre, répondit vaguement Zaira.

Les deux garçons dans le coin se levèrent pour s'approcher de notre table. Le premier affectait la démarche crâneuse d'un adolescent qui n'a pas encore terminé sa croissance et veut se donner des airs d'adulte. L'autre avait à peine commencé à prendre une carrure d'homme et faisait rouler ses épaules, impatient d'éprouver la force nouvelle de son corps. Leur allure avait quelque chose d'assuré et de dangereux qui ne cadrait pas avec leur jeune âge. Je scrutai prudemment leurs yeux, mais dans la lumière maigre et vacillante, je n'y distinguai pas de marque des mages.

Les épaules de l'aubergiste se voûtèrent un peu plus dans ce qui ressemblait à une révérence, et il tenta de s'éloigner avec son plateau vide, mais les garçons lui barrèrent le chemin. Zaira fit reculer sa chaise de quelques centimètres. Je fis de mon mieux pour contrôler mes frissons et paraître détendue et confiante, mais je ne parvins qu'à me raidir, tous les muscles de mon corps tendus à se rompre.

— Qui est-ce ? demanda le premier garçon.

Quelques poils de barbe blonde s'accrochaient à son menton, et sa cape en fourrure était retroussée sur ses épaules, sans doute à dessein, pour lui donner de la carrure.

L'aubergiste se recroquevilla devant lui et baissa les yeux.

— Des voyageuses, messire. Elles…

— Pour moi, elles ressemblent plutôt à des serves en fuite, l'interrompit le garçon avec une moue dédaigneuse.

S'il pensait vraiment que nous ressemblions à des serves vaskandriennes, dans nos manteaux de fin velours, dont le mien était orné de broderies dorées aux manches, certes maculées de sang, c'est qu'il n'avait pas dû en rencontrer beaucoup. Il était plus probable qu'il cherche à tirer profit de notre état pitoyable pour nous extorquer un peu d'or.

— Nous n'avons rien de serves, rétorquai-je sèchement.

L'aubergiste grimaça. Le second garçon, resté un pas en arrière à la manière d'un garde, se renfrogna, et son visage semé de taches de rousseur s'empourpra.

— Surveillez votre langue quand vous vous adressez à lui ! Savez-vous au moins à qui vous parlez ? C'est Grainor Vertemain

Zaira s'esclaffa.

— Vertemain ! Pour autant que je sache, avoir les doigts pleins de morve n'est pas une excuse pour se conduire en parfait abruti.

L'aubergiste pâlit et se recula. Le garçon aux taches de rousseur s'avança d'un air menaçant, mais Grainor l'arrêta d'un geste désinvolte.

— Vous n'êtes pas d'ici, dit-il, aussi vais-je vous laisser une dernière chance. Mon nom vient de ce que je suis ensorceleur du bois. Et pendant que mon père se trouve à la frontière, c'est moi qui dirige ce village, et quatre autres alentour.

Il semblait ridicule d'en être arrivées là, à nous retrouver malmenées par un vivomancien de pacotille de plusieurs années mon cadet, mais les choses étaient ainsi. Notre situation était des plus précaires et nous devions à tout prix éviter d'attirer l'attention. Il fallait régler cette histoire en douceur.

— Et maintenant, présentez-lui vos excuses, exigea le rouquin. À genoux !

Zaira repoussa sa chaise et se leva.

— Nous ne sommes pas d'ici, c'est vrai, dit-elle avec un sourire carnassier, alors *je* vais vous donner une dernière chance. Regardez-moi dans les yeux, petits merdeux, et redites-moi ça.

Le compagnon de Grainor porta la main à sa dague, mais ce dernier lui chuchota :

— Attends.

Il plongea ses yeux dans ceux de Zaira, éclairés par la lueur du feu, et elle lui rendit son regard sans cesser de sourire.

Je repoussai ma chaise et me levai à mon tour, prête à fuir, à dégainer ma dague, ou à prononcer le mot de libération. Je devais suivre Zaira dans son jeu. Nous étions au Vaskandar ; ici, c'était elle qui possédait un statut susceptible de donner du poids à ses paroles.

Grainor devint pâle comme un linge. Sa main se porta convulsivement à sa poitrine et ses doigts exécutèrent le même geste de conjuration que l'aubergiste. Il tomba à genoux en tirant son ami pour que celui-ci l'imite.

— Ma dame. Je vous prie de me pardonner, dit-il en courbant la tête presque à toucher le plancher. Dans cette mauvaise lumière, je n'avais pas remarqué votre marque. Pardonnez-moi, je vous en supplie.

Son compagnon le regarda avec effarement, puis se tourna vers Zaira. Il inclina lui aussi la tête en s'agenouillant ainsi qu'on le faisait devant une reine, et effectua le même geste de la main.

L'aubergiste se mit à genoux à son tour, puis dans un grand vacarme de chaises tirées à la hâte, les autres clients s'empressèrent de s'agenouiller aussi, jusqu'à ce qu'il ne reste plus que Zaira et moi debout.

— Oh, relevez-vous, soupira Zaira. Et apportez-moi une meilleure bière que celle-là.

Une fois que tous surent que Zaira portait la marque des mages, ils la traitèrent comme si elle était un mélange d'une reine et de la démone de la Mort incarnée. L'aubergiste lui apporta sa meilleure bière et ses meilleurs mets, en s'inclinant si bas devant elle qu'il touchait presque le sol au plus petit signe de contrariété. Tout le monde dans la salle évitait de croiser son regard et s'écartait d'elle au moindre de ses mouvements. La plupart rentrèrent chez eux ou regagnèrent leur chambre aussitôt qu'ils se crurent autorisés à le faire sans que cela paraisse offensant.

— Je m'y habituerais facilement, sourit Zaira en mordant à belles dents dans son poulet rôti aux herbes. Ils savent comment traiter convenablement les mages, dans ce pays.

Je hochai la tête faiblement. Plus que tout au monde, j'aurais voulu être chez moi à Raverra, dans ma chambre, bien à l'abri derrière les sceaux de protection de notre palais et sous l'œil vigilant de Ciardha. Mais à dire vrai, dans l'état où je me trouvais, une couverture étendue par terre m'aurait suffi. Ma jambe me lançait douloureusement, et je ne me souvenais pas d'avoir été aussi épuisée de toute ma vie.

Mais je devais trouver le moyen de faire passer un message à Hautegarde à temps pour éviter un désastre. J'observai les derniers clients de l'auberge en quête d'un messager potentiel. Mes yeux s'attardèrent sur un des marchands dans un coin de la salle, qui finissait d'empaqueter ses articles.

Les paroles de ma mère me revinrent en tête : *« Et je peux te dire qu'un bon tiers des marchands raverrains au Vaskandar sont des espions. »*

— Zaira, chuchotai-je. Pourriez-vous appeler ce colporteur, là-bas ? Je voudrais tenter quelque chose.

Elle me jeta un regard intrigué, puis haussa les épaules.

— Vous ! l'appela-t-elle d'une voix forte, et le marchand sursauta. Venez ici !

Il hésita un instant, puis s'approcha de notre table avec l'air d'un condamné s'avançant vers le bourreau.

— Mon amie désire vous parler, dit Zaira avant de mordre dans sa cuisse de poulet.

Les yeux de l'homme se tournèrent vers moi et remarquèrent le sang sur ma manche. Sa posture se détendit aussitôt.

— Ah, ma dame souhaite sans doute acquérir quelque médecine impériale ? J'ai toute une sélection de baumes et de potions alchimiques, ramenés directement d'Ardence.

— Je vous prendrai le meilleur remède que vous ayez pour soigner les plaies profondes, acquiesçai-je avec reconnaissance. Mais dites-moi, votre visage me paraît familier. Connaîtriez-vous par hasard Piero da Idrante ?

Une étincelle s'alluma dans les yeux de l'homme.

— Si fait ! Je l'ai rencontré une fois à Palova, durant la Fête de l'Abondance.

Il connaissait le mot de passe. Le soulagement m'envahit, et j'eus l'impression que c'était la Cité Sérénissime elle-même qui me lançait un filin pour m'éviter la noyade dans des eaux troubles. Si je me souvenais bien des codes dont ma mère m'avait instruite, la mention du Festival de l'Abondance le désignait comme un espion de bas niveau, mais cela suffirait amplement à mes besoins.

Je lui adressai mon sourire le plus charmant.

— Ah, c'est bien ce que je pensais. Je l'ai vu pas plus tard qu'hier. Et il m'a dit, au cas où je vous croiserais, de vous demander si vous pourriez porter un message à sa tante Mirabella.

Zaira s'était arrêtée de manger et nous observait avec fascination. Le marchand blêmit ; tante Mirabella était un code de haute priorité qu'il n'avait sans doute jamais entendu en dehors de son entraînement, et qui exigeait de lui qu'il y réponde toute affaire cessante.

— Bien sûr. Et où se trouve sa tante Mirabella en ce moment ?

— Je crois qu'elle réside à la forteresse de Hautegarde. Je sais qu'il est bien tard, mais j'espère *vraiment* qu'elle puisse recevoir le message de Piero ce soir même. (Je déposai une poignée de ducats sur la table, juste pour lui montrer le sérieux de l'affaire.) Pensez-vous que cela soit possible ?

L'espion déglutit péniblement.

— Il est dangereux de voyager au Vaskandar de nuit, mais pour tante Mirabella, je suis prêt à prendre le risque. Que dois-je lui dire ?

— Dites-lui que ma compagne et moi allons bien. (Je lui désignai Zaira du geste, qui adressa au pauvre homme un sourire qui ne fit rien pour le rassurer.) Qu'elle sache que nous avons été retardées sur la route et que nous avons décidé de passer la nuit ici, mais que nous n'avons pas besoin d'aide et que nous devrions être de retour demain. Dites-lui qu'il est inutile qu'elle intervienne en quoi que ce soit, au risque de gâcher la surprise.

Le marchand fronça légèrement les sourcils alors qu'il s'efforçait de comprendre ce qu'il pouvait y avoir de si urgent dans ce message. Il observa les broderies de mon manteau, le collier de griffes à mon cou, et finalement la pile de ducats posée devant lui. L'homme n'était pas un imbécile, et il finit par faire le lien. Ses yeux s'écarquillèrent.

— Ma dame, s'étrangla-t-il, avant de se reprendre aussitôt et de ranger l'argent dans son sac. Vous pouvez compter sur moi. Je veillerai à ce que tante Mirabella reçoive votre message ce soir même.

— Je vous remercie, dis-je avec ferveur. Que la Grâce de la Fortune vous accompagne.

Dès qu'il eut pris congé, Zaira se pencha vers moi pour me glisser à l'oreille d'une voix énigmatique :

— Le héron s'envole à minuit. Le chien noir pisse sur le tapis du doge.

— Oh, ça va. Moquez-vous, mais ça a fonctionné, non ?

Je m'adossai à ma chaise et me laissai de nouveau envahir par le brouillard de fatigue et de douleur à présent que j'avais accompli ma tâche.

— Eh bien, j'imagine qu'on le saura demain matin au réveil en voyant si on est en guerre ou pas, rétorqua Zaira.

Peu après, elle demanda à l'aubergiste de nous montrer notre chambre. Je lui payai plusieurs fois le prix normal pour le gîte et le couvert et il prit mes pièces avec des yeux craintifs, comme s'il s'agissait de l'or maudit d'une histoire de fantôme. Puis il nous conduisit à sa meilleure chambre, avec un lit garni d'un matelas de plumes et d'un édredon de duvet pour Zaira, et un lit de camp pour moi.

Dès que l'aubergiste referma la porte après nous avoir saluées, Zaira poussa le lit de camp contre la porte, puis alla à la fenêtre et annonça que ce n'était pas trop haut pour sauter, en cas de besoin.

Je n'en avais cure. Je parvins à peine à garder les yeux ouverts pendant que Zaira appliquait sur mes blessures le baume alchimique que le marchand nous avait fourni, avant de changer mes bandages. Il y avait de fortes chances qu'on essaie de nous tuer pendant notre sommeil, ou que des chimères s'introduisent par la fenêtre qu'aucun sceau magique ne protégeait, mais j'étais trop épuisée pour m'en inquiéter. Nous étions en territoire ennemi, et en grave danger, mais il y avait une couche qui m'attendait.

Je m'effondrai sur le lit de camp avec la pesanteur d'un ivrogne basculant du pont d'un navire, et coulai aussitôt dans les profondeurs d'une lagune de sommeil.

Je fus réveillée par la sensation de quelque chose de doux tombant sur ma poitrine. Je me redressai en bredouillant et portai la main à ma dague ; mais ce n'était que Zaira qui me souriait malicieusement dans la lumière rosée de l'aube.

Elle me jeta autre chose : une miche de pain chaude et odorante, fraîchement sortie du four. Quant à ce qui m'avait réveillée, il s'agissait d'un paquet de vêtements de rechange.

— L'aubergiste s'est levé tôt pour cuire le pain, alors je vous en ai rapporté, dit-elle. Et du verbiage à m'en faire saigner les oreilles. Ce type ne s'arrête jamais de jacasser.

Je tournai mes yeux encore lourds de sommeil vers la fenêtre où se découpaient contre le ciel aux teintes abricot les silhouettes noires des montagnes, dominées par la majesté du mont Chenu auréolé d'aurore. La réalité retomba sur moi comme de la neige fondue sur la peau, glacée et déplaisante : nous étions au Vaskandar. Les soldats tués, les limiers des ronces, notre situation précaire ; c'était la main avec laquelle nous devions jouer notre partie, et l'aube d'un nouveau jour n'autorisait pas à rebattre les cartes.

— Avez-vous appris quelque chose d'intéressant ? demandai-je d'un ton las.

— Un moyen de rentrer, peut-être. Un sentier qui traverse les montagnes, utilisé par les contrebandiers. Pour le trouver, il faut passer près d'un château, mais puisqu'il ne se dresse pas juste à côté de la route, ça ne devrait pas poser de problème particulier. (Zaira s'assit sur le bord du lit. Les cernes sous ses yeux indiquaient qu'elle n'avait guère dormi pendant la nuit ; avec une pointe de culpabilité, je compris qu'elle avait sans doute monté la garde.) Comment va votre jambe ? Vous êtes d'attaque pour un peu de grimpette ?

— Voyons ça.

Je défis les bandages en me préparant au pire, mais le baume avait fait son œuvre. Les entailles ouvertes par les griffes de la bête sur mon mollet ne saignaient plus et semblaient s'être un peu refermées. Quant à la douleur, elle était beaucoup plus supportable.

— Ça pourrait être pire, dis-je.

— Bien, répondit Zaira d'un ton bourru. Je n'aurais pas aimé avoir à vous achever comme un cheval qui s'est cassé une jambe.

Je souris.

— Considérant votre attitude à l'égard des chiens, je doute que vous soyez capable d'achever un cheval.

— Par les Enfers, non. Je ne suis pas un monstre. Mais les humains sont pires que les chevaux.

Un silence s'étira entre nous, le temps de quelques battements de cœur, assez long pour que le souvenir du sang, de la mort et du sacrifice m'étreigne douloureusement la poitrine.

— Merci de ne pas m'avoir abandonnée, dis-je finalement.

Zaira haussa les épaules.

— C'était une de vos idées les plus stupides. Vous êtes parfois aussi pénible qu'un furoncle, mais déjà que vivante vous n'êtes pas bonne à grand-chose, vous seriez encore plus inutile morte.

Je reçus le compliment avec un sourire. De la part de Zaira, cela s'apparentait à une déclaration d'amitié éternelle.

Nous descendîmes dans la salle commune et découvrîmes un étrange spectacle : trois berceaux s'alignaient devant l'âtre dans la lumière grise du matin, et l'aubergiste balançait l'un d'eux doucement en chuchotant pour apaiser le vagissement qui s'en élevait. Il sursauta en nous voyant arriver et lâcha le berceau pour s'incliner devant nous, tandis que derrière lui les pleurs du nourrisson reprenaient de plus belle.

— Ma dame, ma dame, nous salua-t-il. Je suis navré pour le bruit et le, ah, désordre.

— Que font ces bébés dans votre auberge ? s'étonna Zaira.

— Ils ont emmené à l'armée tous les gens jeunes et en bonne santé, vous comprenez. (L'aubergiste recula de quelques pas et se mit à balancer le berceau du bout du pied, avec un geste expérimenté ; les pleurs du bébé diminuèrent pour se muer en gémissements grognons.) Mais dans sa miséricorde, le Seigneur Loup a décrété que les mères qui allaitaient un nouveau-né pourraient rester chez elles avec leur progéniture. La Dame des Ronces n'a pas fait preuve de la même clémence envers nos voisins du Sevaeth, aussi en sommes-nous très reconnaissants à notre maître. (Il fouetta l'air de ses doigts devant sa poitrine.) Mais il ne reste plus personne pour s'occuper des travaux quotidiens et il y a encore beaucoup à faire en prévision de l'hiver. Alors je m'occupe de garder les petits pendant que leurs mères coupent et rangent le bois, et préparent des conserves, avec les enfants en âge d'aider ainsi que les anciens. Je suis navré pour le dérangement.

J'eus la gorge si serrée que j'en perdis la voix.

Zaira balaya ses excuses d'un geste.

— Ce n'est rien. Et prenez bien soin de ces petits.

Puissent les Grâces veiller sur les habitants de ce village. Si les armées du Vaskandar franchissaient les cols, ce seraient les familles de ces nourrissons qui affronteraient le malefeu de Zaira et les armes d'Istrella. Tout ça parce que leur seigneur les forçait à abandonner leurs foyers et leurs enfants pour mener sa guerre.

Un sentiment de compassion douloureux me noua le ventre. J'aurais aimé m'attarder ici pour aider ces pauvres mères épuisées par les travaux des champs et pour chasser cette misérable petite brute dont la vivomancie lui donnait tout pouvoir sur ces gens. Mais trop de choses dépendaient de notre retour dans l'Empire.

Zaira et moi sortîmes de l'auberge pour trouver le village aussi désert qu'à la nuit. D'après ce que l'aubergiste nous avait raconté, les rares habitants qui restaient étaient en train de s'affairer dans les bois ou aux cuisines. La lumière pâle du matin nous révéla des détails que nous n'avions pu voir dans l'obscurité, comme des marques de griffures profondes sur les portes des maisons ou des volets brisés, aux bords rongés. Sans les lanternes dont l'éclat vif repoussait les ténèbres, le hameau, gris et misérable, avait triste mine. Une mince couche de neige saupoudrait les champs, pas suffisante pour les transformer en étendue de blancheur pure, mais assez pour contraster violemment avec les mottes de terre noire des sillons.

Notre souffle givrait dans l'air froid, mais de l'eau dégouttait de l'avant-toit de l'auberge ; le soleil réchauffait déjà le monde, et la neige ne tiendrait pas. À Raverra, les arbres commençaient à peine à perdre leurs feuilles et les nobles dames à se plaindre que la fraîcheur automnale les obligeait à se couvrir les bras. Et si jamais la neige y tombait, ce qui n'arrivait pas chaque année, cela ne se produirait pas avant deux bons mois. Je sortis mes gants de cuir souple de ma sacoche et les enfilai.

Zaira ne semblait pas ressentir le froid. Elle observait les alentours avec des yeux brillants, les joues rosies.

— C'est joli, non ? (Puis son visage se ferma.) J'aimerais que Terika soit avec nous pour voir ça.

— Nous la ramènerons, je vous le promets, murmurai-je.

Mais la nausée qui me souleva le cœur au souvenir du cadavre ensanglanté de Lienne démentait mes paroles. Nous aurions déjà bien de la peine à rentrer chez nous, et pour Terika les jours étaient comptés.

Le château noir dominait la vallée boisée depuis le sommet d'un contrefort peu élevé et dressait ses tours sombres contre le ciel qu'elles semblaient griffer. Il était juché sur la crête rocheuse et inégale de la colline tel un prédateur aux aguets, prêt à bondir de son perchoir sur la première proie passant à sa portée.

Il ne ressemblait en rien aux forteresses de l'Empire à l'architecture militaire et fonctionnelle, conçues pour pouvoir loger plusieurs milliers de soldats derrière leurs remparts hérissés de canons. Il n'évoquait pas non plus les façades aux sculptures délicates des palais raverrains où logeait la riche aristocratie de la cité. Ses tours étaient trop minces et ses fenêtres trop larges pour des ouvrages défensifs, mais ses lignes anguleuses lui conféraient une silhouette lugubre, sans le charme d'une résidence de campagne dédiée au délassement. Il n'était pas non plus assez vaste pour abriter une armée ou une cour aristocratique d'importance, et aucun village ne se nichait au pied de ses murs.

Cela n'avait aucun sens. Quelqu'un avait bâti ce château non pour répondre à un dessein précis, mais juste par lubie. Et ce quelqu'un n'avait apparemment pas besoin de canons, d'armées ou de protections magiques pour défendre son bien.

Quand nous parvînmes à l'aplomb du château, les arbres autour de nous frémirent dans une brise inexistante. Un écureuil aux oreilles noires et touffues nous observa du haut d'une branche. Tous les petits bruits de la forêt se turent. Mon estomac se noua au point d'en avoir la nausée alors que je me remémorais le changement que nous avions senti dans la forêt du Sevaeth juste avant que les chimères attaquent.

— Zaira, murmurai-je, avez-vous aussi l'impression que quelqu'un sait que nous sommes là ?

Mais Zaira ne marchait plus à côté de moi. Elle s'était immobilisée et fixait le chemin qui serpentait à flanc de colline jusqu'au château.

— Terika. Elle est là-haut, me déclara-t-elle.

— Vous n'en savez rien, protestai-je, alarmée par la détermination qui se lisait dans son regard.

— En quel autre endroit auraient-ils pu l'emmener ?

— Zaira…

— Je sais, m'interrompit-elle sèchement. Vous allez dire : on ne peut pas enfoncer la porte et réduire le château en cendres pour la retrouver. Cela déclencherait une guerre, je provoquerai la mort de tout le monde, et toutes ces autres mièvreries que vous adorez débiter.

— Eh bien, c'est pourtant la vérité.

— Pisse de démon, je le sais bien ! (Elle se tourna vivement vers moi, le visage déformé par un mélange de rage et de douleur.) Mais comment je vais pouvoir me regarder dans la glace si je passe devant ce château sans rien tenter alors que je sais qu'elle s'y trouve sûrement et qu'elle a besoin de mon aide ?

— Pour pouvoir se regarder dans la glace, il faut encore être en vie, répondis-je.

Un son nouveau se fit entendre par-dessus le bruissement des feuilles : le claquement de sabots. Des chevaux approchaient sur la route devant nous.

— Vous là-bas ! appela une voix autoritaire.

— Et merde, marmonna Zaira.

La panique m'envahit alors qu'une poignée de cavaliers en uniforme apparut dans le virage que dessinait la route. L'officier en tête du groupe éperonna son cheval pour nous rejoindre, le regard méfiant, une main sur le pistolet à sa ceinture. Zaira se redressa avec la grâce paresseuse d'un chat qui s'éveille, et je sentis qu'elle se préparait à l'action.

Je me forçai à sourire et levai la main pour saluer le soldat.

— Bonjour !

L'officier arrêta sa monture devant moi.

— Que faites-vous ici ?

— Nous sommes juste de passage, en route pour rendre visite à mon ami Kathe, le Seigneur Freux de Let, répondis-je en tapotant le collier de griffes à mon cou.

L'officier se raidit et ses yeux s'agrandirent légèrement à la vue du présent de Kathe. Puis il fronça les sourcils en nous examinant de pied en cap.

— Vous n'allez pas dans la bonne direction. Qui… (Il s'interrompit, blêmit, et salua aussitôt Zaira.) Ma dame ! Veuillez me pardonner. Je ne voulais pas vous manquer de respect. Je n'avais pas vu la marque dans vos yeux.

— Puisqu'il s'agissait d'une erreur de bonne foi, je ne vous le ferai pas payer de votre vie, répondit-elle d'un air magnanime.

L'officier s'inclina de son mieux sans tomber de selle, et les autres soldats s'empressèrent de l'imiter.

— La route a dû vous fatiguer, honorable dame. Laissez-moi vous escorter jusqu'au château, pour que vous puissiez y prendre un peu de repos.

Quelque chose n'allait pas. Je le voyais à la façon dont les soldats échangeaient des regards discrets, à celle dont les arbres se chuchotaient l'un à l'autre, à ce trio de moineaux sur sa branche, qui ne nous quittait pas des yeux. Nous devions nous sortir de cette ornière, mais impossible d'espérer distancer des soldats montés, et les bois n'étaient pas un endroit sûr où tenter de se cacher.

Zaira déclina l'invitation d'un geste.

— Ça ira. Nous avons déjà des étapes prévues sur notre chemin.

L'officier s'inclina de nouveau, touchant presque du nez le pommeau de sa selle.

— Je vous en prie, noble dame. Vous ne désirez certainement pas offenser mon seigneur en refusant son hospitalité. Je me permets d'insister.

Zaira leva les yeux vers le château, et je vis y briller la tentation. Je savais qu'elle pensait à Terika. Et elle avait perçu aussi bien que moi le ton du soldat ; si nous voulions éviter que la situation tourne à l'affrontement, nous n'avions guère le choix.

— Bon, entendu, concéda-t-elle d'un air dégagé. Une pause le temps de boire un verre, et ensuite je devrai reprendre la route.

L'officier opina du chef avec un soulagement manifeste.

— Comme il vous plaira, noble dame.

Les cavaliers prirent position autour de nous et nous bifurquâmes sur le chemin qui montait en direction du château. J'échangeai un regard anxieux avec Zaira, qui énonça silencieusement : *« Et maintenant ? »*

— Continuons notre bluff, lui chuchotai-je, et prions pour que le maître des lieux ne comprenne pas qui il a invité sous son toit.

Le château se dressa au-dessus de nous, silhouette noire contre le ciel voilé de nuages, magnifique d'asymétrie et de dentelures. Les rambardes de ses balcons m'évoquaient des ossements ou des andouillers, et ses remparts ressemblaient à des dents. La route s'incurvait devant l'édifice pour former une allée circulaire, au centre de laquelle se dressait un arbre aux branches pendantes d'un saule et aux feuilles mauves. Des jardins entouraient le château, dont les buissons et les arbustes présentaient tous des formes griffues ; certains portaient des fleurs à la douceur écœurante, qui offraient différentes nuances de violet.

Deux statues encadraient l'escalier qui accédait au château, mais je compris bientôt qu'il s'agissait en réalité de deux grands loups gris. Sur le qui-vive, ils nous regardèrent approcher de leurs yeux jaunes, et les petits poils le long de ma colonne vertébrale se hérissèrent sous le coup d'un instinct primaire.

Des loups. Nous étions chez le Seigneur Loup du Kazerath. Oh, par les Neuf Enfers.

J'adressai à Zaira un regard paniqué, mais elle n'en comprit pas la raison. Puis les soldats nous escortèrent jusqu'aux lourdes portes noires et les ouvrirent devant nous. Trop tard.

Un vaste hall d'entrée nous engloutit, tout en marbre gris et noir, avec un haut plafond voûté et un grand double escalier circulaire. La courbe des deux volées de marches et le balcon sur lequel elles aboutissaient dessinaient une arche conduisant à une grande salle d'apparat aux murs percés de hautes fenêtres étroites. Une colonnade aux fûts élancés guidait le regard vers le trône à l'autre bout de la salle, qui la dominait de sa gloire asymétrique aux pointes menaçantes. Il me donna l'impression d'avoir été ingénieusement fabriqué à l'aide de milliers d'ossements, pourtant l'os n'était pas d'habitude d'un noir luisant, ni aussi flexible qu'une branche de saule.

Mais peut-être pouvait-il le devenir entre les mains d'un Haut Ensorceleur ?

Nos hôtes nous attendaient sous l'arche. Celui dont je supposai qu'il s'agissait du Seigneur Loup du Kazerath portait une cape de fourrure grise qui retombait jusqu'au sol, de la même couleur que ses cheveux, et si l'homme se rasait, il ne s'y résignait que de temps à autre. Une lueur dure brillait dans ses yeux, où les cercles de sa marque des mages affichaient la blancheur de l'hiver. Ses larges épaules disaient sa force et je ne doutais pas que ses mains balafrées sachent parfaitement manier la lourde épée qui pendait contre sa cuisse.

À côté de lui, une coupe de vin à la main, se tenait un homme plus distingué, vêtu d'un manteau de cuir noir à haut col et broderies violettes anguleuses. Ses fins cheveux blonds étaient ramenés en arrière en une longue queue-de-cheval, et un sourire aussi réjoui qu'incrédule se dessina sur son visage en nous voyant, comme si nous représentions la plus merveilleuse des surprises.

— Mais ça alors ! Soyez la bienvenue au château de ma famille, dame Amalia Cornaro, s'exclama le prince Ruven.

Chapitre 20

— Quelle délicieuse surprise. (Ruven s'inclina avec grâce, sans renverser une goutte de vin.) Et dame Zaira, ajouta-t-il. Nous sommes honorés de votre présence.

Je lui rendis sa révérence avec formalisme, tandis que mon cœur et mon esprit s'affrontaient pour voir lequel pouvait aller le plus vite.

— Nous passions non loin de votre demeure, et il nous aurait paru grossier de ne pas nous arrêter pour vous saluer.

À côté de moi, Zaira serrait et desserrait les poings. Gracieuse Miséricorde, faites qu'elle ne se jette pas sur Ruven pour le frapper en réclamant qu'il libère Terika. D'autant plus que nous n'avions toujours pas la certitude que c'était bien lui qui la détenait.

Mais elle laissa échapper le rire indifférent qu'elle réservait aux gens qu'elle méprisait le plus, et se fendit d'une révérence.

— Charmées, nous sommes charmées. Vous n'imaginez pas à quel point.

Ruven désigna d'un geste solennel l'homme à côté de lui, qui nous toisait avec les yeux froids d'un prédateur se demandant si nous allions lui servir de dîner.

— Permettez-moi de vous présenter mon père, le Seigneur Loup du Kazerath.

Le salut poli que je m'apprêtais à lui adresser mourut sur mes lèvres. Il y avait dans son regard cerclé de blanc la puissance d'un sang ancien, de l'héritage d'une longue lignée.

Je sentis le pouvoir qui émanait de lui à la manière d'une nappe de brume, bien différent de l'énergie électrique qui irradiait de Kathe ; c'était un lac boueux et profond plutôt qu'un ruisseau clair et vif, le grondement du tonnerre plutôt que la radiance de l'éclair. Sa présence possédait plus de force tangible que le sol de pierre sous mes pieds.

— De tous les fumets que le vent m'a apportés ce matin, dit-il d'une voix grave et rocailleuse, je ne m'attendais pas à y trouver l'odeur de la sorcière du feu et de l'héritière des Cornaro.

Il fit un pas en avant, félin et assuré. Sa main se leva en un signal paresseux, et les soldats refermèrent les portes derrière nous. Sur le sol, le rectangle de soleil qui filtrait par l'embrasure s'étrécit et disparut. Je me forçai à ne pas reculer, à ne pas tourner la tête, à ne rien laisser paraître de ma frayeur.

— Et que vais-je donc faire de vous, déclara le Seigneur Loup, maintenant que vous vous êtes aventurées dans ma tanière ?

Des loups gris efflanqués qui se déplaçaient comme le souffle d'une nuit de tempête firent leur entrée par des portes latérales. J'avais toujours cru que les loups avaient la taille de gros chiens, mais à les voir de plus près, ils étaient aussi grands que des cerfs. Ils se mirent à rôder en demi-cercle autour de nous, en nous fixant de leurs yeux jaunes et brillants.

Je me campai sur mes jambes tremblantes, mais ne pus empêcher ma main de glisser jusqu'à la poignée de ma dague.

— Par l'enfer des Cauchemars, jura Zaira dans un murmure à peine audible.

Le prince Ruven sourit joyeusement.

— Eh bien, père, mais leur offrir l'hospitalité, bien sûr ! Ce sont nos hôtes, après tout.

— Vraiment ? (Le Seigneur Loup plissa les yeux.) Je vois le signe du Seigneur Freux sur celle-là, mais pas sur l'autre. Donne-moi une raison de laisser vivre la sorcière.

Zaira montra les dents.

— Moi, je vais vous en donner une : je parie que vous préférez ne pas brûler.

— Zaira, bredouillai-je nerveusement, vous devriez montrer plus de courtoisie envers notre hôte.

— Seulement quand il en montrera envers moi, rétorqua-t-elle.

Les loups se rapprochèrent encore, en grondant doucement, et leur souffle chaud vint m'effleurer le dos. Le Seigneur Loup resta insensible à la bravade de Zaira. Les cercles blanc vif de ses yeux se tournèrent vers elle, et je la sentis se cambrer sous le poids de son regard qui semblait convoyer la masse insoutenable d'une montagne.

— Je sais ce que vous êtes. (Le Seigneur Loup n'éleva pas la voix, mais son ton avait quelque chose de terriblement menaçant.) Au Kazerath, nous n'avons pas oublié le danger que représentent les mages de votre espèce.

Zaira lui lança un regard si farouche que je m'attendis presque à ce que les dalles commencent à fondre sous les pieds du Seigneur Loup.

— Oh oui, je suis dangereuse, et ne croyez pas que j'hésiterais à m'ouvrir une porte de flammes dans les murs de votre château.

Que les Grâces nous protègent, Zaira ! Pourquoi cherchez-vous à les provoquer ? Un grondement sourd et bestial monta dans la gorge d'un des loups, et une peur primitive me hérissa tout le corps.

— Donne-moi une bonne raison, Ruven, répéta le Seigneur Loup.

Ruven se mit à rire, mais d'un rire un peu nerveux.

— Nous ferions de bien piètres hôtes si nous n'offrions pas au moins à ces dames à manger et à boire avant d'en venir aux conversations sérieuses. N'êtes-vous pas de cet avis ?

Le Seigneur Loup grommela. Ruven sembla y voir une marque d'assentiment, et il nous invita d'un geste à le suivre.

— Venez, je vous prie. Allons nous asseoir et nous relaxer, et deviser de choses plus légères.

— Comme de l'endroit où vous retenez Terika ? demanda Zaira en avançant d'un pas.

— Ah, vous parlez sans doute de la jeune alchimiste ?

La surprise me coupa le souffle. Terika était donc bien ici. Zaira laissa échapper entre ses dents un sifflement rageur.

— Serait-ce donc une de vos amies ? Bien sûr, bien sûr, que vous pourrez la voir ! dit Ruven avec un petit geste d'apaisement. Mais d'abord, quelques rafraîchissements. Venez, asseyez-vous et reposez-vous, et vous pourrez lui rendre visite ensuite.

Je n'osai pas bouger, mais le père de Ruven secoua la tête d'un air écœuré et les loups se reculèrent.

— Très bien, Ruven. Essayons donc à ta façon.

Le sourire que leur décocha Zaira était aussi effrayant qu'un doigt tordu au point de rupture.

— Oh, oui, allons prendre joyeusement le thé. Il serait idiot de s'entre-tuer le ventre vide.

Chacun de ces trois-là avait le pouvoir de me faire passer de vie à trépas d'un claquement de doigts. Si nous en étions réduites à faire appel au malefeu, je ne me berçais pas d'illusions quant à mes chances de quitter vivante ce château.

Je me forçai donc à avancer, mais délaissai la main que m'offrait Ruven. Il semblait régner une certaine tension entre Ruven et son père ; peut-être y avait-il quelque chose à sauver au milieu de ce désastre.

— Nous vous remercions de votre aimable hospitalité, dis-je. Nous acceptons bien volontiers.

Le Seigneur Loup grommela.

— Je te laisse t'en charger, Ruven. Occupe-toi d'elles.

Sur cette injonction d'une inquiétante ambiguïté, il tourna les talons sans nous accorder un regard. Sa cape de fourrure flotta derrière lui, et ses loups, qui nous jetaient toujours des œillades menaçantes, le suivirent de leurs foulées silencieuses.

—Allons, venez, ma dame. (Ruven voulut toucher ma joue, mais je me reculai vivement, le cœur battant la chamade, bien trop consciente de ce qu'il pouvait faire d'un simple contact de sa main. Il sourit malicieusement, réjoui de mon inconfort.) Asseyons-nous et parlons.

Il nous conduisit par une porte latérale du hall d'entrée dans une salle à manger équipée d'une longue table noire cirée, dominée à une extrémité par un fauteuil imposant recouvert de fourrures de loup et de léopard. De hautes fenêtres s'ouvraient sur deux murs de la salle. Des lianes ligneuses s'entrecroisaient sur la baie des fenêtres et dessinaient des motifs complexes. Je reconnus des formes de loups hurlant à la lune, de cerfs aux abois et de sapins, élégamment suggérées par les entrelacs des branches vivantes qu'avait façonnés la main d'un habile vivomancien. Nous prîmes place à la table, mais je continuai à admirer l'ouvrage, découvrant sans cesse de nouvelles silhouettes dans les sarments enchevêtrés.

Ruven remarqua où se portait mon regard.

—Ah, je vois que vous appréciez notre petite treille décorative ?

—Oui, c'est ravissant, admis-je.

—C'est l'œuvre de ma défunte mère. C'était un de ses passe-temps. (Il soupira.) J'ai passé beaucoup de mes années d'enfance ici.

Des domestiques en livrée entrèrent, les yeux baissés. Plusieurs d'entre eux portaient des marques en forme de main sur le poignet ou le visage. Ils déposèrent devant nous des plats de bœuf accompagné d'aigrelles et de pommes de terre, ainsi que des verres de vin. Je notai qu'ils avaient tendance à se recroqueviller sur eux-mêmes dès qu'ils se trouvaient à portée de main de Ruven.

Je ne me sentais guère d'appétit pour une chère aussi riche alors que je savais au cliquètement de leurs griffes sur le marbre que les loups rôdaient encore dans le hall, et que nos hôtes pouvaient décider à tout moment que cela ne les amusait plus de nous laisser en vie. J'appréciai en revanche l'idée d'un verre de vin.

À peine m'en étais-je emparée que la bague à mon doigt se mit à brûler et sa pierre à luire d'un éclat doré.

Je reposai mon verre aussitôt, le pouls affolé. Zaira l'avait remarqué et elle repoussa son assiette.

— Veuillez me pardonner, mais il semble y avoir un problème avec ce vin, annonçai-je avec une politesse froide.

Ruven fronça les sourcils.

— Voilà qui est inacceptable. (D'un doigt, il fit signe d'approcher au serviteur qui m'avait apporté mon verre, un adolescent aux cheveux blond filasse.) Toi, viens ici.

Le garçon devint livide et la marque de brûlure violacée à son cou ressortit vivement sur sa soudaine pâleur. Il s'avança malgré sa terreur ; refuser d'obéir lui aurait sans doute promis un sort plus terrible encore.

— Ce ne sera pas nécessaire, dis-je sèchement. Je doute que votre domestique soit à blâmer.

Ruven ouvrit les mains d'un air innocent.

— Voyons, dame Amalia, je ne peux admettre que l'on serve à ma table un cru médiocre. Si mes domestiques apportent à mes invités quelque chose qui leur déplaît… (Sa main jaillit pour se refermer sur le poignet du garçon.) … ils doivent en supporter les conséquences.

Le garçon hurla. Le plateau vide qu'il tenait dans l'autre main tomba au sol, et un hurlement insoutenable monta dans sa gorge. Puis son cri se brisa soudain et il se figea, aussi immobile qu'une statue. Sa poitrine se souleva au rythme d'une respiration rauque et saccadée alors qu'il essayait de hurler, ses yeux terrifiés fixés sur Ruven.

Je me levai brutalement.

— Prince Ruven ! Je vous implore de cesser !

La manche du garçon se déchira, ainsi que la chair au-dessous. Les esquilles des os de son poignet crevèrent la peau de leurs pointes ensanglantées. Le malheureux émit un gargouillis étranglé.

Zaira se leva et jeta sa serviette.

— Ça suffit. Brûlons cet endroit.

— Allons, allons, je vous en prie, rasseyez-vous.

Ruven lâcha le bras du domestique qui s'effondra à genoux en tenant son membre torturé, le corps soulevé par un cri de douleur qui refusait de franchir ses lèvres. Le silence que lui avait imposé le pouvoir de Ruven perdurait, le laissant complètement muet.

Ruven claqua des doigts et d'autres serviteurs s'empressèrent de relever le garçon en évitant soigneusement de toucher son bras d'où saillaient ses os ensanglantés, et ils l'emmenèrent. Le pauvre avait les yeux écarquillés et le souffle rauque d'un agonisant. Je ne pus m'empêcher de le suivre du regard, jusqu'à ce qu'il soit évacué de la salle.

— Je suis navré de vous avoir déçue, soupira Ruven. Nos cuisines ne sont pas très au fait des goûts de l'aristocratie raverraine. Je veillerai à ce que le cuisinier reçoive la bastonnade.

— N'en faites rien, s'il vous plaît. Votre cuisinier n'est pas en tort. (Je forçai mon visage à reprendre une expression calme. Je ne devais pas le laisser remarquer à quel point cela me perturbait de le voir maltraiter ses gens, sinon il recommencerait.) Avec tout mon respect, je comprends mal pourquoi – alors que vous nous avez assuré de votre hospitalité – vous essayez de nous empoisonner.

— Oh, ça ? Il ne s'agit pas de poison, rit Ruven. Enfin, dame Amalia, quelle raison aurais-je de vous empoisonner ? Vous savez très bien que je possède d'autres moyens de mettre fin à vos jours si je le désire.

Zaira me tira par la manche.

— Ne perdez pas plus de temps à parler avec cette fiente de démon. Venez. Partons d'ici.

Ruven haussa les sourcils.

— Et qu'en est-il de votre amie l'alchimiste ? Ne souhaitiez-vous pas la voir ? (Zaira se figea. Ruven secoua la tête en soupirant.) Elle sera tellement déçue quand elle apprendra que vous êtes parties sans même la saluer.

Zaira frappa des deux poings sur la table, et les assiettes s'entrechoquèrent.

— Que les Enfers vous engloutissent ! Ce n'est pas un jeu !

Les yeux aux cercles violets de Ruven brillèrent.

— Certes non. Je vous ai dit que vous pourriez la voir, et je tiendrai parole. Êtes-vous certaines de ne rien vouloir, pas même une gorgée de vin ?

— Tout à fait certaine, répondis-je fermement.

Ruven se leva en nous tendant la main.

— Dans ce cas, promenons-nous un peu, voulez-vous ? Voyons si nous pouvons aboutir à un accord profitable à tous par l'entremise d'une discussion civilisée.

Zaira renifla dédaigneusement.

— Je ne promets pas d'être civilisée, mais d'accord pour marcher.

Ni elle ni moi n'acceptâmes la main de Ruven. Nous quittâmes la salle à manger pour revenir dans le hall d'entrée, puis dans la longue salle du trône. Je glissai un regard vers les grandes portes du château en passant devant, mais je doutais que nous réussirions à aller plus loin que le bas du perron si nous tentions de fuir.

Le trône était vide et des valets s'affairaient sur les côtés de la salle pour installer des chaises en bois richement sculptées. Une femme replète et un vieil homme, qui portaient tous deux la livrée des domestiques, se disputaient sur la meilleure façon de répartir les sièges dans la pièce.

— Pardonnez ces nuisances, s'excusa-t-il, et je compris avec écœurement qu'il parlait non du bruit, mais des serviteurs eux-mêmes. Nous nous préparons à accueillir sous peu le Conclave, ce qui crée beaucoup d'agitation au château.

— Je peux en créer encore plus, si vous voulez, proposa Zaira.

— Allons, allons, dit Ruven en riant doucement. Nous n'avons pas forcément à être ennemis. Et nous avons tant à nous offrir mutuellement.

— Oh, je crois au contraire que nous sommes ennemis, rétorqua-t-elle. Vous retenez prisonnière mon amie.

— Croyez-vous ? Je vous assure qu'elle est moins prisonnière ici qu'elle ne l'est aux Mues. (Nous étions arrivés près du trône de son père, avec son grand dossier noir en éventail dentelé, constitué de pointes d'os ou de corne étroitement entrelacées. Ruven monta les deux marches de l'estrade et posa une main sur le bras du trône.) Vous ne devez rien à l'Empire, dame Zaira. Vous êtes ici au Vaskandar. Et au Vaskandar, les mages marqués sont les souverains.

Zaira ricana.

— Ce serait une idée formidable s'il n'existait pas des types dans votre genre.

— Vous pourriez entrer à la cour de mon père, et prendre place parmi la haute aristocratie de la société vaskandrienne. Et vous jouiriez d'une liberté égale à la mienne. (Il passa les doigts sur les courbes sombres du bras du trône, d'une main presque caressante.) Il n'y a là ni tromperie ni piège. Cela requiert seulement que vous intégriez le domaine de mon père. Vous y deviendriez alors une femme libre, et une noble dame, d'un statut supérieur à tous ceux qui ne possèdent pas la marque des mages. N'est-ce pas un sort préférable à celui de servir un Empire qui ne voit en vous qu'une arme et un instrument à utiliser à son gré ?

Si Zaira ne haïssait pas autant Ruven, j'aurais eu à m'inquiéter qu'elle puisse accepter une telle offre, sans vraiment pouvoir l'en blâmer.

Mais elle le toisa avec scepticisme.

— Et votre père m'accueillerait à bras ouverts, vraiment ? Ce vieux loup galeux veut ma mort, il l'a dit.

Ruven s'esclaffa avec l'air de trouver cette conversation charmante.

— Mais bien sûr qu'il vous accueillerait ! Après tout, il peut tuer n'importe lequel d'entre nous quand il le souhaite. Il est le maître incontesté de son domaine et, au Vaskandar, la volonté des Hauts Ensorceleurs a force de loi. Tout ce qui fait partie du Kazerath lui appartient.

— Vous y compris ? demandai-je.

Le regard de Ruven rencontra le mien. Pendant un bref instant, le cercle violet de la marque des mages brilla autour de ses pupilles avec une telle intensité que j'eus l'impression d'avoir le cœur transpercé par une stalactite de glace. Je n'aurais su dire s'il s'agissait de colère ou de haine, ou d'un mélange confus d'émotions plus complexes.

Puis il laissa échapper un long soupir et redescendit de l'estrade pour nous rejoindre sur le sol dallé de marbre.

— Pour le moment, hélas, oui. C'est la raison pour laquelle cette guerre avec votre Empire est nécessaire. Gouverner mon propre domaine est mon droit par le sang. Et que je demeure sous l'autorité de mon père est une situation qui devient intolérable, aussi bien pour lui que pour moi. Mais il ne reste plus au Vaskandar de territoire qui ne soit revendiqué par personne, c'est pourquoi je dois donc m'emparer de terres à votre détriment.

— Ne pourriez-vous simplement hériter du domaine de votre père ?

J'accompagnai ma question d'un petit geste désinvolte afin de l'adoucir, au cas où il risquerait de penser que je lui suggérais le parricide.

— Assurément, s'il advenait que mon père ait la bonne idée de mourir. Mais vous qui avez étudié l'histoire, dame Amalia, vous devez savoir depuis combien de temps il règne sur le Kazerath ?

— Pas vraiment, avouai-je, embarrassée. Les récits historiques raverrains sont étonnamment imprécis sur les successions dynastiques des principautés du Vaskandar. Ils se contentent de continuer à parler du Seigneur Loup comme s'il s'agissait… (Je laissai ma phrase en suspens. *Par la démone de la Folie.*) … de la même personne, terminai-je dans un murmure.

— Voilà ! Vous comprenez mon problème, à présent, dit-il en hochant énergiquement la tête. Un Haut Ensorceleur exerce une souveraineté absolue sur son domaine, et toute chose vivante qui s'y trouve est liée à lui. Toute cette vie, foisonnante, sauvage, immense, est *sienne.* Mon père a déjà vécu deux siècles, et il est encore loin d'approcher l'âge des plus anciens des Hauts Ensorceleurs. Je retournerai à la terre bien avant de pouvoir hériter de son titre. (Ruven désigna le trône de la main.) Pour accéder à la même immortalité – et qui ne le souhaiterait pas ? –, j'ai besoin de posséder mon propre domaine. Vous comprenez donc, à présent, dame Amalia, pourquoi le Vaskandar est toujours en guerre.

— Grâce de la Miséricorde, soufflai-je.

L'immortalité. Mes livres parlaient certes de vivomanciens demeurant vigoureux et jeunes d'apparence à soixante-dix ou quatre-vingts ans, mais pas qui vivaient plusieurs centaines d'années ! Il n'était pas étonnant que Ruven veuille à ce point envahir l'Empire Sérénissime.

Zaira secoua la tête avec dégoût.

— L'Eruvia a autant besoin que vous viviez éternellement qu'elle a besoin que j'y boute le feu d'une rive à l'autre.

Ruven rit.

— Si vous acceptez l'offre de rejoindre notre cour, cela pourra sans doute se faire.

Nous le dévisageâmes, interloquées. Même Zaira resta sans voix.

— Non ? (Ruven soupira.) Je suis déçu. Mais peut-être changerez-vous d'avis quand vous aurez eu le temps d'y songer.

— Terika, lui rappela fermement Zaira. Allez-vous m'amener auprès d'elle, ou voulez-vous que nous découvrions combien de temps il faut au malefeu pour faire fondre la pierre ?

Ruven se rembrunit.

— Je me dois de vous conseiller de ne pas éprouver la patience de mon père, dame Zaira. Je ne dis pas ça pour vous menacer, mais pour le bien de tout le monde dans ce château. Vous êtes sur son domaine.

— Alors, évitez à votre tour de me pousser à bout. Tout ce qui peut brûler appartient au domaine du feu.

— Très bien, soupira Ruven. Je vous ai promis que vous pourriez voir votre amie, et je m'y tiendrai. Je l'accompagnerai à votre chambre.

— Oh, inutile de vous donner cette peine, dis-je d'un ton poli, comme si personne n'avait échangé de menaces de mort. Nous n'allons pas tarder à reprendre notre route.

— Oh, non, non, vous devez absolument rester pour la nuit. J'insiste. Le Vaskandar est une contrée magnifique, mais bien dangereuse après le coucher du soleil, je le crains. (Il claqua des doigts en direction d'une domestique blottie dans un coin de la salle, une des rares qui n'avait pas osé s'éclipser quand le Seigneur Loup était entré.) Notre meilleure chambre a-t-elle été préparée pour nos invitées ?

La servante s'inclina.

— Ou-oui, Votre Altesse, bégaya-t-elle.

— Bien. Laissez-moi vous conduire à votre chambre, où vous pourrez prendre un peu de repos pendant que j'irai chercher votre amie.

Il me tendit la main. Je l'ignorai ostensiblement, mais nous n'avions guère d'autre choix que de le suivre.

Lorsque nous sortîmes de la salle du trône, deux chimères grandes et minces se glissèrent près de nous. Elles ressemblaient à des chats sauvages aux pattes élancées, mais possédaient des écailles noires et lisses, et cambraient leur tête en arrière à la manière des serpents. Leur queue serpentine fouetta l'air derrière elles alors qu'elles se rapprochaient de nous. L'une d'elles pencha la tête vers ma jambe blessée en goûtant l'air de sa langue. Je retins mon souffle et agrippai le bras de Zaira, mais la créature ne me toucha pas.

— N'y prêtez pas attention, dit Ruven. De simples animaux de compagnie, tout à fait inoffensifs. Du moins, tant que mon père ou moi ne leur donnons pas l'ordre d'attaquer, bien sûr. Leur venin est des plus mortels.

Le bras de Zaira devint raide sous ma main, et son visage prit une teinte légèrement verdâtre.

— Pas à dire, tout ici est bigrement charmant.

— Vous me voyez ravi de vous l'entendre dire, sourit Ruven.

Il nous ramena dans le hall d'entrée et nous le suivîmes dans l'escalier qui menait à l'étage. Sa queue-de-cheval d'un blond luisant dansait sur le cuir noir de son manteau alors qu'il montait les marches devant nous. Zaira glissa un regard d'envie vers les portes du château, mais impossible de courir vers elles avec les chimères qui ne nous quittaient pas d'une semelle. Des lampes à huile illuminaient le couloir dépourvu de fenêtres qui menait aux chambres des invités et éclairaient les poutres noires incurvées de l'arche pointue du plafond, qui m'évoquèrent la cage thoracique d'un monstre trépassé. J'eus la pénible sensation d'être engloutie par le château.

Ruven ouvrit une porte qui donnait sur une pièce spacieuse et confortable. De nouvelles treilles de bois noir dessinaient des formes élaborées sur les murs lilas, qui rappelaient l'enchevêtrement de branches nues en contre-jour sur fond d'un ciel de fin de journée. Des tapis de fourrure couvraient le sol, certains provenant de peaux d'animaux ordinaires, et d'autres de chimères, à n'en point douter. Un feu brûlait dans un âtre voûté qui m'évoqua la gueule d'un démon. Des fauteuils étaient installés devant la cheminée, garnis d'autres fourrures. Deux lits à baldaquin, drapés d'excessives quantités de velours pourpre, occupaient le fond de la pièce, côte à côte.

— Je vous en prie, considérez que vous êtes ici chez vous, dit Ruven. Je reviens bientôt.

Il s'inclina, un sourire narquois aux lèvres, et prit congé. Les deux chimères restèrent dans le couloir, de part et d'autre de la porte, et nous observèrent de leurs yeux jaunes aux pupilles fendues.

Zaira leur claqua la porte au nez, puis s'y adossa.

— Je veux lui faire fondre son sourire, puis nous tracer un chemin de flammes jusqu'à la frontière.

Je m'affalai dans un fauteuil pour soulager ma jambe blessée. Le poids accumulé de l'horreur de ces dernières heures vint peser sur moi comme la masse étouffante du château hérissé de tours.

— Il se pourrait que l'on y soit réduites. Mais je préférerais d'abord essayer d'en arriver à une meilleure option. C'est une excellente occasion d'en apprendre davantage sur les plans de Ruven, à condition bien sûr de réussir à quitter les lieux en vie.

— Rien à faire de ses plans. Je mettrais le feu à ce château sur l'instant, s'il n'y avait pas Terika. (Zaira voûta les épaules.) S'ils ne nous ont pas tuées avant le coucher du soleil, nous pourrons la délivrer cette nuit et filer de ce nid de vipères.

Je ne me berçai pas du rêve d'une évasion aussi facile, mais je hochai la tête, trop lasse pour me lancer dans ce genre de discussion.

— Zaira, demandai-je en sentant les mots peser sur ma langue, souhaitez-vous que je vous libère ?

Elle me jeta un regard surpris.

— Quoi, maintenant ? Vous laissez déjà tomber la diplomatie ? Ça n'a pas traîné.

— Grâces, non. (Je tendis mes mains glacées vers le feu de cheminée, la seule chose réconfortante dans ce lieu dément.) Mais nous nous trouvons au Vaskandar. Et le danger nous guette à tout moment. Je ne voudrais pas que nous mourions toutes les deux parce que je n'aurais pas pu prononcer à temps le mot de libération. Et, surtout – je cherchai son regard et le soutins –, les lois de l'Empire Sérénissime n'ont pas cours ici. C'est votre magie. Il n'y a aucune raison que vous n'en ayez pas le plein contrôle.

— Je ne vous le fais pas dire.

Pourtant, Zaira se mordit la lèvre et un long silence s'étira, uniquement troublé par les craquements du feu et le crissement occasionnel de griffes sur le sol, dans le couloir.

Finalement, elle soupira lourdement.

— Je vais avoir souvent envie de me laisser aller à la violence dans un endroit pareil.

— Vous avez appris à résister à l'impulsion d'utiliser votre pouvoir depuis votre plus jeune âge. Et si jamais vous perdez le contrôle, je peux toujours sceller votre feu. (Je haussai les épaules d'un air plus détaché que je ne l'étais. Ma mère n'aurait certainement pas agi ainsi, et je pouvais presque sentir son regard désapprobateur se poser sur moi, malgré la distance qui nous séparait.) À vous de décider.

Zaira vint s'appuyer au manteau de la cheminée et contempla un moment le feu. Puis elle se tourna vers moi, redressa le buste, les yeux luisants comme si le reflet des flammes y dansait toujours.

— Par les Enfers, d'accord, dit-elle. Faites-le.

Je baissai les paupières.

— *Exsolvo*, murmurai-je.

Je tressaillis, dans l'expectative de quelque chose, mais rien ne se produisit et je rouvris les yeux.

Zaira était là devant moi, les paumes levées comme si elle voulait sentir des gouttes de pluie. Mais ses mains restèrent vides. Elle plia les doigts, et un sourire illumina son visage.

— Que les démons me bénissent, voilà qui est mieux. C'est un peu la même chose que d'enlever un corset.

Je grimaçai sous le coup de la culpabilité.

— Je suis désolée de ne pas l'avoir fait plus tôt.

— Oui, eh bien, vu comme ça se présente, je pense que le temps que nous revenions dans l'Empire, j'aurai eu l'occasion de brûler assez de choses pour être contente de faire une pause.

Elle m'adressa un regard étrange, puis fronça les sourcils comme si un détail chez moi la contrariait.

— Qu'y a-t-il ? m'enquis-je. Aurais-je quelque chose sur le visage ?

— Non, répondit-elle avec un soupir excédé. Je me disais juste que j'étais rassurée de savoir que vous pourriez me stopper si jamais je perdais le contrôle. Et je déteste avoir à reconnaître que vous pouvez servir à quelque chose.

— Je vous remercie, dis-je d'un ton ironique.

Je me baissai pour masser doucement ma jambe blessée. Le baume accélérait remarquablement la guérison, mais elle était encore douloureuse après notre longue marche.

Mon bras me faisait mal, lui aussi. Si j'avais été chez moi, je me serais apitoyée sur mon sort et serais restée toute la journée au lit avec un livre, alors qu'à présent, je m'inquiétais davantage de ce que ma jambe boiteuse risquait de nous ralentir si nous devions fuir précipitamment le château.

Un bruit de pattes griffues se fit entendre dans le couloir, et l'on toqua à la porte. Je me levai et Zaira roula des épaules, prête à en découdre.

J'allai ouvrir et me reculai prudemment d'un pas.

Terika se tenait sur le seuil, d'une pâleur livide, les yeux marqués de larges cernes violacés qui donnaient l'impression qu'elle n'avait pas dormi depuis la dernière fois que nous l'avions vue. Ses cheveux bouclés étaient ébouriffés, et de la boue maculait ses vêtements. Ruven se trouvait juste derrière elle, une main posée sur son épaule et souriait de l'air satisfait de celui qui apporte un cadeau.

— Terika ! (Zaira voulut se précipiter vers elle, mais se figea en voyant son visage.) Tu vas bien ?

Terika hocha la tête d'un geste raide et mécanique.

— Oui, ça va.

— Ah, quelles heureuses retrouvailles, soupira Ruven. Vous voyez ? Votre amie est saine et sauve. Nous ne lui avons fait aucun mal. N'est-ce pas ?

Terika opina, mais ses yeux restèrent intensément fixés sur ceux de Zaira, essayant de lui faire comprendre ce qu'elle ne pouvait dire.

— Vous lui permettrez donc de rentrer avec nous ? dis-je.

Ruven haussa les épaules, une lueur amusée dans le regard.

— Si elle le souhaite. Terika, voulez-vous repartir avec elles, pour retourner aux Mues ?

Les lèvres de Terika tremblèrent. Elle hésita, puis secoua lentement la tête.

— Non. Je veux rester ici. J'aime… cet endroit.

Zaira émit un sifflement aussi mauvais que celui des chimères serpentines.

— Tu ne peux pas aimer cette fosse de l'Enfer. À la rigueur, je pourrais croire que tu ne veuilles pas retourner aux Mues, mais jamais que tu souhaites rester ici.

Ruven éclata de rire, comme s'il trouvait charmant que l'on qualifie son château de fosse de l'Enfer.

— C'est que, voyez-vous, il y a des avantages à être mon hôte. Montrez-leur, Terika.

Terika leva docilement les mains devant nous. Ses poignets étaient nus.

Zaira lui prit le poignet.

— Pisse de démon ! Il t'a fait ça, à toi ? Il a ôté ton jet en le passant à travers ton poignet ? C'est toi qui lui as demandé de le faire ?

Mon estomac se retourna au souvenir du couteau de Ruven transperçant le poignet de son garde aussi facilement qu'une motte de beurre, le jour où il avait montré à Zaira comment il pourrait la débarrasser de son jet. Et à constater l'horreur qui se lisait dans les yeux de Terika, c'était effectivement ce qui avait dû se produire.

Pourtant, elle se contenta de déclarer d'une voix neutre :

— Il l'a fait pour m'aider.

Zaira se détourna en poussant un juron.

— Dites-leur, lui intima Ruven à mi-voix.

— Je suis heureuse d'être libre. (Les mots tombèrent des lèvres de Terika avec lourdeur, sans la moindre émotion.) Tu devrais lui demander de te libérer à ton tour. Ainsi nous pourrions être libres et ensemble.

De là où je me tenais, je pouvais voir le coin de l'œil de Zaira. Une lueur bleue ténue y brillait. Une étincelle s'était embrasée au fond de sa pupille, et mon ventre se noua. J'avais choisi le mauvais moment pour lui laisser le libre usage de son feu.

J'avançai d'un pas mais me gardai de prendre la main de Terika, pas quand Ruven avait la sienne sur son épaule. Je ne voulais pas que Terika serve de pont entre nous et lui permette d'user de ses pouvoirs sur moi.

— Je me réjouis de constater que vous allez bien, dis-je d'une voix faussement enjouée. (Les yeux de Terika délaissèrent Zaira pour tourner vers moi leur regard hanté et implorant.) Nous nous sommes fait un sang d'encre pour vous. Mais il semblerait que vous n'avez eu le loisir ni de vous laver ni de dormir ?

Ruven soupira.

— Hélas, oui, je crains que la journée d'hier fût pour elle assez éprouvante. Mais je ne doute pas qu'elle aura à cœur de prendre mieux soin d'elle-même aujourd'hui. N'est-ce pas ?

Terika soutint mon regard.

— Si vous le souhaitez.

— Oui, faites donc ça. (J'aurais aimé pouvoir la réconforter en lui prenant la main.) Nous ne partirons pas d'ici avant d'être bien sûres que vous y êtes heureuse et en sécurité.

Les joues de Terika se contractèrent, et ses yeux brillèrent sous le coup de la colère ou de larmes réprimées.

— N'ayez crainte, m'assura Ruven. Vous pouvez rester aussi longtemps que vous le souhaitez. D'ailleurs, je suis certain que votre séjour se prolongera, et que vous le trouverez des plus plaisants.

Profitant de ce que j'étais concentrée sur Terika, il tendit la main, aussi vif qu'un serpent, et m'effleura la joue de ses doigts. Je ressentis une douleur vive et bondis précipitamment en arrière. Je levai la main à ma joue où le picotement de sa magie persistait et je sentis une brûlure, comme si j'avais reçu une gifle ou un coup de soleil. À moins que ce ne soit seulement l'effet de la colère ardente qui bouillonna en moi.

— Prince Ruven, dis-je d'une voix glaciale, je vous prenais pour un gentilhomme.

Ruven rit doucement.

— Eh bien, eh bien. Que vous voilà nerveuse, dame Amalia ! Je vous promets de ne plus vous causer une telle frayeur ; je m'en voudrais de heurter votre sensibilité. À présent, notre chère Terika est fatiguée, et je parie qu'elle apprécierait le délassement d'un bon bain et d'un repas chaud. N'est-ce pas ?

Terika nous dévisagea avec des yeux affligés et acquiesça d'un petit hochement de tête. Zaira se retourna pour faire face à Ruven ; la lueur bleue avait disparu de ses pupilles, les Grâces soient louées, mais le regard qu'elle lui adressa n'en était pas moins meurtrier.

— Par les Neuf Enfers, dit-elle en pesant chacun de ses mots, je vous jure que vous me répondrez de ça.

Ruven plaça une main sur sa poitrine.

— Moi ? protesta-t-il. Voyons, dame Zaira, je n'ai fait que lui offrir la liberté. (Il s'inclina.) Et à présent, si vous voulez bien nous excuser. Je vous souhaite une bonne nuit, mes dames, et de doux rêves.

Terika fixa Zaira avec un air de désespoir muet, et Ruven referma la porte entre elles.

Puis nous entendîmes le bruit d'une clef tournant dans la serrure, et les pas de deux personnes s'éloignant dans le couloir.

Zaira s'empara d'un chandelier sur une table et le jeta contre la porte.

— Que les Enfers t'avalent, espèce de rat d'égout vérolé !

Un sifflement résonna dans le couloir, et des griffes puissantes raclèrent contre la porte.

Chapitre 21

Nous patientâmes jusqu'à la nuit noire. J'étais bien consciente de la nécessité d'attendre, pour nous faufiler dans les couloirs, que le château s'enfonce dans le sommeil et que tous les domestiques et les soldats aient regagné leurs lits, mais chaque minute passée dans ce lieu d'épouvante et de folie me mettait les nerfs à rude épreuve. Bientôt, Bree et le commandant de Hautegarde comprendraient que quelque chose nous avait empêchées de revenir du Vaskandar et devraient décider de ce qu'il convenait de faire. De plus, après avoir bu ma dose d'élixir pour la nuit, il ne me restait déjà plus que la moitié de mes réserves d'urgence. Si nous rencontrions de nouvelles complications pour rentrer à Hautegarde où m'attendaient mes bagages, les quelques heures perdues ce soir risquaient de signer mon arrêt de mort.

Plus encore que moi, l'inactivité rongeait Zaira, qui allait et venait sur les tapis de fourrure en maudissant à voix basse Ruven, son père le Seigneur Loup, le Vaskandar tout entier. Finalement, elle se laissa tomber sur un fauteuil devant le feu et contempla les flammes en ruminant sombrement.

— Regardez-nous, dit-elle. Piégées dans le château d'un Haut Ensorceleur, alors que de braves soldats sont morts pour nous permettre d'arriver jusqu'ici, et tout ça pour quoi ?

— Nous avons réussi à sauver Bree, répondis-je doucement. Et nous sauverons aussi Terika. (J'hésitai, puis ajoutai quelque chose auquel je réfléchissais depuis une heure ou deux, en regardant par la fenêtre les couleurs déserter le monde.) De surcroît, il s'agit d'une extraordinaire occasion de récolter des informations. Nous devrions essayer de voir ce que nous pouvons glaner, sans nous mettre en péril, avant de quitter les lieux.

— On peut toujours tenter le coup, j'imagine. Vu la situation, ça ne change plus grand-chose.

— Enfin, au moins sommes-nous ensemble. (J'avais lancé cela avec une pointe d'ironie, mais je compris que je le pensais sincèrement. Je descendis ma jambe du tabouret sur lequel je l'avais appuyée, et me penchai vers Zaira.) Je serais terrifiée de me retrouver ici si vous n'étiez pas avec moi.

Zaira ricana.

— C'est toujours bien de disposer du plan de secours de tout faire brûler.

— Non, je ne dis pas ça parce que vous êtes une sorcière du feu, mais parce que… (Je peinai à trouver les bons mots, et ne pus m'empêcher de les exprimer d'un ton un peu incrédule quand ce fut enfin le cas.) … parce que pour une raison que j'ignore, je vous trouve rassurante. En tant que personne.

Zaira me regarda d'un air surpris.

— Vous êtes folle à lier.

— C'est possible. Mais vous savez garder la tête froide dans la tempête. (Je haussai les épaules.) Et vous êtes de bonne compagnie, une fois que l'on a appris à fermer les yeux sur votre langage ordurier et vos réflexions désobligeantes.

Elle rit.

— Et vous, vous êtes plus facile à supporter qu'une rage de dents, je suppose. Quand j'arrive à ignorer vos grands airs de princesse et votre totale inconscience.

Je lui offris un sourire hésitant.

— Nous formons une bonne équipe, vous savez.

— C'est vrai, admit lentement Zaira, comme si cette découverte la surprenait elle aussi.

Elle hocha la tête de façon décidée et se releva énergiquement, les yeux tournés vers la fenêtre et le ciel nocturne où brillait la lune.

— Très bien. Il est assez tard. Allons-y.

Je me levai à mon tour en secouant la lassitude qui s'était emparée de moi. Ma jambe supporta mon poids en me faisant nettement moins mal qu'auparavant.

— Je ne doute pas que vous soyez capable de crocheter la serrure, dis-je, mais avez-vous un plan pour nous débarrasser des chimères ?

— Non. (Elle ouvrit la fenêtre et un souffle glacial entra dans la chambre. Elle remonta sa jupe et passa une jambe par-dessus le rebord de la fenêtre.) Mais j'ai un plan pour éviter les chimères. Vous savez grimper, j'espère ?

Je la regardai avec une appréhension grandissante basculer son autre jambe dans le vide et se contorsionner pour s'agripper à quelque chose que je ne voyais pas.

— Eh bien, je n'ai jamais vraiment eu l'occasion d'essayer.

Zaira secoua la tête d'un air incrédule.

— Que les Grâces m'accordent la patience. Vous n'avez jamais essayé ? Quoi, vous avez passé toute votre enfance dans un fauteuil moelleux à lire vos livres ?

— C'est-à-dire…

— Non, ne me répondez pas. (Elle soupira et changea de prise pour se tenir aux montants de la fenêtre. Ses gestes étaient assurés et elle paraissait tout à fait à son aise.) Vous pouvez m'accompagner et essayer d'apprendre rapidement, ou vous pouvez rester pourrir ici. Il n'y a pas long à grimper, et ce n'est pas très difficile. Et si jamais vous tombez de cette hauteur, vous risquez de vous briser les deux jambes, mais sans doute pas de mourir.

— Vous avez l'art de présenter la chose sous un jour irrésistible. (J'ôtai mes bottes et les fourrai dans ma sacoche.) Je vais essayer. Au moins, je n'ai pas le vertige, c'est déjà ça.

Sortir par la fenêtre fut la partie la plus effrayante. Zaira me guida avec une patience surprenante jusqu'à ce que mes pieds nus prennent appui sur une corniche ligneuse à la forme incurvée, qui n'était autre que le sommet de la treille façonnée par la mère de Ruven. L'arche de liane s'enfonça légèrement sous mon poids, mais elle possédait la douceur du bois poli et paraissait tout à fait solide.

Je me plaquai au mur, mes orteils gelés crispés sur mon perchoir, les mains agrippées aux montants de la fenêtre à m'en faire mal aux doigts. Le vent froid de la nuit souffla dans mon dos et agita mes cheveux, et les griffes de Kathe cliquetèrent doucement sur ma poitrine. J'évitai de regarder en bas. Dans mon dos, il n'y avait que le vide béant entre le château et les grands conifères qui l'entouraient. Du coin de l'œil, j'aperçus les étoiles qui scintillaient dans l'obscurité.

Grâce de la Miséricorde, qu'aurait pensé ma mère en me voyant ainsi ?

L'idée me secoua d'un petit rire. Pendant un instant, je me sentis étrangement libre, comme si j'étais capable de bondir de ce château pour m'envoler dans la nuit noire.

Puis un hurlement retentit dans la forêt, non loin. La meute de loups était en chasse. Dégrisée par ce cri sauvage, je me pressai davantage contre les pierres froides du château.

Zaira me guida à la transversale jusqu'à la fenêtre suivante, en me tendant la main pour franchir le dernier passage délicat avant que je puisse m'agripper aux moulures de pierre du jambage. Nous regardâmes par la vitre pour découvrir une autre chambre d'invité, vide, l'âtre éteint. Nous passâmes devant deux autres fenêtres. Mes pieds nus étaient douloureusement glacés et je gardai la joue plaquée contre le mur du château, mais je continuai à progresser, aidée par les instructions et les encouragements que me chuchotait Zaira. Puis nous pénétrâmes dans une troisième chambre d'invité, à l'angle de l'édifice. Je tombai aussitôt à genoux, les mains enfoncées dans le tapis de fourrure, les bras tremblants.

— Oh, debout. Vous êtes pathétique, me rabroua Zaira en me poussant du pied.

— Veuillez me pardonner si la pratique de l'escalade a manqué à mon éducation, dis-je en me relevant. Comptez sur moi pour en faire la remarque à l'université.

Zaira traversa la chambre inoccupée pour aller écouter à la porte.

— Nous devrions être hors de vue des chimères, dit-elle à voix basse, mais elles pourraient nous entendre. On ne sait pas si elles ont l'ouïe fine. Je parierais plutôt sur le fait qu'elles obéissent à l'ordre de rester devant la porte de notre chambre et qu'elles sont trop stupides pour comprendre que nous avons filé. Mais si elles sont plus futées qu'elles en ont l'air, on risque d'avoir des problèmes.

— On risque de toute façon d'avoir des problèmes, dis-je en renfilant mes bottes. Voyons voir ce que l'on peut apprendre des intentions de Ruven et du Seigneur Loup. Nous n'aurons jamais une autre occasion comme celle-là.

— À condition que ça ne nous retarde pas trop, grommela Zaira. Je veux sortir Terika d'ici.

— Pour se retrouver dans la forêt où rôdent les loups, les chimères, et sûrement d'autres monstruosités inconnues, et où les arbres eux-mêmes peuvent à tout moment s'animer pour essayer de nous tuer ?

— Vous avez une meilleure idée ?

Je soupirai.

— Non. Bon, très bien. Je vous suis.

Zaira ouvrit doucement la porte. Je m'efforçai de faire le moins de bruit possible en me faufilant derrière elle dans le couloir éclairé de lampes à huile, mais au regard noir qu'elle me jeta par-dessus son épaule, je compris que je n'étais pas aussi silencieuse que je l'espérais. Chaque fibre de mon corps se tendit dans l'attente anxieuse de voir les chimères surgir à notre poursuite, les crocs luisants de venin, mais rien ne bougea dans le château.

— À votre avis, où sont Ruven et son père ? chuchotai-je à l'oreille de Zaira, avec la peur irrationnelle que le Seigneur Loup puisse m'entendre d'une manière ou d'une autre.

Ce qui, considérant l'étendue de ses pouvoirs de vivomancie, n'était pas improbable compte tenu des battements affolés de mon cœur.

— Ces deux arrogants ? Sûrement dans la salle du trône, murmura Zaira, qui s'orienta vers le centre de l'édifice.

Bientôt, un des murs du couloir céda la place à la rambarde d'un balcon, et je reconnus le haut plafond voûté de la salle du trône. L'écho de voix flotta jusqu'à nous depuis le rez-de-chaussée.

« Je vous l'avais dit », prononça silencieusement Zaira avec un sourire satisfait. Retenant mon souffle, je m'accroupis à l'entrée du balcon pour écouter.

— … a fonctionné plutôt bien avec les autres. (C'était la voix haut perchée de Ruven.) Peu importe leurs soupçons. Tout être vivant doit manger et boire, non ?

Je me penchai jusqu'à pouvoir observer la salle entre les balustres du balcon. Le Seigneur Loup était affalé sur son trône et toisait son fils de son regard dur sous ses épais sourcils gris. Ruven était adossé à une colonne dans son grand manteau noir, les bras croisés.

— Et ensuite, quoi ? (La voix grave et rocailleuse de son père transpirait le dédain.) Si tu crois qu'une potion suffira à rendre docile cette sorcière du feu, c'est que tu ne l'as pas regardée au fond des yeux.

Je sentis à côté de moi Zaira qui vibrait littéralement de colère, et ne pus qu'agréer la remarque du Seigneur Loup.

— Pensez à ce que cela nous offrirait, insista Ruven en délaissant l'appui de la colonne pour avancer d'un pas vers son père. Personne ne pourrait s'opposer à nous, ni l'Empire Sérénissime ni aucun autre Haut Ensorceleur. Vous n'avez rien à perdre à laisser une chance à mon plan…

—Je ne suis pas devenu le Haut Seigneur du Kazerath en laissant aux gens une *chance*. (Ruven se figea sous la dureté de son ton. Même en haut du balcon, je sentis un frisson glacé me parcourir l'échine.) Je juge tes plans selon leurs mérites, mon garçon, et celui-là n'est que folie.

—Folie ? (Je perçus dans la voix de Ruven une âpreté que je n'y avais jamais entendue. Était-ce de la peur ? De la haine ? Ou simplement la frustration de constater que son père ne comprenait pas la valeur de ses idées ? Je n'avais jamais songé à quoi devait ressembler l'enfance d'un fils de Haut Ensorceleur.) Quand donc mes plans ne se sont-ils pas révélés profitables pour vous ? C'est moi qui vous ai obtenu cette alliance avec la Dame des Ronces…

—Une alliance de peu d'intérêt, l'interrompit le Seigneur Loup. Elle compte se servir de toi afin de constituer un domaine pour sa fille, en ne te laissant que tes yeux pour pleurer.

Sa fille. Kathe m'avait appris que l'héritière de la Dame des Ronces se mourait. C'était donc pour cela qu'elle voulait si farouchement s'emparer de terres : afin de tailler un domaine à sa fille et lui conférer l'immortalité des Hauts Ensorceleurs.

—Je vous apporte la puissance de destruction illimitée d'un volcan, insista Ruven. (Je tendis l'oreille.) Le mont Chenu étendra votre emprise plus loin qu'aucun autre Haut Ensorceleur avant vous. Personne d'autre en Eruvia n'aurait pu associer la magie de l'Empire et notre propre pouvoir de la façon dont je l'ai réalisé. Si seulement vous vouliez bien m'écouter…

—Assez ! (Le Seigneur Loup l'interrompit d'un grognement qui fit vibrer les pierres du château. Je me recroquevillai sous la force de ce seul mot, mais Ruven resta fermement campé devant son père, les poings serrés le long du corps.) Quand tu te seras taillé un domaine sur les terres de l'Empire et que tu en auras revendiqué la possession de ton propre sang, tu pourras manigancer tous les plans insensés que tu souhaites. En attendant, en mémoire de ta mère, je peux décider d'autoriser certains de tes stratagèmes malsains, mais uniquement quand je considère qu'ils peuvent te permettre de quitter plus rapidement mon domaine. Cela suffit, Ruven.

Ruven avait dû percevoir la menace dans le ton de son père, mais il s'avança tout de même, et la marque violette dans ses yeux brilla d'un éclat vif.

— Mes « stratagèmes malsains » vont vous obtenir la victoire contre l'Empire ! Si vous rejetez mes plans du simple fait que je choisis des méthodes plus subtiles que la force brute, c'est que vous êtes stupide.

Dehors, les loups hurlèrent.

Des grattements et des grincements se répandirent le long des murs du château, et les sarments de la treille décorative se mirent à ramper à l'intérieur de la salle par les fenêtres, semblables à des centaines de griffes noires aussi effilées que des lances. L'air s'alourdit et le sang palpita à mes tempes sous la pression du pouvoir qui se manifestait. J'entendis Zaira inspirer vivement. Je me plaquai au sol, envahie de terreur comme un lapin pris dans l'ombre d'un faucon, soudain persuadée que nous avions été repérées.

Mais le Seigneur Loup resta assis nonchalamment sur son trône, les cercles blancs de sa marque des mages toujours braqués sur Ruven.

— Me défierais-tu, jeune chiot ? s'enquit-il d'une voix dangereusement douce. Ici, dans mon propre domaine ?

— Moi ? s'esclaffa Ruven d'un rire aigu. Je n'ai pas encore perdu tout bon sens. Vous êtes le Haut Ensorceleur du Kazerath. Je ne suis que votre fils.

Implacable, le Seigneur soutint son regard, jusqu'à ce que Ruven s'incline avec raideur, en se pliant presque en deux.

— C'est exact, gronda son père. Tâche de ne pas l'oublier, Ruven, ne serait-ce que l'ombre d'un instant.

La pression dans l'air se relâcha et les sarments se retirèrent en se tortillant pour reprendre leurs formes décoratives aux fenêtres. Zaira capta mon regard et fit mine d'essuyer la sueur à son front, tandis que je laissais échapper une expiration tremblante.

Grâce de la Miséricorde. Et moi qui pensais que ma relation avec ma mère était compliquée.

Nous nous reculâmes du balcon aussi vite que le silence le permettait. Zaira me regarda en secouant la tête, les yeux un peu hagards. Tout mon corps tremblait de la terreur instinctive d'une bête traquée.

Nous devions fuir cet endroit à tout prix, mais pas sans Terika.

De toutes les portes du couloir plongé dans la pénombre, deux seulement laissaient filtrer la lueur chaude d'une flambée. Dans un château de montagne sans l'apport de l'Artifice pour le chauffer, je doutais que les chambres sans feu soient occupées. Zaira et moi nous glissâmes jusqu'à la première porte éclairée. Elle colla son œil au trou de la serrure, pendant que je m'accroupissais pour regarder sous le battant.

La chambre n'était pas aussi luxueuse et spacieuse que la nôtre et ne comportait qu'un seul lit, drapé pareillement de velours violet et garni de fourrures. Différents objets laissaient supposer que cette chambre accueillait un occupant permanent : un chevalet avec une peinture en cours de réalisation, des pots, des pinceaux et d'autres fournitures d'art sur des étagères, une bibliothèque, une paire de mousquets décorés de gravures fantaisie suspendue au mur. Un garçon roux qui devait avoir dans les quatorze ans était assis dans un fauteuil près de la cheminée et lisait un livre.

J'étais intriguée. Les abondantes taches de rousseur du garçon suggéraient des origines callamorniennes, mais il s'agissait de la chambre d'un jeune aristocrate qui ne manquait de rien, et non de celle d'un prisonnier. J'échangeai un regard avec Zaira ; elle secoua la tête, je haussai les épaules, et nous continuâmes jusqu'à la porte suivante.

Je n'eus même pas à me baisser pour regarder. À peine Zaira avait-elle approché son œil de la serrure qu'elle se redressa en hochant la tête. Je surveillai le couloir, craignant de voir apparaître une chimère, un loup, ou un Haut Ensorceleur, tandis que Zaira s'agenouillait devant la porte et la crochetai.

Ce ne devait pas être une serrure bien compliquée, car il lui fallut à peine trois respirations pour ouvrir la porte. La voix surprise de Terika s'éleva :

—Qui… Oh !

Zaira se rua dans la chambre. Le temps que j'en franchisse à mon tour le seuil, elles étaient dans les bras l'une de l'autre, et Terika nichait sa tête au creux de l'épaule de Zaira.

Je refermai doucement la porte derrière moi et observai la pièce pour leur accorder un petit moment d'intimité. La chambre était moitié moins grande que la nôtre, sans treille décorative au mur ni rideaux de velours au lit, mais elle restait tout de même finement meublée, dans un style qui m'évoquait un pavillon de chasse. Le suremploi des fourrures dans le décor du château avait pour moi quelque chose d'un peu barbare ; les quatre chambres que nous avions vues devaient à elles seules réunir les peaux de plusieurs meutes.

J'étais disposée à regarder les murs le temps qu'il faudrait, mais Terika s'arracha aux bras de Zaira au bout d'une minute ou deux.

— Lienne, demanda-t-elle d'une voix pressante. Est-ce qu'elle…

Je secouai la tête. Terika serra les lèvres et ravala les larmes qui lui montèrent aux yeux. Elle ne semblait pas surprise pour autant, et ne devait pas avoir vraiment nourri l'espoir que Lienne avait survécu.

— Mais Bree a ramené à votre village les ingrédients que vous étiez allée chercher, et l'alchimiste de Hautegarde s'occupera de préparer le remède, ajoutai-je rapidement.

Terika laissa échapper un soupir de soulagement.

— Il devrait pouvoir s'en charger, oui. Je ne crois pas qu'il ait la marque des mages, mais cela n'est pas nécessaire pour une préparation aussi simple que celle-là. (Puis, les poings sur les hanches, elle nous adressa un regard sévère.) Et qu'est-ce que vous faites ici, toutes les deux ?

— On est venues te sauver, bien sûr, sourit Zaira.

— Vous devez partir d'ici, dit Terika avec urgence.

Zaira opina.

— Oui. Récupère vite tout ce que tu veux prendre avec toi.

Terika se plaqua les mains sur la bouche.

— Mais je ne peux pas partir avec vous.

— Vous ne pouvez pas, ou vous ne voulez pas ? m'enquis-je, en coulant un regard vers le dîner qu'elle avait à peine touché et le verre d'eau à moitié vide sur la table.

— Je ne peux pas.

Son regard alla à la table, puis revint sur moi.

Je pris le verre d'eau et mon anneau se mit immédiatement à briller d'un éclat doré.

Zaira se saisit la tête dans les mains.

— De l'alchimie. Malédiction, je ne connais rien à l'alchimie. Il t'a fait boire une potion de contrôle mental, quelque chose dans le genre ?

Terika secoua la tête, et ses yeux retrouvèrent un peu de leur éclat habituel.

— Il n'existe aucune potion de contrôle mental. Mais des philtres qui embrouillent l'esprit, ça oui, ou alors qui vous rendent influençable. Mais personne n'a jamais créé de potion capable de soumettre sa victime à la volonté d'un autre.

Je m'assis sur une chaise à la table de Terika pour réfléchir.

— Terika, pouvez-vous nous dire ce que vous pensez du prince Ruven ? demandai-je après un moment.

— Je le déteste, répondit-elle aussitôt avec passion. C'est un homme mauvais, qui a commis des choses atroces.

Zaira posa une main sur son épaule.

— Comme quoi ? Qu'est-ce qu'il t'a fait ?

— Rien. Il m'a bien traitée. J'aime être ici. (Elle donna un coup de pied dans une chaise avec une grimace de frustration.) Damnation !

Zaira leva les mains.

— Très bien, pas besoin qu'on continue ce cirque, j'ai pigé. Tu ne peux pas nous dire. Viens avec nous, on va te sortir de là.

Terika se recula.

— Je ne peux pas ! Je ne peux pas partir avec vous. Si vous tentez de m'emmener, je vous résisterai. S'il vous plaît, n'essayez pas de me forcer.

Une panique véritable faisait trembler sa voix.

Je passai la main au-dessus de son assiette et constatai que mon anneau s'illuminait encore.

— Comment le fils d'un Haut Ensorceleur a-t-il pu avoir accès à autant d'alchimie ? m'interrogeai-je à haute voix.

Terika attrapa une chaise et s'assit face à moi en hochant vigoureusement la tête. Elle resta muette, mais m'encouragea d'un regard implorant.

— Vous n'auriez pas fait une potion pour vous empoisonner vous-même, dis-je lentement. Donc il y a un autre alchimiste ici.

— Tout le monde est très heureux ici, déclara Terika en appuyant les coudes sur ses genoux. *Tout le monde.*

— Grâce de la Miséricorde, soufflai-je. Tout le monde ?

Terika hocha la tête avec force.

— Qu'est-ce que vous racontez ? demanda Zaira.

— Les Faucons assassinés, dis-je en agrippant les bras de mon fauteuil alors que j'appréhendais les implications de cette découverte. Ceux dont on n'a pas retrouvé les corps. Ils n'ont pas été tués : ils sont ici.

— Je ne sais pas de quoi vous parlez, protesta Terika d'un air triomphant en me serrant affectueusement la main. Il n'y a aucun autre Faucon ici.

Zaira se mit à faire les cent pas.

— Oh, je vais griller ce misérable comme un cochon de lait ! Donc, il a enlevé des Faucons en faisant croire qu'ils avaient été tués, puis il a utilisé son petit tour de vivomancien pour leur ôter leur jet, et leur a donné une potion qui les oblige à obéir à ses ordres. Combien en retient-il ici ?

Terika secoua les mains et émit un grognement frustré, les lèvres closes.

— Ils étaient une demi-douzaine à manquer à l'appel, je crois, dis-je en m'efforçant de me souvenir du dernier rapport sur ces disparitions. Nous ne pourrons jamais réussir à fuir discrètement avec autant de monde. Surtout s'il leur a ordonné de s'opposer à nous. Mais je ne comprends toujours pas comment il vous contrôle. (Je pianotai des doigts sur la table.) Je n'ai jamais entendu parler d'une potion alchimique susceptible de contraindre quelqu'un à agir à l'encontre de sa volonté.

Et il y avait aussi la question de savoir comment Ruven réussissait à exercer à distance sa vivomancie sur Terika.

Normalement, c'était impossible, sauf pour un Haut Ensorceleur.

— Personne ne me force à quoi que ce soit. Qu'est-ce qui peut bien vous faire penser une chose pareille ?

Terika se mordilla la lèvre avec l'air de réfléchir, puis elle lança d'un ton dégagé :

— Dites-moi, je crois que vous avez rencontré le prince Ruven dans une bibliothèque à Ardence le mois dernier, alors qu'il menait certaines recherches ?

Zaira pouffa dédaigneusement.

— On l'a pris la main dans le sac alors qu'il essayait de voler un livre, si c'est de ça que tu veux parler.

— *Les Interactions de la magie*, me rappelai-je. Domenic disait qu'il y avait des chapitres traitant des possibilités de combiner vivomancie et alchimie. Se pourrait-il que cette potion soit le résultat du mélange de ses pouvoirs et de ceux d'un alchimiste ?

Terika soupira.

— J'ignore de quelle potion vous parlez. En revanche, c'est une théorie des plus intéressantes. Vous devriez poursuivre dans cette direction. Mais, d'abord, vous devez quitter cet endroit.

Zaira serra les poings à s'en faire blanchir les phalanges.

— On a traversé les Neuf Enfers pour venir te sauver. Des gens sont morts pour nous permettre d'arriver jusqu'à toi. Hors de question de te laisser ici.

Terika alla jusqu'à elle et lui prit les mains en la forçant doucement à desserrer les poings.

— Je t'en prie, tout ira bien pour moi. Ils n'ont aucune raison de me maltraiter ou de me tuer. Tu dois d'abord te mettre à l'abri, et ensuite tu pourras réfléchir à un moyen de… (Elle lutta pour trouver une manière détournée de formuler ce qu'elle voulait dire.) Un moyen de faire en sorte que nous soyons de nouveau réunies, en un lieu agréable.

Oh, c'est une situation vraiment impossible ! ajouta-t-elle d'un air dépité, frustrée de ne pouvoir s'exprimer librement.

Zaira lui adressa un sourire hésitant.

— Plus impossible que moi ?

— Rien n'est plus impossible que toi.

— Terika, bafouilla Zaira, à propos de ce que j'ai dit dans le carrosse, sur ta grand-mère…

Terika fronça les sourcils.

— Oui, c'est vrai. Je suis toujours en colère contre toi.

— Je m'excuse.

Terika croisa les bras.

— C'était vraiment minable de dire ça.

Zaira, gênée, haussa les épaules.

— Ce n'est pas une surprise. Je suis quelqu'un de minable.

— C'est faux. (Terika agita son index sous le nez de Zaira.) J'ai saisi ton petit jeu. Tu as dit ça sur ma grand-mère pour m'éloigner de toi, hein ? Parce que tu t'es mis stupidement en tête que tu ne me méritais pas, c'est ça ?

Zaira grimaça avec l'air coupable de celle qui a été prise sur le fait. Mais j'eus le cœur serré en comprenant qu'elle avait eu raison sur un point : ses ennemis utilisaient déjà Terika pour l'atteindre.

J'agrippai le bouton de Marcello entre mes doigts. Il était facile pour moi d'inciter Zaira à suivre son cœur, quand je négligeais consciencieusement ce conseil pour moi-même. Les choses n'étaient pas plus simples pour une sorcière du feu qu'elles ne l'étaient pour l'héritière des Cornaro.

Zaira ouvrit les bras, avec l'air dubitatif de quelqu'un montrant une robe qu'elle hésite sérieusement à acheter.

— Je suis comme ça, Terika, dit-elle. Je suis une fille des Suifs, vulgaire et mal lunée. Je suis comme un de ces cabots pleins de puces qui mordent tous ceux qui essaient de les caresser.

Les lèvres de Terika se fendirent d'un sourire.

— Je crois me souvenir que la première chose qui nous ait réunies était un faible pour les chiens errants.

— Mais tu peux avoir bien mieux qu'un clébard grincheux dans mon genre.

Terika donna une petite tape de l'index sur le nez de Zaira.

— Arrête donc de dire du mal d'une des personnes que j'aime le plus au monde.

Zaira cilla.

— Quoi, moi ?

— Oui, toi. Je me moque de savoir si tu t'en crois digne ou pas. Je tiens à toi, et tu me rends heureuse. (Elle se campa devant elle.) Et à moins que tu ne veuilles sincèrement plus de ma compagnie, tu es coincée avec moi. Point final.

Zaira sembla lutter un moment avec elle-même, puis elle murmura :

— Moi aussi, je tiens à toi.

Terika posa la main sur la joue de Zaira et se pencha vers elle en fermant les yeux. Zaira hésita une fraction de seconde puis inclina la tête, et leurs bouches se joignirent en un baiser investi de la tendresse désespérée de deux êtres qui ignorent s'ils se reverront jamais.

Je détournai les yeux, en pensant : *Dites-lui que vous l'aimez, espèce d'idiote. Dites-le-lui maintenant, tant que vous le pouvez.*

Zaira ne le dit pas, mais ce fut un long baiser. Peut-être Terika le savait-elle déjà.

— Vous devez partir, répéta Terika, les mains posées sur les épaules de Zaira.

Sa voix était calme et raisonnable.

Zaira, quant à elle, n'avait l'air ni calme ni raisonnable. On aurait plutôt dit qu'elle était prête à démanteler le château pierre par pierre avec les dents.

— Nous pourrions t'assommer et te porter, offrit-elle. Ou je pourrais faire avaler mon feu à cette ordure de Ruven et voir un peu s'il aime ça. Ou…

— Ou tu peux partir, ramener Amalia saine et sauve de l'autre côté de la frontière, et revenir ici avec de l'aide et un véritable plan, dit Terika.

— Nous ne pourrons pas porter Terika inconsciente ni la traîner contre son gré à travers la montagne, acquiesçai-je à contrecœur. Pas avec un Haut Ensorceleur à nos trousses. Zaira…

— Fermez-la, gronda Zaira. Je sais tout ça.

— Ruven a besoin de moi. Je ne risque rien, lui promit Terika. Ce qui n'est pas votre cas. (Puis elle hésita, semblant choisir soigneusement ses mots.) S'il vous plaît, ne sous-estimez pas ma capacité à vous arrêter si vous essayez de m'emmener.

— Très bien. (Zaira se détourna, la voix tendue.) Nous allons partir. J'ai horreur des grands gestes héroïques et stupides. Mais nous reviendrons te sortir de là, tu m'entends ?

— Oui, je t'entends, répondit Terika avec un sourire tendre.

Elles s'étreignirent un long moment, et je me concentrai sur l'examen du contenu de ma sacoche, que je passai en revue plusieurs fois. Puis Terika nous mit pour ainsi dire à la porte et nous retrouvâmes la pénombre du couloir. Au coin des yeux de Zaira scintillaient les minuscules diamants de larmes refoulées.

Nous nous faufilâmes à nouveau dans les couloirs, où la lueur vacillante des lampes à huile projetait sur les murs des ombres mouvantes. Il ne nous restait plus qu'à explorer un peu les lieux en quête d'informations, ainsi qu'à trouver une fenêtre non gardée pour sortir du château.

Nous descendîmes à tâtons par un escalier de service. Sans fenêtres ni luminaires, la cage d'escalier était si obscure que je ne distinguais pas Zaira devant moi et avançais une main tendue pour éviter de la percuter si jamais elle s'arrêtait sans prévenir. Nous débouchâmes près des cuisines, mais à peine avions-nous franchi la porte que nous entendîmes le bruit caractéristique de pattes griffues sur la pierre se rapprocher de nous dans les ténèbres.

Zaira jura en silence et me tira par la manche. Nous battîmes en retraite derrière un coin de couloir et quittâmes le monde caché et exigu des quartiers des domestiques pour retrouver les corridors spacieux des espaces à vivre du château. Nous nous glissâmes dans la première pièce vide que nous trouvâmes qui possédait une fenêtre sur l'extérieur. Zaira écouta à la porte, pour s'assurer que la chimère ne nous avait pas suivies.

J'observai la pièce en laissant mes yeux s'accommoder à la pénombre. Il ne s'agissait pas d'une chambre ; les formes obscures des meubles étaient rectangulaires et trapues, évoquant des étagères et des tables plutôt que des lits ou des armoires.

C'était un cabinet d'étude. Voilà un vrai coup de chance !

Je scrutai les lieux à la recherche de documents, et mon regard se posa sur un large parchemin – sans doute une carte ou un diagramme –, déroulé sur une table près de la fenêtre et directement éclairé par la lumière de la lune. Parfait. Je m'avançai jusqu'à la table et examinai le grand rectangle blanc qui brillait dans la nuit.

Il s'agissait d'un schéma d'Artifice. Une dizaine de cercles d'Artifice complexes, composés de diagrammes et de runes superposés, dessinaient un cercle plus grand, avec en son centre un cercle de contrôle d'un niveau de détail époustouflant. Il était difficile de déchiffrer les runes et de suivre les lignes du diagramme dans le noir, mais il me paraissait horriblement familier.

Mon pouls s'accéléra. J'avais déjà vu ce motif de cercles emboîtés dans *les Interactions de la magie*, le livre que Ruven avait étudié à Ardence et tenté de voler. Il s'agissait de l'enchantement capable de déclencher une éruption volcanique.

— J'espère que vous pigez quelque chose à tout ça, parce que c'est rien que des gribouillis pour moi, me chuchota Zaira.

— Je ne le comprends que trop bien.

Je récupérai une feuille et un fusain dans ma sacoche et me penchai sur le schéma. Une carte tracée à la va-vite et quelques notes indiquaient la localisation de chaque cercle sur le mont Chenu. Je recopiai ces informations aussi vite que possible.

— Ce n'est pas exactement similaire au schéma que j'ai vu dans le livre, dis-je. Quelqu'un de très compétent l'a aidé à le modifier.

— Il a donc besoin de façonniers pour contrôler le volcan, et d'alchimistes pour contrôler les façonniers. (Zaira secoua la tête.) Le fumier !

J'examinai quelques notes griffonnées dans les marges du diagramme en espérant en apprendre davantage. Elles étaient difficiles à déchiffrer dans cette maigre lumière, mais je compris que le cercle maître devait permettre à Ruven d'orienter l'éruption de façon à en préserver le Kazerath. Il y avait une étude détaillée sur les vents dominants et la distance de dispersion des cendres. Des lignes colorées indiquaient l'étendue de destruction pour une éruption mineure, moyenne ou majeure, ainsi que la liste des forteresses, villages et villes de l'Empire affectés en fonction de l'importance du cataclysme.

Puissent les Grâces nous protéger. Même une éruption mineure tuerait des milliers de gens et éventrerait nos défenses frontalières aussi facilement qu'un goéland fracassait la carapace d'un crabe. Une éruption majeure toucherait Ardence et ferait des dizaines de milliers de victimes, en couvrant la moitié d'Eruvia sous des nuages de cendres.

— Il a retenu beaucoup plus de choses de ses lectures que je ne l'aurais imaginé, dis-je. Et les façonniers qui travaillent avec lui connaissent leur métier. Son plan pourrait vraiment fonctionner. Nous devons à tout prix l'arrêter.

La porte derrière nous s'ouvrit, et une lumière dorée nous inonda.

— Ah, je savais bien que j'avais senti votre présence. On dirait que mon fils est incapable de vous garder enfermées dans votre chambre ; et dire qu'il croit encore réussir à vous contrôler !

Je me retournai vivement, le cœur affolé, et découvris la silhouette hirsute du Seigneur Loup sur le seuil, dont l'aura de pouvoir s'avança sur nous avec la densité d'un nuage d'orage.

— J'en ai soupé de ses stratagèmes, gronda le Seigneur Loup. Il est temps de mettre fin à cette mascarade.

Chapitre 22

Je n'attendis pas de voir ce que le Seigneur Loup entendait par là.

— Zaira, fermez les yeux ! m'écriai-je en ouvrant mon médaillon ardent.

Le Seigneur Loup laissa échapper un grondement de rage et leva le bras pour se protéger de l'éclat aveuglant du médaillon, mais il était trop tard. À l'instant où le flash de lumière mourut, Zaira pivota sur elle-même pour bondir par la fenêtre – nous étions au rez-de-chaussée – et je l'imitai aussitôt. Je roulai au milieu d'un buisson épineux et me relevai pour courir derrière Zaira sur la prairie luisante de givre en direction des grandes ombres des bois. La terreur me faisait ignorer les éraflures sur mon visage et mes mains, de même que la douleur sourde qui parcourait ma jambe à chaque foulée.

Tout autour de nous, sous l'éclat argenté du croissant de lune, la nuit prit vie. Des hurlements, des sifflements et des cris épouvantables s'élevèrent du château, de la prairie, et de la forêt vers laquelle nous courions.

Un froid primitif, ancien et électrique, me remonta la colonne vertébrale et m'enserra les poumons. Il libéra en moi l'énergie aveugle et sauvage de la panique et je courus plus vite que je ne l'avais jamais fait de ma vie.

Nous atteignîmes la limite de la prairie et plongeâmes dans la forêt qui couvrait la colline. Les fougères sèches fouettaient nos jambes, et la lumière crue de la lune qui filtrait à travers les frondaisons suffisait à peine à éclairer les arbres morts que nous franchissions d'un bond. Des géants élancés se dressaient tout autour de nous, des conifères à la ramure épaisse dont les premières branches se déployaient en hauteur, bien au-dessus de nos têtes. Nous dévalâmes la pente entre leurs troncs noirs sans choisir réellement de direction, avec pour seul but de nous éloigner autant que possible du château.

Les arbres frémirent autour de nous, mais aucune brise ne soufflait. Les fougères s'enroulèrent à nos chevilles. Zaira trébucha et s'affala avec un juron courroucé, mais elle roula sur elle-même pour se relever aussitôt et continuer à courir, sans presque perdre d'élan.

Derrière nous, bien trop proche, quelque chose lança un grondement horrible, moitié sifflement, moitié hurlement. Un autre cri lui répondit.

Un halètement rauque se fit entendre dans notre dos, accompagné du staccato de la course d'un quadrupède. Je m'attendais à tout instant à sentir des griffes me labourer le dos.

Avec un juron, Zaira se retourna vivement et le malefeu s'épanouit sur ses mains. Sa lumière bleue violente se refléta dans les yeux des deux chimères serpents qui gardaient notre chambre. Leurs crocs scintillèrent dans la nuit et leurs corps ophidiens se ramassèrent pour bondir, puis une vague de feu les submergea.

Je me reculai précipitamment en étouffant un cri. Les flammes jaillirent avec la fureur d'une bête triomphante et grimpèrent à l'assaut des arbres en griffes bleues et ondoyantes.

Des étincelles pâles faisaient crépiter les yeux de Zaira quand elle se tourna vers moi.

— Ne scellez pas mon feu, m'intima-t-elle. Qu'il brûle cette maudite forêt, s'en nourrisse et devienne plus fort.

Je hochai la tête, trop essoufflée et trop effrayée pour répondre. Nous recommençâmes à courir en laissant le malefeu rugir derrière nous.

Quelque chose frôla mon visage et des ailes frappèrent l'arrière de mon crâne. Nous nous frayâmes péniblement un passage à travers un bosquet de jeunes arbres qui nous cinglèrent de leurs branches souples. Des dents pointues mordirent mes chevilles. Des ronces et du lierre nous empêtrèrent pour nous ralentir. Tout autour de nous, des hurlements s'élevaient de la forêt obscure.

Un point de côté me vrillait le flanc et mes jambes me brûlaient sous l'effort de la course. Je jetai un œil par-dessus mon épaule pour voir si nous étions poursuivies.

Éclairées à contre-jour par l'aura bleutée du malefeu, des ombres nous talonnaient. Elles étaient des dizaines, de la taille d'un chien à celle d'un ours; elles bondissaient, rampaient ou se dandinaient en un large arc de cercle qui se refermait sur nous.

— Zaira! hoquetai-je.

Elle se retourna, se campa solidement au sol et leva les bras. Je m'écartai précipitamment d'elle.

Zaira fit apparaître devant ses pieds une fine ligne de flammes bleu-blanc, belles et terribles à la fois, qui s'élevèrent en dansant vers les branchages. Puis le feu vorace se propagea vers l'avant en consumant tout sur son passage.

De l'autre côté de cette ligne, tout ne fut plus que mort magnifique et irrémédiable, un jardin bondissant de flammes aux couleurs d'éclair et d'os. Des hurlements d'agonie retentirent dans la nuit, rapidement réduits au silence, et une odeur épouvantable de chair brûlée envahit les sous-bois.

Zaira éclata de rire avec la joie folle et débridée d'une enfant, et elle leva plus haut les bras. Le feu rongea les troncs des arbres, transformant la forêt en une cathédrale ardente de lumière bleue qui révéla les alentours sous une clarté aussi vive que le jour.

Je me recroquevillai face au brasier à la fumée âcre et reculai à cinq ou six mètres derrière Zaira.

— Zaira, l'implorai-je, cela suffit !

Elle ne m'entendit pas, ou n'en avait cure. Le malefeu ondulait sur ses cheveux et s'étendait derrière ses bras en longues ailes embrasées. Elle était devenue elle-même une flamme vivante, affamée et fatale, qui savourait son pouvoir de destruction.

Que les Grâces nous protègent. Je n'osai pas m'approcher d'elle, et encore moins tenter de l'inciter à reprendre notre fuite. Mais si je scellais sa magie à cet instant, elle s'effondrerait comme une pierre et je devrais la porter à travers la forêt sans plus rien pour me protéger.

Un grondement sourd et furieux retentit dans la forêt, depuis les ténèbres impénétrables à l'extrémité de la ligne de feu de Zaira. Elle se tourna face à ce bruit, et un arc de malefeu liquide jaillit dans cette direction.

Les flammes frappèrent une énorme branche moussue qui s'était inclinée pour les intercepter. La branche enflammée reprit sa position initiale en projetant des gouttelettes de feu.

Sous l'arche embrasée se tenait le Seigneur Loup du Kazerath, dont la marque des mages luisait d'un éclat vif dans ses yeux.

— Tu oses brûler ma forêt, gronda-t-il. Tu oses !

Des lignes de feu coururent au sol dans sa direction, tandis que je m'écartais avec un cri paniqué. Mais des racines surgirent de terre en soulevant un nuage d'aiguilles sèches pour les intercepter. Le Seigneur Loup enjamba les flammes, d'un pas aussi lent et inexorable que le temps, en relevant l'ourlet de sa cape de fourrure pour qu'elle ne prenne pas feu.

Un craquement assourdissant, aussi retentissant qu'un coup de canon, se fit entendre au-dessus de nous.

— Zaira, attention ! lui criai-je.

Je n'osai la saisir par le bras pour la faire reculer, mais lui adressai des signes frénétiques tout en m'écartant.

Elle siffla un juron dans la langue du feu et sauta en arrière, juste à temps. Avec une majesté terrifiante et un fracas pire que celui du tonnerre, un énorme arbre mort s'écrasa à l'endroit où elle s'était tenue. Un nuage de sciure roula sur nous et je toussai, les yeux larmoyants, étouffée par la poussière de bois et la fumée.

L'arbre tombé gisait en plusieurs morceaux entre le Seigneur Loup et nous, tel un rempart de bois putréfié d'un mètre de haut. Je m'en écartai en souhaitant que Zaira se mette à fuir, mais le malefeu ne connaissait pas la peur.

Une section de tronc aussi large qu'une porte se désagrégea soudain, transformée en poussière en un clin d'œil. Le Seigneur Loup s'avança par l'ouverture ainsi créée, sans même ralentir son pas.

Quelque chose m'attrapa par-derrière.

Je hurlai et tentai de me libérer alors que des branches me saisissaient et que des sarments vigoureux s'enroulaient autour de mes bras et de ma taille pour me plaquer contre un arbre noueux. Un autre, au tronc en fourche, essayait de faire subir à Zaira le même traitement et l'attirait, ainsi que ses flammes, dans la crevasse entre ses deux fûts pour l'y écraser.

Elle s'embrasa violemment dans une colonne de flammes bleues farouches. Une vague de chaleur insoutenable me frappa, cuisant mon visage. Les troncs jumeaux tremblèrent et convulsèrent, et des branches entières furent instantanément réduites en cendres.

Le Seigneur Loup continua à avancer de son pas aussi régulier que les aiguilles d'une horloge égrenant les dernières secondes avant minuit. Il se rapprocha de Zaira en dégainant son épée dont la lame avait la blancheur de l'os et un tranchant scintillant comme le diamant.

Zaira s'extirpa des vestiges de l'arbre calciné qui avait tenté de l'emprisonner. Je ne pouvais presque plus distinguer sa silhouette : elle était devenue une créature de feu, aussi sublime que les Grâces, qui se mouvait avec une majesté irréelle.

Par les Enfers. J'étais prisonnière d'un arbre, avec une forêt en flammes autour de moi, et elle ne se rappelait même plus mon existence. Si le Seigneur Loup ne me tuait pas le premier, le malefeu de Zaira le ferait.

Je me dégageai un bras du lierre, dégainai ma dague et commençai à tailler frénétiquement dans les branches qui me retenaient, désespérée de parvenir à m'éloigner de ce duel qui me dépassait. Une sève poisseuse gicla sur mes mains tandis que ma dague arrachait des morceaux d'écorce. Mais il était trop tard.

Le Seigneur Loup brandit son épée, et un grondement emplit la forêt tout autour de nous. Dans les ombres derrière Zaira, là où son feu n'était pas allé, des choses aux yeux luisants se préparèrent à bondir à l'attaque.

D'un bras, Zaira fouetta l'air devant elle, et le Seigneur Loup s'embrasa.

Il n'y eut aucun signe avant-coureur, pas de flammèches léchant son corps avant d'enfler en fournaise. Le malefeu de Zaira était devenu un brasier ardent, nourri par la riche vitalité de la forêt, ivre de tout ce qu'il avait déjà consumé. Le feu les enveloppa tous les deux en un jaillissement violent de lumière, dans le souffle bleu des Neuf Enfers.

Le Seigneur Loup tituba. Sa peau se mit à noircir et la puanteur de chair brûlée s'accrut. Mais alors même que sa peau se calcinait et pelait, que ses cheveux tombaient en cendres et que sa cape de fourrure se transformait en torche, il resta campé sur ses pieds.

— Sorcière stupide, tonna-t-il d'une voix ravagée.

Il abattit son épée enflammée sur Zaira ; la lame s'arrêta brutalement à un pouce de son corset enchanté, et l'onde de choc fit vibrer l'air. Puis une ligne de lumière d'un blanc incandescent illumina le tranchant de l'épée alors que le malefeu qui brûlait l'arme mordait également dans le bouclier magique qui protégeait Zaira.

Zaira s'écarta d'un bond avant que la lame parvienne à la toucher, mais le Seigneur Loup avança de nouveau, réduisant l'espace entre eux. Ses mains étaient presque calcinées jusqu'aux os et les contours de son crâne s'apercevaient sous son visage, et pourtant il vivait. Un cri d'horreur pure monta en moi, mais ma gorge était trop serrée pour qu'il puisse sortir.

— Tu ne peux pas me tuer, grinça le Seigneur Loup, la langue racornie par le malefeu. Toute la vie du Kazerath coule dans mes veines. Je ne peux mourir.

Je m'aperçus alors que les chimères qui s'apprêtaient à bondir sur Zaira s'étaient effondrées et que les arbres encore épargnés par le malefeu se desséchaient et perdaient abondamment leurs aiguilles. Une pluie d'insectes, sacrifiés pour permettre au Seigneur Loup de ne pas périr, tomba mollement dans l'air avec la grâce voletante d'une averse de neige.

Il leva de nouveau son épée dévorée par les flammes. Je ne pouvais que regarder, la dague au poing, incapable de m'approcher du brasier qui les environnait, impuissante à intervenir. J'allais périr ici, spectatrice infortunée de cet affrontement titanesque, pauvre mortelle prise au milieu d'un combat de démons. Mes ongles griffèrent l'écorce rugueuse des branches qui m'emprisonnaient et des cendres chaudes me piquèrent les yeux.

— Votre magie est une magie de vie, et elle vous a soutenu, dit Zaira d'une voix froide et distante. Mais ma magie dévore la vie et n'en devient que plus puissante.

Elle leva une main, et ce fut comme si elle avait appelé l'enfer de la Mort à surgir des entrailles de la terre. Le Seigneur Loup se changea en une colonne de flammes blanches féroces et rugissantes qui s'éleva dans le ciel, aussi haute et large qu'un arbre de sa forêt. Un vent brûlant me gifla le visage.

La forêt hurla.

Tous les animaux, les insectes et les oiseaux poussèrent un cri d'agonie. Les arbres s'agitèrent et gémirent, et les feuilles mortes se mirent à tourbillonner, soulevées par une brusque rafale. Celles entraînées près des flammes s'embrasèrent pour se transformer en nuées d'étincelles qui répandirent le malefeu alentour.

Je parvins enfin à m'arracher aux branches qui me retenaient et m'éloignai de quelques pas, étouffée par la fumée âcre et les cendres. Je m'affalai sur le sol froid et me protégeai la tête de mes bras alors que les arbres tremblaient, que les loups hurlaient, que les oiseaux piaillaient, et que des escarbilles retombaient en sifflant sur mon manteau. C'était une scène de démence, un cauchemar de flammes et de hurlements, et je dus me mordre la lèvre pour m'empêcher de joindre mes cris au tumulte.

Puis le silence revint brusquement, uniquement troublé par le grondement du feu qui faisait rage dans la forêt.

Je relevai la tête. Le malefeu courait sur le sol, dans les arbres, partout, et soulevait des nuages de fumée aussi noirs que la nuit, qui masquaient la lune et les étoiles. Je toussai, toujours couchée par terre ; de la poussière de bois et des cendres brûlantes me tapissaient la gorge.

Il n'y avait plus aucun signe du Seigneur Loup. Il ne restait plus rien de son corps pour y canaliser la vie de son domaine. Elle l'avait totalement incinéré.

Triomphante, nimbée d'une cape de flammes aveuglantes, Zaira s'avançait à la rencontre de la fournaise avec un air de somnambule. Je n'essayai même pas de l'appeler ; elle s'était abandonnée à son feu.

— *Revincio*, croassai-je.

Tout devint soudain plus noir que l'âme d'un démon, et Zaira s'effondra au sol avec un bruit mat.

Chapitre 23

Je me remis laborieusement debout et me traînai dans la direction où j'avais entendu Zaira tomber. Les fougères calcinées s'effritèrent sous mes pas qui soulevaient de petits nuages de cendres. Le feu s'était éteint, mais une épaisse fumée alourdissait l'air, et je toussai à m'en faire mal. Des loups gémirent au loin, mais il s'agissait d'une plainte funèbre et non de hurlements de traque.

Dans l'obscurité, je trébuchai sur Zaira et manquai de m'affaler de tout mon long. Je m'agenouillai auprès d'elle et posai les doigts au creux de sa gorge, juste pour m'assurer qu'elle était en vie ; son pouls était fort et rapide. Bien sûr. *Elle*, elle se portait comme un charme. Et elle allait même avoir le droit à un petit somme.

J'eus envie de me laisser tomber sur elle et de pleurer un moment, avant de me rouler en boule dans la cendre et de dormir moi aussi jusqu'à l'aube. Mais nous étions encore bien trop près du château. Si les loups revenaient pour réclamer vengeance ou que Ruven se lançait à la recherche de ses « hôtes » disparus, je ne pourrais guère que tenter de bluffer le temps que Zaira se réveille.

Et, pour ce que j'en savais, elle dormirait peut-être plusieurs jours d'affilée. Je ne l'avais jamais vue déchaîner un feu d'une telle ampleur.

Aux Mues, ils m'avaient appris la technique pour porter quelqu'un d'inconscient, précisément pour pouvoir faire face à ce genre de situation. Je hissai Zaira en travers de mes épaules et partis en titubant dans la nuit, sans idée du chemin ou de la direction à suivre, uniquement animée par la volonté de m'éloigner. J'avais le corps endolori par une dizaine de coupures et de bleus, et j'étais transie jusqu'aux os. Le poids mort de Zaira pesait sur moi comme la masse accumulée des nuages de fumée qui s'attardaient au-dessus de nous.

La nuit s'étira en un long cauchemar obscur. Je m'arrêtai à plusieurs reprises pour poser Zaira, avaler quelques gorgées d'eau et me reposer un instant, mais les hurlements des loups au loin parvenaient toujours à me convaincre de me relever et de continuer. La moindre fibre de mon corps me faisait souffrir, mais je ne m'en souciais guère : il valait mieux avoir mal que d'être morte.

Finalement, lors d'une de mes pauses, je déposai Zaira aussi doucement que possible sur un lit de mousse et m'assis contre un tronc afin de me reposer, juste un petit moment. Mais quand je rouvris mes yeux brûlants, l'aube se levait.

Une lueur gris-rose s'insinuait entre les arbres pour venir caresser le tapis inégal d'aiguilles argentées de givre et les bouquets de fougères jaunissantes. Chaque tranche de ciel entre les troncs imposants dessinait un pilier qui soutenait un univers où l'aube continuait à se lever, miraculeusement ordinaire, comme s'il ne s'agissait pas du premier jour d'un monde étrange et nouveau. À des centaines de lieues d'ici, cette même lumière rosée allumait le ciel au-dessus du canal Impérial et ravivait les façades de ses palais ; il faudrait encore plusieurs heures pour qu'elle atteigne la fenêtre de ma chambre et tombe sur mon lit désert. Ma mère était peut-être déjà levée et en chemin pour le palais impérial afin de gérer une crise ou une autre, en ce temps de guerre. Peut-être cette même lumière était-elle en train d'entrer dans le baraquement des officiers de quelque fortin frontalier, pour embrasser les paupières de Marcello et l'inciter à se réveiller.

Ou peut-être le capitaine de Hautegarde avait-il utilisé les lampes-courrières pour rapporter ma disparition, et ma mère ainsi que Marcello n'avaient-ils pas dormi de la nuit, occupés à des préparatifs pour envoyer des troupes au Vaskandar afin de nous sauver, Zaira et moi.

Je me relevai du tronc contre lequel je m'étais assoupie. L'écorce s'accrocha à mon manteau, et des aiguilles piquetaient mes cheveux. Mon souffle faisait de la vapeur dans l'air froid des montagnes qui s'était insinué dans mes vêtements et jusque dans ma moelle épuisée.

Zaira s'étira et cligna des paupières dans la lumière.

— Trop tôt, ronchonna-t-elle.

Puis sa main s'aventura sur la mousse parsemée de brindilles. Surprise, elle ouvrit des yeux troubles et se redressa vivement pour s'asseoir. Elle porta aussitôt une main à son front et grimaça.

— Aïe, ma tête me fait un mal de chien. J'ai l'impression qu'un démon a utilisé mon crâne pour pot de chambre.

— Vous devez avoir besoin de boire, dis-je en lui tendant ma gourde, et elle avala l'eau à grandes gorgées reconnaissantes. Vous avez épuisé vos forces, la nuit dernière.

— Que s'est-il passé ? s'enquit Zaira en s'essuyant la bouche sur sa manche. Pourquoi avons-nous dormi dans les bois ?

J'hésitai.

— De quoi vous souvenez-vous ?

Zaira fronça les sourcils.

— Eh bien… qu'on était poursuivies par des chimères. Je les ai fait brûler, non ?

— Vous avez fait brûler beaucoup de choses, oui.

Je manquais de glousser, mais noyai mon ricanement en buvant à la gourde que Zaira m'avait rendue.

— J'ai tellement faim que je n'arrive même pas à penser, gémit Zaira. Donnez-moi à manger, puis vous me raconterez toutes les horreurs qui se sont passées cette nuit.

Je lui tendis le dernier morceau de pain. Mon estomac vide gargouilla de protestation, mais après la nuit dernière, elle avait plus besoin que moi des maigres provisions qu'il nous restait.

Pendant que Zaira dévorait le pain, je plongeai la main dans ma sacoche pour y chercher mon élixir du matin, et mes doigts rencontrèrent le bouton de Marcello. Je l'imaginai en train de me regarder en secouant la tête, muet de stupeur face à mes décisions qui n'auraient pas pu être plus éloignées de ce qu'il m'aurait conseillé de faire.

— Pour être parfaitement juste, murmurai-je, ce n'est pas entièrement ma faute.

— Quoi ? demanda Zaira entre deux bouchées.

— Oh, rien. Je perds la tête et je parle à un bouton.

Zaira acquiesça d'un grognement et continua à manger.

J'attendis qu'elle ait fini d'engloutir le pain jusqu'à la dernière miette, avant de lui lancer :

— Il semblerait que vous ayez tué le Seigneur Loup.

Elle écarquilla les yeux.

— Je ne m'en souviens pas.

— Je me doutais que ce serait le cas. Quoi qu'il en soit, c'était tout à fait mémorable, je vous prie de me croire.

Zaira rumina la nouvelle un moment, puis se releva en soupirant et s'appuya à un jeune tronc pour se stabiliser.

— Bon, ce qui est fait est fait. Désolée si j'ai mis le bazar dans la politique ou dans l'histoire. On s'en va par où ?

— Nous sommes complètement perdues, répondis-je en secouant la tête. Je suis une fille de la ville. À Raverra, je sais retrouver mon chemin en suivant les canaux, et à Ardence, en me repérant aux flèches du temple. Mais j'ignore tout à fait comment m'orienter au beau milieu d'une forêt.

Zaira observa d'un œil torve les troncs à l'écorce ridée et envahie de mousse des arbres vénérables qui nous entouraient, comme s'ils l'avaient personnellement offensée. Elle scruta les bribes de ciel gris qui s'apercevaient dans les trouées des frondaisons, mais de lourds nuages masquaient entièrement le soleil.

— Bon, dans ce cas, choisissez une direction et marchons jusqu'à ce qu'on comprenne où on est.

Nous nous mîmes donc en route, et il commença bientôt à neiger. Au début, seuls quelques flocons descendirent doucement entre les branches épaisses des épicéas, petits copeaux de blancheur immaculée qui flottaient dans l'air. Mais l'averse de neige forcit, déposant sur nous un silence intense, transformant lentement le monde en une étendue d'une blancheur hivernale. Les flocons se nichèrent dans les boucles brunes de Zaira et y scintillèrent avant de fondre, mais elle ne semblait pas ressentir le froid, tandis que je frissonnais en serrant mon manteau contre moi.

Nous sortîmes des arbres dans un pierrier de rochers nus, recouverts d'une mince couche de neige glissante. L'humidité s'infiltra dans mes bottes, qui laissaient à chaque pas une marque sale dans le blanc tapis. À travers la douce averse des flocons, je distinguai les montagnes qui s'élevaient de part et d'autre d'une longue vallée sylvestre. Les cimes disparaissaient dans d'épais bancs de nuages, et seule la pente de leurs versants densément boisés était visible dans le lointain.

Le château du Seigneur Loup se dressait sur sa colline derrière nous, silhouette sombre et découpée. Des balafres noires d'arbres calcinés défiguraient la forêt sous le château. Je ne distinguai aucun signe du village où nous avions passé la nuit ; nous n'étions pas assez haut pour voir aussi loin, et de plus, la neige diminuait la visibilité. Le froid humide s'insinua dans mes os et j'aurais donné cher pour une bonne flambée et un bain chaud.

— Bien. Nous avons donc marché dans cette vallée entre ces deux chaînes parallèles de montagnes, dis-je. L'une d'elles marque la frontière, et l'autre se trouve à l'intérieur du Vaskandar, mais j'ignore laquelle est laquelle. Reconnaissez-vous quelque chose ?

— Non. Il n'y a que des arbres et de la neige. Tout se ressemble pour moi.

— Sans vouloir ajouter à l'urgence de notre situation, il ne me reste plus d'élixir que pour un jour. Ma vie risque de dépendre du choix de direction que nous ferons.

— Dans ce cas, choisissez vous-même, rétorqua Zaira. Vous avez beau être pénible, je n'ai pas envie d'avoir votre mort sur la conscience.

J'observai la vallée d'un côté, puis de l'autre. Une corneille croassa dans un arbre voisin.

— Oh, c'est ça, moque-toi de moi, marmonnai-je.

L'oiseau croassa de nouveau puis voleta pour venir se poser sur une branche toute proche, presque à portée de main. La corneille inclina la tête pour me fixer de son œil rond et noir.

Zaira s'esclaffa.

— Vous avez vu ? Elle sait que vous allez y rester et elle ne veut pas rater le festin.

— Très encourageant, merci, ironisai-je.

La corneille avança la tête vers moi pour me donner un petit coup de bec, et je retirai mon bras juste à temps. Elle reprit son équilibre, les ailes à demi déployées, puis exécuta une curieuse danse sautillante, en laissant des empreintes de serres sur la branche neigeuse. Elle me lorgna de l'œil gauche puis du droit, en graillant doucement.

Une étrange pensée me vint soudain.

— Est-ce Kathe qui t'envoie ?

La corneille croassa triomphalement, puis s'envola pour aller se poser sur une branche cinq mètres plus loin. Elle tourna la tête vers moi et croassa de nouveau.

Zaira plissa les yeux et m'adressa un regard circonspect.

— Ne me dites pas qu'on va suivre cette bestiole.

— Auriez-vous une meilleure idée ?

— C'est le truc le plus idiot que vous ait jamais suggéré la démone de la Folie, et parlant de vous, ça n'est pas rien. (Zaira secoua la tête.) Mais après tout, pourquoi pas ? Laissons un stupide oiseau prendre une décision qui pourrait vous conduire à la mort. Allons-y, suivons la corneille.

La corneille resta au-devant de nous, voletant de branche en branche. Si nous mettions trop de temps à la rejoindre, elle croassait. Quand je glissai dans la neige, elle croassa. Quand Zaira l'insulta, elle croassa. Je ne pouvais pas dire que j'étais très impressionnée par son vocabulaire.

En l'espace d'une demi-heure, elle nous amena jusqu'à une route. Des traces de roues de chariots et de sabots salissaient la neige, qui ne tombait presque plus. Nous progressâmes plus rapidement sur le sol égal de la voie, pour arriver à un endroit où deux menhirs de près de deux mètres de haut encadraient la chaussée. La corneille se posa sur le sommet neigeux d'une des pierres levées et entreprit de lisser ses plumes luisantes d'un air satisfait.

Des bornes frontière. Un sursaut d'excitation me gagna malgré la fatigue.

— Est-ce que ça veut dire qu'on revient dans le domaine qui regorge de chimères ne demandant qu'à vous tuer ? se méfia Zaira.

Je fronçai les sourcils.

— Ces pierres m'ont l'air différentes.

Elles paraissaient plus vieilles et plus érodées que celles que nous avions vues à la frontière entre le Sevaeth et le Kazerath, et leurs gravures étaient à moitié effacées. La neige qui les recouvrait en brouillait les motifs qui semblaient cependant plus doux, en forme de vagues et de boucles.

Ces ornements avaient quelque chose de fascinant et de profondément familier. D'une main, je balayai la neige de la surface rugueuse d'un des menhirs.

Dès que mes doigts entrèrent en contact avec la pierre, une vibration me traversa tout le corps, comme si je venais de toucher une grande cloche en train de sonner.

La borne frontière devint chaude.

Le changement était clairement perceptible. Froide au début, ainsi qu'une pierre sous la neige devait l'être, elle se réchauffa en l'espace de deux respirations, au point d'en devenir presque brûlante, et je me hâtai de retirer la main. Des ruisselets se mirent à couler de la couche de neige qui avait commencé à fondre au sommet du menhir.

Voilà qui était très étrange. Je fis le tour de la pierre levée, franchissant par conséquent la ligne invisible qui séparait les deux domaines, et la touchai de nouveau, pour sentir sa chaleur augmenter pareillement. Qu'est-ce que le Seigneur Loup avait dit à son fils, déjà ? *« Quand tu te seras taillé un domaine sur les terres de l'Empire et que tu en auras revendiqué la possession de ton propre sang… »*

— Ce n'est pas le Sevaeth. (J'en avais la certitude, sans bien savoir comment.) Il ne peut s'agir que de l'Atruin, de l'autre côté du Kazerath. C'est le domaine de la Dame des Aigles, mon arrière-grand-mère.

Dans un grand battement d'ailes dont le souffle me balaya le visage, la corneille s'envola de la pierre avec un cri perçant.

Zaira se raidit.

— Je crois que quelqu'un sait que nous sommes là.

J'arrachai mon regard des gravures étrangement fascinantes du menhir pour découvrir une demi-douzaine de wapitis qui nous observaient. Ils dessinaient un arc de cercle parfait autour de nous du côté Atruin de la frontière, non pas serrés les uns contre les autres en troupeau, mais espacés à la manière d'une meute de prédateurs. Tous avaient le front couronné de hautes ramures et nous observaient de leurs grands yeux marron luisants. Leur souffle formait des nuages de vapeur devant leur mufle velouté.

Ils étaient magnifiques avec leur poil soyeux, leurs longues pattes et leurs yeux chaleureux. Mais il y avait aussi de la puissance dans leur large poitrail, et ils nous dominaient de toute leur taille. Un seul d'entre eux n'aurait eu aucun mal à me piétiner à mort, et leurs bois pointus se dressaient fièrement au-dessus de leur tête.

Je n'osai pas bouger et attendis. Mais les wapitis se contentèrent de nous regarder. Après un temps, je tentai prudemment un pas en avant, puis un autre.

Les grands cerfs s'écartèrent pour nous laisser passer. Zaira se rapprocha de moi et nous avançâmes ensemble sur la route avec circonspection. Les wapitis nous encadrèrent en une sorte de garde d'honneur, trois de chaque côté, et leurs corps massifs nous protégèrent du vent froid.

— Tout ça, c'est trop étrange, se plaignit Zaira. Par les tétons des Grâces, je regrette Raverra, où je peux marcher dans les rues sans une foutue escorte de cerfs géants, où les arbres sont en bûches dans les cheminées, et où les seules choses à essayer de me tuer sont de simples quidams qui ont la décence d'utiliser des dagues et du poison.

— J'aurais du mal à vous contredire.

Pourtant, je sentais à chaque pas une vibration agréable me remonter dans les jambes. Nous allions concrètement dans la mauvaise direction en nous éloignant de Hautegarde, mais pour une raison que je ne m'expliquais pas, j'avais le sentiment que c'était le bon choix, un peu comme si j'étais déjà venue et que je reconnaissais la route. D'ordinaire, je n'étais pas le genre de personne à suivre son instinct. Mais au point où nous en étions, il était plus probable d'espérer trouver un chemin sûr pour retraverser les montagnes devant nous, dans le paisible Atruin, que derrière nous dans le Kazerath mobilisé pour la guerre et plein de ressentiment à notre égard.

Les grands cervidés avançaient à nos côtés et nous observaient du coin de l'œil en s'arrêtant parfois le temps d'arracher une bouchée de tendres aiguilles à la branche basse d'un conifère. La corneille ne nous suivit pas, mais salua notre départ d'un croassement en guise d'adieu. Je me sentis étrangement déçue de la voir rester en arrière.

Nous quittâmes bientôt la forêt pour pénétrer dans une étendue de champs soigneusement entretenus qui déroulaient leur blancheur neigeuse et immaculée sur le terrain doucement vallonné. Ce paysage aussi me sembla d'une familiarité déroutante, et me donna l'impression de rentrer chez moi sans jamais avoir vécu là. Un groupe de paysans qui tiraient des traîneaux chargés de bois de chauffage nous regardèrent passer avec curiosité, mais sans hostilité ni crainte. Au lieu du cuir et des fourrures que l'on portait au Kazerath, ils étaient habillés de manteaux en peau de mouton à liseré brodé de couleurs contrastées ainsi que de moufles et de chapeaux en laine colorés. Et alors que les gens du Kazerath avaient plutôt le teint pâle, les cheveux blonds et les traits anguleux, je vis ici des cheveux noirs et brillants, et des silhouettes plus élancées. Nous passâmes devant des fermes proprettes et une prairie où un troupeau de moutons s'était dispersé pour brouter l'herbe sous la neige, sans paraître s'inquiéter le moins du monde des loups de la forêt, pourtant toute proche.

— Eh bien, voilà qui est différent, remarqua Zaira en regardant suspicieusement un berger qui s'était assoupi contre un arbre dénudé, les bras serrés contre lui, emmitouflé dans une grande écharpe de laine rouge. Ils ne sursautent pas de peur au moindre bruit par ici.

— Je suppose que tous les domaines du Vaskandar ne ressemblent pas à une annexe de l'enfer du Désespoir. (Je tournai cette pensée dans mon esprit, comme je l'aurais fait d'un nouveau motif d'Artifice habilement conçu.) En fait, un Haut Ensorceleur doit avoir le pouvoir de maintenir la paix, le bien-être et la santé chez ses sujets, s'il choisit de le faire.

— Et on ne peut s'en prendre qu'à la malchance si on est né du mauvais côté des bornes frontière, grommela Zaira d'un air écœuré.

Passée la dernière ferme, nous retrouvâmes la forêt et laissâmes derrière nous les odeurs de feux de cheminée et de moutons. Nous arrivâmes bientôt à un croisement où un étroit sentier, envahi par la végétation et à peine discernable, bifurquait de la route principale. Alors que nous nous rapprochions du carrefour, un des wapitis vint se placer sur la route devant moi et s'interposa, la tête baissée, nous barrant le chemin de sa large ramure.

Je m'arrêtai.

— Je crois qu'ils veulent que l'on emprunte le sentier.

— Quoi, on ne va quand même pas laisser une bande de vaches à la noix avec des branches sur le front nous dire où on doit aller ! pesta Zaira.

Un autre wapiti me poussa du museau dans le dos, d'un geste qui pouvait paraître amical, mais qui manqua de me faire tomber en avant sur le sentier.

En Atruin, les êtres n'avaient pas peur. Ni des loups ni de nous, ni de toutes les horreurs qui rôdaient sur les terres de leurs voisins. Quelque chose protégeait cet endroit, un pouvoir caché et d'une puissance incontestable.

— Si, je crois bien que si, répondis-je.

— Formidable, souffla Zaira. J'ai fait mordre la poussière à un Haut Ensorceleur, je flanque des cauchemars à des armées entières, et voilà que je me retrouve prisonnière d'une bande de brouteurs de feuilles.

Nous empruntâmes donc le sentier grignoté par les sous-bois et amorçâmes la longue ascension de la pente douce et boisée. Au moins allions-nous dans la bonne direction, vers l'Empire ; il s'agissait peut-être de la piste de montagne que l'on avait espéré trouver. Les wapitis se dispersèrent dans la forêt autour de nous, et se rapprochaient chaque fois que nous ralentissions sur le chemin que l'on discernait à peine.

Je n'osai même pas m'arrêter le temps de boire une gorgée d'eau. Zaira aurait pu facilement les rôtir tous sans même risquer de perdre le contrôle ou de sombrer dans l'inconscience, mais je craignais ce qu'il arriverait ensuite. Les récits historiques que j'avais lus mentionnaient le titre de Dame des Aigles comme étant celui d'un des trois premiers Hauts Ensorceleurs qui avaient fondé le Vaskandar, voilà cinq siècles.

Le sentier passa entre une paire de vieux menhirs gravés de motifs similaires à ceux des bornes frontière, mais de taille plus modeste ; ils m'arrivaient à la poitrine au lieu de me dépasser d'une tête. Puis le chemin aboutit à l'entrée d'une grotte sombre et moussue qui s'ouvrait à flanc de montagne. Deux nouvelles pierres levées flanquaient l'ouverture béante, d'où émanait un souffle d'air qui sentait la glace et la roche humide.

Quelque chose à l'intérieur de cette caverne faisait vibrer mes os, la perception physique d'un son trop bas pour être audible.

Les wapitis se regroupèrent autour de nous en tapant du sabot dans la neige et en nous poussant de leurs andouillers.

— Oh, non, protesta Zaira. Il n'y a rien de bien pour nous là-dedans.

J'avançai d'un pas, le sang martelant mes veines. La réponse à l'énigme de Kathe se trouvait dans la grotte, j'en avais la certitude.

— Si, une chose au moins. La connaissance.

Zaira secoua la tête.

— Vous êtes folle. La connaissance de quoi ? Du genre de créatures qui vivent dans les grottes du Vaskandar et qui dévorent les Raverraines trop curieuses ?

— Le secret du pouvoir des Hauts Ensorceleurs.

Je posai la main sur une des pierres qui flanquaient l'entrée. Elle devint chaude sous mes doigts, de manière presque instantanée. Un des wapitis se cabra et s'ébroua.

— Et vous pensez que la Dame des Aigles nous a envoyé ses amis cornus pour nous révéler ses secrets ? Plutôt pour vous tuer si vous découvrez ses secrets, oui !

Elle parlait avec la voix du bon sens, mais quelque chose m'appelait dans cette grotte, de sang à sang. *« Toutes choses vivifiées, une lame ensanglantée… »*

Les wapitis le savaient. Ils sentaient eux aussi le lien. C'était la raison pour laquelle ils m'avaient conduite ici.

— Si nous voulons empêcher la guerre avec les Hauts Ensorceleurs, ou les vaincre une fois qu'elle aura éclaté, nous devons apprendre à les connaître. Pour être en mesure de contrer leur pouvoir, nous devons d'abord le comprendre.

L'impatience brûlait dans mes veines. D'ordinaire, je détestais les lieux sombres et exigus, mais cette grotte ancienne exhalait la promesse d'une découverte à laquelle je ne pouvais résister. Qu'auraient pensé mes professeurs de l'université d'Ardence si je renonçais maintenant ?

— J'y vais.

Je me courbai sous le rideau de mousse qui retombait devant l'entrée et m'engageai dans les entrailles froides et minérales de la grotte. Zaira me suivit en ronchonnant.

Je clignai des yeux pour chasser les dernières taches de lumière du jour qui flottaient devant moi et m'accoutumer à la pénombre. Le gargouillis et le frémissement de l'eau résonnèrent autour de nous. Je m'attendais à ce que la grotte soit exiguë, mais elle s'élargissait en une salle voûtée plus grande que ma chambre à coucher. Les parois de la grotte étaient trop lisses ; des mains d'homme avaient façonné cet endroit.

Le fond de la cavité disparaissait sous les eaux d'une rivière souterraine qui la traversait latéralement. Au centre du sol rocheux et inégal se dressait un autre menhir, lui aussi sculpté de ces mêmes motifs fluides, et au sommet creusé d'une vasque peu profonde. L'air possédait cette qualité de silence que l'on rencontrait dans les temples.

Un flux invisible, qui était plus que de la curiosité, m'attira vers la pierre levée. Un petit canal taillé dans la roche partait de la vasque et descendait le dos du menhir, pour aller se jeter dans la rivière. Je passai un doigt sur le bord rugueux du petit bassin. La pierre chauffa à mon contact, en pulsant légèrement, et un picotement me monta le long du bras en faisant frémir mes os.

— « Le traversent dix ruisseaux », murmurai-je. (Une trace sombre maculait le fond du canal.)

« Sur la pierre dix gouttes pleurent / Sur le trône un seigneur. »

Zaira était restée derrière moi, non loin de l'entrée de la grotte, et observait les lieux avec des yeux agrandis par la crainte.

— Bon, ça me fout les jetons tout ça. Par les Neuf Enfers, qu'est-ce que vous marmonnez ?

— C'est de cette façon que les Hauts Ensorceleurs revendiquent leur domaine, dis-je en bredouillant d'excitation.

(Tout cela faisait sens ; c'était comme d'avoir déchiffré suffisamment d'éléments d'un alphabet runique inconnu pour pouvoir décrypter les symboles d'un motif et comprendre la magie à l'œuvre.) Le pouvoir d'un vivomancien est de contrôler la vie, mais normalement il ne peut pas le faire à une aussi grande échelle, ni à distance. Mais l'eau est à la base de toute vie. Les cours d'eau tissent un réseau qui relie tous les autres éléments entre eux, un peu à la manière du brin central dans l'Artifice d'un filigrane complexe. Et le sang réunit à la fois la vie et l'eau.

Zaira observa la vasque avec méfiance.

— Vous voulez dire qu'ils mêlent leur sang aux ruisseaux et aux rivières ?

— Pour devenir partie intégrante de leur domaine, et que leur domaine devienne une partie d'eux-mêmes. Et ils marquent le territoire qu'ils revendiquent de pierres dressées. Il ne s'agit pas de simples bornes frontière. (J'aurais parié qu'elles dessinaient un motif, quelque chose de similaire à un cercle d'Artifice.) Les pierres sont les os de la terre, et les rivières son sang. Une fois l'union accomplie, toute chose vivante nourrie par cette terre et cette eau devient un élément constitutif de leur magie. C'est pour cette raison que le pouvoir d'un Haut Ensorceleur sur son domaine est absolu.

— Et pour cette raison que personne ne touche impunément à mes pierres du sang.

La voix provenait de l'entrée de la grotte. Elle vibrait d'assurance et d'autorité, aussi profonde que la terre et aussi fluide que la rivière.

Je me tournai lentement pour faire face à la Dame des Aigles.

Chapitre 24

La marque des mages de la Dame des Aigles était noire sur des iris aussi dorés que le soleil. Sa longue chevelure brune tombait librement dans son dos et descendait plus bas que ses hanches. Déployé sur ses épaules telles des ailes, son manteau était festonné pour imiter des écailles ou des plumes. Chaque feston offrait une nuance différente de bronze, d'ambre, de marron ou d'or, et était soigneusement liseré de broderies dans le style anguleux du Vaskandar.

Elle était la montagne, ancienne et immobile. Elle était le ciel, clair et inatteignable. Elle était le chat sauvage qui rôde en forêt, élancé et gracieux, et le cerf bondissant, libre et agile. Et elle avait des yeux d'aigle : sauvages et farouches, aussi perçants que les rayons du soleil, et totalement impavides.

Je m'inclinai et demeurai courbée un long instant, le temps de retrouver mes mots. Je m'attendais à ce que Zaira profite du silence pour prendre la parole, mais elle resta muette, figée sur place, une main dans son dos comme si elle cherchait un mur auquel s'appuyer.

— Ma dame, dis-je dès que je trouvai le moyen de parler malgré la sécheresse de ma bouche, je vous prie de pardonner mon intrusion. Il n'était pas dans mes intentions de vous causer le moindre tort.

Ses yeux de rapace s'attardèrent sur Zaira, puis se portèrent sur le collier de griffes à mon cou.

— Je n'ai que faire de ce que sont ou ne sont pas vos intentions. Vous avez réveillé les pierres. Je suis lasse de voir des intrus toucher à mon domaine, et ne croyez pas que le sang qui coule dans vos veines vous protégera de mon courroux.

— Je m'efforce de ne jamais présumer de rien, ma dame, dis-je en déglutissant péniblement. Si je puis me permettre de vous demander, quand vous parlez d'intrus prenant des libertés sur votre domaine, voulez-vous parler du mont Chenu ?

Elle me dévisagea en plissant les yeux.

— Vous savez donc. Et pourtant, vous clamez votre innocence.

Puissent les Grâces nous protéger. Ruven avait placé des cercles en Atruin. Il avait certainement gardé leur réalisation pour la fin, étant donné les risques, ce qui signifiait que son diagramme d'Artifice à l'échelle de la montagne était sans doute déjà achevé.

Je fis un pas en avant, trop fébrile pour avoir aussi peur que je le devrais.

— Avez-vous découvert des cercles d'Artifice autour de la montagne ? Le prince Ruven a l'intention d'essayer de déclencher une éruption.

Elle avança dans la grotte et plongea ses yeux dans les miens. D'aussi près, le pouvoir qui émanait d'elle possédait l'éclat violent du soleil. Je me sentis minuscule, sans défense, exposée, un petit mulot pris dans l'ombre d'un aigle.

— Vous comprenez ce que ce jeune loup insensé compte faire avec cette magie raverraine qu'il a dérobée ? J'ai vu bien souvent les œuvres de l'Artifice, mais jamais rien de tel.

— Oui, je le comprends, répondis-je.

— Suffisamment pour pouvoir le défaire ?

Je revis dans ma mémoire le diagramme, à la fois celui que j'avais eu à peine le temps d'étudier dans le bureau obscur du château, et l'original que j'avais aperçu dans un livre à Ardence. Il s'agissait d'un schéma horriblement complexe qui associait Artifice et vivomancie d'une manière que mes professeurs auraient jugée impossible. Mais je n'avais pas besoin de comprendre l'enchantement dans son ensemble pour pouvoir le saboter.

— Je le crois, oui.

— Voilà qui est bien. (Elle tourna les talons dans un grand mouvement de son manteau.) Suivez-moi.

Nous suivîmes la Dame des Aigles en empruntant une piste animale qui grimpait à flanc de montagne. L'étroit sentier était raide, et je fus bientôt essoufflée alors que la Dame des Aigles se mouvait avec une grâce élastique, comme si la terre elle-même la soulevait à chaque foulée. Vu ce que je venais d'apprendre, c'était peut-être bien le cas. Les branches s'écartaient sur son passage en répandant devant elle la neige dont elles étaient chargées, donnant l'impression que les buissons jetaient au sol des pétales blancs en l'honneur de la maîtresse des lieux.

Enfin, la Dame des Aigles s'arrêta devant une plaque de roche nue où les ossements de la montagne affleuraient à la surface, sans terre, ni herbe, ni arbres pour recouvrir le granit décapé par le vent. D'un geste dédaigneux, elle désigna un cercle d'Artifice élaboré, gravé dans la pierre. La neige n'avait pas tenu sur le cercle ni à sa périphérie immédiate.

Nous y étions. Il s'agissait d'un des cercles du diagramme de Ruven destiné à contrôler le volcan. Je m'avançai pour l'examiner de plus près, pleine de curiosité et d'appréhension mêlées.

— Je ne suis pas très versée dans le domaine de l'Artifice, dit la Dame des Aigles, mais ce cercle n'est pas la seule création d'un façonnier. Un autre ensorceleur a marqué ce cercle de son sang, l'a investi de son pouvoir. Mon autorité sur ma moitié de la montagne reste aussi forte que jamais, mais ce cercle tente de la concurrencer. Je n'aurais aucun mal à le détruire ; cependant, cette magie étrange et complexe tient le cœur de la montagne dans ses rets, et la perturber pourrait entraîner une catastrophe. Dites-moi ce dont il s'agit, et je vous laisserai peut-être la vie sauve.

Je m'agenouillai au bord du cercle et suivis ses lignes d'un doigt tremblant, en traduisant les runes dans ma tête.

— Il doit y avoir d'autres cercles similaires, tout autour de la montagne.

— J'en connais d'autres, oui. Pouvez-vous briser ce sceau ?

— Laissez-moi réfléchir.

Je suivis des yeux les lignes complexes du diagramme et les arabesques détaillées des runes, en quête d'un endroit où il y aurait de la place pour modifier la fonction du cercle. Le façonnier avait travaillé avec soin, gravant chaque signe avec une précision que mes professeurs auraient louée, et une maîtrise parfaite de la taille de ses lignes. Cela ressemblait à un travail d'Artifice élaboré et méticuleux, qui ne laissait aucune possibilité de venir perturber l'enchantement par un ajout ou une modification. Toutefois, l'espacement entre les lettres était curieusement irrégulier et créait des vides là où il n'aurait pas dû y en avoir, et le diagramme comportait quelques blancs à des endroits qu'un façonnier expérimenté aurait pensé à remplir à l'aide de runes de comblement pour éviter toute altération du cercle.

— Le façonnier qui a gravé ce cercle l'a fait sous la contrainte, pas de son plein gré, compris-je. Il a volontairement laissé la possibilité d'altérer l'enchantement.

— Donc, vous pouvez le saboter ? demanda Zaira.

— Je ne sais pas encore. Je peux juste dire qu'il y a des espaces vides où l'on peut modifier le diagramme, mais il faut que je comprenne ce que le façonnier attendait de nous.

J'étudiai les blancs dans les lignes de runes en m'efforçant de découvrir les formes qu'ils suggéraient. En tant que tel, le cercle d'Artifice semblait conçu pour accroître la pression au cœur du volcan, tout en la contenant. Mais ce confinement pouvait à tout moment être levé par l'entremise d'un cercle de contrôle distinct des autres. De ce que je me rappelais du schéma général, le cercle de contrôle permettait également d'ouvrir une cheminée pour libérer toute cette pression d'un seul coup, déclenchant l'éruption tout en orientant sa direction.

Je posai les doigts au centre du dessin. Je ressentis un léger picotement ; la roche était chaude sous ma main. Un poids terrible pesa sur mon estomac.

— Il a déjà été activé.

— Il va y avoir une éruption ?

Zaira recula d'un air apeuré, comme si s'éloigner du cercle pouvait la protéger.

— Pas encore. Tous les cercles autour de la montagne combinent leurs pouvoirs pour accroître la pression afin que l'éruption soit la plus puissante possible quand Ruven la déclenchera.

Je me mordillai nerveusement la lèvre en repensant à ces lignes indiquant les différentes étendues de la zone de destruction, sur le diagramme dans son bureau.

— Je pourrais sans doute faire fondre la roche avec assez de malefeu, proposa Zaira.

— Surtout pas ! Si vous détruisiez le cercle, la pression ne serait plus contenue et nous risquerions de provoquer immédiatement une éruption.

La Dame des Aigles restait immobile, mais je sentais sa colère qui vibrait dans la pierre, sous mes mains et mes genoux. Dans les hauteurs du ciel, un rapace lâcha un cri aigu.

— Il abuse de ma neutralité. Il peut faire ce qu'il veut dans son domaine, mais cette moitié de la montagne m'appartient.

Je relevai la tête du cercle gravé pour découvrir la Dame des Aigles qui scrutait l'horizon, en direction du Kazerath, les yeux emplis de fureur. Je pouvais presque sentir la puissance de son regard faire grésiller l'air au-dessus de moi, et je me réjouis de ne pas être la cible de sa colère.

— Et comment comptez-vous répondre à cette, heu, intrusion ? lui demandai-je.

— J'y répondrai au Conclave. (Le ton de sa voix fermait clairement la porte à d'autres questions.) C'est là que nous réglons nos griefs. Vous ne m'avez toujours pas dit si vous pouviez effacer cette chose qui défigure ma montagne.

Je ramenai mes yeux sur le cercle gravé et m'humectai les lèvres.

— Une fois que le problème de l'éruption aura été résolu, un façonnier pourra l'effacer et je serai heureuse de vous offrir les services d'un Faucon pour s'en charger. Mais pour l'heure, je pense savoir au moins comment empêcher ce cercle de continuer à accumuler de la pression. Il faut juste ajouter certains symboles d'annulation et d'inversion aux bons endroits.

— Et ça arrêtera l'éruption ? demanda Zaira.

— Si nous le faisons sur tous les cercles qui entourent le mont Chenu, ou au moins sur une majorité d'entre eux, et si personne ne déclenche l'éruption avant que la pression ne soit lentement redescendue. Je peux vous montrer comment faire de même sur les autres cercles placés dans votre domaine, ma dame.

La Dame des Aigles hocha la tête.

— Procédez donc.

Les affaires que j'avais emportées dans ma sacoche ne comprenaient pas d'outils pour ciseler la pierre. Je grattai donc patiemment la roche de la pointe de mon couteau, jusqu'à obtenir une rainure que je pouvais sentir en y passant les doigts. J'étais douloureusement consciente du temps qui filait alors que le soleil descendait vers l'immense épaulement du mont Chenu. Les ombres s'allongèrent et le froid s'appesantit sur mon dos courbé, comme une chape de glace. Mais la pierre réchauffait mes mains besogneuses et je continuai à graver de nouveaux symboles entre les runes existantes. Zaira bâilla et s'assit sur un rocher.

Je terminai enfin, la lame de mon couteau complètement émoussée et les doigts écorchés et en sang. Une pâle lueur orangée émana un instant du cercle, et je sentis un changement subtil dans la montagne sous mes pieds. C'était fait. Au moins avais-je réussi à accomplir un des objectifs cruciaux de notre maudite mission.

La Dame des Aigles resta à observer le paysage de ses yeux dorés et intenses. Sa présence pesait sur moi plus encore que celle du mont Chenu lui-même qui se dressait au-dessus de nous, vénérable et majestueux, avec en son cœur un feu à déchirer la terre. Après tout, le volcan ne représentait qu'une petite partie du domaine qu'elle portait en elle dans son sang.

— Finalement, vous n'êtes pas complètement inutile, me dit-elle, malgré l'absence décevante de pouvoir magique dans votre branche de la lignée.

Zaira m'adressa un sourire moqueur et articula en silence *décevante*. Mais je me relevai et m'inclinai devant ce compliment.

— Je suis honorée que vous pensiez cela, ma dame.

— Pour ce que vous venez de faire, je vous pardonnerai d'avoir touché aux pierres. (Puis elle releva la tête, avec l'air attentif de quelqu'un qui tend l'oreille à un appel lointain.) Quelqu'un vous attend au village, dans la vallée.

Je déglutis nerveusement.

— Ma dame, avec tout mon respect, il me faut retourner dans l'Empire aussi rapidement que possible.

— Vous m'accompagnerez et vous lui parlerez. (Son ton ne prêtait pas à discussion.) Vous devez comprendre ce que vous avez provoqué.

Et sur ces mots lourds de sens, elle commença à redescendre.

— Bien sûr, elle ne pouvait parler que de vous.

Je secouai la tête, mais ne pus m'empêcher de sourire.

Un espoir insensé, niché dans un recoin de mon cœur, avait nourri l'idée que la Dame des Aigles parlait peut-être de Marcello, qui aurait pénétré au Vaskandar pour venir nous chercher. Mais quand les villageois déférents nous introduisirent avec force courbettes dans la modeste salle communale aux murs d'épais rondins et aux chevrons peints de fleurs des champs sur fond rouge, nous découvrîmes que c'était Kathe qui nous attendait.

Il était assis au bord d'une estrade en bois toute simple qui faisait face à six rangées de bancs garnis de coussins bleu ciel brodés, et balançait nonchalamment les pieds dans le vide. L'endroit ressemblait un peu à un théâtre ou à un temple, mais il n'y avait ni grand rideau rouge ni statues des Neuf Grâces. La lumière vacillante de plusieurs candélabres en bronze réchauffait les recoins sombres de la salle et projetait des ombres captivantes dans la chevelure aux pointes noires de Kathe.

Il se leva et s'inclina devant la Dame des Aigles, qui lui répondit d'un gracieux hochement de tête. Puis il nous regarda, Zaira et moi, avec un grand sourire.

— Vous n'avez pas chômé, à ce qu'on m'a dit.

— Certes, elles ont été des plus occupées. Et nous devons en parler.

La Dame des Aigles s'avança vers le banc de la première rangée sans faire un geste ni y jeter un regard, mais des surgeons vert pâle s'y épanouirent soudain, comme si le bois reprenait vie pour l'accueillir. De jeunes branches s'élevèrent du banc et s'entrelacèrent en motifs délicats pour former un trône aux lignes élégantes. Le temps que la Dame arrive devant, son siège était prêt et elle y prit place avec majesté.

— Le cœur ardent de la montagne se réveille, dit-elle, et vous avez provoqué un véritable chaos par vos actions au Kazerath.

Ses mots me glacèrent le sang et je m'immobilisai entre les deux Hauts Ensorceleurs qui se faisaient face.

— En tuant le Seigneur Loup, vous voulez dire ? Est-ce… Ruven est-il désormais le seigneur du Kazerath ?

La Dame des Aigles acquiesça.

— Le Kazerath est sien. Il en fait le tour en ce moment même et verse son sang sur les pierres pour inscrire son emprise sur le domaine, mais cette terre reconnaît déjà en lui son maître. (Elle posa ses yeux à l'éclat doré sur Zaira.) Vous n'avez pas rendu service à Eruvia en tuant son père.

Zaira haussa les épaules, mais il y avait de la tension dans sa posture.

— C'était ça ou le laisser me tuer.

— Ruven était donc le seul héritier ? demanda Kathe d'une voix résignée en se rasseyant sur le bord de l'estrade. J'imagine que c'était trop beau d'espérer qu'il se retrouve empêtré dans une querelle de succession. Le Seigneur Loup suivait les préceptes de l'antique sagesse.

L'antique sagesse. Que m'avait dit Kathe durant notre pique-nique à *La Verrerie* ? *« Il est sage pour un Haut Ensorceleur de n'avoir qu'un seul héritier. »* Si le lien du sang d'un Haut Ensorceleur avec son domaine se transmettait héréditairement, mais qu'une seule personne était en mesure d'en revendiquer la souveraineté, n'avoir qu'un seul héritier restait la meilleure manière de garantir une succession sereine. Et demeurer sans descendance posait sans doute des problèmes pires encore, réfléchis-je, puisque les Hauts Ensorceleurs devaient se disputer le domaine d'un seigneur décédé sans successeur.

— Il la suivait sur ce point, oui, dit la Dame des Aigles, d'un ton réprobateur. Mais l'héritier du Seigneur Loup est un ensorceleur de chair. Ce qui va à l'encontre de toute sagesse, ancienne ou nouvelle.

Zaira s'assit sur l'estrade à son tour, mais à bonne distance de Kathe.

— Je m'inquiète plus de sa personnalité que de ses pouvoirs. Ruven est un cancrelat sournois.

— Sa charmante personnalité est justement ce qui fait de lui un ensorceleur de chair, précisa Kathe avec une grimace de dégoût.

La Dame des Aigles hocha sombrement la tête.

— Les gens qui vivent à Atruin sont miens, expliqua-t-elle. Ce ne sont pas mes esclaves et ils sont libres d'agir à leur guise, mais ils m'appartiennent sur un plan magique, en ce qu'ils font partie de mon domaine. En théorie, rien ne m'empêcherait d'agir sur leurs corps aussi bien que sur le bois de ce banc, ou de soumettre leurs actes à ma volonté comme je le fais avec les oiseaux du ciel. Mais si je m'y essayais, mon pouvoir se déroberait, car cela irait à l'encontre d'un instinct viscéral qui reconnaît dans les autres êtres humains mes frères. En revanche, c'est un instinct que les ensorceleurs de chair ne possèdent pas.

Le souvenir de Ruven forçant les os de son serviteur à transpercer la chair de son bras pendant que le malheureux était paralysé, incapable de fuir ou même de hurler de douleur, me revint en mémoire et je frissonnai.

— Donc, les ensorceleurs de chair sont par définition des êtres qui ne respectent ni ne reconnaissent l'humanité d'autrui.

Zaira pouffa dédaigneusement.

— J'aurais pu dire ça de Ruven sans toutes ces explications.

— Mais c'est encore pire à présent, dis-je, la gorge nouée par les implications que je commençais juste à appréhender. Avant, Ruven devait toucher la peau de sa victime pour torturer sa chair ou la soumettre à sa volonté. Maintenant, chaque habitant du Kazerath va devenir sa marionnette, même s'il se trouve à plusieurs lieues de distance.

Kathe acquiesça.

— Vous voyez le problème.

— Ce serait déjà terrible sans un volcan crachant du feu et des cendres sur la moitié de… (Je laissai ma phrase en suspens, et sentis le sang déserter mon visage.) Par les Enfers. Les cendres !

Kathe siffla doucement.

— Cela explique certaines choses.

— Quoi ? demanda Zaira en nous regardant tour à tour.

Je me pris la tête dans les mains, abasourdie par la révélation.

— La moitié du mont Chenu appartient à Ruven, à un niveau magique et profond. Une éruption massive déversera des cendres sur un large territoire, répandant littéralement sa souveraineté sur la contrée touchée.

— Il pourrait prendre le pouvoir là où les cendres tomberont en abondance, confirma gravement la Dame des Aigles. Un autre Haut Ensorceleur repoussera aisément cette revendication concurrente sur son domaine, mais dans votre Empire, il n'y aura personne pour lui disputer ce droit.

— Peut-être renoncera-t-il à provoquer l'éruption, à présent qu'il possède son propre domaine ? suggérai-je avec espoir. Il n'a plus véritablement d'intérêt à se lancer dans une invasion, si ?

Mais Kathe secoua la tête.

— Il a encore plus besoin de pouvoir qu'auparavant. Il est habituel d'avoir à repousser les tentatives des autres seigneurs pour s'emparer de votre domaine durant la période vulnérable de la succession. Étendre son domaine lui octroiera un surcroît de force pour se défendre, sans parler de terres à offrir pour se gagner de puissants alliés. Pour Ruven, à la fois parce qu'il est ensorceleur de chair et tout nouveau au titre de Haut Ensorceleur, cette invasion est devenue véritablement une question de survie.

— N'espérez nulle retenue chez un homme comme Ruven, renchérit la Dame des Aigles. S'il tient entre ses mains la fureur destructrice d'un volcan, il n'hésitera pas à l'utiliser. (Le timbre de sa voix se fit sombre et menaçant.) Le ciel s'obscurcira de son pouvoir. Les gens et les animaux respireront sa domination dans l'air chargé de cendres. Les plantes la boiront par leurs racines. Il prendra à votre Empire les terres recouvertes par les cendres sans le moindre effort, simplement en les arpentant, et elles se livreront à lui sans résistance, étant déjà siennes.

Mon estomac se tordit de révulsion à l'idée de voir la moitié de l'Empire tomber aux mains de Ruven.

— Nous devons empêcher cela, murmurai-je. Ma dame, nous aiderez-vous ?

La Dame des Aigles tourna son regard vers moi, et je pris soudain conscience du poids des siècles dans ses yeux. Elle appartenait aux tout premiers Hauts Ensorceleurs, et elle était plus ancienne que l'Empire lui-même. Combien de guerres avait-elle connues ? Combien de ces luttes de pouvoir mesquines ?

— Je porterai mes griefs contre lui devant le Conclave. Je veillerai sur mon domaine. À vous de veiller sur le vôtre. Qu'il envahisse ou non l'Empire Sérénissime ne me concerne pas.

— Vous le laisseriez donc devenir un Haut Ensorceleur à part entière ? (La frustration me fit parler d'un ton dur, plus cassant que je n'en avais l'intention.) Vous êtes une des rares personnes qui pourraient l'empêcher d'asseoir sa domination sur le Kazerath !

— Voilà justement pourquoi je ne dois pas interférer. Si je commence à choisir qui peut devenir Haut Ensorceleur et qui ne le peut pas, cela provoquera bien plus de chaos au Vaskandar qu'un simple ensorceleur de chair accédant à ce statut. (Sa voix prit un ton sévère.) C'est vous qui avez provoqué cela en tuant son père. C'est à vous de réparer les conséquences de votre acte et d'empêcher le désastre.

L'incrédulité fit grimacer Zaira, mais après quelques instants de lutte intérieure, elle tint sa langue. Apparemment, son habitude de parler au mépris des conséquences n'allait pas jusqu'à insulter la Dame des Aigles, qui se tourna vers elle et soutint son regard un long moment.

Quelque chose passa entre elles dans ce silence, une reconnaissance ou un dialogue entre ces deux êtres dont les mains étaient investies d'un pouvoir de vie et de mort sur autrui. Aucune d'elles ne détourna les yeux.

Finalement, la Dame des Aigles reprit la parole, d'une voix plus douce.

— Tu n'as pas encore trouvé ta place, mon enfant. Si tu cherches une terre d'asile, l'Atruin est prêt à t'ouvrir les bras, à toi et tes semblables.

Zaira plissa les yeux.

— Afin que vous puissiez disposer de votre propre sorcière du feu ?

— Je n'ai que faire d'une sorcière du feu. (Sa voix résonna doucement dans le bâtiment, et dans la terre au-dessous, et dans la forêt et la montagne autour de nous, et je ne doutai pas un instant de la sincérité de ses mots.) Je t'offre la paix à l'intérieur de mes frontières, pour un temps aussi court ou aussi long que tu le souhaites. C'est tout.

Je retins mon souffle. C'était une liberté comme Zaira n'en trouverait sans doute nulle part ailleurs en Eruvia. Et l'offre devait être mille fois plus tentante venant de la Dame des Aigles que de Ruven.

Zaira se tourna vers moi, les yeux sombres et pensifs.

Par les Enfers. Mon devoir envers l'Empire était de mettre un coup d'arrêt à tout cela ; nous ne pouvions pas nous permettre de perdre notre seule sorcière du feu. Je sentais presque le regard sévère de ma mère me pressant d'intervenir, d'émettre quelque subtil commentaire qui inciterait Zaira à faire le choix que je voulais, sans pour autant compromettre notre précieuse relation.

Mais si vous considériez que vous pouviez utiliser et manipuler vos amis à votre gré, alors cette amitié n'en avait que le nom.

La Dame se leva, et son manteau se déploya derrière elle.

— Sur cette question, tu as tout le temps que tu souhaites pour te décider ; mon offre tiendra toujours. Mais pour le reste, le temps vous est compté. Je vais donc vous laisser.

— Attendez ! (Le mot jaillit de mes lèvres avant que je puisse l'en empêcher, et je sentis sur moi les regards étonnés de Kathe et de Zaira.) Avez-vous rencontré mon père ?

La Dame des Aigles s'immobilisa. J'étais incapable de déchiffrer l'expression de son visage sans âge. Elle resta silencieuse un long moment avant de répondre :

— Oui, une fois, brièvement.

— Avez-vous…

J'hésitai, incertaine de ce que je souhaitais exactement lui demander. *L'aimiez-vous ? Vous souciez-vous de son sort ? Sommes-nous une famille ?*

— Nombreux sont les Hauts Ensorceleurs à découvrir finalement que l'immortalité est un fardeau bien lourd à porter. (Sa voix se fit douce et puissante comme la brise chaude des soirs d'été, celle qui vous apaise le cœur.) Ils ne supportent plus d'endurer un deuil après l'autre et se résignent à la mort. Moi, j'ai résolu de rester à l'écart de la vie de mes descendants, à moins bien sûr qu'ils ne parviennent à se constituer leur propre domaine.

— Ah. (Une curieuse déception me serra la gorge.) Je vois. Je vous remercie.

La Dame des Aigles hocha la tête. Puis ses yeux se posèrent sur le collier de griffes à mon cou, et elle tourna son regard perçant sur Kathe.

— Je vois que celle-ci porte votre symbole. (Elle tourna de nouveau la tête vers moi.) Connaissez-vous sa signification ?

— Il indique que je suis sous sa protection ? hasardai-je.

— C'est une partie de son domaine, dit-elle. (Kathe grimaça de l'entendre révéler ce secret, et son inconfort sembla amuser la Dame des Aigles.) Il signale effectivement à qui que ce soit au Vaskandar qu'il subira son courroux s'il s'en prend à vous. Mais cela lui permet également de savoir à tout moment où vous vous trouvez.

— Ah, vraiment ? dis-je en adressant à Kathe un regard noir.

Il se contenta de hausser les épaules.

— J'aime que les choses aient plus d'une fonction.

— Vous auriez pu m'en informer.

Je m'efforçai de conserver un ton neutre et factuel, alors que je bouillais de colère.

— Ma dame, si je vous l'avais dit, vous ne l'auriez jamais porté. Et si vous ne l'aviez pas porté, vous seriez morte à l'heure qu'il est. (Il secoua la tête.) Vous n'imaginez pas toutes les protections de domaine, aussi bien au Sevaeth qu'au Kazerath, qui ne se sont pas attaquées à Zaira et vous grâce à ce collier.

— Une bonne chose à savoir sur les freux, dit la Dame des Aigles, c'est que l'on peut compter sur eux, mais jamais leur accorder notre confiance.

Elle tourna les talons dans une grande envolée de son manteau en forme d'ailes. Une chouette entra dans la salle par une fenêtre et vint se poser sur son épaule. La Dame des Aigles se dirigea vers la porte en inclinant la tête vers la chouette, comme si elle l'écoutait lui parler.

Dès qu'elle fut partie, Kathe se tourna vers moi.

— Savez-vous comment rentrer chez vous ?

— À ce propos, oserais-je espérer que vous ayez le moyen de porter au plus vite un message à Hautegarde ? (Dehors, le soleil commençait à descendre. Même avec le message transmis par le marchand, ils attendaient mon arrivée à Hautegarde la veille au soir ; il était peut-être déjà trop tard pour empêcher un désastre.) Je m'inquiète de ce que l'Empire pourrait répondre agressivement à notre absence prolongée.

Kathe émit un claquement de langue.

— Nous devons à tout prix l'éviter. Une guerre qui éclaterait maintenant contrarierait tous mes plans. Écrivez votre message, et j'enverrai une corneille le porter.

— Je vous remercie, dis-je avec ferveur, en fouillant ma sacoche pour prendre ma plume et mon encrier.

— Comment retournerez-vous à Hautegarde vous-mêmes ? Si je ne m'abuse, vous avez aussi des raisons personnelles de faire diligence.

Kathe me jeta un regard pénétrant et mon estomac se noua. Il était assez intelligent pour se rappeler parfaitement ce que je lui avais confié au bal à propos du poison, et en tirer certaines conclusions.

Je m'efforçai de ne pas donner l'impression que j'avais quelque chose à cacher, et sentis immédiatement mon visage se crisper d'une manière peu naturelle.

— En effet, dis-je.

— La voie la plus courte consiste à repasser par le Kazerath et le Sevaeth, réfléchit-il, ce qui serait pour vous bien trop dangereux. Ces domaines sont dressés contre vous, et il est difficile d'arriver à destination si l'on meurt en chemin.

Je pris le risque de lui donner une réponse franche.

— Si je tarde trop à arriver, je serai morte de toute façon.

— Ah. (Kathe roula des épaules et les plumes de sa cape se soulevèrent.) Dans ce cas, je vais devoir vous escorter.

Chapitre 25

— Pitié, ne me racontez pas que vous lui faites confiance, me chuchota Zaira. Même votre grand-maman vous a dit qu'il n'était pas fiable.

Kathe marchait devant nous en sifflotant. Une averse légère de neige avait recommencé à tomber et les flocons qui s'accrochaient à sa cape de plumes luisaient à la lumière de la lune. Nous venions de rentrer au Kazerath, mais la route était paisible en présence de Kathe. Les arbres demeuraient immobiles et silencieux, ainsi que l'étaient normalement les arbres, et seuls quelques cris de chouettes ou d'autres animaux nocturnes se faisaient entendre à travers les bois.

— Non, répondis-je en serrant les bras contre moi pour me protéger du froid mordant. (Ma dernière bouteille d'élixir avait gelé dans ma sacoche et j'avais dû la glisser dans ma chemise pour la réchauffer avant de pouvoir boire ma dose du soir. Il ne me restait désormais plus que de quoi tenir une journée.) Mais en tout cas, je ne crois pas qu'il veuille nous tuer.

Zaira grommela.

— Bon, c'est déjà ça.

Kathe nous regarda par-dessus son épaule.

— Savez-vous que les sens d'un Haut Ensorceleur possèdent une acuité hors du commun ?

Je sentis mes joues s'empourprer.

— Non, je l'ignorais.

Zaira s'esclaffa.

— Vous devriez éviter de visiter les Suifs, dans ce cas. Certaines parties du quartier puent encore plus que les dessous de bras d'un mendiant.

— Je dois admettre que certains d'entre nous fuient les villes en raison de leur… ah, assortiment de parfums particuliers, sourit-il. En revanche, je trouve cela des plus utile pour écouter les conversations qui ne me sont pas destinées. Mais venez donc à côté de moi, Amalia. La dame que je courtise et moi ne devrions pas avoir besoin de nous faire des cachotteries.

Il ralentit le pas pour me permettre de le rejoindre.

— Vraiment ?

— J'ai parlé de « besoin ». (Ses yeux brillèrent dans la pénombre.) Ce qui ne veut pas dire que nous ne pouvons pas avoir de secrets pour l'amusement que cela procure.

— Des secrets comme votre volonté d'utiliser mon lien du sang avec la Dame des Aigles ?

Il fit claquer sa langue.

— Je ne crois pas caresser l'intention de l'*utiliser* pour quoi que ce soit en particulier, mais c'est certainement une chose qui vous rend intéressante. Dites-moi, savez-vous pourquoi tous les Hauts Ensorceleurs accordent tant de respect à la Dame des Aigles ?

— Parce que le contraire serait de la folie ? suggéra Zaira. Même moi, je ne m'essaierais pas à cracher dans son thé.

— Nous manifestons la plus grande considération aux trois premiers des Hauts Ensorceleurs, mais il y a plus que ça. (Une pointe d'amertume colora sa voix, et il poussa du pied un caillou du chemin.) Elle a accompli quelque chose que personne d'autre n'a jamais réussi, pas même parmi ses seize pairs.

Et quoi donc ? demandai-je.

— Vous avez appris que nous utilisons les rivières et les ruisseaux pour diffuser notre emprise sur nos domaines en y versant un peu de notre sang, expliqua-t-il. L'eau coule dans une direction donnée, mais la magie ne suit pas nécessairement les mêmes règles. Le pouvoir de la Dame des Aigles, sa compréhension de la magie, ou son contrôle, est assez poussé pour qu'elle soit en mesure de lui faire remonter le courant. Je n'y suis jamais parvenu, et personne d'autre non plus, à ma connaissance.

— Elle serait donc capable d'exercer son pouvoir dans tout domaine où passe une rivière dans laquelle elle a versé son sang ? (Je m'efforçai de me remémorer la carte du Vaskandar et les frontières de l'Atruin. Une image claire se dessina dans ma tête et je compris soudain.) Par la Grâce de la Majesté ! Le lac de l'Aire.

— Oui, opina-t-il avec un soupir résigné. Vous voyez ce que cela implique.

— Mais quoi ? demanda Zaira. Vous êtes impossibles tous les deux, vous le savez ? C'est quoi le problème avec ce lac ?

— Il se trouve au cœur du Vaskandar, lui expliquai-je, et il appartient au domaine de la Dame des Aigles. La moitié des cours d'eau du Vaskandar doivent s'y déverser d'une façon ou d'une autre. Donc, si sa magie peut remonter le courant…

— … elle possède une influence dans presque tous les domaines du Vaskandar, conclut le Seigneur Freux. Ce n'est pas la même chose que dans son propre domaine, bien sûr, mais son pouvoir est bien là, et s'étend sur la moitié d'un continent. C'est pour cette raison que personne n'ose la défier.

Et sans doute pour cette raison aussi que Kathe et Ruven s'intéressaient tant à moi, si le sang dans mes veines leur donnait un moyen d'accéder à ce réseau d'influence.

Zaira jeta un regard mauvais à la forêt obscure, comme si elle l'imaginait en feu.

— Et dire que je me moquais de Halmur en lui disant qu'il n'était bon à rien à part faire fleurir les rosiers et devenir ami avec les mouettes. Je n'arrive pas à croire que vous vouliez aller à une réunion où se retrouveront ces dix-sept démons.

—Ah, oui, le Conclave. (Kathe se tourna vers moi.) Souhaitez-vous toujours y assister ?

—Oui.

Ma réponse me surprit. J'avais prononcé ce mot avec plus d'assurance que je ne l'aurais cru après les événements de ces deux derniers jours.

—Comme l'a si bien dit dame Zaira, dix-sept démons y assisteront, dont je fais partie. (Il ponctua sa remarque d'un modeste signe de tête.) Les règles du Conclave vous protégeront puisque vous y serez mon invitée, mais enfin, normalement nos règles prémunissent aussi les voyageurs qui empruntent nos routes. Avec des résultats mitigés, ainsi que vous avez pu le constater.

—Essaieriez-vous de me dissuader de m'y rendre ?

—Certes non. (Il s'arrêta et se tourna vers moi, et toute la malice d'un Enfer grouillant de démons scintilla dans ses yeux.) Le Conclave sera bien plus intéressant si vous y assistez. Et dame Zaira aussi, bien évidemment, puisque je crois comprendre que vous ne pouvez pas vous séparer. Ce n'en sera que mieux ! Je pourrai ainsi parier avec le Seigneur Goupil que vous ne passerez pas le Conclave entier sans mettre le feu à quelqu'un.

Zaira afficha un sourire narquois.

—Aucune chance de perdre un pari pareil.

—C'est tout l'intérêt. (Kathe me tendit la main d'un geste timide et élégant, mais une lueur de défi brillait dans ses yeux.) Alors, ma dame, m'accompagnerez-vous au Conclave ?

Je regardai Zaira.

—C'est autant ma décision que la vôtre.

—De toute façon, j'ai l'intention de retourner à ce maudit château d'une manière ou d'une autre. Je dois encore sortir Terika de là.

— Dans ce cas, je serais ravie d'accepter votre invitation, dis-je en posant ma main dans celle de Kathe, le cœur affolé par ma propre audace.

Que penserait ma mère de tout ça ?

Ses doigts fins se refermèrent sur les miens. La magie pulsait sous sa peau.

— Je me réjouis d'y aller en votre compagnie.

Je passai mon bras sous le sien et nous reprîmes notre marche. La chaleur de Kathe contre mon flanc était des plus perturbantes. Je ne pus réprimer le tressaillement qui monta en moi au contact de son bras lisse et musclé contre le mien. Et, par tous les démons, pourquoi aurais-je dû éviter d'y trouver de l'agrément ? Cela n'apporterait rien de plus à Marcello si je m'imposais de ne ressentir que du déplaisir à cette cour. Après tout, ce n'était qu'un jeu pour Kathe, et tous les jeux se devaient d'être amusants.

Je lui retournai donc son sourire et laissai mon dos et mes épaules se détendre.

L'averse de neige éparse se densifia, recouvrant la forêt de silence et caressant ma peau de minuscules gouttelettes glacées. J'étais trop fatiguée pour m'empêcher de frissonner.

Kathe m'observa du coin de l'œil.

— Peut-être éprouvez-vous le besoin que l'on s'arrête pour la nuit ?

— Je ne peux me le permettre, répondis-je sombrement.

Le hurlement d'un loup s'éleva dans les sous-bois, étouffé par la distance et la neige. Je retins mon souffle.

— Voilà les ennuis qui arrivent, marmonna Zaira.

— Non, la détrompa Kathe. Les loups ont assez de jugeote pour ne pas provoquer un affrontement qu'ils ne peuvent gagner, et le pouvoir de Ruven n'est pas encore assez affermi pour les y contraindre. Les chimères sont une autre histoire, cependant.

Un nouveau hurlement retentit depuis une autre direction, et plus proche. C'était un cri sauvage et terrifiant, qui émanait d'un monde plus ancien et plus réel que l'arrogance éphémère des villes. Je distinguai à peine la route devant nous sous la forme d'une bande plus claire à travers différentes couches d'obscurité et le voile léger de l'averse de neige ; il était plus simple de suivre la trouée de ciel au-dessus de la chaussée, qui dessinait une rivière nuageuse entre les cimes des arbres.

Grâce de la Miséricorde, ce que j'avais froid ! Les frissons me faisaient trembler de la tête aux pieds, et Kathe se tourna vers moi d'un air inquiet.

— Tout va bien ? Ah, je comprends, vous êtes frigorifiée. (Il hocha la tête, comme si des sentiments humains aussi élémentaires que de ressentir le froid ou la fatigue étaient quelque chose qu'il avait connu et oublié depuis.) Je crois qu'à ce point des choses, il est de coutume que je vous offre ma cape.

— Zaira doit avoir aussi froid que moi.

Elle marchait à quelques mètres de nous, plus à distance que d'habitude, et je me demandai avec un mélange de panique et d'excitation si elle faisait cela pour nous laisser un peu d'intimité. Je m'aperçus que je m'étais instinctivement plaquée contre lui en quête de chaleur.

— Oh, prenez donc cette cape, dit Zaira. Je ne sens pas vraiment le froid. Mon feu me réchauffe de l'intérieur.

— Dans ce cas, je l'accepte bien volontiers. Merci.

Kathe passa sa cape, encore chaude de son corps, sur mes épaules. Les plumes me chatouillèrent la nuque. Quoi qu'il en soit du reste de ma personne, mon visage en tout cas était envahi par la chaleur.

— Voilà, dit Kathe d'une voix satisfaite. Je crois que je m'améliore sur le point de la galanterie.

Le bruit étranglé que Zaira émit en réprimant un éclat de rire ne m'aida pas à trouver une réponse appropriée.

— Vous avez mentionné le fait que nous pourrions négocier tout en marchant, dis-je finalement. J'apprécie grandement vos efforts pour nous ramener saines et sauves à Hautegarde. Je crois que nous avons brûlé assez de forêts au Vaskandar pour la semaine, étant donné que la guerre n'a même pas commencé.

— Ah, oui. Je vous fais là une faveur. Et donc, il va de soi que j'attends quelque chose en retour.

— Si ce n'est pas le cas, cela m'ira très bien, lui assurai-je.

— Oh, mais c'est tout à fait le cas, dame Amalia. Nous attendons tous quelque chose les uns des autres. (Il leva les yeux vers la trouée entre les arbres, et la lumière de la lune ourla d'argent les lignes de son visage.) L'enfant des parents, l'amant de l'amante, le souverain d'un autre souverain… Peu importe. Les gens qui nous entourent espèrent toujours quelque chose de nous.

— Et vous, que voulez-vous donc ?

Il resta un moment silencieux. Un nouveau hurlement résonna dans les bois, telle la voix de la nuit elle-même, mais il ne sembla pas l'entendre. Finalement, il dit à mi-voix :

— Jadis, j'ai connu un homme qui n'attendait rien de moi.

Sa voix avait changé. Elle était hésitante et lointaine, aussi fragile que ces vieux papiers qui s'effritaient sous vos doigts quand vous les sortiez d'une boîte oubliée dans le grenier. Je n'osai plus prononcer un mot.

— Il appartenait à mes Gardes de Cœur. C'était tous de proches compagnons, et j'aimais trouver des moyens de les récompenser par des présents, des attentions, de la gloire, selon ce que chacun d'eux semblait désirer le plus. (Kathe secoua la tête.) Mais Jathan se dévouait corps et âme à mon service et n'attendait rien de plus que la prochaine tâche que je lui demanderais d'accomplir. Il était jeune et impatient, une flèche à peine sortie du carquois et tremblante du désir de voler.

Kathe s'interrompit.

— Avez-vous fini par trouver le moyen de le récompenser ? demandai-je.

Kathe secoua la tête.

— Je l'ai couvert de cadeaux et de louanges, au point de risquer d'éveiller la jalousie des autres Gardes de Cœur. Il recevait chaque présent avec reconnaissance, mais rien de tout cela ne répondait à son désir profond. Je pouvais le sentir. (Il soupira.) J'en vins finalement à penser qu'il aspirait sans doute à plus de responsabilités et de confiance, puisqu'il mettait tant de cœur à l'ouvrage. Et je décidai donc de l'envoyer au Sevaeth pour une délicate mission diplomatique, qui consistait à régler un désaccord mineur m'opposant à la Dame des Ronces.

— Que s'est-il passé ? demandai-je, puisque la pause qu'il marqua m'y incitait.

Je savais cependant que la réponse n'aurait rien de réjouissant.

— Elle se sentit insultée de voir que je lui avais envoyé un émissaire qui ne fût pas mage. Elle estima qu'un de mes Gardes de Cœur, ce n'était pas assez bien pour elle. (La voix de Kathe devint aussi tranchante qu'une lame.) Elle l'a tué. Elle a assassiné mon ami aussi négligemment qu'elle aurait déchiré une lettre.

— Je suis navrée, dis-je, bouleversée.

— La Dame des Ronces est trop puissante pour que je me risque à l'attaquer de front. Mais je n'oublie pas. (Sa marque des mages brilla dans la pénombre un bref instant, pareille aux yeux d'un prédateur nocturne.) Cela fait deux ans que je réfléchis à un moyen de la détruire. Et durant tout ce temps, j'ai fini par comprendre ce que Jathan voulait vraiment.

(Il laissa échapper un long soupir.) Il ne souhaitait que mon bonheur, voilà tout.

À ma surprise, je sentis mes yeux s'embuer, et je resserrai la cape de Kathe autour de moi. Après un moment, je m'éclaircis la voix et demandai :

— Et y parvenait-il ?

— Parvenir à quoi ?

— À vous rendre heureux.

Kathe inclina la tête pensivement. Puis il rit, d'un rire un peu forcé, mais sincère.

— Oui. Oui, il y parvenait.

Nous continuâmes à marcher en silence, au milieu des ombres mouvantes de la forêt plongée dans la nuit. L'averse de neige faiblit et les étoiles, pareilles à des éclats de glace, commencèrent à apparaître à travers les lambeaux de nuages. La neige, qui avait réussi par endroits à atteindre le sol malgré les frondaisons épaisses des épicéas, luisait parmi les troncs noirs sous la lumière pâle du firmament.

Finalement, comme si notre conversation ne s'était jamais interrompue, Kathe reprit :

— Et donc, il vaut sans doute mieux que nous prenions un peu de temps pour comprendre ce que nous attendons l'un de l'autre. C'est là que réside tout le plaisir du jeu.

Sa voix avait repris son ton léger et espiègle, sans plus aucune trace de cette ancienne douleur.

— Vous avez raison, dis-je. Il est inutile de nous presser.

Les Grâces en soient remerciées, il ne me demanda rien. Car en cet instant, j'aurais été capable de lui offrir bien trop.

Il m'était déjà arrivé de rester debout toute la nuit, à l'occasion de fêtes, à travailler sur un projet pour l'université, ou à lire un livre particulièrement passionnant. Mais cette marche nocturne me parut mille fois plus longue que n'importe laquelle de ces nuits blanches.

Après les épreuves des deux derniers jours, j'avais franchi un stade d'épuisement où j'aurais pu continuer à marcher éternellement, légère et sans substance, tel un fantôme de moi-même. Mais j'avais mal partout et je ne m'étais jamais sentie aussi raide et endolorie, comme si le tissu qui maintenait l'unité de mon corps s'était usé jusqu'à la trame.

Des grognements et des cris affreux s'élevaient dans la forêt, et dans chaque village que nous traversâmes, les portes et les volets étaient clos.

— Ils ont peur, murmura Kathe en observant une auberge dont l'enseigne avait été ôtée et les volets fermés, ne laissant filtrer qu'un mince rayon de lumière. Ils sentent le changement qui est en train de se produire. La magie de Ruven qui s'insinue dans la terre, qui se fraie un chemin dans leurs corps et leurs esprits par l'entremise du sang de son père.

Mes entrailles se glacèrent à cette idée, et Zaira grogna une exclamation.

— Je filerais à la frontière, si je savais que ce serpent allait planter ses crocs en moi ! se récria-t-elle.

— Ils n'en ont pas la liberté. Ils sont à lui. Même s'ils partent, ils resteront à lui. Ce n'est pas quelque chose qu'ils peuvent fuir.

— Il en est de même pour les gens de votre domaine ? demandai-je, intriguée.

— Oui, soupira-t-il. Certains de nous y voient une responsabilité et font de leur mieux pour prendre soin de leurs sujets. C'est le cas de la Dame des Aigles ; vous avez vu son domaine. J'ai dit à mes gens qu'ils pouvaient partir si tel était leur souhait, et j'aime à penser qu'ils restent parce que je m'applique à ce que mon domaine soit un endroit où il fait bon vivre. Mais ils sont liés magiquement au domaine, et à moi. En toute franchise, je ne suis pas certain qu'ils soient en mesure de choisir de partir.

— C'est pareil pour les gamins qui naissent aux Suifs. Ils n'ont même pas conscience qu'ils sont prisonniers de ce quartier.

Zaira regarda sombrement la poignée de masures entassées le long de la rue. La forêt serrait de près la clairière du hameau, laissant à peine la place pour quelques maigres champs recouverts de neige qui brillaient d'un éclat blanc sous la lune.

Kathe haussa les épaules.

— Tout le monde est prisonnier, dame Zaira. Mais j'essaie du moins de laisser ouverte la porte de la cage.

Nous continuâmes à marcher à travers la forêt obscure, dans un silence exténué. Alors que les premières lueurs de l'aube s'apercevaient enfin dans le ciel devenu gris, j'eus une meilleure vision de mon environnement. Du coin de l'œil, je remarquai que Zaira était en train de ruminer notre dernière conversation.

Finalement, je ralentis le pas pour me retrouver à côté d'elle.

— Vous n'avez pas à retourner dans l'Empire, vous savez, dis-je doucement.

Elle grommela.

— J'ai besoin de renforts pour sortir Terika de ce maudit château.

— Je voulais dire : une fois que ce sera fait. Je suis certaine que la Dame des Aigles ne serait pas la seule à vous accueillir volontiers. Ici, vous appartiendrez à la haute noblesse.

— Je ne vais pas prétendre que je n'y réfléchis pas. (Zaira regarda à la ronde la forêt de conifères à l'écorce rugueuse.) Est-ce qu'ils ont au moins des villes dans ce pays du bout du monde ?

Je m'efforçai de ne pas lui montrer à quel point mon cœur se serrait.

—Ah… pas comme dans l'Empire Sérénissime, non. Le pouvoir des Hauts Ensorceleurs provient de la nature sauvage, et ils n'ont aucun intérêt à laisser des villes se développer. Mais il doit bien y avoir des bourgs, j'imagine.

—Hum. C'est là le hic. Vous me voyez vivre dans cette maudite forêt ? Ou dans une jolie petite ferme, à garder les moutons ?

—Oui, j'admets que cela n'est pas votre environnement naturel.

—J'y ai autant ma place qu'une démone dans les jardins des Grâces. Je suis une fille de la ville. Ce que j'aimerais vraiment, c'est vivre à Raverra comme je l'entends, sans être coincée aux Mues ni enchaînée à une prude et riche héritière de bonne famille. (Elle marqua une pause.) Je ne dis pas ça contre vous, hein.

—Je comprends.

—Ou à Ardence, peut-être. Ardence est une belle ville. (Elle soupira.) Mais avoir mon propre château, où ce serait à moi de dicter les règles… Je ne peux pas dire que ça ne soit pas tentant.

—Les gens ici vous traitent assurément avec respect, me forçai-je à admettre.

L'idée de perdre Zaira au profit du Vaskandar me nouait les entrailles, mais j'avais déjà bien trop interféré dans sa vie.

Zaira secoua la tête.

—Non, dit-elle à mi-voix. Ils ont juste peur de moi, comme tout le monde.

Je ne savais que répondre à cela, et lui tapotai maladroitement l'épaule d'un geste qui voulait exprimer ma sympathie.

—Enfin, même si vous êtes terrifiante, vous restez tout de même une bonne amie.

Zaira rit.

— Merci. Vous n'êtes pas mal non plus, même si vous êtes agaçante.

Elle prit ma main et la serra brièvement, et ce contact réchauffa aussitôt mes doigts gelés.

— Quoi qu'il en soit, nous devons d'abord nous sortir de là avant que je puisse envisager de partir. C'est l'étape numéro un. Ensuite, nous devons sauver Terika. L'étape trois est ma préférée : coller à Ruven mon poing dans la figure, si fort qu'il en crachera toutes ses dents.

— J'adhère totalement à ces objectifs, acquiesçai-je.

Chapitre 26

La forteresse de Hautegarde dominait une piste de terre qui traversait les prairies d'altitude et s'enfonçait dans une forêt touffue de jeunes conifères recouvrant un large épaulement de la montagne. Il s'agissait d'une voie de passage secondaire, un col difficile et trop accidenté pour les chevaux, mais qui restait praticable pour des soldats à pied. Cela expliquait la présence du fort aux remparts de pierre renforcés de sceaux d'Artifice et hérissés de canons qui surveillait la passe.

Quand la forteresse arriva enfin en vue, masse grise et trapue surplombant un large pré que recouvrait la neige, éclairée à contre-jour par le soleil levant qui apparaissait au-dessus de l'épaulement de la montagne derrière elle, ce ne fut pas seulement le vent qui me fit piquer les yeux. Nous avions retrouvé la sécurité des terres d'Empire. Rien n'essaierait plus de nous tuer, et des lits douillets ainsi qu'un repas chaud nous attendaient à l'intérieur. Cela paraissait presque impossible, et donnait l'impression de marcher dans le souvenir d'un lieu qui avait disparu.

Mais nous revenions sans Lienne, sans Braegan, et sans les autres soldats dont je ne connaissais pas le nom. Ils auraient dû rentrer avec nous, triomphants et épuisés, et non rester couchés dans les forêts du Vaskandar pour finir sous les crocs des chimères. L'air autour de nous sembla s'épaissir de leur présence fantomatique.

Zaira laissa échapper un long soupir de soulagement.

— L'Empire et moi avons nos désaccords, mais que je sois condamnée aux Neuf Enfers si je ne suis pas heureuse d'être de retour.

Je serrai impulsivement la main de Kathe.

— Je vous remercie de nous avoir escortées. Je doute que nous aurions pu y arriver sans votre aide.

Durant notre passage par le Sevaeth, par deux fois il avait fait face à une meute de limiers des ronces, et une fois à un lion des montagnes. Nul doute qu'il avait usé de ses pouvoirs de vivomancien pour les dissuader d'un regard de nous attaquer. Zaira aurait pu éliminer ces menaces, mais elle en aurait certainement perdu connaissance, et jamais je n'aurais pu franchir le col en ayant à la porter.

— Si votre gratitude pouvait aller jusqu'à m'offrir l'hospitalité, j'avoue éprouver moi-même une certaine lassitude.

Ses épaules étaient tendues sous le tissu doux de sa tunique comme s'il aspirait à déployer ses ailes, et la lumière dorée du soleil levant fit ressortir les signes de fatigue sur son visage alors qu'il contemplait le château. Je ressentis une pointe d'inquiétude pour lui, un sentiment inattendu et presque tendre.

Je m'interrogeai soudain sur les raisons de sa présence dans le sud de l'Atruin, et songeai qu'il avait dû voyager avec diligence pour nous y retrouver. Ce n'était peut-être pas sa première nuit sans sommeil. J'ôtai sa cape de mes épaules et la lui tendis. Sa vivomancie le protégeait certes du froid, mais sans doute pas au point d'y être totalement insensible. Mes doigts touchèrent les siens alors que je lui rendais son vêtement, et un picotement me remonta le bras, pareil au bouillonnement de l'écume marine.

— Bien entendu, dis-je. Hautegarde est une forteresse, non un palais, mais tout le confort qu'elle peut offrir est vôtre.

Nous nous trouvions encore à une certaine distance de l'arche couverte de runes de ses portes ouvertes quand une silhouette en uniforme écarlate sortit en courant pour la plus grande surprise des sentinelles dont elle repoussa les mousquets entrecroisés pour passer. Même à cette distance, je reconnus Marcello. La douce chaleur qui m'envahit avait quelque chose qui outrepassait la raison ; la vision de la ligne familière de ses épaules et le mouvement de ses boucles brunes agitées par le vent me rassérénèrent aussi bien qu'un verre d'eau fraîche.

Il nous rejoignit au milieu du champ de neige teinté des lueurs de l'aube et me serra contre lui dans une brève et forte étreinte, sans accorder plus qu'un rapide regard aux deux autres. Puis il me relâcha et me dévisagea comme s'il voulait mémoriser le moindre de mes traits.

— Vous êtes saine et sauve. Les Grâces soient louées, vous êtes saine et sauve.

Tout mon corps épuisé aurait aimé se fondre dans ses bras, abandonner le fardeau de fatigue et d'horreur de ces derniers jours et se presser contre lui. Ce bref moment de chaleur était si doux, si simple, si vrai. Mais Kathe m'observait par-dessus l'épaule de Marcello, avec dans ses yeux cerclés de jaune une expression indéchiffrable, les traits tirés par la lassitude ou le chagrin.

— Oui, dis-je en m'efforçant de garder une voix légère et courtoise. Nous sommes saines et sauves, et nous avons réussi à rentrer.

— Istrella et moi sommes arrivés hier matin, pour trouver le commandant de Hautegarde et la princesse Brisintain en train de préparer une expédition dans le but de partir à votre recherche. (Marcello passa une main tremblante dans ses cheveux.) Je ne savais même pas que vous aviez dû vous aventurer au Vaskandar. Puis, alors que nous nous apprêtions à franchir la frontière, nous avons reçu votre second message, disant que vous étiez sauve et en chemin pour Hautegarde.

Mais je ne pouvais… (Il s'interrompit, et secoua la tête.) Aucun de ceux qui sont partis avec vous n'est revenu.

Le chagrin m'aspira comme une vague qui se retire, érodant les forces qui me tenaient encore debout.

— Ils ont donné leur vie pour nous, Marcello. Sans eux, je ne serais pas là, devant vous.

Marcello hocha la tête avec gravité.

— Leur sacrifice héroïque ne sera pas oublié.

Kathe attendait toujours en silence, les yeux rivés sur nous. Je fis un geste vers lui et m'éclaircis la voix.

— Le seigneur Kathe a veillé à ce que nous puissions rentrer sans encombre.

Marcello lui adressa un regard méfiant.

— Dans ce cas, je suis votre obligé, seigneur Kathe, dit-il en s'inclinant avec raideur.

Kathe sourit, mais d'un sourire affecté.

— Pas le moins du monde, capitaine. Si je n'appréciais pas la compagnie de dame Amalia, je ne la courtiserais pas.

— Oh, ça va tous les deux. Vous pourrez jouer à vous regarder en chiens de faïence plus tard, maugréa Zaira en passant entre eux pour se diriger vers la forteresse. J'ai tellement faim que je tiens à peine debout.

Le commandant de Hautegarde nous accueillit sans grandes démonstrations, mais avec un soulagement visible. La place forte était sur le pied de guerre pour se porter à notre secours, et il ordonna à un nombre impressionnant de soldats prêts à se mettre en route de retourner à leurs baraquements. Je me rendis aussitôt aux lampes-courrières afin d'informer ma mère que j'étais indemne et lui transmettre les graves nouvelles que je rapportais du Vaskandar : l'accession de Ruven au statut de Haut Ensorceleur, la capture et la soumission des Faucons disparus, l'activation de l'enchantement du volcan et mon invitation au Conclave, qui représentait la seule lueur d'espoir dans ce sinistre tableau. Elle reçut ces nouvelles avec une politesse brusque ; à chaque pause dans les rapides flashs lumineux de la lampe-courrière, je pouvais l'imaginer qui se tournait vers Ciardha ou vers l'opérateur de la lampe pour donner des ordres ou relayer les informations au doge. Je ne doutais pas du fait qu'elle quitterait la salle de la lampe-courrière avec la puissance menaçante d'une tempête sur le point d'éclater, et qu'autour d'elle les événements se mettraient en branle, emportés par la simple force de sa volonté.

Le seul message personnel de la Contessa à mon endroit fut bref : *« Je suis heureuse que tu n'aies rien. Nous nous parlerons plus tard. »* L'inquiétude me gagna en entendant cette dernière phrase. Nul besoin d'être très perspicace pour deviner que je n'avais pas géré les choses de la manière dont elle l'aurait souhaité.

Je m'efforçai de repousser ce sentiment d'une catastrophe annoncée, qu'elle soit d'ordre volcanique ou maternelle, pendant que je dévorais un repas chaud, puis me lavais de la poussière et du froid glacial du Vaskandar en prenant un bon bain. Finalement, épuisée jusqu'à la moelle, je boitillai jusqu'à la chambre que le commandant m'avait assignée, avec l'intention de m'effondrer sur mon lit sans attendre. Les problèmes de guerres et d'empires, de volcans et d'ensorceleurs pouvaient bien patienter jusqu'au matin.

Mais Bree m'attendait à la porte de ma chambre, appuyée sur une béquille, sa cheville dans une attelle. Elle m'attira de son bras libre dans une étreinte si forte que je crus qu'elle allait me briser les côtes.

— Que la Grâce de la Miséricorde soit louée, j'ai cru que tu étais morte, toi aussi. (Sa voix se fêla, et elle me tint à bout de bras pour me dévisager. Des rides d'inquiétude que je ne lui avais jamais vues sillonnaient son front, et les morceaux de feuilles mortes encore accrochés dans ses boucles montraient qu'elle ne s'était pas brossé les cheveux depuis que nous l'avions retrouvée dans la forêt.) Je suis partie à la poursuite de Terika parce que je ne supportais pas l'idée de la perdre alors qu'elle était sous ma protection. Mais regarde ce qui est arrivé.

— Terika est vivante, lui dis-je. Nous ne savons où elle se trouve que parce que nous sommes allés au Vaskandar. Et j'en reviens aussi avec de précieuses informations. Tout cela n'a pas été en pure perte.

Bree laissa échapper un long soupir.

— C'est bon de l'entendre. Mais je me sens tout de même affreusement coupable. C'est la première fois qu'une décision que je prends entraîne la mort de soldats. (Elle secoua la tête ; des ombres de tension et de fatigue lui creusaient le visage.) J'ai leur sang sur les mains, et nous n'avons même pas sauvé Terika. Mais ça aurait été pire encore de l'abandonner à son sort.

— Je ne crois pas qu'il y avait de bonne décision en la circonstance, dis-je d'une voix voilée par le chagrin.

— C'est horrible, Amalia, dit-elle en se frottant le visage. Je suis contente de ne pas avoir à devenir reine.

J'acquiesçai, la gorge nouée. En tant que membre du Conseil des Neuf, ma mère prenait en permanence des décisions de vie ou de mort, et je savais que je ne pourrais moi-même éviter éternellement ce genre de responsabilité.

— Comment vont les villageois, et la grand-mère de Terika ?

Le visage de Bree s'éclaira.

— L'alchimiste a pu préparer l'antidote. Ils sont hors de danger.

— Tant mieux. (Un sentiment de soulagement profond m'envahit. Voilà au moins une chose que nous avions réussie.) Nous avons beaucoup à discuter, Bree, mais pour le moment, j'ai vraiment besoin de me reposer.

Le meilleur lit de la forteresse avait un matelas dur et rugueux comparé à mon lit de plumes aux draps de soie, mais après plusieurs nuits presque sans sommeil, j'eus l'impression de m'enfoncer dans un banc de nuages moelleux.

Le lendemain matin, mon petit déjeuner fut interrompu par quelques coups brefs à ma porte. Le commandant de Hautegarde entra à mon invitation. Il fronçait ses sourcils broussailleux qui lui donnaient une expression renfrognée sous le dôme glabre de son crâne chauve.

— Dame Amalia, me salua-t-il. Je suis navré de vous déranger, mais j'espérais que vous pourriez m'aider avec votre, heu, hôte.

Je mis un instant à comprendre qu'il parlait sans doute de Kathe.

— Y aurait-il un problème ?

— Pas vraiment. Mais je crains qu'il n'effraie les gardes de la tour nord. Personne n'ose l'approcher. Ce sont pour la plupart des Callamorniens, vous comprenez, et ils sont très superstitieux envers les Hauts Ensorceleurs. Si vous pouviez lui parler, ça leur montrerait qu'ils n'ont rien à craindre, et qu'il ne va pas tuer tout le monde…

Le capitaine Edhras laissa sa phrase en suspens et me lança un regard interrogateur, comme s'il espérait que je lui confirme qu'effectivement, Kathe n'avait pas l'intention de massacrer la garnison.

Je soupirai.

— Entendu, j'irai lui parler.

Kathe était juché sur le parapet, apparemment insoucieux du précipice sous ses pieds. Le vent soulevait sa cape de plumes et agitait ses cheveux. Il offrait un spectacle étrange et singulier, ce qui aurait déjà suffi à troubler des Callamorniens dont les contes pour enfants regorgeaient de méchants Ensorceleurs, mais je soupçonnais plutôt que c'étaient les corneilles qui les avaient effrayés. Kathe se tenait face aux montagnes, les bras grands ouverts, et des corneilles perchaient sur ses mains, ses bras et ses épaules. D'autres tournoyaient dans les airs autour de lui en cherchant un endroit où se poser, ou s'envolaient pour filer en direction du Vaskandar. Un sourire distrait sur les lèvres, il leur parlait à voix basse dans un curieux langage aux sonorités rauques, tout en leur distribuant des lamelles de viande séchée qu'il puisait d'une bourse à sa ceinture. Il y avait plusieurs dizaines de corvidés qui paradaient et battaient de leurs ailes noires en observant les alentours de leurs yeux ronds et luisants.

J'hésitai à m'approcher et attendis à quelques pas de distance, avec le sentiment que j'allais interrompre une conversation. Une corneille croassa dans ma direction, et picora l'oreille de Kathe du bout du bec.

Kathe se tourna vers moi, et les oiseaux prirent tous ensemble leur envol, dans un vacarme de battements d'ailes. Il me sourit et sauta du parapet.

— Dame Amalia. Je suis ravi de vous voir. Cet endroit est d'un ennui mortel.

— C'est qu'il s'agit d'une forteresse militaire se préparant à la guerre, lui rappelai-je. Tout le monde est sans doute trop occupé pour divertir les invités.

— Par chance, j'ai toujours su me divertir moi-même. (Il m'offrit son bras.) Marchons un peu, voulez-vous ?

Je m'étais habituée à l'étrange picotement électrique que je ressentais chaque fois que je le touchais, mais pas encore au sentiment d'audace folle qu'il y avait à se promener au bras d'un Haut Ensorceleur. Le vent joua dans mes cheveux alors que nous déambulions côte à côte le long des remparts, avec le spectacle majestueux des montagnes enneigées tout autour de nous.

— J'ai cru comprendre que vous nourrissiez un certain attachement à l'endroit de cet officier qui est venu hier à notre rencontre, dit Kathe d'une voix neutre. Je me rappelle l'avoir croisé au bal, si je ne m'abuse ?

Je sursautai, incapable de m'en empêcher.

— Le capitaine Verdi est un ami très cher, répondis-je.

Kathe fit claquer sa langue.

— Allons, dame Amalia. Vous pouvez faire mieux que cela.

— C'est la vérité. (Mais pas la vérité pleine et entière. Je sentis la chaleur remonter ma nuque jusqu'à mes oreilles.) Nous n'avons jamais entretenu de relation galante. Il est d'une famille patricienne, mais d'un rang par trop inférieur au mien.

Cela ne regardait pas Kathe de savoir que Marcello et moi nous étions embrassés, ou qu'il se passait rarement une journée sans que je me prenne à rêver de pouvoir l'embrasser à nouveau.

— Ah, je comprends, soupira-t-il. Vous pouvez imaginer les difficultés pour un Haut Ensorceleur de trouver une épouse. Je ne peux montrer d'intérêt pour quelqu'un de mon domaine, car cela serait abuser de mon rang. Entretenir une relation galante avec une personne d'un autre domaine nécessite en revanche d'obtenir la permission du Haut Ensorceleur du domaine concerné. Et si vous nourrissez l'espoir d'engendrer un héritier, dans ce cas, vous devez en premier lieu prendre en considération la question des lignées et du potentiel magique.

— Tout cela paraît bien compliqué, effectivement.

— Ce garçon qui vous poursuit de ses assiduités, dit-il en me glissant un regard en coin, avec l'air de trouver du plaisir à mon inconfort, comprend-il que pour quelqu'un de votre stature, le mariage n'est pas une affaire de cœur ?

J'étais bien décidée à ne pas le laisser m'ébranler.

— C'est assurément un jeu politique pour des personnes de notre rang, seigneur Kathe. Mais j'ai tendance à penser que le cœur doit entrer en ligne de compte si l'on veut pouvoir remporter le trophée chez soi.

— Vraiment ? s'exclama-t-il d'un air surpris. Vous n'insinuez tout de même pas que tous les mariages de la noblesse sont des mariages d'amour ?

— Bien sûr que non. (Je connaissais à Raverra trop de couples aristocratiques prisonniers de mariages arrangés et se tolérant à peine.) Mais peut-être le devraient-ils.

Il lâcha mon bras pour se tourner vers moi en posant théâtralement la main sur sa poitrine, comme si je l'avais frappé d'une flèche en plein cœur.

— Êtes-vous en train de me dire que si je souhaite que ma cour aboutisse un jour, je vais devoir véritablement gagner votre amour ?

Je ris.

— N'est-ce pas là justement l'objectif d'un soupirant ?

Il plissa les yeux d'un air calculateur.

— Voilà qui va grandement compliquer la chose.

Un frisson me parcourut, mélange d'excitation et d'inquiétude.

— Comment donc, seigneur Kathe, j'aurais presque l'impression que vous êtes sérieux ?

— Je suis rarement sérieux, ma dame. Ce qui ne signifie pas pour autant que je ne sois pas sincère.

La malice éclaira son visage, mais il y avait de l'intensité dans son regard, quelque chose d'aussi affûté qu'une pointe de lance. Il le pensait vraiment.

Je ne pouvais pas rejeter cela comme s'il ne s'agissait que d'une plaisanterie, mais je ne pouvais pas non plus l'encourager. Kathe jouait pour gagner, et l'enjeu de cette partie était tout bonnement mon avenir.

Je croisai les mains dans le dos pour m'empêcher de tripoter nerveusement mes manches ou mes cheveux.

— Vous êtes donc si désireux d'obtenir un lien avec la lignée de la Dame des Aigles ?

— Je suis curieux de voir ce que cela pourrait m'apporter, je l'admets. Mais j'ai une vision plus large des choses. (Il s'avança contre le parapet et leva les yeux vers les corneilles qui tournoyaient au-dessus de nous.) Ce sont des créatures intelligentes, vous savez. Elles sont curieuses, douées pour résoudre les problèmes, et capables de collaborer. Elles savent remarquer les choses et s'en souvenir, mais ce sont des oiseaux tellement ordinaires que personne ne leur prête attention. Mes corneilles se sont déjà répandues dans tout le Vaskandar et sur une bonne moitié de l'Empire. Quand vous voyez une corneille en Eruvia, il existe au moins une chance qu'elle soit née à Let. Vous êtes la fille de la Contessa ; je n'ai pas besoin de vous expliquer tout le bénéfice que je tire d'elles.

— Ce sont de parfaits espions, murmurai-je.

Il acquiesça en souriant.

— La plupart des Hauts Ensorceleurs gardent les yeux tournés sur leur territoire, mais moi je regarde au-delà. J'ai des ambitions, dame Amalia. Je n'ai nul désir d'accroître la taille de mon domaine, ou de diriger Eruvia ; ce que je veux, c'est savoir des choses. Et être en mesure de faire advenir certains événements quand je le souhaite.

Je m'adossai au parapet, étourdie par l'étendue des possibilités que cela ouvrait.

— Je ne m'étonne plus que ma mère ait eu l'idée de se rapprocher de vous.

— Vous voyez ? J'ai beaucoup à offrir. Mais à ce type de jeu, je manque de l'expérience que possède Raverra. (Il m'adressa un signe de tête déférent.) Je ne dispose pas du réseau d'agents et d'informateurs humains qui est le vôtre. Et je ne sais pas grand-chose de l'Empire Sérénissime. Mais ensemble… Oui, je vois à votre regard que vous comprenez ce dont nous serions capables ensemble.

Cela n'aurait pas dû me tenter à ce point. J'étais une intellectuelle ; je m'étais réalisée en m'enfermant dans ma chambre avec un bon livre ou en inventant des motifs d'Artifice. Mes ambitions se limitaient à l'écriture d'études de théorie magique qui seraient peut-être un jour citées par les plus grands érudits d'Eruvia. Mais l'espace d'un instant, je vis le monde à travers les yeux de ma mère : les services d'espionnage de Raverra, la richesse et l'autorité des Cornaro, et les oiseaux de Kathe quadrillant le continent entier, au nord comme au sud des Pics Sorciers. En ajoutant à cela l'influence magique sur l'ensemble du Vaskandar par l'entremise des cours d'eau que mon lien du sang avec la Dame des Aigles pourrait éventuellement nous apporter, il nous serait aisé de devenir les éminences grises derrière chaque trône d'Eruvia.

Je n'avais jamais désiré une telle chose. Mais c'était une perspective d'une ampleur étourdissante, si colossale et terrible qu'on ne pouvait la rejeter dédaigneusement d'un simple haussement d'épaules.

— Oui, je comprends, dis-je lentement. Il se pourrait même que je le comprenne mieux encore que vous.

— Précisément. (Ses yeux brillaient de satisfaction.) Et donc oui, dame Amalia. Vous voilà prévenue. Cette cour n'est pas une imposture ; je suis votre honnête – ou du moins, sincère – soupirant.

Que les Grâces me protègent, mais je ne pouvais m'empêcher d'être troublée par son sourire malicieux, par l'élégance naturelle et l'énergie du moindre de ses gestes.

Et s'il existait une femme de par le monde qui ne soit pas au moins un peu curieuse de savoir ce que cela faisait d'embrasser un Haut Ensorceleur, je n'étais pas cette femme ; du moins, pas quand l'Ensorceleur en question était Kathe.

Mes parents ne s'étaient pas mariés par amour, je le savais. Ils s'appréciaient mutuellement et avaient compris tout l'intérêt d'une alliance entre leurs pays. Un amour profond et sincère avait fini par les lier, avec le temps. Était-ce vraiment un amour moins désirable qu'une passion aussi brusque qu'un orage d'été, qui dans bien des cas ne durait guère plus d'une année ?

L'étincelle dans les yeux de Kathe anticipait ma réponse. J'avais en moi le désir de relever son défi, et je ne voyais aucune raison de le nier.

— Très bien, dis-je en posant ma main dans la sienne et en lui retournant un sourire entendu. Je veillerai donc à accorder à votre cour tout le sérieux qu'elle mérite.

Il porta ma main à ses lèvres et l'effleura d'un baiser, en levant vers moi ses yeux aux cercles jaunes.

— Je ne demande rien de plus, ma dame.

Du haut des remparts, je regardai Kathe partir et franchir le col pour regagner Let. Il avait dit devoir retourner dans son domaine pour y régler certaines affaires avant le Conclave, mais m'avait assuré qu'il prendrait les dispositions nécessaires pour me permettre de l'y rejoindre en toute sécurité. Il marchait à une allure qu'un homme normal n'aurait pu conserver aussi longtemps, et avec une aisance dans sa foulée qui suggérait que de ce point de vue, un Haut Ensorceleur n'était pas un homme normal. Une étrange fierté possessive enfla dans ma poitrine alors que je le regardais s'éloigner : cet être de grâce et de puissance, d'ailes et d'éclair, s'offrait à moi par un curieux tour du destin, et d'habiles manigances. Si je le souhaitais, il serait mien.

Et je serai sienne. Là résidait la difficulté.

Marcello me trouva au même endroit un peu plus tard, à observer les corneilles qui tournoyaient contre le bleu du ciel.

Le parfum du cuir et de la poudre noire me parvint d'abord, porté par la brise. Je me tournai face à lui, et l'inquiétude que je lus dans son regard vert fendit mon cœur comme le sillage d'un navire ouvrant les eaux de la lagune.

Grâce de l'Amour. J'avais autant besoin de lui que d'eau, de soleil, d'un foyer. Je pouvais imaginer un avenir avec Kathe, un avenir grandiose et excitant, mais je ne pouvais pas imaginer d'avenir sans Marcello.

Si je voulais me révéler la digne héritière de ma mère et servir l'Empire Sérénissime, j'allais devoir faire preuve de plus d'imagination, et cette vérité me déchira le cœur.

— Comment allez-vous ? me demanda-t-il, et je pus entendre au ton de sa voix les jours d'incertitude angoissée qui avaient répondu à mes nuits de cauchemar au Vaskandar.

— Je suis heureuse d'être revenue dans l'Empire. Mais je m'inquiète à propos du volcan et du Conclave.

Je serrai mes bras contre moi pour me protéger du froid.

— Voulez-vous mon manteau ? me proposa-t-il en portant déjà la main à ses boutons.

— Je vous remercie, mais je ne pense pas que cela serait raisonnable.

Me retrouver enveloppée dans sa chaleur et son odeur m'aurait fait trop de mal, à cet instant.

Marcello opina et s'adossa au rempart à côté de moi, en laissant entre nous l'espace qui convenait entre deux amis. Ni plus ni moins.

C'était un homme tellement bon. Il ferait un formidable père, maudit soit-il. L'image s'imposa à mon esprit, et j'en eus le souffle coupé : Marcello, des fils d'argent dans les cheveux, conduisant nos enfants à l'étage pour jouer pendant que je recevais le doge et le Conseil dans le salon. Marcello veillant sur notre petite fille aux cheveux aussi bruns que ceux de son père, qui grimpait toute seule dans une barque pour la première fois. Moi, blottie entre ses bras devant un bon feu de cheminée, avec un livre et un verre de vin chaud. Moi, riant avec lui après un seul regard, le contour de ses yeux verts ridé par l'âge et l'humour, parce que nous nous connaissions depuis tant d'années qu'il n'avait pas besoin de dire sa plaisanterie à haute voix pour que je la comprenne.

C'était un avenir si réel qu'il me suffisait de tendre la main pour le toucher, qui vivait et respirait là, devant moi, dans les épaules puissantes de Marcello et dans ses yeux verts si sincères. C'était à tout cela que je m'apprêtais à renoncer. C'était ce que je devais sacrifier pour continuer à jouer aux jeux du pouvoir.

J'avalai péniblement la boule dans ma gorge. Quelle sotte j'étais de penser à tout ça ; autant m'asseoir à table pour me planter une fourchette en plein visage.

— Votre bouton m'a tenu compagnie au Vaskandar, lui dis-je en plongeant la main dans ma poche pour en sentir la rondeur familière. (Je n'avais pu me résoudre à quitter ma chambre sans lui, après tout ce que nous avions affronté ensemble.) Je ne suis pas certaine qu'il ait pu me dissuader de certains choix malheureux, mais au moins m'a-t-il donné l'impression que vous étiez avec moi.

— Alors, emportez-le avec vous pour le Conclave. Je n'aime pas l'idée que vous y alliez seule.

— Zaira m'accompagnera, le corrigeai-je. Zaira vaut bien dix personnes à elle toute seule, et sur bien des plans.

Il rit. Puis nous restâmes en silence, côte à côte, à regarder le vent soulever les feuilles mortes au-dessus des plaques de neige qui persistaient sur la prairie en contrebas. Le mont

Chenu dressait au loin sa silhouette aux glaciers d'un blanc lumineux sur le ciel bleu, au-dessus des montagnes moins élevées, qui étaient noyées dans son ombre. Seuls quelques nuages s'accrochaient à sa face sud, non loin du sommet, étirés par le vent.

D'un repli de la montagne, une autre volute de nuages s'élevait mollement dans le ciel.

Je saisis le coude de Marcello.

— Regardez, soufflai-je dans un murmure rauque.

Il ne s'agissait pas de nuages, mais d'un panache de fumée.

Avec la majesté lente d'un dragon émergeant d'un sommeil séculaire, le volcan commençait à se réveiller.

Une ambiance tendue régnait dans la forteresse, cependant que le mont Chenu continuait à émettre des panaches cotonneux à l'aspect inoffensif. Il était possible que cela ne signifie rien ; après tout, le mont Chenu était un volcan actif et ne demeurait pas dans l'immobilité immuable que l'on était en droit d'attendre d'une montagne. Mais je ne cessai de surveiller par les fenêtres sa cime enneigée, bien trop consciente des forces magiques qui œuvraient en ce moment même pour accumuler dans ses entrailles brûlantes une pression terrifiante.

J'eus du mal à me concentrer sur ma lecture ce soir-là. J'avais laissé Zaira et Bree, qui avaient entrepris de se soûler et de s'amuser à lancer des couteaux sur un portrait grossier de Ruven. Je devais profiter de ce rare moment de silence et de solitude, car je ne disposais que d'une semaine pour me préparer au Conclave. J'avais eu une longue conversation avec ma mère par les lampes-courrières, que j'avais passée à justifier mes actes téméraires au Vaskandar et à la convaincre du bien-fondé d'y retourner. Elle percevait bien l'intérêt que j'assiste au Conclave, mais m'avait avertie que le doge et le Conseil des Neuf devraient donner leur accord pour que j'y sois investie de l'autorité de négocier au nom de Raverra.

Je fixais les pages de *Chronique de l'expansion du Vaskandar* de Lavier d'un œil éteint quand Istrella toqua à ma porte et entra sans attendre de réponse, les bras chargés d'un plateau encombré de fils d'Artifice perlés et de deux chopes fumantes.

— Bonsoir, me lança-t-elle joyeusement en refermant derrière elle la porte du bout du pied. Cela ne vous dérange pas si je vous montre sur quoi je travaille en ce moment ?

— Bien sûr que non, répondis-je en reposant mon livre avec un certain soulagement. Est-ce du chocolat chaud ?

— Non, du café ! (Istrella déposa son plateau sur la table entre nous.) Je sais à quel point vous aimez ça.

— Il sent très bon, dis-je poliment en jetant un regard dubitatif à l'affreux breuvage noir. Alors, qu'avez-vous à me montrer ?

L'enchevêtrement de fils et de perles comprenait en réalité deux objets distincts : un cristal, probablement destiné à stocker de l'énergie si j'en croyais les runes gravées dessus, et une petite corbeille en filigrane tressé qui enveloppait un morceau irrégulier de cuivre.

— Oh, vous ne buvez pas votre café ? (Istrella sembla soulagée.) C'est aussi bien, vraiment. Je doute de l'avoir préparé comme il convient.

— De toute façon, je ne suis pas une grande amatrice de café, avouai-je.

— Je sais, dit-elle, avant d'ajouter d'une voix étrange : dernière chance !

Surprise, je relevai les yeux de sa création pour la dévisager. Istrella me fixait d'un air impatient, attendant manifestement quelque chose de moi.

— Je suis navrée, dis-je, dernière chance pour quoi ?

Istrella laissa échapper un soupir d'exaspération.

— Rien, rien. Prenez ça, je vais vous montrer.

Elle déposa dans ma main l'objet avec le morceau de cuivre, duquel pendaient plusieurs fils. J'y prêtai à peine attention, intriguée par les cernes sombres sous les yeux d'Istrella.

— Istrella, tout va bien ?

— Oh, ce n'est rien, vraiment.

Avec des gestes rapides, elle entortilla les fils qui pendaient à d'autres fils reliés au cristal d'énergie, assemblant ainsi les deux parties de l'appareil. Dans ma main, le morceau de cuivre se mit à vrombir, et la vibration remonta mes os pour se répandre dans tout mon corps.

Je ne pouvais plus bouger.

Un engourdissement profond gagna tous mes nerfs. Mes muscles s'étaient bloqués dans leur position au moment où elle avait connecté les fils, mais sans se raidir ou se tendre. Je sentais mon corps bien trop normal et bien trop relaxé au regard du sentiment de panique qui me brûlait la poitrine.

Istrella scruta mon visage avec anxiété.

— Vous respirez toujours ? Votre cœur bat-il normalement ?

Je ne pouvais pas remuer les lèvres pour lui répondre, et dus me contenter de la dévisager avec horreur.

— Oh, tant mieux ! Je n'étais pas certaine de son bon fonctionnement. (Istrella se laissa aller dans sa chaise avec un soulagement manifeste.) J'ai dû bidouiller ça à la hâte la nuit dernière quand j'en ai reçu l'instruction. J'espérais que l'histoire du café vous mettrait la puce à l'oreille, mais vous avez raté cet indice, et tous les autres d'ailleurs. Marcello et vous êtes vraiment inattentifs ; un rien vous distrait, vous savez.

Par les Enfers. Elle était sous le contrôle de Ruven. Et ce, depuis ce dîner chez dame Aurica. L'assassin n'avait pas essayé de la tuer ; elle l'avait assommée pour lui faire boire la potion.

Le traître, c'était Istrella.

Chapitre 27

Istrella prit ma chope de café entre ses mains.

— Je suis vraiment désolée, dit-elle d'une voix anxieuse. Je sais que vous n'aimez pas le café. Et je sais aussi que vous n'aimez pas le prince Ruven. Je me sens affreusement coupable dans toute cette affaire.

Je tentai d'appeler à l'aide, mais le seul son que je parvins à produire fut une expiration sifflante. Je fixai la tasse avec plus de terreur et de répulsion que si elle avait été remplie de sang et de Fourbe noire. Je n'avais pas besoin de mon anneau pour savoir qu'elle contenait le poison de Ruven.

Il n'existait pas de pire tourment dans l'enfer des Cauchemars que l'idée de tomber sous son contrôle. J'aurais préféré sauter dans une fosse grouillante de vipères, ou prendre un bain dans le malefeu de Zaira. La panique explosa en cascade dans mon esprit comme une lampe à huile renversée dans une poudrière.

Istrella se pencha au-dessus de la table avec la chope, la langue pointée entre ses dents dans une expression d'intense concentration, le front plissé par l'inquiétude.

Je luttai pour bouger, mais j'avais l'impression qu'un mur invisible séparait mon esprit de mon corps. Le bourdonnement de l'appareil d'Istrella m'emplissait, et je restai assise dans la même position, le morceau de cuivre au creux de ma main. Je ne pouvais rien faire ; j'allais devenir le jouet de Ruven, et trahir mes amis et l'Empire.

Du café bouillant clapota contre mes lèvres et goutta sur la table. Je ne pouvais même pas sursauter face à cette brûlure cuisante. Un peu du breuvage s'insinua sur ma langue.

Istrella sourcilla.

— Oh, oui, bien sûr. Votre bouche est fermée.

Agit-elle ainsi délibérément?

Istrella glissa ses doigts fins entre mes lèvres pour entrouvrir mes mâchoires.

— Je suis mortifiée, dit-elle. Vraiment, je ne peux pas vous dire à quel point je souhaiterais ne pas faire cela. Et ce n'est pas une façon de parler. Je ne peux vraiment pas vous le dire. Si j'essayais, je me mettrais sans doute à discourir à la place sur les recherches que j'ai dû entreprendre sur les nerfs du corps humain pour fabriquer cet appareil, ce qui est d'ailleurs des plus passionnant.

J'eus beau lutter de toutes mes forces pour me débattre, je ne pouvais pas faire le moindre mouvement; la seule chose que j'étais en mesure de contrôler était ma respiration. Istrella approcha de nouveau la tasse de café de mes lèvres avec des mains tremblantes, comme si elle tentait de résister à l'obligation d'obéir.

J'expirai tout mon souffle d'un seul coup, le plus violemment possible.

Du café brûlant éclaboussa mes lèvres, mon menton, les mains d'Istrella. Elle poussa un petit cri et se recula vivement en lâchant la chope, qui se brisa en répandant du café partout. Istrella percuta la table qui vacilla.

Le morceau de cuivre tomba de ma main.

Je me levai d'un bond et me jetai sur Istrella, le cœur battant encore follement dans ma poitrine. Elle lança un cri aigu de surprise et se précipita vers la porte.

Je courus à sa poursuite dans le couloir.

— Istrella! Attendez!

— Vous savez ce que c'est ! me cria-t-elle par-dessus son épaule. Parfois, on ne peut rien faire d'autre que courir !

Je gagnai du terrain sur elle malgré les fourmis qui parcouraient encore mes nerfs. Elle tourna au coin, avec seulement quelques foulées d'avance sur moi...

Et fonça directement sur le seigneur Caulin, le chancelier du Silence.

Il exécuta un geste si rapide que je ne pus le suivre des yeux, et puis s'écarta de côté d'un mouvement vif et précis pour recevoir dans ses bras Istrella qui s'effondrait, sans connaissance. Le visage de Caulin ne s'était pas un instant départi de son calme.

— Istrella ! m'écriai-je.

— Elle n'a rien, rassurez-vous, me dit-il en la déposant doucement sur le sol, avant de s'incliner vers moi. Le hasard fait bien les choses, dame Amalia. J'arrive tout juste de Raverra avec des informations concernant l'identité du traître. Et je suis ici pour placer aux arrêts ce Faucon.

— Que signifie ceci, seigneur Caulin ? demanda Marcello en entrant dans mon salon, le visage crispé par la colère.

J'avais insisté pour qu'Istrella soit conduite à mes appartements et non dans une cellule, et le seigneur Caulin avait insisté pour l'entourer de gardes. Istrella se retrouvait donc assise à ma table, les yeux encore vagues alors qu'elle reprenait à peine ses esprits, surveillée par deux soldats qui se tenaient debout derrière elle.

Le soulagement et l'anxiété se mêlèrent en moi en le voyant entrer, nés tous deux à la même source : la certitude que Marcello ne laisserait jamais rien de mal arriver à sa sœur.

Mais il ignorait qui était réellement le seigneur Caulin, et combien Istrella était en danger. Toutes choses que je n'avais pas le droit de lui révéler.

Le seigneur Caulin ouvrit les mains dans un geste d'apaisement.

— Bonsoir, capitaine Verdi. J'étais en train d'informer dame Amalia que mon enquête a enfin porté ses fruits, et je suis au regret de vous apprendre qu'elle incrimine ce Faucon.

Le rire sec qui jaillit de la gorge de Marcello ne contenait pas la moindre trace d'humour.

— Ma sœur serait notre traître ? Votre enquête ne pourrait pas être plus éloignée de la vérité que si elle vous avait conduit au fond de l'océan.

Istrella grimaça et cligna des yeux, le regard dans le vague, ses lunettes artificées de travers sur son front.

— Oh, mon pauvre ami, soupira le seigneur Caulin. Souhaitez-vous lui dire, dame Amalia, ou dois-je le faire ?

Marcello se tourna vivement vers moi, ses yeux verts écarquillés par la crainte.

— Elle est sous le contrôle de Ruven, lui appris-je, la voix plus tendue qu'une corde de violon.

— Que dites-vous ?

Marcello recula d'un pas comme si je venais de le frapper.

— Non, c'est faux, intervint Istrella. Je ne comprends rien à ce que vous dites. Si vraiment j'étais sous la domination d'un Haut Ensorceleur malveillant, mon cher frère aurait remarqué les nombreux indices que j'aurais essayé de lui mettre sous le nez au cours des dernières semaines.

Marcello tituba.

— Les preuves ne laissent guère de place au doute, soupira le seigneur Caulin. Les scribes des Mues nous ont aidés à établir la liste des gens susceptibles d'avoir accès aux documents concernés, et nous l'avons comparée à la liste des personnes présentes à Durantain, et possédant les connaissances nécessaires pour altérer les sceaux de protection. Ce qui réduisait grandement le nombre des suspects, et nous avons donc naturellement procédé à la fouille des appartements de votre sœur.

— J'espère que vous n'avez pas farfouillé dans mes projets ! s'écria Istrella en voulant se lever, mais un des gardes l'en empêcha en posant une main ferme sur son épaule. Certains sont très fragiles ! Et dangereux, aussi.

— Certes, deux des hommes chargés de cette tâche vont mettre quelques jours à récupérer de leurs blessures, mais personne n'est mort. (Le seigneur Caulin chassa l'idée d'un geste de la main, comme on tourne une page.) Nous avons découvert des indices montrant que votre Faucon nourrissait les mouettes à sa fenêtre et, plus accablant, nous avons retrouvé par terre des brouillons de lettres détaillant les allées et venues des Faucons disparus. Il ne fait aucun doute qu'elle transmettait ces messages aux Hauts Ensorceleurs par l'entremise des oiseaux.

Istrella soupira.

— J'espérais que vous trouveriez ces brouillons chiffonnés, nous expliqua-t-elle, mais personne ne pénètre jamais dans ma tour quand je dis de ne pas entrer. Vous manquez vraiment de curiosité, vous savez.

Marcello devint si pâle que je crus qu'il allait perdre connaissance.

— C'est toi qui as saboté les sceaux de protection à Durantain, murmura-t-il. Quand tu nous as parlé des faiblesses des défenses magiques, tu essayais en réalité de nous avertir.

— Oui, enfin, je les aurais probablement remarquées de toute façon, dit-elle. Ces cercles d'Artifice avaient été réalisés avec un inexcusable laisser-aller.

— Vous voyez ? releva le seigneur Caulin. Elle reconnaît les faits.

— Elle se trouve sous l'effet d'une potion, intervins-je. J'ai été témoin de la même chose au Vaskandar. Si nous fouillons sa chambre, nous trouverons certainement cette potion.

Istrella me jeta un regard affolé, puis sortit brusquement une flasque de sa poche et commença à la boire à grandes gorgées. Surpris, les gardes derrière elle hésitèrent un instant, puis l'un d'eux lui arracha la flasque des mains, qui tomba au sol en répandant le liquide qu'elle contenait encore.

C'en était fini de cette preuve.

— En avez-vous encore ? la pressai-je.

Istrella avait l'air un peu étourdie.

— Si c'était le cas, croyez-vous que j'aurais pris la peine d'avaler tout le flacon ? Oh, le goût est immonde.

Le seigneur Caulin se passa l'index sur les lèvres en contemplant la flasque par terre, et ses yeux sombres brillèrent.

— S'il existe effectivement une telle potion, voilà qui se révèle des plus intéressant. (Il s'avança, ramassa la flasque et la rangea dans une poche intérieure.) Quoi qu'il en soit, nous devons en savoir plus, ce qui implique de ramener ce Faucon à Raverra pour qu'elle soit interrogée et examinée.

Un frisson glacial me parcourut. Si Istrella disparaissait entre les mains du chancelier du Silence, je craignais fort de ne jamais la revoir.

— Et pourquoi voulez-vous en apprendre davantage sur cette potion ? m'enquis-je, cherchant un angle pour l'empêcher d'agir.

Le seigneur Caulin afficha un air de surprise innocente.

— Mais, dame Amalia, pour trouver le moyen de contrer ses effets, évidemment.

Je n'y crus pas une seconde. De ce que je savais de Caulin, il n'hésiterait pas à utiliser une potion de ce genre s'il en disposait.

Marcello se redressa, avec dans les yeux un feu qui valait bien celui de Zaira.

— Peu importe. Istrella a été contrainte d'agir contre sa volonté. Elle est donc innocente ; vous ne pouvez l'arrêter.

— Bien au contraire. (Le seigneur Caulin lui adressa un sourire contrit.) Quand le doge m'a confié cette enquête, il m'a conféré toute autorité pour appréhender le traître.

— Avec tout le respect que je vous dois, seigneur, je m'en moque, assena Marcello d'un ton ferme. Il est de mon devoir de la protéger, et je ne prends mes ordres que du colonel Vasante.

— Je vous assure, capitaine, que le doge en personne…, commença Caulin d'une voix mielleuse.

— Êtes-vous en possession d'ordres écrits du colonel Vasante ? insista Marcello.

— Mes ordres sont verbaux, capitaine. Cependant…

— Ou du doge, alors ? Ou peut-être de la marquise de Palova ?

Marcello affichait un visage dur et parlait d'une voix implacable. Istrella le regardait avec de grands yeux brillants.

L'agacement déforma un instant les traits impassibles de Caulin.

— J'ai toute autorité, capitaine, je vous prie de me croire.

J'imaginais bien sa frustration. Caulin et moi savions quel était son rang véritable, mais pour Marcello il n'était qu'un simple conseiller juridique qui outrepassait ses prérogatives. Et le secret qui entourait les fonctions de Caulin l'empêchait de mettre à mal sa couverture.

C'était le moment d'enfoncer le clou.

— Il me semble que le capitaine Verdi est ici dans son droit, dis-je. Le doge vous a conféré toute autorité pour arrêter un traître. Mais Istrella n'a rien d'une félonne ; elle a agi sous la contrainte d'une potion alchimique, ce dont je peux me porter garante. Sans véritable coupable, vous n'avez le pouvoir d'arrêter personne.

Le seigneur Caulin me considéra en plissant les yeux. Je conservai un visage impassible, malgré mon cœur qui battait la chamade. Je pouvais presque le voir qui estimait jusqu'où il pouvait insister, et qui d'entre nous gagnerait si j'insistais à mon tour.

Avec la vie d'Istrella en jeu, j'étais prête à aller aussi loin que nécessaire. Marcello se tenait à mon côté, la mine sévère et le regard clair, le dos droit dans son uniforme de Fauconnier. *« Il n'existe pas d'ennemi plus implacable qu'un honnête homme »*, m'avait dit ma mère une fois.

Caulin nous dévisagea tour à tour, puis soupira.

— Très bien, dame Amalia. Je m'en remets à votre sagesse. Mais lorsque vous retournerez au Vaskandar pour le Conclave, peut-être pourriez-vous essayer d'en apprendre davantage sur cette intéressante potion ?

— Oh, je vous assure que cela est bien dans mes intentions.

Je négligeai de préciser qu'il faudrait au moins une dose de la potion en question pour m'inciter à lui en livrer la recette.

— Dans ce cas, je laisse ce Faucon sous votre responsabilité, déclara le seigneur Caulin avec un bref salut de la tête en direction de Marcello. Je vous recommande de la garder en quarantaine le temps que les effets de la potion se dissipent.

Caulin me salua et prit congé en faisant signe aux gardes de le suivre. Dès qu'il fut parti, Marcello voûta les épaules et laissa échapper une longue expiration soulagée.

— Eh bien, je suis heureuse que ce soit fini, dit Istrella en replaçant correctement ses lunettes. Amalia, je suis vraiment navrée.

Elle ouvrit la bouche puis la referma aussitôt en me regardant intensément, comme si elle essayait de dire autre chose.

— Ne vous inquiétez pas de ça, dis-je. Je sais que vous n'aviez pas le choix.

Elle haussa les épaules.

— Je ne peux pas parler de ça. Mais pour évoquer un autre sujet, combien de temps faut-il pour que les effets d'une potion se dissipent ? Si, disons, vous avez bu quelque chose d'horrible par erreur. Simple curiosité de ma part, ajouta-t-elle d'une voix légèrement tremblante.

— Pour la plupart des potions, un jour ou deux, la rassurai-je. Tout ira bien.

Marcello s'agenouilla à côté de la chaise d'Istrella et serra sa sœur contre lui, les yeux fermés.

— Je suis horriblement désolé, Istrella. J'aurais dû voir que quelque chose n'allait pas.

— Tout va bien, répondit-elle d'une voix étouffée par l'épaule de Marcello. Mais oui, tu aurais dû. Je n'ai jamais réussi à capter ton attention.

— Depuis ma promotion, j'ai été tellement occupé, et j'ai eu tant de choses qui m'accaparaient l'esprit… (Il tint Istrella à bout de bras et plongea ses yeux dans les siens.) Mais je n'aurais jamais dû laisser tout cela m'empêcher d'être un bon frère pour toi. J'aimerais que le colonel Vasante ne m'ait jamais nommé capitaine.

— Ne sois pas idiot, le reprit Istrella. Je ne pourrais même pas compter le nombre de fois où je me suis jetée à corps perdu dans un projet en t'oubliant pendant des semaines. Ça ne fait pourtant pas de moi une mauvaise sœur. Si ?

Marcello hésita.

— Ah… non, bien sûr que non.

Istrella hocha vigoureusement la tête.

— Tu vois ? Donc, ne regrette pas d'être devenu capitaine.

— Merci, Istrella, dit-il en lui souriant.

J'aurais voulu les prendre tous les deux dans mes bras et leur dire que tout irait bien.

— Mais par contre, tu peux regretter d'être aussi borné, lui lança-t-elle en lui tapotant le front. Si tu n'avais pas manqué tous les indices que je t'avais laissés, je n'aurais jamais eu à paralyser Amalia.

— Comment ça, paralyser ? s'exclama Marcello en me regardant avec de grands yeux.

— Oui, s'enthousiasma Istrella, je dois dire que je suis très fière de mon invention. Je te montre, veux-tu ?

Marcello se prit le visage dans les mains, et ses épaules furent agitées par ce qui – je l'espérais – était un accès de fou rire.

Nous installâmes Istrella dans sa chambre, qu'elle avait transformée en atelier improvisé. Marcello s'attarda sur le seuil alors que je prenais congé.

— Je vais devoir garder un œil sur elle, déclara-t-il d'une voix basse et inquiète. Du moins, le temps que la potion cesse de faire effet.

— Vous avez été formidable, à prendre ainsi sa défense, lui dis-je chaleureusement. Elle a de la chance de vous avoir pour grand frère.

— Même si j'ai raté tous les indices qu'elle essayait de me donner ? remarqua-t-il avec une grimace. En y repensant, c'est vrai qu'elle agissait curieusement ces derniers temps, mais…

— … Istrella agit *toujours* curieusement, alors comment savoir ? finis-je pour lui. Je me sens moi-même stupide de n'avoir rien vu. Surtout après que le médaillon ardent qu'elle avait fabriqué pour Zaira eut mal fonctionné et assommé tous les soldats de l'escorte de Bree. Je parie qu'il s'agissait d'un piège pour éliminer Zaira au cas où elle l'utiliserait la prochaine fois qu'un assassin essaierait de s'en prendre à elle. (Je fronçai les sourcils.) Je devrais contacter Durantain par les lampes-courrières, ainsi que la forteresse où elle a travaillé l'autre jour, pour qu'ils vérifient qu'elle n'ait pas saboté les sceaux de protection. Mais normalement, Istrella devrait être bientôt en mesure de nous dire elle-même ce qu'elle a bien pu faire là-bas.

— Si vous pouviez vous en charger, ce serait formidable. Je répugne à la laisser seule. Et pas seulement parce qu'elle est sous le contrôle de Ruven.

Marcello se passa la main dans les cheveux, comme s'il pouvait balayer l'inquiétude de son esprit.

— Je suis d'accord.

Puis j'ajoutai, après avoir choisi mes mots avec soin :

— Je ne voudrais pas que le seigneur Caulin tente à nouveau de l'arrêter.

— Merci de m'avoir soutenu face à lui. Je sais que je peux toujours compter sur vous. (Il capta mes yeux, et les siens étaient si profonds et si verts que j'aurais pu y tomber des jours entiers sans jamais en atteindre le fond.) Quoi qu'il arrive.

Mon souffle se bloqua dans ma poitrine. Nous nous tenions trop près l'un de l'autre. Je ne m'en étais pas rendu compte, l'esprit préoccupé par Istrella ; nous étions retombés dans nos vieilles habitudes, du temps où nous étions à Ardence. Mais cela n'était plus possible aujourd'hui, et je reculai d'un pas en rougissant.

— Bien sûr, dis-je. Quoi qu'il arrive, je resterai à jamais votre amie.

Mais je savais, avec une certitude absolue, que rien ne pourrait jamais plus être pareil entre nous. Pas tant que j'aurais Kathe pour prétendant, ou d'autres perspectives politiques en vue, et certainement pas si je l'épousais un jour. Dans ma relation avec Marcello, il y aurait toujours cette chose invisible entre nous, hérissée d'angles aigus sur lesquels nous pouvions involontairement nous blesser l'un l'autre.

— Marcello, bredouillai-je. Je dois vous dire quelque chose d'important.

Sa pomme d'Adam s'agita nerveusement, mais il acquiesça lentement, sans quitter mon regard.

— Ne m'attendez pas, dis-je.

La douleur lui déforma les traits, et il détourna les yeux.

Par les Enfers, c'était atroce. J'aurais encore préféré qu'il me poignarde. Et j'aurais presque préféré avoir à le poignarder. Mes yeux me brûlaient, mais je refoulais mes larmes ; je ne pouvais pas pleurer, pas maintenant, ou il ne me croirait pas.

— Cela veut-il dire que vous avez choisi le Seigneur Freux ? me demanda-t-il d'une voix rauque.

— J'ai choisi mon devoir. (Je fourrai mes mains dans mes manches pour m'empêcher de les tendre vers lui.) Je deviens celle que j'ai besoin d'être.

Il ramena le regard vers moi, et les larmes brillaient dans ses yeux.

— Mais j'aime celle que vous êtes.

Je fermai les yeux.

— Pour l'amour des Grâces, Marcello.

— Je suis désolé, chuchota-t-il.

Sa main toucha mes cheveux, d'un geste aussi léger qu'un frôlement d'ailes de papillon.

Puis il referma la porte d'Istrella entre nous.

Chapitre 28

— Dame Amalia ?

Le jour suivant, accoudé aux remparts battus par les vents, je ruminais de sombres pensées à propos de Marcello. Je n'avais pas entendu le moindre bruit derrière moi, mais cette voix était si familière, avec ce ton d'assurance respectueuse aussi doux que de la soie et aussi solide que de l'acier que je ne sursautais même pas. Je me retournai face à elle, anxieuse de découvrir quelle mission justifiait sa présence en ces lieux.

— Bonjour Ciardha. Qu'est-ce qui vous amène au Callamorne ?

Elle se tenait face à moi avec sa prestance habituelle, élégante et sur le qui-vive, gracieuse et dangereuse à la fois, et me salua d'une révérence.

— À l'origine, la Contessa m'a dépêchée ici pour veiller à ce que vous rentriez saine et sauve du Vaskandar, entre autres choses. Elle a été quelque peu interloquée par votre choix impétueux de franchir la frontière.

Je grimaçai. Ma mère et moi avions eu cette conversation par les lampes-courrières.

— Oui, elle m'en a fait part elle-même.

— Mais il semble que vous n'ayez pas eu besoin d'aide en la matière, ce qui ne laisse plus que la deuxième partie de ma mission.

— C'est-à-dire ?

— La Contessa m'a fait parvenir de nouveaux ordres. Je suis ici dans le but de vous aider à vous préparer en vue du Conclave, ma dame. (Elle produisit un document à l'allure pompeusement officielle, rédigé sur un épais vélin dans cette écriture ouvragée que l'on réservait aux actes importants, et frappé d'un lourd sceau impérial.) Le Conseil des Neuf ainsi que le doge vous confèrent les attributions d'ambassadeur de l'Empire Sérénissime, afin que vous puissiez négocier avec les Hauts Ensorceleurs en son nom.

J'observai le document avec incrédulité. À mes yeux étourdis, les mots se réduisaient à des entrelacs de lettres fleuries, mais le sceau était reconnaissable entre mille : le cheval ailé de Raverra s'y cabrait, entouré de neuf étoiles, clairement imprimé dans un cercle de cire bleue.

— Le doge et le Conseil m'accordent leur confiance pour une chose aussi cruciale ?

Les coins de la bouche de Ciardha frémirent.

— Eh bien, sauf mon respect, vous êtes la seule noble raverraine à assister au Conclave à qui ils peuvent accorder leur confiance. Et ils ont été très impressionnés par le fait que vous soyez parvenue à vous y faire inviter. (Elle roula le parchemin.) Puis-je vous suggérer de réunir les personnes dont vous appréciez les conseils, ma dame ? Nous avons beaucoup à discuter.

— Donc, nous devons empêcher Ruven de déclencher l'éruption, libérer les Faucons emprisonnés et influencer le Conclave afin qu'il se prononce en défaveur de la guerre.

J'examinai les visages des personnes rassemblées autour de la table de la salle de réunion où nous nous étions installés : il y avait là Ciardha, Marcello, Bree, Zaira et Istrella, qui était pleinement remise des effets de la potion. Dès qu'elle avait retrouvé sa liberté de parole, elle nous avait expliqué en détail tout ce qu'elle avait fait depuis qu'elle était tombée sous la domination de la potion, en frémissant de rage envers Ruven qui l'avait utilisée contre ses amis. « Encore qu'il soit aussi bien qu'il m'ait fait saboter les sceaux d'Artifice à Durantain, avait-elle ajouté. Si je ne les avais pas examinés pour y chercher des failles, un jour ou l'autre il se serait sans doute produit quelque chose de pire encore. »

Tout ceci était bien réel. Mes mains tremblaient dans mon giron. Le doge et le Conseil m'avaient confié l'avenir de l'Empire Sérénissime. J'allais assister au Conclave, faire face aux Hauts Ensorceleurs, et contribuer à déterminer le cours de l'histoire. Et tous ces gens brillants et compétents me regardaient en ce moment, attendant de moi que je prenne les choses en main.

J'avais été moins effrayée face au canon du pistolet de la tueuse. Si mon plan échouait, le mont Chenu couvrirait la moitié de l'Empire sous les cendres en faisant des milliers de victimes et en répandant l'influence de Ruven comme une lèpre. Si Zaira et moi échouions à convaincre un nombre suffisant de Hauts Ensorceleurs de ne pas prendre part à la guerre, l'Empire Sérénissime serait confronté à une invasion capable de le briser. J'avais la main posée sur la plume du destin tandis qu'elle écrivait le prochain chapitre de l'histoire d'Eruvia, et il me revenait de ne pas renverser d'encre rouge sur les pages.

Je m'éclaircis la voix.

— Les cercles qu'il nous faut désactiver entourent complètement le mont Chenu, expliquai-je. La Dame des Aigles s'occupe de ceux qui se trouvent en Atruin. J'estime qu'il doit y en avoir deux ou trois tout au plus de notre côté de la frontière, là où les versants les plus méridionaux de la montagne débordent dans l'Empire, et le reste d'entre eux se situent au Kazerath.

Marcello examina d'un air sombre la carte et le diagramme que j'y avais tracé. Je n'aurais su dire s'il évitait délibérément de croiser mon regard, mais il semblait particulièrement las, et ma gorge se serrait chaque fois que je posais les yeux sur lui.

— Il sera dangereux d'entrer et de sortir du Kazerath, réfléchit-il, concentré sur la question qui nous occupait. Il y a beaucoup de troupes dans cette zone.

— Je ne crois pas qu'il soit nécessaire d'aller à chaque cercle, ajouta pensivement Istrella. Tant que l'on modifie plus de la moitié des cercles afin de relâcher lentement la pression plutôt que de l'accumuler, elle finira par redescendre en dessous du niveau dangereux. Mais bien sûr, si quelqu'un déclenche l'éruption avant que la pression ait suffisamment diminué, alors boum !

Elle effectua de grands gestes accompagnés de bruits d'explosion, avec un enthousiasme déroutant.

— Je peux mener un groupe pour s'occuper des cercles du côté ouest, proposa Marcello. (Je relevai le fait que cela le mènerait aussi près que possible du château de Ruven, où Zaira et moi assisterions au Conclave.) Il nous faut quelqu'un de fiable pour se charger de l'est.

— Ai-je entendu demander « quelqu'un de fiable » ? lança mon cousin Roland en franchissant le seuil de la salle.

— Roland ! s'exclama Bree en se levant d'un bond et en grimaçant de douleur à cause de sa cheville. (Elle avait bénéficié des meilleures potions alchimiques pour traiter les fractures osseuses, mais la guérison prendrait tout de même un certain temps.) Que fais-tu ici ?

— J'ai suivi un conseil avisé que l'on m'avait donné et j'ai demandé à la reine la permission de vous rejoindre, au cas où vous auriez besoin d'aide.

Il s'assit à la table et m'adressa un sourire chaleureux et reconnaissant. Je lui rendis son sourire, avec un signe de tête d'encouragement.

— Et elle a accepté ? s'étonna Bree d'un ton incrédule.

Roland croisa les mains et frotta ses pouces l'un contre l'autre.

— Eh bien, elle n'a pas dit non. En revanche, elle m'a formellement interdit de me rapprocher davantage des frontières du Kazerath ou du Sevaeth. Mais je tiens à aider, moi aussi. (La frustration durcit sa voix.) Je ne supporterais pas qu'un jour mes petits-enfants me demandent ce que j'ai fait pendant la guerre, et que je doive leur répondre que je suis resté bien à l'abri à Durantain pendant que les autres se battaient pour protéger notre pays.

— Tu pourrais accompagner un façonnier pour saboter les cercles sur le flanc est du mont Chenu, le long de la frontière avec l'Atruin, proposai-je. Cela ne devrait pas te mettre plus en danger que d'avoir chevauché jusqu'ici depuis Durantain.

— Parfait. (Les yeux de Roland brillèrent d'impatience.) Je serai heureux de faire enfin quelque chose.

— Cette fois, il semblerait que ce soit moi qui me retrouve coincée au bercail, grommela Bree. Grand-mère m'a ordonné de rentrer à Durantain pour que je ne sois pas tentée d'aller combattre sur cette cheville avant que les os aient fini de se ressouder.

— On dirait presque qu'elle te connaît, ironisa Roland.

Marcello se tourna vers moi et croisa enfin mon regard, avec une attitude d'une courtoisie formelle.

— Aurez-vous besoin de gardes pour vous escorter au Conclave ?

J'hésitai.

— Je ne crois pas que je puisse m'y rendre avec qui que ce soit d'autre que Zaira.

Marcello émit un bruit étranglé. Son vernis de professionnalisme n'avait pas tenu bien longtemps.

— Je sais, je sais, dis-je en levant les mains. Mais je m'y rends à l'invitation du Seigneur Freux, et sous sa protection. Si nous subissons une attaque que Zaira et Kathe ne sauraient repousser, quelques gardes ou une centaine ne feront pas la moindre différence.

— Ils me gêneraient plutôt, renchérit Zaira, inclinée en arrière sur sa chaise, les mains derrière la tête. Je suis plus efficace quand je ne suis pas entourée de gens que je préférerais éviter de carboniser.

— La Contessa s'est entretenue avec le colonel Vasante à ce sujet, intervint Ciardha. Le colonel a dépêché Jerith Antelles et son Fauconnier qui resteront à Hautegarde au cas où vous rencontreriez des difficultés à quitter le Vaskandar.

Un curieux mélange de soulagement et d'inquiétude s'empara de moi.

— Elle considère donc que cette situation exige l'implication de deux sorciers…

Les Faucons ne comptaient qu'à peine une poignée de sorciers.

— La Contessa ne doute pas de votre capacité à gérer cette situation diplomatiquement, ma dame. Mais la Contessa croit également en la vertu de parer aux imprévus.

— Je peux aussi vous fabriquer des objets artificés pour vous défendre en cas de besoin, intervint Istrella en se frottant les mains avec excitation. Si je disposais de plus de temps, je pourrais vous armer avec de quoi tenir tête à un petit bataillon, mais je suis sûre que je devrais pouvoir créer quelque chose d'amusant dans ces quelques jours avant votre départ.

Je m'efforçai de ne pas montrer mon inquiétude à l'idée de porter quelque chose qu'Istrella qualifiait « d'amusant » dans le cadre d'une délicate mission diplomatique.

— Ah, eh bien…

— C'est le moins que je puisse faire après avoir tenté de vous empoisonner. (Istrella se pencha au bord de sa chaise.) S'il vous plaît, laissez-moi faire quelque chose pour vous. J'insiste !

— Très bien, entendu, opinai-je mollement.

— Et pour ce qui est de Terika et des autres Faucons ? demanda Marcello d'une voix anxieuse, en posant les coudes sur la table.

— Nous allons les sortir de là, affirma fermement Zaira. Nous serons au château pour le Conclave.

— Exactement. Vous y serez pour assister au Conclave. (Marcello fit la grimace, comme si ces mots lui laissaient un goût amer, mais il ne revint pas sur la question.) Et vous ne pourrez pas vous enfuir au beau milieu de la rencontre. Qui va ramener tous ces Faucons sains et saufs dans l'Empire ? Ce sont des façonniers et des alchimistes ; sans leurs créations ou leurs potions, ils n'ont aucun moyen de se défendre.

Bree posa le doigt sur la carte.

— Vous pourriez les retrouver ici, à mi-chemin. Vous traversez la frontière avec une petite force solidement armée par ce sentier de contrebandier que Zaira a découvert près du château. Amalia et Zaira se chargeront de les faire sortir discrètement et de les amener jusqu'à vous. Il vous faudra juste un moyen de vous contacter quand le moment sera venu.

— Je peux m'en occuper ! proposa Istrella. Je fabrique des lampes-courrières tout le temps. Ce sera un défi amusant.

— Même si l'on parle d'une petite force discrète, cela reste terriblement dangereux de franchir la frontière, remarquai-je d'un ton dubitatif.

— Les Hauts Ensorceleurs seront absorbés par le Conclave, argua Roland. C'est risqué, assurément, mais au moins le Conclave offrira-t-il une diversion.

Ciardha leva une main pour réclamer le silence et tendit l'oreille. Je n'entendis rien, mais une seconde plus tard, on toqua à la porte. Elle me demanda confirmation d'un regard, puis alla ouvrir.

C'était le seigneur Caulin.

Il salua Ciardha d'un signe de tête prudent, s'inclina à l'intention de mes cousins et de moi-même, et ignora complètement les Faucons, ce qui lui attira un regard noir de la part de Zaira.

— Altesses, dame Amalia, je suis navré d'interrompre votre réunion.

Je le gratifiai d'un sourire forcé, alors que Marcello peinait à masquer son antipathie.

— Qu'y a-t-il, seigneur Caulin ?

— Je dois repartir pour Raverra et j'aurais souhaité pouvoir échanger un petit mot avec vous avant mon départ, ma dame.

— Bien sûr. Si vous voulez bien m'excuser un moment, dis-je aux autres. Et si nous marchions un peu, seigneur Caulin ?

Le seigneur Caulin et moi déambulâmes dans les couloirs de la forteresse comme si nous étions de vieux amis, mais la tension nerveuse me raidissait le dos et les épaules. Je redoutai ce qu'il pouvait avoir à me dire.

— Dame Amalia, dit-il après un moment, de sa voix douce et courtoise, l'arrestation de ce Faucon n'était que la partie secondaire de ma mission en ce lieu.

Voilà qui ne présageait rien de bon.

— Dans ce cas, seigneur Caulin, je brûle d'impatience de connaître la partie principale de votre mission.

— Le doge m'a demandé de vous entretenir au sujet de cette malheureuse affaire des Faucons capturés.

La série d'étroites fenêtres donnant sur la cour devant laquelle nous passions faisait alterner sur son visage l'ombre et la lumière.

— Nous sommes justement en train de planifier leur sauvetage, dis-je.

— Bien, fort bien. Et s'il vous faut une aide quelconque, surtout n'hésitez pas à en faire la demande. Le doge considère leur sauvetage comme une priorité absolue. Les Faucons représentent la clef de voûte de la puissance de l'Empire. (Il marqua une pause et s'humecta les lèvres.) Évidemment, il est tout aussi crucial que tous comprennent bien que les Faucons appartiennent à l'Empire, et seulement à lui.

Nous y voilà.

— Je me réjouis que Sa Sérénité prenne cette affaire au sérieux, dis-je.

— Très au sérieux. (Le couloir aboutissait à une cage d'escalier. Le seigneur Caulin s'arrêta et me dévisagea intensément, d'un regard scrutateur.) Pensez-vous être en mesure d'emmener quelqu'un au Conclave ? Un domestique, peut-être ?

— Non, répondis-je fermement. Cela compromettrait mes chances d'y assister. C'est un honneur rare d'y être invité, et je ne peux me permettre de faire fi des règles qui y président.

— Non, certes non. (Le seigneur Caulin se frotta le menton.) Ce sera donc à vous de le faire.

— De quoi parlez-vous ?

Il baissa tant la voix que je dus tendre l'oreille pour l'entendre.

— Dame Amalia, nous espérons tous dévotement et prions les Grâces que vous parveniez à ramener ces Faucons dans l'Empire. Mais si d'aventure cela vous était impossible, Sa Sérénité souhaite que vous leur apportiez au moins une mort miséricordieuse.

J'écarquillai les yeux.

— Vous me demandez de les tuer ?

— Seulement dans le cas où votre tentative de les libérer échouerait. Nous préférerions de beaucoup les voir revenir sains et saufs aux Mues, bien évidemment.

La colère s'agita dans mon ventre comme une vague écumante déferlant sur la rive.

— Et s'ils préfèrent rester captifs plutôt que de mourir ?

— Nous risquons de ne jamais avoir une autre occasion de les libérer. Il est si difficile d'infiltrer le Vaskandar en temps normal, et c'est pire encore avec cette guerre qui menace. (Il lissa la dentelle de ses poignets.) Nous ne pouvons pas les laisser croupir là-bas, et donner au monde entier l'impression que n'importe qui peut s'emparer de nos Faucons et ne pas en subir les conséquences. Sans oublier qu'ils seront contraints à fabriquer des armes dévastatrices qui serviront contre l'Empire Sérénissime. Cette affaire doit être réglée avec la plus grande diligence, pour la sécurité des Faucons et de l'Empire. Vous êtes la seule en mesure de le faire. D'une manière ou d'une autre.

— C'est bien ça, vous me demandez de les tuer, dis-je, les mâchoires serrées.

— Non, dame Amalia, cela ne vient pas de moi. Et il ne s'agit pas non plus d'une requête. (Il secoua la tête, comme s'il regrettait d'avoir à clarifier un point aussi déplaisant.) Sa Sérénité vous donne un ordre. Si vous n'êtes pas en mesure de les sauver, vous devrez vous assurer de leur trépas.

Il me tendit un petit sac en velours que je pris machinalement, trop stupéfaite pour le refuser.

— Ce sac contient une fiole de Fourbe noire, dit-il. Versez-en une goutte dans leur nourriture ou leur boisson, ou plongez la pointe d'une dague dans la fiole, et il suffira d'une petite éraflure. L'Empire compte sur vous.

— Je ne suis pas un assassin, seigneur Caulin, protestai-je avec indignation.

— Je sais, soupira-t-il, mais nous sommes contraints de nous en remettre à vous.

— Cet ordre constitue une violation de la confiance que les Faucons nous accordent. Nous sommes censés les protéger !

— Sans doute. Mais c'est pourtant l'ordre qui vous est donné, dit-il avec un sourire contrit. Et avec l'aide de la Grâce de la Fortune, vous réussirez à les ramener à nous, et vous n'aurez pas à vous résoudre à cette extrémité. Personne en dehors de vous et moi ne saura qu'une telle solution avait été envisagée. (Il leva son index d'un geste d'avertissement.) Bien sûr, notre conversation doit rester secrète. Ne parlez de ceci à personne ; le doge l'ordonne.

— À personne ? Êtes-vous en train de me dire que le doge souhaite que je garde cela secret pour ma mère et pour le Conseil des Neuf ?

— Non, pas pour le Conseil, évidemment, dit-il avec un geste négligent, mais il fronça légèrement les sourcils, signe qu'il était contrarié par ma question. De par la loi, le doge ne doit rien garder secret pour les membres du Conseil. Mais n'en parlez à personne qui appartienne à l'armée, ni au capitaine Verdi, ni à votre Faucon, ni même au colonel Vasante. Nous devons conserver leur confiance. Ils ne doivent pas se douter que nous envisageons une telle option. Est-ce bien clair ?

Je répondis d'un ton aussi glacial que possible.

— Je crois que vous avez parfaitement délivré votre message, seigneur Caulin.

— Parfait. (Il hocha la tête d'un air satisfait.) Dans ce cas, dame Amalia, ma mission en ce lieu est achevée, et il ne me reste plus qu'à vous dire au revoir. Si vous avez la moindre question, n'hésitez pas à me contacter, ou à contacter le doge lui-même.

Il s'inclina profondément avec formalisme et ne parut pas dérouté quand je ne lui rendis pas la politesse. Je le regardai s'éloigner en serrant les poings, les doigts crispés sur le petit sac de velours rouge et sa promesse de mort.

Chapitre 29

Je tentai de retrouver un visage serein avant de retourner auprès des autres, mais j'eus l'impression qu'ils virent ma colère palpiter à mes tempes.

Zaira m'adressa un regard soupçonneux.

— Alors, de quoi cette petite fouine voulait vous parler ?

— D'une absurdité, grommelai-je. Une idée stupide sur laquelle je dois garder le secret.

Zaira haussa les épaules.

— Il n'y a rien de secret dans le fait que l'Empire ait des idées stupides. Et de toute façon, quel intérêt il y a à répéter des idioties ?

— Vous avez parfaitement raison. (J'inspirai profondément.) Bien, de quoi avez-vous parlé en mon absence ?

Je repris ma place à la table et m'absorbai dans la discussion avec une ferveur renouvelée. Les Neuf Enfers pouvaient bien m'engloutir, jamais je n'accepterais d'exécuter cet ordre. Tuer Terika et les autres ? J'aimerais autant m'en remettre à la miséricorde inexistante de Ruven. Mais si je refusais d'obéir à cet ordre, ce serait de la trahison, et Ruven pourrait continuer à utiliser les Faucons contre l'Empire.

Nous devions absolument réussir.

Quand nous mîmes fin à la réunion et que tout le monde alla dîner, je m'attardai et captai le regard de Ciardha. Une fois tous les autres partis, elle ferma la porte et se tourna vers moi.

— Quelque chose vous trouble, ma dame.

— Savez-vous de quoi le seigneur Caulin voulait me parler ? m'enquis-je.

Une mince ride se forma entre les sourcils de Ciardha.

— Non, ma dame. Jusqu'à ce que j'arrive, j'ignorais sa présence à Hautegarde.

— Vraiment ? (Voilà qui était pour le moins étrange.) Il avait un ordre du doge à me transmettre. Un ordre qui ne me réjouit guère. Ma mère est-elle au courant de cela ?

L'expression de perplexité de Ciardha s'accrut.

— La Contessa ne m'a fait part d'aucun ordre susceptible de susciter votre désapprobation.

— Je suppose que cette décision a pu être prise après votre départ, réfléchis-je en me mordillant la lèvre.

Ciardha secoua la tête.

— J'ai parlé à la Contessa dans notre code personnel par les lampes-courrières ce matin même. Elle n'a rien mentionné de tel.

Ma mère aurait trouvé un moyen de me prévenir, même si elle ne pouvait en parler ouvertement à Ciardha pour une raison ou une autre. La Contessa n'était sans doute pas informée des manigances de Caulin.

— Le doge pourrait-il donner un ordre de ce genre sans en informer le Conseil des Neufs ?

— Je ne connais pas la nature de cet ordre, ma dame, me rappela Ciardha.

J'enroulai une boucle de cheveux autour de mes doigts.

— J'ai reçu l'instruction de n'en parler à personne en dehors des membres du Conseil. Mais peut-être pourriez-vous utiliser votre code pour suggérer à ma mère par lampe-courrière de s'intéresser à cette question ? Je ne crois pas que cet ordre serait de son goût à elle non plus.

Ma mère savait parfois se montrer impitoyable, mais elle pratiquait une sorte de bienveillance pragmatique : il était rarement efficace politiquement parlant de maltraiter les gens. Le meurtre de Faucons ne posait pas seulement un problème sur le plan moral, quand bien même cela aurait dû suffire à discréditer cette option.

Ciardha hocha lentement la tête.

— Je ne suis qu'une humble servante, et je ne prétends pas savoir ce qui se passe dans la tête du doge, ma dame. Mais s'il vous a donné un ordre sans en informer le Conseil, la logique porte à croire qu'il pense lui aussi que la Contessa n'en apprécierait pas la teneur.

— Je n'ai pas l'intention de laisser le doge m'utiliser pour évincer ma mère, dis-je avec colère.

— Ma dame, vous êtes une Cornaro, me rappela Ciardha avec un éclat dur dans le regard. Vous ne devez laisser *personne* vous utiliser.

Le lendemain matin, Ciardha vint me trouver dans mes appartements et me remit un message de ma mère, transcrit de leur code personnel :

> *C'est une affaire délicate. Je vais enquêter, mais cela prendra du temps. Méfie-toi des ordres secrets transmis oralement. Surtout, pas d'imprudence.*

Je relevai les yeux vers Ciardha.

— Qu'est-ce que cela signifie ?

— Je ne prétends pas me faire l'interprète des pensées de la Contessa, ma dame. Mais j'aurais tendance à dire que cela implique que quelqu'un agit en sous-main.

— Mais à Raverra, il y a toujours quelqu'un qui agit en sous-main !

Ciardha acquiesça.

— C'est juste. Cependant, la Contessa estime que cette situation requiert une attention particulière. Je note qu'elle vous invite à faire preuve de prudence.

— Oui, dis-je sans masquer mon irritation. Tout le monde me demande toujours de faire preuve de prudence. On dirait qu'ils s'attendent tous à ce que j'agisse sous le coup d'une impulsion stupide et que je plonge ma main dans le feu.

Les yeux de Ciardha pétillèrent d'amusement.

— Si je peux me permettre, dame Amalia, n'est-ce pas exactement ainsi que vous avez fait la rencontre de Zaira ?

J'ouvris la bouche, puis la refermai.

— Bon, oui. Mais quand bien même, je n'ai pas besoin que l'on me rappelle en permanence de faire attention ; je ne suis plus une enfant.

— La Contessa le sait parfaitement.

J'en étais venue à la croire. À n'en point douter, elle me traitait davantage en adulte depuis Ardence, laissait la porte du salon ouverte et m'autorisait à connaître en détail certains de ses plans. « *Méfie-toi des ordres secrets transmis oralement. Surtout, pas d'imprudence.* » Il s'agissait d'un message si court, et rédigé dans un code secret par-dessus le marché ; aurait-elle perdu son temps à transmettre un message codé pour m'affliger d'une recommandation aussi banale ?

— Elle pense qu'il est possible qu'il s'agisse d'un piège, dis-je lentement.

Ciardha hocha la tête, sans lâcher mon regard.

— Ma dame, je ne connais pas le contenu de cet ordre. Mais s'il vous place dans une position suffisamment délicate pour que vous ressentiez le besoin d'en parler, il est probable que quelqu'un essaie de vous pousser à des actes susceptibles de se retourner contre vous. Afin de vous tenir ensuite sous sa coupe, ou d'obtenir un moyen de faire pression sur la Contessa

Je soufflai une longue expiration. Refuser d'exécuter cet ordre pourrait relever de la haute trahison. Mais y souscrire risquait de détruire ma capacité à œuvrer avec les Faucons et, plus important, à passer ma loi de réforme. Même en excluant un instant la répugnance morale que suscitait ledit ordre, les deux options me plaçaient dans une position intenable.

— Et nous ignorons s'il s'agit en réalité d'une idée du doge ou de Caulin, voire d'un membre du Conseil, dis-je.

— Tout à fait.

Je rendis le morceau de papier à Ciardha.

— J'imagine que vous voudrez le brûler ?

Ciardha s'inclina.

— Évidemment, ma dame.

Le Conclave approchait à grands pas, et je me plongeai dans mes livres en quête de la moindre bribe d'information sur ce mystérieux événement. Apparemment, les Hauts Ensorceleurs réunissaient en moyenne un Conclave tous les deux ou trois ans, mais sans fréquence fixe et préétablie ; certaines années en avaient connu trois, tandis qu'à d'autres époques le Vaskandar avait pu passer une décennie sans la tenue d'un seul. Cela dépendait pour l'essentiel de la nécessité qu'avaient les Hauts Ensorceleurs de discuter de certains sujets d'importance. Mes livres racontaient que ces assemblées suivaient un cérémonial et des traditions rigoureuses, mais ils ne donnaient aucun détail sur la nature de ces traditions, puisque aucun des auteurs ne bénéficiait du témoignage d'une personne ayant assisté à un Conclave.

— Je ne sais même pas quoi emporter, me plaignis-je à Zaira au dîner. Dois-je mettre une robe de cour à la mode raverraine ? Quelque chose de plus fonctionnel ? Faut-il y porter une robe à capuche sinistre ?

— Juste le sang de vos ennemis, je dirais plutôt, se moqua Zaira avec un sourire canaille. Cela dit, ça ne me dérangerait pas de voir votre galant corbeau ne portant rien d'autre que ça. Ou votre grand-mère, d'ailleurs.

— Je ne… (Mon esprit se refusait à imaginer la Dame des Aigles ainsi, mais je fus troublée de constater à quel point il m'était aisé d'imaginer Kathe affalé sur le trône du Seigneur Loup, un sourire malicieux aux lèvres, le corps maculé de rouge et léchant ses doigts ensanglantés.) Je ne m'abaisserai pas à répondre à ça.

Zaira agita sa cuillère vers moi.

— Mais vous avez l'image en tête, chantonna-t-elle.

— Bref, repris-je rapidement en m'efforçant de ne pas rougir, je pensais envoyer un message à Kathe pour lui demander des précisions, puis je me suis rappelé qu'ils n'utilisaient pas de lampes-courrières au Vaskandar.

— Je porterai ce dont j'ai envie, et ceux à qui ça ne plaira pas pourront toujours bouffer du malefeu. (Zaira haussa les épaules.) Et je suis prête à parier qu'ils feront pareil. Ce sont les Hauts Ensorceleurs. Ils sont tous tarés, et ils n'ont de respect pour rien en dehors de leur petite personne.

— Kathe n'est pas comme ça, protestai-je.

— Possible. Mais je n'en suis pas convaincue, dit-elle en me fixant intensément. Vous lui faites trop confiance, et tout ça parce qu'il vous a raconté une histoire triste.

Je plongeai ma cuillère dans ma soupe à la tomate.

— C'était une histoire réellement triste. Il s'est toujours montré honnête envers moi.

— Il se sert de vous.

— Ce qu'il a également eu l'honnêteté de reconnaître.

Zaira secoua la tête et avala une cuillerée de soupe.

— Comme vous voulez. Mais quand il vous poignardera dans le dos, ne venez pas me faire vos grands yeux étonnés et blessés. Tout le monde a des histoires tristes à raconter ;

ça ne veut pas dire pour autant que tout le monde est gentil et inoffensif.

Je soupirai.

— Je ne suis pas naïve à ce point. Mais nous devons bien lui accorder un minimum notre confiance, puisqu'il garantit notre sécurité au Conclave.

Zaira renifla dédaigneusement.

— Non, c'est moi qui garantis notre sécurité au Conclave. Si vous croyez pouvoir compter sur lui, préparez-vous à être déçue.

Les avertissements de Zaira résonnaient encore en moi alors que nous attendions sur le sentier qui longeait le ruisseau au fond d'un étroit ravin. La brume envahissait la gorge, s'accrochait aux parois moussues et tourbillonnait paresseusement au-dessus du cours d'eau. Je scrutai le bout du chemin noyé dans le brouillard, là où les flancs rocheux du ravin se transformaient en immenses fantômes gris couronnés par les formes coniques et floues des sapins, guettant un signe de l'escorte que Kathe nous avait promise. En théorie, notre statut d'invitées au Conclave nous valait sauf-conduit, mais je ne voyais aucune raison de prendre des risques, surtout quand l'Empire tout entier comptait sur moi.

Des tours fortifiées se dressaient au-dessus de nous et surveillaient cette voie de passage ; des cercles d'Artifice gravés sur les parois du ravin pouvaient provoquer son effondrement sur une armée assez imprudente pour tenter d'envahir l'Empire Sérénissime par cette voie. Il n'était guère surprenant que le Kazerath ait choisi de ne pas positionner de troupes ici. À l'inverse, l'absence de garnison ennemie en faisait un bon endroit pour franchir la frontière et pénétrer au Vaskandar pour se rendre au Conclave. Même s'il n'existait pas vraiment de « bon endroit » pour entrer au Kazerath ; je ne retournais pas dans le domaine de Ruven d'un cœur léger et insouciant.

Marcello s'agita, la main posée sur la crosse de son pistolet. Il avait mobilisé un contingent de soldats pour assister à notre départ ; lui non plus ne voyait aucune raison de prendre des risques inutiles.

Nous n'avions parlé de rien d'autre que de la situation politique et militaire depuis que je lui avais demandé de ne pas m'attendre. L'espace qu'il avait laissé entre nous était assez large pour deux personnes. Il avait les yeux creusés, et je pouvais dire à la manière qu'il avait eue de tourner autour d'Istrella cette dernière semaine qu'il se reprochait encore de n'avoir pas su remarquer qu'elle était sous le contrôle de Ruven.

Et à présent, il n'avait plus personne à qui se confier. La culpabilité me serrait le cœur. Je lui devais de me montrer honnête, mais à y repenser, j'avais bien mal choisi mon moment.

Il accepta enfin de croiser mon regard. Ses yeux étaient emplis de douleur et d'inquiétude.

— Promettez-moi au moins de ne rien faire d'insensé, me dit-il d'une voix pressante.

— J'aime à croire que je n'ai pas pour habitude de faire des choses insensées. Je dirais plutôt que je prends des risques calculés. (Je parlai d'un ton léger, en essayant de créer un pont au-dessus du lac gelé qui nous séparait, à la croûte de glace dangereusement fragile.) Et puis je suis en d'excellentes mains.

Je lui montrai mes doigts, ornés du poids inhabituel de plusieurs nouvelles bagues que m'avait offertes Istrella.

Un pli soucieux se creusa entre ses sourcils.

— Oui, à ce sujet : savez-vous quelles sont leurs fonctions exactes ?

— Plus ou moins. (J'examinai les runes gravées sur les anneaux, en me repassant en mémoire leurs propriétés. Index de la main gauche, protection contre la magie ; majeur de la main droite, mettre hors d'état de nuire un adversaire sans le tuer ; annulaire de la main gauche, pour blesser ou tuer ; etc.) Istrella était si excitée que ses explications n'étaient pas très claires, mais je lui ai posé des questions sur tout ce que je n'arrivais pas à comprendre par moi-même. Chaque bague peut fonctionner une fois, et certaines doivent être lancées sur l'ennemi. Je me sens tout à fait dangereuse.

Il grimaça.

— Peut-être trop dangereuse. Elle n'a sans doute pas eu le temps de les tester convenablement.

— La vie continue donc d'être une aventure.

Zaira me donna un petit coup de coude.

— Le voilà qui arrive.

Effectivement, la silhouette floue d'un homme apparut dans la brume, qui s'avançait vers nous. Mais avant même de pouvoir le distinguer plus clairement, je le reconnus à la manière assurée qu'il avait de marcher au bord du précipice qui plongeait vers le torrent comme s'il était impossible qu'il y tombe.

Marcello se raidit.

— Il est venu seul ? Où est l'escorte promise ?

— C'est un Haut Ensorceleur, lui rappelai-je. Entre Zaira et lui, nous sommes plus dangereux qu'un millier de mousquetaires.

Il se tourna face à moi alors que Kathe se rapprochait, et les mots peinèrent à franchir ses lèvres.

— Amalia…

Par les Grâces. Quand il disait mon nom de cette façon, avec tant d'émotion retenue, toutes mes certitudes s'effondraient.

— Je sais, Marcello, dis-je doucement. Je sais.

Il déglutit péniblement.

— Tâchez de revenir en un seul morceau.

— Tout va bien se passer. (Je glissai la main dans ma poche pour en extraire le bouton, qui scintilla dans ma main.) Vous êtes là pour m'empêcher de commettre trop d'imprudences.

Il contempla le bouton un moment. Quand il releva la tête, il affichait un léger sourire, tendre et amusé, mais n'ajouta pas un mot.

Zaira donna une claque dans le dos de Marcello, brisant cet instant avec la brutalité d'une pierre jetée dans l'eau tranquille d'une mare.

— Je veillerai sur elle. Et nous ramènerons tout le monde à la maison : Terika, Namira et les autres. Vous avez juste à vous tenir prêt pour récupérer le paquet quand on vous sifflera, comme un bon garçon de courses que vous êtes.

Marcello sourit.

— Je crois que c'est le nom le plus aimable dont vous m'ayez jamais gratifié.

— N'en prenez pas trop l'habitude.

Kathe acheva de se matérialiser en sortant de la brume, et je pus enfin distinguer les plumes de sa cape et la pointe teintée de noir de ses cheveux. Il franchit les derniers mètres qui nous séparaient avec un grand sourire, les yeux pétillants.

— Quel plaisir de vous revoir toutes les deux !

Je le saluai d'une courte révérence, à laquelle il répondit avec emphase.

— Je suis honorée que vous ayez pris la peine de venir vous-même pour nous escorter, seigneur Kathe.

Pour vous, je ne pouvais pas faire moins, dame Amalia. Êtes-vous prêtes ?

Je suivis du regard le flot gargouillant du torrent, entre les parois à pic du ravin. Si mes yeux avaient pu percer toutes ces couches de gris, j'aurais vu la vieille forêt qui nous attendait de l'autre côté, aux sous-bois émaillés d'ombres et de plaques de neige.

Une fois cette frontière franchie, je me retrouverais dans le domaine de Ruven. Sa présence infuserait tout ce qui y vivait ; il serait les yeux du renard qui nous regarderait passer, la branche de l'arbre qui ploierait vers nous. La dernière fois que nous étions entrées au Vaskandar, nous avions bien failli ne jamais en ressortir vivantes, et nos ennemis ignoraient alors que nous allions venir. Mais cette fois, je portai en sus de bien lourds fardeaux : le décret du doge et du Conseil des Neuf qui m'attribuait le titre d'Envoyée de l'Empire Sérénissime, et la petite fiole de Fourbe noire dans son sac de velours.

Zaira capta mon regard.

— Nous pouvons le faire. Nous formons une bonne équipe, vous vous rappelez ?

Je hochai la tête, reconnaissante de son soutien.

— Comme à Ardence.

Zaira ricana.

— Espérons que ça se passera un peu mieux qu'à Ardence.

Elle me gratifia d'un petit coup de poing sur l'épaule, ce que j'interprétai comme un signe d'affection.

— Nous sommes prêtes, dis-je à Kathe.

Ensemble, nous nous enfonçâmes dans la brume.

Chapitre 30

— Nous devons prévoir le moment de notre arrivée avec soin, nous expliqua Kathe, en regardant par la fenêtre de la taverne vers les arbres embrumés de l'autre côté de la route, comme s'il était capable d'estimer l'heure du jour dans le gris uniforme du ciel.

Ce qui était peut-être bien le cas.

Nous nous étions arrêtés pour déjeuner dans une taverne isolée, au pied de la colline sur laquelle se dressait le château de Ruven. L'établissement s'était sans doute installé à cet endroit pour la clientèle des gardes et des domestiques du château. La tenancière, une femme d'une cinquantaine d'années aux traits sévères qui portait une cicatrice en forme de doigts en travers de la bouche, n'était guère bavarde. Elle servit Kathe avec une simplicité calme qui suggérait qu'elle avait connu bien pire. D'un bref signe de tête, elle avait enjoint au jeune garçon qui l'aidait à la taverne de quitter la salle dès que nous y étions entrés.

— Pourquoi ça ? demandai-je en tournant nerveusement une des bagues d'Istrella.

Index gauche, protection contre la magie.

— Pour des questions de préséance. Nous devons arriver au Conclave par ordre d'âge, du plus jeune au plus vieux. (Kathe afficha un sourire ironique.) Ruven se voit épargner l'indignité d'arriver le premier puisque c'est lui qui accueille le Conclave.

— Et quelle est votre place dans cet ordre ? m'enquis-je.

Ses yeux cerclés de jaune pétillèrent d'amusement.

— Cela fait longtemps que nous n'avons pas joué à un petit jeu. Pourquoi n'essaieriez-vous pas de deviner mon âge ?

J'oubliais : Kathe était un Haut Ensorceleur, et par conséquent plus ou moins immortel. Pour autant que je le sache, il pouvait avoir des centaines d'années.

J'examinai les traits de son visage. Aucun signe de l'âge ne marquait son front, et seules de petites rides lui plissaient le coin des yeux. D'éventuels cheveux blancs seraient difficiles à distinguer dans le blond pâle de sa chevelure, et de toute façon je doutais qu'il en ait. Sa peau n'offrait plus la douceur ronde d'une enfance qui s'attarde, mais ne présentait pas non plus l'usure de l'âge mûr. Si je devais estimer son âge d'après sa seule apparence physique, je lui aurais donné la vingtaine.

Mais la Dame des Aigles ne semblait pas tellement plus âgée, alors qu'elle était plus vieille que l'Empire. Le pouvoir de la vie elle-même qui animait les Hauts Ensorceleurs leur conférait une vitalité inépuisable et les maintenait éternellement dans la fleur de l'âge. Sans doute avaient-ils tous l'air d'avoir la vingtaine. Je devais donc à l'évidence me baser sur d'autres indices.

— Voyons… Vous êtes trop ambitieux pour faire partie des plus âgés, réfléchis-je. Vous vous seriez déjà fait votre place ou vous seriez mort en essayant, si vous aviez des siècles derrière vous.

Il rit.

— Est-ce là la réponse la plus précise que vous puissiez apporter ? Moi qui vous croyais femme d'esprit !

— Accordez-moi encore un moment.

Je le dévisageai avec concentration. Il était plus vieux que Marcello, à n'en point douter ; Kathe avait atteint un âge où il n'éprouvait plus le besoin de devoir prouver sa valeur aux autres. Était-il plus jeune que ma mère ? Par les Grâces, je l'espérais.

— Huit ans, dit Zaira en ricanant. Mais il est grand pour son âge.

— Ce n'est qu'à l'intérieur que je suis resté un enfant, rétorqua-t-il en lui souriant à son tour.

J'abattis ma main à plat sur la table.

— Quarante.

Kathe haussa les sourcils.

— Est-ce votre réponse définitive ?

S'il était âgé d'un siècle, je risquais sans doute de le vexer gravement. Et s'il n'avait que dix-neuf ans, ce serait encore pire. Je hochai pourtant la tête.

— Tout à fait.

— Bien estimé, me félicita-t-il en levant sa chope vers moi. En réalité, j'ai exactement trente-sept ans.

— Un vieillard, mais on dit que ce n'est pas si mal d'avoir un homme qui a de l'expérience, commenta Zaira en remuant les sourcils de manière suggestive.

Je lui donnai un petit coup de pied sous la table.

— Et à quel rang cela vous place-t-il parmi les Hauts Ensorceleurs ?

— Ruven est le plus récent, énonça Kathe. Puis il y a le Seigneur Peuplier d'Ordun. Un de vos parents, d'ailleurs : c'est le fils de la Dame des Aigles. Il s'est emparé du domaine du Seigneur Chêne en évinçant ses héritiers, après que ce dernier eut péri dans l'éruption du mont Enthalus, voici quelques années. Puis encore deux autres Hauts Ensorceleurs, et ensuite moi. Je règne sur Let depuis la mort de ma mère, il y a vingt ans.

Une pensée étrange me vint. J'hésitai à poser ma question, mais Kathe affichait un visage serein. Du bout du doigt, je traçai des arabesques sur la table, pour masquer mon embarras.

— Si elle était Haute Ensorceleuse, et par conséquent immortelle…

— Comment est-elle morte ? (La douleur lui plissa le coin des yeux, et son regard se durcit.) Malheureusement, il est des pouvoirs plus forts que la vie elle-même, et l'océan fait partie de ceux-là.

Je hoquetai.

— Elle s'est noyée ?

C'était une peur que tout Raverrain comprenait, l'horreur d'une fin dans les ténèbres étouffantes des profondeurs, sous la surface verte et lumineuse de la lagune.

Kathe baissa les yeux sur ses mains.

— Elle aimait explorer des lieux inconnus, un trait de caractère bien rare pour un Haut Ensorceleur. Et il est difficile d'imaginer qu'un navire soit un endroit dangereux, quand si peu de choses en ce monde sont capables de vous nuire. Quand son navire sombra en pleine mer durant une tempête, la vie qui palpitait en elle l'empêcha de mourir ; elle resta prisonnière des profondeurs, asphyxiée, pendant longtemps. Trop longtemps.

— Mais c'est épouvantable, murmurai-je, alors que l'horreur d'une pareille fin me submergeait comme une eau salée et glacée.

— Quand vous êtes si difficile à tuer, il n'existe pas de mort paisible, dit Kathe à mi-voix. Ma mère aurait pu rester en vie plus longtemps encore. Des semaines, voire des mois. Et peut-être même finir par s'échapper de l'épave de laquelle elle était prisonnière, et réussir à regagner la rive. Mais elle se refusa à épuiser les forces vives de son domaine pour prolonger sa propre existence, et elle renonça à vivre. (Il ouvrit la main et la leva avec une sorte de grâce lente et émerveillée.) À cet instant précis, toutes les graines de Let germèrent dans mon cœur. Toutes les petites créatures poilues dans leurs terriers, tous les oiseaux planant dans les courants aériens, tous les arbres avec leurs racines qui s'enfonçaient dans les entrailles de la terre et leurs chevelures de feuilles s'agitant dans le vent. Tous les enfants dans leur berceau, tous les chiens qui rêvaient, couchés devant la cheminée. Le domaine de Let tout entier était en moi et palpitait dans mes veines et dans mon sang. (Kathe ferma les yeux.) C'est une chose très étrange, de perdre tant et de gagner tant au même moment.

Sa voix était restée calme, alors que mon cœur se serrait à chaque battement.

— Je ne peux qu'à peine l'imaginer, dis-je d'une voix voilée.

Mais je pouvais au moins me dépeindre un Kathe de dix-sept ans, recroquevillé par la souffrance soudaine du double fardeau du poids d'une contrée entière dans son esprit et de l'horrible trépas de sa mère.

— Ce ne fut pas le meilleur jour de ma vie, admit Kathe, mais c'était il y a vingt ans. (Il regarda de nouveau par la fenêtre et se leva.) Il est temps d'y aller, je crois. Le Seigneur Peuplier vient d'arriver, et les autres ne tarderont plus.

Je me levai à mon tour, l'esprit encore chamboulé par l'histoire de Kathe, et j'abandonnai quelques pièces sur la table pour la tenancière. Kathe me regarda faire avec étonnement, comme si la notion même de paiement le surprenait, mais il se garda de tout commentaire. Je savais que le Vaskandar possédait sa propre monnaie, mais je subodorai que les Hauts Ensorceleurs n'avaient pas l'habitude de payer pour quoi que ce soit.

J'avançai sur la route en surveillant où je mettais les pieds pour contourner les flaques qui remplissaient les ornières profondes laissées par un convoi de chariots d'approvisionnement que nous avions vu passer un peu plus tôt, destiné à ravitailler l'armée stationnée à la frontière. Souhaitant faire bonne impression au Conclave, je portai des chausses et un manteau de meilleure qualité que mes habits de voyage ordinaires, et je devais donc éviter de tacher de boue mes bas à la blancheur immaculée.

Le lichen ressortait vivement sur les troncs noircis par l'humidité, et des traînes de mousse pendaient des branches où s'accrochait la brume. Des plaques de neige fondue s'attardaient dans les ombres et les creux du sol inégal de la forêt, ajoutant leur vapeur d'eau au brouillard ambiant qui donnait au paysage un aspect irréel. L'air était froid sur mon visage et mes mains. Je cherchai mes gants dans ma poche et touchai le disque réconfortant du bouton de Marcello.

— Je sais, murmurai-je. Moi non plus, je n'arrive pas à croire que je retourne là-bas.

Je ne distinguais pas le château et ses tourelles pointées vers le ciel telles des griffes noires, ni même la colline sur laquelle il était juché. Mais je savais que le carrefour avec la route qui y montait apparaîtrait bientôt. Nous ne devions être qu'à quelques lieues de l'endroit où Zaira avait laissé ses flammes destructrices ravager la forêt.

Zaira leva un regard déterminé vers le château invisible, comme si les cercles noirs de sa marque des mages avaient le pouvoir de percer ce brouillard.

— Terika, chuchota-t-elle. J'arrive.

Kathe avait chargé des porteurs de nous précéder au château avec nos bagages, et nous marchions donc sur la route en toute liberté. Un éclat d'impatience faisait luire ses yeux et une puissance semblait grandir en lui à chacun de ses pas, comme s'il abandonnait lentement le manteau qui atténuait habituellement la force réelle de sa présence, tel un oiseau perdant sa mue terne d'hiver pour révéler un plumage aux couleurs chatoyantes.

Il était difficile de ne pas se sentir toute petite à côté de lui.

Une pensée me vint soudain, et je me glissai à côté de Zaira.

— *Exsolvo*, murmurai-je.

— Ahhh.

Ses épaules se détendirent et elle redressa le dos ; l'étincelle dans ses yeux se fit plus vive.

— Pardon, lui chuchotai-je. J'aurais dû y penser dès que nous avons franchi la frontière.

— Un peu que vous auriez dû, dit-elle en étirant les bras au-dessus de sa tête. Mais mieux vaut maintenant que plus tard. Je n'ai pas envie de pénétrer dans ce repaire de serpents les mains ligotées.

— Vous savez, vous pouvez me le demander quand vous voulez, et pour n'importe quelle raison. Ou je peux aussi vous laisser libre tout le temps si vous le préférez. (J'hésitai un instant.) Même quand nous serons revenues dans l'Empire.

Zaira me glissa un regard surpris.

— Et que faites-vous de la loi ? Je croyais que vous étiez une bonne petite citoyenne qui préférait couler avec sa barque qui prend l'eau plutôt que de l'amarrer à un ponton interdit ?

— La loi m'autorise à vous libérer quand nous estimons que la situation peut être dangereuse. (Je pris une grande inspiration.) Et je dirais que d'après nos dernières expériences, la situation est *toujours* dangereuse. Ne partagez-vous pas cet avis ?

Zaira plissa les yeux.

— Ça doit être pas mal, quand même, de pouvoir se permettre de décider du sens de la loi parce qu'on est de la haute. Pourquoi aujourd'hui ?

— Que voulez-vous dire ?

— Pourquoi me dire ça aujourd'hui et pas, disons, deux mois plus tôt.

Je baissai honteusement la tête.

— J'aurais dû. Mais je n'avais pas encore réfléchi à cette... euh, interprétation particulière de la loi. Et je n'avais pas non plus compris que vous préfériez avoir accès à votre pouvoir même si vous n'aviez aucune raison de mettre le feu à quelque chose.

— Hmm. (Zaira plia les doigts.) Je suppose qu'il y avait aussi ce petit détail, que nous nous trouvions à ce moment-là dans une ville où résidaient des milliers de gens innocents et inflammables.

— Certes.

Elle me tapota le flanc de son doigt osseux.

— Mais vous êtes une idiote et une trouillarde à vouloir respecter aveuglément la loi. Vous n'avez pas à obéir à des lois si elles sont stupides.

— Techniquement, si, objectai-je.

Zaira s'esclaffa.

— Vous croyez vraiment que votre chère maman obéit tout le temps à la moindre loi ?

— Eh bien, elle siège au Conseil des Neuf, et peut donc autoriser… (Je laissai ma phrase en suspens, en repensant à plusieurs choses qu'elle ne pouvait pas autoriser sans le consentement du Conseil des Neuf, ce que j'étais pourtant certaine qu'elle faisait de manière régulière.) Non, vous avez raison.

Zaira ouvrit les bras d'un geste éloquent.

— La loi ressemble à un corset. Lacez-le trop serré et votre silhouette sera parfaite, mais vous ne pourrez plus respirer.

Je n'étais pas certaine d'adhérer à cette analogie, mais je me doutais qu'une discussion avec Zaira sur le respect des lois ne mènerait nulle part et je répondis d'un petit bruit qui n'engageait à rien.

Kathe s'arrêta, inclina la tête en tendant l'oreille, puis se tourna vers moi.

— Je devrais vous prévenir.

Voilà qui n'augurait rien de bon.

— Oui ?

— Il est de tradition de faire une entrée spectaculaire. J'ai été trop occupé pour préparer quelque chose de marquant, aussi vais-je devoir improviser.

Je déglutis nerveusement.

— Très bien.

— Je peux vous aider pour ce qui est du spectaculaire, proposa Zaira.

Un large sourire éclaira le visage de Kathe, puis une pensée sembla le frapper et son visage redevint sérieux.

— Hum. J'hésite. Il est assez grossier d'endommager la demeure de son hôte.

— Oh. (Zaira soupira.) Tant pis, alors.

Que les Grâces viennent à mon secours. À force de fréquenter des mages, j'allais finir par me faire tuer un jour ou l'autre.

— Y aurait-il d'autres traditions dont nous devrions être informées ? demandai-je.

Kathe s'était remis en marche et avançait d'un pas rapide ; Zaira et moi dûmes allonger la foulée pour rester à sa hauteur.

— Voyons… Le Conclave se déroule en trois étapes. Il y a d'abord la cérémonie de l'Arrivée.

— J'imagine que c'est ce que nous sommes sur le point de faire, dit Zaira alors que nous parvenions à la bifurcation qui grimpait jusqu'au château.

— Oui, mais cela inclut également ce que vous autres Raverraines qualifieriez, je pense, de réception. (Il fronça les sourcils avec l'air de douter d'avoir trouvé le mot juste.) Tout le monde y assiste et les conversations s'y déroulent librement. On ne s'y occupe d'aucune affaire officielle, donc tout le monde utilise ce moment pour sonder les possibilités de telle ou telle stratégie, ou de telle ou telle alliance. C'est la partie la moins formelle du Conclave.

L'idée que la réception soit la partie la moins formelle me parut étrange, alors que j'étais habituée à ce que les réceptions soient des événements de cour, avec un grand bal et un certain décorum, mais j'acquiesçai néanmoins.

— Diriez-vous alors que je devrais porter une simple tenue de soirée, plutôt qu'une robe de cour ?

Kathe cligna des yeux, l'air interdit.

— Eh bien… je dirais que vous devriez porter une tenue chaude, parce que les châteaux ont tendance à héberger les courants d'air.

Zaira afficha une moue moqueuse et articula silencieusement : *« Le sang de vos ennemis. »*

— Enfin, bref, poursuivit Kathe, qui n'avait apparemment pas remarqué que je rougissais, la deuxième étape est celle du Décompte, où nous avons l'occasion de résoudre nos griefs et d'échanger des faveurs. Il s'agit sans doute de l'étape la plus cruciale. Les griefs et les faveurs représentent une forme de numéraire chez les Hauts Ensorceleurs.

— Vraiment ? À Raverra, nous échangeons tout le temps des faveurs, mais nos griefs se règlent généralement de manière plus… euh, unilatérale.

— Si quelqu'un nourrit un grief contre vous, vous vous trouvez en dette envers lui. (Il désigna le collier de griffes à mon cou.) Par exemple, la Dame des Ronces vous a attaquée avec ses limiers des ronces alors que vous portiez mon sauf-conduit et que vous voyagiez sur la route. Cela me donne un grief contre elle. Un grief mineur, puisque vous n'avez pas été gravement blessée, mais un grief tout de même.

— Un grief mineur ? protestai-je. Douze braves soldats sont morts !

— Mais ils ne portaient pas mon sauf-conduit, et ce n'était pas mes soldats. Je ne peux arguer d'aucun grief pour eux. (Il fronça les sourcils.) Et ce n'était pas des mages. C'est absurde bien sûr, mais il m'a été clairement signifié que la vie des non-mages ne comptait guère.

D'après le ton de sa voix, il pensait sans nul doute à son ami Jathan.

— Vous pouvez donc solliciter une faveur en réparation de ce grief ? demandai-je. C'est ainsi que cela fonctionne ?

Il hocha la tête.

— C'est ça. Sinon, je peux décider de me déclarer insatisfait. Une accumulation suffisante de griefs peut provoquer une guerre. Et celui ou celle qui voit les griefs insatisfaits s'accumuler contre lui peinera à conserver ses alliés, ou à en gagner de nouveaux. En général, les faveurs d'un autre Haut Ensorceleur sont suffisamment précieuses pour vous faire oublier les offenses de peu d'importance.

J'étais persuadé que Kathe s'était estimé insatisfait dans l'affaire, qui n'avait rien de mineure pour lui, de la mort de Jathan, mais je me gardai d'évoquer ce sujet.

— Je comprends en quoi les résultats de l'étape du Décompte peuvent affecter les alliances ultérieures.

— Oh oui, c'est un moment fondamental. Certains Hauts Ensorceleurs aiment accumuler les faveurs et les revendiquer au moment du Conclave afin d'orienter ses décisions. Prenez garde à la Dame des Araignées ou au Seigneur Élan ; tous deux sont très influents par ce biais. Si vous pouvez gagner l'un d'eux à votre cause, d'autres les suivront.

Je me remémorai les cartes de mes livres.

— Leurs domaines sont vastes, n'est-ce pas ?

— Oui, et ils sont tous deux anciens, spécialement le Seigneur Élan. Beaucoup se rangent à ses avis. (Kathe leva son index.) N'espérez pas que je vous sois d'un grand secours durant le Conclave. J'ai moi-même de nombreuses affaires à régler, et je ne dépenserai pas de faveurs à votre profit. Mais je ne vois en revanche aucune raison de ne pas vous armer de suffisamment d'informations pour vous permettre de mener vos propres batailles.

— J'y suis habituée.

C'était presque mot pour mot ce que m'avait déclaré ma mère quand j'avais commencé mes efforts pour promouvoir ma loi de réforme des Faucons.

— J'imagine, oui. (Kathe tourna la tête vers les arbres ; quelque chose voletait dans les branches.) Après le Décompte vient le moment de l'Illumination, où sont discutées les questions d'importance à l'origine de la convocation du Conclave. La seule affaire qui nous occupera cette fois, sera de décider si nous partons en guerre contre l'Empire Sérénissime ou pas. Quand les chandelles des participants auront été comptées, le Conclave prendra fin.

Je m'apprêtai à lui demander ce qu'il voulait dire par « compter les chandelles », mais Kathe hocha la tête d'un geste sec, comme s'il répondait à une question.

— Il est temps de les réunir, je pense, marmonna-t-il en levant une main.

Une corneille s'envola d'un arbre et vint se percher sur son poignet en gardant ses ailes légèrement déployées pour se maintenir en équilibre. Une autre arriva à son tour et se posa sur son épaule.

— Pour votre entrée, vous pouvez choisir de marcher à côté de moi ou d'arriver après moi, selon votre préférence, dit Kathe. Je peux leur demander de ne pas se poser sur vous, si vous le souhaitez.

Le temps qu'il termine sa phrase, une nouvelle corneille avait atterri sur son autre épaule, et d'autres s'agitèrent dans les arbres avec de grands battements de leurs ailes noires. Un vol de corneilles nous précéda sur la route ; les oiseaux glissaient d'un arbre à l'autre en se suivant et traçaient de longues traînées noires dans le ciel.

— Je ne suis pas certaine qu'elles aillent bien avec ma tenue, ironisai-je en montrant mon manteau de brocart couleur bronze et chocolat, aux manches richement brodées.

— Comme il vous plaira. Et vous, dame Zaira ?

Zaira observa les corneilles avec méfiance.

— J'aime autant éviter leurs pattes froides et griffues, merci beaucoup.

Kathe sourit.

— Ah, maintenant, je connais un moyen parfait de vous contrarier, si jamais il me prenait l'envie de découvrir quel goût a le malefeu.

— Je ne vous le recommande pas. Personne n'a jamais demandé de rab.

Kathe éclata de rire. Les corneilles continuaient à se rassembler en nombre toujours plus important. Les arbres bruissaient et frémissaient sous le poids des centaines de volatiles qui nous observaient de leurs yeux noirs et luisants. Elles passaient constamment au-dessus de nous, en file indienne, et volaient parfois si bas que le souffle de leurs ailes agitait mes cheveux.

Il aurait été plus simple de ralentir le pas pour marcher derrière Kathe et le laisser entrer en premier dans l'antre de mon ennemi, mais cela aurait suggéré que je lui accordais la préséance. Aussi rassemblai-je mon courage et restai-je à son côté, allant même jusqu'à lui offrir mon bras.

La corneille sur son épaule me regarda en inclinant la tête et ouvrit son bec sur un rire silencieux.

Lorsque nous émergeâmes de la forêt au sommet de la colline, en avançant tous les trois de front, la brume s'était suffisamment dissipée pour révéler les tours noires et menaçantes du château. Les feuilles mauves du grand arbre scintillaient de givre, et toutes les plantes grimpantes sur les murs du château arboraient des fleurs violettes qui contrastaient de manière peu naturelle avec le blanc immaculé de la mince couche de neige recouvrant la pelouse. Les loups qui gardaient la porte avaient disparu, remplacés par des mousquetaires en pourpoint noir au galon violet.

J'eus à peine le temps d'embrasser la scène du regard que les corneilles surgirent des bois autour de nous.

Leurs ailes provoquèrent un vacarme assourdissant en créant un vent qui agita mes cheveux en tous sens. Elles s'élevèrent autour de nous en une véritable nuée, un nuage dense de corps fuselés et luisants revendiquant le ciel pour leur seigneur. Elles étaient plusieurs centaines, et leur ombre nous recouvrit, masquant le soleil. Les gardes se recroquevillèrent en levant les bras pour se protéger le visage.

Je m'appliquai à marcher au côté de Kathe, mon bras sous le sien, avec un air de grandeur assurée. Zaira marmonna un juron, mais afficha un sourire carnassier.

Kathe passa entre les gardes avec un aimable signe de tête à chacun d'eux.

— Bonjour, les salua-t-il joyeusement.

Puis nous laissâmes derrière nous le nuage noir des corneilles et pénétrâmes dans la pénombre grandiose du château de Ruven.

Chapitre 31

Les corneilles ne nous suivirent pas à l'intérieur, ce qui aurait sans doute été malvenu. À l'arrivée devant les portes, elles se divisèrent en deux nuées qui remontèrent dans le ciel telle une paire d'immenses ailes noires se déployant.

Le château nous absorba dans son silence oppressant. L'air y semblait lourd et mort, comme dans un tombeau. La moindre fibre de mon corps me criait qu'il s'agissait d'un piège et que je devais fuir avant que les portes se referment encore une fois derrière moi.

En même temps, mon pouls s'accéléra sous le coup de l'excitation. *Le Conclave.* Aucun Raverrain n'y avait jamais assisté, et voici que nous étions sur le point de découvrir les plus secrets rouages du pouvoir au Vaskandar. La réunion des dix-sept Hauts Ensorceleurs restait certes un événement effrayant, mais qui offrait aussi l'attrait d'un mystère profond et intrigant. De retour à Raverra, il faudrait que j'en écrive le récit pour les archives de la Bibliothèque impériale.

Si je retournais un jour à Raverra. Si je n'échouais pas dans ma mission, et que je ne condamnais pas l'Empire à des dévastations si monstrueuses que personne ne se soucierait plus de rédiger des rapports pour la Bibliothèque impériale.

Des gardes s'alignaient dans le vestibule. Les soldats humains de Ruven avaient pris la place des loups de son père ; curieusement, ce spectacle qui aurait dû me rassurer par sa normalité ne fit qu'accroître en moi le sentiment de malaise et de danger. Ils se tenaient au garde-à-vous de part et d'autre des portes, dessinant une allée qui nous invitait à nous rendre directement dans le grand hall. Les voussures noires de la salle du trône s'élevaient loin au-dessus de nos têtes et la lumière filtrait par ses hautes fenêtres treillissées de lianes. Le trône était vide. Les peaux de loup en avaient été ôtées, remplacées par des coussins de velours violet qui adoucissaient ses lignes agressives.

Plusieurs personnes nous attendaient, plus ou moins regroupées autour d'une vasque de pierre posée sur un piédestal. Elles restaient à une certaine distance les unes des autres, et il émanait de chacune une puissance oppressante. Il y avait là un homme au front ceint d'une couronne de feuilles dorées et vêtu d'un long manteau blanc et argenté à haut col ; il devait s'agir du Seigneur Peuplier, mon grand-oncle. Un autre arborait une longue chevelure rouge orangé coiffée en queue-de-cheval et portait une tenue de cuir ajustée qui se composait d'un habile patchwork de différentes teintes de marron et de brun-roux.

Mais ce fut Ruven qui attira le plus mon attention. Il avait changé.

Ce n'était pas son manteau noir qui retombait jusqu'au sol, avec ses broderies violettes anguleuses et asymétriques, ni ses fins cheveux blonds, ni le sourire d'amusement mauvais qui ourlait ses lèvres, ni l'arrogance de son maintien. En tout cela, il restait semblable à lui-même.

Mais c'était sa présence. La suzeraineté absolue qu'il exerçait sur ce lieu l'enveloppait d'une aura de puissance. Quand il croisa mon regard, les cercles violets dans ses yeux brillèrent avec l'éclat aveuglant d'un éclair. Son pouvoir emplissait la salle tout entière, et flottait dans l'air tel un miasme malsain.

Que les Grâces nous protègent. En tuant son père, nous avions libéré le pire démon des Neuf Enfers.

Ruven ouvrit les bras pour nous accueillir.

— Seigneur Freux de Let. Bienvenue en ma demeure. Et quelles fascinantes invitées vous nous amenez !

Kathe lui adressa un signe de la tête si court et si raide qu'il méritait à peine d'être qualifié de salut.

— Je suis ravi de rencontrer le nouveau seigneur du Kazerath. Je crois savoir que vous connaissez déjà dame Amalia Cornaro et dame Zaira ?

— Oui, bien sûr. (Ruven tourna les yeux vers Zaira, et l'air s'alourdit.) Je dois admettre que vous ne manquez pas d'aplomb, Seigneur Freux, d'avoir invité la meurtrière de mon père dans ce château qui était sa demeure.

Les autres Hauts Ensorceleurs échangèrent des regards. Celui aux cheveux roux dévisagea Kathe avec surprise, et une femme leva une main devant sa bouche pour chuchoter quelque chose à son compagnon.

— Je vous remercie, dit Kathe. Je m'efforce de faire scandale aussi souvent que je le peux.

— Il se trouve que j'avais hâte d'exprimer ma reconnaissance à cette dame. (Ruven adressa un sourire venimeux à Zaira.) Je vous dois mon accession au trône du domaine de mon père. Vous m'avez offert le don précieux de l'immortalité. Je vais devoir réfléchir à la meilleure manière de vous manifester ma gratitude.

Avant de rencontrer Zaira, je n'aurais jamais cru qu'une révérence puisse s'apparenter à une menace de mort.

— Si vous avez besoin de suggestions, dit-elle mielleusement, j'ai plusieurs idées en tête.

Ruven se tourna vers moi.

— Et dame Amalia. (Il posa une main sur sa poitrine.) Je suis profondément meurtri d'apprendre que vous avez accepté la cour d'un autre ensorceleur que moi. Hélas ! Je crains d'avoir trop tergiversé.

— Hélas, comme vous dites, seigneur Ruven. C'est que les préparatifs de guerre et les rendez-vous galants ne font pas vraiment bon ménage.

— Dans ce cas, il est heureux que mes préparatifs touchent bientôt à leur fin, répondit Ruven en plissant les yeux avec la mine d'un chat repu.

La peur me noua les entrailles et je priai silencieusement pour que Roland et Marcello se hâtent dans leur mission de sabotage des cercles d'Artifice autour du volcan.

Kathe se racla la gorge.

— Mais j'en oublie les bonnes manières. La tradition d'abord. Les Pierres de Trêve.

Il s'avança jusqu'à la vasque sur sa colonne de pierre. Elle me rappela la pierre du sang de la Dame des Aigles ; elle semblait tout aussi ancienne et je constatai qu'effectivement, une petite flaque de liquide sombre en occupait le fond. Des siècles d'usage avaient rendu la pierre lisse sur le bord, qui était gravé de symboles ressemblant indubitablement à des runes. Elles étaient un peu effacées par l'âge et d'un style que je ne parvins pas à identifier, mais il s'agissait sans le moindre doute d'un cercle d'Artifice. Des lignes gravées dans la pierre descendaient dans la vasque depuis les runes du rebord pour dessiner un diagramme en son centre.

Intriguée, je m'approchai avec Kathe pour l'examiner de plus près.

— Il s'agit d'un enchantement d'engagement contraignant, n'est-ce pas ?

Le Seigneur Peuplier acquiesça et une lueur d'intérêt brilla dans ses yeux, qui étaient dorés comme ceux de sa mère, dans son visage aux traits anguleux. Il était petit pour un homme qui avait pour titre le nom d'un arbre altier, mais il émanait de lui une impression de force tranquille.

— J'ai entendu dire que vous étiez une érudite, dame Amalia. Les Pierres de Trêve sont un très ancien artefact du Vaskandar, créé par les premiers Hauts Ensorceleurs, avec l'aide d'un célèbre façonnier d'Osta. Celle-ci est la pierre centrale, et les autres ont été disposées en cercle autour du château.

J'examinai le bassin et suivis des yeux les lignes en essayant de comprendre la signification des runes.

— Je vois des motifs en miroir. S'agit-il d'un sceau de protection ?

— Exactement. Il a pour fonction de nous obliger à nous conduire pacifiquement les uns envers les autres, expliqua Kathe en dégainant une dague en os. (Il s'entailla le dos de l'avant-bras et laissa les gouttes de sang s'écouler dans la vasque pour se joindre au sang de ses pairs.) Nous versons notre sang sur les pierres chaque jour, en commençant par la pierre centrale. Ainsi, si nous nous attaquons à quelqu'un dont le sang est mêlé au nôtre alors que nous nous trouvons au sein du cercle que dessinent les Pierres de Trêve, le mal reviendra sur nous. Enfin, c'est du moins ce que l'on raconte.

Je tendis la main vers les runes, mais arrêtai mon geste à mi-chemin ; ils n'apprécieraient sans doute pas que je touche à leur précieuse relique.

— Oui, cela semble cohérent. Je pense que votre propre sang se retournerait contre vous, d'une manière ou d'une autre.

— Vraiment ? s'étonna Kathe, l'air particulièrement intéressé. Voilà qui paraît redoutable.

— Si fait, confirma le Seigneur Peuplier d'une voix grave et sonore. Ma mère a déjà été témoin de ses effets, et elle m'a averti que ce serait pure folie que de briser la Trêve. Même si le châtiment n'est pas de nature à entraîner la mort d'un Haut Ensorceleur, il le laisserait des plus vulnérables à une riposte puisqu'il ne serait plus dès lors protégé par la Trêve.

— Et que se passe-t-il si vous marchez accidentellement sur le pied d'un autre ? demanda Zaira en coulant un regard vers Ruven.

Je pouvais presque voir les plans pour faire tomber Ruven sur un autre Haut Ensorceleur s'échafauder dans sa tête.

— Le préjudice doit être intentionnel et sérieux pour déclencher le châtiment des Pierres de Trêve. Une simple bousculade ou une gifle ne provoquera rien. (Le Seigneur Peuplier leva la tête.) Quelqu'un d'autre arrive.

Un grondement étrange me parvint aux oreilles, puis les portes du château – qui étaient restées grandes ouvertes – encadrèrent une vision extraordinaire : un carrosse vivant, recouvert de vrilles et de fleurs qui ne cessaient de s'entortiller pour former de nouvelles formes magnifiques, s'avança, sans attelage pour le tirer. Une traîne de roses et de lierre interminable s'étendait derrière lui et une nuée de papillons l'entouraient, plus brillants et colorés que des joyaux. Quand le carrosse s'immobilisa, la femme qui en descendit portait une robe de fleurs et de feuilles dont les couleurs ressortaient vivement sur la peau basanée de ses bras nus, et une couronne de laurier et de libellules vivantes ceignait ses longs cheveux noirs tressés.

Zaira émit un petit sifflement appréciateur. La dame était d'une beauté indéniable, mais un frisson glacé me saisit l'échine ; elle marchait avec la grâce prédatrice d'une mante religieuse, et je ne doutais pas qu'elle soit plus dangereuse encore.

— La Dame des Lauriers, murmura Kathe. Mieux vaut nous écarter un peu pour lui faire place.

Nous reculâmes tous les trois de quelques pas et j'observai avec ébahissement l'arrivée des Hauts Ensorceleurs qui se présentèrent aux portes l'un après l'autre, nimbés d'une aura de puissance et de majesté, accompagnés par la nature elle-même ainsi qu'on le voyait des Grâces dans les peintures romantiques. La sensation de pouvoir dans la salle devint oppressante au point que je crus défaillir sous la pression accumulée dans ce lieu clos. Zaira de son côté avait l'air à son aise et pas le moins du monde affectée. Mais après tout, elle était des leurs, et portait en elle le même genre de puissance.

Moi, une simple mortelle, je frayais avec des êtres qui me dépassaient. Et les plus anciens d'entre eux n'étaient pas encore arrivés.

Nous n'étions pas les seules invitées à accompagner les Hauts Ensorceleurs. La Dame des Ours arriva devant les portes vêtue d'une armure de cuir et de fourrure, chevauchant un grizzly noir de la taille d'un bœuf. Ses trois fils la suivaient, montés eux aussi sur des ours. Un grondement sourd à la limite de l'audible, semblable au roulement du tonnerre lointain, les accompagnait. Je me reculai pour m'éloigner d'eux, jusqu'à ce que mon dos sente les pierres froides du mur. Les trois fils descendirent de leurs montures et suivirent leur mère à l'intérieur en se bousculant comme des gamins turbulents malgré le gris qui parsemait les cheveux de l'aîné et striait discrètement la barbe de son cadet.

J'avais entendu parler de la Dame des Ours ; elle faisait partie des Hauts Ensorceleurs qui avaient envahi l'Empire Sérénissime lors de la guerre de Trois Ans, en quête de domaines pour ses fils. Ma génération avait grandi avec les histoires épouvantables des carnages perpétrés au cours de cette guerre : des villages entiers avaient vu leurs habitants décimés par les morsures venimeuses de serpents, ou étouffés et enterrés vivants sous une avalanche végétale, des soldats démembrés et dévorés par des meutes d'animaux sauvages, ou transpercés par les branches des arbres et piqués à mort par des essaims gigantesques de frelons. Avec horreur, je pris conscience que la femme que je regardais s'avancer portait sans doute la responsabilité de bon nombre de ces atrocités.

La Dame des Ours salua Ruven avec un chaleureux enthousiasme.

— Cette guerre ne s'en portera que mieux avec vous à nos côtés. Votre père, on ne savait jamais s'il n'allait pas y réfléchir à deux fois. À moins bien sûr que vous ne vouliez plus vous impliquer, à présent que vous détenez votre propre domaine ?

— Ne vous inquiétez pas, lui répondit Ruven avec un petit sourire. Je reste pleinement dévoué aux efforts de guerre. Je suis tout à fait impatient d'agrandir mes frontières, et tout à fait prêt à passer à l'action.

La manière dont il prononça ces mots fit naître en moi un sentiment glacial d'appréhension.

Peu après l'arrivée de la Dame des Ours, deux femmes se présentèrent aux portes du château, dont l'une ne m'était que trop familière. La Dame des Ronces s'avança dans sa robe verte chatoyante à longue traîne, ses trois tresses pâles et brillantes oscillant dans son dos. J'inspirai doucement et profondément pour me forcer à desserrer les mâchoires ; cette femme avait beau être un monstre qui avait attaqué ma famille et peut-être assassiné mon père, j'étais ici en tant que diplomate. La charge d'Envoyée de l'Empire Sérénissime exigeait de moi que je laisse de côté mon animosité personnelle.

Sa compagne était aussi âgée et voûtée que la Dame des Ronces était jeune et élancée. Elle s'appuyait sur le bras de cette dernière, et marchait avec la prudence fragile du grand âge. Quelques mèches de fins cheveux blancs s'accrochaient à son crâne tavelé et la peau pendait sur son visage émacié, mais ses yeux gris demeuraient clairs et perçants au fond de leurs orbites, et le cercle rouge sang qui entourait ses pupilles proclamait son pouvoir.

— La Dame des Ronces et sa fille, me murmura Kathe d'une voix tendue.

Je crus un instant qu'il s'était trompé, avant de comprendre. Il était difficile d'accepter que la Dame des Ronces, à l'apparence si jeune, soit en réalité plus âgée que la vieille femme qu'elle soutenait et qui était certainement centenaire. Mais en voyant le soin tendre avec lequel la Haute Ensorceleuse escortait la vieillarde, je compris d'où venait son ambition insatiable de conquérir de nouvelles terres. Quels que soient par ailleurs ses méfaits, son amour pour sa fille se percevait clairement dans son attitude.

Une pointe de pitié vint se mêler inconfortablement à ma colère. La Dame des Ronces salua Ruven puis installa sa fille sur une chaise contre un mur de la salle afin qu'elle se repose. Ce ne fut qu'après avoir versé son sang dans la vasque qu'elle se tourna pour saluer ses pairs et que ses yeux tombèrent sur moi.

Aussitôt, la haine déforma ses traits.

— Vous, siffla-t-elle en avançant vers moi. Vermine de Lochaver !

Il était difficile de ne pas reculer devant la force brute de son courroux, mais je me forçai au contraire à la toiser.

— Est-ce là ce qui passe pour de bonnes manières au Sevaeth ?

— Je ne dois aucun respect à un vulgaire insecte sans magie tel que vous.

Elle jeta à Kathe un regard acide, et il lui sourit d'un air innocent.

— Dame Amalia est mon invitée, lui rappela-t-il. Elle est donc protégée par les règles du Conclave. Je vous exhorte vivement à ne pas aller trop vite en besogne.

Le choix des mots de Kathe éveilla mon attention, et je lui jetai un regard incisif.

— Alors je n'ai pas d'autre choix que de vous laisser vivre pour le moment, cracha la Dame des Ronces avec dégoût, même si vous profanez ce lieu par votre présence.

Je fis appel à toute ma politesse froide, apprise au fil des ans en regardant ma mère briser ses ennemis à la cour.

— Ma dame, j'ignore d'où vous vient cette haine de ma famille, mais elle vous déshonore.

— Elle me déshonore ? (La Dame des Ronces sembla enfler, et l'aura de son pouvoir me recouvrit comme l'ombre d'un arbre immense ; la salle me parut soudain plongée dans une pénombre glacée.) Pauvre vermisseau, c'est votre grand-père qui s'est déshonoré. Lui et moi, nous étions alliés. Nous avions prévu de nous emparer ensemble du Callamorne, et de diviser le nouveau domaine entre Vandrin et ma fille. Mais il m'a trahie quand il a vu l'occasion de s'arroger le royaume entier. (Ses lèvres se retroussèrent sur ses dents en un rictus menaçant.) Sans sa trahison, ma fille serait à jamais libérée des griffes de la mort. Et vous, créature vile et banale, êtes le fruit de sa félonie.

La surprise et le choc de ses révélations manquèrent de me faire reculer, mais je me repris juste à temps.

— Vous croyez que mon grand-père a fait du Callamorne son domaine ?

— Évidemment ! Vous n'imaginez quand même pas qu'il s'est marié par amour, si ? (La colère qui déformait son visage se teinta d'un amusement méchant.) Que le fils de la Dame des Aigles aurait épousé par amour une fille banale et sans pouvoir ?

Son rire résonna sous le haut plafond.

— Vous pourriez être surprise, intervint Kathe d'une voix trompeusement légère, de découvrir à quel point certains mages marqués se soucient de ceux qui sont dénués de pouvoir magique.

La Dame des Ronces ne sembla pas relever son allusion au meurtre de Jathan. Peut-être même l'avait-elle totalement oublié. *Si tout cela était vraiment arrivé*, entendis-je dire dans ma tête la voix suspicieuse de Zaira.

— Ma grand-mère règne légitimement sur le Callamorne, répliquai-je froidement. Je n'ai jamais connu mon grand-père, mais de ce que j'ai entendu dire de lui, je crois qu'il n'aurait jamais usurpé la souveraineté de son épouse.

— Alors vous êtes stupide. Bien sûr qu'il a fait du Callamorne son domaine. Qui renoncerait à une chance de s'assurer l'immortalité ? (La Dame des Ronces secoua la tête.) J'ai dû le tuer pour annihiler sa revendication de la terre dont ma fille a besoin pour vivre. Et je dois de même éliminer ses rejetons jusqu'au dernier, car elle est trop fragile pour affronter une concurrence, même passive. (Ses lèvres s'ourlèrent en un sourire cruel, et ses yeux aux cercles verts malsains transpercèrent les miens.) C'est pour cela que j'ai envoyé un serpent effrayer le cheval de votre père sur un sentier de montagne, afin qu'il tombe et se brise la nuque.

J'eus l'impression d'être frappée par une vague brûlante. Je n'avais jamais ressenti de ma vie une telle envie impérieuse, physique, de violence. Les mots avaient toujours représenté mes armes favorites, mais en cet instant, mes deux pouces me parurent amplement suffisants, si seulement j'avais pu les enfoncer dans les yeux haineux de la Dame des Ronces.

Une main me saisit le bras pour m'arrêter avant même que je fasse un geste. Il ne s'agissait pas de Kathe, mais de Zaira. Je tentai de me dégager le bras, mais elle me tenait d'une poigne d'acier.

Je me tournai vers elle, prête à la repousser, mais son regard me figea : il était grave et sombre, et j'y lus bien trop de compréhension.

« Revincio », articula-t-elle silencieusement, avec un petit sourire en coin.

Le mot me frappa avec la violence d'un seau d'eau glacée. Je pris une grande inspiration frissonnante, et remerciai Zaira d'un signe de tête.

Puis je me tournai de nouveau face à la Dame des Ronces.

— Je saurai m'en souvenir, déclarai-je d'une voix glaciale.

C'était ce que ma mère avait coutume de dire à ses adversaires quand elle décidait que le temps de la diplomatie était terminé et qu'elle passait à l'étape suivante, qui consistait en leur destruction complète et définitive.

Mais bien sûr, la Dame des Ronces ignorait cela, et elle se tourna vers Kathe sans plus me prêter attention.

— Quant à vous, Seigneur Freux, je suis déçue. Accorder votre considération à cette gueuse sans pouvoir dont l'existence même souille une lignée vénérable, voilà qui est indigne de vous.

— Vous devez apprendre à penser au-delà de l'impulsion du moment. J'ai mes raisons, ainsi que vous le savez.

Il lui adressa un clin d'œil, comme s'ils partageaient une plaisanterie secrète et qu'il ne la haïssait pas autant qu'il le prétendait.

La Dame des Ronces hocha lentement la tête.

— Faites à votre idée, Freux. Je ne violerai pas les règles du Conclave. Mais si vous continuez à la protéger à son issue, ce sera à vos risques et périls.

Kathe haussa les épaules.

— Dame Amalia n'a pas besoin de ma protection.

Avec le sang qui bouillait toujours en moi, il me fut plus aisé de donner le change en ayant l'air stoïque et pleine d'assurance. La Dame des Ronces émit un petit bruit de gorge méprisant, se détourna de nous sans ajouter un mot, et traversa la salle pour rejoindre sa fille.

— Vous vous en êtes très bien sortie, me complimenta Kathe.

Je n'osai parler tant je bouillonnais de rage. Je soupçonnais depuis notre première rencontre que la Dame des Ronces était responsable de la mort de mon père, et je savais qu'elle m'avait jeté cette vérité au visage dans le but de me provoquer à l'attaquer la première afin qu'elle puisse me tuer de bon droit. Mais savoir qu'elle désirait que je ressente une telle colère n'empêchait pas pour autant la fureur de faire trembler mon corps.

Zaira se campa face à Kathe, les poings sur les hanches.

— Que signifiait ce clin d'œil ? À quel jeu jouez-vous donc ?

— Je m'efforce simplement de la garder dans l'expectative, répondit Kathe d'un ton dégagé. Je me suis forgé la réputation d'être rusé et imprévisible, donc quand je dis des phrases vagues et mystérieuses, les gens supposent aussitôt que j'ai un plan derrière la tête. La Dame des Ronces est le genre de personne à faire semblant de comprendre les choses de peur de passer pour une imbécile.

— Eh bien, moi je me moque de passer pour une imbécile, et je pense que vous avez bien un plan derrière la tête.

— Évidemment que je manigance quelque chose, se récria Kathe d'un air faussement vexé. Je me décevrais moi-même affreusement si tel n'était pas le cas. Quoi qu'il en soit, cela a réussi à la faire partir, non ?

Zaira le dévisagea en plissant les yeux.

— Je ne vous fais pas confiance.

— Tant mieux, sourit Kathe. Je vous le déconseille.

Tandis que les Hauts Ensorceleurs continuaient à arriver, je me forçai à réfléchir à cela plutôt que de penser à mon père. Évidemment, Kathe avait ses propres plans et ses propres manigances ; nous étions alliés, oui, mais des alliés de circonstance. Et je ne savais que peu de choses sur cet être extraordinaire et éminemment dangereux qui se trouvait à côté de moi.

Alors que Kathe était occupé à parler avec le Haut Ensorceleur aux cheveux roux, Zaira se pencha pour me chuchoter à l'oreille :

— Il va vous poignarder dans le dos.

— Peut-être, répondis-je, mais tant que je possède quelque chose qu'il veut… *Par les Enfers!*

Une nouvelle Haute Ensorceleuse avait fait son apparition. Sa chevelure gris argenté retombait librement sur le dos d'une robe à corset de style raverrain, mais d'une coupe très ajustée, qui n'était plus en vogue depuis cinquante ans au moins. Je venais juste de me rendre compte que ce que j'avais pris pour des garnitures de perles sur son corsage et sa jupe était en réalité un assemblage de milliers d'araignées vivantes.

Zaira se retourna pour voir ce qui avait suscité mon exclamation.

— Quoi ? C'est… Que les Enfers me préservent, ce sont de vraies araignées ?

— Malheureusement, bredouillai-je, incapable de détacher mon regard malgré la répulsion que j'éprouvais.

La Haute Ensorceleuse avança jusqu'à la vasque en saluant cordialement ses pairs, tandis que les araignées de sa robe se déplaçaient pour dessiner de nouveaux motifs.

— D'accord, ça, c'est impressionnant, admit Zaira.

— Impressionnant, c'est bien le mot.

Kathe m'avait expliqué que la Dame des Araignées était un des Hauts Ensorceleurs les plus influents et que j'aurais profit à la gagner à ma cause. J'allais donc devoir lui parler, ce qui impliquait de m'approcher d'elle.

Je déglutis péniblement. Peut-être porterait-elle une toilette différente le lendemain ?

Chapitre 32

Les derniers Hauts Ensorceleurs à arriver firent des entrées moins ostentatoires. Il émanait d'eux un tel pouvoir qu'ils n'avaient pas besoin d'extravagances pour attirer les regards et impressionner leurs pairs. Il s'agissait des derniers représentants vivants de la génération de Hauts Ensorceleurs qui avait fondé le Vaskandar : il y avait là le Seigneur Élan, au port royal, le front ceint d'une couronne de grands andouillers ; la Dame des Aigles dans son manteau à forme d'ailes, à la présence aussi farouche et écrasante que dans mon souvenir, et qui m'accorda un petit salut de la tête en passant devant moi ; et enfin, le Seigneur If, mince et sec comme une balafre dans la chair du temps, avec des yeux profondément enfoncés dans leurs orbites, qui me donnèrent l'impression d'avoir contemplé l'aube du monde elle-même.

Ruven adressa quelques mots de bienvenue à l'assemblée, mais sa voix semblait assourdie par la force brute de la magie qui imprégnait l'air. Puis il offrit à ses hôtes d'aller se reposer et se rafraîchir, et frappa dans ses mains. Aussitôt, des domestiques s'avancèrent vers les différents groupes d'invités avec des visages terrifiés, pour nous conduire à nos chambres.

Le guide de Kathe l'invita à le suivre dans une direction différente du serviteur chargé de nous escorter.

— Il semblerait que les invités soient logés dans une autre aile que les Hauts Ensorceleurs, dit Kathe. Cela vous conviendra-t-il ?

Cela paraissait logique ; les meilleures chambres étaient toutes attribuées aux Hauts Ensorceleurs. Mais cela ne m'empêcha pas de me sentir anxieuse, craignant presque de découvrir que nos chambres se trouvaient aux cachots.

— Nous nous en accommoderons, l'assurai-je. Vous n'avez pas besoin de me protéger, vous vous rappelez ?

— Et j'espère ne pas avoir à le faire. (Un éclair amusé fit briller ses yeux.) En tout état de cause, c'est plutôt dame Zaira qui pourrait me protéger, moi.

— Uniquement si l'envie m'en prend, précisa Zaira.

Le domestique nous conduisit par des couloirs lugubrement familiers, puis nous empruntâmes l'escalier et passâmes le premier étage où Ruven nous avait enfermées la dernière fois. Il nous mena au deuxième étage, une partie du château qui nous était encore inconnue, et nous guida dans un couloir aux murs couverts par les vrilles d'une plante grimpante aux feuilles triangulaires sombres et aux baies rouge sang. J'espérai que la treille à l'extérieur du château montait jusqu'à cet étage, au cas où nous aurions à fuir.

Les yeux de Zaira glissaient sur chaque passage latéral et sur chaque porte que nous croisions.

— Il a dû déplacer Terika de la grande chambre qu'elle occupait, avec tous ces invités à loger, murmura-t-elle, alors que nous marchions suffisamment derrière notre guide pour qu'il ne puisse pas nous entendre. Nous devons la retrouver ce soir.

J'avais été si accaparée à me demander comment j'allais bien pouvoir négocier avec les êtres étranges et déroutants que je venais de voir arriver au château que j'en avais presque oublié la seconde partie de notre mission.

— Elle se trouve probablement avec les autres Faucons prisonniers. Nous pourrons partir à leur recherche quand tout le monde se sera couché.

Zaira afficha une expression maussade.
—Si jamais il arrive à ces démons de dormir.

Cette fois, il n'y avait pas de chimères à notre porte, et nous n'étions pas enfermées à clef. Je supposai que même Ruven n'osait pas prendre le risque de maltraiter les invitées d'un autre seigneur. Nous n'eûmes donc pas à passer par la fenêtre pour grimper le long du mur, ce qui était une bonne chose, vu que notre chambre était située un étage plus haut. Il semblait cependant étrange de pouvoir ouvrir simplement la porte et nous faufiler dans le couloir faiblement éclairé. L'espèce de lierre qui tapissait les murs et la lumière tremblotante des lampes à huile lui conférait un aspect lugubre et empli d'ombres.

—Pas de luminaires, murmurai-je. Pas de lampes-courrières. Pas de sceaux de protection.

—Ils sont sans doute capables de voir dans le noir, ils peuvent envoyer des oiseaux porter leurs messages, et nulle personne saine d'esprit n'irait s'attaquer à un Haut Ensorceleur, rétorqua Zaira. Je doute que les commodités de l'Empire leur manquent vraiment.

— *Vous* avez attaqué un Haut Ensorceleur, lui fis-je remarquer.

—Et vu que je ne m'en souviens pas, je suis à peu près sûre que je n'avais plus toute ma tête à ce moment-là. (Zaira observa les deux côtés du couloir.) Je parie qu'il garde les Faucons dans une des tours, pour que personne ne les voie. Suivez-moi. Et inutile de marcher sur la pointe des pieds comme des voleuses ; nous sommes des invitées, et on ne nous a pas dit qu'il était interdit de circuler dans le château durant la nuit.

—Je ne marche pas sur la pointe des pieds.

— Non, mais vous alliez le faire.

Que les Hauts Ensorceleurs dorment ou non, les couloirs obscurs du deuxième étage étaient déserts. Après tout, ils n'avaient aucune raison de monter à cet étage, et les autres invités étaient couchés. Nous découvrîmes principalement des chambres, sans doute occupées par d'autres invités, ainsi qu'une véranda qui devait offrir de jour une vue splendide sur toute la vallée ; en cette heure, ses vitres ne montraient qu'une noirceur impénétrable. Un chevalet rangé dans un coin de la véranda me rappela le garçon roux que nous avions aperçu la dernière fois, et je me demandai s'il avait pu garder sa chambre au premier étage quand le château accueillait tant d'invités prestigieux.

Nous découvrîmes cinq escaliers différents qui permettaient d'accéder aux multiples tours qui couronnaient le château. La porte d'un des escaliers avait été récemment gravée d'un verrou d'Artifice.

— C'est forcément par là, dit Zaira. Vous pouvez l'ouvrir ?

J'examinai le cercle.

— Il ne s'agit pas d'un verrou d'Artifice ordinaire, dis-je. En général, ils s'ouvrent à l'aide d'une clef ou d'un mot de passe. Mais les runes de celui-ci stipulent qu'il ne s'ouvrira que pour « le sang du maître ».

Un nouvel exemple d'une combinaison d'Artifice impérial et de vivomancie vaskandrienne utilisée par Ruven. Maintenant que j'avais découvert la vasque de la Pierre de Trêve et ses runes gravées, je me demandai si l'idée de combiner Artifice et vivomancie ne lui était pas venue bien avant ses larcins littéraires à Raverra et Ardence, et si la consultation des *Interactions de la magie* n'avait pas été en réalité le but principal de son voyage.

— Il faudrait donc qu'on éclabousse la porte avec le sang de Ruven ? s'enquit Zaira, qui semblait tout à fait prête à dégainer sa dague et à partir à sa recherche.

— Cela dévoilerait un peu trop vite nos intentions.

Je continuai à étudier le verrou magique. Le diagramme ne définissait pas précisément le terme de « maître », ce qui n'avait aucun sens. On aurait dit que l'enchantement escomptait que la porte sache reconnaître le maître.

Bien sûr, si la porte provenait d'un arbre qui avait poussé au Kazerath, elle savait effectivement qui était son maître. Verser le sang de Ruven sur la porte ne l'ouvrirait pas, même si nous pouvions nous en procurer, car la porte ne nous reconnaîtrait pas.

À moins que…

Je fermai les yeux. Si j'écartai toutes les sources de distraction – le battement anxieux de mon cœur, la respiration de Zaira, le bourdonnement incessant de la magie émanant des dix-sept Hauts Ensorceleurs réunis dans le château –, je pouvais vaguement suivre le tracé des vrilles de la plante grimpante au plafond, comme une présence discrète dans la perception spatiale que j'avais du couloir autour de moi. Je savais, de manière intuitive, qu'une araignée avait tissé sa toile au coin du plafond et attendait qu'un insecte tombe dans ses rets. Ma conscience de la vie présente dans le couloir ne s'étendait pas très loin – à peine plus loin que l'envergure de mes bras –, mais elle incluait, bien que faiblement, le bois mort de la porte devant moi.

Cette perception n'avait rien de magique, pas plus que la sensation de chaleur qu'une personne normale ressentait en posant la main sur le cristal d'un luminaire, ou lorsqu'elle percevait un goût étrange dans son vin et comprenait qu'il était empoisonné. Cela ressemblait à ce lien que je sentais obscurément entre Zaira et moi, créé et renforcé par le jet que j'avais passé à son poignet. La magie était déjà là, mais puisque j'étais liée à elle, je pouvais la sentir.

Les rivières de la Dame des Aigles avaient nourri cet arbre. Sa vie était devenue une partie de la vie de cette plante, et la porte s'en souvenait.

Je posai la main sur la porte. Le bois me parut chaud et accueillant. Il me connaissait.

J'ouvris la porte sur un escalier en colimaçon plongé dans l'obscurité.

— Comment vous avez fait ? s'étrangla Zaira.

— J'ai pu l'ouvrir parce que je suis la descendante de la Dame des Aigles, dis-je en observant ma main ouverte. Pas étonnant que les Hauts Ensorceleurs aspirent à cela, murmurai-je. Aucun sceau magique au Vaskandar ne me refuserait le passage. Tout le pays ou presque me reconnaîtrait à un niveau magique profond comme étant du sang de son maître.

— Vous croyez que Ruven est conscient du fait que vous pouvez franchir ses protections magiques ? réfléchit Zaira.

— Je ne sais pas. C'est possible, s'il a réfléchi à la question. Nous devrons nous montrer prudentes.

Aucune lampe n'éclairait la pénombre de l'escalier, à peine atténuée par la lueur du ciel étoilé qui filtrait par de rares fenêtres. Tandis que nous grimpions les marches, j'eus l'impression que les ténèbres autour de nous étaient animées, que s'y tapissaient toutes sortes de choses menaçantes. Ce qui, d'une certaine manière, n'était que la vérité : c'était le domaine de Ruven à présent, et son pouvoir en infusait la moindre parcelle, y compris l'obscurité de cette cage d'escalier.

Le Seigneur Loup avait su quand nous nous étions faufilées de nuit dans son château. Ruven était peut-être encore trop peu habitué à son nouveau rôle pour être en mesure de percevoir le bruit insolite de nos pas parmi toutes les autres choses vivantes qui se mouvaient sur la terre du Kazerath, surtout avec le pouvoir cumulé des dix-sept

Hauts Ensorceleurs rassemblés ici, aussi instable et menaçant que le feu qui couvait sous le mont Chenu. Mais cela restait tout de même une possibilité.

Le murmure de voix étouffées, trop faibles pour que l'on puisse distinguer les mots, nous parvint du haut de l'escalier. Zaira se figea sur les marches devant moi et je manquai de lui rentrer dedans dans l'obscurité.

Elle reprit son ascension, aussi silencieuse qu'une averse de neige. Mes halètements après cette longue montée me semblèrent incroyablement sonores en comparaison, et je m'efforçai de la suivre en contrôlant ma respiration.

La lueur faible d'une lampe qui filtrait sous la porte au sommet de la cage d'escalier éclaira faiblement les dernières marches. La voix grave d'une femme d'un certain âge se faisait entendre de l'autre côté.

— Je ne suis pas sûre que l'on puisse prendre le risque d'attirer leur attention. À croire ce qu'on raconte, certains d'entre eux le feraient passer pour une incarnation de la Grâce de la Miséricorde.

— C'est la voix de Namira, me chuchota Zaira. On entre !

J'ôtai une de mes bagues artificées et hochai la tête.

Zaira ouvrit en grand la porte pour révéler une large salle ronde qui occupait l'étage entier de la tour. Des lampes à huile et des bougies éclairaient une pièce à vivre toute simple, avec quelques chaises installées devant une cheminée et une grande table. Plusieurs lits de camp s'alignaient contre le mur du fond, et un escalier conduisait à l'étage supérieur.

Personne n'occupait les lits, qui avaient été faits avec une rigueur militaire. Une demi-douzaine de personnes étaient assises autour de la table, penchées les unes vers les autres tels des conspirateurs ; il y avait des hommes et des femmes, des jeunes et des vieux, et certains visages nous étaient bien trop familiers. Quand la porte s'ouvrit brusquement, ils sursautèrent tous de surprise et quelques-uns se levèrent d'un bond.

Terika faisait partie de ceux-là. Elle se figea, les yeux écarquillés, les mains crispées sur le bord de la table. Namira, la façonnière disparue, était assise à côté d'elle, et son expression de surprise alarmée s'éclaira bientôt d'un large sourire. Je ne reconnus pas immédiatement les quatre autres, même si un ou deux visages m'évoquaient sans aucun doute des gens que j'avais déjà croisés aux Mues.

Nous avions retrouvé les Faucons disparus.

— Ne vous inquiétez pas, dis-je rapidement à ceux que je ne connaissais guère. Nous sommes ici pour vous aider.

— Nous n'avons pas besoin d'aide, dit Terika, la voix rauque d'émotion, le regard fixé sur Zaira comme s'il n'y avait personne d'autre dans la pièce.

— Bien sûr que non, renchérit un jeune homme mince aux cheveux châtains soigneusement bouclés et aux traits tirés, d'un ton sarcastique. Nous sommes très heureux ici.

Namira se leva et s'inclina dans ma direction.

— Dame Amalia, Zaira, je ne trouve pas les mots pour vous exprimer à quel point je suis heureuse de vous voir.

— Terika, se hâta de dire Zaira, ta grand-mère va bien. Ils ont pu préparer l'antidote, et elle est tirée d'affaire.

Terika ferma les yeux de soulagement.

— Louées soient les Grâces. Merci de m'avoir apporté la nouvelle. Et maintenant, s'il vous plaît…

Elle laissa sa phrase en suspens, et secoua la tête.

La voix de Zaira se teinta d'inquiétude.

— Qu'est-ce qui ne va pas ? Tu n'as pas l'air bien.

Zaira avait raison. Le visage de Terika était aussi blanc qu'un linge, et l'on aurait dit qu'elle était sur le point de s'évanouir.

— Tout va merveilleusement bien. Nous allons tous bien. (Terika prit une inspiration tremblante, et une étincelle s'alluma dans ses yeux.) Tu n'aurais pas dû reve… (Elle avala le mot qu'elle ne parvenait pas à prononcer et réessaya, en s'appuyant des deux poings sur la table.) Tu n'aurais pas dû… revendre.

— Bien sûr que je suis revenue, s'étonna Zaira en s'avançant vers elle. J'en étais malade d'avoir dû t'abandonner ici, la dernière fois. Nous sommes venues vous sortir de là.

Terika secoua énergiquement la tête, tandis que les autres marmonnaient :

— Non, nous allons très bien, nous sommes heureux d'être ici.

Le front couvert de sueur, Terika força les mots à sortir de sa bouche figée dans un sourire artificiel.

— Zaira, vous êtes en d… manger. Ici et maintenant. Tu me comprends ? Vous êtes en manger, et vous devez partir. Tout de suite. Tout est si, *si* merveilleux.

Les Neuf Enfers luisaient dans ses yeux. Un sentiment de malaise me donna la chair de poule, un peu comme si je venais de pénétrer dans la boutique du tailleur de la Dame des Araignées. Quelque chose n'allait pas. Les autres Faucons échangèrent des regards incertains, troublés eux aussi.

Zaira s'avança encore.

— Nous sommes en danger, j'ai pigé. Ne t'inquiète pas ; nous sommes invitées. Ce serpent de Ruven sait déjà que nous sommes ici, et il ne peut rien nous faire. Je vais te sortir de cet endroit maudit.

Elle tendit tendrement la main vers la chevelure de Terika.

Terika laissa échapper un gémissement plaintif et se jeta dans les bras de Zaira.

Mais Zaira tituba en arrière, une main plaquée sur son cou, la bouche ouverte en une expression de surprise choquée.

Un couteau ensanglanté scintilla dans la main de Terika.

— Tu n'aurais jamais dû revenir, Zaira, bredouilla-t-elle, les yeux embués de larmes. Je vais devoir te tuer.

Chapitre 33

Des cris affolés éclatèrent dans la salle. Certains Faucons se reculèrent précipitamment, tandis que Namira tentait de saisir le bras de Terika, qui esquiva, les yeux toujours rivés sur Zaira.

— Terika, mais que fais-tu ? s'écria Namira.

J'attrapai Zaira par le coude pour la soutenir.

— Ça va ?

Zaira regardait Terika, la main encore à demi tendue vers elle, l'autre plaquée sur son cou. Je ne l'avais encore jamais vue aussi muette. Quelques gouttes rouges maculaient ses doigts, mais l'entaille semblait superficielle.

Normalement, les baleines de son corset et ses épingles à cheveux enchantées étaient capables d'arrêter les puissants impacts de tirs de mousquets, sans parler de coups de poignard. Mais une simple coupure ne déclenchait pas le bouclier magique, qui devait permettre les contacts ordinaires et ne pas réagir aux petits accidents du quotidien.

Mon estomac se noua. Terika était alchimiste. Si elle devait tuer quelqu'un, elle utiliserait forcément du poison.

— Zaira ! cria Terika d'une voix angoissée en se jetant de nouveau sur elle, son couteau levé pour frapper.

Zaira ne tenta même pas de s'écarter pour éviter le coup. Le couteau de Terika plongea directement vers son cœur, mais cette fois elle avait frappé suffisamment fort pour activer le bouclier ; à un pouce de la poitrine de Zaira, l'air ondoya et tinta, et la lame ensanglantée rebondit.

Je me jetai entre elles tandis que Namira attrapait Terika et luttait pour lui arracher son arme. Le jeune homme aux yeux épuisés bondit pour l'aider, et ils parvinrent à ôter le couteau des mains de Terika.

— Ne touchez pas la lame ! les avertis-je. Elle est peut-être empoisonnée !

Le jeune homme jeta le couteau loin de lui, et l'arme vint heurter le mur en cliquetant.

Terika en profita pour se libérer de leur étreinte ; elle bondit de nouveau sur Zaira et la renversa au sol. Complètement sous le choc, Zaira la dévisagea, couchée sur le dos, les mains levées pour se protéger, alors que Terika sortait quelque chose de sa poche.

Je plongeai et saisis son poignet avant qu'elle puisse verser le contenu d'une petite fiole en verre sur le visage de Zaira.

— Faites attention, Amalia ! me cria Terika. Cette fiole est absolument inoffensive.

Namira jura et entreprit des deux mains de desserrer les doigts de Terika pour lui faire lâcher la fiole, tandis que je continuais à lui tenir le poignet. De l'autre main, Terika tenta de s'emparer de la dague de Zaira, mais celle-ci se contorsionna pour se dégager en rampant sur le dos, les yeux encore écarquillés par le choc.

Puis les autres Faucons réagirent enfin et vinrent nous aider à tenir Terika, qui se débattit vainement en agitant ses boucles couleur de miel.

Je m'agenouillai auprès de Zaira.

— Comment vous sentez-vous ?

Elle leva des doigts tremblants devant ses yeux pour observer le sang qui les poissait. Une substance plus sombre se mêlait au rouge vif du sang.

— Je me sens… bizarre, dit-elle d'une voix plus aiguë que d'habitude. Par tous les démons, je ne l'ai pas vu venir ce coup-là.

Terika cessa de se débattre.

— Il lui faut une… (Le mot s'étrangla dans sa gorge, mais son visage était blême et déformé par un rictus de désespoir.) Vite, il lui faut une dose de… C'est… Par les Enfers !

— Vérifiez son couteau, intimai-je.

Une vieille femme au crâne ceint d'une couronne de nattes blanches ramassa le couteau et le renifla prudemment, avant de l'examiner à la lueur d'une lampe à huile.

Zaira s'assit contre le mur derrière elle, et glissa lentement sur le côté.

— Oh… Je vois des trucs étranges.

Je la redressai et la soutins alors qu'elle s'affalait presque contre moi. La peur me faisait remonter un goût cuivré dans la gorge.

— Terika, dis-je urgemment, avez-vous accès à de l'équipement et des ingrédients alchimiques ici ?

— Oui, répondit-elle, toujours couchée au sol et tenue par les autres. Nous fabriquons des potions pour Ruven, parce que nous aimons beaucoup travailler pour lui. Le temps presse !

— Faites-vous également des choses pour vous-même ? Avez-vous des potions en réserve ?

— Mais oui ! s'écria-t-elle d'une voix plus forte que la distance entre nous ne le nécessitait. Je suis si contente que vous me posiez la question ! Je conserve en réserve tout un assortiment de potions utiles et d'antidotes à l'étage, cachés dans ma taie d'oreiller. Sans raison particulière !

Un jeune garçon se précipita dans l'escalier et redescendit quelques instants plus tard avec un oreiller. Zaira avait commencé à trembler dans mes bras et ses yeux roulaient follement, comme s'ils suivaient des choses qu'elle était seule à voir.

— *Revincio*, murmurai-je, car la dernière chose dont nous avions besoin était d'une sorcière du feu libérée et en proie à des hallucinations.

La femme aux nattes blanches déchira la taie d'oreiller pour en retirer différentes petites fioles, jusqu'à en extraire une qui contenait un liquide bleu vif.

— C'est de la teinture de pureté de Ferroli ? demanda-t-elle aussitôt à Terika.

— Bien sûr que non, répondit Terika d'un air réjoui. Pourquoi aurais-je préparé de la teinture de Ferroli ? Ce n'est pas comme si je redoutais que quelqu'un soit empoisonné !

— Parfait, dit la femme en se précipitant jusqu'à Zaira.

Elle lui ouvrit la bouche et y versa la fiole malgré ses protestations incohérentes.

Zaira toussa, mais la vieille femme plaqua la main sur sa bouche avec un pragmatisme impitoyable pour l'empêcher de recracher la teinture. Quelques instants plus tard, un petit bruit frémissant s'éleva de l'entaille à son cou et une odeur de citron frais se répandit autour de Zaira. Terika laissa échapper un soupir de soulagement.

La vieille alchimiste hocha la tête d'un air satisfait.

— Ça devrait aller. La teinture de Ferroli est un puissant contrepoison.

De fait, Zaira secoua la tête et se releva doucement, le regard de nouveau clair.

— Ruven t'a ordonné de me tuer, c'est ça ? demanda-t-elle à Terika en s'époussetant, d'une voix pleine de rage. Que les Enfers engloutissent son âme putride !

— Désolée, haleta Terika avec un sourire d'excuse. (Elle était toujours maintenue au sol par trois Faucons.) Mais je suis vraiment heureuse de te voir.

Zaira hocha la tête.

— Moi aussi.

Après quelques essais infructueux, nous découvrîmes qu'en laissant Terika à l'autre bout de la pièce, sans armes ni objets dangereux à portée de main, et en veillant à ce que le reste d'entre nous se placent entre Zaira et elle, elle pouvait considérer que la situation ne lui permettait pas d'agir et ne se retrouvait pas contrainte d'essayer de tuer Zaira. Depuis le coin où elle était cantonnée, elle adressa un petit signe de la main à Zaira, qui lui tira la langue en retour, et elles se mirent à échanger des grimaces d'un bout à l'autre de la pièce. Je murmurai le mot de libération une fois que je fus certaine que Zaira avait retrouvé tous ses esprits.

— Bien, dis-je en m'asseyant sur une chaise et en réclamant l'attention du groupe de Faucons, nous sommes venues pour organiser votre évasion, mais avant d'aller plus loin, j'ai quelques questions à vous poser.

— Nous n'avons pas besoin que l'on vienne nous sauver, protesta Namira d'un air las.

— C'est vrai, nous sommes tellement heureux ici, soupira le jeune homme.

— Je sais. Mais, dites-moi, juste par curiosité, vous sentez-vous obligés de rapporter notre conversation à quelqu'un en particulier ?

Namira secoua la tête.

— Eh bien, si vous nous suggérez de trahir l'Empire Sérénissime, je me sentirai obligé de le rapporter au colonel Vasante, ironisa le jeune homme.

— Bien dit, euh…

— Lamonte Clare. Je suis façonnier.

La femme âgée à la tresse blanche en couronne me salua d'un signe de tête.

— Et je suis Parona da Valisia. Alchimiste, ainsi que vous avez pu le constater.

— Et je crois que vous me connaissez déjà, dit Namira. Je serais *absolument ravie* de vous parler d'un projet sur lequel nous avons eu à travailler récemment, si j'en ai l'occasion, ajouta-t-elle d'un ton appuyé.

— Serait-ce un projet aux proportions, disons, explosives ? m'enquis-je.

— Si fait, acquiesça-t-elle en se laissant aller contre le dossier de sa chaise d'un air soulagé. C'est bien ça.

— Je serais moi aussi très heureuse de pouvoir en parler avec vous. Et j'ai bon espoir que nous le puissions bientôt. (Je réfléchis un instant en tirant machinalement sur un fil décousu de ma manche.) Avez-vous des ordres qui vous contraignent à manger ou à boire des choses spécifiques, ou à des heures précises ?

Parona redressa le buste, les yeux brillants.

— Non. Seulement l'ordre de nous nourrir normalement, et de ne pas nous laisser dépérir.

— Parfait. Dans ce cas, si vous n'y voyez pas d'inconvénient, Zaira et moi nous vous apporterons à manger et à boire au cours des prochains jours.

— Voilà une excellente idée, se réjouit Parona. Non que le seigneur Ruven ne soit un hôte irréprochable, bien sûr. Mais j'aurais plaisir à un peu de variété dans le menu.

— J'ai bon espoir que nous puissions parler plus librement d'ici un ou deux jours, quand l'effet de la potion se sera dissipé.

— Quelle potion ? demanda Namira d'une voix creuse. Je ne vois absolument pas de quoi vous parlez.

— C'est ça. Cette potion-là. (Je glissai un regard vers Zaira et Terika, qui s'envoyaient des baisers par-dessus les têtes des autres Faucons, et je réprimai un sourire.) Nous sommes ici pour le Conclave, et nous attendrons le moment opportun, quand tout le monde sera occupé, pour vous faire sortir discrètement d'ici. Dans le cas improbable où vous changeriez d'avis et décideriez de partir avec nous, bien sûr.

Lamonte gloussa.

— Je suis persuadé que personne ne voudra partir, mais je suppose qu'il est toujours bon d'avoir plusieurs options devant soi.

— Y aurait-il autre chose que vous pourriez nous dire ? demandai-je.

Les Faucons échangèrent des regards.

— Savez-vous comment nous nous sommes retrouvés ici ? demanda Namira.

— Plus ou moins. Les gens de Ruven ont mis en scène votre mort. (Une pensée déplaisante me vint.) À ce propos, vous savez tous ce qu'il est advenu de vos Fauconniers ?

Le visage de Terika redevint grave alors qu'elle repensait à Lienne.

— Je crois que nous pouvons le deviner, dit Parona d'un air lugubre.

— Moi, je n'en avais pas, dit le plus jeune garçon du groupe, âgé de douze ou treize ans, en baissant piteusement la tête.

C'était lui qui était allé chercher l'oreiller de Terika.

— Ah bon ? dis-je en observant ses yeux, qui affichaient une marque des mages indigo, difficile à distinguer à la faible lueur des chandelles. Tu n'es pas originaire de l'Empire Sérénissime ?

Le garçon coula un regard nerveux vers Namira, qui posa une main rassurante sur son épaule.

— Tu peux tout lui dire, Selas.

— Je suis d'Ardence, avoua-t-il. Ma sœur et moi vivions dans un petit orphelinat là-bas. Le vieil homme qui tenait l'orphelinat ne voyait plus bien et il n'a donc pas remarqué que j'avais la marque des mages. Mais il y a quelques années de ça, un homme s'est présenté à l'orphelinat en prétendant détenir un contrat de servitude à mon nom, et il m'a emmené.

Zaira se raidit et pivota face à Selas.

— Un contrat de servitude ! Cet homme ne s'appelait pas Orthys, par hasard ?

Selas hésita, puis opina de la tête.

— Je crois, oui.

— Ce piquecrelat ! maugréa Zaira. J'aimerais presque qu'il soit encore en vie pour pouvoir le tuer à nouveau !

— Et Orthys t'a donc vendu à Ruven ? demandai-je.

— Oui. Le seigneur Ruven a dit qu'il me donnerait tout ce que je voulais et que je serais traité comme un prince, à condition d'utiliser mes dons de façonnier à son profit. Mais je n'ai jamais eu d'apprentissage, alors je ne savais pas faire grand-chose. (Il grimaça et agita une épaule. J'aperçus par l'encolure de sa chemise une marque de brûlure en forme de doigts et je sentis une colère sourde monter en moi.) Puis j'ai essayé de m'enfuir pour rejoindre ma sœur, et après ça il m'a gardé enfermé. Jusqu'à il y a deux mois, quand il a commencé à me donner la…

Le garçon s'interrompit.

— La quoi ? le pressai-je.

Il coula un regard vers Terika, et son visage s'éclaira d'un sourire.

— La *lotion*, dit-il en mimant le geste de boire. Du coup, maintenant, j'aime être ici et je ne veux plus en partir. D'ailleurs, ma sœur ne me manque plus du tout.

Il secoua la tête d'un air navré.

Nous savions qu'Orthys avait vendu des mages au Vaskandar, mais nous ignorions combien de personnes avaient été victimes de cet odieux trafic, bien que je doute qu'il ait pu mettre la main sur de nombreux enfants portant la marque des mages.

— Y a-t-il ici d'autres personnes comme toi ? Des mages amenés ici par Orthys ?

Selas hésita.

— Eh bien, il y a ce garçon qui était là avant moi, mais lui, il aime vraiment cet endroit. Ruven lui passe tous ses caprices, comme il le faisait pour moi avant que j'essaie de m'enfuir. C'est lui qui a fabriqué la… la lotion.

Je fronçai les sourcils.

— Il travaille pour Ruven de son plein gré ?

— Comme nous tous, intervint Namira avec un sourire forcé. Mais c'est encore plus le cas pour ce garçon. Si vous le croisez dans le château, méfiez-vous de lui, malgré son jeune âge. Nous lui devons d'être ici.

— Il y en avait quelques autres, aussi, dit Selas la tête rentrée dans les épaules, d'une voix si basse que je peinai à l'entendre. Mais Ruven n'avait pas la recette de la lotion à ce moment-là, et donc ils ne se retrouvaient pas… (Ses mots s'emmêlèrent, et il essaya une autre approche.) Ils ont tous fini par le contrarier. Moi, je suis encore là, parce que j'ai veillé à ne jamais le contrarier.

— Grâce de la Miséricorde, murmurai-je. Je suis navrée. Nous allons tous vous sortir de là dès que possible.

Namira serra contre elle le garçon dans une brève étreinte.

— Aucun de nous ne veut partir, bien sûr, parce que nous préférons rester auprès du seigneur Ruven, dit-elle doucement. Mais je vous remercie. Nous apprécions tout de même grandement l'intention.

Zaira joignit les mains et fit craquer ses doigts.

— Je n'aurais pas cru possible d'avoir encore plus envie de lui faire manger mon malefeu, mais j'avais tort.

— Je n'ai pas pour habitude de laisser la colère dicter mes actions, dis-je, mais pour le coup, je prie les Grâces de vous en donner l'occasion.

La réception de l'Arrivée ne s'accompagnait pas d'un bal. Il y avait à boire, les Grâces soient louées, ainsi qu'un piètre assortiment de petites choses à grignoter. Les Hauts Ensorceleurs et leurs invités déambulaient dans la salle du trône, s'arrêtaient l'un auprès de l'autre le temps d'une brève conversation, puis recommençaient à flâner, tels des prédateurs qui se tournaient autour. Des domestiques circulaient parmi eux pour leur offrir à boire ou pour transmettre des messages, mais pas une seule chimère ne rôdait aux abords de la salle. Je n'en avais aperçu aucune depuis notre arrivée, et je me demandai si Zaira avait tué toutes les chimères du Kazerath quand elle avait réduit en cendres le Seigneur Loup.

J'avais jugé que s'il était acceptable de porter une robe couverte d'araignées vivantes, l'on pouvait assister au Conclave vêtue selon ses souhaits. J'avais donc opté pour des chausses et un manteau de velours bleu saphir richement brodé, par-dessus un corsage de brocart argenté garni à la gorge et aux poignets d'une dentelle sobre, mais élégante. Il s'agissait de l'une des trois tenues potentielles que j'avais amenées pour le Conclave. C'était non seulement la plus confortable, mais aussi la plus raverraine, du même bleu que les armoiries de l'Empire Sérénissime et avec des chevaux ailés brodés sur le col du manteau. Si ma présence servait au moins à rappeler à certains Hauts Ensorceleurs qu'il existait une autre grande puissance en Eruvia en dehors du Vaskandar, je ne serais pas venue pour rien.

J'étais habituée à ce que Zaira m'abandonne comme une vieille chaussette sitôt franchi le seuil d'une réception. D'ordinaire, elle devenait rapidement le centre de l'attention en riant et en flirtant avec tout le monde. Mais cette fois, ce fut Kathe qui circula parmi les Hauts Ensorceleurs et leurs invités, un sourire sarcastique aux lèvres, tandis que Zaira demeurait près de moi. Elle affichait son assurance coutumière dans une toilette où se superposaient toutes les nuances des flammes, du rouge sombre au doré, mais je la connaissais suffisamment pour remarquer la raideur de son maintien et l'éclat méfiant dans ses yeux.

Elle me tendit un verre de vin qu'un serviteur lui avait apporté.

— Vous pouvez le vérifier ?

Mon anneau resta froid et ne brilla pas. Je lui rendis son verre.

— Pas d'alchimie. Il pourrait quand même être empoisonné, mais Ruven joue gros ici, à accueillir le Conclave alors qu'il vient à peine d'accéder au titre de Haut Ensorceleur. Je doute qu'il prenne le risque d'un désastre en assassinant un invité.

— Ça ne l'a pourtant pas empêché d'ordonner à Terika de me tuer.

— C'est différent. Nous ne pouvons pas l'accuser, car cela serait reconnaître que nous avons fouillé le château et révélé que nous sommes entrées en contact avec les Faucons emprisonnés. Et si nous le faisions quand même, il pourrait reporter le blâme sur Terika. C'était un piège habilement pensé.

Zaira jeta un regard noir vers Ruven, de l'autre côté de la salle, qui bavardait avec la Dame des Lauriers en faisant des gestes de ses longs doigts élégants.

— Je n'aime pas ça. Je déteste me retrouver coincée dans un endroit dont je ne suis pas sûre de pouvoir sortir en le faisant brûler.

Je glissai la main dans la poche pour me rassurer en touchant le bouton de Marcello.

— Bon, nous ne pouvons pas rester éternellement dans notre coin. Nous devons aller leur parler. Il faut que l'on se fasse une idée de ceux qui soutiennent cette guerre, de ceux qui sont contre, et de ceux qui n'ont pas encore pris leur décision.

À cet instant, Kathe avança tranquillement vers nous, bras dessus bras dessous avec le Haut Ensorceleur aux cheveux roux. Ce dernier nous dévisageait de ses yeux qui possédaient la couleur du soleil tombant à travers le feuillage, cerclés d'une marque noir de jais, et j'eus la troublante impression qu'il me jaugeait à des niveaux qui échappaient aux perceptions d'un être humain normal. Son manteau ajusté et sans manches ressemblait à celui d'un bûcheron, mais il était constitué de centaines de silhouettes ravissantes d'animaux et d'oiseaux taillées dans différentes teintes de cuir et soigneusement assemblées. J'aurais pu admirer ce manteau des heures durant si cela n'avait pas été un comportement des plus déplacés. Je me forçai à ramener mes yeux vers les siens, et il m'adressa un sourire narquois.

— Dame Amalia, dame Zaira, nous salua joyeusement Kathe. Permettez-moi de vous présenter mon ami, le Seigneur Goupil de Kar.

Nous échangeâmes les révérences et politesses d'usage. Je me repassai en mémoire la carte du Vaskandar ; le domaine de Kar se situait au nord de celui de la Dame des Ours. Si celle-ci était favorable à l'invasion, ce qui paraissait probable considérant son implication dans la guerre de Trois Ans, une alliance avec le Kar pourrait se révéler des plus utiles.

— Je suis toujours ravie de rencontrer un ami de Kathe, dis-je au Seigneur Goupil. Depuis combien de temps vous connaissez-vous ?

Le Seigneur Goupil se mit à rire.

— Ma dame, personne ne connaît vraiment Kathe. Le jour de sa naissance, sa propre mère lui a demandé : mais qui es-tu ?

Zaira me regarda du coin de l'œil.

— Vous voyez bien. Et je dis que si vous ne connaissez pas quelqu'un, vous ne pouvez pas lui faire confiance.

Kathe inclina la tête.

— Vous ne semblez pas être femme à vous fier à qui que ce soit, dame Zaira. Ce qui est une sage attitude ; la confiance est l'apanage des sots.

Le Seigneur Goupil passa un bras sur les épaules de Kathe et sourit de ses dents pointues.

— Bien dit ! Fiez-vous à vos ennemis, si vous avez suffisamment d'emprise sur eux, mais ne vous fiez jamais à vos amis.

D'un geste fluide, il s'empara d'un verre de bière sur le plateau d'un serviteur et trinqua avec Zaira avant de boire une longue rasade.

— Et qui sont donc vos ennemis ? demandai-je avec un sourire qui se voulait charmeur. Pas l'Empire Sérénissime, j'espère ?

— Pourquoi se faire un ennemi de la lune, ou de la mer ? (Le Seigneur Goupil haussa les épaules.) Mon domaine ne compte aucune frontière avec l'Empire. Je ne m'en soucie guère. C'est l'ourse à ma porte qui m'inquiète.

— Craignez-vous son appétit ?

— Je ne crains rien qui soit humain. Et même si nous avons tendance à penser le contraire, la plupart d'entre nous répondent encore à cette définition, dit-il en m'adressant un clin d'œil. Mais ce n'est pas difficile de savoir de quel côté l'ourse se tournera si elle ne peut pas arracher un morceau de votre Empire. Alors, pardonnez-moi d'espérer son succès. Toute personne saine d'esprit s'inquiéterait d'avoir une ourse affamée sur son seuil.

— Certes, mais si vous aviez un ami pour vous aider à vous prémunir de cette ourse vorace ? insinuai-je.

— Nous avons déjà établi que vous ne pouvez vous fier à vos amis, objecta le Seigneur Goupil, un éclat amusé dans les yeux. Et les gens qui distraient un ours le temps que leurs amis s'esquivent finissent généralement dans son ventre, à ce qu'on dit.

Un homme vêtu d'une robe aux couleurs iridescentes se détourna d'une autre conversation pour se rapprocher de nous. Ses cheveux noirs lissés en arrière, qui retombaient en une longue natte touchant presque le sol, accentuaient la dureté d'un visage anguleux aux yeux gris pâle. Un serpent noir entourait son cou tel un torque vivant, et darda sa langue bifide vers moi d'un air inquisiteur. Même si je n'avais pas particulièrement peur des serpents, je dus réprimer un frisson ; il y avait quelque chose chez cet homme qui me mettait instinctivement sur le qui-vive.

— Seigneur Freux, j'ai besoin de vous pour trancher un pari, dit-il à Kathe d'une voix à la fois douce et pénétrante.

Kathe ouvrit les mains.

— Je suis le plus impartial des arbitres.

Le nouveau venu se fendit d'un petit sourire amusé.

— Peut-être pas dans ce cas. Le pari vous concerne.

— Vraiment ? s'étonna Kathe. Je crains de ne pouvoir vous dévoiler mes secrets juste pour vous aider à trancher un pari, bien que je sois curieux de connaître quel aspect de ma vie le Seigneur Serpent estime digne d'une gageure.

— Rien de secret, je crois. (Les yeux pâles du Seigneur Serpent glissèrent vers moi avant de revenir à Kathe.) La Dame des Ronces affirme que vous ne courtisez pas réellement cette Raverraine, et qu'il s'agit seulement d'une manigance pour l'insulter.

Kathe secoua la tête.

— Je suis heurté qu'elle puisse me croire aussi vil.

— Et moi, offensée que quiconque puisse penser que je m'abaisserais à me compromettre dans une pareille comédie, dis-je.

Le Seigneur Serpent tourna son regard indifférent vers moi.

— Donc, le Seigneur Freux et vous entretenez une relation véritable ?

Je connaissais ce Haut Ensorceleur. Il faisait partie de ceux qui avaient envahi la Loreice lors de la guerre de Trois Ans. Il ne s'agissait pas de sa part d'une simple curiosité oisive ; il cherchait à éprouver la solidité des liens entre Let et l'Empire Sérénissime, afin de voir si ses alliés et lui avaient réellement à se soucier d'une menace dans leur dos s'ils partaient en guerre.

Je me rapprochai de Kathe et lui pris la main.

— Évidemment !

— Je crois simplement que ma chère voisine du Sevaeth est jalouse, railla Kathe. Après tout, tout le monde sait que le grand-père d'Amalia l'a éconduite.

Voilà qui était nouveau pour moi. J'avais compris qu'ils étaient alliés, mais j'ignorais que la Dame des Ronces avait espéré davantage de leur relation. Cela n'avait pu qu'ajouter à sa rancœur, quand mon grand-père avait dénoncé leur alliance pour épouser la reine du Callamorne.

— Ce qui ne fait que renforcer l'idée que votre cour ne soit qu'un faux-semblant, releva le Seigneur Serpent. Pourquoi la dame Amalia Lochaver Cornaro, descendante de trois lignées royales, accepterait que vous la courtisiez alors que son ancêtre de moins haute extraction avait repoussé une Haute Ensorceleuse bien plus éminente que vous ?

— Je peux penser à plusieurs raisons, intervint Zaira en lorgnant Kathe des pieds à la tête.

Ce dernier émit un petit claquement de langue contrarié.

— Si la Dame des Ronces peine à voir ce que j'ai à offrir, je lui suggère d'y réfléchir encore.

Ses mots, soigneusement choisis, convoyaient un sous-entendu. Maudit soit-il, à combien de jeux jouait-il à la fois ?

Le Seigneur Serpent secoua la tête.

— Comment saurais-je que vous affichez devant nous une alliance bien réelle, et qu'il ne s'agit pas d'une pitoyable supercherie ? Vous ne vous comportez pas vraiment comme si vous nourrissiez de tendres sentiments l'un envers l'autre.

Kathe capta mon regard ; les cercles jaunes de sa marque entouraient des étincelles malicieuses. Il se pencha vers moi en haussant un sourcil interrogateur.

— Eh bien, ma dame ? Notre relation galante est-elle vraiment sérieuse ?

Par les Enfers. Mon pouls s'accéléra sous le coup d'un mélange de nervosité et d'excitation. Je devais faire en sorte de balayer les doutes du Seigneur Serpent. S'il estimait qu'il ne s'agissait que d'un stratagème futile de la part de Kathe, ses alliés contre l'Empire risquaient de lancer toutes leurs forces à l'assaut de la frontière sans se préoccuper du danger potentiel que pouvait représenter le Let. Des milliers de vies dépendaient peut-être de ce que j'allais faire à présent.

Je m'étais demandé ce que cela ferait de l'embrasser ; apparemment, j'étais sur le point de le découvrir.

Chapitre 34

J'agrippai le bras de Kathe comme pour l'empêcher de s'échapper ; un picotement remonta mes doigts. Le cœur aussi palpitant que les ailes d'un oiseau-mouche, je me penchai et posai doucement mes lèvres sur les siennes.

Sa bouche répondit, leste et conciliante, avec un savoir-faire déroutant. L'énergie que j'avais toujours sentie en lui sembla fulgurer à travers mes lèvres pour se répandre dans tout mon corps. Je redoublai mes efforts, emportée par un empressement soudain et, l'espace d'un instant fugitif, je goûtai sa langue.

Il mit fin au baiser avant que je ne le fasse, et ses lèvres plaquées aux miennes se relevèrent en un sourire.

Je me rendis compte que j'avais fermé les yeux.

Je me reculai lentement pour donner à ma tête le temps d'arrêter de tournoyer, et adressai au Seigneur Serpent un regard de défi. Je n'osai pas me tourner vers Zaira, de peur de me mettre à rougir violemment.

— Eh bien ? demandai-je. Est-ce pour vous une preuve suffisante ?

Le Seigneur Serpent s'inclina devant nous.

— Toutes mes excuses. Je vais de ce pas informer la Dame des Ronces qu'elle a perdu son pari.

Il s'éloigna. Je sentis la chaleur monter inexorablement le long de ma nuque. Mes lèvres fourmillaient encore.

Le Seigneur Goupil croisa les mains derrière la tête et sourit de toutes ses dents.

— Alors, ça ! Je constate que Raverra s'engage sans réserve dans ses alliances, dame Amalia. Voilà qui est bon à savoir.

— Nous prenons toujours soin de nos amis, dis-je en m'efforçant de recouvrer ma dignité.

— De manière délicieusement excessive, ajouta Zaira en lui adressant un clin d'œil aguicheur. Jamais on ne se sera aussi bien occupé de vous.

La chaleur me monta aux joues.

— Zaira, s'il vous plaît.

Mais le Seigneur Goupil ne fit que sourire de plus belle.

— Et dire que je croyais que les Raverrains n'avaient pas le sens de l'humour. Vous me plaisez, sorcière. (Il se tapota le menton d'un air songeur.) J'étais sceptique quant à votre offre d'amitié. Mais peut-être pourrais-je reconsidérer ma relation avec l'Empire.

— Dans ce cas, vous êtes en veine, lui lança Zaira. L'Empire est une vraie catin, prête à se laisser courtiser par n'importe qui.

La Grâce de la Miséricorde semblait sourde aux prières ce jour-là, car aucune crevasse ne s'ouvrit sous mes pieds pour m'engloutir.

Le Seigneur Goupil éclata de rire.

— Disons que si vous parvenez à me convaincre que Raverra ne va pas jouer avec moi et me laisser tomber comme une duchesse se débarrassant de son sixième mari, je pourrais adhérer à l'idée d'une forme de coopération entre nous.

— Je brûle d'impatience de vous en convaincre, répliqua Zaira en lui envoyant un baiser.

— Sur ce, intervint Kathe en s'inclinant, je crains de devoir vous prier de m'excuser, ma dame. L'Arrivée prendra bientôt fin, et il est de coutume pour un Haut Ensorceleur d'aller saluer chacun de ses pairs individuellement. Et pour l'heure, je n'ai à peine salué que le quart d'entre eux.

— Il en va de même pour moi, renchérit le Seigneur Goupil. Mais nous aurons l'occasion de nous reparler demain. C'était amusant de faire votre connaissance.

Kathe porta ma main à ses lèvres et l'effleura de son sourire cachottier.

— Dame Amalia, ce fut comme toujours un plaisir.

— Plaisir partagé, seigneur Kathe.

Ne le regarde pas, m'interdis-je à moi-même alors qu'ils s'éloignaient dans la salle du trône. Je détournai les yeux pour découvrir l'expression amusée de Zaira.

— Je devais le faire, dis-je aussitôt. Pour le bien de l'Empire.

— Hmm. Oui, ça avait l'air d'être une horrible corvée.

Je tirai nerveusement sur une boucle pendante de ma chevelure.

— J'avais prévenu Marcello que cela pourrait arriver.

— Marcello n'a jamais été votre soupirant, fit remarquer Zaira. Vous avez embrassé l'homme qui vous courtise. Si vous vous sentez coupable, la seule personne avec qui vous devez vous expliquer, c'est vous-même.

— Oui, vous avez raison, je suppose. (Je levai la main vers mon médaillon ardent dans un geste machinal de protection, et mes doigts se prirent dans les griffes du collier de Kathe.) Je n'étais pas préparée à… à…

— À l'embrasser ?

— Non, à trouver ça aussi agréable.

Zaira éclata de rire.

— Par les doux tétons de la Grâce de l'Amour, ma fille, si vous embrassez un homme et que vous n'aimez pas ça, c'est qu'il s'y prend comme un manche. (Elle secoua la tête.) Venez. Allons vous chercher un verre.

— Entendu, dis-je. Je boirais bien quelque chose.

Un verre de vin aida mon cœur à retrouver son rythme normal et effaça le parfum des lèvres de Kathe sur les miennes.

Mes yeux ne cessaient de revenir vers lui qui, de l'autre côté de la salle, parlait avec une grâce nonchalante au Seigneur Peuplier. Je m'adossai à une colonne et cachai mon visage dans mon verre, l'esprit en ébullition.

Évidemment que j'avais apprécié ce baiser ; j'aimais bien Kathe. Sa vivacité d'esprit me charmait, mais j'étais plus intriguée encore par les bribes de sa véritable personnalité qu'il laissait parfois entrevoir derrière son masque malicieux. Voici un homme à qui la société avait accordé un pouvoir absolu, sans aucun compte à rendre, et pourtant, contre toute attente, il semblait être devenu un homme bien. Enfin, pour l'essentiel.

Et je ne pouvais pas non plus nier qu'il représentait un parti tout à fait intéressant, même pour une Cornaro. D'où venait donc cette réticence que je ressentais ?

Avec hésitation, je glissai la main dans ma poche pour effleurer du bout des doigts la courbe familière du bouton de Marcello. Avec lui, je n'avais jamais eu à tourner autour de la vérité ni à me demander ce qu'il pouvait bien me cacher. Il n'y avait ni jeux ni marchés entre nous ; si j'avais besoin de quelque chose, il me le donnait librement. Je ne craignais pas qu'il puisse me trahir, ou m'utiliser pour atteindre un objectif secret et me rejeter ensuite. Si Kathe était un voyage dangereux et excitant, alors Marcello représentait la sécurité du foyer.

Tant qu'à devoir épouser un homme, mieux valait que ce soit celui avec qui l'on s'imaginait vieillir, et non celui que l'on pouvait s'imaginer en train de lécher sur ses doigts le sang de nos ennemis.

Bien sûr, il était toujours possible d'arguer que seul un manque patent d'imagination m'empêchait de considérer que les deux puissent n'être qu'un seul et même homme. Le mariage de mes parents, conclu pour des raisons politiques, s'était transformé en amour avec le temps.

Je m'ébrouai comme un chien mouillé. *Bien joué, Kathe. Bien joué.*

— Ça y est, vous avez retrouvé vos esprits ? me demanda Zaira avec un sourire moqueur. Prête à vous remettre au travail ?

— Oh, ça suffit. Bon, à qui devons-nous parler à présent ?

Zaira haussa les épaules.

— C'est vous l'experte en politique vaskandrienne. Vous n'avez qu'à me montrer qui je dois flatter et qui je dois insulter.

Je scrutai la salle. Le Seigneur Élan était en grande discussion avec la Dame des Aigles ; voilà une conversation que je ne me permettrais certainement pas d'interrompre. La Dame des Ronces tenait un conciliabule avec le Seigneur Serpent, et elle ne cessait de me jeter des regards mauvais, ce qui n'avait rien pour me rassurer. Je me surpris à m'attarder de nouveau sur Kathe en détaillant sa silhouette, et je me forçai à détourner les yeux.

Près d'une porte latérale, Ruven discutait avec le garçon roux que nous avions aperçu la dernière fois. Il devait s'agir de l'alchimiste dont Selas nous avait parlé, celui qui servait Ruven de son plein gré. Il était en train de raconter quelque chose à Ruven avec des gestes enthousiastes, et levait sur lui des yeux où brillait l'adulation. Ruven lui sourit avec indulgence et lui tapota la tête, comme on flatte un bon chien.

— Mais pas la dame qui se balade couverte d'araignées, était en train de me dire Zaira. Je ne crois pas que je réussirais à… Par tous les Enfers, elle arrive justement vers vous.

Je me retournai, la main crispée sur mon verre de vin, et découvris la Dame des Araignées devant moi, un peu trop près pour mon confort, son visage rond fendu d'un sourire inexpressif. Je ravalai le petit cri paniqué qui me monta dans la gorge. Les araignées formaient d'élégants motifs sur son corsage ; il y en avait de toutes les tailles, qui se déplaçaient les unes contre les autres dans le grouillement de leurs pattes velues pour donner l'impression que les feuilles et les vrilles du décor végétal qu'elles dessinaient s'agitaient doucement dans la brise. Une grosse araignée noire occupait le centre de son décolleté, ses longues pattes déployées. De minuscules araignées aux couleurs vives grimpaient dans ses longs cheveux gris en y dessinant d'autres motifs.

C'était magnifique, mais je n'avais jamais eu de ma vie autant envie de hurler.

Je reculai machinalement d'un pas avant de me reprendre et de m'incliner devant elle, en m'efforçant de retrouver mon sang-froid. Zaira se plaça derrière moi, les poings serrés à s'en faire blanchir les phalanges, peinant sans doute à refréner son envie instinctive de mettre le feu à cette robe d'épouvante.

— Oh, bonsoir, ma dame, la saluai-je d'une voix haletante. Je ne vous avais pas vue.

La Dame des Araignées me sourit. Notre réaction apeurée l'amusait certainement.

— Vous devriez vous montrer plus vigilante, dit-elle d'une voix douce et profonde, bien différente de ce que j'aurais imaginé, et qui résonnait de puissance. Il y a au moins une personne ici qui n'a pas l'intention de vous laisser quitter vivante le Conclave.

Mon regard glissa vers la Dame des Ronces. D'aussi loin d'elle que je me trouvais, je pouvais sentir sa malveillance dirigée vers moi.

— Cela ne m'a pas échappé.

— Votre position est précaire, dit-elle en enroulant une boucle de cheveux sur ses doigts. Les Hauts Ensorceleurs du sud du Vaskandar veulent annexer des terres arrachées à l'Empire, soit pour doter leurs enfants de domaines, soit pour éviter d'être eux-mêmes conquis. Les Hauts Ensorceleurs du nord s'en désintéressent, ou soutiendront la guerre en raison de faveurs données ou de griefs à racheter. Vous verrez. Si la cérémonie de l'Illumination avait lieu ce soir, au moins dix chandelles brûleraient pour la guerre. Et les autres participants resteraient neutres, plutôt que véritablement opposés à elle.

Dix Hauts Ensorceleurs souhaitaient la guerre. Mon cœur se serra. L'Ambassadeur du Vaskandar m'avait raconté que seuls trois Hauts Ensorceleurs avaient uni leurs forces lors de la guerre de Trois Ans, et l'affrontement avait déjà été terrible pour l'Empire.

— Et qu'en est-il de vous ? m'enquis-je, d'une voix aussi calme que possible. Allumerez-vous votre chandelle en faveur de la guerre ? J'ai entendu dire qu'ils seraient nombreux à suivre votre exemple.

Elle afficha une moue satisfaite.

— Je déciderai en fonction de la voie qui m'amusera le plus.

— Et voir toute la frontière ravagée par les flammes vous amuserait ? demanda farouchement Zaira. Parce que c'est ce qui va se passer si la guerre éclate.

La Dame des Araignées s'esclaffa d'un rire profond.

— Oui, cela se pourrait.

Je résistai à l'envie soudaine de me frotter les bras afin de vérifier qu'aucune araignée n'y grimpait.

— Eh bien, il semble que certains Hauts Ensorceleurs soient bien décidés à mener cette invasion, donc vous aurez probablement droit à votre spectacle. Et quoi d'autre serait susceptible de vous amuser, si c'est vraiment là votre critère principal de choix ?

La Dame des Araignées inclina la tête de côté.

— Les secrets. Les mystères. Les surprises. Des choses nouvelles et inconnues, des choses anciennes et oubliées. J'ai déjà eu une longue vie, jeunes filles, mais il y a toujours plus à découvrir.

J'entrevis une lueur d'espoir.

— Seriez-vous une femme de science ?

— Non.

Voilà une réponse qui ne laissait aucune place à l'ambiguïté. *Bon, tant pis.*

Zaira sourcilla.

— Quelle sorte de secrets et de mystères ?

La Dame des Araignées tendit la main dans un geste d'invitation. Une araignée vint courir sur sa paume.

— Ceux que les humains dissimulent au plus profond de leur cœur et chérissent plus que de raison. Ceux qu'on ne peut trouver qu'en brisant une âme en deux pour en sucer la moelle.

Zaira me lança un regard qui disait : *« Et que suis-je donc censée répondre à ça ? »*, et je ne pus retenir un petit ricanement nerveux.

— Je pourrais vous aider, proposa alors la Dame des Araignées, d'une voix aussi sirupeuse que de la mélasse.

— Je n'en doute pas, répondis-je prudemment.

— Vous êtes toutes les deux intéressantes, dit-elle d'une manière qui me retourna l'estomac. J'aimerais beaucoup briser votre coquille pour voir ce qu'il y a à l'intérieur, dans ces recoins sombres que vous gardez à l'abri de la lumière du jour.

— Merci, mais je préfère rester en un seul morceau, déclina Zaira d'une voix plus aiguë qu'à l'ordinaire.

— Si ce que j'y trouve me distrait assez, je pourrais envisager de tisser ma toile en votre faveur. Ma chandelle demeure indécise, pour le moment.

Je versai les dernières gouttes de mon vin dans ma bouche sèche.

— Et en quoi consiste exactement le fait de… euh, « briser la coquille » ? Vous parlez métaphoriquement, j'imagine ?

— L'espoir est une chose fragile, dame Amalia. La soie d'araignée est bien plus solide. (Son sourire s'agrandit, telle une crevasse obscure menaçant de fendre son visage en deux.) Pensez-y. Et si vous vous retrouvez suffisamment désespérée pour accepter mon offre, venez me voir.

— Le désespoir est-il vraiment indispensable ? demandai-je d'une voix mal assurée.

— Oh, tout à fait. (La Dame des Araignées nous adressa un signe de tête gracieux.) Profitez bien de votre soirée. J'aime voir de jeunes personnes se divertir, et leur visage s'éclairer d'une étincelle de plaisir et de vie. Tout cela est si fugitif, si éphémère.

Zaira la salua d'un petit signe de la main.

— Vous aussi, passez une bonne soirée, et amusez-vous bien à terrifier les gens.

La Dame des Araignées s'éloigna en riant.

— Eh ben, je sais quel genre de cauchemars je vais faire cette nuit, me lança Zaira sur le ton de la conversation, en la regardant partir.

— Moi aussi, acquiesçai-je.

Plus tard dans la nuit, quand nous retournâmes à la tour où étaient emprisonnés les Faucons pour leur apporter à manger et à boire, nous les trouvâmes réunis autour de la table, attendant nerveusement notre retour. Terika, assise en bout de la table, se leva dès que Zaira entra dans la pièce ; Lamonte et Namira, assis de part et d'autre, lui posèrent une main ferme sur l'épaule et la forcèrent à se rasseoir.

Namira nous désigna deux chaises vides.

— Asseyez-vous donc, nous dit-elle. Nos langues se délient déjà un peu, après une journée à n'avoir mangé que ce que vous nous avez apporté, et il nous reste beaucoup à discuter.

Nous déposâmes nos paniers de vivres et prirent place. Zaira envoya un baiser à Terika.

— Il ne serait pas encore très prudent de m'approcher de toi, hein ?

Terika secoua la tête en soupirant.

— Les ordres anciens qu'il n'a pas répétés commencent à céder, mais les ordres récents et répétés souvent s'imposent toujours à nous.

— Mais elle ne dispose ni d'arme ni de poison cette fois, dit Lamonte, donc si elle se sent contrainte de vous attaquer, ce sera parfaitement inefficace.

— Il vous donne donc des ordres verbaux ? demandai-je en m'accoudant à la table. C'est ainsi que cela fonctionne ?

Parona afficha une grimace de dégoût.

— Je prépare cette maudite potion, et je ne suis même pas sûre de comprendre moi-même comment cela fonctionne. Elle contient des ingrédients très inhabituels, et notamment du sable et du sang.

Mon estomac se retourna.

— Ce doit être le sang de Ruven. Et le sable, de la pierre broyée. Que les Grâces nous protègent : il cherche à faire de vous une part de son domaine. C'est ainsi qu'il vous contrôle.

Les Faucons grimacèrent et secouèrent la tête ; certains frissonnèrent de révulsion.

— Vous devez savoir qu'il m'en a fait fabriquer en bien plus grande quantité que ce qu'il utilise sur nous, poursuivit Parona d'un ton grave. Il doit à présent disposer d'un stock important. Je m'inquiète de ce qu'il compte en faire.

C'est préoccupant, effectivement, opinai-je.

L'idée que Ruven dispose d'assez de potion pour contrôler des dizaines ou des centaines de personnes me donna des sueurs froides. La nécessité d'arracher tous les Faucons à ses griffes en devenait plus pressante encore.

Je songeai au jeune alchimiste aux cheveux roux et à la fiole de Fourbe noire dans son petit écrin de velours, et je sentis la nausée me gagner.

— Cette potion risque-t-elle d'avoir des effets persistants sur nous ? demanda timidement Selas.

— C'est peu probable. (Istrella n'avait manifesté aucun effet secondaire après que l'influence de la potion s'était dissipée.) Mais nous veillerons à ce qu'un vivomancien vous examine dès votre retour aux Mues, afin de nous en assurer.

Les Faucons autour de la table échangèrent des regards gênés, et Namira s'éclaircit la voix.

— Oui, à ce propos.

Zaira s'esclaffa.

— Je me doutais que le sujet allait arriver sur le tapis.

Je sentis un gouffre s'ouvrir sous mes pieds.

— Vous ne voulez pas revenir aux Mues.

— Certains d'entre nous le souhaitent, dit Parona en croisant les mains sur la table d'un air pincé. J'ai certains travaux en cours que je voudrais terminer. Et j'ai été un Faucon toute mon existence ; à mon âge, il est un peu tard pour envisager de changer de vie.

— J'ai entendu parler de votre projet de réforme, renchérit Lamonte en m'adressant un regard appuyé. De tempérament, je suis plutôt joueur, et je suis prêt à prendre le pari que vous parviendrez à faire passer votre loi. Je n'ai pas envie de devenir un fugitif ; je suis fiancé et je dois bientôt me marier. Je voudrais pouvoir retourner chez moi, en Loreice, y fonder une famille et vivre en paix.

— Quant à moi, ma famille et mes amis se trouvent aux Mues, dit Namira. Et je refuse d'abandonner Raverra alors que la guerre menace. Mais certains d'entre nous aspirent à d'autres choix.

— Je n'ai jamais été aux Mues, bredouilla Selas d'une voix inquiète. Et si je deviens un Faucon, ce sera un engagement à vie. Je ne sais pas trop quoi faire.

— Tu n'as jamais été un Faucon, répondis-je prudemment. Et puisque nous ne sommes pas en ce moment sur les terres de l'Empire Sérénissime, aucune loi ne t'oblige à aller aux Mues si tu ne le souhaites pas.

Ce qui avait également le mérite de l'exclure de l'ordre du seigneur Caulin.

Le garçon parut soulagé.

— J'hésite un peu, avoua-t-il. Tout ce que je veux pour l'instant, c'est partir d'ici et retrouver ma sœur. Mais je suis content d'avoir au moins le choix.

— Et pour moi, alors ? demanda le dernier Faucon à ne pas s'être exprimé, un jeune homme corpulent d'une vingtaine d'années, affublé d'une impressionnante moustache. Personne ne m'a jamais donné le choix. Pardonnez-moi d'être direct, ma dame, mais je ne ressens pas une grande affection à l'égard d'un Empire qui me dicte qui je dois être et comment je dois mener ma vie. (Sa voix, d'abord timide, gagna en assurance.) Je n'ai jamais eu la chance de poursuivre mes rêves, d'apprendre un métier, de voyager, de trouver une épouse, de fonder un foyer… toutes ces choses qui font la vie. Et je veux tout cela, ma dame. (Il me montra son poignet nu.) Mon jet m'a été ôté. Je ne désire pas rester dans ce château de misère, mais j'aimerais bien pouvoir voler de mes propres ailes.

Je déglutis péniblement. Il ne me serait pas aisé d'échapper au piège tendu par le seigneur Caulin.

— Et quel est votre nom, monsieur ?

— Harrald Callo, ma dame. Je suis façonnier. (Il tira sur ses manches, comme pour remettre de l'ordre dans sa tenue.) Mes parents étaient fermiers, mais ils comptaient m'envoyer à l'université, avant que les Fauconniers viennent me prendre.

J'avais reçu des instructions du doge. Le sac de velours avec sa fiole de poison m'attendait dans ma chambre. Mais tout ce que souhaitait cet homme, c'était de découvrir qui il était vraiment, qui il aurait pu être, si l'Empire n'avait pas décidé d'un autre destin pour lui.

Mon devoir en tant qu'Envoyée Sérénissime était clair. Mais j'avais également un devoir en tant qu'être humain.

— Pour l'instant, la loi ne laisse aucune place à l'interprétation, dis-je lentement. Je travaille à la changer, mais à l'heure actuelle elle ne vous donne pas le choix.

Les épaules de Harrald se voûtèrent.

— Je vois, ma dame.

Je me penchai vers lui au-dessus de la table, sans lâcher son regard.

— Toutefois, il sera sans doute très difficile de réussir à ramener tout le monde de l'autre côté de la frontière. Si jamais vous veniez à vous séparer du groupe, il me paraît peu probable que l'on puisse vous retrouver.

Il haussa les sourcils.

— Je vois, répéta-t-il, cette fois d'un ton tout à fait différent.

— L'Atruin est un domaine agréable, observai-je négligemment. La Dame des Aigles protège ses sujets et les traite bien. Sa frontière n'est pas très loin d'ici. J'ai également entendu dire du bien de Let, plus au nord.

— Ah, vraiment ? releva Harrald d'une voix enjouée, en se laissant aller contre le dossier de sa chaise.

Je hochai la tête.

— Les mages marqués jouissent d'une grande considération au Vaskandar ; je suis certaine que n'importe quel domaine accueillerait volontiers ce genre de visiteur. Et il se pourrait même que je puisse faire les présentations, voire garantir un sauf-conduit à de tels voyageurs. Je dis ça, en théorie.

Il m'adressa un sourire radieux.

— Eh bien, je serais ravi de continuer à évoquer ce sujet.

— Il y a quelque chose d'autre dont nous devons absolument parler, intervint Namira en s'accoudant à la table. Le mont Chenu.

— Un instant, l'interrompis-je en levant une main, malgré l'impatience anxieuse que je ressentais à aborder ce problème. Terika ne nous a pas encore dit si elle voulait ou non revenir aux Mues.

Zaira se leva lentement.

— Et moi non plus.

Chapitre 35

Je fermai les yeux.

Le moment que je redoutais tant était arrivé. J'aurais dû être heureuse pour Zaira, qui avait enfin le choix, et satisfaite qu'elle n'ait pas l'air de croire que je pourrais tenter de l'en dissuader. Mais je ne ressentis qu'une sensation de vertige, comme si quelque chose d'inestimable venait de m'échapper des doigts pour tomber d'une falaise.

— Très bien. (Je rouvris les yeux, en m'efforçant de conserver un visage impassible.) Souhaitez-vous revenir aux Mues ?

Zaira renifla dédaigneusement.

— La réponse est évidente. Non. Cet endroit est d'un ennui mortel.

Je la dévisageai d'un air interdit.

— Mais ce n'est pas la question, dit-elle en croisant les bras. La question est de savoir si j'y retourne malgré tout.

Je hochai la tête. Bien sûr. Quelle sotte je faisais.

Zaira se tourna vers Terika.

— Toi, qu'est-ce que tu veux ?

Terika rit nerveusement.

— Franchement ? En ce moment ? Être auprès de ma grand-mère. Même si je sais qu'elle va bien, elle n'est plus toute jeune. J'aimerais passer du temps avec elle, pendant qu'il… Enfin, je veux la voir plus souvent.

— Cela peut s'arranger, l'assurai-je aussitôt. Nous pouvons vous faire cantonner à Hautegarde. Ainsi, vous la verriez tous les jours.

Le visage de Terika s'illumina.

— Ce pourrait être une solution, oui.

— Hautegarde est encore plus barbant que les Mues, grommela Zaira.

— Bienveillantes Grâces, je ne voudrais pas t'obliger à vivre là-bas, dit Terika en grimaçant à cette idée. Mais tu pourrais m'y rendre visite souvent. Et je pourrais venir te voir. Je suis sûre que nous pouvons trouver une solution pour rester ensemble. Je ne veux pas non plus me séparer de toi.

— Beurk, grimaça Zaira, quelle sentimentale tu fais.

Terika lui adressa un large sourire.

— Je suis comme la gale. On ne se débarrasse pas aussi facilement de moi.

Namira éclata de rire, mais j'avais toujours le ventre noué par l'appréhension. Je souhaitais de tout mon cœur que Zaira soit libre et prenne sa propre décision, mais il m'était difficile de ne pas prier les Grâces qu'elle choisisse de rester aux Mues. Zaira capta mon regard.

— Et vous ? Que vous arrivera-t-il si je me réfugie dans le domaine de votre grand-mère pour y construire mon trône de crânes, et autres trucs du genre que les mages font pour s'amuser dans le coin ?

Je pris une inspiration tremblante.

— Je suis plus inquiète des conséquences pour l'Empire. Sans votre malefeu…

— Je sais parfaitement l'importance de mon maudit feu dans cette guerre, rétorqua sèchement Zaira. Je parlais de *vous*.

— Très bien, dis-je en posant les mains à plat sur la table. Je n'en sais rien. Je ne pense pas qu'ils iraient jusqu'à m'exécuter. (Ignazio, le cousin de ma mère, nous avait cependant prouvé que le nom des Cornaro ne protégeait pas des conséquences d'une trahison ; ce dernier allait croupir pour le restant de ses jours dans une prison impériale.) En tout cas, cela marquerait à tout le moins la fin de ma carrière politique. Peut-être me laisseront-ils m'exiler en disgrâce dans une villa remplie de livres. (Autrefois, une pareille perspective m'aurait réjouie. Mais aujourd'hui, elle me donnait des frissons.) Mon projet de réforme des Faucons serait mort dans l'œuf. Et… vous me manqueriez beaucoup.

En dehors peut-être du spectre d'un emprisonnement pour trahison, rien de tout cela ne suffisait à faire pencher la balance face à la possibilité que Zaira recouvre sa liberté. Même l'idée de réforme des Faucons pourrait toujours se voir reprise par quelqu'un d'autre. Je baissai les yeux sur mes mains. Je savais que j'aurais pu dire encore bien des choses, des choses susceptibles peut-être de la convaincre de rester, mais elle devait décider d'elle-même. Et si elle choisissait de partir, tant pis si l'Empire risquait de perdre la guerre, et moi de perdre mon titre, ma liberté et, plus encore, mon amie.

Un silence pesant s'installa dans la pièce et je n'osais relever les yeux, craignant ce que je pourrais lire sur le visage de Zaira.

Après un long moment, elle poussa un soupir.

— Votre grand-mère a dit que son invitation tiendrait toujours.

Je relevai la tête, l'espoir tressautant dans ma poitrine.

Zaira haussa les épaules.

— Vous ne croyiez quand même pas que j'allais vous laisser affronter cette pustule de Ruven sans moi ? Cet homme est une vraie plaie qui n'a qu'un seul remède : le malefeu.

— Nous ne sommes pas encore en guerre, remarquai-je pour dissimuler la vague de soulagement qui me fit tourner la tête.

— Je vous parie un ducat que je peux arranger ça pour vous.

Namira se racla la gorge pour attirer notre attention.

— Si nous ne faisons rien pour le mont Chenu, nous n'aurons pas besoin du malefeu pour voir toute la contrée réduite en cendres.

— Est-ce vous qui avez créé les cercles d'Artifice ? lui demandai-je.

Elle désigna d'un geste modeste les autres façonniers à la table.

— Nous avons tous travaillé dessus, mais j'étais responsable du projet, oui.

— J'ai trouvé un de vos cercles, lui racontai-je fébrilement. J'ai compris que vous aviez laissé délibérément certains espaces dans le diagramme. Nous avons des gens qui sont partis à la recherche des autres cercles afin de les modifier pour que la pression du volcan s'évacue lentement.

Namira soupira de soulagement et s'affala sur sa chaise en passant la main dans ses courtes boucles grises.

— Les Grâces soient louées. C'est un début.

— Que devons-nous faire d'autre ?

— Vous devez détruire le cercle de contrôle. (Elle se retourna sur sa chaise pour attraper sur un bureau un carnet de notes, une plume et un encrier, puis se mit à dessiner.) Je vais vous faire une carte pour vous y rendre. Si Ruven active le cercle de contrôle, il pourra déclencher une éruption avec la pression déjà accumulée dans le volcan ; elle sera sans doute moins importante, mais n'en restera pas moins dévastatrice. Il pourra aussi choisir la direction dans laquelle elle se répandra. Si vous détruisez le cercle de contrôle, tant que les autres cercles maintiennent le confinement et continuent à laisser la pression s'échapper doucement, le volcan ne risque pas d'entrer en éruption avant un bon moment.

— Cela ne pourrait pas l'en empêcher à jamais ?

— Non. Le mont Chenu reste un volcan actif. L'Artifice ne peut changer cela.

Zaira fronça les sourcils.

— Et que se passera-t-il si ce piquecrelat met en action l'enchantement avant qu'on puisse détruire le cercle ?

Une expression sinistre descendit sur le visage de Namira.

— Dans ce cas, tous aux abris.

Le Décompte se tint le jour suivant, dans les jardins du Château. La neige sur les pelouses avait fondu au cours de la nuit, mais elle s'attardait encore sous les ombres de la forêt environnante. L'herbe découverte était verte et drue comme une prairie de printemps, grâce sans aucun doute à la magie de Ruven. Si les Hauts Ensorceleurs ressentaient le froid hivernal qui descendait des montagnes, ils ne le montraient pas. Même mon manteau de velours doublé de fourrure ne m'empêchait pas de frissonner de temps à autre.

À la différence de la réception de la veille, où les Hauts Ensorceleurs s'étaient hâtés pour échanger quelques mots avec tous les participants, le Décompte était un jour réservé aux longues conversations privées. Certains allaient se promener ensemble tandis que d'autres se trouvaient un recoin isolé où mener un aparté discret. À première vue, l'on aurait pu croire à des couples profitant d'une flânerie romantique dans les jardins ; d'ailleurs, Zaira ne se priva pas de spéculer de long en large sur les paires qui feraient un bon couple.

— Oh, avec ces deux-là ce serait un feu d'artifice sous les draps, glousa-t-elle en lorgnant le Seigneur Goupil qui parlait avec la Dame des Loutres. Je ne serais pas contre me joindre à la fête, tiens.

— Ah, bafouillai-je, le visage cramoisi.

— Et voilà un ravissant couple. (D'un geste du menton, elle me désigna l'endroit où le Seigneur Peuplier était en sérieuse conversation avec le Seigneur Élan.) Je me demande s'il garde ses bois au lit.

— Hum.

— Qu'avons-nous ensuite ? Ah, le joli tableau, soupira-t-elle en tournant son attention vers la Dame des Lauriers et la Dame des Aigles, qui discutaient à voix basse, penchées l'une vers l'autre. Toutes ces longues jambes et ces longs cheveux…

— Zaira, voyons, c'est mon arrière-grand-mère ! m'offusquai-je.

Zaira me sourit d'un air moqueur.

— Quel dommage que vous n'ayez pas hérité sa beauté.

Quelqu'un avait disposé dans le jardin, sur des piédestaux, des bols en bois remplis de pierres rouges ou bleues. Au début, je pris cela pour des douceurs, car les Hauts Seigneurs allaient parfois y puiser une ou plusieurs pierres, mais en y regardant de plus près je constatai qu'il s'agissait en réalité de petits cristaux polis.

— À quoi pensez-vous qu'ils servent ? demandai-je à Zaira, intriguée.

Elle haussa les épaules.

— Juste à faire joli ?

Tandis que nous regardions, Kathe plongea la main dans un des bols pour y récupérer une pierre rouge et la fit sauter dans sa main tout en se dirigeant vers la Dame des Ronces.

— Ces cristaux ont forcément une signification, marmonnai-je.

Zaira m'alerta d'un petit coup de coude.

— Il s'agit peut-être d'une sorte de monnaie. Regardez donc.

Nous observâmes la Dame des Lauriers donner deux gemmes bleues à la Dame des Araignées, qui fort heureusement se trouvait à l'autre bout du jardin. La chair de poule me vint rien qu'à la regarder, et je détournai rapidement les yeux.

—J'ai tout de même du mal à imaginer les Hauts Ensorceleurs se soudoyant les uns les autres. (Mais je me remémorai ce que Kathe avait expliqué quant au type de devise qui s'échangeait durant le jour du Décompte.) Ces cristaux représentent sûrement les griefs et les faveurs. Ces pierres doivent être purement symboliques, un rituel pour sceller un accord. Ils paient des faveurs qu'ils doivent par un appui politique, et soldent des griefs en échange de nouvelles faveurs.

—Et nous, nous sommes fauchées.

—Comme vous dites. (Je redressai le buste.) Mais nous pouvons encore tenter de persuader les gens de l'ancienne manière.

Zaira remua les sourcils d'un air suggestif.

—En leur *parlant*, clarifiai-je en sentant mes joues s'empourprer.

La sensation de puissance qui émanait des Hauts Ensorceleurs était moins tangible et moins oppressante ici, alors qu'ils étaient dispersés dans les jardins à ciel ouvert et non réunis dans une salle close, et il était donc moins effrayant de les approcher. Zaira badina de nouveau avec le Seigneur Goupil pour tenter de le convaincre de s'allier à l'Empire, et j'eus un échange poli avec mon grand-oncle le Seigneur Peuplier, qui me permit d'apprendre qu'il était fermement décidé à rester neutre, fidèle en cela à la position de sa mère. La Dame des Ronces continua à me jeter des regards assassins, à tel point que je m'attendis presque à ce que mon nez se mette à saigner sous le seul poids de sa haine. Kathe quant à lui parla longuement avec le Seigneur des Houx, un homme jeune d'apparence et solidement charpenté, qui semblait vêtu presque exclusivement de tatouages élaborés et portait une couronne de rameaux aux feuilles sombres et aux baies rouges. J'eus du mal à détacher mes yeux de ces deux-là.

Près d'une treille couverte de fleurs violettes tombantes, j'entamai la conversation avec la Dame des Lynx, une petite femme aux cheveux courts et aux yeux farouches qui m'arrivait à peine à l'épaule et se mouvait avec une élégance soyeuse.

— J'ai entendu raconter que vous êtes vous aussi en quête d'un domaine pour votre héritière, dis-je, après avoir réussi à garder mon sourire durant les politesses d'usage alors que je me sentais comme une souris craignant de servir de dîner. (L'aura intense et prédatrice qui émanait de la Dame des Lynx était alarmante, et sans aucun rapport avec sa silhouette menue.) Ce doit être une situation délicate, quand votre domaine est encerclé par ceux de vos pairs.

La Dame des Lynx fit rouler une pierre bleue entre ses doigts, puis sur le dos de ses phalanges.

— Il me faut deux domaines, en réalité. Un pour mon épouse, et un pour notre fille.

— Voilà qui est encore plus compliqué, la plaignis-je d'un air compatissant.

— Pas vraiment. (La Dame des Lynx lança la pierre, qui retomba en tournoyant ; elle la rattrapa d'un geste vif.) Elles sont toutes deux assez fortes pour devenir Hautes Ensorceleuses. Ma fille est un monstre, dit-elle fièrement en souriant de ses dents étrangement pointues. Et le Sevaeth est bien assez vaste pour constituer deux domaines.

— Vous convoitez donc le Sevaeth ? demandai-je. La Dame des Ronces le sait-elle ?

— Oh, oui. Elle ne me porte pas dans son cœur. Mais elle vous hait encore plus.

— Il semble alors que nous aurions tout intérêt à nous allier, proposai-je, puisque nous sommes toutes deux l'ennemi du Sevaeth.

La Dame des Lynx ouvrit la main ; la pierre avait disparu.

— Je chasse seule. Quand vous aurez fini de vous affronter, elle sera affaiblie et deviendra une proie facile. C'est alors seulement que je frapperai.

— Vous comptez donc rester à l'écart de cette guerre ?

— Bien au contraire, gloussa-t-elle. Je compte y apporter la lumière de ma chandelle. S'ils n'ont pas assez de soutiens, ils risqueraient de ne pas prendre les armes, et dans ce cas la Dame des Ronces n'y épuisera pas ses forces. J'espère une lutte longue et âpre, qui entraîne des pertes importantes.

— Charmant, murmurai-je.

Pas d'espoir du côté de la Dame des Lynx, donc. Au moins, la Dame des Ronces savait que celle-ci représentait une menace, et veillerait sans doute à garder des forces en réserve pour repousser l'inévitable attaque de sa voisine du nord. Mais j'éprouvais des difficultés à contenir mon anxiété grandissante. Je n'avais encore convaincu personne de voter contre la guerre, et la confiance que l'Empire avait placée en moi devenait un fardeau de plus en plus lourd à chaque refus poli que j'essuyais.

Le mont Chenu, qui dressait sa silhouette menaçante au-dessus du château avec ses glaciers griffant le ciel, représentait pour moi un rappel constant des conséquences d'un échec. À intervalles réguliers, le flanc du volcan émettait un autre panache de vapeur innocent qui dérivait vers le sud en jetant une ombre sinistre sur l'Empire.

Je cherchai Zaira et l'aperçus qui était assise seule dans l'herbe près d'une rangée d'arbustes, occupée à tresser une couronne de fleurs. Je me sentis agacée de la voir perdre son temps à rêvasser dans un moment aussi critique, mais quand je m'approchai, elle me lança un regard intense tout en continuant d'un air ingénu à arranger les fleurs dans ses mains, et je pris soudain conscience de plusieurs choses à la fois.

Zaira avait grandi à Raverra, où les jardins étaient un luxe réservé aux plus fortunés. Elle n'avait jamais eu l'occasion d'apprendre à tresser une guirlande de fleurs, et de toute façon cela ne lui ressemblait pas de s'isoler pour s'adonner à ce genre de distraction enfantine au beau milieu d'un événement mondain.

Elle manigançait quelque chose.

Je ravalai les mots que je m'apprêtais à lui lancer, et me rapprochai plus discrètement pour venir m'asseoir à côté d'elle. Elle me salua d'un signe de tête, mais murmura entre ses dents :

— Là. Le trou dans la haie.

La rangée dense d'arbustes à feuilles persistantes délimitait un petit jardin privé, dans lequel j'aperçus une fontaine et des parterres d'orchidées. La Dame des Ronces et sa fille étaient assises sur la margelle de la fontaine. La fille était courbée, les épaules voûtées par la fatigue ou la maladie ; la mère paraissait aussi fraîche qu'une rose et passait un bras protecteur dans le dos de son héritière vieillissante.

Ruven se tenait debout devant elles et leur parlait. Ils étaient trop loin de nous pour que je puisse entendre ce qu'il disait, mais il accompagnait ses mots de grands gestes expressifs de la main, tout en acceptant une tasse de thé que lui offrit un domestique.

— Il y a quelque chose qui ne va pas, me glissa Zaira, sans bouger les lèvres. Regardez l'attitude de Ruven. Il est prêt à… *ah*.

Aussi vif qu'un serpent, Ruven saisit le poignet du serviteur, qui se figea au milieu de son mouvement de recul.

Je m'agitai inconfortablement.

— Nous devrions l'aider.

— La seule manière d'aider tous les malheureux qui triment ici serait de leur faire quitter le Kazerath. Si vous intervenez pour demander à Ruven d'arrêter, il le torturera d'autant plus, rien que pour vous contrarier.

Le domestique ne semblait pas souffrir, mais il était paralysé. Tout en continuant à tenir le poignet de l'homme, Ruven tendit l'autre main à la fille de la Dame des Ronces d'un geste gracieux, comme s'il offrait de l'aider à monter dans une barque. Elle posa sa main noueuse et tremblante dans la sienne, sans relever la tête.

Le domestique resta figé à mi-parcours d'une révérence hésitante. Il ne remua pas, n'émit aucun son, mais quelque chose changea. Sa posture perdit son côté naturel et il ne sembla plus tenir debout que par la force de la magie qui le paralysait, comme une poupée de papier froissée et glissée dans une bouteille.

La Dame des Ronces détourna les yeux avec une moue de dégoût.

Je me levai et Zaira me retint par le bras.

— Qu'est-ce qui vous prend ? siffla-t-elle entre ses dents.

— Nous devons l'arrêter. Le distraire, ou…

Zaira secoua la tête d'un air sombre.

— C'est trop tard.

Ruven relâcha le poignet de l'homme, qui s'effondra au sol. À la manière dont il tomba, pareil à un pantin désarticulé, je sus qu'il était mort.

— Par les Enfers, murmurai-je, choquée. Pourquoi a-t-il fait ça ?

— Observez donc la vieille peau, grogna doucement Zaira.

La fille de la Dame des Ronces ôta la main de celle de Ruven d'un geste plus ferme. Ses joues avaient retrouvé des couleurs. Elle n'avait pas rajeuni, mais son grand âge semblait moins lui peser et ses gestes étaient plus fluides et plus assurés.

Sa mère caressa les fins cheveux blancs de sa fille et s'adressa à Ruven avec dans son attitude une réserve qui me fit penser qu'elle devait lui exprimer sa gratitude.

Ruven claqua des doigts à l'intention de quelqu'un que je ne pouvais voir et une jeune servante apparut, le visage fermé. Elle prit le mort par les pieds en détournant la tête et traîna le cadavre en direction d'une discrète poterne dans la muraille du château. Elle agissait sans la moindre hésitation et il paraissait évident que ce n'était pas la première fois qu'elle se chargeait de cette macabre besogne.

— Il la nourrit avec la vie de ses serviteurs et l'empêche ainsi de mourir de vieillesse, murmurai-je. C'est par ce biais qu'il tient la Dame des Ronces. Il est le seul ensorceleur de chair connu, et donc le seul à pouvoir le faire.

Ruven tendit la main ouverte vers la Dame des Ronces dans un geste à l'élégance ostentatoire, et elle y déposa une poignée de pierres bleues. Puis elle se leva, le salua en s'inclinant profondément, et aida sa fille à se remettre debout.

Nous nous hâtâmes de nous éloigner avant que Ruven émerge de son recoin discret. Mais cette distance restait illusoire : Ruven était l'herbe sous nos pieds, l'ombre des conifères au-dessus des jardins, les fleurs violettes à l'écœurante douceur qui couvraient les buissons malgré la saison. Il aurait pu les faire toutes flétrir d'un clignement de l'œil, puis les faire éclore à nouveau.

— J'aimerais pouvoir évacuer toute la population du Kazerath, murmurai-je à Zaira.

— Je connais une façon plus simple de les libérer de Ruven, dit-elle en refermant les poings de manière menaçante.

Je remarquai le Seigneur Élan devant un bol de pierres bleues, et sa large ramure s'inclina quand il baissa la tête pour en choisir quelques-unes. J'avais attendu toute la matinée une occasion de lui parler seul à seul.

— Je devrais aller le voir, murmurai-je nerveusement.

— Faites donc. Et moi je me charge de découvrir ce que mijote ce gamin, dit Zaira avec un signe du menton en direction d'une terrasse en pierre qui donnait sur les jardins.

Le garçon roux y avait installé son chevalet et peignait.

— L'alchimiste de Ruven, soufflai-je. Nous ne devons pas le laisser continuer à fabriquer cette horrible potion. Si nous pouvions réussir à l'en convaincre, d'une manière ou d'une autre…

— Je vous raconterai comment ça s'est passé, dit Zaira. Et bonne chance avec le vieux cornu.

Zaira se dirigea vers la terrasse, et je me retrouvai seule pour affronter le Seigneur Élan.

Je pris une grande inspiration et m'avançai vers lui à grandes enjambées. Il me regarda approcher de ses yeux aussi pénétrants que le ciel nocturne qui luisaient dans les replis de son visage buriné, aux profondes rides de sagesse. Il était difficile de franchir l'épais nimbe de pouvoir qui l'entourait ; il était ancien, plus ancien que les arbres immenses qui ceinturaient la colline, et sa présence paisible m'inspirait le désir impérieux de m'arrêter et de m'enraciner au sol comme un arbre.

Quand je fus arrivée à la distance convenable pour une conversation, je m'inclinai devant lui.

— Seigneur. Je suis Amalia Cornaro, de l'Empire Sérénissime. Je suis honorée de vous rencontrer.

Il me regarda d'un air impassible.

— Personne de votre Empire n'avait encore jamais assisté à un Conclave. Vous amenez le changement, portée sur les ailes d'un corbeau.

Je me doutai que c'était exactement le genre de réaction que Kathe espérait susciter. Mais ne sachant pas ce que le Seigneur Élan pensait du changement, je me contentai de sourire.

— Certains changements sont plus dangereux que d'autres. Comme le bouleversement d'une guerre.

— La guerre. (Le Seigneur Élan soupira et leva les yeux vers les montagnes.) Lorsque vous êtes aussi vieux que moi, dame Amalia, vous observez les méandres de l'histoire avec du recul, et ils se déploient devant vous aussi clairement que les tours et détours de cette conversation. La guerre n'a rien d'un changement. Pas au Vaskandar, en tout cas.

— Je manque certes de votre longue expérience, mais j'ai beaucoup étudié l'histoire, dis-je. Je suis familière du cycle d'expansions violentes qu'a connu le Vaskandar.

— Dans ce cas, peut-être voyez-vous le problème qui rend inévitable cette guerre contre votre Empire. (Les longs plis de sa robe de cuir brodé s'agitèrent alors qu'il se mettait à marcher. Je me pressai de l'imiter et dus accélérer pour rester à sa hauteur ; il devait avoir des jambes immenses à voir comment son pas nonchalant me distançait aisément.) Nous avons déferlé sur les Pics Sorciers telle une inondation se heurtant à une digue. La paix ne peut durer. Les Hauts Ensorceleurs doivent se battre, soit contre vous, soit entre eux.

— Il doit sûrement exister une autre solution. La guerre n'est profitable pour personne.

— Pas tant que nous aurons des prétendants au titre de Hauts Ensorceleurs, avides d'obtenir un domaine, et l'immortalité qui l'accompagne. (Le Seigneur Élan secoua la tête, dans un large mouvement de sa ramure.) Non. Et peu importe qu'il me répugne d'apporter mon soutien à un ensorceleur de chair, nous avons besoin de cette guerre.

Je bondis sur l'ouverture.

— Mais si la guerre fait partie du cycle naturel du Vaskandar, l'accession au pouvoir d'un ensorceleur de chair ne représente-t-elle pas une plus grave menace pour la stabilité ? Vous n'avez encore jamais eu d'ensorceleur de chair à la tête d'un domaine.

— C'est exact, concéda-t-il. Et j'admets que cela me soucie. Le seigneur du Kazerath pourrait devenir un problème.

— Il projette de déclencher l'éruption du mont Chenu afin de répandre l'étendue de son influence grâce aux retombées des cendres volcaniques, insistai-je. Cela risque assurément de bouleverser l'ordre établi.

— Nous refaçonnons le pays constamment. Quelques cendres ne suffiront pas à contrarier la suzeraineté des autres Ensorceleurs sur leurs domaines. (Le Seigneur Élan se renfrogna.) En revanche, c'est inquiétant du fait que cela témoigne de son inconséquence.

— Pouvez-vous vraiment justifier d'user de votre influence et de votre pouvoir considérables pour soutenir quelqu'un tel que lui ? (J'ouvris les mains en m'efforçant d'imiter son attitude philosophe.) Que pourrait-il en sortir de bon ?

Le Seigneur Élan s'immobilisa. Il se tourna et baissa la tête pour me dévisager. Le poids de son regard m'écrasa avec la force d'une montagne, ancien et indifférent.

— Ce qu'il fait va à l'encontre des œuvres de la nature. Il est semblable à une créature malsaine qui dévore ses propres excréments. Mais quant à savoir s'il représente une menace pour qui que ce soit en dehors de ses propres sujets, cela reste à voir.

— Si vous le connaissez un tant soit peu, vous savez ce qu'il en est.

— Je ne le connais pas et je n'en ai nullement le désir, rétorqua le Seigneur Élan. (Il releva la tête vers les montagnes, me signifiant clairement que cette conversation était terminée.) Si jamais il s'oublie, nous nous chargerons de lui. Nous n'avons aucun besoin de l'aide de la Cité Sérénissime.

Je m'inclinai et ravalai ma frustration.

— J'espère dans ce cas que vous vous en chargerez comme il convient, quand le moment sera venu.

Je m'éloignai d'un pas rageur, les mâchoires serrées. Je ne réalisais pas le moindre progrès. Mais je me souvins que ma mère disait que le doge n'admettait jamais que vous aviez réussi à lui faire changer d'avis; il ne cédait sur rien dans la discussion, puis, plus tard, répétait vos arguments en donnant l'impression qu'ils venaient de lui. Les Hauts Ensorceleurs étaient, comme le doge, des dirigeants puissants, et il en allait sans doute de même pour eux.

—Ah, dame Amalia, ronronna une voix familière, bien trop proche de moi. J'espère que vous appréciez votre séjour dans ma demeure.

Je me retournai aussitôt pour découvrir Ruven juste derrière moi. À présent que je me retrouvais face à lui, sa présence venimeuse s'imposa à moi si puissamment qu'elle m'étouffa presque. De son sourire cruel à sa queue-de-cheval blonde, chaque fibre de son corps irradiait d'une assurance absolue de domination.

—Certes, je préfère votre hospitalité présente à celle que j'ai reçue à ma précédente visite, réussis-je à répondre.

Il gloussa.

—Je me réjouis de savoir que vous appréciez davantage le Kazerath maintenant qu'il est devenu mien.

Ce n'était pas ce que j'avais voulu dire, mais je sautai néanmoins sur l'occasion.

—Oui, vous possédez à présent votre propre domaine, fis-je observer. Il ne vous reste donc plus aucune raison de désirer la guerre avec l'Empire Sérénissime.

—Ma dame, voyons, vous me connaissez mieux que cela. Je ne suis pas homme à me contenter d'ambitions aussi médiocres.

Il tendit nonchalamment la main, et un serviteur qui passait avec son plateau de petits gâteaux aux pommes modifia aussitôt sa trajectoire, les yeux écarquillés par la peur, afin de répondre à sa convocation silencieuse.

Il présenta le plateau à son maître, qui choisit un gâteau avant de congédier l'homme d'un geste.

Mes épaules se détendirent ; j'avais redouté qu'il n'appelle le malheureux dans le but de lui faire subir quelque torture horrible, juste pour le plaisir de me choquer. Et par l'éclat rieur que je lus dans ses yeux, il avait senti ma crainte.

— Laissez-moi vous expliquer, proposa Ruven en tournant entre ses doigts le petit plat sur lequel était posé le gâteau. Quand je n'étais encore qu'un enfant et que se révélèrent pour la première fois mes talents d'ensorceleur de chair, mon défunt père eut la tentation de mettre fin à mes jours comme, selon ses propres mots, on le fait d'un chien enragé.

Je grimaçai, sans trop savoir ce qui était le pire : que le Seigneur Loup ait dit une telle chose, ou que je ne puisse m'empêcher de trouver une certaine légitimité à sa réaction.

— C'est affreux.

— Oh, je ne vous raconte pas cela pour gagner votre sympathie. Que pourrais-je bien en faire ? (Ruven secoua la tête.) Vous ne comprenez pas, ma dame. Mes seize pairs réunis ici attendent seulement de voir si je peux leur être utile, ou si je dois être éliminé.

— Vous ne me semblez pas être homme à vous rendre utile, hasardai-je.

Ruven laissa tomber au sol le gâteau qu'il n'avait pas touché et l'écrasa sous sa botte.

— Non, acquiesça-t-il, effectivement.

— Vous aspirez donc à avoir suffisamment de pouvoir pour qu'ils ne puissent plus représenter une menace pour vous. (Je ne pus empêcher ma voix de se colorer d'une nuance de mépris.) Vous faites tout cela parce que vous avez peur.

Le sol remua et gronda sous mes pieds comme s'il allait m'engloutir. La sensation de pression dans l'air augmenta tant que j'eus du mal à respirer. Quelque chose dans la forêt lança un hurlement aux accents horriblement humains.

Ruven me sourit, et les cercles violets de ses yeux flamboyèrent d'un éclat meurtrier. Un froid noir et glacial descendit le long de mon dos : il allait me tuer, ici même, ou pire encore, faire fondre ma chair sur mes os et me laisser vivre défigurée et grotesque. Je venais de commettre une terrible erreur.

— Nous connaissons tous la peur, dame Amalia. (Sa voix était douce et caressante, mais elle résonna jusque dans mes os.) Ce n'est pas un ennemi, mais un professeur. Et un professeur dont vous feriez bien d'écouter les enseignements.

Puis le poids de son pouvoir se dissipa brusquement, comme si cette sensation d'écrasement n'avait jamais existé. Avec un sourire, Ruven s'inclina élégamment.

— Profitez bien du reste du Conclave.

Je le regardai s'éloigner alors qu'il se dirigeait vers le Seigneur Serpent. Je glissai la main dans ma poche pour serrer dans ma paume le bouton de Marcello.

— L'esprit de cet homme n'a rien à envier à celui de la démone de la Folie, murmurai-je au bouton.

Chapitre 36

Peu après ma conversation avec Ruven, Kathe s'approcha tranquillement de moi et me tendit un verre.

— J'ai vu qu'il y avait du vin, et j'ai pensé qu'il vous serait un agréable répit, après toute cette bière.

Un sourire se dessina sur ses lèvres, que je me mis à fixer intensément, submergée par le souvenir de notre baiser. Cela avait été comme d'avaler un éclair liquide. J'acceptai le verre qu'il m'offrait en le remerciant d'un hochement de tête, tout en espérant qu'il n'ait pas perçu mon trouble.

— Je vous remercie. (Mon anneau ne réagit pas, et j'avalai une gorgée de ce vin rouge corsé pour chasser de ma mémoire le goût de ses lèvres.) J'avais bien besoin d'un verre. Les Hauts Ensorceleurs ne sont pas des gens faciles à convaincre.

— Essayez donc de proposer un accord commercial à la Dame des Mouettes, me suggéra-t-il. Elle aimerait beaucoup voir davantage de navires raverrains faire escale dans son île.

— Je le ferai. Merci.

Je soupirai en massant ma nuque raide.

Il se rapprocha de moi dans un frémissement des plumes qui lui couvraient les épaules.

— Je ne pourrai pas vous aider publiquement autant que je le souhaiterais, me dit-il d'une voix basse et sérieuse. Je travaille à un plan, et j'ai besoin que les alliés de Ruven restent disposés à me parler. Mais je veux que vous sachiez que tout cela n'est qu'un jeu ; vous avez réellement mon soutien.

Je sourcillai.

— Je croyais pourtant que votre soutien à ma cause n'était lui aussi qu'un jeu ?

Il rit.

— Il est certains jeux auxquels je joue pour me distraire. Et d'autres auxquels je joue pour gagner.

— Et dans quelle catégorie entre notre relation galante ? m'enquis-je, avec ma meilleure approximation d'un sourire provocateur.

Je me rendis compte que j'étais bien plus intéressée par sa réponse que je ne l'aurais pensé.

— Dans les deux, bien sûr. Et à présent, si vous voulez bien m'excuser, je dois aller instiller certaines idées dans la tête de la Dame des Lauriers, en prévision de futurs développements.

Je lui offris ma main, dans un geste qui me parut d'une audace folle. Il la leva langoureusement à ses lèvres sans que jamais ses yeux quittent les miens, et les cercles jaune vif de sa marque des mages me brûlèrent. Après le baiser que nous avions échangé, la caresse de sa bouche sur le dos de ma main sembla éveiller tous les nerfs de mon corps.

Il la relâcha avec un sourire espiègle.

— Quand le Conclave sera terminé, vous et moi devrons prendre le temps de nous fréquenter convenablement, sans menaces de guerre et de mort pour nous distraire.

— Si l'issue du Conclave fait disparaître toute menace de guerre et de mort, vous m'en verrez heureusement surprise.

Kathe rit et me salua en s'inclinant avant de tourner les talons. Je le regardai s'éloigner en admirant la grâce nonchalante de sa démarche.

Ses affaires semblaient bien engagées, mais je ne savais toujours pas quelles étaient exactement ses intentions. Et ignorer à quels autres jeux Kathe jouait pouvait se révéler désavantageux, voire réellement dangereux.

— Il est charmant, mais il ne vous apportera rien de bon, me glissa à l'oreille une voix fluide.

La bouche soudain sèche, je me retournai face à la Dame des Araignées. Des araignées aux pattes dorées et aux abdomens rouge rubis, reliées par des fils de leur soie, formaient dans sa chevelure un filet aux motifs de dentelle ouvragée. Les araignées sur son corsage s'entrecroisaient avec une abominable précision pour dessiner des entrelacs en perpétuel mouvement.

Je laissai échapper un rire nerveux et haut perché, et reculai d'un pas.

— C'est possible, ma dame.

— Avez-vous réfléchi à mon offre ? Je peux vous apporter beaucoup en retour. (Elle joua avec les fils dans ses cheveux, et de grosses araignées aux couleurs de joyaux vinrent se poser sur ses doigts comme autant de bagues précieuses.) Vous révéler ses secrets, ceux de Ruven, ceux de la Dame des Ronces. Tôt ou tard, je finis toujours par découvrir ce que chacun dissimule au plus profond de son être.

Cela pourrait réellement en valoir la peine. Cette pensée fit descendre le long de mon dos un frisson d'horreur qui avançait sur huit pattes velues.

Mais je songeai ensuite à tout ce qu'elle pourrait apprendre en retour. Ma dépendance à l'élixir qui me gardait en vie. Tous les codes et les signes de notre réseau d'espionnage que m'avait enseignés ma mère, et tous les secrets dont j'avais eu vent en assistant aux séances du Conseil des Neuf. Ma crainte honteuse de ne pas devoir mon admission à l'université d'Ardence à mes capacités, mais au prestige de mon nom. La terreur absolue et irrépressible que j'avais ressentie à Ardence, quand je m'étais retrouvée enfermée dans les ténèbres étouffantes d'un cercueil.

Je déglutis nerveusement.

— Certes, mais je crains d'avoir à décliner votre offre.

La Dame des Araignées me sourit, d'un sourire terrible et entendu. Les secrets qu'elle gardait au fond d'elle conféraient à ses yeux un regard sage et indifférent, mais empli d'ombres grouillantes.

— Pour l'instant, dit-elle d'une voix profonde et étrangement hypnotique. Mais viendra un jour où vous aurez besoin de quelque chose, Amalia Cornaro. Un besoin si désespéré que vous serez prête à payer le prix que je demande. Et ce jour-là, vous viendrez à moi.

Je m'efforçai de sourire, sans vraiment y parvenir, incapable de détacher mes yeux des siens.

— J'ai hâte de voir ce jour advenir, me lança-t-elle en s'éloignant dans sa longue traîne de filandres, tandis que je vidais mon verre en trois longues gorgées.

Je retrouvai Zaira sur la terrasse, les mains sur les hanches, qui faisait face au garçon roux. Ce dernier la toisait d'un air mauvais, la main crispée sur son pinceau comme s'il s'agissait d'une arme.

— Donc tu te fiches de savoir qu'il utilise les potions que tu crées pour réduire en esclavage d'autres mages comme toi ? lui demandait Zaira.

Le garçon leva les mains au ciel.

— Je ne la fabrique plus ! C'est cette vieille femme qui s'en charge. Et je ne vois pas où est le mal. Ils devraient plutôt remercier le seigneur Ruven ; il les a sauvés de l'emprisonnement aux Mues.

— C'est comme de dire que tu aurais sauvé quelqu'un d'un mauvais mariage en le donnant à manger à un requin !

Je m'immobilisai sur le seuil de la terrasse, ne sachant comment me joindre à une conversation aussi explosive.

D'ailleurs, ni l'un ni l'autre ne sembla remarquer ma présence, ou s'en soucier.

Le garçon s'avança vers Zaira avec plus d'agressivité que je ne lui aurais conseillé d'en montrer.

— Ne vous avisez pas de dire du mal du seigneur Ruven ! Il me traite comme un prince. Les Fauconniers sont des monstres. Ils ont voulu m'arracher à mes parents, et quand le seigneur Ruven a envoyé ses gens me secourir, un Fauconnier m'a tiré dessus avec son pistolet ! (Il brandit son pinceau vers Zaira.) Il m'aurait tué si le seigneur Ruven ne m'avait pas sauvé.

Par tous les Enfers. Je savais qui était ce garçon.

— Emmand, bafouillai-je.

L'enfant que Marcello n'avait pas réussi à sauver et qui avait été kidnappé, quatre ans auparavant.

Il se tourna en entendant son nom.

— Qui êtes-vous ? me demanda-t-il sèchement.

— Quelqu'un qui connaît la vérité. (Je me rapprochai de lui, une main tendue.) Emmand, le Fauconnier essayait de te sauver. Il n'a pas tiré sur toi, mais sur tes ravisseurs. Les gens qui t'ont « sauvé » comme tu dis, t'ont vendu à Ruven en échange de pavot des songes.

— Je sais ce qui s'est passé, j'étais là, railla Emmand.

— Ils ont tué tes parents.

Emmand se figea.

— Bien sûr que non. Mes parents m'ont envoyé auprès du seigneur Ruven afin de me protéger des Fauconniers.

— Oh, et qui t'a raconté ça ? s'enquit Zaira d'un ton cynique. Tes kidnappeurs ? Quand tu leur as demandé où étaient tes parents, après qu'ils les eurent assassinés ?

Le garçon jeta son pinceau sur les dalles de la terrasse.

— Ce n'est pas ce qui s'est passé ! Le seigneur Ruven est mon protecteur. Il ne donne cette potion aux autres qu'à titre temporaire, le temps qu'ils retrouvent la raison et cessent de vouloir retourner en captivité. Ensuite, il leur fournira un endroit où vivre, auprès de bonnes familles, comme il l'a fait pour les autres.

Les autres. J'échangeai un regard avec Zaira, qui se souvenait aussi bien que moi de ce que Selas nous avait dit.

Zaira lâcha un soupir agacé.

— Gamin, tu vis dans un monde encore moins réel que cette peinture. Ruven n'est qu'un sac à vomi qui ment comme il respire, et toi tu gobes tout ce qu'il te raconte.

— Je vous interdis de dire du mal de lui ! (Le garçon tremblait de rage.) Allez-vous-en et laissez-moi tranquille ! Je veux peindre en paix.

— Très bien. (Zaira se détourna de lui dans une envolée dédaigneuse de jupons.) Continue donc à empoisonner des gens bien pour le compte de l'homme qui a fait tuer tes parents, si ça te chante. Autant parler à un mur ; ce n'est pas plus utile mais lui au moins m'écoute sans m'abreuver d'âneries.

Je suivis Zaira.

— Ce n'est décidément pas mon jour pour réussir à convaincre qui que ce soit, murmurai-je.

— C'est dans la nature humaine. Vous pouvez prévenir un morveux de ne pas mettre sa main dans le feu, il faudra quand même qu'il essaie et se brûle pour comprendre. (Elle donna un coup de pied rageur dans un bout d'ardoise qui dévala les marches de la terrasse.) Que fait-on maintenant ?

J'observai les jardins alors que nous arrivions au bas de l'escalier. Tout le monde était absorbé dans d'intenses discussions, et personne ne nous prêtait attention. Il restait au moins une chose cruciale que nous pouvions accomplir aujourd'hui.

— Allons chercher ce cercle de contrôle, dis-je. Il est plus que temps de mettre un terme aux ambitions volcaniques de Ruven.

La carte que Namira nous avait dessinée indiquait que le cercle de contrôle se trouvait au sommet de la colline suivante, en direction du mont Chenu. Un épaulement en forme de selle la reliait à la colline sur laquelle se dressait le château. Un sentier qui partait des jardins s'enfonçait dans la forêt en direction de cet épaulement. À l'entrée du sentier se tenait une antique Pierre de Trêve aux gravures usées par l'âge, guère plus haute que le genou et dont la vasque contenait un peu de sang frais.

Nous attendîmes que Ruven soit absorbé dans sa conversation avec le Seigneur If ; entre cette distraction et le pouvoir émanant des seize autres Hauts Ensorceleurs qui devait submerger ses perceptions magiques, il semblait improbable qu'il sente deux simples mortels vagabondant dans son domaine. Zaira observa les alentours pour s'assurer que personne ne regardait vers nous, puis nous nous faufilâmes sous les arbres.

L'ombre froide des sous-bois étouffa aussitôt le murmure des conversations derrière nous. Le parfum frais des épicéas et l'odeur de l'humus effacèrent la senteur des fleurs violettes dont la mère de Ruven avait entouré la demeure familiale. Un écureuil grogna vers nous, perché sur une branche grise et nue, et j'entendis le frémissement d'un ruisseau non loin. L'atmosphère oppressante et vigilante que je m'attendais à ressentir dans une forêt du Vaskandar était atténuée, peut-être parce que l'attention de Ruven se dirigeait ailleurs.

La pellicule de neige qui recouvrait le chemin craqua sous nos bottes. Impossible d'éviter d'y laisser l'empreinte de nos pas ; il n'y avait plus qu'à espérer que le Conclave occuperait suffisamment Ruven pour l'empêcher de venir rôder sur ce sentier.

— Que tout ce pays bascule dans les Enfers, maugréa Zaira. J'ai hâte de revenir à Raverra, où il n'y a pas plus de six arbres dans toute la ville, et aucun d'eux qui essaie de me tuer.

— Et où les gens désirent des choses simples, de l'argent ou de l'influence politique, et pas l'immortalité ou la souveraineté magique, opinai-je.

Zaira haussa les épaules.

— Ce n'est pas ça qui me dérange le plus. Le pouvoir c'est le pouvoir et, en fin de compte, il n'y a que ça qui intéresse tous ces fumiers.

Elle avait sans doute raison. Et cela valait aussi pour Kathe – et pour ma mère.

— C'est le but dans lequel ils recherchent le pouvoir qui fait la différence, dis-je.

Zaira secoua la tête.

— Les nobles motifs pour lesquels quelqu'un veut le pouvoir, je m'en balance complètement. La seule chose qui compte, c'est la manière dont il l'utilise concrètement. Cette garce d'Ardence – vous savez, Savony, l'intendante du duc –, elle voulait le pouvoir pour le bien de sa cité, et la Dame des Ronces le veut pour sauver sa fille chérie ; mais l'une comme l'autre n'hésiteraient pas à empiler les cadavres pour l'obtenir. Je préférerai toujours un gredin qui a des principes à un idéaliste fanatique.

— Vous n'avez pas tort, concédai-je. Mais pour autant… Un instant, quelle est cette odeur ?

Un effluve prenant allait et venait dans la brise, atténué par la distance ou par le temps, mais encore assez âcre pour m'assaillir les narines. Je n'arrivais pas à définir s'il s'agissait d'une odeur de putréfaction, de musc animal ou d'une combinaison des deux.

— Ça sent la mort, déclara Zaira, la mine lugubre. Par ici.

Elle indiqua du menton un côté du sentier où un brusque dénivelé du terrain plongeait abruptement sur une dizaine de mètres dans un ravin boisé.

— Venez, dit Zaira en se masquant le nez de sa manche et en tirant sa dague. Allons voir.

Nous nous faufilâmes discrètement au bord de la combe aux parois rocheuses couvertes de lichens, dont le fond s'ouvrait en un large espace de terre nue où les fréquents passages d'animaux avaient écrasé tous les végétaux. Des pistes traçaient de minces lignes à travers les sous-bois enneigés pour converger vers cet endroit, où les nombreuses empreintes de pattes avaient transformé la fine couche blanche en neige fondue et boueuse.

Directement au-dessous de nous se trouvaient de petits tas éparpillés d'ossements humains.

Certains, relativement récents, pouvaient être qualifiés de carcasses, avec des os encore unis par des lambeaux de tendons et des morceaux de vêtements collés à leurs squelettes ou dispersés dans la boue. Les ossements avaient été soigneusement débarrassés de leur chair par les prédateurs de la forêt.

— Grâce de la Miséricorde ! hoquetai-je en me reculant du charnier et en saisissant le bras de Zaira.

— C'est le dépotoir de Ruven. (Zaira dégagea son bras et s'accroupit au bord du précipice pour en scruter le fond.) Le serviteur que nous l'avons vu tuer sera sans doute balancé là-dedans d'ici peu.

Je me forçai à me rapprocher pour mieux observer le charnier.

— Il semble y avoir plusieurs dizaines de cadavres, au moins.

— Certains sont ceux d'enfants, remarqua Zaira d'une voix blanche. Ruven, espèce de fiente pourrie de démon !

Elle avait raison. Certains des ossements les plus anciens étaient trop petits pour avoir appartenu à des adultes. Je réprimai un haut-le-cœur.

« Ils ont tous fini par le contrarier », avait dit Selas.

— Que leurs âmes reposent en paix auprès des Grâces, murmurai-je. Il doit s'agir des autres enfants-mages qu'Orthys lui a vendus. Ceux qui ont refusé de lui obéir, avant qu'il dispose de cette potion de contrôle.

Zaira prit une inspiration sifflante, les mâchoires serrées. Je m'attendais à un déluge de jurons, mais au lieu de cela elle se releva vivement pour se retourner vers le sentier.

— On se promène dans les bois ? demanda-t-elle.

Je me levai pour me tourner moi aussi, plus lentement. La Dame des Ronces avançait vers nous, la traîne de sa robe glissant sur la neige dans un silence irréel, comme si elle avait ordonné au sol lui-même de ne pas faire de bruit. Son visage trop jeune s'éclairait d'un sourire, et ses yeux se plissèrent pour se réduire à deux fentes à l'éclat vert menaçant.

— Voilà qui est fort commode, ronronna-t-elle. Ruven n'aura même pas à se donner la peine de faire disparaître votre corps.

Chapitre 37

Je desserrai une des bagues d'Istrella, celle de l'index de la main gauche, qui protégeait contre la magie.

— Les règles du Conclave défendent de s'attaquer aux invités, rappelai-je, en mettant dans ma voix plus d'assurance que je n'en ressentais réellement.

La Dame des Ronces feignit l'étonnement.

— Mais nous ne sommes plus au Conclave. Vous n'avez pas vu la Pierre de Trêve à l'entrée du sentier ? Les règles ne vous protègent plus si vous vous aventurez au-delà de leur périmètre.

Elle posa nonchalamment la main sur un tronc d'arbre. Un nouveau rameau jaillit de l'écorce, aussi pointu qu'une lance et couvert d'épines, pour se diriger droit sur moi.

J'arrachai de mon doigt la bague d'Istrella et la jetai.

Elle rebondit contre la branche dans une pluie d'étincelles, et la lance épineuse s'immobilisa comme si elle venait de frapper un mur. Le dernier mètre du rameau se brisa et tomba au sol, incapable de soutenir son poids sans la vivomancie pour nourrir sa croissance surnaturelle.

La bague scintilla au milieu des éclats de bois, son pouvoir épuisé. Il me restait encore six bagues artificées.

— Vous commettez une erreur, dis-je sans parvenir à conserver une voix calme. (Mon sang filait dans mes veines comme le flot s'engouffrant dans la coque brisée d'un navire.) Si vous me tuez, il y aura des conséquences.

La Dame des Ronces me répondit d'une moue dédaigneuse.

— Je serai en dette d'un autre grief auprès du Seigneur Freux. C'est un prix que je paie volontiers pour voir une Lochaver morte. Votre Empire n'a aucun pouvoir ici, jeune sotte, et rien d'autre ne vous protège.

Zaira avança d'un pas.

— Veuillez m'excuser, Dame Gratte-cul. Votre esprit est aussi ramolli que le porridge qu'on sert aux pauvres dans le temple de l'Abondance si vous pensez qu'il n'y a personne ici capable de vous arrêter.

— Quoi, vous ? (Une surprise sincère agrandit les yeux de la Dame des Ronces.) Vous défendriez ce vulgaire insecte qui a osé enchaîner votre pouvoir ? J'aurais cru que vous m'auriez remerciée de la tuer !

— Il se trouve qu'elle est mon amie, dit Zaira.

Ses mots allumèrent en moi une chaleur et une lumière dignes du malefeu. En cet instant, j'aurais affronté à mains nues toutes les chimères du Vaskandar pour elle.

— Merci, murmurai-je.

Zaira me glissa un regard en coin.

— Mais que ça ne vous monte pas à la tête.

La Dame des Ronces grimaça de dégoût.

— Pitié, épargnez-moi ces mièvreries. On peut à la rigueur accorder à un non-mage l'affection qu'on porte à un chien, mais rien de plus. Très bien : je paierai un grief pour vous aussi.

Elle toucha un autre arbre. Cette fois, ses branches laissèrent choir une pluie de feuilles mortes qui tourbillonnèrent vers moi, leurs bords aussi tranchants que des rasoirs. Je me reculai en levant les bras devant mon visage.

Une onde de chaleur me gifla quand la tempête de feuilles s'embrasa de flammes bleutées. Des étincelles de malefeu retombèrent au sol au milieu d'une pluie de cendres. Je voulus reculer encore et me repris juste à temps : le ravin s'ouvrait derrière moi, promesse d'une longue chute jusqu'aux tas d'ossements qui en occupaient le fond.

De minuscules flammes à la blancheur lumineuse d'un éclair s'élevèrent aux endroits où les étincelles touchèrent le sol. Zaira sourit, et le feu bleuté brasilla dans ses yeux.

— J'ai tué le Seigneur Loup alors qu'il se trouvait au cœur même de son domaine, lança-t-elle. Aux dernières nouvelles, nous ne sommes pas ici au Sevaeth. Vous voulez vraiment me défier ?

— Vous n'oseriez pas, dit la Dame des Ronces, mais elle recula néanmoins d'un pas. Vous avez détruit le Seigneur Loup parce qu'il vous a sous-estimée. Depuis ce moment, tous les Hauts Ensorceleurs du Vaskandar réfléchissent à la manière de contrer votre malefeu si cela s'avérait un jour nécessaire. Je n'aurais pas l'arrogance stupide de prétendre que je pourrais vous vaincre aisément, mais croyez-moi, je n'aurais aucun mal à tuer celle que vous appelez votre amie avant que vous ne parveniez à me détruire.

Je ne savais que trop bien la pertinence de cet argument. J'avais presque failli perdre la vie au cours de l'affrontement de Zaira avec le Seigneur Loup, et aucun d'eux n'avait réellement essayé de me tuer. J'ôtai à demi une autre dague, les mains tremblantes d'appréhension ; c'était celle que je devais jeter sur un ennemi afin de pouvoir, aux dires d'Istrella, lui échapper.

— Échanger des menaces ne nous mènera nulle part, dis-je en m'efforçant de ne pas laisser la peur briser ma voix. Nous sommes venues au Conclave avec des objectifs à atteindre, et nous perdrons toutes nos chances d'y parvenir si nous nous affrontons maintenant. Voulez-vous vraiment risquer l'avenir de votre fille pour assouvir une simple rancune ?

La Dame des Ronces me jaugea du regard. La force impérieuse de sa présence me frappa de plein fouet dans un parfum suffocant de violettes et un bourdonnement d'essaim de guêpes, et mes genoux se mirent à trembler.

— Oui, acquiesça-t-elle lentement. Nos enjeux sont importants, et il nous reste beaucoup à accomplir. À ce propos, que cherchez-vous donc, à vous aventurer dans les bois alors que tout le monde est réuni pour le Décompte ?

Par les Enfers. Ruven avait associé la Dame des Ronces à ses manigances autour du volcan, et elle savait sans doute très bien où menait ce sentier. Il ne fallait pas qu'elle découvre que nous connaissions l'existence du cercle de contrôle. Sinon, tous les deux trouveraient le moyen de nous empêcher de le détruire et, pire encore, ils risquaient de comprendre que nous avions libéré les Faucons de l'emprise de Ruven.

— Notre but ? Mais dévoiler la perfidie de Ruven, dis-je en désignant d'un geste théâtral le charnier à nos pieds. Nous en connaissons à présent la vraie mesure. Les autres Hauts Ensorceleurs se montreront peut-être moins impatients de s'allier à lui quand ils apprendront que c'est un meurtrier.

La Dame des Ronces éclata de rire.

— Quoi, c'est donc ça ? Oh, pauvre naïve. Tout le monde sait que c'est un meurtrier, et tout le monde s'en moque. Il peut agir à sa guise dans son domaine. (Elle secoua la tête.) Retournez vite vous abriter sous les ailes de votre Seigneur Freux, petite Lochaver. Vous ne faites que perdre votre temps ici. Et quand le Conclave sera terminé et que j'aurais ce que je veux, j'arracherai en vous le souffle de vie et je façonnerai une couronne pour ma fille avec vos ossements.

D'un geste dédaigneux de la main, elle nous indiqua le chemin qui retournait au château, et je remarquai qu'elle s'était placée de sorte à nous empêcher de reprendre le sentier en direction du cercle de contrôle.

J'échangeai un regard avec Zaira. Elle haussa imperceptiblement les épaules, et l'étincelle bleue dans ses yeux s'évanouit. Il était inutile de chercher la confrontation ; nous pourrions essayer de détruire le cercle plus tard.

— Soit, dis-je. Et nous verrons bien, une fois l'Illumination terminée et les chandelles comptées, si la découverte de charnier aura été en pure perte.

Zaira ferma le poing, et les langues de malefeu apparues au sol là où les étincelles étaient tombées vacillèrent et s'éteignirent. Elle donna l'impression de faire cela sans effort, mais je vis qu'elle plissait les yeux. Durant toute la discussion, elle avait dû lutter pour garder la maîtrise de son feu.

— Je constate que vous avez décidé de ne pas ouvrir les portes de l'enfer de la Mort aujourd'hui, lança-t-elle à la Dame des Ronces. Mais si jamais vous changez d'avis, je vous attends avec la clef.

Nous reprîmes le sentier qui revenait au château. Mon dos picotait et frissonnait de savoir qu'il s'offrait ainsi à la Dame des Ronces, même après que nous nous fûmes éloignées hors de sa vue.

Quand nous débouchâmes sur la pelouse soigneusement taillée, à l'ombre des tours noires du château dressées contre le ciel, nous trouvâmes Kathe qui nous attendait. Il était adossé à un arbuste ornemental, le regard braqué sur le sentier, et il se redressa quand il nous vit apparaître.

— Il semble que vous ayez survécu, dit-il quand nous approchâmes.

Zaira lui lança un regard noir.

— Vous saviez que la Dame des Ronces nous avait suivies.

Kathe haussa les épaules.

— J'ai supposé qu'elle n'avait pas été prise de l'envie soudaine de se promener dans les bois.

— Et vous ne vous êtes pas inquiété de ce qu'elle aurait pu tuer votre bien-aimée ?

— Bien évidemment, puisque je suis là, à vous attendre pour m'assurer que les choses n'ont pas mal tourné. Mais vous n'aviez pas besoin de moi, et cela ne me surprend pas. Vous êtes bien plus dangereuse que moi, dame Zaira.

Zaira le dévisagea d'un air méfiant.

— Je n'en suis pas si sûre.

— Vous m'en voyez honoré, dit-il en s'inclinant. Et à présent, si vous voulez bien m'excuser, je ne voudrais pas que la Dame des Ronces s'aperçoive que je vous ai attendues. Et je vous conseille également d'éviter si possible de vous retrouver de nouveau sur son chemin.

Il m'adressa un petit clin d'œil et repartit en sifflotant vers la partie des jardins qui concentrait le plus de monde.

Zaira me tira par le bras.

— Amenez-vous. Il n'a pas tort sur ce point.

— Je me sens un peu mieux en sachant qu'il veille sur nous, dis-je alors que nous nous éloignions à notre tour.

— Êtes-vous vraiment stupide ? (Zaira me dévisagea d'un air ébahi.) Comment vous croyez que la Dame des Ronces a su où nous étions ?

— Je suppose qu'elle nous a vues nous éclipser.

Zaira secoua la tête.

— Non, personne ne nous a vues entrer dans la forêt. J'ai bien fait attention.

— Alors elle a peut-être remarqué l'empreinte de nos pas ? Comment voulez-vous que je le sache ?

Zaira saisit le collier de griffes à mon cou et le secoua.

— Votre ami le corbeau sait à tout moment où vous vous trouvez, grâce à cette babiole, vous vous souvenez ? C'est lui qui lui a dit.

— Ou Ruven, contrai-je. Nous sommes sur son domaine. Mes suppositions étaient peut-être erronées, après tout, et peut-être est-il en mesure de suivre le moindre de nos mouvements ?

— Si Ruven avait su que vous alliez dans la direction de son précieux cercle de contrôle, il se serait pointé en personne. Pourquoi vous cherchez absolument à défendre ce vaurien emplumé ?

Je soupirai.

— Parce que je l'aime bien, avouai-je.

— Vous pouvez apprécier quelqu'un et rester capable d'admettre qu'il n'hésitera pas à vous poignarder et à vous jeter dans un fossé pour alléger le poids de son carrosse s'il a besoin d'aller plus vite. (Zaira me secoua l'épaule.) On est coincées au beau milieu d'un nid de serpents. Vous ne pouvez pas vous permettre ce genre de faiblesse.

— D'accord, d'accord. Je m'efforcerai d'être plus méfiante.

Zaira ricana.

— Vous ne savez pas faire. Mais je continuerai à l'être pour vous.

Il était difficile de revenir à la diplomatie alors que mon cœur battait encore la chamade après notre rencontre avec la Dame des Ronces, surtout quand elle émergea à son tour de la forêt quelques minutes plus tard, sa longue traîne glissant sur l'herbe comme le ventre d'un serpent. Elle m'ignora et reprit ses discussions avec les autres hauts Ensorceleurs, qui se concluaient parfois par un échange de pierres colorées, mais de temps à autre son regard croisait le mien, et la haine brillait dans ses yeux alors que les traits de son visage demeuraient parfaitement impassibles.

Il était également perturbant d'apercevoir Ruven sur la terrasse en compagnie d'Emmand, le complimentant avec enthousiasme pour sa peinture en lui tapotant gentiment la tête. La fierté se lisait sur le visage d'Emmand qui regardait Ruven avec adoration et lui parlait avec excitation en montrant de son pinceau les montagnes qu'il était en train de peindre. Se pouvait-il vraiment qu'il ignore que tous les autres enfants que Ruven avait « sauvés » gisaient près de là dans un charnier caché dans les bois, et qu'il ne restait plus d'eux que des os brisés et rongés par les charognards ?

Je fis de mon mieux pour convaincre différents Hauts Ensorceleurs du bénéfice qu'il y avait à conserver des relations cordiales avec l'Empire Sérénissime et des dangers que représentait une alliance avec Ruven. Zaira œuvra de son côté avec ses propres méthodes, flirta et plaisanta avec le Seigneur Goupil et la Dame des Loutres, ainsi qu'avec tout autre enclin à se laisser charmer. Ils lui manifestaient un certain respect, en tant que sorcière marquée, et beaucoup de Hauts Ensorceleurs semblaient disposés à parler avec elle d'égal à égal, ce qu'ils ne faisaient pas avec moi.

Mais nos efforts paraissaient vains. La marée montait à l'assaut de l'Empire Sérénissime et je tentai de l'en protéger avec une digue de graviers.

Alors que le Décompte touchait à sa fin et que le soleil glissait derrière les montagnes, plongeant les jardins dans des ombres grises et violettes, Kathe s'approcha de moi et passa son bras sous le mien, un sourire aux lèvres. Sa chaleur à mon côté me parut bien trop agréable et je caressai un instant l'idée de me serrer contre lui.

— Comment vont les choses ? s'enquit-il. Faites-vous quelque progrès ?

— Je ne saurais dire, avouai-je à regret. Personne ne s'engage clairement. J'ai lancé toutes sortes d'appâts, comme la possibilité d'accords commerciaux exclusifs ou la réalisation sur demande d'objets artificés, mais tout le monde me répond la même chose, qu'il ou elle réfléchira à mon offre.

Je craignais que le Conseil des Neuf n'ait eu tort de placer sa confiance en moi ; ma mère aurait déjà réussi à faire de la moitié d'entre eux des alliés fidèles de Raverra.

— Quand vous êtes âgé d'une centaine d'années, et fort de l'inertie des forêts et des montagnes qui vivent en vous, vous n'aimez pas que l'on vous presse. (Kathe ramassa en passant quelques pierres bleues dans un bol.) Et je trouve que cela donne un certain avantage à ceux d'entre nous qui sont prêts à faire preuve de plus de souplesse.

— Et qu'en est-il de vous ? Êtes-vous parvenu à vos fins ?

Peut-être pourrais-je l'amener à me divulguer un peu ses projets.

Kathe s'arrêta et se tourna face à moi. Nous nous trouvions sous un arbre svelte aux branches chargées de fleurs malgré la saison. La brise faisait voleter dans les airs une averse intermittente de pétales. Dans la lumière déclinante de fin d'après-midi, la marque des mages de Kathe luisait d'un jaune qui rappelait les yeux d'un chat.

— Il me vient une idée, dit-il. Je vous explique ce que j'essaie d'obtenir ici à condition que vous fassiez de même. Un objectif à la fois, donnant donnant.

Je haussai un sourcil.

— Encore un autre jeu ?

— Bien sûr. (Il lança en l'air ses pierres bleues et les rattrapa.) La société croule sous les règles. Autant les transformer en jeu quand nous le pouvons.

— Entendu, jouons donc, opinai-je.

— Je commence, puisque je suis un homme généreux. (Il inclina modestement la tête avec un sourire moqueur, et je ris.) Je suis ici pour récolter des faveurs et montrer à tous à quel point je peux me rendre utile, afin d'asseoir la base de mon futur pouvoir.

J'avais vu bien souvent ma mère agir ainsi.

— C'est la tactique d'un homme qui dispose de ressources limitées et a besoin de les rassembler, ou au contraire qui se trouve déjà dans une position favorable et qui cherche à la consolider pour qu'elle devienne incontestable, relevai-je.

— Très perspicace de votre part ! (Il écarquilla les yeux d'un air faussement curieux.) Je me demande bien quelle peut être la bonne réponse ?

J'avais mon idée là-dessus.

— Cela vous réjouit que les autres vous sous-estiment, n'est-ce pas ?

— Ma dame, vous lisez en moi comme dans un livre ouvert. (Il soupira.) Je devrais encore m'entraîner avant de danser avec une Raverraine. Mais, à votre tour.

— Soit. Un de mes principaux objectifs est évidemment d'essayer de priver Ruven et la Dame des Ronces du soutien de leurs pairs afin qu'ils se lancent dans cette guerre avec le moins d'alliés possible et le plus d'ennemis possible.

— Et un de mes objectifs est de vous aider en cela, principalement parce que j'aime l'idée de voir la Dame des Ronces isolée et sans alliés, admit-il. J'accumule les faveurs de sa part ainsi que les griefs contre elle, à la fois pour moi et pour d'autres. Elle possède très peu d'influence en ce moment, et beaucoup de dettes. Une situation due en partie à ses efforts désespérés pour préserver sa fille des ravages de l'âge, et en partie à mes manigances.

— Soyez-en remercié.

— Je ne l'ai pas fait pour vous. (Kathe rangea ses pierres bleues dans une poche et me montra sa paume vide.) J'aurais pu vous le laisser croire, afin que vous vous sentiez redevable, mais l'honnêteté doit régler les rapports galants, si l'on veut qu'ils mènent quelque part, n'est-ce pas ?

— Oui, bien sûr, acquiesçai-je en mettant dans ma voix autant d'ironie que dans la sienne.

— À votre tour, ma dame. Je suis bien persuadé que vous avez plus d'un objectif à ce Conclave.

Il m'adressa un grand sourire. Un petit pétale de fleur vint s'accrocher dans ses cheveux aux pointes noires.

Mon deuxième objectif était de sauver les Faucons emprisonnés. Si je l'avouais à Kathe, il pourrait nous apporter une aide cruciale ; jouir de l'appui d'un Haut Ensorceleur faciliterait grandement la tâche délicate de leur faire quitter discrètement le château et de les ramener jusqu'à la frontière. Mais il m'avait clairement signifié que l'information était une monnaie avec laquelle il escomptait faire fortune, et qu'il avait querelle avec la Dame des Ronces, non avec Ruven. Si jamais il nous trahissait, Terika et les autres risquaient de finir en tas d'ossements dans la forêt.

Et il nous avait averties de ne pas lui faire confiance.

Que les Enfers l'emportent. Je lui avais déjà fait confiance en acceptant de venir ici à son invitation. Il n'avait qu'à nous retirer sa protection pour nous laisser Zaira et moi en position précaire.

— Ruven utilise une combinaison d'alchimie et de vivomancie pour contrôler plusieurs Faucons retenus contre leur volonté, dis-je. Je suis ici pour les libérer.

— Pour les libérer, ou pour les ramener en captivité dans l'Empire ?

La question me fit grimacer. L'ordre du seigneur Caulin ne laissait aucune place à l'interprétation, pas plus que les Accords Sérénissimes. Mon devoir envers l'Empire était clair. Abandonner un Faucon aux mains d'une nation ennemie allait à l'encontre de l'ordre que l'Empire Sérénissime avait institué et sapait la puissance par laquelle il préservait la paix en Eruvia. Je savais ce que le doge m'ordonnerait, même sans le poison de Caulin qui pesait sur ma conscience : il m'ordonnerait de faire tout ce qui était en mon pouvoir pour ramener au bercail les Faucons. Et je supputai que ma mère ne me tiendrait pas un autre discours. Après tout, si je tenais tant à leur bien-être, la meilleure solution consistait à faire adopter ma loi de réforme des Faucons, et je devais demeurer politiquement irréprochable pour avoir une chance d'y parvenir.

Mais si j'étais en désaccord avec ma mère sur un point, c'était bien sur le fait qu'il y avait un temps pour faire preuve de pragmatisme, et un temps pour défendre ses principes. Et quand la vie et le bonheur d'êtres humains dépendaient directement de mes actes, c'était pour moi le temps de m'en tenir à mes principes.

— Pour les libérer, dis-je d'une voix rendue rauque par le poids de cette déclaration. D'ailleurs, je souhaitais vous parler à ce sujet. Si certains parmi eux désirent rester au Vaskandar plutôt que de retourner aux Mues, accepteriez-vous qu'ils rejoignent votre domaine ?

— Bien évidemment, répondit-il en se frottant les mains. Les alchimistes et les façonniers sont rares au Vaskandar. Je les accueillerais très volontiers.

— En leur accordant une totale liberté ? précisai-je.

L'expression de Kathe s'adoucit.

— La liberté est un concept fluctuant, ma dame. Je ne crois pas que quiconque au Vaskandar, ou dans l'Empire Sérénissime, d'ailleurs, puisse se prétendre totalement libre.

— Vous éludez la question, protestai-je.

— Non, je m'efforce de vous donner une réponse honnête. (Il saisit un pétale flottant dans l'air et le tourna entre ses doigts.) Au Vaskandar, toute personne portant la marque des mages appartient de fait à la noblesse. Les mages marqués jouissent d'un statut supérieur à celui des mages non marqués qui, à leur tour, dominent socialement ceux qui n'ont aucun pouvoir magique. Vos Faucons se retrouveraient donc dans les plus hautes sphères de la société vaskandrienne. (Il relâcha le pétale, qui tomba doucement au sol.) Toutefois, après plusieurs années passées à Let, à manger ce qu'il y pousse et à boire l'eau de ses sources, ils s'intégreraient à mon domaine. C'est une chose que je ne peux empêcher. N'étant pas un ensorceleur de chair, je ne pourrais jamais les contrôler ou les transformer ainsi que Ruven saurait le faire ; cependant, à un niveau magique et fondamental, ils deviendraient miens. Et aux yeux de la loi et de la tradition du Vaskandar, ils seraient également miens, et je pourrais agir envers eux à ma guise. Est-ce la liberté ? demanda-t-il en haussant les épaules.

— Je ne saurais dire s'il s'agit d'une liberté plus grande que celle qu'offrent les Mues, reconnus-je. Mais je pourrais au moins leur expliquer tout cela, et leur laisser le choix.

Kathe hocha la tête.

— J'enverrai un message à un de mes Gardes de Cœur posté non loin d'ici, pour lui enjoindre de se tenir prêt à escorter vos amis les Faucons à Let sous ma protection si certains choisissent de rester au Vaskandar.

Cela allait directement à l'encontre de l'ordre du doge transmis par le seigneur Caulin, et cela violait sans doute aussi les Accords Sérénissimes. La sensation de commettre une trahison pesa en moi en me donnant l'impression d'avoir avalé une brique. Je pouvais sentir le regard sévère de ma mère sur moi depuis Raverra.

— Je vous remercie, seigneur Kathe.

— Oh, tout le plaisir est pour moi. Comme vous l'avez sans doute remarqué, la plupart d'entre nous seraient prêts à consentir beaucoup pour le bénéfice d'accueillir auprès d'eux un alchimiste ou un façonnier portant la marque des mages. (Il inclina pensivement la tête.) Ce qui signifie que Ruven sera prêt à tout pour les garder. Avez-vous un plan pour leur faire quitter le château ?

— Eh bien... nous espérions réussir à les faire sortir discrètement, répondis-je en remuant vaguement la main.

Inutile de l'informer que Marcello les attendait à la frontière.

Kathe secoua la tête.

— Ma dame, l'espoir est une fondation bien fragile pour un acte aussi lourd de conséquences. Vous êtes une joueuse trop expérimentée pour commettre une telle erreur.

— C'est vrai que je n'ai pas encore planifié parfaitement cette partie de ma mission, admis-je.

— Il vous faut un plan, et un plan robuste, dit Kathe. Ruven est certes novice dans son rôle, mais dès que vous extrairez les Faucons du bruit de fond produit par la réunion de tous les Hauts Ensorceleurs au château, il les sentira traverser son domaine. Il est possible qu'il ne s'en aperçoive pas immédiatement, mais personnellement je ne parierais pas sur le fait qu'il ne remarque rien du tout. Ils sont importants pour lui ; il les surveille forcément.

— Que suggéreriez-vous, dans ce cas ?

Kathe sourit.

— Agissez durant la cérémonie de l'Illumination.

— La phase finale du Conclave.

— C'est ça. Même s'il se rend compte que les Faucons bougent, il ne pourra pas quitter l'assemblée, sous peine de sacrifier sa guerre. Il se retrouvera piégé par la cérémonie et les nécessités politiques, et toute réaction qu'il pourrait vous opposer à distance sera largement affaiblie par son manque de concentration.

Cela paraissait sensé. Si Ruven remarquait notre fuite au cours de l'Illumination, il devrait choisir entre nous arrêter ou abandonner ses projets de guerre et détruire son crédit auprès de ses pairs. Dans les deux cas, nous étions gagnants.

En supposant que Kathe disait la vérité. Se fier à lui restait une gageure ; mais en acceptant d'assister au Conclave sous sa protection, j'avais déjà jeté les dés.

— Cela me semble un excellent conseil, dis-je. Je vous remercie.

— Vous devrez les laisser partir seuls, ou accompagnés de Zaira. (Kathe me tapota légèrement sur le sternum, juste sous le creux de ma gorge.) Vous devez rester au Conclave et assister à l'Illumination.

— Croyez-vous ?

Voilà qui compliquait les choses.

— Absolument. C'est à ce moment-là que tout le monde expose ses arguments définitifs pour ou contre la question posée – dans le cas qui nous occupe, partir en guerre ou non contre l'Empire. Vous pouvez toujours manquer la cérémonie d'ouverture, et pourquoi pas l'allumage initial des chandelles. Il y aura deux piédestaux, un pour ceux qui se joindront à la guerre, et un pour ceux qui y sont opposés. Chaque Haut Ensorceleur qui s'est décidé sur la question allumera sa chandelle et la placera sur l'un des deux piédestaux. Ceux qui décideront de ne pas prendre position garderont leur chandelle éteinte.

Tout cela était donc bien réel. La prise de conscience me frappa avec la force d'une avalanche. Demain, les Hauts Ensorceleurs annonceraient leur choix, et une chose aussi infime qu'une petite flamme dorée au sommet d'une chandelle allait déterminer le destin de l'Empire Sérénissime. Et si Zaira s'absentait pour accomplir sa propre mission en protégeant les Faucons durant la dangereuse traversée nocturne des forêts du Vaskandar, je me retrouverais seule à défendre l'Empire face à la puissance incommensurable de ces êtres anciens, sans autre arme que mes mots pour défendre ma nation.

Je caressai le bouton de Marcello pour occuper mes doigts nerveux. En cet instant, j'aurais tout donné pour posséder cette foi inébranlable qu'il semblait avoir en moi.

— Est-ce à ce moment-là que les invités sont autorisés à prendre la parole ?

— Oui, durant la phase d'exposition des arguments, qui se déroule juste après l'illumination des chandelles. C'est la partie de la cérémonie que vous ne pouvez pas vous permettre de manquer. (Kathe me serra le bras, le visage soudain sérieux.) Les Hauts Ensorceleurs et les invités au Conclave qui le souhaitent peuvent prendre la parole, et tous ont alors le droit de déplacer leur chandelle, de l'allumer ou de l'éteindre après chaque discours. Parfois, de Hauts Ensorceleurs posent leur chandelle sur un piédestal au début de la cérémonie, puis la déplacent pour manifester leur soutien à un orateur particulier, ou pour en obtenir une faveur.

— C'est donc une dernière chance de réussir à persuader quelqu'un.

— La dernière chance et la plus importante, oui.

Je serrai le bouton de Marcello si fort qu'il s'enfonça douloureusement dans la paume de ma main. L'idée de me tenir face aux dix-sept Hauts Ensorceleurs réunis et de faire un discours était si intimidante que j'aurais presque préféré avoir à les combattre. Au moins, dans le cas d'un affrontement, mon calvaire aurait été de courte durée.

Mais c'était ce que tout le monde attendait de moi. Ma mère, et le doge, qui m'avait accordé sa confiance en m'octroyant le titre d'Envoyée impériale ; ma grand-mère et le peuple du Callamorne, à qui j'avais déclaré que je faisais face à leur côté. Domenic et Venasha à Ardence, qui se trouvaient sur le chemin d'une éruption du mont Chenu. Tout l'Empire Sérénissime, qui avait maintenu la paix et l'ordre en Eruvia depuis trois cents ans et qui n'était pas encore prêt à tomber.

C'était dans ce but que j'étais née Cornaro. Pour remporter la victoire avec des mots, afin de ne pas avoir à la conquérir par l'épée et le feu.

Je me redressai et hochai la tête avec détermination.

— Dans ce cas, il vaudrait mieux que mon discours soit mémorable.

Chapitre 38

— Nous allons devoir nous séparer, expliquai-je à Zaira quand nous regagnâmes notre chambre, le soir venu.

Elle me regarda comme si j'étais devenue folle.

— Vous avez remarqué que nous sommes dans un château chez l'ennemi, et qu'une ensorceleuse toute-puissante veut votre peau ?

— Cela n'a pas échappé à mon attention. (Je me laissai tomber sur le bord de mon lit et entrepris d'ôter mes bottes d'équitation à galon doré que j'avais portées toute la journée.) Mais tous les Hauts Ensorceleurs seront occupés et je serai dans le château, à l'intérieur du périmètre des Pierres de Trêve, et sous l'œil vigilant de Kathe. (À essayer d'inciter à la miséricorde les cœurs racornis et glacés de dix-sept Hauts Ensorceleurs, mais c'était un autre problème.) Si Marcello peut s'avancer sur la route à votre rencontre et les escorter le reste du chemin jusqu'à la frontière, vous ne serez absente que quelques heures.

— Et elle peut vous tuer en quelques minutes.

— Elle ne s'en prendra pas à moi au beau milieu de l'Illumination, alors que tous seront absorbés dans des cérémonies solennelles et des discussions d'importance majeure. Je n'aurai rien à craindre. (Si toutefois je ne mourais pas de terreur au moment de faire mon discours. Ce serait ma dernière chance, ma toute dernière chance de me montrer digne de la confiance du Conseil et de sauver l'Empire.)

Je m'inquiète davantage pour vous, qui devrez revenir seule de nuit au château à travers la forêt de Ruven, alors qu'il ne souhaite que votre mort.

Zaira haussa les épaules.

— Tant que les Hauts Ensorceleurs sont occupés, rien dans cet endroit maudit ne pourra m'arrêter. Je pourrai m'ouvrir un chemin de malefeu jusqu'à la frontière si besoin est.

C'était la vérité, bien que cela mette les Faucons qu'elle essayait de sauver en plus grand danger encore que s'ils restaient dans les griffes de Ruven. Mais son contrôle du malefeu n'avait cessé de s'améliorer, et quand bien même je ne me serais pas risquée à prendre des paris lorsque le malefeu entrait en jeu, j'étais persuadée que Zaira dominerait encore mieux ses flammes avec Terika dans les parages.

— Alors, est-ce que je contacte Marcello pour l'informer du plan ? demandai-je.

— C'est un très mauvais plan. (D'un battement du pied, Zaira se débarrassa de ses chaussures, qui volèrent l'une après l'autre dans la chambre pour aller heurter le mur.) Mais d'accord. Allez-y.

J'ouvris ma malle et farfouillai dans les replis de ma pile de jupons. Un de mes doigts se prit dans la boucle d'une cordelette en soie : le cordon de la petite bourse en velours du seigneur Caulin.

J'ignorai la sensation déplaisante au creux de mon estomac et repoussai la bourse de côté. Que l'ordre de Caulin aille aux Neuf Enfers. Je n'étais pas une meurtrière. Ils ne portaient plus leurs jets ; à moins qu'ils ne choisissent de rentrer aux Mues, ils n'étaient plus des Faucons.

Je récupérai au fond de ma malle les différentes pièces de l'instrument qu'Istrella avait fabriqué pour nous avec le matériel de fortune qu'elle avait pu trouver à Hautegarde. Il se composait d'un fatras de fils tressés, d'un plat de service gravé d'un cercle runique, d'un écouvillon à mousquet entortillé de fils et de cristaux, et d'un gros morceau de quartz que les soldats avaient dû aller lui dénicher dans la montagne. Je rembobinai certains fils, disposai le quartz au milieu du plat sur une table près de la fenêtre, reliai l'ensemble à l'écouvillon en tressant certains fils entre eux et pointai ce dernier par la fenêtre, en direction des montagnes. Puis, à l'aide d'un compas, j'ajustai la position de l'écouvillon jusqu'à atteindre le bon angle.

— Je croyais que les lampes-courrières ne pouvaient pas fonctionner sans le réseau de tours-relais, s'étonna Zaira en se rapprochant pour me regarder faire. Si ce truc marche, pourquoi avons-nous dans tout l'Empire ces fichus poteaux couronnés de miroirs ?

— Sans les miroirs des relais, les lampes-courrières ne peuvent fonctionner que si elles se trouvent directement en ligne de vue, ce qui réduit de beaucoup leur intérêt, expliquai-je. Mais nous avons déterminé l'emplacement où Marcello devait établir son camp sur le contrefort du mont Chenu pour que, en théorie, il ait une ligne de vue directe sur ce château.

— En théorie.

— Eh bien, on ne va pas tarder à le vérifier.

Je tapotai le cristal de quartz avec deux doigts, et une étincelle s'alluma à l'intérieur.

— Ça marche ? demanda Zaira.

— Ça a l'air. Je vais envoyer mon message, et nous verrons bien si Marcello le reçoit.

Je tapotai le cristal encore et encore, envoyant un signal simple. L'étincelle s'éteignait et s'allumait à chaque contact de mes doigts. Si jamais quelqu'un se trouvait dans le jardin, dans la nuit noire il remarquerait certainement le clignotement à notre fenêtre.

Je restai un long moment les yeux rivés au cristal inerte, puis, enfin, la lumière scintilla de nouveau dans ses entrailles, palpitant une réponse : « Bien reçu. »

Un sentiment triomphal me submergea. Les Grâces en soient remerciées, l'appareil fonctionnait. Istrella était décidément incroyable. « Marcello ? » tapotai-je.

« Oui. Tout va bien ? »

Il s'inquiétait, évidemment. Ce cher Marcello. Un sourire tendre s'épanouit sur mes lèvres. « Tout va bien. C'est Amalia. »

Je lui expliquai les détails de notre plan à un rythme laborieux. Les doigts exercés de ma mère étaient capables de taper un message si vite que j'arrivais à peine à déchiffrer les signaux lumineux, mais je ne possédais pas son expérience. Je devais réfléchir à chaque lettre et chaque combinaison usuelle pour me souvenir de la cadence précise de chacune.

Marcello était encore plus lent que moi : les officiers impériaux se devaient de connaître le code des lampes-courrières, qui pouvait également s'utiliser pour envoyer des signaux à l'aide de miroirs ou de lanternes, mais il n'avait pas dû avoir souvent l'occasion de s'en servir. Je devais noter chaque pulsation du cristal pour m'assurer de ne pas perdre le fil de ses phrases hachées ; je parvins tout de même à comprendre qu'ils étaient parvenus à altérer tous les cercles d'Artifice sur cette partie du volcan.

Sa lenteur et ses hésitations me réchauffèrent le cœur : elles donnaient de l'humanité aux flashs de la lampe, un peu comme si, au-dessus des lieues qui nous séparaient, nos doigts se touchaient par l'entremise de ce pont de lumière.

« Soyez prudente, me dit-il à la fin. Je pense à vous. »

« Vous me manquez », répondis-je, en laissant mes doigts s'attarder sur le cristal.

Quand celui-ci s'éteignit, je relevai la tête et restai un long moment à contempler le ciel nocturne par la fenêtre.

La nuit était déjà bien entamée, une obscurité froide enveloppait le château, et l'Illumination allait bientôt commencer. J'avais passé la journée à rabâcher dans ma tête les phrases importantes et les articulations de mon discours, parfois en les marmonnant à voix basse. Le temps avait poursuivi son avance inexorable à chaque syllabe répétée en silence, me rapprochant du moment où je devrais sauver Raverra à l'aide de mon fragile filet de mots.

Je crois bien que de toute ma vie je n'avais jamais rien redouté à ce point. Si j'échouais à convaincre mon auditoire, cela pouvait signifier la fin de l'Empire.

Finalement, le moment d'agir arriva, alors qu'un murmure d'excitation parcourait le château qui était resté éveillé pour l'Illumination. Tandis que tous les yeux se tournaient vers la salle du trône, nous grimpâmes l'escalier en colimaçon de la tour où étaient emprisonnés les Faucons.

Quand nous ouvrîmes la porte, nous découvrîmes Terika qui nous attendait nerveusement, sans personne qui la retenait. Les autres l'encadraient, prêts à intervenir, mais aucun d'eux ne lui bloquait le passage jusqu'à Zaira.

— Ah, est-ce que ça veut dire que tu peux enfin t'approcher de moi sans essayer de me trancher la gorge ? demanda Zaira.

— Je crois, dit Terika en écartant les mains. Tu vois, je ne suis pas armée, donc si je me trompe, le pire qui puisse nous arriver sera que j'essaie de t'étrangler avant que nos amis ne te débarrassent de moi.

Zaira s'approcha avec circonspection. Terika resta immobile, un grand sourire aux lèvres. Bientôt, elles ne furent plus séparées que de la paume d'une main.

— C'est pas trop tôt, dit Zaira d'un ton bourru avant d'étreindre brusquement Terika et d'enfoncer son visage dans ses cheveux bouclés.

— Doucement ! s'exclama Terika en la serrant à son tour de toutes ses forces, les yeux brillants.

Puis Zaira l'embrassa avec passion tandis que Terika riait sous ses baisers.

Namira gloussa.

— C'est très mignon tout ça, mes tourterelles, mais j'ai cru comprendre que le temps nous était compté.

Zaira lui répondit d'un geste grossier, mais Terika lui attrapa la main et l'embrassa, avant de ramener son attention vers les autres, sans pour autant se séparer de Zaira.

Je me raclai la gorge.

— Oui, bien, la cérémonie d'ouverture de l'Illumination vient de commencer, et vous devez quitter le château le plus rapidement possible. (Je balayai la pièce du regard ; tout le monde était là, l'impatiente Parona, Lamonte au visage déterminé, Selas aux yeux effrayés, et les autres. Certains serraient contre eux un petit baluchon, prêts à partir.) Nous allons vous guider jusqu'à une escorte militaire impériale qui vous ramènera en sécurité dans l'Empire, et de là aux Mues. En chemin, vous croiserez un certain gentilhomme qui sera en mesure de vous conduire au domaine de Let, sous la protection du Seigneur Freux qui, à ce que j'ai entendu dire, a promis d'accueillir tout mage qui se présenterait sur ses terres en s'engageant à ne jamais le retenir contre sa volonté. (Je m'efforçai de parler d'une voix neutre, mais j'avais la bouche sèche. Cette partie du plan relevait de la trahison pure et simple.) Nous allons devoir avancer vite et nous n'aurons pas le temps de rechercher les Faucons qui pourraient s'éloigner du groupe, je le crains.

Parona m'adressa un regard appuyé.

— Avec tout mon respect, dame Amalia, avez-vous la permission du doge ou du Conseil pour nous livrer ces fascinantes précisions ?

— Hélas, je crains que non, répondis-je avec un petit rire. Et je ne doute pas un instant qu'ils désapprouveraient, à dire vrai. Mais je refuse de vous ramener aux Mues contre votre volonté.

Parona croisa les bras.

— Dans ce cas, aucun d'entre nous ne devra jamais parler de ceci. Cette conversation n'a jamais eu lieu. C'est bien compris ?

Les autres hochèrent la tête. Zaira et Terika, toujours dans les bras l'une de l'autre, échangèrent un sourire.

— Il y a certaines choses que vous devez savoir si vous choisissez de ne pas revenir aux Mues, repris-je avec gravité. (*Comme le fait que je suis en possession d'une fiole de poison mortel qui vous était destinée.* Mais je n'osai pas leur faire un tel aveu.) Tout d'abord, si vous restez longtemps dans un même domaine, vous deviendrez une part de celui-ci, uni magiquement au Haut Ensorceleur qui le gouverne. Ensuite, si vous êtes un Faucon, eh bien, vous irez à l'encontre de la loi. Il se trouve à Raverra des personnes puissantes qui enrageront ou s'inquiéteront de savoir un Faucon aux mains du Vaskandar, et bien que cela me fasse honte de l'avouer, ces personnes pourraient décider de mesures pour vous récupérer de force ou même s'en prendre à vous. Je vous recommande donc de rester discrets et de jouer les morts. Et si jamais vous choisissez un jour de revenir dans l'Empire, veillez à avoir une histoire convaincante pour expliquer votre absence, que vous vous êtes perdus ou que vous avez été repris alors que vous cherchiez à retourner aux Mues.

Les Faucons soutinrent mon regard la mine sombre, et un ou deux acquiescèrent d'un hochement de tête. Je n'arrivais pas à croire que ces mots étaient sortis de ma bouche.

Je croisai les mains dans mon dos pour ne pas montrer qu'elles tremblaient.

— Est-ce que certains parmi vous ont l'intention d'aller à Let ? demandai-je. Je ne voudrais pas laisser derrière moi quelqu'un qui se serait involontairement écarté du groupe.

Harrald leva la main.

— Avec votre permission, ma dame, j'aimerais assez voir à quoi peut ressembler la vie à Let. Je n'ai encore jamais eu le choix, et ça me tente bien d'essayer.

Que la Grâce de la Majesté me pardonne, ça y est, j'étais traître à l'Empire. Au fond de moi, j'avais caressé l'espoir qu'ils optent tous pour le retour aux Mues. Je me raclai la gorge, qui était terriblement nouée.

— Entendu. Quelqu'un d'autre ?

Selas leva les yeux vers Namira, qui lui serra l'épaule d'un geste d'encouragement. Il hésita encore un instant, puis hocha la tête.

— Je rejoindrai peut-être les Mues un jour ou l'autre, dit-il, surtout si en restant à Let je ne peux pas revoir ma sœur. Mais je ne veux pas avoir à me décider maintenant, et j'aime plutôt l'idée d'être traité ici comme un noble. Et puisque je n'ai jamais été un Faucon, je ne viole aucune loi en restant encore un peu au Vaskandar, non ?

Je secouai la tête.

— Non, c'est vrai. Mais rappelle-toi quand même que si tu restes longtemps à Let, plus d'une année, disons, tu deviendras toi-même une partie du domaine du Seigneur Freux. Avec un peu de chance, les Grâces me souriront et ma loi sera votée par l'Assemblée, et tu pourras alors revenir dans l'Empire et prendre tout le temps que tu voudras pour décider de rejoindre ou non les Faucons.

Lamonte afficha une moue sceptique, mais hocha la tête.

— Je parie là-dessus. Ne me faites pas regretter d'avoir misé sur vous, dame Amalia.

— Je vous promets de faire tout mon possible en ce sens.

— Quant à nous, veillons bien à ce que dame Amalia demeure en position de promouvoir sa loi, rappela Parona. Donc, pour ce qui nous concerne, Harrald s'est retrouvé séparé du groupe durant notre fuite. Nul ne sait ce qu'il est advenu de lui. C'est bien compris pour tout le monde ?

Les autres Faucons acquiescèrent.

— Je vous remercie, dis-je.

Parona balaya mes remerciements d'un geste.

— Nous aussi nous aurions des problèmes pour l'avoir laissé partir. Ce n'est que faire preuve de bon sens de taire cette affaire.

— Et à présent, si nous sommes prêts, dis-je, allons-y. Le temps nous est compté.

L'escalier obscur nous engloutit comme le gosier d'une chimère, et je me crispai au bruit que firent huit personnes descendant les marches en colimaçon. Quand nous débouchâmes dans le couloir étroit au pied de l'escalier, la lueur vacillante des lampes à huile m'éblouit un instant.

Je sentais le pouvoir rassemblé au-dessous de nous dans la salle du trône, la force cumulée de l'aura des dix-sept Hauts Ensorceleurs réunis pour la cérémonie de l'Illumination. Cela donnait l'impression de marcher sur une fine croûte de terre au-dessus du cœur bouillonnant d'un volcan. *Grâce de la Fortune, Grâce de la Miséricorde, je vous en prie, faites que nous n'attirions pas leur attention.*

Nous empruntâmes un escalier de service pour descendre au rez-de-chaussée. J'entendis des voix étouffées provenant de la salle du trône, ainsi que les murmures bas des domestiques aux cuisines. Nous traversâmes un couloir aux murs blanchis à la chaux, passâmes devant les cuisines aussi silencieusement que possible, pour gagner la porte discrète donnant sur les jardins par laquelle le cadavre du pauvre domestique avait été évacué hier.

Une petite silhouette sortit des cuisines, une miche de pain à la main, et se figea en nous apercevant. Le garçon se mouvait avec une assurance qui ne ressemblait guère aux domestiques du château, et la lumière vacillante d'une chandelle dans son applique révéla les reflets roux de ses cheveux.

Emmand. Par tous les démons des Enfers. Il allait forcément donner l'alarme.

— Que faites-vous ? demanda-t-il avec un hoquet de surprise.

Selas s'avança en tenant Namira par la main.

— Nous partons. Et tu ne vas pas nous en empêcher. Allez, un beau geste, Emmand.

— Je ne peux pas vous laisser commettre une telle erreur, rétorqua Emmand en bombant le torse. Je dois en avertir le seigneur Ruven.

— Attends ! (Selas tendit la main dans un geste suppliant.) Écoute-nous, d'abord ! Nous étions amis avant, Emmand, ajouta-t-il d'une voix implorante.

Emmand resta immobile et jeta à Selas un regard méfiant.

— Que pourriez-vous dire ? Vous êtes des idiots de rejeter tout ce que le seigneur Ruven ne demande qu'à vous donner.

Je glissai le pouce sur l'une des bagues d'Istrella : celle du majeur de la main droite, pour mettre quelqu'un hors d'état de nuire sans le tuer. Mais j'ignorais si son pouvoir suffirait à assommer Emmand, ou ce qui se passerait si je manquais ma cible. Namira sembla sur le point de bondir sur lui, mais elle se ravisa. Nous n'avions vraiment pas besoin qu'il hurle et rameute tous les gardes du palais.

Si nous pouvions régler ce problème sans bruit, cela nous laisserait plus de temps avant que l'alerte soit donnée, ce qui nous était cruellement nécessaire pour faire traverser la frontière aux Faucons avant que Ruven puisse les en empêcher.

— Je comprends que tu sois heureux ici, Emmand, dis-je en m'efforçant de parler d'une voix accommodante, mais ce n'est pas leur cas. Voudrais-tu vraiment les retenir contre leur gré ?

Il hésita, la main tellement crispée sur son morceau de pain que des miettes tombèrent sur le sol du couloir.

— Le seigneur Ruven ne voudrait pas que je vous laisse partir. Et il me traite comme un prince. Comme un fils.

— Tu en as de la chance, répliqua Zaira. Et tant pis pour ces autres gamins qui n'ont pas courbé l'échine devant lui, hein ?

— Il leur a trouvé de bonnes maisons où vivre, s'entêta Emmand. Êtes-vous à ce point habitués à vos chaînes que vous retournez tranquillement aux Mues avec cette Fauconnière ? Le seigneur Ruven, lui au moins, sait que les mages marqués sont destinés à régner, pas à servir.

« Les Grâces elles-mêmes ne peuvent sauver l'imbécile qui ne croit que ce qu'il veut croire », m'avait dit une fois ma mère. Je secouai la tête avec résignation.

Terika et Namira échangèrent un regard.

— J'ai une potion soporifique, chuchota Terika. Mais si je la lance sur lui, je risque d'affecter aussi certains des nôtres.

— Pas besoin, grommela Zaira. (Elle s'avança pour venir se planter devant Emmand ; il recula d'un air effrayé, mais elle le suivit pas à pas en lui martelant la poitrine du bout de l'index.) Tu vois le sentier qui part à l'arrière des jardins ? Va donc faire un tour dans la forêt. Prends une lanterne, et guide-toi à l'odeur. Tu découvriras les os pourrissants de tous les autres gosses qui ont compris qui est vraiment Ruven. La seule maison qu'il leur a trouvée, c'est le ventre d'un loup.

— Vous mentez ! (Le visage d'Emmand devint blême et sa voix se réduisit à un murmure rauque alors qu'il serrait sa miche de pain contre sa poitrine.) Le seigneur Ruven ne ferait jamais une chose pareille. Pas à quelqu'un possédant la marque des mages. Nos vies lui sont précieuses !

— Continue à croire ça, si ça te chante. (La voix de Zaira charriait tant de mépris qu'elle aurait pu flétrir toutes les fleurs violettes des jardins du château.) Ou tu peux aller jeter un œil à ce charnier dans les bois, et reconnaître ce piquecrelat pour l'infâme meurtrier qu'il est. En ce qui me concerne, j'en ai rien à faire. Et maintenant, gamin, débarrasse-moi le plancher ou je te réduis en un petit tas de cendres.

Emmand recula encore de plusieurs pas, les yeux fixés sur Zaira. Puis il laissa tomber son pain et s'enfuit dans les cuisines sans demander son reste.

— Allons-y, dit Zaira. Il va prévenir les gardes, c'est couru d'avance.

Un pli profond continua à lui barrer le front, et tandis que nous avancions, je lui glissai à l'oreille :

— Tout va bien ?

— Ce morveux n'est pas devenu comme ça tout seul, marmonna Zaira. C'est Ruven qui lui a retourné le cerveau. Je n'avais encore jamais eu envie de gifler un moutard, mais par les Enfers, là, ça m'a démangé.

Nous arrivâmes à la porte et l'ouvrîmes. L'obscurité de la nuit nous attendait au-dehors et les étoiles scintillaient aussi vivement que des éclats de glace dans le noir du ciel. L'air sentait le frais et le froid, et malgré sa morsure qui me fit frissonner, je dus réprimer l'envie de bondir dehors avec eux vers la liberté.

— Je dois retourner au Conclave, dis-je, en sentant mes entrailles se nouer à cette idée. Tout ira bien pour vous ?

Zaira hocha la tête.

— Je veillerai sur eux.

— Et je veillerai sur elle, dit Terika en passant son bras sur les épaules de Zaira.

Cette dernière eut un petit reniflement dédaigneux, mais Terika ajouta d'une voix sérieuse :

— Si jamais elle a du mal à garder le contrôle. Ainsi que je vous le disais, j'ai une potion soporifique.

Je saluai sa présence d'esprit d'un petit signe de tête.

Un cri sifflant s'éleva dans la forêt, hurlement inhumain et furieux. Les branches des pins s'agitèrent dans le vent. Ruven avait dû s'apercevoir que ses prisonniers n'étaient plus là.

— Restez bien sur la route, insistai-je auprès de Zaira.

— Je ne suis pas stupide, dit-elle en me faisant signe de partir. Allez sauver l'Empire. Moi je vais ramener ces Faucons à l'abri, et puis je reviens aussi vite que possible pour vous empêcher de vous mettre dans le pétrin, comme à votre habitude.

Ils se faufilèrent dans la nuit. Terika me serra brièvement la main en passant devant moi. Namira me salua gravement d'un hochement de tête. Et ils ne furent plus qu'un groupe de silhouettes noires courant à travers les pelouses, sous la lumière argentée de la lune.

Grâce de la Fortune, bénissez-les, et faites qu'ils arrivent à destination sains et saufs.

J'avais ma propre bataille à mener. Il n'y avait désormais plus que moi et mes mots soigneusement choisis – pour autant que je puisse les prononcer, tant l'appréhension me bloquait la respiration – entre l'Empire et la ruine.

Mais ce rôle m'avait toujours été dévolu. J'étais une Cornaro. D'autres protégeaient l'Empire de leur magie et de leurs mousquets ; nous, nous utilisions l'esprit.

Je rebroussai chemin vers la salle du trône, le menton fièrement dressé, pour aller mener ma guerre.

Chapitre 39

Quand je me glissai dans la salle du trône pour prendre place sur le côté parmi la foule des invités et des spectateurs, je découvris les lieux complètement transformés, et toute mon anxiété s'évanouit, dissipée par un sentiment de pur émerveillement.

Des sarments déliés tapissaient l'intérieur des murs et du plafond, parsemés de fleurs blanches luminescentes qui baignaient la salle dans une lumière irréelle. Des lucioles dansaient dans l'air et des papillons de nuit aux ailes doucement luisantes voletaient alentour. Chaque Haut Ensorceleur devait avoir ajouté sa touche à la décoration dans le cadre de la cérémonie. Des cercles de champignons jaillissaient du sol de marbre et diffusaient sous leurs chapeaux une pâle lueur verte, et des lichens lumineux dessinaient des motifs ravissants au plafond. La Dame des Araignées avait contribué par une nuée de ses petites bêtes qui grouillaient sur les murs, chacune dotée d'un point brillant sur son dos en forme de crâne. L'air était pur et frais, et l'endroit ressemblait véritablement à une forêt enchantée.

La seule lumière vive provenait des cierges disposés sur deux des trois piédestaux placés en triangle autour de la vasque de la Pierre de Trêve au centre de la salle du trône. Le troisième piédestal accueillait des chandelles éteintes, et je vis le Seigneur Serpent s'approcher pour en allumer une.

Une main se referma sur mon poignet et un picotement déplaisant me remonta le bras, comme si des vers grouillaient sous ma peau.

— Qu'avez-vous fait ? siffla Ruven entre ses dents, son visage tout près du mien.

De part et d'autre de moi, la fille de la Dame des Ronces et un des fils de la Dame des Ours s'écartèrent un peu pour laisser la place à Ruven, tandis que la cérémonie de l'Illumination se poursuivait.

J'essayai de dégager mon bras, mais je découvris que je ne pouvais plus le bouger.

— Vous le savez très bien. D'ailleurs, vous escomptiez que nous tenterions quelque chose.

— Mais pas *maintenant* ! (La douleur fulgura dans mon bras pour ponctuer ses mots, et je hoquetai.) Ma dame, en temps normal j'admire votre audace, mais vous êtes allée trop loin. Où les avez-vous emmenés ? Pourquoi ne puis-je pas les atteindre ?

Un sentiment de triomphe m'envahit et je lui souris.

— Parce qu'ils ne sont plus vôtres, désormais. Ils ne l'ont jamais été.

La bouche de Ruven se tordit un instant d'un rictus de colère, avant qu'il se reprenne et retrouve l'expression amusée qu'il affichait habituellement.

— Vous les avez donc récupérés. Bien joué, ma dame, bien joué. (Il pencha encore la tête vers moi, jusqu'à ce que ses lèvres effleurent mon oreille. Je ne pouvais plus bouger du tout, clouée au sol par sa magie.) Mais vous avez commis une erreur. Vous êtes revenue seule.

— Vous ne me ferez rien pendant l'Illumination. (Je m'efforçai de garder une voix calme, même si mon cœur galopait avec la cadence chaotique d'un cheval sur trois jambes.) Vous ne pouvez vous permettre de perturber une cérémonie aussi importante, surtout pour votre premier Conclave, quand de surcroît il se tient dans votre demeure.

Son sourire s'agrandit.

— Certes, mais vous oubliez que je suis capable de vous tuer sans un bruit et sans un geste, en vous laissant debout ici, à votre place, jusqu'à ce que le Conclave prenne fin, susurra-t-il en passant doucement la main sur ma joue. Nul ne le remarquera. Ce sera d'une discrétion absolue ; une Raverraine ne pourra qu'apprécier.

Je voulus lui répondre, mais m'en trouvai incapable. Je ne pouvais plus bouger, ni respirer. Il avait paralysé mes poumons. *Que les Grâces me viennent en aide !*

Je regardai désespérément vers Kathe de l'autre côté de la salle baignée de lueurs chatoyantes, mais il avait les yeux tournés vers le Seigneur Serpent qui disposait son cierge sur l'un des piédestaux et semblait complètement absorbé par la cérémonie. Mon pouls battait frénétiquement à mes oreilles et ma poitrine brûlait du manque d'air.

— Mais, attendez. (Ruven soupira, et je pus de nouveau respirer.) J'oubliais le petit souci de votre lien avec la Dame des Aigles.

J'avalai l'air dans un hoquet rauque et dégageai mon bras d'une secousse.

— Vous n'êtes qu'un vil personnage, haletai-je.

— Il est possible que cela ne pose pas de problème, murmura-t-il pensivement, mais mieux vaut ne pas prendre ce risque, n'est-ce pas ? Je n'ai rien à perdre à patienter encore un peu. (Il s'inclina courtoisement devant moi.) Je vous souhaite d'apprécier la cérémonie, ma dame. Nous terminerons notre petite affaire une fois que le Conclave aura pris fin.

Il me tourna le dos et s'éloigna d'un pas tranquille. Je le regardai partir en serrant nerveusement mon médaillon ardent, les doigts entremêlés aux griffes de mon collier.

Kathe croisa mon regard et fit le tour de la salle pour me rejoindre, en veillant à ne pas déranger les gens qui assistaient à la cérémonie. Je ressentis une bouffée de colère à voir l'expression d'insouciance joyeuse sur son visage.

— Vous semblez avoir parfaitement géré la situation, me dit-il en arrivant près de moi.

— Il a failli me tuer ! Où étiez-vous donc ?

— Chut, dit-il en levant l'index devant ses lèvres, sa voix réduite à un chuchotement. Ne troublons pas la cérémonie. J'ai jugé que vous aviez les choses sous contrôle.

— Eh bien, vous êtes très mauvais juge, rétorquai-je.

— Regardez. (Je suivis son regard dirigé vers le centre de la salle, où la Dame des Ours plaçait sa chandelle sur un des piédestaux.) C'est là que vont les lumières de ceux qui votent en faveur de l'invasion. L'autre piédestal est pour ceux qui se prononcent contre.

Je comptais les minces flammes dorées avec consternation. La Dame des Ours avait allumé la cinquième chandelle en faveur de la guerre, alors qu'une seule brûlait pour la paix. Mais les onze autres demeuraient éteintes sur le troisième piédestal ; il restait donc encore de l'espoir.

— Vous m'avez dit qu'il était habituel que certains cierges changent de place au cours de l'Illumination, c'est bien ça ?

— Tout à fait. Vous verrez. Et j'ai moi-même l'intention de prendre la parole pour m'opposer à cette guerre, pour ce que ça vaut.

Ses yeux brillèrent d'intérêt en regardant la Dame des Mouettes allumer sa chandelle. Elle ressemblait à une incarnation des Grâces, avec sa robe blanche ondoyante et sa couronne aux ailes nacrées. Elle régnait sur un domaine insulaire au large de la côte septentrionale et, conseillée par Kathe, je lui avais vanté les bénéfices mutuels d'un accord commercial avec l'Empire Sérénissime. Elle croisa mon regard et m'adressa un signe de tête avant de placer sa chandelle à côté de celle de Kathe.

Je soupirai de soulagement.

— Bien, voilà qui est mieux. Je suis heureuse de voir que mes efforts auprès d'elle n'auront pas été vains.

Mais le Seigneur Élan alluma à son tour sa chandelle et avança avec une majesté solennelle pour la placer sur le piédestal de la guerre. Affligée, je m'agrippai au bras de Kathe alors que d'autres Hauts Ensorceleurs imitaient aussitôt le Seigneur Élan, avec un regard dans sa direction pour bien signifier qu'ils suivaient sa décision.

— La Dame des Loutres est sa fille, me chuchota Kathe, et le Seigneur Saule son voisin. Ces deux-là se conforment toujours à ses décisions. Quel dommage que vous n'ayez pu le convaincre.

Huit chandelles brûlaient pour la guerre, deux pour la paix. Que la Grâce de la Sagesse me vienne en aide : si seulement trois Hauts Ensorceleurs avaient suffi à plonger l'Empire dans une guerre acharnée qui avait duré trois années, les efforts conjugués de huit d'entre eux risquaient de causer sa perte.

Sept chandelles demeuraient éteintes. La Dame des Loutres et le Seigneur Saule reprirent leur place dans le cercle des spectateurs, et le silence tomba sur la salle du trône.

Le Seigneur If s'avança, qui présidait à la cérémonie en tant qu'aîné des Hauts Ensorceleurs. Ses yeux caves luisaient au-dessus d'une barbe qui ressemblait à une langue de mousse sur l'écorce d'un arbre, et ses mains à la peau brune reposaient au sommet d'un bâton constitué d'un délicat entrelacs de bois d'essences diverses. Sa présence vénérable s'imposa au silence même, qui nous enveloppa telle une mare immobile et profonde.

—Quelqu'un d'autre souhaite-t-il allumer sa chandelle avant que nous commencions ? s'enquit-il d'une voix grave et sonore.

Personne ne bougea.

—Alors, que s'expriment ceux qui souhaitent influencer la décision du Conclave.

Le Seigneur If recula, relâchant l'attention de l'assemblée qui s'était entièrement tournée vers lui.

Mon cœur martelait ma poitrine comme le tonnerre roulant dans un ciel d'orage. C'était ma dernière chance de faire pencher la balance. Les mots du discours que j'avais préparé s'emmêlèrent dans ma tête en un rugissement incohérent, pareil à celui de l'océan.

Ruven s'avança dans le vide laissé par le Seigneur If et ouvrit grand les bras dans un geste de bienvenue.

—Mes amis ! Je vous remercie d'avoir bien voulu répondre à l'appel de mon défunt père et d'être venus assister à ce Conclave. Ma demeure s'honore de votre présence. (Il s'inclina devant l'assemblée.) C'est une grande tragédie d'avoir dû prendre la place de mon père à ce Conclave en tant que nouveau Haut Ensorceleur du Kazerath. Mais cela ne fait que renforcer la nécessité de montrer notre puissance à l'Empire Sérénissime. Nous ne pouvons les laisser croire à notre faiblesse, à présent qu'une des leurs a tué un Haut Ensorceleur ! Non, au contraire, nous devons remettre à leur place ces vulgaires vermisseaux. (Il sourit, réjoui par cette idée.) J'assure de ma reconnaissance ceux d'entre vous qui m'apportent leur soutien en cette heure cruciale. Je saurai vous manifester ma gratitude, et étant le premier ensorceleur de chair à devenir le seigneur d'un domaine, je me permets de vous rappeler que je peux rendre les faveurs d'une manière vraiment unique. (Il capta le regard de la Dame des Araignées, qui, à mon désespoir, lui sourit.) Je vous remercie, chers frères et sœurs. J'en ai terminé.

Dans un tourbillon de son manteau de cuir noir, il revint à sa place. Il avait à peine regagné le cercle des spectateurs que la Dame des Araignées s'avança en direction du piédestal aux chandelles éteintes.

—À un futur intéressant, déclara-t-elle en allumant sa chandelle.

Elle la leva en direction de Ruven comme on porte un toast, et la posa à côté de la sienne sur le piédestal en faveur de la guerre. Alors qu'elle retournait à sa place, elle me lança un regard amusé qui disait clairement : *« Vous auriez dû accepter mon offre. »*

La Dame des Lauriers soupira alors, alluma sa chandelle, et vint la placer auprès de celle de la Dame des Araignées. Elle glissa un regard résigné dans ma direction et je compris qu'elle devait être en train de payer une faveur à cette dernière.

Dix lumières pour la guerre, et seulement deux pour la paix.

—Que les Grâces nous protègent, murmurai-je.

—Je ne suis pas vraiment une de vos Grâces, me souffla Kathe, mais voyons ce que je peux faire.

Il s'avança au centre de la salle en saluant de la tête certains visages. Puis il s'adressa à l'assemblée en tournant lentement sur lui-même pour solliciter l'attention de tous.

—Corneilles et corbeaux sont des créatures opportunistes, déclara-t-il, et l'occasion d'une alliance avec l'Empire Sérénissime ouvre des perspectives infinies. La guerre nous enferme dans le cycle du passé, alors que certains d'entre nous ont l'audace nécessaire pour voler droit vers l'avenir. (Il capta et soutint tour à tour le regard de plusieurs Hauts Ensorceleurs, mais de ma position je ne pouvais voir lesquels.) De vieilles légendes affirment que les corneilles possèdent le don de prophétie et peuvent prédire la mort. (Il haussa les épaules avec un sourire.) Quand toutes les dettes seront payées, et toutes les batailles perdues et gagnées, je crois savoir qui sera encore debout. J'en ai parlé à certains d'entre vous. Le temps nous dira bien assez tôt si j'ai vu juste.

Voilà qui était un discours étrange. J'observai les visages des autres Hauts Ensorceleurs ; ils reflétaient toutes sortes de réactions, de la réflexion pensive à la perplexité. La Dame des Ronces, quant à elle, souriait d'un air satisfait.

L'expression de son visage me glaça le sang. Pourquoi réagissait-elle ainsi aux paroles de Kathe ? Ignorait-elle à quel point il la haïssait ?

À moins que sa haine n'ait été feinte, et qu'il se soit joué de moi.

Cette pensée m'était insupportable, après avoir placé tant de confiance en lui et avoir commencé à lui ouvrir mon cœur ; après l'avoir embrassé, et après avoir blessé Marcello en acceptant sa cour. Je ne pouvais croire qu'il m'ait menti tout ce temps.

Kathe revint à côté de moi dans un frémissement de plumes.

— Je crains de ne pas être encore très influent, soupira-t-il, alors que le Seigneur des Houx s'avançait et allumait sa chandelle pour la paix.

Je retins mon souffle, espérant que d'autres suivent son exemple, mais personne ne bougea.

Trois contre dix. Les choses étaient mal engagées. J'allais devoir prononcer un discours digne de convaincre les démons de retourner dans les Neuf Enfers. J'essuyai mes mains moites sur mes chausses.

La Dame des Ours s'avança lourdement au centre de la salle et appela à la guerre, pressant ses pairs de venger la défaite du Vaskandar dans la guerre de Trois Ans, puis elle délivra une menace à peine voilée à ses voisins s'ils refusaient d'obtempérer, avec un regard noir au Seigneur Goupil. Quand elle eut fini, le Seigneur Goupil grimaça et, avec une réticence manifeste, alluma sa chandelle pour aller la placer à côté de celle de la Dame des Ours.

Onze flammes dorées, fièrement dressées comme des soldats au garde-à-vous, brûlaient sur le piédestal de la guerre. Onze chandelles qui annonçaient la fin de l'Empire.

Par l'enfer du Désespoir. Les discours n'avaient déplacé qu'une ou deux chandelles chaque fois. Même si j'exposais tous les crimes de Ruven, quel effet pouvais-je en attendre? Les Hauts Ensorceleurs savaient déjà que c'était un monstre, et ils le soutenaient malgré tout. Je n'étais qu'une étrangère, sans la moindre trace de magie en moi. Ils n'avaient aucune raison de faire défection en nombre, et c'était pourtant ce que je devais obtenir pour protéger l'Empire Sérénissime d'une invasion dévastatrice à laquelle il ne pourrait résister.

Kathe me donna un petit coup de coude.

— Ma dame. Si vous souhaitez prendre la parole, c'est le moment.

C'est le moment. Je tenais l'histoire dans mes mains; si je la laissai tomber et qu'elle se brisait, personne ne viendrait en ramasser les morceaux.

Mais j'étais la seule à pouvoir agir. L'Empire Sérénissime avait eu foi en moi. Je devais au moins essayer.

— Très bien, dis-je en prenant une grande inspiration. Je me jette à l'eau.

Des lucioles tournoyèrent autour de moi alors que je m'avançais. Le claquement de mes bottes résonna dans la salle, et je sentis le poids des dix-sept domaines peser sur moi à travers les regards combinés des Hauts Ensorceleurs, le poids de toutes ces lieues de forêts et de montagnes, de ces milliers et millions de vies humaines et animales, qui me scrutaient avec une intensité insoutenable par l'entremise de dix-sept paires d'yeux portant la marque des mages.

Si l'un d'entre eux gardait en mémoire le discours que j'allais tenir ici, mes mots pourraient survivre pour mille ans.

Prendre la parole en ce lieu, à la lueur vacillante des chandelles de la cérémonie solennelle, sous la douce radiance de constellations de lichens qui n'étaient pas là ce matin, relevait d'une témérité folle. Qui étais-je donc pour m'y risquer ?

Mais je connaissais la réponse à cette question. Je l'avais déjà donnée à Ruven durant notre confrontation à Ardence.

Je n'étais pas ici simplement en tant qu'Amalia, jeune érudite, héritière d'un nom prestigieux et Fauconnière. J'étais ici en tant qu'Envoyée Impériale Sérénissime. J'étais la voix de l'Empire.

Ils n'étaient pas si différents, compris-je en balayant du regard leurs silhouettes étranges avec leurs fronts couronnés de ramures et leurs manteaux en forme d'ailes. C'étaient leurs domaines qui les rendaient puissants. Mais mon domaine était bien plus vaste que n'importe lequel d'entre eux. L'unique différence était qu'ils puisaient dans les forces vives de leur domaine pour obtenir leur pouvoir et leur immortalité, tandis que l'Empire, dans ce qu'il avait de mieux, utilisait sa puissance pour protéger et faire prospérer les vies de ceux qui résidaient à l'intérieur de ses frontières.

Je leur fis face et m'inclinai.

— Je vous remercie de m'offrir l'occasion de m'adresser à vous. (Ma voix jaillit, forte et assurée sous les lumières irréelles qui voltigeaient au-dessus de nous comme des étoiles filantes étourdies.) Je me tiens devant vous, invitée du seigneur Kathe de Let, pour parler au nom de l'Empire Sérénissime.

Je tendis une main en direction des Hauts Ensorceleurs, alors que les yeux dirigés vers moi luisaient dans le demi-jour.

— Nous avons entre nous une histoire conflictuelle. Mais l'histoire est un livre dans lequel nous écrivons une nouvelle page chaque jour. L'Empire tend la main à quiconque souhaite l'accepter. Au lieu de tourner notre puissance l'un contre l'autre, pour notre détriment mutuel, pourquoi ne pas œuvrer ensemble, et voir de quoi nos forces combinées seraient capables ?

Kathe m'adressa un salut moqueur, un grand sourire aux lèvres, et je réprimai à mon tour un sourire. Lui, en tout cas, brûlait déjà d'impatience de découvrir ce que nous pourrions accomplir ensemble.

— Quant à ceux désireux de nous affronter… (Je désignai d'un geste les onze chandelles qui brillaient en faveur de la guerre, en évitant de penser à ce que ce nombre signifiait.) … je vous suggère de regarder à deux fois celui au côté duquel vous vous rangez. À vous est échu le pouvoir de la vie, la force la plus grande et la plus sacrée de cette terre. Mais le seigneur Ruven a souillé cette force en l'utilisant pour réduire en esclavage des mages marqués et pour assassiner des enfants. Et, ce qui est peut-être encore plus sacrilège, en l'employant contre la terre elle-même. (Je jouais là ma meilleure carte, en insinuant qu'en soutenant la guerre, ils soutenaient Ruven.) Il a l'intention de détruire le mont Chenu en provoquant son éruption, transformant ainsi son pouvoir de vie en pouvoir de destruction.

Je brûlais d'entrer dans les détails, d'expliquer comment il comptait faire et à quel point c'était une idée détestable sur bien des plans. Mais les autres discours avaient été brefs, et je jugeai plus opportun d'en arriver tout de suite à ma conclusion, de peur que le Seigneur If ne m'interrompe.

— Demandez-vous, dis-je en prenant une intonation aussi profonde et impérieuse que j'en étais capable, si là est le genre de futur que vous souhaitez pour le Vaskandar. Demandez-vous si vous voulez vraiment nourrir ce monstre et le laisser grandir librement en votre sein.

Un silence profond suivit mon discours. Je regagnais ma place en regardant droit devant moi, les mains tremblantes, rompant le silence du claquement de mes pas. Je pouvais encore sentir leurs regards sur moi.

Pendant un moment, personne ne bougea et le silence perdura. L'angoisse m'étreignit ; pas un seul Haut Ensorceleur n'allait déplacer sa chandelle ?

Puis le rire de Ruven résonna dans la salle.

— Eh bien, chère dame Amalia ! C'était un beau discours, mais je ne suis en rien le monstre que vous dépeignez.

Du fond de la salle, une voix juvénile s'éleva, comme un miracle des Grâces :

— Si, vous l'êtes !

Tout le monde se tourna vers le seuil. Emmand se tenait à l'entrée de la salle du trône, avec le souffle haletant de quelqu'un qui avait couru. De la terre lui maculait le visage et il serrait les poings, les bras tremblants.

Son regard était hanté par une terrible prise de conscience et son visage semblait livide à la lueur surnaturelle. Il avait sans doute écouté Zaira et découvert le charnier. Dans mon cœur, l'espoir releva sa tête courbée.

— Ah, jeune Emmand, dit Ruven en lui souriant. Tu t'es perdu, j'imagine. Tu n'as pas ta place au Conclave.

Le Seigneur If frappa le sol de son bâton, et le silence tomba sur la salle avec le poids de dix hivers de neige.

— Ce garçon porte la marque des mages, déclara-t-il dans ce silence. Il peut parler, si un Haut Ensorceleur exprime le désir d'entendre ce qu'il a à dire.

La Dame des Aigles leva deux doigts, qui s'élevèrent comme des ailes s'ouvrant nonchalamment pour attraper le vent.

— Je suis curieuse de l'entendre. Parle, mon garçon.

Emmand s'inclina. Il tremblait si violemment que je pouvais m'en rendre compte depuis l'autre bout de la salle.

— Mes seigneurs, mes dames, commença-t-il en évitant de croiser le regard de Ruven. Je vous supplie de me pardonner, mais je dois vous dire ce que mon seigneur Ruven a fait.

Je n'aurais jamais cru que j'aurais un jour de l'admiration pour ce garçon qui avait fabriqué une potion capable de priver mes amis de leur libre arbitre. Mais il fallait un courage rare pour se tenir devant ceux que vous respectiez le plus, et admettre que vous aviez eu tort. Je retins mon souffle, en le pressant silencieusement de continuer.

— Emmand, intervint Ruven, dont le visage était le portrait de l'innocence tranquille, en dehors du regard foudroyant de ses yeux. Qu'est-ce donc que toutes ces bêtises, mon jeune ami ?

— Il est interdit d'interrompre l'orateur, rappela le Seigneur If d'une voix qui roula dans la salle avec la force du tonnerre.

Ruven s'inclina et se le tint pour dit, mais une fureur assassine contracta un instant ses traits.

Emmand tomba à genoux, comme s'il ne parvenait plus à rester debout en présence des dix-sept Hauts Ensorceleurs réunis. La tête courbée, il reprit la parole d'une voix chevrotante.

— Le seigneur Ruven a capturé des mages marqués et utilisé une potion mêlant l'alchimie et ses pouvoirs d'ensorceleur de chair pour les soumettre à sa volonté. Il fait d'eux ses pantins, et s'ils résistent, il les…

Emmand émit un son étranglé et porta les mains à sa gorge.

— Oui ? l'encouragea le Seigneur Élan. Poursuis, mon garçon.

Mais Emmand se mit à se griffer la gorge, les yeux écarquillés, et pointa un doigt affolé vers Ruven.

Par les Enfers. Il ne pouvait plus respirer. L'ensorceleur de chair était en train de le tuer.

Je me tournai aussitôt vers ce dernier.

— Libérez-le ! exigeai-je.

Ruven plissa les yeux avec un amusement malveillant.

— Ma chère, il est à moi. Il fait partie de mon domaine. Je suis libre de faire ce que je veux de lui.

— Il ne s'agit pas d'un banal serf, assena le Seigneur Élan d'un ton sans appel. C'est un mage marqué.

— Et c'est encore un enfant, renchérit la Dame des Loutres en secouant sa chevelure châtaine avec indignation. Si c'est ainsi que vous traitez un mage marqué sous votre garde, Kazerath, je frissonne de penser à la manière dont vous traiterez vos alliés.

Ruven haussa les épaules.

— Si vous insistez.

Il fendit l'air d'un geste, et Emmand inspira dans un hoquet en s'effondrant au sol. Il haleta, les mains crispées sur les dalles, tandis que ses poumons à l'agonie engloutissaient l'air frais.

En dehors de la respiration laborieuse d'Emmand, rien ne vint briser le silence. Je retins moi-même mon souffle, osant à peine porter mes espoirs sur le sentiment d'outrage que les Hauts Ensorceleurs devaient forcément ressentir face à l'attitude de Ruven. Seules les arabesques des lucioles dans l'air marquèrent le passage du temps.

Puis le Seigneur Élan avança au centre de la salle. Ses yeux flamboyèrent, et les bois de sa couronne jetèrent sur les murs des ombres menaçantes. Des papillons luisants et des lucioles vinrent voleter autour de lui, donnant le sentiment d'une vision tout droit sortie d'un songe prophétique.

— Vous avez transgressé les lois de la nature, dit-il à Ruven en semblant enfler et grandir, jusqu'à ce que sa présence nous domine tous et emplisse la salle entière. Asservir de nobles mages par le truchement d'une corruption alchimique est un acte vil qui sape nos traditions les plus anciennes et les plus sacrées. Vous devez teinter un domaine de votre sang pour revendiquer la vie qui s'y trouve. Et vous devez respecter le pouvoir de tous les mages marqués, car c'est justement ce pouvoir qui vous élève vous, au-dessus de vos sujets.

Un rictus haineux déforma les traits de Ruven, mais un regard vers le vénérable Seigneur If, qui observait les échanges d'un œil vigilant, les mains posées sur son bâton, le dissuada de répondre.

— J'avais décidé de soutenir cette guerre, nécessaire exutoire aux pressions qui commandent à notre cycle d'expansion, poursuivit le Seigneur Élan. Mais dame Amalia a raison : je ne peux souscrire à un conflit destiné à accroître le pouvoir de cet ensorceleur de chair. J'estime que la guerre nous est nécessaire, mais cette guerre-là, je ne peux l'approuver.

De la main, il désigna Emmand, qui sanglotait doucement, roulé en boule sur le sol.

Le Seigneur Élan s'avança jusqu'à sa chandelle et la souleva avec révérence. Puis il la déposa solennellement sur le piédestal opposé, joignant sa lumière aux trois petites flammes qui y brûlaient déjà.

Il retourna à sa place et je retins mon souffle. La Dame des Loutres s'avança aussitôt pour déplacer sa chandelle à côté de celle de son père, avec un regard réprobateur à Ruven. Le Seigneur Saule les imita, en manifestant moins d'enthousiasme, et moins d'animosité envers l'ensorceleur de chair.

Puis le Seigneur Goupil s'avança au milieu de la salle.

— Je suis écœuré, déclara-t-il simplement, en toisant Ruven.

Tournant le dos à la Dame des Ours, il alla lui aussi poser sa chandelle sur le piédestal de la paix.

Quand il quitta le centre de la salle, il vint me rejoindre au lieu de retourner à sa place.

— Donc, concernant ce que vous me disiez hier, me chuchota-t-il du coin de la bouche, à propos de l'Empire qui n'abandonnait pas ses amis ?

Je lui adressai mon sourire le plus brillant.

— Nous aurons beaucoup de choses à nous dire.

Sept chandelles brûlaient désormais pour la paix. C'était bien mieux que trois, mais cela restait encore insuffisant. L'espoir qui s'était épanoui dans ma poitrine recommença à décliner.

Immobile, le dos rigide, Ruven fixait les chandelles du regard. Une aura de menace et d'animosité émanait de lui, comme un poison qui emplissait l'air et y étouffait la lumière.

Il s'esclaffa, mais son rire laissait transparaître une certaine amertume.

— Accordez-vous vraiment tant de crédit aux paroles d'un enfant impressionnable et d'une étrangère qui n'est même pas mage ? Et pourquoi vous préoccupez-vous de ce que je peux bien faire dans mon propre domaine ?

— Peut-être ne le devrions-nous pas. (La voix de la Dame des Aigles emplit la salle avec la force irrésistible et implacable de la marée.) Mais je me préoccupe de ce que vous faites dans *mon* domaine, seigneur du Kazerath.

Ruven se figea. La Dame des Aigles traversa la salle d'un pas décidé qui souleva sa cape derrière elle, pour venir se planter devant Ruven. Elle le considéra de ses yeux dorés, jusqu'à ce qu'il détourne le regard.

— J'ai un dernier grief à exprimer, déclara-t-elle.

Chapitre 40

La voix de la Dame des Aigles devint aussi douce que le vol d'un rapace juste avant qu'il replie ses ailes pour fondre sur sa proie.

— Seigneur Ruven, vous êtes intervenu sur une partie de la montagne qui m'appartient.

— Et je vous en fais mes excuses, dit Ruven en s'inclinant. J'admets ce grief, et m'engage à le réparer.

— J'y compte bien. (La Dame des Aigles tendit la main et laissa tomber aux pieds de Ruven une poignée de pierres rouges qui rebondirent au sol dans un crépitement sonore.) En châtiment de votre insolente violation de mes frontières, je réclame compensation de votre domaine lui-même. Le Kazerath cédera à l'Atruin sa moitié du mont Chenu, de sorte que la montagne devienne mienne dans son entièreté. Demain, au lever du soleil, je revendiquerai de mon sang la montagne, et vous me la céderez de plein droit.

Un murmure étouffé parcourut la salle. Ce devait être pour un Haut Ensorceleur le plus haut prix à payer pour réparer un tort, puisque son domaine était la source de son pouvoir. Et l'on ne parlait pas d'une petite surface : les crêtes et les épaulements du mont Chenu s'étendaient sur plusieurs lieues.

Les mâchoires de Ruven se contractèrent, puis il se força à sourire.

— Comme il vous plaira, Dame des Aigles. Je reconnais la légitimité de votre grief et je ne contesterai pas votre revendication. Demain matin, le mont Chenu sera à vous, et à vous seule.

Un frisson me parcourut. Il cédait trop facilement. Il devait penser que d'ici là, il n'aurait plus besoin de cette montagne.

Apparemment satisfaite, la Dame des Aigles se tourna vers le reste de l'assemblée.

— Je ne prendrai pas parti pour ou contre cette guerre, déclara-t-elle. Ma chandelle demeurera éteinte. Mais je vous suggère d'écouter ma descendante, et de réfléchir soigneusement avant de lier votre sort à celui de ce malfaisant.

Une fierté inattendue m'envahit aux mots de « ma descendante ».

La Dame des Aigles regagna sa place dans un brouhaha de murmures.

L'un après l'autre, de Hauts Ensorceleurs s'avancèrent pour éteindre leur chandelle placée sur le piédestal de la guerre. Il n'en resta bientôt plus que quatre : celles de la Dame des Ours, du Seigneur Serpent, de la Dame des Ronces et de Ruven. Pour résumer, tous ceux dont l'intention d'envahir l'Empire avait toujours été claire.

L'euphorie me fit tourner la tête. Le Conclave n'avait pas permis à Ruven de gagner le moindre nouvel allié, et il avait même hérité de nouveaux ennemis. Il faudrait que je remercie Zaira d'avoir convaincu Emmand de remettre en doute l'honnêteté de l'ensorceleur de chair. Et je devais aussi veiller à protéger ce garçon ; c'était la tentative de Ruven pour le faire taire qui avait provoqué un retournement de situation.

Kathe parut lire dans mon esprit.

— Ce garçon aura besoin de soutien, me chuchota-t-il. Je lui proposerai de venir chez moi.

— Oh, parfait, dis-je avec un soupir de soulagement. Je ne veux pas qu'il reste à la merci de Ruven.

— En parlant de Ruven, je crois que l'on peut considérer que vous l'avez brisé sur le plan politique, se félicita Kathe en se frottant joyeusement les mains. L'ourse et le serpent se serviront de lui comme d'une diversion pour mener leur propre guerre contre l'Empire, mais ensuite ils le laisseront tomber sans un remords. En subissant l'opposition à la fois du Seigneur Élan et de la Dame des Aigles, autant dire qu'il va être fui comme la lèpre.

Le Seigneur If leva la main, et le brouhaha des conversations s'éteignit.

— Quelqu'un d'autre souhaite-t-il prendre la parole avant que je décrète la fin de l'Illumination ?

Ruven s'avança d'un pas.

— Juste pour dire que je saurai me souvenir de ceux qui sont restés à mes côtés. Et quant à ceux qui m'ont tourné le dos, cela importe peu au final, déclara-t-il d'un air satisfait. Je n'ai jamais eu besoin de vous.

L'appréhension me noua le ventre.

— Il parle du volcan, chuchotai-je.

— Je crois que vous avez raison, opina gravement Kathe. Avez-vous le moyen de l'empêcher de déclencher l'éruption ?

— Seulement si j'arrive au cercle maître avant lui.

— Alors filez, dit-il en s'avançant légèrement pour me cacher à la vue de Ruven. Le Seigneur If va proclamer sous peu la fin de l'Illumination. Vous devez vous hâter si vous voulez avoir une chance de le prendre de vitesse.

Je lui serrai brièvement la main avec reconnaissance.

— Merci, Kathe.

Il me sourit.

— Gardez vos remerciements pour le jour où je vous ferai une vraie faveur. Je ne fais tout cela que pour mon amusement personnel.

Prise d'une audace soudaine, je lui envoyai un baiser avant de me faufiler hors de la salle du trône. Il fit mine de rattraper mon baiser au vol en riant.

Avant de franchir le seuil, je jetai un dernier regard par-dessus mon épaule, mais Kathe ne se trouvait plus à l'endroit où je l'avais laissé. Je balayai l'assemblée du regard. Tous les yeux étaient tournés vers le Seigneur Serpent qui prononçait un dernier discours. Kathe, en revanche, était en train de parler avec quelqu'un, la main pointée dans ma direction.

Il parlait à la Dame des Ronces, qui se tourna vers moi en souriant.

Je filai à travers les jardins ténébreux au rythme douloureux des battements affolés de mon cœur. La lune baignait la pelouse de sa lumière argentée qui, par contraste, transformait l'orée de la forêt en une masse noire d'ombres découpées. L'air était froid sur ma peau.

Kathe n'avait pas pu me trahir à la Dame des Ronces, je ne pouvais y croire. Il la détestait. Bien sûr, je n'avais que sa parole pour étayer la réalité de cette haine. En revanche, il ne faisait aucun doute qu'il s'agissait d'un de ses petits jeux, et il était possible qu'il n'hésite pas à sacrifier une pièce pour l'emporter.

Mais cela importait peu, pas plus que le fait que c'était une folie de m'aventurer seule et de nuit dans la forêt de Ruven. Si je ne parvenais pas à détruire le cercle de contrôle avant que Ruven l'active, le mont Chenu entrerait en éruption, et même une petite éruption pourrait balayer nos défenses frontalières dans l'un ou l'autre des principaux cols, tuer des milliers d'innocents et recouvrir d'immenses territoires de l'Empire sous des cendres qui porteraient la revendication de Ruven sur ces terres. Je n'avais pas le loisir d'attendre le retour de Zaira. L'Illumination risquait de prendre fin d'une minute à l'autre, et je ne doutais pas de l'intention de Ruven de déclencher l'éruption cette nuit même.

Je marquai cependant une pause à l'orée de la forêt. Les arbres se dressaient devant moi, masquant de leur masse l'obscurité moins profonde du ciel étoilé. La neige avait fondu au cours de la journée, et le sentier semblait s'enfoncer dans des ténèbres impénétrables.

Si Ruven prenait conscience de ce que j'étais en train de faire, ces arbres pourraient s'animer soudainement et me tuer avec la nonchalance d'un courtisan plantant sa fourchette dans un chou à la crème.

Mais cela ne servait à rien de me torturer avec ça. J'étais la seule à pouvoir agir. Je pris une grande inspiration et plongeai dans la forêt comme s'il s'agissait d'une mare sombre et profonde.

Différentes nuances d'ombre et de lumière se succédèrent autour de moi. Les rayons de lune qui filtraient entre les branches éclairaient tant que j'aurais pu lire un livre à leur lumière, mais ils ne faisaient qu'accentuer l'obscurité qui s'accumulait sous les arbres. Je trébuchai sur une racine et me rattrapai de justesse au tronc lisse d'un jeune pin.

— La dernière fois, je m'interrogeais sur votre présence dans la forêt, me lança la voix riche et veloutée de la Dame des Ronces. Mais ce soir, je m'en moque complètement. Tout ce qui m'importe, c'est de vous y voir seule.

Enfer de la Calamité. Je pivotai sur moi-même en enlevant une de mes bagues. L'anneau de métal s'enfonça dans la paume de ma main.

— Votre présence n'est-elle pas requise à la cérémonie de clôture de l'Illumination ?

— Ceci est plus important. (Elle se rapprocha en se mouvant entre les ombres et les taches de lumière lunaire.)

Ma fille ne peut revendiquer le Callamorne tant que vous vivez. Pour qu'elle accède à l'immortalité, vous allez devoir mourir, petite Lochaver.

Elle passa la main sur le fût d'un immense pin dont les frondaisons nous surplombaient toutes deux. Un grand craquement retentit, et je reculai d'un bond, juste à temps pour éviter la chute d'une lourde branche.

Je jetai aussitôt mon anneau sur la Dame des Ronces. Malgré mon geste faible et paniqué, la bague fila avec une vitesse et une force stupéfiantes, similaires à celles d'une balle de mousquet. Elle embrasa l'air sur sa trajectoire et manqua sa cible d'un pouce. La Dame des Ronces s'écarta vivement du trou incandescent que la bague creusa dans l'arbre derrière elle.

—Ainsi, la petite souris a des dents, ronronna-t-elle. D'accord, me voilà prévenue.

Elle saisit la branche d'un roncier au bord du chemin. Des dizaines de lianes épineuses se déployèrent dans ma direction en fouettant l'air. Avec un petit cri affolé, j'ôtai une autre bague et la lançai sur la masse grouillante de ronces qui cherchait à m'atteindre.

La bague rebondit contre un des sarments. Des cristaux de givre s'en échappèrent et les runes de l'anneau scintillèrent d'un éclat bleu avant de s'éteindre. *Pas plus d'effet qu'un pistolet chargé avec de la poudre humide…*

Je m'écartai des ronces avides et fermai les yeux avant d'ouvrir mon médaillon ardent. Mes paupières rougirent sous l'éclair aveuglant, et la Dame des Ronces poussa un cri de surprise et de colère. Je tournai les talons et fuis dans la forêt enténébrée. Je ne fis que quelques pas avant de me prendre le pied dans une racine et m'étaler de tout mon long sur le sentier, en glissant sur les aiguilles de pin.

Je me relevai péniblement, les genoux endoloris, le cœur affolé par la peur, et voulus me remettre à courir, mais ma cheville était toujours prisonnière.

Je me contorsionnais pour voir ce qui me retenait quand d'autres racines surgirent du sentier tout autour de moi. Je hurlai en cherchant à ôter une autre bague, mais une racine s'enroula autour de mon bras pour m'en empêcher. De nouvelles racines terreuses s'accrochèrent à moi en me serrant douloureusement, jusqu'à m'immobiliser complètement.

La Dame des Ronces se tenait sur le sentier, une main appuyée contre le tronc d'un vieil arbre, et se frottait vigoureusement les yeux.

— Nous ne sommes peut-être pas dans mon domaine, dit-elle, mais il faudra plus que vos petits jouets pour me vaincre dans cette forêt. La vie grouille tout autour de vous, pauvre fille de la ville, y compris dans le sol sous vos pieds.

Je tentai de libérer ma main, de me dégager de l'étreinte puissante des racines qui m'emprisonnaient, mais plus j'essayais de lutter, plus elles resserraient leur prise. La panique qui hurlait en moi et voulait me voir fuir me rendait forte, mais l'arbre l'était bien plus encore.

Que les Grâces me viennent en aide. Je ne pouvais plus m'opposer à elle. Si je ne réussissais pas à la convaincre de m'épargner, j'allais mourir.

— Je suis toujours sous la protection de Kathe ! m'écriai-je. Si vous me tuez, vous devrez lui en répondre.

La Dame des Ronces éclata de rire.

— Ah, vous croyez ! Qu'en dites-vous, Seigneur Freux ?

Une ombre à la forme étrange se détacha d'un arbre derrière elle, pour s'avancer dans un rayon de lune. La lumière argentée se refléta dans les yeux de Kathe, et une petite brise gonfla les plumes sur ses épaules. Il croisa les bras sur sa poitrine, et son visage se fendit lentement d'un sourire.

— Je suis ici pour honorer la promesse que je vous ai faite, Dame des Ronces, dit-il d’une voix légère et désintéressée. Poursuivez, je vous en prie.

Chapitre 41

J'eus l'impression qu'il venait de m'arracher le cœur pour le jeter dans le charnier de Ruven.

— Kathe, j'avais confiance en vous !

— Un homme sage a dit récemment que l'on pouvait se fier à ses ennemis, à condition d'avoir suffisamment d'emprise sur eux, mais de ne jamais se fier à ses amis. (Kathe haussa les épaules dans un bruissement de plumes.) Apparemment, il avait raison.

— Et maintenant que cette question est éclaircie…

La Dame des Ronces ferma le poing contre le tronc de l'arbre.

Les racines qui me tenaient se mirent à serrer avec force. Je hurlai de douleur alors que mes membres étaient tiraillés, puis le souffle déserta mes poumons et emporta ma voix avec lui. Une douleur vive me transperça la poitrine quand une de mes côtes céda sous la pression.

La Dame des Ronces poussa un cri.

Je m'effondrai au sol, enchevêtrée dans un écheveau de racines soudain inertes, et respirai à grandes goulées confuses. La Dame des Ronces se plia en deux de douleur, les mains crispées sur son corps. Elle s'affala dos au tronc et laissa échapper un nouveau hurlement d'agonie, tandis que Kathe la toisait en souriant, l'air satisfait.

— Que… que m'avez-vous… fait ? s'écria-t-elle d'une voix brisée.

— Moi ? protesta Kathe innocemment, une main sur le cœur. Oh, pas grand-chose, vraiment. J'ai seulement déplacé les Pierres de Trêve un peu plus loin, au-delà des jardins.

La Dame des Ronces se griffa la poitrine.

— Mon sang ! Il brûle !

— Oui, il se retourne contre vous, lui dit-il en posant la main sur son épaule, comme pour la réconforter. Parce que vous avez violé la trêve en vous attaquant au sang de la Dame des Aigles.

J'agitai les jambes pour me libérer des racines et me relevai. Chaque inspiration s'accompagnait d'un point douloureux au côté, et j'avais les membres couverts d'ecchymoses. Mais ce qu'endurait la Dame des Ronces était à l'évidence bien pire. Un autre hurlement jaillit de sa gorge, et elle tomba à genoux.

— Et vous savez ce que cela signifie, soupira Kathe. Puisque votre sang se rebelle contre vous, j'ai bien peur qu'il ne puisse plus vous nourrir des forces vitales de votre domaine.

La Dame des Ronces lui adressa un rictus d'animal blessé et agrippa l'écorce de l'arbre auquel elle s'adossait. Ses branches se tendirent vers Kathe avec des mouvements erratiques et désordonnés, mais ce dernier se contenta d'avancer un peu le pied pour toucher une des racines de l'arbre, qui redevint aussitôt immobile.

— Pourquoi ? demanda la Dame des Ronces. Nous avions un accord ! Vous m'aviez donné votre parole !

— Mais je tiens parole. (Kathe dégaina un long couteau en os à sa ceinture.) Quant à la raison de tout ceci, vous souvenez-vous d'un homme du nom de Jathan ?

— Non, hoqueta-t-elle en se recroquevillant sur elle-même dans un spasme de douleur.

— Tant mieux, rétorqua Kathe. Lui non plus, il n'a pas su pourquoi il mourait.

Son couteau scintilla à la lueur de la lune. Il frappa, et la lame s'enfonça avec un son mat et écœurant dans le dos de la Dame des Ronces.

Elle s'affala sur le sentier, le corps agité de convulsions, alors qu'une tache sombre grandissait sur sa robe. Sous son corps, les racines se mirent à creuser le sol pour ouvrir une fosse grossière.

La Dame des Ronces griffa la terre et les racines avec des gestes désespérés, et certaines se mirent à flétrir. Mais des milliers de petites radicelles surgirent du sol pour déferler sur elle en une vague terreuse et l'entraîner dans sa tombe alors qu'elle laissait échapper un dernier cri étouffé.

Kathe toucha la feuille d'un lierre et le regarda se répandre sur le sol et produire de nouvelles branches et feuilles pour recouvrir toute trace de l'endroit où la Dame des Ronces s'était trouvée. En quelques secondes, seule la poignée de son couteau dépassait encore du tapis de lierre.

Le visage impassible, il posa le pied sur le pommeau de l'arme et appuya de tout son poids pour l'enfoncer plus avant.

Je le dévisageai avec un sentiment mêlé d'ébahissement et d'horreur, le souffle coupé. *Par la Grâce de la Miséricorde.* Il l'avait tuée. Il l'avait assassinée froidement, et avait enfin obtenu vengeance.

Et pour ce faire, il m'avait utilisée comme appât.

— Vous n'êtes qu'un scélérat, haletai-je en me palpant doucement le flanc. (Cette simple pression me provoqua une douleur fulgurante et j'ôtai aussitôt ma main.) Elle a failli me tuer !

— Je surveillai les choses de très près pour m'assurer que cela n'arrive pas. (Kathe se pencha pour arracher son couteau à la terre, nettoya la lame sur une plaque de mousse, et s'avança vers moi. Dans la pénombre, les cercles jaunes de sa marque des mages scintillèrent doucement.) Êtes-vous gravement blessée ?

Je titubai d'un pas en arrière en levant une main devant moi.

— Ne m'approchez pas ! Votre piège aurait pu causer ma perte !

Kathe s'immobilisa et s'inclina sans la moindre trace de moquerie.

— Je reconnais pour légitime votre grief. Je suis votre débiteur, dame Amalia.

— Que lui aviez-vous promis ? demandai-je. De m'achever ?

— Pas du tout, dit-il en riant, et les feuilles frémirent à ce son. Je lui avais promis de l'aider à s'assurer d'un domaine pour sa fille. Et à présent, celle-ci va hériter de celui de sa mère, et ainsi échapper enfin au sort funeste de la vieillesse.

— Depuis le début, vous prévoyiez de m'utiliser contre elle ? m'insurgeai-je. Avez-vous entrepris de me courtiser uniquement pour m'attirer ici afin que je serve d'appât à votre ennemie ?

— Bien sûr que non. Pas plus que vous n'avez accepté ma cour dans le seul but d'inquiéter vos ennemis. J'aime poursuivre plusieurs objectifs à la fois. (Il jeta un regard en arrière sur le sentier.) Je vous dois de meilleures excuses que cela, mais nous devons nous hâter. J'ai envoyé une corneille avec un message pour Zaira afin de l'informer que vous risquiez d'avoir besoin d'aide, et elle est en train de la guider jusqu'à vous en ce moment même. Cependant, Ruven prendra la voie la plus directe pour rejoindre le cercle de contrôle. Nous sommes sur son domaine ; lui, rien ne le force à emprunter le sentier.

— Un instant. (Je m'appuyai contre un arbre. Par les Grâces, tout mon corps était endolori, mais je n'avais pas le temps de m'apitoyer.) Si vous désirez me prouver que vous n'êtes pas mon ennemi, envoyez un message pour moi.

— Certainement. (Il tendit le bras, et une corneille vint aussitôt s'y poser.) À qui et où ?

— À Jerith Antelles, à la frontière. Je voudrais qu'il lève le vent.

— Le vent ? s'étonna Kathe d'un air intrigué.

— Au cas où nous échouerions à empêcher l'éruption du mont Chenu. Un vent pour repousser le nuage de cendres sur le Kazerath.

Kathe hocha la tête.

— Oui, je peux faire cela.

Il regarda intensément la corneille dans les yeux pendant un instant, puis celle-ci s'envola avec un croassement et disparut dans la nuit.

— Bien, me contentai-je de dire, réticente à le remercier après ce qui venait de se passer.

Je commençai à clopiner sur le sentier d'une démarche raide en m'efforçant de m'accoutumer à toutes mes nouvelles douleurs et contusions. Il fallait que j'atteigne le cercle de contrôle le plus vite possible. Même si Jerith recevait mon message à temps et que son vent parvenait à repousser les cendres, les coulées de lave tueraient des milliers d'innocents et offriraient à Ruven un chemin de feu au cœur de l'Empire.

— Me laisserez-vous vous aider ? demanda Kathe en me suivant.

Sa voix était inhabituellement neutre, presque humble. Se pouvait-il qu'il se sente sincèrement coupable ? Ou essayait-il seulement de revenir dans mes bonnes grâces ?

Je ne savais plus trop si cela m'importait vraiment.

— Non, répondis-je sèchement.

Ma côte fêlée me lançait douloureusement à chaque respiration.

Les arbres agitèrent soudain leurs frondaisons, comme sous l'effet d'une bourrasque. Le fracas d'une cavalcade résonna sur le sentier derrière nous, accompagné de craquements de branches brisées, d'exclamations et de hurlements de bêtes. Un frisson me parcourut l'échine, plus glacé que l'air froid de la nuit.

— Ruven est au courant, soufflai-je. Il envoie ses forces à nos trousses.

Kathe s'arrêta sur le chemin.

— Je vais les retenir. Vous, continuez.

Le vacarme gagna en intensité, et j'hésitai.

— On dirait qu'ils sont nombreux ; des soldats mais aussi des chimères. Nous ne sommes pas dans votre domaine. Vous pensez pouvoir les arrêter ?

— Évidemment, dit-il en riant.

— Pourquoi faites-vous cela ? demandai-je. Parce que vous êtes en dette envers moi ?

— Non. (Sa voix se fit douce, avec une pointe de tristesse, et il détourna le regard.) Parce que je vous aime bien. Parfois, il est bon de faire quelque chose pour une personne qui vous est chère, sans rien en attendre en retour.

Je le dévisageai en silence, prise au dépourvu. Mes doigts se serrèrent sur le collier de griffes à mon cou.

— Kathe, vous êtes décidément un homme déroutant et exaspérant.

Il sourit.

— Je sais. Et maintenant, partez. La corneille que j'ai envoyée chercher Zaira n'est plus très loin ; Zaira vous rattrapera d'ici peu et pourra veiller sur vous le reste du chemin.

Le souvenir de Braegan et de tous les autres braves soldats qui avaient sacrifié leur vie pour retenir les limiers des ronces afin que Zaira et moi puissions nous enfuir me revint aussitôt à l'esprit. Peu importe ce que Kathe avait fait, je répugnais à le laisser seul pour protéger mes arrières.

Mais Kathe était un Haut Ensorceleur, et s'il m'affirmait qu'il pouvait s'occuper des gardes de Ruven, je devais le croire.

— Soit.

Je me hâtai sur le sentier. Les arbres autour de moi frémissaient et oscillaient, mais leurs branches ne cherchaient pas à m'atteindre. Peut-être Ruven n'avait-il pas perçu que Kathe et moi nous étions séparés ; il devait être distrait, à se dépêcher de rejoindre le cercle de contrôle pour m'y devancer, et Kathe possédait forcément une présence magique bien plus perceptible que la mienne.

Les cris et les hurlements s'intensifièrent derrière moi et prirent des accents de terreur et de désespoir. Je continuai à courir, sans trop savoir si la peur qui me serrait le cœur concernait Kathe, ou ce qu'il était en train de faire subir aux gardes de Ruven pour provoquer ce genre de cris.

Une silhouette apparut sur le chemin devant moi, une ombre plus profonde qui bloquait le sentier éclairé par la lune. Je ralentis avec prudence.

— Qui est là ?

— Que les démons me prennent en pitié, décidément je ne peux pas vous laisser une heure toute seule, hein ?

— Zaira ! (Je me retins de justesse de courir vers elle pour la serrer dans mes bras.) Les Grâces soient louées. Nous devons faire vite ; Ruven est en route pour rejoindre le cercle de contrôle.

— Je sais. Cette emplumée de petite démone de la Folie m'a avertie, dit-elle en montrant un arbre, d'où jaillit en réponse un croassement moqueur. Laissez-moi vous dire que ça fiche une frousse digne de l'enfer des Cauchemars de voir un oiseau vous voler devant le nez en pleine nuit et se mettre à vous *parler*.

La corneille croassa de nouveau, et Zaira pointa vers elle un doigt menaçant.

— Oh, toi, la ferme. Ce n'est pas drôle.

Arrivée à sa hauteur, je continuai à marcher et elle m'emboîta le pas.

— Je suis heureuse de vous voir. Kathe est resté en arrière pour retenir les gardes et les chimères de Ruven, mais rien ne garantit que certaines d'entre elles ne réussiront pas à le contourner.

— On dirait que je me suis trompée sur son compte, grommela Zaira.

— Non, vous aviez raison. (L'admettre me fit presque aussi mal que ma côte cassée.) Il s'est servi de moi comme appât pour tuer la Dame des Ronces.

— Oh. Eh bien, en tout cas, bon débarras. On avait peut-être raison toutes les deux, alors.

Nous continuâmes à avancer un moment en silence, au seul son de ma respiration laborieuse.

Puis elle me demanda soudain :

— Mais du coup, c'est toujours votre soupirant, ou pas ?

Par les Grâces. Je venais juste d'être trahie et d'échapper à la mort, nous courions pour tenter de sauver l'Empire du cataclysme d'une éruption volcanique, et c'était ça, sa question ?

La connaissant, cela ne m'étonnait guère.

— Techniquement, oui.

Elle s'esclaffa.

— Il est beau gosse, c'est sûr, mais vous savez quoi ? Je garde quand même Terika.

— Tout s'est bien passé, au fait ?

— Sans problème. Marcello était bien au point de rendez-vous, et la route semblait dégagée. Ruven avait d'autres choses en tête.

— Tout comme nous, dis-je sombrement, en allongeant le pas.

Nous émergeâmes enfin des bois en haut de la colline où la carte de Namira indiquait le cercle de contrôle, sous un ciel piqueté d'étoiles scintillantes. Un vent froid balayait le sommet de roche nue, qui souleva mes cheveux dans ses rafales.

Un homme se tenait à l'extrémité du petit promontoire, au point le plus élevé de la colline, les bras levés. Le vent se prenait dans son long manteau qui claquait derrière lui. *Ruven.* Il nous avait devancées.

Deux dizaines de silhouettes, éclairées à contre-jour par la lune qui projetait leurs ombres noires sur la roche grise, pointaient des épées et des lances dans notre direction, nous interdisant le passage.

— Bon, si c'est ça, dit Zaira en levant les mains, et le malefeu s'embrasa dans ses paumes ouvertes, magnifique et affamé.

Les flammes bleues illuminèrent les visages de la troupe déployée contre nous, et Zaira émit un juron.

Il ne s'agissait pas de soldats, mais de vieillards, de jeunes adolescents et d'infirmes, tous ceux qui n'avaient pas été jugés aptes à partir à la guerre. De simples gens, rameutés des hameaux et des fermes des environs. Ils brandissaient leurs armes dans des mains tremblantes, les yeux agrandis par la peur. Des larmes coulaient sur le visage de certains.

Le vieil aubergiste que nous avions vu s'occuper des nourrissons de son village se trouvait parmi eux et grimaçait d'un air navré. Il en était de même pour la tenancière avec la cicatrice sur la bouche, celle qui tenait la taverne au pied de la colline, et du jeune serveur qu'elle avait fait sortir pour lui éviter le risque de s'approcher d'un Haut Ensorceleur. Une fille qui ne devait pas avoir plus de douze ans brandissait sa lance plus fermement que les autres, les lèvres pincées en une ligne déterminée.

À un bout de la troupe qui nous barrait le chemin se trouvait Emmand, une brûlure récente en forme de main sur la joue, comme si Ruven l'avait giflé pour le punir d'avoir pris la parole contre lui. Son visage exprimait une détresse absolue alors qu'il levait une dague vers nous.

— Pisse de démon, cracha Zaira en baissant les mains. Je ne peux pas tuer des gamins.

— Écartez-vous, leur intimai-je. Nous ne voulons pas vous faire de mal.

— Nous ne voulons pas non plus vous combattre, ma dame, répondit l'aubergiste d'une voix tremblante de peur.

— Nous n'avons pas le choix, intervint Emmand en grimaçant de douleur à cause de la brûlure sur sa joue. Si vous essayez de passer, nous vous attaquerons.

— Ruven, espèce de lâche ! tonna Zaira. Tu te caches derrière des enfants et des grands-pères ? Tu es pire qu'un rat d'égout galeux !

Ruven ne répondit pas. Devant ses pieds, un cercle d'Artifice se mit à luire d'un éclat écarlate.

— Nous n'avons pas le temps !

J'ôtai la bague au majeur de ma main droite, celle supposée mettre hors de combat sans tuer. Istrella m'avait dit qu'elle pouvait sans doute arrêter une ou deux personnes, mais il nous fallait plus que ça, et la bague n'avait pas assez de puissance.

Par chance, nous nous trouvions sur un gigantesque affleurement de roche volcanique. Il serait facile de se procurer un surcroît de force.

Je scrutai désespérément le sol à la lueur pâle de la lune et repérai un éclat de roche noire que je m'empressai de ramasser. *De l'obsidienne.* Je l'enfonçai dans l'anneau de la bague de toutes mes forces, pour le presser contre les runes qui y étaient gravées.

Puis je jetai la bague.

Le vieil aubergiste esquiva le projectile, qui frappa le sol entre la jeune fille et lui. La bague rebondit sur la roche avant de s'immobiliser, et soudain ses runes s'embrasèrent. Des lignes brillantes jaillirent de la bague et se ramifièrent pour s'étendre sous les pieds des villageois. Ces derniers poussèrent des cris et tentèrent de s'écarter, mais ils se retrouvèrent cloués sur place, pris dans cette toile d'araignée scintillante. Zaira et moi dûmes reculer précipitamment pour éviter que les lignes lumineuses ne nous emprisonnent nous aussi.

— Impressionnant, dit Zaira. Cette Istrella est plus dingue qu'un chaton devant de l'herbe à chat, mais elle est sacrément douée.

— L'obsidienne est une excellente source de puissance, dis-je. Cela devrait les retenir un petit moment.

Les villageois dominés par Ruven se dressèrent vers nous quand nous les contournâmes, mais l'enchantement d'Istrella les empêchait de bouger. La jeune fille nous jeta sa lance, qui vint rebondir au sol derrière nous.

— Arrêtez le seigneur Ruven, nous cria Emmand. Dépêchez-vous ! Ne le laissez pas finir !

Nous courûmes jusqu'au sommet de la colline. À notre approche, Ruven baissa les bras, se tourna vers nous et sortit du cercle. Un sourire de pure satisfaction se dessina sur son visage.

— Trop tard, déclara-t-il. C'est fait.

CHAPITRE 42

Je sentis sous mes pieds le bourdonnement caractéristique d'une magie à l'œuvre. Mes jambes endolories flageolèrent, et mon estomac se noua d'une certitude terrible et glacée.

Trop tard. Des milliers de personnes dans les forteresses des cols et les villages au pied des montagnes étaient déjà mortes sans le savoir. Toutes nos défenses à la frontière, nos fortifications, nos pièges d'Artifice, tout était condamné. Le mont Chenu se dressait au-dessus de nous, silhouette noire et sereine qui se découpait sur le firmament. Personne ne pouvait deviner, en le voyant, les forces magiques que Ruven y avait mises en œuvre irrémédiablement, et qui allaient déverser sur nous la dévastation.

— Non, soufflai-je. Il y a forcément un moyen d'arrêter ça.

Ruven ouvrit grand les mains.

— Ma dame, c'est vous l'experte en Artifice ici. Mais l'on m'a assuré qu'il n'y en avait aucun. J'ai bien peur que tous vos efforts aient été vains.

— Pas complètement, dit Zaira d'une voix où sourdait une colère froide. Je vais pouvoir faire quelque chose que je désire depuis longtemps.

Le feu s'embrasa aussitôt dans ses yeux avec un éclat aveuglant et, sans autre avertissement, une vague de flammes jaillit d'elle en rugissant, libérant en un brasier dévorant toute la colère qu'elle avait accumulée contre Ruven. Toute sa rage pour le mal qu'il avait fait à Terika, aux domestiques défigurés par les marques de brûlure, aux enfants qui avaient servi de pâture aux loups de la forêt, explosa en une terrible déflagration de lumière ardente qui engloutit Ruven.

Une colonne de flammes blanches s'éleva à l'endroit où il se trouvait et grimpa dans le ciel à une hauteur impossible. Le brasier illumina la colline entière, et les villageois se recroquevillèrent en hurlant, retenus par le sortilège d'Istrella qui les empêchait toujours de bouger. La chaleur me gifla le visage et je levai un bras devant moi pour m'en protéger autant que possible.

— Meurs, cracha Zaira entre ses dents serrées. Meurs, meurs, meurs, maudit !

Un cri horrible d'agonie qui me vrilla les tympans retentit dans la colonne de flammes. Puis il se transforma en un hurlement sauvage, et en quelque chose de plus terrifiant encore.

Puissent les Grâces nous venir en aide. C'était un rire. Un ricanement vrai et spontané, empli de surprise et d'allégresse.

Ruven sortit de la colonne de malefeu dans une traîne flamboyante, en riant toujours. Le feu bleu lui dévorait la peau, s'accrochait à lui de toute sa puissance vorace. De la fumée s'élevait de son corps dont les chairs se racornissaient et noircissaient sous la morsure des flammes, mais il parvenait à se reconstituer plus vite encore.

— C'est donc ainsi que mon père est mort. (Il leva les mains pour les regarder avec curiosité. Les flammes enveloppèrent ses bras et calcinèrent le cuir de son manteau, mais celui-ci aussi se reconstitua aussitôt.) Hélas pour lui, ce n'était pas un ensorceleur de chair. Je n'ai pas hérité de sa faiblesse.

— Brûle, siffla Zaira. Brûle, maudit démon.

Des flammèches bleues dansaient dans les cheveux de Zaira, sur ses épaules et ses bras ; le feu jaillissait de ses yeux et de ses mains et faisait rage tout autour de Ruven. Mais celui-ci se tint face à elle, aucunement ébranlé.

— Je dois vous remercier. Vous venez de m'apporter la preuve que mes espoirs étaient fondés. Avec toutes les forces vives du Kazerath pour alimenter ma magie, je suis capable de renforcer et de reconstruire mon corps assez vite pour résister à la fureur destructrice du malefeu. Je suis la seule personne au monde à être vraiment, et sans équivoque possible, immortelle.

Mon estomac se noua. Il avait raison : si le malefeu ne pouvait le tuer, rien ne le pourrait. Que les Grâces nous protègent tous. Et c'était nous qui avions provoqué cela.

— Mon feu ne s'éteindra jamais, tant qu'il te restera un peu de vie pour l'alimenter, rugit Zaira. (Devenue celle des flammes elles-mêmes, sa voix était rêche, cruelle, et belle.) Il dévorera toute la vie du Kazerath, jusqu'à ce qu'il ne reste plus que ta propre vie pour le nourrir.

Ruven haussa les épaules.

— Comme vous voulez. Nous pouvons commencer par ces gens-là.

Je me retournai juste à temps pour voir l'aubergiste loquace s'effondrer au sol et convulser en une brève agonie. Puis ce fut au tour d'une vieille femme voûtée.

— Arrêtez ! m'écriai-je. Arrêtez de les tuer, espèce de monstre !

— Ce n'est pas moi qui les tue, dit Ruven, c'est la sorcière.

Zaira ne répondit pas. Elle toisait Ruven de ses yeux remplis de flammes, dominée par le malefeu.

Emmand s'affala à son tour. Son dernier cri brisé et angoissé me déchira le cœur. Les larmes me montèrent aux yeux, mais la chaleur du malefeu les évapora avant qu'elles coulent sur ma joue.

Que les Grâces le maudissent. Nous étions en train de tuer des innocents en vain.

— *Revincio !* m'écriai-je.

L'obscurité de la nuit revint soudain. Zaira s'écroula sur le sol rocheux comme une marionnette dont on aurait coupé les fils. Des cris de panique et de chagrin retentirent derrière moi, et l'odeur effroyable de la chair humaine calcinée s'attarda dans l'air.

La brise souleva le manteau de Ruven. Une ondulation le parcourut de haut en bas, et il redevint entier et intact, à l'exception de ses broderies. Sa queue-de-cheval s'agita dans le vent et repoussa jusqu'à ce que sa chevelure retrouve sa longueur normale. Il me sourit.

— Enfin seuls, dame Amalia, juste vous et moi.

Je serrai les poings si fort que mes ongles s'enfoncèrent dans la paume de mes mains.

— C'étaient vos propres sujets. Emmand vous vénérait. N'avez-vous donc aucun scrupule ? Un bon souverain doit accepter de mener une vie de sacrifice, pour le bien de ceux qu'il gouverne.

— Quelle affreuse philosophie de vie, commenta Ruven en secouant la tête. La honte est un symptôme de faiblesse, ma dame. Elle n'est pas destinée à ceux qui, comme nous, dirigent le monde. (Il tendit la main vers moi.) Venez. Nous avons moins d'une heure avant que le mont Chenu n'entre en éruption. J'ai orienté le cataclysme vers le sud, vers l'Empire, mais il serait tout de même imprudent de rester aussi près au moment de l'éruption.

Il ne jeta même pas un regard à Zaira qui gisait à mes pieds, inconsciente, sa chevelure ballottée par la brise. Des images rémanentes du malefeu dansaient encore devant mes yeux. Je luttai pour maîtriser ma colère.

— Vous ne manquez pas d'aplomb, de jouer les galants hommes avec moi après tout ceci. Espérez-vous vraiment que je croie que vous n'avez d'autre intérêt que celui de vous associer à ma lignée, quand vous sacrifiez sans sourciller la vie de vos gens ?

Ruven prit un air étonné.

— Mais ma dame, vous représentez tellement plus que l'héritage de votre sang ! Non, non, vous ne comprenez pas à quel point je me soucie de vous. Par exemple, il me reste une ample provision de cette formidable potion que ce garçon fabriquait pour moi. Songez donc aux possibilités : avoir l'héritière des Cornaro sous mon emprise !

J'y songeai, et réprimai un haut-le-cœur.

— Un autre homme a cru qu'un tour d'alchimiste lui suffirait à renverser le Conseil des Neuf, rétorquai-je froidement, et il a chèrement payé son erreur.

Ruven se mit à rire.

— Ah, dame Amalia, décidément je ne parviens jamais à vous intimider. Vous ne vous laissez pas facilement effrayer, n'est-ce pas ? Pas étonnant que j'aie tant d'admiration pour vous. (Il baissa la main qu'il m'avait offerte et secoua la tête.) Je me délecte à l'avance de toutes ces conversations passionnantes que nous aurons ensemble en mon château, où vous serez mon invitée. Mais d'abord, il nous reste une petite chose à régler.

Le changement dans le ton de sa voix ne me dit rien qui vaille, et je glissai une de mes dernières bagues dans ma main.

— Et de quoi s'agit-il ?

— De votre sorcière. (Il soupira.) J'avais espéré la contrôler, mais je crains que mon père n'ait eu raison à son sujet. Elle est tout simplement trop dangereuse pour qu'on la laisse vivre.

Il se pencha pour tendre la main vers les cheveux de Zaira soulevés par le vent, à la manière d'un enfant curieux essayant de saisir une mèche entre ses doigts.

Je jetai la bague sur le sol volcanique à mes pieds. Un cercle de lumière dorée jaillit instantanément autour de Zaira et moi. Ruven se recula vivement, comme un chat qui aurait posé sans le vouloir la patte dans une flaque d'eau.

— Ce sceau de protection persistera au moins pour les trois prochaines heures, mentis-je. Vos invités doivent vous attendre au château. Désirez-vous vraiment que les Hauts Ensorceleurs viennent ici pour voir ce qui vous retient ?

Ruven plissa les yeux.

— Soit. Restez donc pour assister à l'éruption, si tel est votre souhait. Vous vous trouvez toujours sur mon domaine ; je n'ai nul besoin d'être présent pour exercer mon pouvoir sur vous. La nature elle-même vous empêchera de fuir. Je reviendrai aussitôt que je me serai occupé de mes invités, et que le volcan se sera calmé. Enfin, à condition que vous surviviez, bien sûr.

Il se détourna et son manteau noir tournoya autour de lui, plus sombre encore que la nuit.

— Profitez de la vue, me lança-t-il joyeusement. Je n'aurais pu imaginer de spectacle plus approprié pour célébrer mon nouveau titre !

J'attendis anxieusement en comptant les battements de mon cœur alors qu'il s'éloignait sur le sommet pelé de la colline. Les villageois prisonniers se recroquevillèrent quand il passa près d'eux, leurs visages inquiets éclairés par les lignes de lumière pâle à leurs pieds, mais il ne leur accorda même pas un regard. Le cadavre d'Emmand gisait sur la roche, immobile et triste, les bras tendus vers le sommet de la colline.

Une fois Ruven disparu, j'attendis encore quelques minutes de plus. Puis je me baissai pour ramasser la bague au sol près de Zaira, mais le cercle de protection vacilla et se dissipa avant même que je la touche.

— Un instant, murmurai-je à la forme inconsciente de Zaira, et je me ruai jusqu'au cercle de contrôle, en ignorant la douleur qui me mordait le flanc.

Une lueur rouge ténue émanait encore des lignées gravées dans la roche, ce qui me permit d'examiner à mon aise le diagramme tracé par Namira quand elle était sous le contrôle de Ruven. Il s'agissait d'un cercle complexe, aux motifs entremêlés et aux longs arcs de runes qui énonçaient les termes et les règles de l'enchantement avec une grande précision. C'était véritablement l'œuvre d'un maître façonnier. *Grâce de la Sagesse, éclairez-moi.*

Alors que j'étudiai le cercle, j'eus l'horrible sentiment que mon cœur s'enfonçait dans la forêt obscure au pied de la colline. Ruven avait dit vrai. Il avait activé la magie qui mettait fin au confinement et provoquait une libération de la pression accumulée sous la montagne. Il n'y avait plus rien à faire, et le cercle d'Artifice n'incluait aucun moyen d'annuler l'action. Le mont Chenu allait entrer en éruption avec toute la pression qui y couvait encore après tous nos efforts pour la faire diminuer. D'ici quelques heures, le feu jaillirait de la montagne. Il ne restait même plus assez de temps pour évacuer les populations.

La seule partie du cercle qui semblait toujours active était celle concernant le second effet de l'enchantement, qui commandait l'ouverture d'une cheminée pour l'éruption et orientait l'explosion droit sur l'Empire Sérénissime, dans la direction d'Ardence. Une unique rune indiquait la direction ; elle n'était pas gravée dans la roche mais peinte, de façon que Ruven puisse choisir lui-même la cible quand il déclenchait une éruption. Cette seconde phase n'était pas entrée en action, et il était encore possible de l'altérer. Mais il ne s'agissait pas d'une rune d'Artifice habituelle, car elle était conçue pour s'associer à la vivomancie de Ruven. Sans le lien du sang qui le connectait au mont Chenu, modifier la rune ne servirait à rien.

Un lien du sang avec le mont Chenu. La porte de la tour ainsi que les Pierres de Trêve avaient reconnu en mon sang celui de la Dame des Aigles. Cela valait le coup d'essayer.

Je posai la main sur la roche chaude. Je sentis sous ma paume les lignes gravées du cercle d'Artifice et fermai les yeux.

Je connaissais la pierre. Les plats et les creux de cet affleurement rocheux occupaient un espace confortable dans mon esprit. Cette conscience ne s'étendait pas au-delà, ni à la colline sous mes pieds ni même à la ligne des arbres qui en bordaient le sommet, mais je connaissais cette roche granuleuse sous ma main. Et j'étais en mesure d'enlacer de mon esprit l'enchantement gravé en elle, et de sentir la façon dont la magie se connectait à la roche, et à quelque chose d'autre aussi. Quelque chose d'immense et d'ancien, au cœur de feu ardent qui remontait vers sa surface, avec une puissance qui outrepassait celle des Hauts Ensorceleurs.

Mais la moitié de la montagne appartenait à ma lignée, et elle me connaissait. Cette majesté écrasante, cette fureur destructrice me reconnaissait.

Je pouvais le faire.

Je rouvris les yeux. Je pris un moment pour mémoriser la rune peinte, puis je l'effaçai en frottant la roche avec ma manche. Elle n'était pas encore tout à fait sèche et je n'eus guère de difficulté à la faire disparaître en ruinant le velours bleu de mon vêtement.

Je tirai ma dague et m'entaillai le doigt, qui se mit à saigner.

Je me figeai soudain. *Par tous les enfers.* Je devais rediriger l'éruption quelque part, mais il y avait des villages et des places fortes tout autour du mont Chenu. Quel que soit mon choix, des gens mourraient.

Le motif artificé du cercle offrait quatre positions possibles pour insérer la rune de direction, correspondant à quatre cheminées d'évacuation ou points faibles de la montagne.

Je me remémorai la carte de la frontière que j'avais étudiée en détail à Hautegarde, avec tous ses petits forts, ses passes et ses villages inscrits en différentes couleurs. Je devais choisir entre des villages innocents et des alliances vitales, entre des forteresses défensives cruciales et les vies de gens que je connaissais et que j'aimais.

L'option de rediriger l'éruption sur le Kazerath, en direction du château de Ruven, était certes tentante, mais non seulement cela signifiait nous condamner Zaira et moi, ainsi que les quelques villages dont j'apercevais les lueurs dans la vallée en contrebas, mais aussi mettre un point d'arrêt à toutes les alliances en devenir avec les Hauts Ensorceleurs les mieux disposés. De plus, je doutais que cela représente pour Ruven davantage qu'un simple désagrément.

L'orientation actuelle de l'éruption était bien sûr inenvisageable ; elle annihilerait nos défenses frontalières au niveau d'un des principaux cols, tuerait des centaines voire des milliers de soldats, balaierait certainement le bourg au pied de la montagne qui approvisionnait les forteresses, en ajoutant plusieurs milliers de civils au bilan. Une troisième option dirigerait l'éruption vers l'ouest, dans une vallée fluviale parsemée de villages et occupée à la fois par des troupes vaskandriennes et des troupes impériales qui s'y faisaient face derrière les remparts de leurs places fortes respectives. Même si l'angle laissait espérer que l'essentiel de la dévastation aurait lieu du côté vaskandrien et décimerait les troupes cantonnées dans la vallée, elle provoquerait un grand nombre de victimes, dont beaucoup de civils, et risquait également de tuer Marcello, Terika et les autres Faucons qui devaient actuellement traverser l'épaulement ouest de la montagne pour revenir vers Hautegarde.

La dernière option consistait à diriger l'éruption vers l'est, le long de la chaîne des Pics Sorciers. Dans cette direction, le paysage était trop escarpé pour accueillir des fermes ou des villages. Mais Roland et ses hommes, qui s'étaient aventurés sur le versant oriental de la montagne pour y saboter les cercles d'Artifice, risquaient fort d'être pris dans le cataclysme.

Quelle que soit ma décision, des gens mourraient. Je devais choisir qui : Marcello, Terika et les autres Faucons, Roland et ses soldats, ou Zaira et moi.

Un gémissement plaintif s'échappa de ma bouche, et la nausée me souleva l'estomac. C'était un choix si atroce que j'en vins presque à souhaiter que Ruven m'ait traînée dans son château plutôt que d'être agenouillée ici, avec les visages de mes amis qui défilaient dans mon esprit, devant décider lesquels allaient disparaître à jamais.

Mais c'est ce que fait ma mère. Et c'était aussi ce que faisait chaque jour le Conseil des Neuf. Il était aisé de choisir entre le bien et le mal. Mais choisir le moindre mal, en sachant que votre décision condamnait des gens à la mort, là était le choix qui vous arrachait une partie de votre âme.

C'était le rôle qui m'était destiné par la naissance, et que j'avais embrassé de plein gré en assumant ma place d'héritière auprès de ma mère. Cela faisait aussi partie des responsabilités qui m'incombaient en ayant accepté d'assister au Conclave au titre d'Envoyé Sérénissime.

J'inspirai profondément et traçai d'une main tremblante une nouvelle rune dans le quadrant oriental du cercle.

Je t'en prie Roland, dis-moi que tu n'es plus là-bas. Grâce de la Miséricorde, protégez-le, je vous en conjure.

Il n'y aurait que peu ou pas de civils dans ces versants encaissés des Pics Sorciers qui bordaient le flanc est du mont Chenu. Les forteresses impériales qui gardaient les cols dans cette région se trouvaient plus au sud et devraient être protégées par la ligne de crête. Le cours supérieur de l'Arden risquait de se retrouver encore plus encombré de sédiments que lors de l'éruption du mont Enthalus trois ans auparavant, mais des projets étaient déjà mis en œuvre pour régler le problème, et je pourrais toujours m'en excuser auprès de Domenic plus tard. Ce serait une pierre rouge que je lui devrais, un grief mineur, facile à payer.

Seuls Roland et sa poignée de soldats risquaient de mourir.

Seul mon cousin, si sérieux et si brave, qui avait enfin réussi – sur mon incitation – à convaincre notre grand-mère de le laisser se rendre sur la frontière. Le cousin qui avait joué avec moi dans les salles du château de Durantain quand j'étais enfant, et qui m'avait aidée à grimper dans les branches d'un pommier du verger. Roland, qui aurait donné sa vie pour moi sans une hésitation ; qui aurait donné sa vie pour n'importe qui. Roland, le prince héritier du Callamorne, qui ne verrait jamais quel bon souverain il serait devenu malgré les doutes qui le tenaillaient.

Je me relevai, les jambes tremblantes, les yeux secs.

Il restait encore une chance qu'il parvienne à se mettre à l'abri. Et l'éruption serait peut-être suffisamment limitée pour l'épargner, si notre altération des autres cercles avait eu le temps de faire convenablement son œuvre. Mais cela ne changerait rien au fait qu'ici, en cet instant, j'avais pris la décision de le condamner à mort.

C'était cela, être une Cornaro.

Chapitre 43

Le pouvoir d'entravement de la bague d'Istrella avait dû se dissiper pendant que j'intervenais sur le cercle de contrôle. Les villageois de Ruven avaient fui en emportant les corps de l'aubergiste et de la vieille femme. Emmand, qu'ils ne connaissaient pas, avait été abandonné là où il était tombé.

Je secouai Zaira par les épaules, doucement d'abord, puis plus vigoureusement. J'avais besoin qu'elle revienne à elle, et pas seulement pour épargner à ma côte cassée de devoir la porter au bas de la colline, mais pour me sauver de la spirale noire de mes peurs. Ses paupières papillonnèrent enfin, et elle émit un grognement.

— Allez ! la pressai-je. Je ne sais pas combien de temps il nous reste avant l'éruption.

Elle ouvrit les yeux et s'assit péniblement, les mains sur les tempes.

— Par tous les démons des enfers, j'ai un mal de crâne pas possible. Pitié, dites-moi que c'est juste un effet de mon imagination, et que je l'ai bien tué.

— Ruven est bien en vie, malheureusement, dis-je. Et je n'ai pas pu empêcher l'éruption, mais je… (Je me raclai la gorge.) … je l'ai redirigée. Nous sommes probablement hors de danger ici, toutefois mieux vaut ne pas parier là-dessus.

— D'accord, opina Zaira en me laissant l'aider à se relever. (Ses yeux tombèrent sur le cadavre d'Emmand et elle se figea.) Je ne l'ai quand même pas tué, si ?

Une inquiétude paniquée fit trembler sa voix

— Non, répondis-je. Vous ne l'avez pas tué. C'est Ruven.

Elle détourna les yeux quand nous passâmes devant le corps.

— Pauvre gosse, marmonna-t-elle.

Alors que nous plongions une fois de plus dans les ténèbres de la forêt, le sol sous mes pieds frémit et les frondaisons bruissèrent doucement. Je crus un instant que Ruven éveillait la contrée contre nous, avant de comprendre ce qui arrivait.

— Un tremblement de terre. (Les mots avaient sur ma langue le goût cuivré de la peur.) Pas très fort encore. Le mont Chenu se prépare.

— Vous êtes sûre qu'on sera à l'abri ici ? demanda Zaira, le visage livide à la lueur de la lune qui filtrait à travers les branchages.

— Si la magie opère comme elle le doit et qu'aucun imprévu ne se produit, oui. Mais c'est la première fois que quelqu'un tente un pareil enchantement. Donc, non, nous ne sommes pas en sécurité, pas le moins du monde.

Zaira accéléra le pas.

La rune de sang que j'avais tracée sur le cercle de contrôle semblait m'avoir laissé une sorte de lien fugace avec le mont Chenu, et le volcan pressa sur mon esprit avec une urgence croissante. Les forces accumulées dans les entrailles de la montagne pouvaient agiter la terre bien au-delà de cette petite secousse, et même le brasier ardent qui couvait en Zaira faisait pâle figure en comparaison des feux qui y bouillonnaient. Toute désagréable qu'était cette sensation, elle me donna aussi espoir : si le mont Chenu dominait ainsi mes sens malgré la ténuité du lien qui m'unissait à lui, Ruven devait se retrouver aveugle à tout le reste. Il pouvait fort bien ne pas remarquer notre fuite, et je doutai qu'il soit encore en mesure de nous localiser avec précision.

Nous rencontrâmes Kathe à mi-chemin du château, qui s'avançait vers nous sur le sentier en boitant, une corneille perchée sur l'épaule. Le voir ainsi affaibli me serra le cœur d'une façon inattendue. J'eus envie de courir vers lui ; même si je ne lui avais pas pardonné, je n'aimais pas savoir qu'il avait été blessé à cause de moi. Mais j'avisai l'éclat sauvage de sa marque des mages à travers les ombres, et je refrénai ma première impulsion.

— Êtes-vous blessé ? demandai-je d'une voix qui se voulait indifférente.

— Moins que vous-même, à ce qu'il me semble. (Il leva le visage dans un rayon de lune en tendant l'oreille.) Que se passe-t-il ? Quelque chose s'agite à travers tout le pays.

— C'est le mont Chenu. Nous sommes arrivées trop tard. Il va entrer en éruption. (Je repris mon souffle en grimaçant de douleur ; mes côtes me lançaient horriblement.) J'ai redirigé sa fureur loin… loin des zones les plus peuplées, j'espère, mais vous devriez vous mettre à l'abri.

— Et vous aussi. (Il jeta un regard par-dessus son épaule.) Je me suis chargé de vos poursuivants les plus immédiats, mais c'est le branle-bas de combat au château. Ruven va envoyer d'autres forces contre vous, et la nouvelle Haute Ensorceleuse du Sevaeth en a également après vous, dame Amalia. Elle vous juge responsable de la mort de sa mère.

— Mais ce n'est pas moi qui l'ai tuée ! m'insurgeai-je.

— Ah, il se peut que j'aie négligé de la corriger sur ce point, admit Kathe. Quoi qu'il en soit, le château n'est plus désormais un endroit sûr pour vous. Vous devez quitter le Kazerath aussi rapidement que possible, pendant que Ruven est encore distrait par le Conclave et l'éruption prochaine. Si vous êtes toujours là au matin, il sera en mesure de mobiliser son domaine tout entier pour vous capturer ou vous tuer.

— Dans ce cas, nous nous dirigerons vers la frontière par la route la plus directe. Nous pourrons peut-être rattraper Marcello.

Cela impliquait de courir en direction du mont Chenu, ce qui semblait téméraire à l'extrême, mais tout bien considéré, je préférais tenter ma chance avec le volcan plutôt qu'avec Ruven.

— Je dois retourner au château. (Kathe posa sur mon épaule une main chaude et douce, et étrangement timide.) J'aurais dû vous informer du piège que je préparais. Je vous présente mes excuses.

Il buta un peu sur ces mots, et je songeai que c'était peut-être la première fois de sa vie qu'il s'excusait.

C'était un début, mais la colère bouillonnait encore en moi comme un chocolat trop chaud pour être bu.

— Oui, vous auriez dû. Et peut-être même aurais-je joué le jeu. (Sa corneille déploya ses ailes à demi en croassant sourdement, et je croisai ses yeux ronds.) Un instant ! Pouvez-vous envoyer encore un message ?

— Pour vous, ma dame ? Tout ce que vous voudrez.

— À mon cousin Roland, dis-je en lui saisissant les deux bras dans mon empressement. Il se trouve dans la zone des montagnes qui sera touchée par l'éruption. Prévenez-le de fuir et de s'abriter, je vous en prie.

— Je ne suis pas certain que cet avertissement lui arrivera suffisamment à temps pour lui être d'un grand secours, remarqua Kathe, mais je vais le faire.

Il effleura le bec de la corneille et lui murmura quelque chose dans une langue gutturale et étrange. La corneille émit un croassement courroucé et battit des ailes. Il caressa les plumes de son torse, puis l'oiseau s'envola finalement avec un cri rauque.

— Elle ne risque rien, j'espère ? demandai-je, prise d'une soudaine culpabilité.

— Cela dépendra de la nature et de l'ampleur de l'éruption. Je lui ai dit de se dépêcher et de rester prudente, et d'éviter de se faire tuer.

Je me sentis un peu sotte, à m'inquiéter pour une corneille, mais il y avait déjà eu trop de morts, et d'autres allaient encore venir.

— Je vous remercie, dis-je en serrant le bras de Kathe.

— À présent, hâtez-vous. (Kathe se pencha vers moi, hésita, et effleura de ses lèvres le haut de mon front.) Je vais retourner au château et faire mon possible pour veiller à ce que les autres sachent bien que Ruven est à blâmer pour l'éruption du volcan et que la mort de la Dame des Ronces… eh bien, n'est pas une très grande perte.

— Il faudra que nous ayons une conversation une fois que tout ceci sera terminé.

J'eus l'impression d'entendre ma mère faisant comprendre à une version plus jeune de moi-même que la seule raison pour laquelle elle ne me réprimandait pas sur-le-champ était que nous avions des invités.

Kathe éclata de rire.

— Oui, cela sera nécessaire, j'imagine. Bonne chance, dame Amalia. Surtout, ne mourez pas.

— Je vais m'y efforcer.

Le sol trembla de nouveau sous nos pieds alors que Zaira et moi fuyions à travers la nuit froide et argentée. Par les trouées entre les arbres, nous vîmes apparaître à l'est une pâle lueur grise dans laquelle se fondirent les étoiles les plus lointaines. Une brise se leva et se mit à souffler de plus en plus fort, inclinant la cime des arbres vers le nord. J'espérais qu'il s'agissait du vent évoqué par Jerith pour protéger l'Empire du nuage de cendres.

Tant de choses dépendaient à présent de facteurs qui échappaient à tout contrôle ! Quelle serait la taille d'une éruption provoquée magiquement si le volcan n'y était pas naturellement prêt ? Quelle quantité de pression l'enchantement de Ruven avait-il réussi à accumuler, et quel avait été l'impact de notre sabotage ? Le sommet entier de la montagne allait-il exploser au moment de l'éruption ? Le cercle de contrôle pouvait-il vraiment orienter précisément une force aussi terrible et indomptable ? Voilà tout à fait le genre de questions que j'aurais adoré discuter avec Domenic et Venasha au-dessus d'une pile de livres, du moment qu'elles restaient purement théoriques. Mais à présent, ces incertitudes tournaient sans relâche dans ma tête, douloureuses et insolubles.

Nous restâmes sur la route et empruntâmes un chemin de colporteur qui grimpait au point le plus bas du long épaulement du mont Chenu pour se diriger vers le plus proche village de montagne du Callamorne, de l'autre côté de la frontière. Ruven devait être fort occupé, car les arbres se contentaient de se comporter comme une forêt normale ; ils n'avaient pas grandi dans la haine de ma famille, à l'image de ceux du Sevaeth. Nous entendîmes à l'occasion les déplacements de grosses bêtes dans les sous-bois, ou un hurlement lugubre au lointain, et nous nous faufilâmes suffisamment près d'un camp de soldats pour sentir la fumée de ses feux. J'avais libéré le pouvoir de Zaira au premier signe de danger, mais nous progressâmes sans encombre. Pendant un moment, je crus que nous allions réussir à rejoindre la frontière sans coup férir.

Mais alors que le chemin commençait à attaquer la montagne, nous trouvâmes notre voie bloquée par une ligne d'une dizaine de soldats. Les lueurs de l'aube étaient assez vives à présent pour faire scintiller le canon des mousquets pointés sur nous.

— Si je dois tous les brûler, vous devrez ensuite me porter, murmura Zaira.

— Nous pouvons peut-être réussir par un coup de bluff à ce qu'ils nous laissent passer, dis-je sans y croire vraiment.

Ma douleur au côté et l'épuisement concouraient à me brouiller les idées. Je n'aurais même pas été capable de trouver une excuse valable pour échapper à une réunion ennuyeuse, alors pour ce qui était de convaincre ces soldats de s'écarter… Pour autant, avec ma côte cassée, je doutais fortement de parvenir à gravir la montagne avec Zaira sur le dos.

— Si je vois une seule étincelle de malefeu, nous tirons, cria l'homme au centre de la ligne, en continuant à nous viser de son arme. Revenez avec nous au château du seigneur Ruven, et il ne vous sera fait aucun mal.

Par les Enfers. Ils connaissaient notre identité. Nous n'étions pas tombées par hasard sur une simple patrouille de montagne ; Ruven avait envoyé des soldats ici pour nous arrêter.

— Vous commettez une grave erreur, rétorquai-je d'une voix que j'espérais assurée et menaçante. Écartez-vous de notre chemin, tant que vous le pouvez encore.

— Je ne peux pas faire ça, ma dame, dit l'officier, et à entendre la tension dans sa voix, je sus qu'il était sincère. Je vous préviens : si vous refusez de nous suivre sans faire d'histoire, j'ai ordre de…

Je ne saurais jamais quels étaient ses ordres. Une lumière flamboya dans la pénombre de la route derrière lui, et le fracas d'une détonation retentit. Cela ressemblait au bruit d'un pistolet à silex, mais alors que les soldats faisaient volte-face, le claquement du tir fut suivi d'un tintement grave, comme si quelqu'un avait frappé sur une énorme cloche. L'air se déforma sous la pression d'une onde magique.

Elle balaya les soldats, qui s'avachirent aussitôt. Leurs mousquets tombèrent au sol dans une série de cliquetis secs, suivis de leurs propriétaires qui s'effondrèrent comme des poupées de chiffon, dans un mouvement étonnamment gracieux.

Je plaquai les mains sur mes oreilles en me reculant. Le temps que l'onde magique arrive sur nous, elle avait perdu l'essentiel de sa puissance, mais elle me traversa néanmoins en m'engourdissant le corps, et mes jambes vacillèrent. Je tombai à genoux, mais pus me relever presque aussitôt, les oreilles bourdonnantes. Zaira s'agrippa à mon bras pour se stabiliser, l'autre main pressée contre son front.

— Par les portes des Neuf Enfers, qu'est-ce que c'était que ça ? maugréa-t-elle.

L'odeur de la poudre noire flotta jusqu'à nous. Marcello sortit des ombres, le pistolet en main. Des bandes de cuivre gravées de runes luisantes tournaient lentement autour du canon de son arme, qui était incrustée de cristaux et de filigranes. Un soulagement béni m'envahit en le voyant apparaître.

— J'ai eu le malheur de laisser mon pistolet à portée d'Istrella, dit-il, et maintenant, chaque fois que je tire, j'ignore ce qu'il va se passer.

— Où est Terika ? demanda aussitôt Zaira.

— À l'abri, de notre côté de la frontière. (Marcello tourna les yeux vers les soldats assommés, qui commençaient déjà à reprendre péniblement connaissance.) Venez. J'ai des soldats qui nous attendent plus haut sur la route, mais nous ferions mieux de courir.

Nous avions franchi les bornes frontière du Kazerath ainsi qu'une paire de tours de garde impériales et nous étions arrivés au pied des remparts d'un fort dont les canons luisaient dans l'éclat rosé de l'aube, quand la montagne trembla suffisamment fort pour nous faire vaciller. Je me retrouvai à quatre pattes sur la route poudreuse qui longeait un torrent, et la secousse se répercuta dans mes bras et mes os. Marcello laissa échapper un cri de surprise, et les soldats impériaux qui s'étaient joints à notre escorte en chemin, une bordée de jurons.

Dans les entrailles de la montagne, quelque chose se rompit.

Enfer de la Calamité. C'est le moment.

Un grondement profond et terrible se fit entendre, plus puissant qu'un millier de coups de tonnerre. Je m'agrippai à Marcello, tombé sur le chemin à côté de moi, et levai les yeux vers le sublime pic entouré de glaciers du mont Chenu. Aussi immense et lointain que le ciel lui-même, il se dressait au-dessus de nous, derrière la ligne de crête au versant boisé qui nous séparait de lui.

Un nuage de cendres grises jaillit de l'autre côté du volcan et envahit le ciel en s'élevant et en s'étendant jusqu'à des dimensions vertigineuses. Le gigantesque nuage noir se cabra comme une créature vivante, un démon plus terrible que tous ceux des enfers réunis, prêt à nous replonger une nouvelle fois dans les Jours Sombres. Le vacarme était assourdissant et donnait l'impression que le ciel lui-même allait se rompre et s'effondrer sur nous. Et la montagne continuait toujours à gronder.

Le sol n'était pas fait pour tanguer comme le pont d'un navire. Le ciel n'était pas fait pour ces masses noires tourbillonnantes. Mes sens terrifiés voulaient rejeter ce cauchemar, mais il était bien réel.

Mon cœur se fendit d'épouvante et de remords. *Roland.* Puissent les Grâces l'épargner.

Marcello m'entoura de ses bras, et ma côte fêlée protesta douloureusement alors que nous nous cramponnions l'un à l'autre. Zaira éructa un flot d'obscénités répétées en boucle, sa créativité habituelle étouffée par l'ampleur du cataclysme.

Le nuage de cendres continua à se déployer dans le ciel au-dessus de nous, plus rapidement que le sang s'épanchant d'une plaie, aussi opaque et inaccessible que la mort. Puis il se courba et s'inclina, poussé par le vent qui se prenait dans nos cheveux et nos manteaux, et la cime de l'épouvantable panache se mit à pencher en direction du Vaskandar.

Nous avions survécu, et l'Empire était sain et sauf. Nos efforts avaient payé ; aucun flot meurtrier de cendres, de roche ou de lave ne s'était écoulé sur le flanc sud de la montagne pour engloutir les forteresses, les villages et les camps de soldats de ce côté-ci.

Mais je venais de tuer mon cousin.

Je le sentis en moi, dans mon sang, un peu de la même façon que le jet me donnait une idée générale de l'endroit où Zaira se trouvait, ou que j'avais reconnu la pierre du sang en Atruin. J'étais vaguement consciente de la rune que j'avais tracée de mon sang sur le cercle de contrôle, ainsi que du gouffre béant au flanc du mont Chenu, duquel le nuage de cendres continuait à s'échapper. Je perçus le chemin de dévastation qui avait balafré le versant de la montagne, la coulée de gaz incandescents, de cendres et de roche pulvérisée qui avait brûlé les arbres anciens et mis à nu une large bande de terre dans le flanc boisé du mont Chenu, jusqu'à atteindre la rivière à son pied.

Et j'eus conscience des vies qui s'éteignaient là-bas, comme des chandelles mouchées, une, deux, trois.

Roland.

Un sanglot monta dans ma gorge, aussi irrépressible que l'éruption elle-même. Marcello et Zaira me regardèrent comme si j'étais devenue folle. Ils ne pouvaient pas savoir. Mais je n'étais pas en mesure de leur expliquer, pas maintenant. Je pleurais si fort que j'arrivais à peine à reprendre mon souffle entre deux hoquets.

« Les émotions fortes sont des cartes que tu dois garder en main sans jamais les montrer », m'admonesta la voix de ma mère, mais il était trop tard. Le chagrin me secouait plus violemment que le séisme, et un Marcello dérouté m'enveloppa de ses bras et me caressa les cheveux tandis que les larmes dévalaient mes joues.

Chapitre 44

Alors que nous quittions les montagnes pour revenir à Durantain, l'immense colonne de cendres se dressait dans le ciel derrière nous tel le doigt accusateur d'un gigantesque démon. Le pauvre Jerith allait devoir maintenir son vent durant plusieurs jours, mais j'étais certaine que Balos prendrait bien soin de lui.

Des éclaireurs impériaux avaient confirmé ce que je savais déjà. L'éruption avait été de faible intensité, comparée à d'autres dans l'histoire dramatique des volcans des Pics Sorciers. Les effets de la déflagration s'étaient limités au flanc est du Mont Chenu, mais la coulée de lave et de cendres ardentes avait ravagé une large bande de forêt sur son versant, exactement là où je l'avais orientée.

Le prince Roland et les quelques soldats qui l'accompagnaient n'avaient pas survécu.

Je tentai de me dire que nous étions victorieux. Nous avions empêché Ruven de détruire nos défenses frontalières et de s'approprier de vastes territoires grâce à la pluie de cendres. Et le fait que le mont Chenu appartenait désormais entièrement à la Dame des Aigles garantissait qu'il ne pourrait pas recommencer. Nous avions sauvé des milliers de vies et, *a priori*, aucun civil innocent n'avait péri dans l'éruption.

Mais durant notre voyage vers Durantain, je ne cessai de penser à ce que j'allais pouvoir dire à ma grand-mère et à Bree. L'appréhension me donnait la nausée, au point d'avoir du mal à me nourrir convenablement.

Nous arrivâmes dans une ville déjà en deuil. Des drapeaux noirs pendaient aux devantures des échoppes et aux portes des maisons, voilaient les statues. Tous les gens ou presque que nous croisâmes dans les rues portaient des rubans noirs à leurs habits, et chaque petit oratoire aux carrefours croulait sous les cierges. Les nœuds de mon estomac se serrèrent davantage. *Tu vois ? Ils t'aimaient, Roland. Et ils te pleurent.*

D'innombrables bouquets de fleurs avaient été déposés au pied de la statue de la reine Galanthe, représentée en guerrière tenant le Pont du Fer sanglant. Les fleurs s'entassaient jusqu'à hauteur des genoux de la statue en bronze de ma grand-mère, qui semblait s'avancer dans un océan de lys et de roses. Mes yeux s'embuèrent quand nous passâmes devant, et Marcello me serra la main d'un geste compatissant.

Ma grand-mère et Bree nous attendaient aux portes du château. Le chagrin terrible que je lus dans les yeux de Bree me heurta avec la violence d'une gifle. Elle se jeta dans mes bras, et tous les mots d'excuse que j'avais préparés me restèrent dans la gorge.

— Je suis heureuse que tu nous reviennes saine et sauve, me dit-elle d'une voix rauque et fatiguée.

Je lui rendis son étreinte à gestes hésitants.

— Bree, je…

Je suis navrée. Tellement navrée. Mais je ne parvenais pas à le dire.

Elle me serra si fort qu'elle m'étouffa. Ma côte fêlée me lança douloureusement.

— Ne dis rien. Je ne supporte pas de parler de lui pour l'instant. Je suis encore en colère contre lui d'avoir été à la frontière alors que j'étais coincée ici. Ça aurait dû être moi. (Je sentis de l'humidité là où sa joue se pressait contre mon épaule.) Il aurait dû rester à Durantain. Il n'avait pas à mourir.

— Non, murmurai-je. Il n'avait pas à mourir.

Je croisai le regard de ma grand-mère par-dessus l'épaule de Bree. La peine déchirante dans ses yeux se reflétait sur la lassitude de ses traits. Elle connaissait cette douleur. Elle avait déjà perdu un mari et un fils. Cette nouvelle blessure que je lui avais infligée était atroce, mais elle avait survécu à ce genre de coups du sort, et elle survivrait encore.

Ses yeux sages et tristes lurent l'angoisse qui me torturait. Elle plissa les lèvres, et me salua d'un petit signe de tête.

— Entre donc, me dit-elle. Tu dois être fatiguée.

Par les Grâces, oui. De ma vie, je n'avais jamais été aussi exténuée.

Une fois entrés dans la cour du château, des domestiques s'affairèrent à prendre nos chevaux et à décharger nos bagages, et ma grand-mère me tira à l'écart d'une poigne douce, mais ferme. Elle me scruta avec sur le visage une expression sévère.

— Qu'y a-t-il ? me demanda-t-elle. Qu'est-ce que tu ne veux pas dire à Bree ?

Pendant un instant, je manquai de m'effondrer comme je l'avais fait avec Marcello au moment de l'éruption. Mais je repoussai cette vague d'émotion au plus profond de moi du mieux que je le pouvais. Je réussis au moins à garder les yeux secs.

— J'ai dû choisir où orienter l'éruption. (Je parlais d'une voix lente et basse, en forçant chaque mot à franchir mes lèvres, et en relevant la tête pour affronter le regard intense et douloureux de ma grand-mère.) Il n'y avait aucune bonne solution. J'ai pensé… j'ai pensé que Roland aurait voulu que j'opte pour la direction où le moins de gens auraient à périr.

La reine ferma les yeux, et sa main se serra sur mon bras. Puis elle expira lentement.

— Oui, c'est ce qu'il aurait voulu, acquiesça-t-elle doucement. Il ne t'aurait jamais pardonné d'avoir fait un autre choix.

— Je l'ai tué, grand-mère, dis-je d'une voix tremblante.

— Non, rétorqua-t-elle en rouvrant aussitôt les yeux. Cet infâme assassin de Ruven l'a tué. Tu as fait ce que font les souverains. (Son regard me transperça comme une rapière.) Tu as fait ce que je fais chaque fois que j'envoie des soldats au combat. Les Grâces réclamaient un sacrifice, et tu le leur as donné.

— Je n'ai pas fait de sacrifice ; j'ai choisi celui qui aurait à le faire.

— Et c'est cela ton sacrifice à toi. (Elle relâcha mon bras et hocha la tête gravement.) Et tu l'as accepté. Tu es prête à régner, désormais.

— Je doute parfois que cela soit une chose dont je doive me réjouir, répondis-je amèrement.

Nous regagnâmes nos chambres tôt ce soir-là, après un dîner bien lugubre. Ne plus voir Bree et Roland échanger leurs piques habituelles rendit l'absence de ce dernier encore plus prégnante, et entendre ma cousine et non mon cousin avoir avec ma grand-mère une conversation sérieuse sur le redéploiement des troupes pour faire face à la nouvelle situation au Vaskandar ne fit qu'aggraver la blessure de mon cœur. Bree le sentait elle aussi et ne cessait de boire malgré les regards désapprobateurs de la reine, jusqu'à ce que cette dernière décrète d'un ton sans appel que nous avions tous eu une longue journée et qu'il était temps de prendre un peu de repos.

Les appartements de Zaira se trouvaient juste à côté des miens, et je m'arrêtai à sa porte pour lui souhaiter bonne nuit. La main sur la poignée, Zaira s'apprêtait à refermer la porte entre nous, quand elle fronça les sourcils.

— Au fait, nous sommes de retour dans l'Empire Sérénissime, dit-elle.

— C'est exact.

— Et vous n'avez pas scellé mon pouvoir.

Je haussai les épaules.

— Le souhaitez-vous ?

Ses yeux noirs se firent pensifs, et elle caressa d'un geste absent le bord de la porte. Le jet à son poignet scintilla dans la pénombre.

— Sauf situation particulière, gardez mon pouvoir scellé quand nous sommes dans des endroits où il y a beaucoup de monde, dit-elle finalement. Je n'ai aucune envie qu'un gamin me rentre dedans par-derrière dans une rue bondée et que la surprise me fasse brûler une demi-douzaine de passants parce que j'aurais cru à une attaque. Et je vous dirai quand je souhaite être libérée.

— Entendu, acquiesçai-je. Voulez-vous que je le fasse maintenant ?

— Pourquoi pas, soupira-t-elle.

— *Revincio.*

Elle s'ébroua comme un chien mouillé et grimaça.

— L'impression de remettre un corset, c'est ça ? hasardai-je.

— Un peu, oui. Mais bon, les corsets ont leur utilité.

Elle sourit et posa les mains sur ses hanches en bombant le torse pour faire ressortir sa poitrine.

Je me raclai la gorge.

— Oui, je suppose que oui. Eh bien, bonne nuit, Zaira.

— Bonne nuit, Amalia.

J'étais déjà en train de me tourner pour partir et je me figeai, avant de pivoter sur moi-même pour revenir face à elle.

— C'est la première fois que vous m'appelez par mon nom.

Zaira fronça les sourcils.

— Quoi ? Bien sûr que non !

— Je…

Il était inutile de discuter avec elle. Elle m'avait affublée d'une centaine de surnoms insultants, et appelée la Cornaro une fois ou deux. Mais rares étaient les gens qu'elle appelait de leur vrai nom, comme si prononcer le nom d'une personne la rendait réelle et en faisait un élément important de sa vie qu'elle ne pouvait chasser et oublier en un instant.

Ma gorge se noua.

— Vous avez sans doute raison, dis-je. Mais quoi qu'il en soit, je vous remercie. Bonne nuit.

Le sentiment de bonheur que cela fit naître en moi ne dura qu'un instant. J'avais la main sur la poignée de ma porte, impatiente de pouvoir enfin me reposer, quand je vis le seigneur Caulin tourner au coin du couloir.

— Dame Amalia, me salua-t-il en avançant vers moi. J'avais espéré pouvoir vous parler avant que vous vous retiriez pour la nuit.

— Vous avez été bien près d'échouer, dis-je avec agacement.

Il continua pourtant à se rapprocher et s'inclina en guise d'excuse.

— Le doge m'a chargé de vous féliciter et de vous remercier pour votre service exemplaire. Tout le monde est très impressionné par les résultats que vous avez obtenus au Conclave.

J'attendis, la main toujours posée sur la poignée. J'avais déjà parlé avec le doge par les lampes-courrières à Hautegarde, et il m'avait alors exprimé sa gratitude. Je le voyais mal solliciter un conseiller de l'importance de Caulin pour que celui-ci vienne me redire sa satisfaction.

Le seigneur Caulin s'humecta les lèvres.

— Et c'est extraordinaire que vous soyez également parvenue à ramener les Faucons capturés au bercail. Mais nous avons relevé dans les rapports que l'un des Faucons disparus ne nous était pas revenu.

— Vous voulez parler de Harrald, dis-je simplement.

— Oui, je crois que c'était bien ce nom, en effet. (Il chassa une poussière imaginaire sur le devant de son pourpoint.) Nous avions parlé de cette situation avant le Conclave, et je serais curieux de savoir ce qu'il est advenu de lui.

J'adressai au seigneur Caulin mon regard le plus froid.

— Et moi, je serais curieuse de savoir pourquoi nous avons cette discussion sans en référer d'abord au Conseil des Neuf.

Le sourire du seigneur Caulin s'évanouit.

— C'est simplement que l'occasion s'en présente, ma dame.

— Bien sûr. (Je soutins son regard jusqu'à ce qu'il détourne les yeux.) Pour répondre à votre question, j'ignore précisément ce qu'il est arrivé à Harrald. Il se trouvait avec nous quand nous avons fait sortir les Faucons du château du seigneur Ruven. Mais traverser de nuit les forêts du Vaskandar est une entreprise délicate et dangereuse, et il n'était plus avec le groupe quand celui-ci a retrouvé le capitaine Verdi et ses hommes.

Ce qui n'était, dans un certain sens, que la vérité.

— Je vois. (Le seigneur Caulin soupira.) Quel dommage. Je suppose qu'il n'y a guère d'espoir qu'il ait survécu, seul et perdu dans une forêt du Vaskandar au beau milieu de la nuit. Vous n'avez pas eu l'occasion de vous assurer de lui ?

— Seigneur Caulin. Avec tout mon respect, vous n'êtes pas en mesure de me donner des ordres. (J'adoptai le registre grave que prenait la voix de ma mère pour prononcer ses plus sérieux avertissements.) Je ne réponds qu'au doge et au Conseil des Neuf. Vous m'avez transmis un ordre verbal sans l'approbation du Conseil. Avez-vous un décret à me montrer, frappé du sceau impérial ?

Le visage du seigneur Caulin se ferma.

— Non, ma dame.

— Parce que le doge ne souhaitait pas laisser de trace écrite d'un ordre donné sans l'aval du Conseil, énonçai-je d'une voix neutre.

Le seigneur Caulin plissa les yeux.

— Je ne m'aventurerais pas à des suppositions de ce genre, ma dame.

— Vraiment ? Moi, si. Et j'irais même jusqu'à dire que si je mettais ma mère et le doge dans la même pièce et que je demandais à ce dernier de confirmer l'ordre que vous m'avez transmis, il nierait avoir jamais donné de telles instructions. Même si cela impliquait de vous placer dans une position délicate, seigneur Caulin.

Il resta coi, les lèvres pincées. Je vis ses pensées s'agiter dans ses yeux noirs, mais je ne pus les déchiffrer. Le seigneur Caulin n'était pas un imbécile, et il n'allait pas me dévoiler sa main maintenant, alors qu'il risquait de perdre la partie en jouant la mauvaise carte.

— Malgré cela, dis-je en adoucissant la voix, j'ai fait tout mon possible pour ramener tous les Faucons au nid. Parce que je suis une loyale servante de l'Empire Sérénissime. Sur ce, seigneur Caulin, je vous souhaite une bonne nuit.

Une cérémonie commémorative en l'honneur de Roland fut organisée dans le temple de la Miséricorde, puisque son corps gisait quelque part sur le mont Chenu, enterré sous la lave et les cendres. La foule emplit le temple et l'esplanade qui le précédait, ainsi que les rues qui y conduisaient. Ma mère, qui avait fait le voyage par coche depuis Raverra, en ne s'arrêtant que pour changer de chevaux aux relais impériaux, arriva juste à temps pour la cérémonie. Elle se tint à côté de moi, le visage sombre et pensif, et j'imaginai qu'elle devait repenser au mémorial pour mon père, qui avait été célébré dans ce même temple.

J'écoutai en silence différents orateurs prendre la parole pour dire quel homme bien Roland avait été, et quelle tragédie représentait sa mort à un si jeune âge. Je tentai de me concentrer sur mon cousin, sur tout ce que j'aimais en lui, de ce regard sévère qu'il nous lançait à Bree et moi quand je la laissais m'entraîner dans des bêtises au temps de notre enfance, à la liberté qui se lisait sur son visage quand il se surprenait à éclater de rire.

Mais je ne parvenais pas à oublier que j'avais causé sa mort.

Après la cérémonie, il y eut un banquet en son honneur dans la grande salle du château – débarrassé de toute trace du buisson de ronces, dont l'emplacement se remarquait encore à la teinte légèrement plus claire des dalles de pierre qui avaient été remplacées – et tout le monde se soûla dans la plus pure tradition callamornienne. J'aurais bien aimé en faire de même, mais la culpabilité me retournait trop l'estomac.

Ce n'était que le début. J'allais souvent devoir prendre des décisions d'une telle gravité, quand je siégerai au Conseil des Neuf. C'était comme une douleur de croissance, qui accompagnait l'évolution de celle que je devais devenir.

Non. Je ramenai mon attention sur le visage de Bree, qui souriait à travers ses larmes en racontant à la tablée une anecdote d'enfance sur son frère. Ce soir était consacré à Roland, pas à moi. C'était un temps pour se souvenir de lui, et non pour ruminer sur le fait que je l'avais condamné à mort.

J'écoutai donc les histoires, puis en racontai d'autres à mon tour, et je bus un peu de bière, mais pas assez pour atténuer la violence de ma peine.

Plus tard dans la nuit, quand presque tous les convives s'étaient retirés et que seuls les plus dévoués ou les plus soûls restaient encore dans le grand hall, Bree se leva et me prit la main, en devant s'y reprendre à deux fois pour l'attraper, tant elle était ivre.

— Viens, me dit-elle. Accompagne-moi dans la cour.

— Pour quoi faire ? demandai-je en me levant docilement.

— Pour hurler contre les étoiles.

Je la suivis dans la grande cour déserte, qui était davantage un terrain d'exercice militaire qu'un lieu d'agrément. Aucun parterre de fleurs ou arbuste n'ornait le vaste espace de la cour, mais le firmament se déployait au-dessus de nos têtes. Nous contemplâmes un moment le ciel étoilé, puis Bree laissa échapper un long soupir triste.

Et se tourna vers moi pour me gifler.

Je titubai en arrière, choquée et la joue en feu. Bree me foudroya du regard, les yeux emplis de larmes.

— J'ai appris ce que tu as fait, dit-elle. Grand-mère m'a expliqué.

Oh, par tous les Enfers.

— Bree, je suis désolée, profondément désolée. C'était la seule solution pour éviter de tuer des centaines ou des milliers de gens.

Elle avança d'un pas vers moi, les poings serrés.

— Dans ce cas, tu aurais dû trouver un autre moyen ! Tu es l'intelligente, Amalia, celle qui parvient toujours à trouver une solution !

Je levai la main sur ma joue cuisante.

— J'aimerais que ce soit vrai. Mais je n'avais pas le temps, ou… ou pas la présence d'esprit. Je ne suis pas une façonnière, Bree. L'éruption devait jaillir quelque part, et je n'ai rien pu faire d'autre que de l'orienter dans la direction où elle provoquerait le moins de victimes. (Ma voix prit une intonation implorante.) Je donnerais tout ce que j'ai pour que Roland n'ait pas été de leur nombre.

Bree secoua la tête.

— Écoute-toi donc. Ce n'est pas une équation à résoudre, Amalia. Tu ne peux pas comparer les vies comme les fruits au marché.

— Et toi, qu'aurais-tu fait, dis-moi ? (Les mots m'échappèrent dans un sursaut de colère.) Tu aurais laissé le volcan entrer en éruption tel que c'était prévu, et tuer tout le monde ?

— Je n'aurais pas renoncé à essayer, et tant pis pour les risques. (Elle avait la même expression butée qu'au temps de notre enfance.) Parce que c'est ce que tu as fait. Tu devais continuer à essayer de sauver tout le monde, et ne pas abandonner en disant : « Oh, tant pis, je crois que mon cousin va devoir mourir. » Sinon, tu n'es qu'un monstre sans cœur.

Je me raidis.

— C'est ce que je suis, je suppose, rétorquai-je. Mais c'est ce que je devais être, à ce moment-là, pour prendre la bonne décision.

Le silence retomba entre nous. Bree me toisait, ses yeux réduits à deux flaques d'ombre sous la lueur pâle des astres.

— Va-t'en, me lança-t-elle finalement d'une voix rageuse.

— Bree…

— Tu as tué mon frère. Va-t'en, avant que je te frappe encore.

Je me détournai, le cœur à l'agonie, et m'éloignai. J'avais traversé la moitié de la cour quand le bruit étouffé d'un sanglot s'éleva derrière moi.

Je tournai la tête. Bree était assise par terre, le visage dans les mains, baignée dans la lumière douce de la lune qui retombait sur elle comme un voile de consolation.

Un monstre sans cœur.

Je redressai les épaules et rentrai à l'intérieur du château.

Chapitre 45

Le lendemain, j'assistai à plusieurs réunions auxquelles participait Bree, mais elle évita de croiser mon regard. Nous parlâmes de la nouvelle situation à la frontière avec ma grand-mère, ma mère, l'Envoyé Sérénissime au Callamorne, ainsi que différents généraux et conseillers. Le Sevaeth avait retiré une grande partie de ses troupes, au contraire du Kazerath dont les forces étaient restées en position, mais aucun signe n'indiquait l'imminence d'un assaut. À tout le moins, les Hauts Ensorceleurs devaient revoir leur stratégie après le Conclave et l'éruption qui n'avait pas eu l'effet escompté. À première vue, nous avions obtenu un répit ; et avec la neige qui risquait de bloquer les cols de montagne d'ici peu, ce répit avait de bonnes chances de se prolonger jusqu'au printemps.

À la fin d'une dernière réunion stratégique, ma mère me prit à part dans une alcôve ornée de tapisseries à l'extérieur de la chambre du conseil. Meublée de bancs capitonnés, l'alcôve devait servir de petite salle d'attente pour les gens convoqués au conseil. C'était la première fois que nous nous retrouvions seules depuis son arrivée à Durantain. La veille avait été consacrée à la cérémonie commémorative et au banquet, et les réunions s'étaient enchaînées tout au long de cette journée-ci.

Elle lut sur mon visage à livre ouvert, et ses sourcils froncés tracèrent un pli soucieux sur son front à la lueur tremblotante des lampes à huile de l'alcôve. Puis elle me prit dans ses bras.

Je respirai les senteurs familières de son parfum, et les boucles auburn de ses cheveux me chatouillèrent le nez. J'eus l'envie soudaine d'être à nouveau une petite fille, quand la décision la plus difficile était de savoir quel livre choisir pour ma lecture du soir.

— C'est dur, dit-elle doucement, je sais. Mais ça va aller.

Je n'eus pas le cœur de lui dire que c'était exactement ce que je redoutais. La Contessa avait depuis longtemps accepté le fait que ses choix pouvaient décider de la mort d'autrui.

— Tu t'es bien débrouillée au Conclave, me félicita-t-elle en me relâchant, un léger sourire aux lèvres. Cela va t'assurer une solide réputation. Amalia Cornaro aux nerfs d'acier, qui est allée négocier – et avec succès ! – auprès des redoutés seigneurs du Vaskandar.

— Ce n'est pas fini, dis-je d'une voix inquiète. Il reste trois, peut-être quatre, Hauts Ensorceleurs déterminés à lancer une invasion. Et mère, je voulais aussi vous demander : qu'est-ce que manigance le seigneur Caulin ? (Je baissai la voix.) Il m'avait ordonné de tuer tous les Faucons que j'échouerais à ramener du Vaskandar.

Ma mère plissa les yeux.

— Et tu as désobéi ?

— Bien sûr. Je ne suis pas une meurtrière. (Le visage de Roland m'apparut et ma poitrine se serra. Mais il y avait une différence entre tuer quelqu'un et l'assassiner. Je tenais à cette distinction, même si je savais que mes camarades d'université auraient pu débattre des heures durant sur la pertinence de cette nuance.) Cela risque-t-il de poser un problème ? Et savez-vous si l'ordre émanait réellement du doge ?

— Voilà une intéressante question, à laquelle je subodore que Niro ne m'offrirait pas de réponse claire. (Elle enroula pensivement son collier de perles noires autour de ses doigts.) Il va y avoir du changement au sein du Conseil des Neuf. L'Assemblée doit bientôt élire le successeur du baron Leodra, et il semblerait que le seigneur Caulin soit en passe de remporter son siège.

— Regrettable, commentai-je avec écœurement.

Ma mère haussa les épaules.

— Il n'est pas dénué de qualités. Et il sera plus efficace que Leodra ne l'a jamais été. Mais c'est un homme sans cœur. Il considère les Faucons comme des instruments – des armes de guerre, rien de plus – et presse le doge et le Conseil de les tenir d'une main ferme. (Elle m'adressa un regard franc et pénétrant.) Il s'opposera à toi, à cause de ton projet de réforme des Faucons. Si jamais il apprend que tu as désobéi à cet ordre, il s'en servira contre toi. Comme il l'aurait fait si tu y avais obéi.

— C'est bien ce que je craignais, dis-je en soufflant lourdement.

— Ça y est, tu as pris ta place à la table du jeu, Amalia. (Ma mère ramena une boucle de mes cheveux en arrière, une lueur amusée dans les yeux.) Mes félicitations. C'est maintenant que les choses vont se compliquer pour toi.

Que les Grâces me viennent en aide. Ma vision d'un avenir idyllique – un bon livre et un verre de vin fin dans ma bibliothèque personnelle, avec la chaleur de Marcello serré contre moi – s'obscurcit sous les nuages noirs de luttes politiques incessantes. La Cité Sérénissime ne me laisserait jamais de répit.

— Que dois-je faire ? demandai-je en m'efforçant de ne pas avoir l'air d'une petite fille apeurée.

— Tu dois rassembler tes forces. (La voix de ma mère, sage et inflexible, était riche de décennies d'expérience.) Consolider ton pouvoir. Te faire des alliés ; des gens qui possèdent de l'influence, bien sûr, mais la compétence et la loyauté sont plus importantes encore. Sur ce plan, tu as une bonne base de départ.

Je songeai à Marcello, à Zaira et, curieusement, à Kathe ; à sa manière, il était d'une loyauté farouche, même si je ne pouvais attendre de lui qu'il la manifeste d'une façon qui me satisfasse pleinement.

— Oui, acquiesçai-je, c'est vrai.

— Soigne tes relations avec ces gens, me conseilla ma mère. Tu auras besoin d'eux.

Le lendemain matin, Zaira et moi partîmes pour un petit voyage qui nous éloignerait de Durantain pour quelques jours. Nous disposions d'une escorte importante, et Marcello nous accompagnait. J'étais déjà allée saluer ma grand-mère, et ma mère avait pris congé une heure plus tôt, pour regagner Raverra ; je ne m'attendais donc pas à ce que quiconque vienne assister à notre départ. Mais alors que je m'apprêtais à monter dans mon carrosse, une voix m'interpella.

— Hé ! Amalia !

C'était Bree, qui se hâtait vers moi, l'air déterminé, et je me crispai dans la crainte d'une autre gifle.

Mais elle me serra dans ses bras dans une courte étreinte, puis m'adressa un sourire triste. Je n'aurais su dire si c'étaient les traces de larmes séchées sur ses joues qui rendaient son sourire plus rigide qu'à la normale.

— Sois prudente, veux-tu ?

— Promis. (Je tentai d'exprimer tout l'amour que je ressentais pour elle dans mon sourire. Mais résonnaient encore dans ma mémoire ses mots de l'autre nuit : *« monstre sans cœur ».*) Nous ne serons pas absentes bien longtemps.

Bree se tourna vers Zaira et lui donna une tape d'encouragement sur le bras.

— Que la Grâce de la Fortune veille sur vous.

— La chance ne suffira pas, grommela Zaira. Impossible d'échapper à cette corvée.

Elle glissa un regard vers Terika, occupée à superviser le chargement de son matériel d'alchimie dans le carrosse. Celle-ci devait retourner sans tarder aux Mues pour prendre un nouveau Fauconnier, mais Marcello l'avait autorisée à faire d'abord ce voyage.

— Non pas que je le veuille vraiment, ajouta Zaira.

Après deux jours de voyage paisible sous un ciel clément, nous arrivâmes enfin à une petite ferme au milieu de prairies parsemées de gros rochers, non loin d'un village familier dans les montagnes. Deux chèvres broutaient devant une chaumière en bois bien entretenue, et des cierges neufs brûlaient sur l'autel du petit oratoire dédié à la Grâce de l'Abondance. Zaira, Terika et moi descendîmes du carrosse pour nous approcher, et des poules brunes dodues se dispersèrent devant nous avec des caquètements indignés.

Terika prit la main de Zaira et la regarda avec des yeux brillants.

— Alors, qu'est-ce que tu en dis ?

— C'est joli, répondit simplement Zaira.

Je ne l'avais jamais vue aussi pâle.

— Tu as peur ? demanda joyeusement Terika.

— Mais non ! (Zaira lorgna d'un air méfiant la porte en bois lustré devant elle.) Enfin, peut-être un peu.

Moqueuse, Terika prit une voix basse et effrayante.

— Tu devrais.

Puis elle ouvrit la porte à toute volée et entra.

— Baba ! Je suis rentrée !

Je restai à l'extérieur pendant que la grand-mère de Terika accueillait Zaira en lui ouvrant grand les bras, et je réprimai un sourire en la voyant se raidir entre les bras de la vieille femme qui l'étreignait joyeusement. Après tout, je ne me trouvais là que parce que j'étais sa Fauconnière ; ce moment ne m'était pas destiné.

Mais je souris tout du long en écoutant la voix âgée et réjouie à l'intérieur de la maison expliquer à Zaira combien elle avait entendu parler d'elle, et les marmonnements étonnamment respectueux que celle-ci bredouilla en réponse.

Je m'éloignai de la ferme pour leur laisser un peu d'intimité et flânai dans une prairie soigneusement tondue par les chèvres. Chaque expiration projetait dans l'air vif un petit nuage de vapeur. C'était la vie de Zaira, me rappelai-je à moi-même. Mais, les Grâces me pardonnent, cela ne m'empêcha pas de songer à qui je pourrais les recommander si jamais elles devaient avoir besoin de robes de mariage.

— Pssst, m'appela une voix familière. Par ici.

Kathe. Évidemment.

Je scrutai la prairie balayée par le vent, mais n'y vis que quelques oiseaux qui picoraient l'herbe en quête des dernières graines de l'automne. Puis je le repérai, assis sur la branche d'un pommier courtaud et touffu, en compagnie de trois corneilles.

Je tournai les yeux vers le chemin, où notre escorte patientait. Un repli du terrain me cachait à leur vue, mais je ne m'en inquiétai guère ; le Seigneur Freux n'était pas une menace pour moi.

— J'aurais dû me douter que vous feriez une apparition, dis-je en m'approchant de l'arbre.

Il sauta de sa branche avec l'agilité d'un chat.

— Naturellement. On ne se débarrasse pas aussi facilement des corneilles.

Le soleil souligna ses pommettes saillantes et se refléta dans les cercles jaunes déroutants de ses yeux. Pendant un instant, le souvenir de son baiser m'envahit avec la force d'un raz-de-marée, et je fus prise d'un puissant désir de goûter à nouveau à ses lèvres.

Mais la pointe douloureuse qui me perçait le flanc à chaque respiration me rappela les dangers qu'il y avait à se fier à cet homme. Je lui adressai une moue courroucée.

Son regard détailla mon visage, cherchant à déchiffrer mon humeur.

— J'aurais dû vous dire ce que je prévoyais de faire avec la Dame des Ronces.

— Oui, vous auriez dû.

Il se mordit la lèvre.

— Je suis navré. Je craignais qu'en vous demandant votre aide, vos réactions perdent de leur sincérité et risquent d'éventer mon plan.

J'ouvris les bras.

— Si vous avez vraiment dans l'idée de me convaincre de m'associer avec vous pour dominer le monde, vous devez vous montrer capable de conspirer *avec* moi, en même temps que *contre* les autres.

— C'est une chose à laquelle nous ne sommes pas accoutumés, au Vaskandar, dit-il d'un air désabusé. J'agirai de meilleure manière la prochaine fois.

— Hmm. (Je l'observai en croisant les bras.) Pouvez-vous me donner une seule bonne raison de vous permettre de rester mon soupirant ?

Il leva l'index.

— Je peux faire mieux que ça.

— Laissez-moi deviner. Un nouveau jeu.

— Bien évidemment, dit-il en souriant. Pour chaque raison que vous me donnerez de mettre fin à notre relation, je vous en donnerai deux de continuer ma cour.

J'étais sur le point de lui faire une réponse acerbe, mais quelque chose d'implorant dans son regard m'en dissuada. C'était la seule façon pour lui d'interagir avec les autres, compris-je, et je ne l'avais pas vu jouer à ce genre de jeux avec ses ennemis. Ces petits amusements étaient comme des présents galants qu'il déposait à mes pieds à la manière d'un corbeau rapportant quelque babiole brillante à la femelle qu'il courtisait.

Je soupirai.

— Très bien. Pour commencer, vous avez failli causer ma mort, et j'ai une côte cassée pour le prouver.

— C'est vrai. (Il s'inclina dans un ample mouvement de sa cape de plumes.) Et pour me racheter, voici mes deux raisons : je vous offre à la fois ma coopération pleine et entière ainsi que celle du domaine de Let dans vos efforts pour contrer Ruven. Des corneilles pour des missions de reconnaissance, le déploiement de troupes de Let, une assistance magique, tout ce dont vous aurez besoin.

— Vraiment ? demandai-je en le dévisageant d'un air ébahi.

— Si notre relation galante perdure. (Une étincelle s'alluma dans ses yeux.) Je ne pourrais pas moins faire pour une femme que j'admire tant. Je me dois toutefois de préciser que mes ressources seraient à *votre* disposition, et non à celle de l'Empire Sérénissime.

Grâce de la Majesté. Même sans parler des avantages qu'une telle alliance nous donnerait dans la guerre à venir, elle m'offrirait également un formidable levier d'influence sur le doge et le Conseil. Je me forçai à arrêter de jouer avec les griffes du collier à mon cou, et essayai de lui cacher que ma respiration s'était accélérée.

— Mais Ruven n'a plus de raison d'envahir l'Empire, dis-je d'une voix délibérément détachée. Il détient son propre domaine, à présent. Ses manigances avec le volcan ont échoué. Votre offre d'une alliance contre lui n'a pas grand intérêt s'il se contente de gouverner le Kazerath en bon voisin.

Kathe haussa un sourcil.

— Vous ne croyez pas réellement qu'il s'en contentera, si ? Quand il dispose de la capacité de placer toute personne qu'il empoisonne sous son contrôle ? Vous connaissez cet homme. Imaginez-vous qu'il acceptera gracieusement sa défaite, et se satisfera de régner en paix sur son héritage ?

— Non, reconnus-je.

— Surtout alors qu'il sait que la moitié des Hauts Ensorceleurs du Vaskandar pensent à présent qu'il faudrait l'abattre comme on le fait d'un animal enragé. (Kathe secoua la tête.) Ruven n'est pas stupide. Il sait qu'il doit sans délai asseoir et renforcer sa puissance, pour que même les plus anciens d'entre nous hésitent à le défier ouvertement. Le moyen le plus rapide dont il dispose pour s'arroger un avantage sans que le reste des Hauts Ensorceleurs puisse contrer ses ambitions est d'essayer de prendre le pouvoir sur votre Empire, sur ses terres ainsi que sur ses Faucons.

Cela paraissait frappé au coin du bon sens.

— Mais au moins le Sevaeth est-il sorti de l'équation, à présent. La fille de la Dame des Ronces n'est pas en position de partir en guerre.

— Pas avec la Dame des Lynx au nord, prête à bondir sur elle, acquiesça Kathe. Mais ce conflit-là ne tardera pas à se résoudre de lui-même. Si elle est maligne, elle laissera le lynx planter ses crocs dans un morceau de son domaine pendant qu'elle consolidera son pouvoir au sud. Et une fois que les choses s'apaiseront, si elle a survécu, elle devra suivre Ruven en tout, étant profondément endettée envers lui. Et il reste encore la Dame des Ours et le Seigneur Serpent qui aspirent eux aussi à la guerre. Mais franchement, Ruven est déjà suffisamment dangereux à lui seul. D'autres raisons ?

Je me tapotai le menton.

— Eh bien, à présent que la Dame des Ronces n'est plus, nous n'avons plus d'ennemi commun. Je ne sais donc pas si je peux vous faire confiance.

— Où serait le plaisir de fréquenter un soupirant en qui vous êtes certaine de pouvoir vous fier ? lança-t-il avec un clin d'œil. Mais si vous préférez l'ennui de la sécurité, rassurez-vous : je désire tout autant que vous la disparition de Ruven. Mon domaine borde le sien et je ne me réjouis pas d'avoir pour voisin un ensorceleur de chair cruel et assoiffé de pouvoir. Quant à ma seconde raison, vous savez que je souhaite que ma cour connaisse une issue favorable. (Il grimaça théâtralement.) Je suis bien conscient de jouer là ma dernière chance. Et à défaut de vous promettre de ne plus vous réserver de surprises, j'essaierai du moins d'éviter qu'elles vous mettent à ce point en danger.

Je soutins son regard.

— Très bien. Voici alors une autre raison : mon cœur appartient à un autre.

Il se crispa, et je ressentis un bref élan de sympathie. Puis il éclata de rire, et les corneilles dans l'arbre au-dessus de nous sursautèrent de surprise en battant des ailes.

— Ma dame, vous et moi savons que le mariage n'est pas une affaire de cœur.

— Croyez-vous ? le défiai-je, les mains sur les hanches.

— Certes non, dit-il d'une voix soudain sérieuse. Mais le cœur a tout à voir avec l'amour. Et l'amour est une chose sacrée, une chose que l'on donne librement et que l'on ne reprend pas. Ce n'est pas une chose avec laquelle on joue.

— Tandis que faire la cour est un jeu. (Je soupirai.) Vous n'avez pas tort, je suppose.

— Quant à ma seconde raison… (Il m'adressa un large sourire.) Je ne peux que vous prier de m'accorder du temps. Avec un peu de chance, vous finirez par m'apprécier, ou vous en aurez assez de moi et vous demanderez à votre amie la sorcière de me carboniser.

Je ne pus retenir un petit rire, mais ma côte cassée se rappela à moi et je le réprimai avec une grimace de douleur.

— C'est un marché honnête.

— Acceptez-vous donc que je continue à vous courtiser ? demanda Kathe en penchant la tête de côté.

Je songeai à Marcello, qui attendait patiemment au pied de la colline. Et à Ruven, qui renforçait la mainmise de sa volonté sur son domaine en réfléchissant à ses prochaines actions, et qui disposait d'une ample réserve de potion de contrôle. Et il y avait aussi ma loi de réforme des Faucons, pour laquelle j'avais besoin de tous les leviers possibles si je voulais réussir à la faire voter par l'Assemblée, surtout si le seigneur Caulin comptait s'y opposer.

— Je ne suis pas irréfléchie au point de briser des choses précieuses sur la base d'une simple impulsion, dis-je. Et une alliance contre Ruven me semble mutuellement avantageuse.

Kathe se fendit d'un sourire railleur.

— C'est si romantique !

Je sentis le rouge me monter aux joues.

— Préféreriez-vous que nous négociions ces sujets à la lueur des chandelles avec une bouteille de vin, dans un canot passant sous le Pont des Amants ?

— Voilà qui paraît tout à fait charmant. J'accepte votre invitation. (Il me prit la main et s'inclina sur elle avec une lueur amusée dans les yeux.) Je viendrai vous rendre visite quand vous serez rentrée à Raverra.

Je ravalai une protestation et le laissai m'embrasser la main. La pression chaude de ses lèvres sur ma peau fit courir un picotement le long de mon bras.

— J'en suis impatiente.

Et, maudit soit-il, en dépit de tout, je l'étais vraiment.

Je revins vers la ferme et aperçus Terika et Zaira à travers la fenêtre. Elles étaient assises serrées l'une contre l'autre, éclairées par le feu dans l'âtre, et riaient alors qu'un chat au pelage écaille de tortue agitait la patte pour attraper une boucle de cheveux de Zaira. La grand-mère de Terika se balançait sur un fauteuil à bascule et tricotait en souriant. Ne voulant pas m'imposer, je bifurquai en direction de la route.

Marcello vint à ma rencontre, ses yeux verts doux et pensifs.

— Vous plairait-il que nous marchions un peu ? me proposa-t-il.

Par les Grâces, il était tout ce dont j'avais besoin en ce moment. Quelqu'un de fiable et de bienveillant, à qui je pouvais parler sans me soucier des secrets que nous pouvions nous cacher l'un à l'autre. Quelqu'un auprès de qui je pouvais être moi-même, pas une Cornaro ou une Lochaver, ou la descendante de la Dame des Aigles.

Nous pourrions toujours être cela, l'un pour l'autre, et peu importe qui nous décidions de courtiser ou d'épouser. Je devais cesser de m'inquiéter de ce qui pourrait arriver dans un futur inconnu, et être simplement son amie, au présent.

— Oui, répondis-je, avec plaisir.

Nous déambulâmes côte à côte sur la route en nous éloignant des soldats de notre escorte qui bavardaient, emmitouflés dans leurs manteaux, ainsi que de la ferme où Zaira semblait s'entendre parfaitement avec la grand-mère de Terika. Nous marchâmes un moment dans un silence plaisant à travers la prairie à l'herbe encore gelée, sous un soleil lumineux. Puis la route s'enfonça dans un bosquet qui nous cacha à la vue des soldats de l'escorte, et Marcello s'immobilisa.

— Je n'arrête pas de penser aux Faucons, dit-il à mi-voix, le front barré de plis soucieux. À Emmand qui nous a fuis alors que nous essayions de l'aider. À Harrald, qui n'a pas voulu revenir. Aux autres Faucons capturés par Ruven qui sont rentrés non parce qu'ils le désiraient, mais parce que les alternatives qui s'offraient à eux leur semblaient pires encore. (Il soupira.) J'aime les Fauconniers. Les Mues nous ont sauvés, Istrella et moi ; c'est notre foyer. Mais ce n'est pas ainsi pour tous, quels que soient les efforts que je puisse déployer pour qu'ils s'y sentent chez eux. Et j'aurais dû m'en rendre compte il y a bien longtemps déjà.

Je posai une main sur son épaule.

—Alors, aidez-moi à changer les choses. Je vais essayer de faire voter ma loi à l'Assemblée dès mon retour à Raverra. Si vous pouvez me gagner le soutien du colonel Vasante, cela pourrait convaincre beaucoup de gens de son bien-fondé.

Il hocha la tête et redressa le buste avec détermination.

—Je m'y emploierai.

—Merci. J'espère vraiment que je parviendrai à obtenir l'adoption de ma réforme. Tout ceci est encore si nouveau pour moi.

—Vous vous en sortirez très bien, m'assura-t-il avec un sourire. Vous êtes la fille de la Contessa, n'oubliez pas.

« Tu es prête à régner, désormais. » Les mots de ma grand-mère se mêlèrent dans ma tête à ceux de Bree : *« monstre sans cœur »*. Peut-être était-ce la même chose. Je grimaçai.

Marcello leva la main vers mon visage puis il se ravisa et la laissa suspendue entre nous, les doigts repliés.

—Qu'y a-t-il ?

—J'ai peur. (Je pris sa main et la serrai entre les miennes, en sentant sa chaleur et les cals rugueux nés des longs entraînements à la rapière. J'avais besoin en cet instant du réconfort chaud et doux d'un contact humain, et n'avais personne d'autre auprès de qui l'obtenir.) J'ai peur de celle que je pourrais devenir. J'ai tué Roland. C'était mon cousin, je l'aimais, et je l'ai pourtant tué.

—Vous avez fait un choix difficile qui devait être fait. C'est la même chose dans l'armée. (À l'ombre qui tomba sur son visage, je compris qu'il avait déjà dû affronter lui-même ce genre de choix.) Quelqu'un doit prendre ces décisions, Amalia.

— Je le sais bien. Il fallait faire ce choix. (J'inspirai en frissonnant.) Mais qui suis-je pour décider qui doit vivre et qui doit mourir ? L'année dernière, le doge était prêt à détruire une ville entière et à tuer des milliers de gens pour réaffirmer son autorité. Je ne veux pas considérer les vies des autres comme de simples pièces sur un échiquier. Si je peux condamner mon cousin à mort, en quoi suis-je différente de lui ?

— En ce que vous, cela vous torture. (Il plongea ses yeux verts dans les miens.) Je vous connais, Amalia. Vous ne deviendrez pas indifférente, même si vous devez décider de sacrifier des vies. Et c'est justement pour ça que vous devez prendre de telles décisions.

— Aidez-moi à continuer à m'en soucier, Marcello, l'implorai-je en serrant sa main. Année après année, jusqu'à ce que je devienne vieille et ridée et désintéressée du sort des autres. Ne laissez pas mon cœur se durcir, même si je désire plus que tout qu'il cesse de me faire souffrir. Et peu importe ce que j'ai à faire.

— Je vous le promets, murmura-t-il, je vous le promets.

Au-dessus de nous, une corneille lança son appel, et son rire rauque retentit dans le ciel.

Remerciements

Il faut l'aide de toute une troupe pour faire un livre, mais une troupe qui assure autant que les Amazones de Themyscira. J'ai donc de formidables personnes à remercier.

Mes plus chaleureux remerciements à Naomi Davis, mon agente et ma bonne marraine la fée, sans laquelle cette trilogie n'aurait jamais vu le jour. Ma gratitude la plus profonde à mes fantastiques éditrices : Lindsey Hall, qui a travaillé sur le premier jet de ce roman, Sarah Guan, qui l'a accompagné jusqu'à la ligne d'arrivée, ainsi qu'Emily Byron, ma formidable éditrice pour le Royaume-Uni. Merci à toutes de m'avoir guidée et encouragée à écrire un livre aussi bon que possible. Merci à toute l'équipe d'Orbit de m'avoir merveilleusement soutenue. Je me sens privilégiée d'avoir la chance de travailler avec des gens aussi agréables que compétents, et vous méritez tous des roulés à la cannelle, d'adorables petits chiots et le pouvoir magique de votre choix.

Tout mon amour et ma gratitude à mon mari, Jesse King, ainsi qu'à mes filles Maya et Kyra, pour votre patience et votre soutien pendant que j'écrivais ce livre. Grâce à votre aide, à vos câlins et à votre compréhension, je savais que vous étiez derrière moi quand l'écriture engloutissait toute ma vie, et pour moi ce fut inestimable. Merci aussi à ma famille et à mes amis de m'avoir toujours encouragée et aidée, et tout particulièrement à mes parents qui, en plus de m'avoir incitée à accomplir mon rêve, ont eu à supporter mes frasques pendant des décennies.

Merci à mes bêta-lecteurs, qui m'ont fait des retours avec un empressement et une justesse impressionnants :

Natsuko Toyofuku, Deva Fagan, Lauren Austrian-Parke, Dan Parke et Nicole Evans. Vous m'avez remise sur les bons rails quand il le fallait et avez relevé bon nombre de mes erreurs, le tout dans des délais très courts. Je vous adore.
Et merci à vous, lectrices et lecteurs, d'être restés avec moi. Cette histoire ne serait pas complète sans vous, et je suis ravie de faire ce voyage en votre compagnie.

Achevé d'imprimer en avril 2021
Par CPI Brodard & Taupin à La Flèche
N° d’impression : 3042551
Dépôt légal : mai 2021
Imprimé en France
36231716-1